石牌坊

王全水 著

河南文艺出版社
·郑州·

图书在版编目（CIP）数据

石牌坊/王全水著. —郑州:河南文艺出版社,
2018.10（2019.9 重印）

ISBN 978-7-5559-0666-7

I.①石…　II.①王…　III.①长篇小说-中国-当
代　IV.①I247.5

中国版本图书馆 CIP 数据核字(2018)第 054468 号

出版发行　河南文艺出版社
本社地址　郑州市郑东新区祥盛街 27 号 C 座 5 楼
邮政编码　450018
承印单位　三河市兴国印务有限公司
经销单位　新华书店
开　　本　700 毫米×1000 毫米　1/16
印　　张　28.75
字　　数　435 000
版　　次　2018 年 10 月第 1 版
印　　次　2019 年 9 月第 2 次印刷
定　　价　68.00 元

聆听岁月

感恩时代

憧憬未来

谨以此书献给伟大的母亲

目　录

第　一　章

牌坊张的张家老三最终没能挺过1954年的农历小年,于腊月二十一子夜时分,带着对新生活的无限眷恋,带着对老母、爱妻、幼子的无限牵挂,用含混不清的语言,凄惨地留下他三十二岁短暂生命中断断续续最后一句话:"毛主席……俺把……全家……托付给……您啦。"说罢,三口又腥又黑的浓血从喉咙中喷出,如泼场一般溅了一床。

一阵寒风袭来,窗台上的棉油灯跳了几跳,失去了它微弱的光亮,顿时,低矮、潮湿的屋子里漆黑一片。六十多岁满头白发的老母亲张郭氏一边连声喊着"儿啊,我苦命的儿啊",一边用颤抖的手从贴身掩襟棉袄里摸出洋火,重新点着了棉油灯。灯光下,儿子瘦削的头颅已从三媳妇雪筠的怀抱中垂了下来:他不甘心地走了,临死也没合上眼。

三媳妇雪筠始终没有松开抱着丈夫的手,已经哭昏过去三次。老母亲老泪纵横,嘶哑的喉咙已哭不出声音。不谙世事年仅四岁的大孙子援朝被奶奶、母亲的哭声惊醒,一骨碌从被窝里爬起来,四下看了一眼,赤肚肚扑在父亲的身上,"爹爹呀……爹爹呀……俺不叫你死呀……"一句接一句缓不过气的悲戚哭声,惊动了褪褓中的弟弟治淮。不知是心灵感应还是肚里饥饿,小治淮尖啸的啼哭声划破冬季的夜空,听了叫人撕心裂肺。

凄凉的哭声惊动了左邻右舍,纷乱嘈杂的脚步声惊得全村几十只狗狂叫不已,本该五更司晨的鸡鸣也提前了一个时辰。犬吠声、鸡叫声吵醒了冬夜沉睡中的牌坊张村,人们不约而同地猜测到:一定是得良出事了!他们慌慌张张地穿上刷筒小棉袄、蹬上叠腰大裆裤,推开被寒风掩紧的门,冒着大雪,急急地向得良家奔去。

种田人纯朴热心，一个庄上住着，不管红事、白事都当成自家的事。牌坊张村总共七十三户，只有一户姓陈，是三年前南山修水库从库区迁来的移民。天刚麻子影儿，得良家的两间草屋和院子里齐刷刷地站满了人，他们个个神色凝重，脸上跟老天一样阴沉得能拧出水来，双眼噙着泪花。四周草房上挂着足有三尺长的冰凌，平添出几分悲惨凄怆的气氛。众多族亲口中不住地重复着"好人不长寿""孤儿寡母可咋活呀""老天不睁眼，专跟苦命人过不去"这些哀叹、伤心的话语。

天渐渐地亮了。白雪筠啜泣着用温水为丈夫洗去了满脸的血渍，兄弟几个为得良换上了干净衣服，七手八脚地把他从里屋抬放到当门用秆草铺成的灵箔上，盖上了被子。被子上正对心窝的地方压了一只闪闪发亮的铁犁铧，一张蒙面纸遮住了得良那张眼眶突起、眼窝深陷、眼睛怎么也合不上的瘦脸，头前的灵桌上点了一盏追魂灯。

雪筠和婆婆在一帮老少妯娌的劝解下止住了哭声，大嫂把哭声微弱得像猫娃儿一样的小治淮从怀中抱出来递给雪筠，雪筠把奶头塞进小治淮的嘴中。大嫂、二嫂忙着张罗早饭去了，大伯抱着小援朝和族家十几个人商量着如何通知亲戚、如何打墓、如何殡人等一系列的后事。院中的人领了指派的差事，也都渐渐离去。天上还在飘着雪花，得良家暂时恢复了平静。

这一年的雨水特别多，七月、八月、九月三个月的汛期，临河县北部沙、澧两条大河河堤数处决口。进入农历十一月，西伯利亚吹来的冷空气逗留在黄淮地区迟迟不肯离去，先是小雪，到十一月初八转成大雪，纷纷扬扬的大雪把临河县捂了个严严实实。风卷着雪，广袤无垠的田野上已分辨不出道路、沟渠和坑塘。往日赶集上店、探亲访友成群结队喧嚷的人们只好猫在屋内，家家户户都备了长竹竿，上边绑着罗圈，天天从草房坡上往下扒盈尺厚的积雪。

自爹爹病情恶化从县城姨奶家抬回村，小援朝已经一个多月没见爹妈啦，天天吵着闹着要回家，姥姥、小姨无论用什么办法都哄不住。白老拴老两口时刻都在牵挂着爱婿的病情，几次想去探望，都因风雪太大无法上路。

腊月十八早上，姥姥推开门，风卷着雪花没有一点停下的迹象。姥姥说："他爹，我心里抓挠得很，咱想法送援朝回家吧！"

白老拴说："他娘，我的心急得像滚锅油煎着，实在对得良放心不下。只是你一个小脚，这么大的雪万一滚落到河里坑里，事儿就大啦。"

"要不叫雪梅拿着竹竿在前边探路，你背着援朝去趟牌坊张？"姥姥说。

主意已定，匆匆扒了几口早饭，姥姥给小援朝头上蒙了一件破夹袄。随后白老拴背着外孙，三女儿雪梅拿着竹竿在前边探路，祖孙三人消失在茫茫风雪中。

黄淮平原村庄比较稠密，从银杏庄到牌坊张虽然只有七里多路，中间却隔了两个村子，路径不辨，但隐隐约约可分辨出村庄的轮廓。白老拴对雪梅说："妮儿，咱斜马岔迎着村走。"七里路平常只需半个时辰，今天却走了足足两个时辰，父女俩不知摔了多少跤。

推开门进入屋内，白老拴惊呆了：只见得良颧骨高耸，炯炯有神的大眼已经失明成为两只黑窟窿，完全认不出昔日的模样。他知道女婿是肝脓肿后期，还不知道他五天前就已经双目失明了，霎时两行老泪夺眶而出。他上前一把握住得良的手，凄怜地叫了一声："我苦命的儿啊！"便泣不成声。小援朝哇的一声扑在爹爹身上，一家人顿时哭作一团。

得良从昏迷中醒来，分辨出是岳父送儿子回来了，就吃力地伸出干瘦颤抖的另一只手，把儿子紧紧地揽在怀中。干涩的嘴唇一阵哆嗦，两串浑黄的泪珠从眼角涌出，顺着脸颊滚落下来，他咬住出血的嘴唇，硬是没有哭出声来。得良是十里八村出了名的孝子，虽然自己奄奄一息，但心中方寸未乱。他生怕年迈的母亲、岳父哭坏身体，把万千悲恸强忍着咽回肚里，装出轻松的声音问："爹，俺娘好不？雪下这么大，您咋来啦？"

"你娘好着哩，俺顺着路影儿过来的，没事。"白老拴扯了一个谎。

"雪梅，你在扫盲班学习咋样？要有恒心，有了文化将来找个城里人……哥哥原本想亲自送你出嫁，现在看来不行啦。"得良忍着剧痛，断断续续地说。

雪梅双眼噙泪，小声答道："良哥，别想恁多，谁不生个病？你会好的。我在扫盲班学习已经结业，功课门门优秀，校长还表扬俺哩。俺听哥哥的话，争取找个城里人，你亲自送俺出嫁。"

得良咧了咧嘴角，叹了一口气说："娘，您受苦一辈子，现在解放了，有了地，有了房，又儿孙满堂，本该享清福了，没想到我却成了这个样子，儿子不孝呀！"张郭氏泪在眼里打着转转，包了包少牙的嘴，背过去她那布满皱纹的泪脸。

得良又无限深情地说："雪筠，你嫁到咱家五年，没少吃苦受累，如今又给你撇下两个累赘。你还年轻，我死后，遇上不嫌弃小孩的人家你再走一步，一定要把两个孩子抚养成人。无论再苦再穷，就是砸锅卖铁也要供他们读书。"

雪筠听罢，双膝跪在床前，从口中蹦出了重似千钧的话："得良，今天有咱爹、咱娘做证，我白雪筠今生今世不嫁二夫！就是拉棍子要饭也要把援朝、治淮抚养成人！"

得良眼中的浊泪像决了堤的河水哗哗地流了下来。他哽咽着拉住援朝的小手递到岳父手中，痛苦地撂下了托孤重任："儿啊，要听姥爷和你妈的话，立志成才，为咱家争气！"白老拴顿时觉得肩上像压了一座大山。

老天总算睁眼，腊月二十二早上雪停了，刺骨寒风依然肆虐着。天出奇地冷，家家户户屋檐下的冰凌敲了一茬又一茬，好像永远也流不干的眼泪凝冻在眼眶上。南边十里之外的马鞍山也渐渐露出它挺拔伟岸的身躯，如刀切一般的北崖因太陡峭没有多少积雪，远远望去，就像一个披了重孝的巨人在垂首默泣。一队鸿雁飞过，留下了一串串的哀鸣。

张得良咽气时仅仅三十二岁。按照临河县的风俗，三十五岁以下的死亡称为凶丧，不宜在家中久停，再加上第二天就是小年，几个哥哥和族家商量后决定腊月二十二上午殡人。一个月前得良病重时，医生交代过雪筠为他准备后事。回村后，雪筠就委托叔伯大哥卖掉了全家的心尖儿——刚换牙怀了犊的一头青牝牛，买回了一口湿桐木做的白茬棺，又还了一部分药债。

小晌午时分，吊丧的亲友已经到齐。没有唢呐班子，一挂炸鞭响过之后，开始入殓。当亲友们揭开蒙面纸看到得良凄楚的面孔时，顿然间悲声齐放。哭喊声、钉扣声、拍打棺木声交织在一起，回荡在牌坊张村的上空。又一阵鞭炮声过后开始起灵。雪大，无法套车，三十位青壮汉子在前边清雪开道，另有三十六位龙虎大属相的壮汉轮换抬棺。最前边一个本家叔叔扛着湿柳木棍，上边绑着用黄白两色纸缯的七尺长灵幡；另一个掂着装有鞭炮、买路钱的柳斗。后边紧跟着三十多个挂着哀杖、顶着孝布的近族男性晚辈。灵棺前八十七岁的老族长福运太爷佝偻着腰，挪着蹒跚的步子，老泪鼻涕交织着从盈尺的银白胡子上流下来。大伯一手牵着小援朝，一手扶着顶在援朝头上的老盆，哆嗦着嘴，泪珠不间断吧嗒、吧嗒往下淌。孝子小援朝头缠七尺重孝，身穿麻布孝衣，腰系麻绳，泪眼婆娑，声嘶力竭地重复着"爹呀""爹爹呀"……灵棺后边，白雪筠一身素缟，犹如戏台上的秦雪梅，只哭得天昏地暗，两个嫂子搀着雪筠也是悲声不止。

世上最悲的莫过于白发人送黑发人。满头银丝的张郭氏抱着襁褓中的小治淮，由两个老妯娌搀扶着，泪水顺着她脸上纵横交错的皱纹漫延。孙子太小，她硬是强忍着没哭出声来。后面紧跟着披着孝的近族女性和老亲旧眷，再后边是主动来送丧的乡邻。

临河县的风俗，太老太小的一般不送丧，可张郭氏不依，哭着对雪筠说："老三家的，治淮不满仨月，这辈子再也见不到他爹啦。我抱着他给他爹送送行，将来他大了，也好给他一个交代。"白雪筠劝说不下，只得依了婆婆。

三百多人的送丧队伍，缓缓移动，脚下踩着的冰碴子发出咯吱咯吱声，犹如尖刀一般戳在人们心上。寒风吹着灵幡呼呼啦啦作响，抛向空中的买路钱被风卷裹着漫天飞舞，邻村乡亲或远或近地目睹着张家的不幸，流出了同情的泪水。

村西街口的石牌坊到了。这座建造于明朝的汉白玉石牌坊，像一位见证历史岁月的老人耸立于天地之间，在风雪中悲悯地望着她的后代。族长福运太爷提了提神，粗犷不减当年的声音从喉咙中涌出："拜祖奶奶啦！"三百多人齐刷刷地跪了一地。大伯顺势把小援朝头上的老盆，重重地摔在石牌坊前边的冻地上，清脆凄凉的碎裂声，愈发使众人号啕不止。

牌坊张村无论娶媳妇、嫁闺女，还是殡死人都要跪拜石牌坊，这已成为铁打的规矩。三跪之后，白雪筠站起身，深情地看着高大雄伟、饱经沧桑的石牌坊，暗暗立下了铮铮誓言："老奶奶，我白雪筠的命运从今天起就和你连在一起了。"

送殡的队伍穿过石牌坊，上公路下了坡就到了埋着得良爷爷、奶奶、大伯、三叔及父亲的坟地。墓穴已经打好，抬棺的一声齐喝灵柩入穴，又是一阵呼天抢地的哭声。众人挥舞着铁锨，一齐向墓穴中撂土，白雪筠踉踉跄跄撩起衣襟，从墓穴四角接了五谷杂粮，在众妯娌的劝解、搀扶下啜泣着回村去了。不到一袋烟功夫，殡埋完毕，插上哀杖、引灵幡，众人也渐渐散去。

牌坊张掀过了苦涩、悲凄的一页。

第 二 章

出临河县城往南十五里，紧贴洪滚河西岸的大堤旁，就是远近闻名的牌坊张村。牌坊张东西走向，一条宽约四丈的大街两侧，在绿树掩隐下散落着七十余处农家庭院。农舍升腾的炊烟里飘荡着油煎醋溜的浓香。村西街口处，一座气势雄伟、坐东朝西的石牌坊跨街而立。沿街几棵高大挺拔的白杨树，在春风吹拂下，哗啦啦的绿叶似乎在向行人招手致意。紧靠通南扯北官道的石牌坊，四柱三楼冲天式样，宽三丈，高三丈六尺，除正门两侧八尺高相对而立的青石狮子外，通身为汉白玉石质，历经几百年岁月的洗礼更显得古朴巍峨。

石牌坊建造之精巧，做工之精细，可谓巧夺天工。牌坊脊顶正中立一宝葫芦，左右飞檐斗拱，明间之上共有三层额枋。正楼贴檐小额枋字牌上竖刻"圣旨"二字，中层大额枋深镌"节孝流芳"，中间两根石柱上镌刻詹希元欧体牌联，上联为"松筠高节傲风雨"，下联为"雪蕊琼姿耐岁寒"。两侧石柱上镌刻南阳知府余竹泉的牌联，上联为"万古传贞，永共河山并老"，下联为"千秋不朽，常同日月齐辉"。所有柱、枋及博风板上遍饰立体浮雕，有龙凤、花鸟、人物等图案。下层平板枋题刻铭记，自右向左竖读为："大明永乐十二年三月，礼部题奏旌表，故儒张念槐妻王婉玉，儿张文清：奉旨于永乐十三年十一月敕建。"

在封建社会，人们奉行儒家思想，认为"好马不配二鞍，好女不嫁二男""饿死事小，失节事大"。从道德上说，贞节是对爱情的最终升华。贞节牌坊是皇上给予贞节女子至高无上的荣誉，被旌表的人极其受人尊崇，无论是官、商、士、绅都不敢怠慢。牌坊张村紧邻官道，六百年来凡是经过此处的武官都要下马，文官都要落轿。

新中国成立后，作为禁锢妇女解放的贞节牌坊大部分被拆毁。尤其是"文革"破"四旧"时,石牌坊几乎遭到灭顶之灾。可在这乾坤朗朗的黄淮大平原上,而且在行人川流不息的许泌公路旁,偏有这么一座石牌坊傲然屹立在六百年的风雨岁月中,这就不能不让人们惊叹。

"文革"初期,牌坊张的子孙们听到城里的红卫兵要来捣毁石牌坊的消息,全村男女老少拿着桑杈、铁锨、斧头、铡刀等,把石牌坊围了个严严实实。一百多红卫兵来到时,村民高声喊道:"这石牌坊是为俺老祖奶奶立的,贞节大孝的老祖奶奶才是我们贫下中农的祖宗!谁要是捣毁石牌坊,就是牌坊张不共戴天的阶级敌人……"红卫兵看到村民个个瞪着通红的眼睛,只得灰溜溜地走了。

牌坊张村因为石牌坊的存在而存在,石牌坊因为牌坊张人的膜拜而耸立。没了牌坊张人的倍加呵护,石牌坊在历代的战乱中早就被毁于一旦了。牌坊张以及周围村庄的村民对石牌坊有着极深的感情,每逢初一、十五,人们向石牌坊烧纸焚香,对其敬若神明。几百年风雨,几百年沧桑,石牌坊朝迎启明,暮送长庚,见证了人间的恩恩怨怨,生死离别,家长里短,古道热肠;更见证了几个朝代的荣辱兴衰,是是非非,因果轮回。

说起贞节牌坊,似乎在推开一扇沉重、锈迹斑斑的历史大门。时光追溯到14世纪中期,元朝统治者腐败无道,广大人民处在水深火热之中。黄淮流域是孕育中华民族的摇篮,那时却是饱受元朝统治者蹂躏的重灾区,于是各地农民起义风起云涌。其中以朱元璋为首的红巾军声势浩大,占据了江淮广大地区,黄淮流域成为红巾军和元军争夺厮杀的主战场。

元朝后期二十多年疏于河防,黄河、淮河无数次决口,洪水泛滥致使大片良田沦为沼泽。洪水过后,尸横遍野,人烟绝迹,村庄城邑多为废墟。仅以临河县为例,人口从八万一下子锐减到不足一万,大浪河以南不足千人,马鞍山以南方圆几十里仅剩下院、吴、胡三家。

正值中原地区饱受灾荒战乱之时,晋南一带因无战事,又连年风调雨顺,老百姓安居乐业,中原灾民纷纷逃到那里避难。与中原人口稀少相比,山西反倒是人满为患了。为了恢复生产,大明朝建立后的第三年,朱元璋颁布了移民法令。按"四口之家留一,六口之家留二,八口之家留三"的比例往中原移民。

洪武十一年春，一支两千多人的移民队伍在官兵的押送下，从山西洪洞县大槐树下出发，经过千里跋涉来到临河县。在官府指定下，一户移民在洪滚河大堤旁安下了家。户主张老西五十有四，老伴张吴氏也到了知天命之年，儿子张念槐刚满十五岁。

为安抚移民，政府发放了安家及置办农具的银两，并规定可自行置屯耕种，还免了三年赋税。庄户人家有的是力气。张家父子起早贪黑，在杂草没膝的荒地上开垦出五亩多良田，又盖了三间草屋。两年后，圈里的粮食吃不完。山西人自古有经商头脑，张老西又是一个精明人，就在房子西边、靠近官道的大柳树下，挖了一口井，盖了两间草房，做起了颇受当地人欢迎的面条生意。一个铜钱一大碗又香又稠的浆面条，即使二三十岁的壮汉也能吃个吞饱。南来北往的行人夏有井水冬有暖茶，不收任何费用。所以无论是赶集的、上店的、烧香还愿的，还是找头发换针、卖丝线的都乐意在大柳树下歇歇脚，茶足饭饱之后无不打着饱嗝满意离去。后来张老西又增加了烙馍卷懒豆、咸豆腐脑、沫糊等有地方特色的农家饭。张老西的饭店火了，大浪河以南无人不知道有个张家阃。

俗话说，"不怕贼偷，就怕贼惦记"。张老西来到临河县第三年的腊月初三夜里，月黑风高，天上还飘着雪花。张老西留下儿子看店，早早回家去了。念槐见天冷无客也早早打烊钻进了被窝。

夜半时分，一阵敲门声把念槐从睡梦中惊醒。只听见一个汉子叫道："怼碗粉浆面条喝喝！"念槐来临河县已经三年，加上每天接待很多客人，已熟知周边各县的方言特点。譬如，叶县的"心情"，临河县的"怼"，鲁山、宝丰的"可球美"，一听就知是哪儿的。"怼"字在临河县方言中是万能动词，如吵架叫怼架，打他叫怼他，喝碗汤叫怼碗汤，就连两个人剃头时互相谦让也是"你先怼，你怼了我再怼"等。有人编了一个顺口溜："喝了临河水，句句不离怼。"

一听有客人，念槐就摸着火镰、火石头，打火点着了灯。拉开门，挤进来一蒙面汉子，手持钢刀，嘴中喊道："快把钱拿出来，不然就要了你的狗命！"念槐从话语中分辨出是河东二里远小孙庄的孙癞子。孙癞子人如其名，好逸恶劳，不务正业，常来这里蹭吃蹭喝。前半夜他坐庄推牌九，输了很多钱，就掂了一把钢刀来到张家饭店，想弄些不义之财。

念槐知道后果，没多想就装着和气地说："癫子哥，钱都在铺头的小木箱里，总共有四吊半，你拿去吧！"孙癫子一个箭步，抱了木箱就走。出门没两步便嘀咕："他喊我癫子哥，已然知道我是谁，明天若报了官，那可是老鼠蹦到滚锅里，不死也得脱层皮。"就反回身，对着正准备关门的念槐，扑哧一声，将刀戳进了他的心窝，钢刀拔出，一股殷红的鲜血如喷泉一般蹿了一丈多远，念槐晃了几晃，一头栽倒在门槛外。

　　天刚放亮，张老西老两口来到饭店，看见倒在血泊中的儿子，惊得魂飞魄散，抱着儿子号啕大哭起来。老两口边哭边想道：千里迢迢来到临河县，猝不及防的一场横祸把刚创下的好日子变成了泡影。又想到刚怀孕的儿媳，大把大把的老泪从满是皱纹的脸上流了下来。在路人的劝解下，老两口哭声渐小。张吴氏哽咽着对张老西说："他大，你快去北庄通知媳妇，回来料理后事。"

　　张念槐是这年八月十五结的婚，新媳妇叫婉玉，娘家是临河县城东南角王岗村的，离张家阃只有十多里地。临河县城南靠近山区，每到秋末冬初，老百姓都要上山打些柴火以备冬天取暖。前年初冬，王老汉推着满满一车的柴火，闺女婉玉在前边拉梢。走到张家阃歇脚吃饭，念槐一见婉玉，眼珠子如磁石见铁一般，怎么也挪不开了。只见婉玉如墨的青丝，在头上盘了一个高高的发髻，弯弯的月眉下一对忽闪忽闪的大眼透着聪慧和灵气，尖尖的鼻子，薄薄的嘴唇，圆润的下巴，如匠人雕刻一般，荷花般白里透红的脸上对称地嵌着两个小酒窝。适中的身材，丰满的胸，翘翘的臀，让人搭眼一瞧就知道是个生男娃的坯子。

　　四目相对，婉玉也羞得红云满腮。这个浓眉大眼、鼻正口阔、不胖不瘦、身高五尺开外又一表人才的青年，不正是梦中托付终身的郎君吗？后在媒人热心的撮合下，有情人终成伉俪。

　　念槐出事前三天，婉玉母亲牵挂着妊娠反应强烈的女儿，加上年关前赶着经线织布需要女儿帮忙，就让王老汉把婉玉接回家来。谁知这一去竟成了恩爱小夫妻的阴阳永别……

　　婉玉一进门就扑在丈夫的尸体上，悲声大放，只哭得一佛出世，二佛升天。

　　葬了念槐，转眼就过了百日。一天晚饭后，张老西流着泪对婉玉说："妮儿，你是个好闺女，念槐命薄无福，明天我送你回娘家，将来无论生男生女，我抱回来给张家留个根苗。你再遇个好人家，虽然咱们以后做不成翁媳，我也会把你当亲闺女一样对待。"婉玉听罢，恸哭着对张老西说道："大，今生今世我生是张家的人，死是张家的鬼！抚孤尽孝，为您二老养老送终。"半年后，一个白胖小子呱呱坠地，张老西给孙子起名叫文清，一家人又燃起生活的希望。

恰在此时，临河县城有一家叫田承业的大财主，儿媳月子里因胭脂气又了奶，四处张贴告示给孙子找奶娘。婉玉对张老西说："大，我的奶水多，足够两个孩子吃，要不我去田家试试？一来可为咱家挣些费用，二来也免得您二老日夜为我操心。"俗话说寡妇门前是非多，自从儿子死后，张老西夜里一次也没敢脱过衣服睡觉。他听了只好点了点头说道："妮儿啊，你去吧，如果在田家不如意，我马上接你回来。"

王婉玉带着儿子来到田家，田家在临河县可是数一数二的富户。一进三的大院，临街开着钱庄，乡下还有五六十顷好地。当地流传着这样一句话："出城门往东南，十里好地都姓田。"只是田家财旺人不旺，三代单传。儿媳头胎就生了个男孩，一家人自然欢喜不尽视若珍宝，田承业给孙子取名文杰。文杰长得虎头虎脑，白白胖胖。俗话说，"生身父母没有养身父母恩情重"。婉玉心灵手巧，脾气好，又勤快，文杰见了婉玉比亲娘还亲。婉玉带着儿子在田家一待就是四年，直到文杰断了奶，便思忖着要回乡下。田家不舍得婉玉母子离去，田承业就说："婉玉，你看文清、文杰比亲兄弟还亲，你们就不要回乡下啦！你心灵手巧，针线活又好，就做针工吧！"婉玉自然是求之不得。

田家有的是闲房子。文杰八岁时，田承业联系城中张、王、李、赵一帮士绅，并请了临河县最有名望的宋先生，在自家后院办了一个学馆，收了十多名学生，孩子们跟着老师咿咿呀呀地念起了"人之初，性本善；性相近，习相远……""赵钱孙李，周吴郑王，冯陈褚卫，蒋沈韩杨……"两年后，开始读四书五经。

小文清闲着没事，就在学馆窗下听别人读书，从不间断。先生就考问文清，文清竟能把先生教过的课文倒背如流。宋先生看了看天庭饱满、眼里透着聪慧的小文清，又问了问他家庭的状况，叹了一口气。

小学生除了背书就是临帖，学习方式枯燥无味。久而久之，学生开始和先生捣蛋，背地编了顺口溜讥讽先生："人之初，性本善，先生咬住学生蛋。劈山救母、白蛇传,火神庙有戏不叫看,你不丢手我不念……"宋先生听在耳中痛在心里,就找田承业商量:"老掌柜,这一帮纨绔子弟怕是要把文杰带坏。我看文清聪明好学,个子又比其他孩子高半头,不如也让文清入班学习,让他做做表率,收拢收拢这帮孩子的野心。"田承业为了孙子的前程,爽快地说:"就按你说的办,学费由我出。"王婉玉做梦也没想到有这样的好事能轮到自家的头上,自丈夫死后的八年多,脸上头一次泛起了久违的笑容。

从小就懂事的文清,十分珍惜这从天而降的读书机会,除四书五经外,七八年来还通读了诸子百家、二十一史等先生带来的上千册家藏珍书,可谓学贯古今、满腹经纶。俗话说一好带百好,孩子们一改顽劣,个个发奋争先。洪武三十年临河县院试,共录取秀才十名,宋先生的十三名学生三个榜上有名,其中张文清名列榜首,轰动了整个临河县。田文杰虽然考了个第九名,但这可是田家八辈以来的最高荣誉,田承业一家笑得合不拢嘴。

王婉玉在田家已待了十六年,虽然她隔三岔五地回家看望公婆,但始终放心不下年过七旬的公公婆婆,这次执意要回乡下。田承业已看出张文清将来一定会成大器,就对婉玉说道:"你回家尽孝是天理,我不好再阻拦你,文清、文杰同庚,名字又相随,天意让我多一个孙子,田家把他认作螟蛉如何?你若答应,文清以后的一切费用我包了。"婉玉听罢热泪盈眶,急忙喊来文清,二人双膝跪地给田承业磕了三个响头,田承业扶起母子,又给文清赐了个字叫汝濂。

三年乡试,张文清在河南又夺了个头名。永乐元年张文清赴京会试,高中黄榜二甲第十八名。二十二岁的张文清进士及第,喜报传到临河县,县太爷亲自到张、田两家作贺。知县走罢,张老西按捺不住心头的喜悦,站在大柳树下的井台上,手捋银须,操着浓重的山西腔唱起了河南梆子:"小孙孙中黄榜名扬天下,临河县众乡邻谁不赞夸,多亏了好儿媳抚养孤寡,张老西念大德热泪如麻……"

随后,张文清入都察院任都事。明朝前期铁腕反腐,都察院是个要害部门。永乐三年张文清因年轻勤奋、公道正派、办事干练被任命为林州知州。林州地处太行山腹地,少雨多旱、地瘠民贫、匪盗猖獗。张文清到林州后整肃吏治,根除匪患,一头骡子伴随他跑遍了林州的山山水水。他引导老百姓种树固土,兴修水利,修路办学,加上老天帮忙,老百姓丰衣足食,林州一派生机。三年任满,离任时，州衙一条街上齐刷刷跪了一地百姓，流着泪喊道："张大人不能走，俺林州百姓离不开你呀！"张文清眼含泪花对钦差说道："请你们代我回复皇上，张文清不求升官，只求百姓满意，我不走啦！"顿时欢呼声响彻林州城上空。

又三年过去了，数万老百姓跪街拦道，张文清又没走成。一晃九年，张文清在林州已满三任，老百姓听说张知州要走的消息，从四乡八保纷纷涌进城里，把小小的林州城堵了个水泄不通。这一次是河南承宣布政使司亲自宣读皇帝诏书。读罢诏书，布政使深情地对百姓说道："林州需要张大人，大明朝更需要张大人，为了张大人的前程，请乡亲们让开道吧！"张文清没有坐轿，缓缓前行，和一城的老百姓挥手泪别。永乐十一年任吏部左侍郎。

张文清升任吏部侍郎后，几次接爷爷、奶奶、母亲到京。此时，张老西夫妇已年过九旬，不愿离开故土，婉玉为服侍年迈双亲也执意留在了乡下。

王婉玉的节孝事迹被朝野上下传为佳话。永乐十三年皇帝颁旨，敕封王婉玉为诰命夫人，着南阳府建造节孝坊。

张文清中进士后娶田承业孙女为妻，后生下五男二女。数十年后形成了一个二百多人的村庄，由于立了石牌坊，人们就把张家阙叫成了牌坊张。

第 三 章

　　得良的爷爷叫张黑牤，十七岁那年，爹娘因病相继去世。黑牤长得黑不溜秋、膀大腰圆，五尺多高的个头儿，力壮如牛，上千斤平放的石碌他用屁股轻轻一撅就竖了起来，两桩子三百多斤重的粮食夹起来健步如飞。只是饭量大得惊人，一顿饭能吃下半筐子蒸馍，方圆十里八村的财主嫌他吃得多都不敢雇他。牌坊张往南二三里，洪滚河上有一个埠口，长年累月两岸百姓赶集串亲，埠口两头的大堤成了深约三丈的古路沟。不知何年何人，在河西岸的古路沟旁，依沟沿挖了一座砖瓦窑，后来窑越建越多，成为一处砖瓦集散地，人们就把这条沟叫作窑沟。久而久之，这里形成一个卖牛羊、卖山货、籴粮卖菜的集镇，叫窑沟集。

　　摔坯子、打泥垛，可是壮汉子都害怕的力气活。张黑牤经亲戚作保，来到砖瓦窑打工。张黑牤勤快又不惜力，以前，两盘轮子做瓦用两个泥垛工，他来后就一个人包了。洇窑时，担起二百多斤重的水桶"噌噌噌"一气就是二三十趟。窑主喜欢得合不拢嘴，除经常给他加饭加菜外，年底还偷偷塞给他一个红包。

　　张黑牤在窑场干了十一年，用挣来的血汗钱买了一亩六分薄地。有了土地就代表着人尊贵，也就有了站到人前的本钱。随后，一位好心人把寺山下黄湾村二十三岁的老姑娘黄大脚介绍给了张黑牤。封建社会人们对女性审美的头条标准就是三寸金莲，张黑牤二十多年没敢做过娶媳妇梦，如今喜从天降，哪还敢挑脚大脚小，就瞎子牵驴——不敢撒手啦。随后一辆牛车把媳妇娶了回来。媳妇除了脚大些，无论身段、长相都不错，和气开朗的性格和牌坊张老老少少都搁合得很好，两口子恩恩爱爱。除扒拉那一亩六分薄田外，张黑牤还隔三岔五地从窑沟集贩些山柴火到县城去卖，媳妇在家纺花织布，小日子过得还算顺心。

　　只是到麦秋收获季节就犯了难，自家地离村远没法造场，又没打场农具，收获的庄稼不能及时脱粒入圈，啥时候能有石磙、麦场、耢子，成为小两口的梦。一年半后，大儿子出生，就起名"石磙"；两三年后，"麦场""耢子"又相继降生在张家。

十五年后，磙、场、耢三兄弟都长成了大小伙儿，一亩六分薄田自然填不饱五口人的肚子。张黑牤就让老大、老三外出做了长工。老二心眼比较活泛，就给他置办了一副货郎挑儿，麦场就担着货郎挑儿、手中摇着用狗皮做的拨浪鼓，走村串乡做起了找头发换针、换糖豆、换洋火的小生意。

又过了几年，先是老大石磙娶鸡山下龙潭沟罗佃户家的女儿为妻；紧接着货郎张麦场也迎来他人生中的合卺之喜；随后从西北路逃荒到临河县的要饭妮儿给老三耢子做了媳妇。

说到货郎张麦场的婚姻，颇有几分传奇。六七年来，一个货郎挑儿伴随着张麦场跑遍了大浪河以南所有的村庄。张麦场忠厚和气嘴又甜，加上他经营的各色染布颜料、扣子、顶针、七彩丝线、墨锭、毛笔等都是农村离不了的日用品，所以他进村的拨浪鼓一响，老的少的都跑出来，或买东西或托他给亲戚朋友带话。

这年九月，张麦场来到城东南的花炮郭村，卖了一些针头线脑，正准备离去，一位三十出头的小媳妇说道："张货郎，你慢走，我给你说句话。"

"大嫂，你说。"张麦场放下了货郎挑儿。

年轻女子走近了说道："俺已打听了，你还没娶媳妇，俺把孩儿他姑给你撮合撮合咋样？"

张麦场问道："恁孩儿他姑叫啥？"

"叫郭秀婵，二十三啦！"年轻女子答道。

张麦场心里一阵窃喜。他多次来花炮郭村，也多次和秀婵姑娘打过照面，模样齐整的秀婵在他心中留下了很深的印象，只是因为自己家穷从来不敢痴心妄想。几天前他来花炮郭村时还见过秀婵，只是秀婵在三年前的一次花炮爆炸中脸上留下了两块如铜钱那样大的紫红伤疤。在别人看来秀婵白净脸上的伤疤犹如荷花溅了污泥一般，而在麦场眼里，就像梨花上点了朱红更加楚楚动人。何况秀婵是方圆几个村庄出了名的聪慧、温柔又勤快的好姑娘，麦场连声说道："中！中！中！……明天就叫俺爹托人来提亲。"

不到三年娶了三房媳妇，村上人无不羡慕地对黄大脚说："王宝钏当娘娘，恁可熬出头啦！"可张黑忙老汉却怎么也高兴不起来：一大家子吃喝不说，光住这一项就愁死人。老三耢子成亲时，没办法，他和老伴只好暂时住到隔院叔伯兄弟家的磨屋里。但借住别人家也不是常法，张黑忙就找来福运大哥商量。

　　在福运大伯的主持下，一家人没争没吵分了家。老大已有了儿子，需要照看，老两口就跟了石磙；一亩六分地作为养老田暂时由老大耕种，二老下世后三兄弟再均分；三间草房，老两口、老大、老三各住一间。

　　福运大伯又对耢子说："我给你凑几串钱，你在窑沟集做个小生意。"又对老二说："你有货郎挑儿，可以糊口。靠牌坊的祠堂闲着，明天我帮你们拾掇拾掇，恁小两口就先将就着住吧。"

　　临了，福运大伯语重心长地说道："孩子们，不要怪恁老头儿没本事，咱穷苦人活在世上真不容易呀！恁要学会过这种日子，要咬着牙过这种日子！"

第 四 章

麦场小两口住进了张家祠堂里，总算有了一个属于自己的家。每天，张麦场担着货郎挑儿从石牌坊下走过，摇着拨浪鼓，扯着嗓子为生计奔波。秀婵也扡着篮子下田拾柴、剜野菜。

清贫的生活更能见证爱情的纯真，而纯真的爱情犹如春天满墒的沃田，种子一沾着土就生根发芽。婚后的八年里，秀婵接连生下三子一女。两口子给老大取名得窝，老二得田，老三得良，小女儿可心。质朴的小夫妻不敢做奢望的梦，只要一家能生存下来就心满意足啦。

穷人家锅台上就怕多放几个"木瓯"（小孩儿吃饭用的木制碗）。头几年孩子还小，生活勉强还能过得下去，又过了几年，老大已经十二岁，最小的可心也六岁啦，一群孩子像半大猪娃一样都到了"装饭"的年龄。由于军阀连年开战，民不聊生，虽然老大、老二每天拾柴，秀婵领着老三、小女儿每天剜野菜，可张麦场的货郎挑儿转悠一天却籴不来二三斤下锅的米面。常常是吃了上顿没下顿，几个孩子像落了叶的山麻秆一样瘦得皮包骨头。无奈，麦场托福运大伯，把老大介绍给窑沟集开屠行的本家张屠户，十二岁的孩子无非是干些烧大锅、拉猪腿、翻猪肠的杂活；十岁的老二身板粗壮些，被介绍给北边铁炉王村的王铁匠拉风箱；八岁的得良来到窑沟南谢古洞村给谢财主家当了羊倌。虽然三个孩子都没有工钱，但一下子减少了三口人吃饭的压力，张麦场两口子总算松了一口气。

谢家两顷多地，有一匹菊花青骒子、一匹枣红马、一头四尺高的崭白牝牛和一头四尺高的抿角黄犍，还有五六十只山绵羊。此外，在二郎山南边还有一处叫谢山的山林。家里雇了两个长工和一个羊倌。大长工四十多岁姓杜，得良叫他杜伯；二长工三十多岁膀大腰圆是个哑巴；羊倌姓董，五十多岁，外号叫"懂哩多"，得良就叫他多爷。"懂哩多"家原本是临河县有名的殷实大户，因他父亲追随革命党被清政府砍了头，家产充公，母亲被活活气死，正在读书的他走投无路只好逃到山里给人家放羊为生。得良每天跟着老羊倌，顺着洪滚河坡向西到龙泉湖，或向南到棠溪源去放羊。

得良人小嘴甜，腿脚又麻利，很是招老羊倌的喜欢。洪滚河河坡长满了又青又嫩的牧草，羊吃饱了就卧在鬼柳林里，闭着眼睛倒沫打瞌睡。得良就躺在多爷身边的草地上，望着蓝天白云，缠着多爷给他讲故事。老羊倌指着峭岩凌空的九头崖打开了话匣子：

"很久很久以前，在九头崖山下、棠溪河畔住着一支七八十人的小部落，他们结草为庐，狩猎捕鱼为生。部落里有一个俊妞叫嫘凤，长得比西边白云寺的观音菩萨还好看。嫘凤不但长得好看，而且心灵手巧。那时候，山脚下长了很多桑树，春天桑叶上孵化出很多乳白色的小虫子，初夏长得手指一般肥胖，从嘴中吐出绵绵不断的银丝。嫘凤又在蜘蛛山受蜘蛛结网的启示，开始尝试着用这些'天虫'缫丝、织绸。功夫不负有心人，嫘凤率先脱掉遮羞的树叶和兽皮，引导本部落向文明人迈出了第一步。后来她又采来了各种颜色的山花，把白绸染成七色锦缎，于是这个部落的人们开始穿红着绿。

"又过了两年，黄淮流域大小部落的总首领黄帝巡狩到棠溪源，看到貌若天仙、穿着彩衣的嫘凤姑娘，顿生爱慕之情。嫘凤随黄帝回到轩辕丘，也就是现在郑州南边的新郑，嫘凤向全部落传授养蚕织锦技术，协助黄帝开创了华夏文明。后嫘凤生子，子又生孙，子子孙孙无穷匮也。嫘凤就是我们祖奶奶的祖奶奶。"

小得良支棱着耳朵，眼珠子都不敢转动，听得入了迷。

一只五六十斤重的老骚胡，咽下最后一口反刍的碎草，睁开眼抖了抖身子，噗噗地从嘴中吐着粗气，脸贴着一只母羊的脸调起情来。一轮羞红脸庞的落日躲到鹁鸪峰的西边去了，老羊倌站起来掸了掸屁股上的泥土，随手甩了一个清脆的响鞭，高唱着"日头落，狼下坡，赤肚孩儿跑不脱……"一老一少吆喝着羊群，消失在炊烟袅袅的暮色中。

多爷是个光棍汉，人善良，又特别喜欢小孩儿。那时候山里豹子、豺狼等野兽很多，每天夜里都要到羊圈外骚扰几次。多爷只要听见看门的老黄狗一叫，就披上衣服，提着钢叉到羊圈外边撵狼，从来舍不得叫醒睡梦中的得良。得良视老羊倌如亲爷爷一般，多爷好吸烟，有咳嗽的老毛病，得良就从山上采来野菊花、贝母、党参晒干，供多爷泡茶喝。每天提夜壶倒尿罐的活儿从不让多爷沾手。冬天天冷，得良火力大，就抱着多爷的腿给他暖脚。

小孩子好奇，遇事就好问个根梢。有一天，得良在洪滚河河岸的土崖下发现一块花砖，重约二十来斤，四边饰有凸起状花鸟图案，就抱着问老羊倌："多爷，你看这砖这么花哨，它是干什么用的？"

老羊倌仔细看了看说："孩子，这一带地下埋着古柏子国的京城，咱住的谢古洞村原本是京城里的一条老胡同。几百年前，洪洞县一户姓谢的移民在此落下脚，挖井时挖出一块青石板，能从上边模糊地辨认出'谢古洞'三个字。这家移民姓谢又来自洪洞县，大喜过望，就把这个地方起名叫'谢古洞'。其实，这块青石板是柏子国都城谢姓人家集中居住的一个巷口标识牌，只是埋在地下年代久远，'胡'字的右半拉'月'字被腐蚀掉了。"

得良接着又问："多爷，你说的柏子国是咋回事？"老羊倌清了清嗓子，又滔滔不绝地讲了起来：

"三千多年前，周文王一统天下，分封大小诸侯国八百多个，长期辅佐女娲娘娘的柏皇氏被封在了这个山清水秀的地方，史称柏子国。当时洪滚河生长着很多柳树，因此柏都又叫柳州城。柏子国七十多年后被楚国兼并。后来战国七雄之一的韩国联合齐、鲁、宋等国打败了楚国，韩昭侯就派人在龙泉湖冶铁铸剑，用龙泉水淬火制成的剑坚韧锋利，削铁如泥，于是，天下无人不知有龙泉剑。"

"那后来呢？"得良又问。

"后来到了北魏时期，一场特大暴雨冲垮了龙泉湖，柳州城淹没在一片汪洋之中。洪水过后，淤积的泥沙把整个柳州城埋在了地下，结束了它一千五百年的历史。这块砖就是那个年代遗留下来的。"

"再后来呢？"得良咽了一口吐沫又接着追问。

"后来，一个小孩儿和一个老头儿因家中揭不开锅，来到这里给财主家放羊挣碗饭吃。"

老羊倌一句话堵住了得良无休止的追问。得良眼角滚出一串热泪，水边芦苇丛中一只"呱呱鸡"（一种水鸟）凄叫着向对岸飞去。

寒来暑往，老羊倌又给得良讲了千峰垛下蛮王城、谢山谢天官祖坟、铁山将军墓以及李闯王出商洛、过荆紫关、进中原、经牌坊张、攻克临河县活剐知县潘洪等几箩头也扰不完的故事。在老羊倌的故事声中，得良长高了一头。

别看得良年龄小，但心里透气儿，手脚勤快，眼中有活儿。像扫院子、看小孩、撑口袋、套磨碾米等家务活从来没偷过懒，还帮着抬粪、饮牛遛马。谢家没有一个人不喜欢他。大把式杜伯把一肚子的牛马经、农谚、做庄稼活的绝活都毫无保留地传给了得良，十四岁的得良听着反刍的牛铃声就能准确无误地判断出牛的饥饱与健康；在牲口市上搭眼一看就知道牲口有力气没力气；掰开嘴就知道牲口年龄大小；拉出舌头就知道牲口吃受好坏。他把"长牛短马一鞍驴""通脊牝牛对脐犍，妨得主家不得安""上草压下草，牲口吃不饱"等牛马经都记在心里，把"种在春犁上，收在夏锄上""麦种黄泉谷露糠，豆子耩在地皮上""麦收八、十、三场雨""芒种芝麻夏至豆，五黄六月争回娄""只栽谷雨土，不栽立夏泥""三追不如一底，年外不如年里""日晕有雨，月晕有风""蚂蚁蛇拦道，必有大雨到""马鞍山戴帽，庄稼佬睡觉"等好多农谚背得滚瓜烂熟。

杜伯还教会得良盘碌碡、扬场、打掠子、摇耧撒种、犁地耙地等种庄稼的绝技。十四岁的得良手扬牛鞭，当上了二把。

第 五 章

得良成熟较早，虚岁十七就长成了五尺多高的阳刚汉子。不但庄稼活儿样样精通，而且浑实强健的肌体总有使不完的力气。遇着焦麦炸豆、起五更打黄昏的重活从不叫苦叫累，谢家自然是欢喜不尽。

中秋节到了。主人一早从屋里扒出一只竹篮，里边放着得良前天从谢山坡上采回来的板栗、柿子、野枣、山里红等几样坚果和时令水果，笑着说："得良，过节哩，你回家看看，顺便把上半年的工钱给你爹娘捎回去，好让他们籴米买面。"得良接过篮子，把钱装进上衣口袋，冲着主家笑了笑，扛着竹篮，出大门往北不远就上了通往牌坊张的大道。

本该是秋高气爽的季节，可太阳却在黑云团里钻来钻去，灰蒙蒙的天空像扣了一口大锅，闷热得让人喘不过气来。

自从淞沪战役、南京失陷、台儿庄会战后，日寇的铁蹄已踏进中原。为阻挡日寇咄咄逼人的攻势，老蒋不顾老百姓死活，留下了中国战争史上空前绝后的一页败笔：下令扒开黄河花园口大堤，豫、皖、苏三省四十四县成为泽国。据史料记载，日方只死了四人，而中国八九十万老百姓葬身于滔滔洪水之中，有四百多万难民背井离乡。临河县距黄泛区只有一百多里，有数万名灾民涌进来，于是，国民党打着赈灾和抗日的旗号，多如牛毛的苛捐杂税压得老百姓喘不过气来。得良大哥受雇的屠行和二哥受雇的铁匠铺生意惨淡，不得不关了门。

这年夏天，冯玉祥将军来到临河县宣传抗日，动员八千多名临河子弟奔赴抗日前线。因生活无着落，大哥、二哥每人留下五块银圆的安家费，到庞瘌子的四十军当兵吃粮去了。

两个哥哥走后，父亲放心不下，常常在夜梦中哭醒，吃不下饭，浑身无力，四十多岁的人已憔悴得像六七十岁的老头。加上兵荒马乱生意不好做，大浪河以南再也听不到张货郎那洪亮的叫卖声了。

得良牵挂着父母，一路健步如飞，不消一个时辰就看见了村头的石牌坊。

走近了，见牌坊下站着身材肥硕、一脸络腮胡子，两眼像玻璃球一般骨碌碌乱转的保长温恒斋。温恒斋小名叫毛，家在牌坊张北边不到一里地的温家寨，彼此都认识，保长和张货郎平辈称呼。

只见保长像蒙上眼拉磨的驴一般急得团团转，不住地用白洋布手巾擦着秃脑门上的汗珠。一见得良过来，上前急切地问道："大侄子，过节回来看你爹娘哩？"

得良嗯了一声。出于礼貌，得良随口问了一句："毛叔，你失急慌忙地站这儿弄啥？"

保长故作焦急地搓了搓手说："上个月，螃蟹沟又开了个大口子，淹了一千多亩地，县上叫报灾情哩。我把受灾情况汇总后送到詹山乡公所。乡长说灾情只涉及咱们保，材料让咱们直接送到县上。恰巧今天恁婶的侄女要出嫁到西平出山，我要去当送客，没办法才来找狗沁，谁知道狗沁一早去张店看他姥姥啦。乡长说这材料今天报不去就作废了，偏偏事儿都凑到一块啦，真是急死人！"说罢又搓了搓手。

得良清楚，洪滚河从棠溪源出来一路向北，到离牌坊张约三里的螃蟹沟，拐了个九十度的急弯向东奔流而去，每到汛期螃蟹沟几乎年年都要决口。因为今年雨下得特别大，所以灾情比较严重。狗沁是牌坊张村的一个二流子，给保长当狗腿子混饭吃，这些情况得良都清楚。

保长又接着说："得良，你把东西搁家，要不你到县城跑一趟？回来不耽误吃晌午饭。我也不亏待你，给你二十块钱的跑腿费。你要是不愿意，就当我放了个哑巴屁。"

得良思忖了一下，心想：两个哥哥都当兵走啦，按照二丁抽一的政策，他不可能抓我当壮丁。又想到灾情报不上去，苦的都是乡里乡亲，就接了二十块钱和一个牛皮纸大信封朝家里走去。

温恒斋望着得良的背影咧了咧嘴角，"嘿嘿嘿"发出一阵坏笑，扬长而去。

得良走进祠堂的家，一阵凄楚涌上心头。母亲往日如墨的浓发已经灰白，瘦削的脸庞上布满了数不清的皱纹。衣衫褴褛的妹妹面黄肌瘦，嘴角的两个喝酒坑儿不见了，痴呆的大眼看不出一丝少女的活力。

得良叫了一声："爹！娘！"两行热泪便从面颊上滚落下来。

可心接住了篮子。张麦场一骨碌从床上下来，两只干瘦的手捧住得良的脸说道："咋这么黑瘦，是不是活重累得吃不消？"

"没有，可能是想你们想的。"得良笑着摇了摇头。

一阵简短的相互问候之后，得良从口袋里掏出几张法币交给母亲，说道："娘，这是俺上半年的工钱，加上我进村时碰见保长，让我到县上送趟信给的二十块跑腿费，总共一百四十块钱。你和可心明天就到集上籴些粮食，余的钱给爹找找先生。我去城里送信，回来不耽误吃晌午饭。"

临走又叮嘱母亲："可不要放钱，物价一天一个样。一百块钱早几年能买两头牛；去年只能买一头驴；今年春上只能买半拉猪啦。"

母亲点了点头，眼里噙着泪花，目送得良远去了。

心急走路快，不到小晌午，得良就来到了临河县城南门外。抬眼望去，三丈高的城墙已被日本飞机轰炸得豁豁牙牙，雄伟气派的城楼只剩下小半拉，一只破嘴乌鸦落在残破不堪的城楼兽头上凄叫不止。空气中弥漫着刺鼻的血腥味，满大街散落着砖头、瓦砾，街上行人稀少。

得良来到十字街，转过抹角楼，一座坐北朝南的深宅大院就是县政府，县政府门前站着两个黑衣警察。

得良递上信封，说明了情况，一个警察挥了挥手，说道："跟我走。"

来到后院，一所三间带跨耳的青砖瓦房，柱子上挂了一个白底黑字的牌子：临河县征兵处。得良不识字，自然不知道是什么内容。警察指了指："你进去吧。"

得良进屋看见，靠东边摆了一张办公桌，办公桌后边坐着一个偏分头、穿着纺绸大衫、一脸凶相的家伙。办公桌边藤椅上斜坐着一个身穿黄皮、扎着武装带的年轻军官。偏分头抽出信笺看了看，狞笑着递给了军官。军官用浓重的浙江口音说道："小兄弟，欢迎你到八五军当兵吃粮。"

得良一下子蒙了，连声说："长官，我是俺保长派来给县上送灾情材料的呀！"

偏分头笑了笑说道："你不识字吧? 这上边明明写着'詹山乡第三保自送壮丁一名, 请接收'。你们保长还怪能哩, 不用绳捆索绑就交来一名壮丁, 这叫作人家把你卖了, 你还帮人查钱哩。"

得良又分辩道："俺两个哥哥两年前就跟四十军走了, 不要说按二丁抽一, 就按三丁抽二, 也不该叫我当兵。"

偏分头又说道："小兄弟, 认命吧! 咱临河县那么多财主, 有两三个男孩的、四五个男孩的, 还有三妻四妾一大群男孩的, 你打听打听有一个当兵的吗?"

得良咬了咬牙, 仇恨的眼眶里闪着泪花, 叹了一口气。

不一会儿, 来了两个当兵的。其中一个说道："小兄弟, 先委屈你一下!" 就把得良捆了个结结实实, 一人在前边牵着, 一人在后边拿着枪, 出了县政府往东去了。

过县城东门往北拐, 城墙外东北角有个大院, 就是临时关押壮丁的地方, 当时叫师管区。师管区高墙上架着铁丝网, 四角的岗楼上站着荷枪实弹的士兵, 看了叫人毛骨悚然。进得院来, 得良看到约三百名衣着破烂、瘦脸上挂着泪痕、蹲在地上的壮丁, 头发像一堆枯草被风吹着, 凄怆得令人心碎。

一个挎着盒子枪、身材稍瘦的年轻军官跑过来, 问了得良年龄、家有几口人、家庭住址、平时干啥等一些情况, 给得良松了绑, 说道："小兄弟, 我是八五军三师二团的警卫排长, 你就跟着我吧。" 得良无奈地点了点头。

晚上开饭时, 排长吩咐得良去打饭。进入伙房, 得良一眼就看见家住西街牛市口的姨父。姨父也看见了得良, 就轻声问道："你这孩子咋跑到这儿了?"

得良简短地叙说了被保长欺骗的经过, 流着泪对姨父说："你今晚无论早晚要给我家捎个信, 不然我父母会急出病的。" 姨父点了点头。

晚饭后, 排长吹哨集合他号的十几名壮丁, 将他们领进一间屋子。昏暗的煤油灯下, 用麦秸打的地铺上散发着令人窒息的霉烂味。每个人只发一条破军毯, 排长下命令任何人不准穿一丝一线, 然后抱着壮丁脱下的衣服、裤头, 锁上门走了。

皓月当空, 一缕清辉洒进窗内。得良好不容易盼来一个和家人团聚的机会, 却遭此横祸, 他一夜无眠, 大把大把的眼泪滚落下来。

儿子到家后, 张麦场的病就减去了七分, 狠狠心到街上买了二斤豆腐, 吩咐女儿到山墙外的倭瓜秧里扒拉出一个半老倭瓜。又对妻子说道："得良难得回来一趟，咱做顿菜馍，过个团圆的中秋节吧！"于是，郭秀婵到邻居家借了一瓢大麦面，麻利地和女儿做好了午饭。

日头偏西，不见儿子回来，两口子急得站在村西官道上不停地往北张望。

太阳渐渐失去了它最后的一缕光辉，天完全黑了下来，但仍不见得良的踪影。祠堂里聚满了张麦场的族亲，各种猜测纷至沓来，每个人额头上都挂着豆粒大的汗珠。

接近半夜，得良姨父慌慌张张地一步跨进门来，上气不接下气地说道："得良被黑心保长骗到城里抓了壮丁啦！"郭秀婵当即昏了过去。

顿时，祠堂里哭叫声、咒骂声一片。祠堂无语，见证了这个苦难的家庭永远也抹不去的仇恨。

秀婵在众人劝解下醒了过来，号啕不止。福运大伯抹掉脸上的泪痕，说道："谁不知道温毛是个黑红搅儿，和西南山的土匪一气儿，要不詹山乡的乡长那么怕他，会让这个恶棍当保长？不论理的社会哪有穷人辩理的地方！人在做，天在看，往后一定会有遭报应的时候。"福运大伯的话八年后果然得到了应验。

得良姨父又交代秀婵："听说明天部队就要开拔，你去看看得良吧。"说罢，就急匆匆地离开了。

第二天天刚亮，张麦场一家三口来到临河县师管区。不一会儿，几百名壮丁在士兵的押解下排着队走出大院，就像穿蚂蚱一般，一根长麻绳拴着十来名壮丁，个个眼中噙着泪。大道旁已站满了从四乡八堡赶来送行的亲人，有父母姐妹，有白发苍苍的爷爷奶奶，还有怀抱婴儿的妻子。一个扎着红头绳、脸上胭脂口红依稀可辨的少妇，可能是刚过门的新媳妇。

张麦场看见了眼睛红肿的儿子，连忙上前，当兵的不让靠边，他就喊了一句："遇事要多长个心眼！"便泣不成声。

霎时，哭声一片，凄凄惨惨。那场面真是像杜工部描述的那样："爷娘妻子走相送，尘埃不见咸阳桥。牵衣顿足拦道哭，哭声直上干云霄。"

第 六 章

三天后，张得良随着一百多名壮丁被押解到许昌城东的仙女店，分在八五军三师二团。团长姓苟，江西人，粗壮身材一脸横肉。在操场上，他瓮声瓮气地讲道："弟兄们，从今天起你们就是我苟团长的兵了，更是集团军汤司令的兵。你们不要想着逃跑，谁敢逃跑，逮住了统统枪毙！听见没有？"

"听见了。"壮丁们回答。

"听见就好，三个月新兵训练都给老子打起精神来！"

由于从上到下层层克扣军饷，士兵们只能吃个半饱。当官的还美其名曰：为了磨炼士兵的意志。士兵们挨打受气更是司空见惯。到兵营三个月后时令已进入寒冬，士兵们依旧只有来时发的一条破军毯、一身夏装。

好在得良过惯了苦日子，在军营里劈柴、挑水、扫地，依旧手脚不闲，加上他待人和气，训练结束当上了团部的勤务兵。

刚开始，得良干一些端饭送水、倒夜壶扫地的杂活儿。半年后他给团长小灶烧火帮厨，才清楚这支队伍是豫鲁苏皖四省战区行政长官汤恩伯率领的十三军。十三军因军纪太坏，老百姓恨之入骨，到哪儿哪儿不欢迎，汤司令就把十三军改叫八五军。

十三军每到一处，征粮派款，抓丁拉官车，巧立名目，敲诈勒索。更可恨的是他们住到哪个村，那个村稍有姿色的妇女都难逃魔掌。两年不到苟团长就娶了三房姨太太，就连小小的连长个个都有小妾。

在中华民族生死存亡的紧要关头，身为第一战区副司令长官的汤恩伯不顾百姓死活，强征方圆十多个县的木材、砖瓦、民夫，在叶县大林头村盖了一座豪华转楼，过起了花天酒地的生活。

就连汤的老母亲都看不惯儿子的所作所为，语重心长地劝道："儿啊! 这转楼盖得再好，你总不能吊起四个角运回咱浙江老家吧! "

　　当时，河南流传着这样一句话："不堪日本鬼子来烧杀，更不堪汤恩伯来驻扎"。

　　民国三十一年，张得良随苟二团换防到临颖县繁城镇北边的杜庄。前一年河南已遭遇大旱，临颖县是中原大旱的重灾区，夏秋两季的收成不足往年的四成。这年春天几乎是滴雨未落，直到晚秋才下了一场雨，但已过了播种季节。丰年尚且吃不饱肚子的农民，怎能顶得住几百年不遇的大饥荒。刚开始农民宰杀牲畜，后来只能吃草根、树皮，几乎所有人的脸都是浮肿的，两眼与鼻孔发黑。

　　每逢饭后，一群骨瘦如柴的孩子拿着破碗到兵营抢泔水喝。草根、树皮吃光了，灾民开始大量死亡，在许多地方出现"人相食"的惨状。

　　临河县和临颖县是邻县，苟二团驻防的杜村距牌坊张村虽然只有一百多里地，然而得良每天只有望着家乡的方向泪眼婆娑。

　　十三军不但军纪败坏，而且打骂士兵司空见惯，因此开小差的很多。为防止士兵逃跑，苟团长除在防区五里范围内布置了五道岗哨外，还规定凡是开小差的不管任何理由，逮住一律枪毙。一次一个患有夜游症的士兵摸出军营，被当作逃兵五花大绑押上操练台，随着苟团长一声令下，一个年轻生命便做了冤死鬼。

　　得良思念家乡，思念大灾荒中的父母，常在夜梦中哭醒。排长是淮阳人，也是穷苦人家的子弟，平常待得良亲如弟兄，就偷偷地问道："你是不是有啥事瞒着我? "

　　得良流着泪说了家里的情况。排长叹了一口气说道："咱两家情况差不多。一个靠绳索捆绑士兵所支撑的政权是世界上最残暴的政权，也是最软弱无能的政权。它的寿命不会太长。我也不想干了，遇机会咱们一起逃吧! "

　　第二年三月，机会终于来了。苟团长让警卫排长去商水县接兵，排长对苟团长说："团长，让得良给我做个伴吧! "

　　得良勤快又不犟嘴，苟团长对他印象不错，就说道："好吧! 要早去早回。"

　　第二天一早，二人如开笼放飞的小鸟般匆匆忙忙离开了队伍。他们走到漯河偷偷换了便装，朝着各自的家乡迈开了大步。

中原大旱灾涉及河南一百多个县，但临河县要比临颍、许昌、郾城、鄢陵、长葛稍好一些，原因是黄淮大平原延伸到临河县南部时被伏牛山伸出的"巨手"挡住了南进的步伐，形成独特的小气候，平均年降雨量在1000毫米以上，比这几个县要多出一倍，所以临河县这两年还有五六成的收成。

　　俗话说，"旱生蚂蚱涝生鱼"。一场蝗灾从黄河滩一路滚滚向南，大群飞蝗遮天蔽日，田野、村庄到处都是蝗虫。

　　当时临河县谷子、高粱、芝麻等主要秋作物还只有七八成熟，农民怜惜即将到手的庄稼，就两人扯着长绳，从地这头往地那头的沟里赶。一趟下来，三四尺的深沟，被蝗虫填得满满的，回头一看，别处的蝗虫又飞了过来，比没赶时还多。一顿饭时，庄稼几乎被啃成了光秆。没办法，大人小孩齐出动，只割下庄稼穗子，拉回家用被子盖严。

　　蝗虫见啥吃啥，就连家家供奉的灶王爷像也被啃了个精光。村庄田野不见一丝绿色。

　　一路上十室九空，饿殍遍野，哭声不断。第二天早晨，得良回到临河县城。昔日繁华的临河街头，映入眼帘的是更加悲惨的景象，到处都是干瘦得毫无生气的难民。这些拖家带口的难民，一个个挪着踉跄的步子，叫天不应，哭地无泪，走着走着就饿毙在街头。

　　数万饥民逃到临河县，粮食价格翻了几十倍，真应了"线穿的黑豆论个卖，河里的苲草用戥子称"这句戏文。

　　临颍县有一家五口人，在逃荒的路上父母都饿死了。哥、嫂、妹三人艰难地走到临河县，好不容易找到一家卖馍的，哥哥从口袋中翻出所有的钱买了一个高粱面掺黄豆面做的黑馍，递给了快要饿昏的妻子。

　　十五六岁的妹妹一见放声大哭，随即喊道："谁给我买个馍我就跟谁走。"

　　一个五十来岁的老男人摸出钱买了一个馍递给少女，少女大口地吞咽着，跟了老男人头也不回地往城南去了。她哥哥悔恨地扇了自己两个耳光，悲声大放。

　　大饥饿给临河县催生了一门新的职业，叫"欻（抢夺）街哩"。成群的乞丐只要看见有人吃东西，走上前劈把手欻过来转身就跑，而且还边跑边往上面吐唾沫。看着脏兮兮的乞丐大部分人都会落下同情的眼泪，也有个别人追上去，一顿拳打脚踢。只要能得到一口吃的，饥民们哪还顾得上皮肉之苦。

　　大饥荒粮食好卖，小孩儿却是不值钱的，只要能送出去讨个活命就感激不尽啦。临河县多年积压下来的单身汉，在短短的一两个月内大部分人都娶上了媳妇。仅牌坊张村就有八个人结束了单身汉的生活。村东头的二狗娶了一个二十多岁漂亮的女子，和女子同来的男人自称是女子的哥哥，在二狗家住了两个多月。后来，二狗娘给了他五升黑豆他便回临颍去了，其实，这是一对相敬如宾的小夫妻。

　　吃早饭时，张得良回到阔别两年半的家。母亲正在烟熏火燎地煮野菜，得良鼻子一酸，叫了一声："娘！"眼泪像泄洪的坝水汹涌着滚滚而下。母亲用劲睁了睁双目深陷的大眼，一把抱住得良，哽咽着说不出话来。

　　得良走近床前，看见蜷缩着的父亲，干瘪瘪的身子瘦得脱了人形，真正是皮包骨头，如果不是眼睛还会动，简直就是一架穿着衣服的骷髅。他鼻子一酸，一连串泪水从他悲伤的脸上无声地滚落。

　　张麦场挣扎着动了几动，吃力地看了儿子一眼，断断续续地说道："苦命的……儿啊！能有个……活命……回来就好。只是你……两个哥哥……生死不明，我死……不瞑目啊！"说罢大口大口地喘着粗气，浑浊的泪珠从干涩的眼角落下。

　　得良又哭着问母亲："可心哪儿去了？"

　　母亲含着泪叙说了家里的情况："自从你被抓壮丁走后，我把你撇在家里的钱全部买了粮食。后来谢家又送来二斗黑豆，我和你妹妹每天把挖来的野菜用一碗黑豆拐成沫，馇上一大锅懒豆。面饭尽着你爹，我们就吃懒豆。生活勉强挨到你走的第二年麦打苞时，家里断了粮。没法子，我就和你妹妹外出讨饭。一次来到辛集街新亚烟厂门口，烟厂一个小股东叫李子久，可怜我们母女，让你妹妹留下当了包装工。李子久扛长工出身，他的妻子叫张月，家中地无一垄，有一个弟弟在烟厂当学徒工。张月看你妹妹懂事勤快，人又齐整，就央人说合，你妹妹就做了他张家的媳妇。这一年老日从信阳打过来占领临河县，烟厂倒闭，你妹夫和你妹妹给我们买了一些粮食后，就到湖北京山逃难去啦。"

　　得良听着，热泪不住地啪嗒啪嗒往下掉，他分辨不出自己流出的眼泪是酸的、咸的还是苦的，只觉得像吃了黄连一样难受。

第 七 章

得良回家的第三天夜里，父亲含恨离开了人世。临死前还在呼唤着得窝、得田和可心的名字。母子二人哭得声音嘶哑，泪水枯竭。

福运大爷、三叔、叔伯大哥等近亲抹着泪在商量父亲的后事。

半拉弯月哭丧着脸在云层中艰难地挪动着，一阵夜莺哀啼给这个苦涩的春夜平添出几分凄凉。

得良的爷爷奶奶十多年前就去世了，大伯、大娘也于三年前相继死亡。大伯一儿一女，按排行得良叫大哥大姐，大姐早已出嫁，大哥也是吃了上顿没下顿。大哥的大儿子十八岁出外当兵至今生死不明；二儿子十多岁；小女儿七八岁。三叔有一个女儿，得良叫二姐，二姐已于五年前做了一户穷人家的童养媳。三叔、三婶生活更是艰辛。亲人们都在死亡线上挣扎，加上大饥荒，哪有钱给麦场买一口薄皮棺材。

一屋子人搓着手唉声叹气，得良皱了皱眉头无可奈何地说："娘，要不我明天一早到城里俺姨家问问有钱没钱？"其实得良心里清楚，姨家也是籴吃买烧，日子过得紧巴巴的，只不过得良用此话掩盖了他不愿告人的一个秘密。

天蒙蒙亮，得良向父亲的遗体磕了三个响头，辞别母亲上了村西大路。他回头不舍地望了一眼石牌坊，眼含热泪向临河县城大步走去。半路上得良顺手从路边拽了几根茅草。

一顿饭时，得良已来到临河县的集市上。

临河县城的集市在西夹后街西头火神庙前边的一大片空地上，南边是一座古朴典雅的明代戏楼，戏楼坐南朝北正对着火神庙的大门。火神庙西南角有一个清澈的大湖，面积二百余亩，俗名叫西湖坑。从西门进城往北拐第一条街叫城隍庙街，街的尽头有一条长约半里地的秀堤，把西湖坑分成一小一大两个湖。堤东的小湖叫月牙湖，面积有五十余亩，秀堤中间地段有一座用青石条修建的精致石拱桥，石拱桥一连三拱，人称滚龙桥。堤的北头衔接一条从城西北方向来赶集的小道。紧靠火神庙东边有一南北长约一里的老街，叫箭到口街。箭到口街往北尽头有一座面积五十余亩的土台，叫樊哙台。这就是西汉开国功臣樊哙的旧宅遗址。

太平年景，临河县方圆几十里的老百姓，车拉着五谷杂粮、赶着猪羊、担着特产从四乡八保涌进集市上来。几口油馍锅、包子锅散发的浓香飘出临河县城几里地之外。天还没亮，集市上已是熙熙攘攘、人山人海。火神庙前面是一个三亩地大的庙台，庙台高约三尺，上面铺着溜光的青石条，这就是当时的人市。掂着扎鞭的是寻找主家扛长工；扛着扁担是挑脚的；夹着瓦刀是修房盖屋的；背着锯、锛、斧子是做家具的；拿着镰刀、夹着锄头是打短工的。整个庙台上人头攒动，交易甚是火爆。

随着大饥荒的降临，往日的繁华景象早已荡然无存。粮市、猪羊市上空无一人，其他市上面黄肌瘦稀稀拉拉几个人在无力地叫卖着很少有人问津的旧衣服、破被褥、旧嫁妆之类的东西。

不过，人市上近几年又兴起一个新的职业叫"卖壮丁"。庙院东侧的墙根下一溜儿蹲着六个人，头上都插着茅草，个个面黄肌瘦，痴呆的眼里含着泪花。

一个壮年因使了驴打滚债，被卖了十块银圆。父子二人抱头痛哭一阵，儿子跟着买主往城东关去了。

得良开价五斗杂粮和一口薄皮棺。几个买主议论着："贵了贵了，光五斗杂粮眼下就十二块大洋，一口薄皮棺也得两三块钱。"说罢摇摇头便走开了。

挨到小晌午，集市上的人已渐渐散去，得良急得满头大汗，泪水像断了线的珠子扑嗒扑嗒地滚落下来。

正在此时，从箭到口过来一辆牛车，车上用秫秆箔卷裹着两条装了粮食的口袋，几道麻绳把秫秆箔缠得结结实实。

一个五十多岁的老汉从车上跳下来，看了看头上插着茅草的得良，问道："小伙子，你是卖壮丁的吧？"得良点了点头，嗯了一声。

老汉接着说道："俺是狄青乡丁庄村的，家里七口人，有五亩薄田，另租种了别人十五亩坡地。三个儿子，大儿子年龄和你差不多，为逃避壮丁自己剁了手指头；小儿子还小；二儿子虚岁十八，在县城树人中学读书。前天二儿子回家拿干粮，走到村头被保长抓了壮丁送进了师管区。二儿子聪明勤奋，学业优秀，是俺全家的希望，俺跪下给保长求情，保长说你只要买个壮丁顶替，我就能把你儿子换回来。这不没办法，俺拨拉拨拉了圈底，才凑了这五斗高粱。你若愿意，也算是帮了老叔的大忙。"

说罢又指了指赶车的小伙："这是俺的大儿子。"大儿子抬起拿牛鞭的右手，右手食指少了两节。

得良相信老汉说的都是实话，就无奈地说道："俺是城南牌坊张的，你能不能帮俺把粮食送到家？"

老汉脸上掠过一丝喜悦，连忙说道："孩子，咱都是苦命人，你不要说是牌坊张的，就是棠溪街的我也帮你送到家。"

母亲、福运大爷及近亲在家里正急得团团转，日近中午，得良领着牛车进了祠堂院。母亲一见急忙迎上去，握住得良的手说道："儿啊！你在你姨家打住饥荒啦？"

得良顺势跪在母亲面前，哽咽着说："我卖了壮丁了。"

顿时又是哭声一片。福运大爷老泪纵横，哆嗦着嘴唇说道："咱张家有这样大孝的后代，以后不愁没出头的日子。"

又转身对秀婵说："老二家的，俗话说顾生不顾死。这几斗粮食还要顾你的命，我看麦场就用箔卷着埋了吧？将来孩子出息了，再给他换个好棺材。"众人也哭着劝秀婵，秀婵眼里含着泪无奈地点了点头。

在一旁的丁老汉被这一幕感动得热泪满面，哽咽着说："大叔，俺也留下来帮你们殡人吧？"福运大伯感激得握住了丁老汉的双手，随后领丁家父子回家吃饭去了，众人也都各自回家。

匆匆吃过午饭，众人把麦场抬出来放在丁老汉带来的秫秆箔上，没衣服可换，秀婵只好用棉花蘸着清水给丈夫洗了洗脸。

三叔、大哥几个人用灵箔把麦场的尸体卷了三圈，用麻绳捆紧，抬到牛车上。三婶从家里找出三尺白粗布，扯了两条四指宽的孝布，给秀婵母子勒在头上。又撕了一些布条，系在每人胸前的扣子上。丁老汉又把一根白布条拴在牛角上。

得良摔碎了用和面瓦盆做的"老盆"，在一片凄凉的哭声中送张货郎上路了。跪拜了石牌坊，来到墓地，不费多少力气把张麦场埋在了他父母的脚头处。张货郎到死也没实现有房、有田、有粮的梦想。

埋殡已毕，得良泪别了母亲及众族亲，一步三回首地跟丁老汉进城去了。

洪滚河哗哗的流水声像永远也淌不完的眼泪，依然呜咽不息。

张得良逃出十三军三师二团前后不到八天时间，又自卖自身被送进十三军一师三团二营当了伙夫。

三团驻防洛阳东偃师县，团长姓马，安徽人，很有经商头脑，没和黄河对岸的日寇打过一仗，反而与日伪军偷偷地做起了桐油等生意。

民国三十三年日寇发动河南战役，汤恩伯三十六天丢了三十七座县城，跑得比兔子还快，到黔湘桂任边区司令去了。部队里几乎清一色都是抓来的壮丁，人人无心打仗，得良趁机逃回了家乡。

此时临河县已被日寇占领，得良无奈又到棠溪源蜘蛛山东坡龙门沟村扛起了长工。这一带是豫中抗日根据地，得良目睹耳闻了新四军虎头山阻击战、拔除鹁鸽峰日军炮楼、围歼日伪汉奸等多次抗日壮举，心里隐隐感到一束亮光在不远处闪烁。

第 八 章

转眼已是1947年的中秋，得良在大哥、二哥的催促下，辞别龙门沟，踏上了回乡路。

习习的秋风里飘荡着沁人心脾的甜香，黄灿灿的大豆，压弯了腰的谷子，火红的高粱预示着今年是个好年景。路旁满树的板栗咧着嘴，柿子羞红了脸。

爬上蜘蛛山，抬眼望去，秋阳灿烂如新，蔚蓝的天空中翱翔着几只雄鹰。九头崖、千峰垛、虎头山争奇竞秀。秋虫在不停地对歌，仿佛要把最后的力气全在秋天释放出来，然后在冬天里好好睡上一大觉，醒来便是春暖花开。

三十多里山路只用了不到两个时辰，得良就回到了日夜思念的家。只见院子里被打扫得干干净净，漏风的破门换了，房坡上大大小小的窟窿插补上了新黄背草。

得良用劲叫了一声："娘，我回来啦！"霎时从屋里走出五个大人和一个胖嘟嘟的小男孩。母亲拧着小脚，穿了一件洗得发白的蓝布掩襟上衣，下穿黑粗布裤子，灰白的头发梳得光溜溜的，后边盘了一个发髻，脸上的皱纹平展了许多。

得良去年春天回来时与大哥、二哥已经见过面。阔别多年的妹妹身着得体的衣服，焕发着青春女性的活力。一个中等身材、浓眉大眼、穿着工人服装的小伙儿叫了一声"三哥"，母亲连忙介绍说："这个是你妹夫山根，从湖北回来才半个月，现在在他姐的烟厂里开火轮机。听说你今天回家，就和你妹妹来看你啦。"

说罢又拉过来小男孩，连声说道："小松，快叫舅舅。"小男孩胆怯地往后躲，过了一阵子才扑进得良怀里，用不伶俐的童语"豆豆……豆豆"地叫了起来。

得良鼻子一酸，喜极而泣。全家人又是一阵抱头痛哭，离散多年的亲人终于团聚了。这哭声昭示着一个苦难家庭新生活的开始。

冯玉祥招兵那年，大哥得窝、二哥得田随四十军走后没分在一个师，大哥去了河北石家庄，在一个团里当号兵。1943年日寇铁壁合围，队伍被打散，大哥沿着京广线一路讨饭到安阳，后被孙连仲部队截住又当了兵。直到日本投降后的第二年春才逃了回来。回来后他在辛集开了个屠行，因有新亚烟厂的照顾，生意还算过得去。

二哥得田当兵去了邯郸，在师部侦查连当情报兵。一次他和另外两名弟兄化装成老百姓到敌占区侦查，被日寇逮住，一同去的两个弟兄当场被活埋了，他急中生智，呜呜啦啦地装起了哑巴才躲过一劫。在日本兵营里被扣押了半年多，每天修炮楼、修工事、担水劈柴，吃尽了苦头，半年内没敢说过一句话，从此落了个"张哑巴"的绰号。后从日本兵营逃出来，走到汤阴又被商震的三十二军截住当了炮兵。

巧合的是，1946年春得田在逃回家乡时，半夜走到漯河西大刘村附近，天上下着毛毛细雨，夜里伸手不见五指，听见前头一个人咳嗽了一声，得田警惕地问道："谁？"对方反问："你是谁？"

得田从声音中分辨出是大哥，急忙答道："我是得田。"离散八年的兄弟在异乡意外重逢，好一阵抱头痛哭。

二哥回来后秘密加入了中共棠溪区委领导的武工队。

得良经妹夫介绍，回家后的第三天当上了新亚烟厂的采购员。新亚烟厂的原料基地在襄县、郏县，每隔三五天就要往那里送一次货款。

那时候土匪特别多，大白天都有劫路的。有一回得良骑着洋车经过昆阳坟台，日近中午，从路边蜀黍棵里钻出一个蒙面汉子，厉声叫道："想活命把钱留下来！"

得良一看情况不妙，蹬起车子一阵狂奔。嗖的一声，子弹从得良的头顶飞过，他算是捡回了一条命。

1947年12月中旬，临河县解放，一个穷苦老百姓的新政权——临河县人民民主政府，诞生于五峰山下的尚天镇。二哥得田结束了地下武装斗争生涯，为保卫红色政权，把脑袋别在了裤腰带上。

临河县解放初期，国民党残部不甘心失败，勾结反动武装势力，组织还乡团、暗杀队疯狂地到处杀人放火、抢掠财物，破坏新生的人民政权，斗争异常惨烈。

得田是从死人堆里爬出来的，干过侦察兵，练得一手好枪法，尤其是短枪，一甩手啪的一声，天上的飞鸟就应声落地。

苦大仇深的张得田在对敌斗争中表现得机智勇敢，胆略过人。

解放三个月后的一天晚上，县武装大队洪河区武装队长在辛安沟李村家中被还乡团杀害。

得田临危受命担任洪河区武装队长。两个月后，区中队由原来的三十多人发展到八十多人，随后不久，临河县人民民主政府迁移到洪河镇，洪河成为临河县解放斗争的大本营。

这一年中，张得田参加战斗三十多次，活捉土匪十二名，围歼国民党残余势力数百人，特别是赤手生擒土匪温毛的事迹响遍了临河县。

解放后，温毛自知恶贯满盈，逃到土匪夏金才部当了中队长。夏温匪徒嗜杀成性，每到一处烧杀奸淫，吊打活埋革命群众无数。

为铲除这群恶魔，区中队做了周密部署。清明节到了，得田掌握了温毛要回家的消息，就带了两名队员事先埋伏在温毛家大门外的秫秆攒里。

后半夜，温毛蹑手蹑脚回到家正准备敲门，得田一个箭步从后腰死死地抱住了他。两名队员迅速从温毛腰中搜出一把上了顶膛火的二八盒子，然后像捆猪一般把温毛绑了个结结实实。温毛挣扎了一番，抬眼一看是得良的二哥，低下了绝望的秃头。

第二天，在洪河南门外召开了上万人的公审大会，会上宣讲了临河县人民民主政府镇压与宽大相结合、区别对待的剿匪政策。接着，得田亲手将温毛处决在洪滚河的大堤下。

随后，得田带领队员到匪属家庭做耐心细致的劝解工作。不久，散匪纷纷携枪械到政府登记自首。二十多天后，夏金才匪部全部解体。接着，夏金才、夏金玉二匪首被解放军活捉，临河县境内的土匪被全部剿灭。

这年7月，临河县相继建立了县、区、村政权和与之配套的农会、民兵武装和支前委员会。一场暴风骤雨席卷临河大地，苦了几辈子的庄稼人脸上绽放出从未有过的笑容。

第 九 章

镇压温恒斋一个月后，得良婉辞了烟厂老板的再三挽留，背上行李，沿着洪滚河大堤往家赶。

蓝天白云之下，广袤无垠的田野上麦浪滚滚，空气中溢满了小麦灌浆的清香。晴空中此起彼伏地演奏着清脆动听的乐曲，那是百灵鸟在对唱情歌。

来到石牌坊前。石牌坊上贴着红红绿绿的标语，乡亲们在开心地听春雨宣讲解放军在前方胜利的捷报。

春雨读完捷报，上前一把拉住得良的手，笑着说道："三叔，你可回来啦! 刚才我们还在念叨你哩!"

得良笑着和大家打招呼，随手从口袋里掏出新亚烟厂生产的大得利牌香烟，散了一圈。周围的笑声让得良感到了来自乡亲的温暖。

春雨跟着得良回到家，母亲接了东西，笑着做午饭去了。

得良和春雨各坐了一个用麦秸秆拧的秀墩打开了话匣子。春雨是得良叔伯大哥的二儿子，今年刚满十七岁，中等个头，身材匀称，饱满的额头，遗传了父亲的一双大眼。大儿子当兵一去没信，大哥视春雨为命根，勒着裤腰带让春雨断断续续读了几年书。牌坊张净是穷人，春雨也算是村里的半拉秀才。

按捺不住心中的喜悦，春雨笑着说道："三叔，最近你没回来，一个月前俺二大从区上领回来一个二十出头的工作队员，家是河北平山县的，待人随和谦逊，语言朴素却又蕴含大智慧，句句话都说到了咱穷人的心坎上。到咱村后先是挨家挨户访贫问苦，接着开了几次群众会。他讲道：人民解放军在战场上节节胜利，华北、东北、西北、华中等各个解放区面积占国土面积的一半以上，解放区人口已接近两亿。很多地方已经完成了打土豪分田地的土改运动，翻身农民踊跃参加解放军,能征善战的解放军兵力已超过250万,是十年前的一百倍。中国共产党即将打败国民党解放全中国,穷苦老百姓当家做主的好日子就要来到啦!"

春雨讲得眉飞色舞,得良听得如痴如醉。

"那后来呢?"得良连忙问道。

"后来咱牌坊张和槐树庄、温家寨、柳河湾几个自然村成立了农会,又成立了民兵队,大家公推我担任农会主席,声远叔任民兵队长。"春雨顿了顿,接着说道:"三叔,你心里最清楚我和声远叔总共穿了几条煞裆裤子,一下子挑这么重的担子,觉得像麻雀吞了个黄豆。你从小给人家扛长工,见多识广,做事有主见,乡亲们都盼着你能站出来,领着咱穷人闹翻身哩!"

声远是福运太爷的独苗孙子,和春雨年龄一般大。五尺二三的个头,方脸盘,浓眉大眼,一看就是个精明而又朴实的庄稼汉。声远的父亲九年前外出做小生意,被劫路的土匪杀害在象河关界牌河的河滩上。

得良听罢,一拳头砸在破饭桌上,坚定地说:"三叔跟着你们干!"

得良诚实勤快又和和气气,特别是卖身葬父的壮举,在大浪河以南无人不知,无人不赞。几天后,得良被推举为牌坊张村的贫协代表。

牌坊张四个自然村总共不到一千口人,但在参军支前的工作中走在了全区四十六个村的前头,参军的热情空前高涨,有三十多名青年报了名。最后经过村、区认真审核,有十一名农家子弟奔赴解放战争的前线。洪河区共有一百五十多名青年参军,足足够组建一个加强连。

这一年,上级给牌坊张村下达的公粮任务是一万斤,很多人为多交粮不让过秤。村民们边倒粮食边说道:"这些任务算啥,还没有老日、国民党要的零头多。"装车时合计总数是一万三千多斤。六十辆土牛车上面插着小红旗,在通往县城的大道上排了一里多地。

临河县解放后的第一个中秋节到了。春雨一大早就把支前的十来副担架和四麻袋用芥疙瘩做的干咸菜,送到得良家,笑吟吟地说:"三叔,俺娘叫我到岗庙刘瞧俺姥姥哩,你把这些支前的东西交到城里西大会吧!"得良爽快地答道:"中,你去吧!代我向你姥姥、你舅他们问个好!"

西大会就是县城的城隍庙。七八十亩地的一个大院位于西城门内侧街西头路北，五四运动后这里成为临河县开大会、游行结社的中心，现在是临河县支前物资征集总站。

得良知道，最近一个多月来，送交支前物资的人特别多。路上牛车、独轮车、肩挑背扛的队伍，排成两条长龙。一条往东过十字街；一条往西过西关外回民村。送交支前物资的人往往要花费大半天的时间。得良盘算着牌坊张离县城十几里路，就决定等下午人少时再去交。

吃罢午饭，得良帮老奎家铡了十几篓牛草后，推着二百多斤重的小车吱吱扭扭地上路了。

过了大浪河石桥，下了北河堤来到临河县南门外的三岔路口，得良思忖了一下决定抄近路，就朝着城西南角走。城西南角日本飞机轰炸时留下一个很大的豁口，一来二去就成为城西南老百姓进城的近道。

不一会儿，得良推着土牛车来到豁口处，豁口不长，但有一个陡坡。得良停稳小车，撩起衣襟擦了擦满脸的汗珠。微风拂过，带着秋的爽意，得良深深地吸了一口，感到一股薄荷般的清凉。

稍作休息之后，得良把车襻套在脖子上，双手抓紧车把，撅着屁股推车上坡。

俗话说，"推小车不用学，只要屁股扭得活"。得良只顾用劲，忘了掉屁股，车子失去了平衡，只听见咔嚓一声，支撑轮子的两个车耳齐刷刷地从榫眼处崴断了。

得良扭头西望，一轮红日悬挂在远处白杨树的树梢。再有一个多时辰天就黑了，得良搓着手，急得满头大汗。

此时，前头过来一个推着空土牛车的老汉，后边跟着一个姑娘。老汉身高五尺有余，国字形的脸庞，宽宽的额头上镌刻着几条皱纹，疏密有致的眉宇下，一双炯炯有神的大眼睛透着几分文气，嘴角挂着微笑，凑在一起给人一种和蔼可亲的感觉。

再看那姑娘，略显单薄的中等身材，天生一副水灵样儿。光洁细嫩的瓜子脸上嵌着两个小酒窝。柳叶眉下，一双漂亮得让人心跳的丹凤眼，透着灵动和娇柔。匀称的鼻子、厚薄适中的红唇挂着令人心动的微笑，两条乌黑的大辫子很随意地甩在脑后。上身的淡红色碎花布衫贴身得体，勾勒出整个身材的曲线美。

得良迎上去："大叔，您也是交支前物资的吧？"

老汉放下推车，看了看得良。他见眼前这壮实英俊的小伙子满头大汗，散发出青春的活力，心生几分怜爱，笑着说道："是哩，俺交的是军鞋和炒面。"

二人对话的同时，一旁的姑娘在偷偷打量着得良：小伙子五尺有二的身板，强健的肌体、耐看的肤色，完美的面孔上闪动着一双大眼，眉毛浓得像毛笔刚刚画过，留下刚劲有力的笔锋，特别是那脸上自然的微笑让姑娘的心怦怦直跳。这么健壮、和气、阳光的青年她还是头一回见到。

得良笑了笑，说道："大叔，俺是城南牌坊张的，叫张得良。来城里交支前物资，不小心把车耳给崴折了，俺想用用您的小车，中不？"

父女二人听罢，齐声问道："你就是牌坊张村卖身葬父的张家老三？"

得良点了点头。

姑娘抢先问道："你认识柳河湾的刘发不？他是俺四姑父。"

"认识，认识，俺两个村相隔没一押地。他和我父亲平辈，我叫他叔哩。"得良又接着问："大叔，您是哪个村的？"

老汉用手指了指西边，爽朗地说道："俺是西边不远的银杏庄哩，姓白，叫铁拴，人们习惯都叫我白老拴。这个是俺大妮，叫雪筠。"

得良转过头，与雪筠四目相对，两个人都羞红了脸。

父女俩麻利地帮得良把东西装到自家小车上，又把得良的小车放在上边，用绳子煞紧。得良推着车，雪筠在前边拉梢，白老拴紧随其后。

下了坡，不一会儿来到干石桥街。白老拴让得良把小车停在一家木匠铺前，卸下得良的小车，高声叫道："兰木匠，有生意啦！"

一个腰上系着破衣服、手里掂着刨子的中年人走了出来，一看是白老拴父女，笑着说道："老拴哥，咱有一年多没见面啦。女大十八变，雪筠这闺女越来越好看了！"

白老拴对雪筠说："你帮得良去交支前物资，我陪恁木匠叔说说话。"

得良和雪筠去了不到半顿饭的工夫，又回到了木匠铺。

车子已修好，得良连忙掏出钱。几番推让，兰木匠死活不要，连声说道："我和老拴哥做了二十多年的邻居，好哩只差多一个头，哪有收你们钱的理儿。"

得良感激地说道："那俺咋报答你们哩？"

雪筠听到这儿，扑哧一声笑了，如同石子投进水塘，脸上荡漾着欢乐的波纹。

三人在城外分了手。夕阳西下，天空燃烧着一片橘红色的晚霞。

得良从雪筠那儿得知白老拴膝下无儿，只有三个闺女，就诚恳地说道："大叔，往后您家中有啥活儿尽管叫我。"白老拴点了点头。

得良推起车子一步三回首往南去了，白雪筠怔怔地望着得良远去的身影踮了踮脚尖。白老拴见女儿一脸痴态，笑着说："妮儿，你想啥哩？咱该回家啦。"一阵红晕飞上雪筠桃花般的脸庞。

这一晚，雪筠枕着甜蜜的思绪失眠了。

第 十 章

银杏庄横卧在大浪河南岸陡立的高堤上，一棵五六百年、五人合抱的银杏树顶着擎天翠绿的华盖，昂然挺立在村子中央。

说起这棵银杏树，还有一段传奇故事：山西平遥县城东南三十五里有个村庄叫白家沟，一道沟住的尽是白家子孙。明朝初年的大移民中，有一对小夫妻被派往河南。为留份家乡的念想，临出发前，丈夫从村中的大银杏树上摘了一把成熟的银杏果。在临河县大浪河岸边安家后的第二年春，丈夫在院子前边的空地播下了银杏核儿。多少年后，其中一个核儿竟长成了参天大树。久而久之，人们就把这个村子叫银杏庄。

村西、村南是一脚能踏出油的千亩沃田。村西南二里地有一片三万多亩的湿地，湿地的东北是一个两千余亩的天然湖泊，湖中生长着一望无际的莲藕。这就是远近闻名的荷花荡。

一条清澈见底的小河长年哗啦哗啦地从荷花荡中流出，往东穿过田野又往北拐了个陡弯，贴着银杏庄的村东头注入大浪河。

大浪河从西南燕山、九龙山一路奔泻而下，因山势陡峭落差大，河水像一匹脱缰的烈马，在河床里横冲直撞，咆哮声响彻十里开外。在宽约一里的河北岸坐落着有两千多年历史的临河县城。大浪河以坦荡无私的胸怀，用它甘甜的乳汁哺育着两岸勤劳的人民。

三面环水的银杏庄在县城西南，距县城五里地。说起银杏庄，它还有一个响亮的名字叫"白埠口"。从临河县城西门通往西南有一条古道，过大浪河时形成一个渡口。清朝以前，大浪河作为淮河的重要支流，航运十分繁忙，河面上白帆点点，东来西往的商船在此装卸货物，"白埠口"由此得名。

白埠口往东三十多里有个村庄叫洪村铺,康熙年间这个村出了一个京官王督堂。他家的祖坟在大浪河的河坡上,每到汛期,经常有数只大老鳖趴在他家的坟头上晒盖儿。祖坟中出了王八,王督堂心里很不是滋味,便寻机将大浪河改道。

机会终于来了。康熙四十五年皇四子胤禛治理黄淮水患,王督堂随胤禛回到河南,他向胤禛汇报说大浪河下游水患严重,需要改道。胤禛被蒙在鼓里,同意了王督堂的奏请,在县城西十五里的卸甲店截流改道。由于水流湍急,填入的几千筐泥土顷刻间就被冲走了。后来有人出主意,沉下上千口铁锅,再一鼓作气倒土,最终截流成功,因此这地方后来就叫锅垛口。

王督堂把大浪河最大的支流干江河改道入泥河。泥河一下子承受不了这么大的流量,下游年年决口,洪水泛滥。苦不堪言的下游老百姓联名告了御状。因此事与康熙内定的皇太子胤禛有牵连,康熙只好对王督堂道:

"王爱卿,你改河输理,回乡为民去吧!"

王督堂战战兢兢地答道:"谢主隆恩!罪臣改河入(输)澧(理)。"

此后,朝廷拨款对泥河进行了加宽治理,这条河从此改名叫澧河。

分流后的大浪河失去了往日航运的繁华,后来白埠口那地方用九龙山的花岗岩修了一座七孔大石桥。

从此,大浪河一改桀骜不驯的性格,清脆悦耳的流水声就像温柔动听的歌,湛蓝的晴空下,它如碧玉做成的明镜,印证了岁月的更迭。

过了大浪河石桥,一条大路从村中间穿过。银杏庄七十多户,三百多口人,庄西住着白姓,庄东住着孙姓和栗姓。

进村路西第一家,坐北朝南、一进二的院落只剩下前院四间瓦剪边破草房,房前房后的残垣断壁显示出主人往日的富裕和今日的衰败,这就是白老拴的家。

白老拴全家六口人,老母亲已到古稀,妻子白杨氏也年近五十。大女儿雪筠刚过双十年华;二女儿霜菊十七岁;小女儿雪梅不到十岁。

白老拴的父亲叫白大夯,身材魁梧,精明能干。白大夯有一个姐姐和一个弟弟。四十五岁那年父母相继过世,第二年他和兄弟分了家,除分了牲口粮食家具外,又各分得二十四亩好地。白大夯留在老宅院,兄弟搬到了村西头的新房子里。

白大夯勤快不惜力，谷子幼苗时，需要用碎锄在不翻动土壤的前提下深锄一遍，当地叫"闸谷子"。他赤着背，弯着腰，背上放个瓦碴，闸一个来回近一里地，瓦碴还不会掉下来。收秋时，起个没底五更就能放倒三亩地的蜀黍，一头南阳黄牛和一头泌阳大青驴伴随着他起早贪黑，把二十多亩地摆弄得年年好收成，全家人吃喝不尽。

白大夯眼中有干不完的活，心中有想不完的事。分家的第二年秋季，种麦时撇了十亩白地，来年的谷雨时种上了靛蓝。

白大夯家的前面，有个一亩大的清水塘，四周栽着垂柳，塘南塘北都是他家的地。白大夯就在塘北临街的八分地上挖了十个打靛池。金秋时节靛蓝成熟，他把收获的靛蓝棵装进注入清水的打靛池中，加入适量的生石灰。八九天后靛蓝腐烂，白大夯带着妻子、女儿用光滑的长木杆将靛蓝捣烂。两天后，靛池出现了青蓝色的泡沫，他又把一年积攒下来的草木灰用清水过滤，把滤过的灰水倒入靛池中。最后再加入自己烧造的粮食酒，用长竹竿一搅，就成为浓黑的靛蓝液。白大夯的染坊便正式开业了。

过去没有其他染料，老百姓染布只能用靛蓝。加上白大夯说话和气，坚持信誉为本，别处染坊染一遍、最多两遍就等着顾客来取布，而他坚持染上三遍。另外，布晾在柳荫下不经阳光直接曝晒，染出的布质感柔滑，色泽格外鲜艳。所以，他家的生意甚是红火。

后来，白大夯经过摸索，将黄豆浆与柿树叶或乌桕枝煮沸，加上适量的猪血和明矾，把成品布再泡上一遍，用清水洗净晾干后，把布折叠起来放在捶布石上用棒槌捶平，这样染出的布更加光亮美观。白家染坊的名声随着靛蓝的浓香越飘越远。

忙完了秋又忙冬，忙碌对于白大夯来说是最好的享受。银杏庄有做蜡烛的传统，那时候照明用蜡烛的地方很多。除官府、寺庙、大财主常年用蜡烛外，一般人家娶媳妇嫁闺女、生日祝寿、悼念亡灵都会点起蜡烛。尤其是在过年的时候，无论穷家、富户都要备下蜡烛和香表，所谓的香火旺盛，指的就是烧的香、表、冥纸和点亮的蜡烛。从腊月二十三开始，锅台上要点亮祭灶烛；年三十晚上祖宗牌位前要点亮祭祖烛；两个门墩上要点亮迎门神烛；正月十四到十六，家家都要往自家坟头上送灯。

除少部分人家为了省钱，切少半截萝卜挖个坑，抹上猪油、放上灯芯、围上纸做的简易灯外，大部分人家用的是蜡烛。另外，很多村都有花灯社，也需要很多的蜡烛。所以一进入腊月，其他村都开始忙着过年，而银杏庄家家户户都在忙碌着做蜡烛挣钱。

一般蜡烛的烛芯是用棉线做的，由于无法烧尽而炭化，必须不时地用剪刀将残留的烛芯剪掉。这是一件比较麻烦的事。

白大夯心细好琢磨事，逐渐摸索出自己做蜡烛的一套绝技。白大夯的蜡烛烛芯用的是霜降后的斑茅莛子，缠上棉线放在羊羔油加适量獾油在油锅里炸透，这样做出的蜡烛是芯尽灯灭，不再有剪烛芯的麻烦。

"思君如夜烛，煎泪几千行。"从诗句中可知，蜡烛在燃烧过程中，大量的蜡油顺着烛体流下来，会造成很大的浪费。

经过无数次的探索，白大夯终于掌握了制作优质蜡烛的技术。首先是蜡油一定要熬清亮，不带一点儿水分和杂质。再就是蜡油冷却过程中要用劲搅拌，稀稠适中，不能带泡沫。这样，经过四遍蘸油的半成品蜡烛，烛芯居中、厚薄均匀、大小一致。

最后一道工序是挂蜡皮子，蜡皮用料是制蜡过程中最关键的部分。白大夯经过上百次的鼓捣，摸索出四份石蜡加一份蜂蜡的最佳配比。这样蜡皮熔点高，成功地解决了蜡烛燃烧过程中淋油的难题。他把自己用心钻研得来的制蜡绝技毫无保留地传给了乡亲，银杏庄的干窨蜡成为临河县名牌产品。

后来白大夯又试制出五颜六色、不同用途的蜡烛。他赶集卖蜡时头戴一顶白毡帽，在寒冬时节格外抢眼，一担蜡烛不到一个时辰就能销售一空。"白毡帽"的制蜡生意火啦！通过辛勤劳动，分家五年后，他家的土地增加到七八十亩。

可是白大夯却笑不出声来，因为一桩心事一直困扰着他。

第十一章

　　白大夯二十三岁娶媳妇，第二年生下大女儿盼盼。在之后的八年里又相继生下改、焕、婕、婷四个丫头。

　　银杏庄一些闲得蛋疼的人私下嘀咕开啦，有的说："大夯庄稼、生意做得顺风顺水，就是婆娘肚子不争气，净生些丫头片子，一定是不舍得花钱烧香拜菩萨。"有的说："他家的阴宅阳宅没占好，该绝后。"更有人幸灾乐祸地说："别看大夯置那么多地，以后还不知姓啥哩。"白大夯听到这些话，心里像堵了半截坯。

　　其实在二女儿出生后，他和妻子年年三月十八专程去铁山庙会烧香拜神，并许下了生猪一头、喜羊一牵的生儿大愿。他又找来临河县最有名望的刘神眼，摆出八荤八素的盛宴招待这位风水仙儿。刘神眼在白家的几十亩地里转了半天，给他指了一处五子登科的风水穴位。看了阳宅后，大仙儿对大夯说道："恁家堂屋西山墙比东山墙高半尺。东边为青龙，西边为白虎，风水书上说，'宁叫青龙高三丈，不让白虎旺一旺'。"

　　风水仙儿走后，白大夯先是把爷爷奶奶的坟迁到了五子登科的地方；接着又把堂屋东山墙抬高了半尺。但是媳妇的肚子里生出的仍是丫头片子，大夯蹲在地上双手抱着头算是没招儿了。

　　庄户人家的底气是儿子和田地，儿子多了叫人丁兴旺，田地多了叫家业发达，合起来才叫兴旺发达。没有儿子，白大夯总觉得矮人三分。每当他看见左邻右舍抱着胖小子在街上炫耀，心里总不是滋味，悄悄地抹着泪走开了。几年后他的父母也都相继郁郁辞世。

　　转眼白大夯已到了五十岁。这年中秋节，三女儿焕也出了嫁，前后院十多间房只剩下他们夫妇、两个小女儿四个人，眼瞅着两个小女儿也即将嫁人，白大夯尝到了从未有过的孤寂。

大夯无儿牵动着亲戚们的心。春节时，白大夯夫妇一同到城东庙后陈村看望老舅。中午饭桌上几杯酒下肚，舅舅红着脸说道："大夯啊，人活世上挣下金山银山不就是传给儿孙吗？你们两个争囊傲气，置下了七八十亩地，我想听听你们以后有啥打算。"说完，别有深意地望了望外甥媳妇。

大夯媳妇心里十分清楚舅舅话中的含义，没等大夯开口，就笑着说道："俺打过门就一直听舅舅的，你说咋办就咋办。"

大夯舅听罢心中有了底气，脸上带着歉意，说道："论说这事我当舅舅的没法开口，好在外甥媳妇是个明事理的人，那就让大夯娶个二房吧？"几个表兄弟也随声附和，白大夯夫妇红着脸点了点头。

那时候只要有地有财产，娶个妾比买一头好牲口还容易。来年三月，临河县城苗坑西边周家的女儿玉珊做了白大夯的二房。

周家乡下无田城里没生意，是穷得不能再穷的赤贫户。玉珊父母早亡，靠两个哥哥当轿夫艰难度日。玉珊十二岁时给"悦来"家当了几年丫鬟，挨打受气的日子让她磨炼出顽强不屈的性格。十八岁那年，她和城北七里铺一户姓李人家的儿子定了亲。正准备结婚时，李家儿子突然得脑中风死了，周玉珊做了"望门寡"，命中克夫的她成了嫁不出去的老闺女。

二十二岁的周玉珊嫁到白家，比白大夯的三女儿还小一岁。苍天有眼，白大夯不该绝嗣，一年后，周玉珊生下一个白胖小子。白大夯笑得合不拢嘴，给儿子起名"和尚"，希望儿子无灾无难、健康成人。

第二年冬，大婆奶上长疙瘩医治无效死了。随后大夯让玉珊的二哥来到家里，帮助自己经营家业。又给二哥娶了一个拖带着两个闺女的寡妇。

四年后，周玉珊又奇迹般地给五十七岁的白大夯生下了二儿子，取名"道士"。

大夯白天一出大门就哼起了路戏，晚上常常睡着睡着就笑出声来。

几年后，大夯家的田地达一百二十多亩，成为临河县城西一带小有名气的土财主。

和尚五岁、道士一岁那年冬，灾难突然降临白家。先是一头大黄犍被人偷偷闹死了，后又遭到一场始料不及的横祸。

银杏庄的蜡烛名扬豫西方圆十几个县，一进入腊月，常有一些贩卖蜡烛和原料的客商来银杏庄做生意。一名来自洛阳西南的客商姓洪，满脸络腮胡子。

洪胡子四十来岁，看面相慈眉善目，来银杏庄做蜡烛生意已有三个年头，常住在与白大夯一路之隔的孙憨虎家。憨虎缺心眼但娶了个年轻貌美的妻子，憨虎妻轻佻爱财，和洪胡子的关系说不清道不明。

憨虎家四口人七间房，三间宽敞的东屋闲着就开了个赌场，抹牌的、看牌的经常挤一屋子。憨虎妻烧茶水、收头钱，一天下来也有几十文的收入。

腊月初九这天晚上，洪胡子坐庄推牌九，刚开始赢了几把，亥时以后开始倒庄。起牌后，庄家打手一摸一个么眼配一个杂七，是地子九，地子九过三道，洪胡子暗暗得意，心想这一牌一定通吃。摊开牌，天门起了个老天十二点配杂七，是天子九；初门起了个么眼配黑八，是个地杠；末门起了个真七对。庄家通赔一圈儿。

下一局庄家让代家先亮牌。天门起了个黑八配丁三，是个棍戳驴一点；初门起了个红八配板凳，是个两点；末门起了个斜六配黑五，是个乌龙老鳖一。庄家心里窃喜，心想自己就是起个一点，吃两门赔一门也有赚头。翻开牌一看傻眼了，一张铜锤配鹅四，是个闭十，又赔了一圈儿。

接下来庄家起了个十一搂住九姑娘，再赔了一圈儿。这时候憨虎家的叫驴"嗯啊——嗯啊"地叫了起来，不知谁喊了一句"驴值更，庄家崩"。

俗话说，"小牌九，乱插手"。一屋子看牌的人一见庄家倒了庄，纷纷向牌桌上押钱。洪胡子心里急得直冒烟，憨虎老婆把家里放的五十多串钱全部拿出来让庄家翻本，仍不见起色。

抹牌是个邪场，越输越想捞。洪胡子瞪着布满血丝的眼说道："大家赢了我的钱，都不许学那短把儿镰。今天晚上我是收生婆掂斧子，破上他娘的那个啦！谁有钱借给我，让大伙赢个痛快。"说罢翻起眼望了一圈儿。众人面面相觑，屋子里静得连屁都没人敢放。

白大夯浇了半夜蜡有些困倦，恰在此时，传来几声驴叫，在这寂静的半夜里，驴的叫声格外高亢嘹亮。他放下活儿，出来透气踅到憨虎家。洪胡子一见，脸上堆着笑，说道："大夯哥，兄弟输得一塌糊涂，借你几十串钱捞捞本吧？"

大夯一怔，连忙说道："今儿后晌，城西关宛回子送来三百多斤牛羊油，钱都给他啦。"

洪胡子听罢，以为大夯在找托词，想道：这老鳖一，把一个铜钱看得比碾盘还大，我一定要让你尝尝破财的滋味！就不露声色哈哈一笑，说道："没钱玩不成啦，散伙吧！"随后众人各自离去。

腊月十二深夜，劳累了一天的白大夯在酣睡中被人叫醒。一睁眼，看到床前站着十多个蒙面大汉，个个手中掯着寒光闪闪的钢刀。其中一个恶狠狠地低声说道："识相点，若要喊叫就插了你们全家。过年哩，我们只是向火点讨些寸节。"

那时候土匪多，大夯也懂得"插了"是"杀了"，"火点"指"有钱人"，"寸节"指"银两"等一些黑话，就战战兢兢地问道："不知好汉要多少银子？"

其中一个答道："一千两白货。"

"好汉，谁家会有这么多银子？你们……"没等大夯说完，两个土匪把大夯从床上拉下来，嘴中塞上了破布，然后把大夯捆了个老头看瓜。另一名土匪用被子把大儿子和尚裹紧，抱起来就跑。

周玉珊搂着小儿子道士吓成了一摊泥。土匪临走时，把前后院所有屋门都上了锁。

庄上一阵狗叫平息之后，周玉珊缓过神来，拔掉大夯嘴中的破布，解开他手上的绳索。大夯用劲踹开上锁的门，二人带着孩子到前院叫醒了二舅哥，一家人哭作一团。

原来，洪胡子做蜡烛生意只是个幌子，他的真实身份是西南路的蹚将，这几年临河县城西南发生的六七起绑票事件，都是他事先踩的盘子。之所以没对大夯家下手，是因为洪胡子正和憨虎老婆打得火热，如果绑架了大夯儿子就没法和憨虎媳妇再鬼混了。

大前天晚上，他认为大夯有钱不借，让他在众人面前丢了丑，心中极为恼火。第二天吃罢早饭，他推说家中有事，就辞别了憨虎夫妇，来到西南山白眼狼土匪藏身的老窝，向大当家的详细报告了白大夯家的情况及绑票路线。

土匪于腊月十二后半夜来到白大夯家，先向院中扔了一块浸过"三步倒"的熟牛肉，院内狗的狂叫声戛然而止。不一会儿，只听"扑通"一声，看家狗应声倒地，土匪翻墙进入院内，用刀尖拨开门闩。整个绑票过程不到一袋烟工夫。

天亮后，周玉珊揉着红肿的眼问丈夫："你是不是得罪谁啦？"大夯猛然想起大前天晚上洪胡子向他借钱那场事，就急忙来到憨虎家，洪胡子已不知去向。

一连三天，大夯央了几起人寻访儿子下落，均无半点音讯。白大夯双眼凹陷，人也整整瘦了一圈，妻子揪心的哭声让他乱箭攒心，急得六神无主。

腊月十六夜人脚静时，几天几夜没合眼的大夯听到一阵低低的敲门声，急忙跑到前院开了大门。

朦胧的月光下，一个戴着抹糊帽、只露两只鼠眼的家伙低声说道："掌柜的，到屋里我有要事相告。"进屋后，那人从衣袋中掏出用桑皮纸包着的一块血淋淋肉，说道："有人委托我来送信。这是恁儿子的舌头，三天内带上五百两白货送到西南山方可赎回你儿子。到白眼狼山口处有一个扛着粪箩头、反穿破羊皮袄的人接应你。如果三天送不到，会有人送来恁儿子的耳朵；五天送不到，会有人送来恁儿子的眼珠子；十天后他们肘琴（拒绝银两）。胆敢报官，就等着给恁儿子收尸吧！"

周玉珊听罢，哇的一声就昏了过去。送信人说完，丢下血淋淋的肉夺门而去。

白大夯唤醒妻子。周玉珊哭着说道："儿子被割了舌头，往后不就成哑巴了？"

白大夯知道土匪的招数，流着泪对妻子说："那不是咱儿子的舌头，是一块牛舌头。不过他说十天后撕票，应该是真的。"

妻子止住了哭声，一家人商量到后半夜，也没想出筹集五百两银子的办法。大夯咬了咬牙，迸出俩字："卖地！"

那时候钱庄也热衷做土地买卖，土地经过钱庄倒腾出去有不菲的利润。

第二天早饭后，白大夯揣着地契来到县城南街同顺和钱庄。当时土地价格每亩十二两银子，钱庄老板知道白大夯急着用钱，每亩只出十两。

白大夯掏出地契，上面写着"五里堡村南长四十丈宽七十二丈，共计四十八亩"字样。

钱庄老板是城西大李庄人，知道这是块顶好的地，就对白大夯说道："一口价，我出五百二十两银子，愿卖就成交，不卖你另寻买主。"

白大夯救儿心切，哪还顾得上讨价还价。随后，钱庄老板派伙计和白大夯一同到现场把地又丈量了一遍。白大夯望着用大半辈子血汗置下的土地，心如刀剜，流下了苦涩的眼泪。

回城后白大夯交了地契，背着银子跟跟跄跄地回到了家。

第二天一早，白大夯找出一条破口袋，先装些芥疙瘩，中间放上银元宝，上边再装些芥疙瘩。周玉珊又特意给丈夫换了一身破棉衣，大夯在衣袋里装了一些碎银子，就背着上路了。

大约一个时辰，白大夯来到白眼狼山口处，果然看到一个反穿羊皮袄的人在一处小山包上东张西望。

白大夯抬起右手摆了三下。不一会儿那人来到他面前，开口说道："蘑菇，溜哪路？什么价？"

大夯清楚这句黑话的意思是："什么人？到哪里去？"就随声答道："俺背的是寸节，回俺伢子哩。"说着，又给土匪塞了些碎银子。

土匪掏出黑布把大夯蒙住了眼睛，又顺手在路边撇下一根细竹竿，一头递给大夯，一头自己牵着向山里走去。七拐八拐，大约一顿饭时，带路的土匪说："到啦。"随即解开了大夯蒙眼的黑布。

大夯看到一个窝风向阳的山坳里散落着四五户人家，走进一间屋子，见二三十名土匪围着一张桌子在押宝。其中一个杆首模样的人让大夯倒出口袋里的元宝，一个一个看了成色过了秤后，指着一个小头目说道："你带火点去起票。"又对屋里众匪徒说道："咱们继续玩。"顿时一阵狰狞的狂笑声回荡在这个无名的小山村里。

小头目和引路的土匪在前边走，大夯紧随其后，不一会儿来到一个小土包上。小头目指着一盘破磨扇盖着的红薯窖说："就在下边。"

掀开磨扇，白大夯麻利地下到一丈多深的红薯窖里。微弱的光线下，一条破烂被子里蜷缩着奄奄一息的儿子，旁边扔着一只破碗，破碗中有几粒新拉的老鼠屎。

大夯鼻子一酸，哽咽着抱起儿子，轻轻地喊道："和尚，和尚……我是你爹……"

儿子无力地睁开眼，吃力地叫了一声"爹"，便又合上了眼睛。

大夯用破被子裹严儿子，蹬着窖腿上挖的脚窝爬出了红薯窖。

土匪又用黑布蒙上了大夯和儿子的眼睛，把父子俩送出白眼狼山口。

刺骨的寒风一阵紧似一阵地号叫着，白大夯哀叹道："这人吃人的世道啥时候才是个头啊！"

午饭后，白大夯回到了家。玉珊连忙接过像软面条一样的儿子，接连喊了几声。

儿子眼角滑出泪水，他睁开眼看了一下母亲，咳嗽了几声便又昏了过去。

一阵痛哭之后，大夯和二舅哥用大草篓抬着和尚往县城东街"回春堂"赶，玉珊跟在后面。

一进屋，玉珊"扑通"一声跪在临河县最有名望的老中医何先生面前，涕泪满面地连声哀求道："何先生您救救俺儿子，何先生您……"

何先生连忙搀起玉珊，用手翻开和尚的眼皮，又认真把了把脉，叹了一口气说道："土匪真是蛇蝎心肠，咋把孩子糟蹋成这个样子。我也回天无力，抓些药回去等奇迹出现吧！"

五天后，年仅五岁的大儿子和尚死了。一家人哭得死去活来，白大夯边哭边扇自己的耳光，哀号道："是我害了和尚啊！是我害了和尚啊！……"

儿子死后，白大夯一连几天茶饭不进。没出正月，白大夯带着对儿子的愧疚含恨离开了人世，白家一下子塌了天。

第 十 二 章

接二连三的横祸击碎了周玉珊心中的梦。埋葬丈夫后，她一头栽到床上，精神恍惚，茶饭不进，嘴中不住地喃喃自语："他爹，你啥时候接和尚回来呀！……"

小儿子凄凉的哭声唤醒了母亲周玉珊。五天后，她挣扎着从床上坐起来，紧紧地抱住小儿子亲了又亲，然后对站在一旁的大哥、二哥说道："要保住道士这根独苗，乡下待不下去啦，咱们搬回城吧。"两个哥哥无奈地点了点头。

几天后，周玉珊带着一岁的小儿子，在二哥一家的陪伴下，住进了县城干石桥口小十字街西北角的新家。

这座卖了十亩地买下的宅院，先前住着城北一户姓焦的小财主，焦财主被街霸孙豁子讹诈吃了官司，死在了下处（监狱），一家人回乡下去了。宅院不大倒还齐整，四间堂屋里生外熟的瓦房，房坡上长着一些瓦松；三间砖封檐的东屋上面苫着淮草。西边、南边是用青泥坯垒成的院墙，拐角处建了一个茅厕，正对瓦门楼的是一面影壁墙。影壁上留了个一尺见方的神龛，神龛里供奉着保平安的土地爷。

进城的第三天，周玉珊就迫不及待地让二哥从街上领回来一个算命瞎子。玉珊虔诚地向算命先生叙说了家中的不幸，恳求先生指点破法。先生问了问她们母子的生辰八字，然后子丑寅卯地嘟囔了一番，说道："你小儿子命相太硬，克父克兄，要是早些认一个龙、虎属相的人做干爹，就不会有家破人亡、人财两空这档子事了。"

周玉珊听罢，眼睛里滚动着泪花，嘴唇打着哆嗦，后悔得连肠子都青了。算命先生接着说："你小儿六月初五午时生，到这一天这个时辰，你把他拴在一个大的铁物件上，过一顿饭时再解开，方保你小儿子长大成人。"周玉珊说了一箩筐感激的话，恭恭敬敬地封了三两银子给先生，让二哥把他送回十字街上。

六月初五午时前，玉珊抱着道士，二哥提了两封点心来到西街路南"铁鹿眼药铺"，进屋向杨掌柜说明了情况。杨掌柜一向乐善好施，脸上堆着笑，一连说了几个"中"字。说起铁鹿眼药那可是名震豫西南方圆几百里的神药，有人编了几句顺口溜，赞誉铁鹿眼药的神奇功效："临河铁鹿眼药，点十个好九个；剩一个没有好，出娘胎就瞎了。"

正当午时，玉珊用一根细长的铁链子，把刚会走路的儿子拴在两三千斤重的铁梅花鹿上。半个时辰后解开铁链，当着围观的众人说道："往后我儿子就叫铁拴啦。"

周玉珊给儿子认干爹，颇费了一番心思。龙虎大属相多的是，但玉珊想，自己孤儿寡母在这样的世道必须找一个有名望的人做靠山才踏实。

多方打听，得知东街张大人是属龙的，玉珊就找到娘家近邻——在张大人府上当管家的钟老汉，说道："钟叔，俺想把儿子认给张大人，麻烦你从中说合说合！"钟管家十分同情玉珊家的不幸遭遇，第二天就一五一十地向张大人叙说了白家的情况。张大人听罢，眼睛里湿湿的，开口说道："我已认了上百个干儿子，不介意多他这一个，你回复白家，就说我同意啦！"

张大人名叫张廷燎，幼时家境贫寒，父亲张润清在城北青坟集给财主家扛长工，母亲在东街张姓人家当用人。母亲十二岁就来到张家当丫头，一晃就是八年。张家很是喜欢这个诚实勤快、一说话就带笑的用人，她结婚后，主家不舍得这个用人离开张家，就把东街藏坑后边三间闲房子借给他们小夫妻居住。张廷燎的父亲又把老娘从乡下接来给人家拆洗衣被补贴家用，日子还算过得下去。

一年后的腊月初六晚上，在青坟集庙上教书的朱先生和张廷燎的父亲在牛屋里喷闲空儿，二人越喷越投机，一直喷到半夜子时。正当朱先生要告辞时，一束极强的亮光从窗户中射进屋来。二人吃惊地推开门向临河县城望去，但见县城里红光通天，如着了大火一般。青坟集距县城十来里路，二人屏住呼吸仔细听，沉寂的冬夜里静得听不见一声狗叫。朱先生开口说道："听不见一点动静，不像是城中失火。"二人心中写满了问号。

张润清一夜无眠，天刚露出鱼肚白就向主人交代了一下，大步流星地往家赶。进院看到母亲脚打锣似的忙个不停，一见儿子回来嘿嘿地笑着说："恁媳妇生了个白胖小子！"张润清一脚跨进屋里，深情地望了妻子一眼，又看了看襁褓中的儿子，心里像抹了蜜。

匆匆吃了早饭，张润清辞别母亲、妻子，直奔青坟集庙上学堂，给朱先生报了喜讯，恳请他给儿子起个好名字。朱先生听罢，惊得半天合不拢嘴，笑着说道："怪不得昨晚县城红瑞通天，咱们临河县要出大人物啰！往后孩子就跟着我读书吧。"张润清自然是感激不尽。朱先生给他儿子起名叫张廷燎，字光宇。

张廷燎九岁入学堂，天资过人，勤奋好学。二十岁进秀才，二十三岁中举，二十六岁荣登皇榜第九名，后官至转本御使、两广布政使。张廷燎居官三十多年，两袖清风，刚正不阿，是清朝末年难得的好官，告老还乡后不畏权贵，主持正义，深受老百姓的爱戴。

周玉珊抱着儿子在钟管家带领下来到张大人府上，向张廷燎恭敬地拜了三拜。张廷燎手捋银须，给白铁拴赐了个字叫"书锦"。

周玉珊忍痛关闭了生意红火的白家染坊，又把七十多亩地租给别人。铁拴是她心中唯一的希望，她把一颗心全部放在抚养儿子上。

伴随着母亲的苦泪，小铁拴渐渐到了入学读书的年龄。一天，玉珊给儿子换了一身新衣，看着儿子背上书包，眼含泪花说道："拴子，到学堂不要和同学们怄气，要听老师的话好好读书，你可是咱家的指望啊！"小铁拴懂事地点了点头，辞别母亲，跟着二舅到会泉书院读书。铁拴不算很聪明，但是读书却十分用功。

书院西边是一百多亩大的"西湖景坑"，一池碧蓝的湖水清澈见底，宛若一面镜子，见证了农民起义的一段悲壮历史。

崇祯十四年，李闯王一路势如破竹进中原，但在攻打临河县城时遇到知县潘洪的垂死抵抗，久攻不下。城中开明绅士景长舒联合西街回民于夜半时分开了西城门。义军进城后在东关当众剐了知县潘洪，推举景长舒为新知县。明军趁起义军北征又反扑回来，强行把回民迁到西关外，并发布了"打死回子赔头驴"的残害少数民族的反动法令。景长舒一家老少五十多口全部被杀，明军还不解恨，又把景长舒宅院挖地三尺。久而久之，这里成了一个大湖。

学院紧挨一池秀水，湖边自然成了孩子们玩耍的好地方。尤其是在炎热的夏天，只要先生一离开，学生们就跳到湖里洗澡打水仗。一天，先生回到教室只见铁拴一人在读书，就怒冲冲地把学生们喊回教室，用戒尺把三十几个学生打得个个两手鲜红，哭爹叫娘。事后，同学们把气都撒在铁拴身上，编了顺口溜讥讽他："没爹的娃，风吹大；舔沟子的孩子，是王八。"铁拴心里憋着气，可一句也不敢还击，因为背后有母亲期盼的眼睛在看着他。

一晃六年过去了，白铁拴以优异成绩升入临河县师范。五四运动后由旧黉学改建的县立师范是临河县的最高学府。它坐落在县城东南角，十三层台阶上矗立着用大理石建造的坊式大门，大门高约两丈，门楣上镌刻着"临河县黉学"五个遒劲有力的大字。大门往南不远有一座精致的状元桥，桥下流水淙淙。过状元桥往东南不到二百步就是高约十丈、八角挑拱的魁星楼。这里一共走出了十一名进士。

白铁拴在这里读书自然是如鱼得水。民国十三年秋，十八岁的白铁拴师范毕业，除装了一肚子学问，结识了一批品学兼优、思想进步的同窗好友外，他还养成了善良耿直、疾恶如仇的优良品德，不巴结权贵，不小看穷人。但由于受家庭变故的影响，他也形成了胆小怕事的软弱性格。

这年春节，白铁拴遵照母亲的意愿娶城东庙后陈村杨淑娴为妻。淑娴二十岁，端庄秀丽，温柔水灵，会笑的大眼睛透着聪慧可爱。娘家有二十多亩地，两个哥哥一个弟弟，她排行老三。大哥尚文，毕业于开封农校，回乡后在县农校当校长；二哥尚武，十五岁到冯玉祥部队当兵，后因作战有功升任炮兵团团长；老实本分的弟弟在家务农。在夹缝中生存的孤儿寡母娶上这样的好媳妇、攀上这样的好亲戚，让周玉珊眼睛里蓄积十八年的泪水"哗"的一下子决了堤，她痛痛快快地大哭了一场。

白铁拴师范毕业后，托关系到城里花园街小学教书。一年后，到西南山寺岗小学任校长。寺岗离白眼狼三四里地远。一提起这个地方，周玉珊就心有余悸，胸口闷得透不过气来，整日望着西南山方向担心儿子的安危。半年后的寒假，周玉珊郑重地对儿子说道："铁拴啊，你在寺岗教书，我实在不放心，与其在外挣钱，还不如回来种咱家的地。"

铁拴从小就听母亲的话，很快辞掉了小学校长职位，操置了牛犋车辆，让二舅一家搬回银杏庄。他白天下乡种地夜晚回城，家庭的重担落在白铁拴稚嫩的双肩上。

第 十 三 章

民国十五年春节到了，家家户户都沉浸在过年的喜庆气氛中。腊月二十二，一支部队突然开进临河县，番号是暂编十一师独立旅，旅长路光宇及其部队全部是吴佩孚在伏牛山招抚的土匪。路光宇牛眼、塌鼻子、大嘴巴，心狠手辣，十分强悍。他十八岁入黑道，二十多年来打家劫舍、杀人无数，人称"索命太岁"。

路匪进城后，先是征收白面、猪肉、粉条等过年的物资，后又派出别动队在地方无赖指引下专门搜集商家富户的情报。

二月初八上午，一个当兵的和一个獐头鼠目的家伙在白家门前鬼鬼祟祟地向内张望，恰逢淑娴出门买东西。淑娴警惕地问了一句："老总，你们看啥？"

那个穿便衣的随即答道："看看恁家影壁墙神龛里供的啥神，俺俩在打赌哩！"淑娴没在意，上街去了。

周玉珊自二儿子出生后，几次劝大哥来白家生活。周老大一则怕别人嚼舌头说闲话，二则自己散漫惯了，怕受拘束，就谢绝了妹妹的好意。前些年抬轿的活儿还时兴，五四运动后抬轿生意变得冷淡，周老大一人吃饱全家不饥的日子也到了头。生活虽有妹妹接济，但每天燎吃燎喝实在麻烦。自从路光宇来到临河县后，周老大看着部队顿顿白蒸馍、大肉皮像过年一样，又不出操打仗，就瞒着妹妹、外甥当了"索命太岁"的大头兵。头几天吃罢饭没事就在兵营里侃大瞎、看别人掷骰子耍钱。十天后，团长知道他是本城老户，熟悉县城情况，就让他跟着勤务兵传唤那些有钱的商人、财主来兵营赌钱，或是跟着别动队侦探财色情报。

路匪借打牌为名敲诈勒索。一次让周老大和勤务兵通知"顺成亨"经理许春亭、"协盛涌"老板高立志、"老当铺"掌柜王和发来旅部打麻将。轮到路光宇当庄家，他下了三百块大洋的赌注，并规定自摸翻番。庄家先报听，单吊一条，因急于赢牌，下手摸出个饼，他就急忙摊牌说："嗨! 想啥来啥，我赢了!"

其他三人一看，齐声说道："路旅长，你不是单吊一条吗? 摸个一饼怎么会赢? 赔庄! 赔庄!"

路光宇瞪着牛眼狡辩道："你们没有听说过吗? 这叫小鸡叨大饼。"三人忍气吞声，只好掏钱。

路光宇和他的团长、营长通知谁打牌谁都不敢推辞。一次通知南街杂货行史掌柜，史掌柜因牙疼没来，第三天夜里一场大火把他家堆着满满货物的仓库烧了个精光。

路匪敲竹杠勒索钱财花样翻新，强占民女更是手段毒辣。特务营长姓金，三十来岁，长得风流倜傥。一次到鸿学街吴财主家派款，因为他们打听到吴财主五十多岁死了老婆，后续娶一佃户女儿为妻。

金营长进屋一眼看见那女子肤如凝脂，眉目如画，那樱桃小嘴儿尤其显得性感，特别是小夫人奉茶时的嫣然一笑更是让他丢了七分魂魄。金营长在吴家坐了足足半个时辰，临出门，眼睛直勾勾地看着小夫人，说道："你们家的钱粮全免了。"

金营长回到旅部，悄悄地跟路光宇说了吴财主小夫人如何漂亮如何会说话，末了咕咚一声咽了口口水。

路光宇当土匪时姓金的就是他的贴身保镖，金营长的花花肠子他怎能不知道。路匪听罢咧着大嘴笑道："你这伢子看起来是相中这色角 (女人) 啦，这有啥作难的。"嘴贴着金营长的耳朵嘀咕了几句，随后屋子里发出一阵淫荡的笑声。

五天后，吴财主下乡要账被人枪杀在城南大浪河河坡里。消息传来，吴家老少十几口哭得天昏地暗。这时金营长带着四名马弁来到吴家，假惺惺地说道："光天化日之下竟有如此大胆狂徒残害无辜，这还了得! 我回去立即向路旅长报告，快速捉拿凶手给吴家报仇。"

事实上，金营长自那天见了吴财主小夫人后心痒难耐，下决心要把这个女人弄到手，第二天就派亲信换了便装时刻监视着吴财主的行踪。吴财主出门时匪兵就尾随其后，走到大浪河河坡，匪兵一看前后无人，掏出手枪乒的一声，吴财主就做了枉死鬼。吴家被蒙在鼓里，还千恩万谢地给金营长打躬作揖。

三天后路光宇把一个逃兵枪杀在南城墙外的海河沟里，对吴家谎称枪毙的就是杀害吴财主的蹚将。吴家感恩不尽，在临河县最有名的抹角楼饭庄摆了几桌招待他们。五七刚过，金营长就娶了吴家小夫人做了二姨太。

　　周老大目睹了这支队伍横征暴敛、勾结土匪贴条叫场、奸淫强娶良家妇女、公开讹诈残害老百姓的种种恶行，十分痛恨这帮禽兽不如的土匪，更悔恨自己好吃懒做，与他们为伍。他瞅准机会，在一个月黑风高的晚上脱下军装，只穿个裤头，翻院墙逃了出来。

　　周老大躲在城内八宝庄一个朋友家里，他的朋友天天出去打探消息。几天过去了，没见部队来追查，周老大就悄悄地回到了家。后半夜周老大睡得正香，一群兵踹开门闯了进来，不由分说就把周老大捆了个结结实实，随后把他填在路匪军法处临时设的监号里。

　　第二天早饭过后，周老大被押进审讯室。三间审讯室里七八个凶汉袒露着上身，个个面目狰狞。高高的房梁上垂着一根浸着血渍的粗麻绳，绳子下边是一大堆草木灰烬，东山墙放了十来捆谷草。

　　一个满脸横肉、满目凶光的家伙开口问了周老大姓名、年龄、职业、家庭情况，周老大一一回答。随后又问道："你有几家亲戚？"

　　周老大答道："老娘舅家早没人啦，我只有一个妹妹，住在干石桥街。"

　　审讯官又接着问："你妹子家几口人，有多少地？"

　　"我妹子有一个儿子刚满二十岁，前年才娶了个媳妇。妹子家原先有一顷多地。蹚将绑了大外甥的肉票，为赎大外甥卖了五十亩，现在还有七十多亩地。"周老大天生憨厚老实，毫无保留地作了回答。

　　审讯官嘿嘿冷笑了几声，说道："不当俺的兵也就算了，你不该把俺的枪支拐跑。"

　　周老大一听连呼冤枉。审讯官两眼一瞪，恶狠狠地说道："看来不给你点厉害，你是不招啦。用刑！"

　　几个凶汉把周老大吊在房梁上，雨点般的皮鞭一霎时把周老大打得皮开肉绽。

　　审讯官又凶狠地问道："你招不招？"

周老大哀求道："长官，没影儿的事，你叫俺招啥？"

审讯官一面吩咐在周老大身下架起谷草火，一面吩咐人去通知周老大的妹子。

不一会儿，传信的匪兵来到白家说了情况。周玉珊知道白家又该破财了，就翻出家中存放的二十多块银圆，交给铁拴。二人随同传信兵急急向路匪兵营赶，没进门就听到大哥哭爹喊娘的惨叫声。周玉珊心疼得像刀尖剜着一般，热泪从眼中滚落下来。二人正欲进院，把门的士兵伸手拦住了周玉珊，厉声叫道："审讯重地，女人不准进入。"

白铁拴来到审讯室，只见舅舅被赤裸裸地吊在房梁上，浑身打得稀烂，伤口上浸出的鲜血滴落到火中发出哧哧的响声。白铁拴心头一热，哭了起来。周老大哭喊着："拴子救我……拴子救我……"

白铁拴把审讯官拉到屋外，掏出二十块银圆对审讯官哀求道："俺舅是这条街公认的老实人，他绝对不会拐你们的枪支，你就放了他吧！"

审讯官摆着手，头摇得像没尿净一样，连声说道："我可不敢收你的钱，你说你舅没拐俺的枪，有人举报说他把枪藏在怹家啦。"

白铁拴听罢苦笑道："老总，你真会开玩笑，俺舅把枪藏到俺家，我会不知道？要不你带兄弟们到俺家搜搜？"

路匪要的就是这句话。于是把周老大从梁上卸下来，给他穿上破裤子，由两个匪兵架着向白家走去。

来到白家，几个匪兵装模作样地在屋子内翻腾了一番，哪里有枪的踪影，白铁拴一家人面露喜色。这时候一个匪兵在院子里高声叫道："找到了！找到了！"众人一齐走出屋子，只见那匪兵刺啦一声从柴火垛中间抽出一支汉阳造步枪。

杨淑娴吓得一下子瘫坐在地上。审讯官趾高气扬地说道："你们帮助逃兵窝藏枪支，证据确凿！还有啥话要说？本来也该治你们的罪，路旅长一向宽大为怀，就不追究你们啦。要抓紧筹钱赎人，不然就等着收尸吧！"说罢架起周老大扬长而去。

这一切都是有预谋的。从二月初八那两人踩盘子开始，路匪部队就做了周密谋划。昨晚后半夜就是那个找到枪支的匪兵翻墙进入白家，事先把枪塞进柴火垛里。这些丧尽天良的事只有土匪才能做得出来！

匪兵走后，周玉珊好一阵号啕痛哭。父母下世早，兄妹三人相依为命，感情自不用多说。周玉珊流着泪对铁拴说："儿啊，咱就是砸锅卖铁也要把你大舅赎出来，不然我会愧死的。"白铁拴流着泪点了点头。

当天下午，白铁拴向钱庄抵押了二十亩好地，换回二百块大洋。第二天一早先找到大舅哥，又找到县教育局宋局长，三个人一同来到旅部向路光宇求情。

路光宇皮笑肉不笑地说道："逃兵又拐了枪支，这可是死罪！看在宋局长面上，免他一死，但必须交五百块大洋的赎金，方可放人。"

宋局长指着铁拴，说道："这是杨校长的内弟！杨校长的二弟在西北军当炮兵团团长，你们是同行，说不定哪天你们还能遇到一块儿喝酒呢。"

路光宇听罢心中一怔，脸上堆下笑来。他知道一个军才有一个炮兵团，能当上炮兵团团长和上边关系绝对不一般，就变了腔调说："这事已经在全旅闹得沸沸扬扬，要不处理，往后我就无法带兵啦。出二百块现洋照顾一下我的面子吧！"

周老大当了十几天兵，害得外甥丢了二十亩好地。

路光宇祸害临河县，老百姓畏若虎狼，但在沙河渡却碰了个硬钉子。

沙河渡是临河县北边重镇，是坐落在北汝河上游的一个水旱码头。汉朝时候这里就是有名的定陵郡，昆阳大战时汉光武帝刘秀就是到这里搬兵打败了王莽的主力部队。以后几朝又在这里设立定陵县。沙河渡商铺林立，生意火爆，一座山陕会馆见证了它的繁华。

路匪自来到临河，沙河渡人就抗粮抗款，正好给路光宇血洗沙河渡找到了借口。农历三月初三，全旅出动攻下了沙河渡，整个沙河渡成了一片火海，路匪大开杀戒，街上到处都是死人，妇女更是难逃厄运。枪声、哭叫声、狰狞的狂笑声回荡在沙河渡上空，最后沙河渡被抢得连根鸡毛都不剩。

路光宇来到临河县半年后的六月，冯玉祥将军与北伐军在徐州胜利会师。随后冯玉祥出任河南省政府主席，临河县一帮士绅会同教育界名流请求冯主席派兵征讨路匪。

冯玉祥于腊月十二派了一个师，从开封坐火车在漯河下车后直扑临河县。来到县城东辛安镇，兵分三路攻打东、南、北三个城门，另派了一个加强营顺着大浪河迂回到银杏庄设伏。路匪紧闭县城四门,意欲顽抗。师长下令在东关张楼村架起迫击炮,"咣……咣……咣……"三发炮弹全部命中目标,路光宇手下的乌合之众哪见过这样的阵势,便一窝蜂地向西南山抱头鼠窜,没等设伏的队伍来到银杏庄,匪兵就逃过了大浪河。

一路上,路匪如丧家之犬丢弃车辆辎重,扔掉枪支弹药,换上老百姓的破衣服,争相逃命。

老百姓痛恨这些衣冠禽兽,一个匪兵营长背着一袋子银圆到八里庄一户郭姓人家换衣服,郭家兄弟用绳子勒死了营长夺了他的不义之财;另一个军需官逃到井柳村刘姓人家,也遭到了同样的下场。姓郭和姓刘的人家后来用抢来的钱置了几十亩地,一夜之间成了暴富的上财主。

路匪在溃逃中丢下很多军需物资,同时,也给临河县城西南的老百姓种下了祸根。

第 十 四 章

冯玉祥派兵赶走了路光宇，缓解了临河县的兵灾匪患。但仅仅过了一年多，一场始料不及的大祸又降临在老百姓头上。

民国十七年农历六月十七申时，火辣辣的太阳散发出灼人的热浪，刚出穗的春地谷无精打采地耷拉着脑袋，高粱、大豆被晒得反卷着叶片。四野里无一丝风，像蒸笼一样的闷热天，压得人们透不过气来。

白铁拴汗流浃背地和二舅在忙着卸瓜。今年他家种了五亩瓜，由于精心料理，绿油油的瓜田里西瓜、甜瓜又大又圆，甥舅二人脸上挂着掩饰不住的笑容。成熟的甜瓜，散发着诱人的浓香。今天是开园的头一天，铁拴盘算着他家的瓜成熟得最早，拉到城里一定会卖个好价钱。

"哗……"像暴雨珠打在莲叶上，持续不断的响声传来。抬头望去，西北方向滚滚黄尘已遮蔽了半拉天空。周老二惊骇地喊了一声："拴子快进瓜庵，'龙卷风'来啦！"

二人进瓜庵不上一袋烟工夫，只听得像炸了大会一般，嘈杂的脚步声、纷乱的喊叫声越来越大。二人走出瓜庵，但见黑压压的人流排山倒海般向南压了过来，周老二连忙喊道："拴子快跑！"

白铁拴炝开蹶子，下了瓜田南头的小河滩，顺着窑坑坑沿向南飞奔。窑坑南边岸上有一块十来亩齐腰深的黑豆地，白铁拴一头钻进豆棵里，浑身像筛糠一样抖个不停。

铁拴跑后，周老二急中生智，把吓乌鸦的破草帽戴在头上，拄着棍子，身子弯得像焯过水的大虾，颤颤巍巍地站在了瓜庵前。

一霎时，人流来到瓜田。人群中大多数人赤手空拳，只有少数人背着快枪，或搲着钢叉、快刀；另有一些人被绑着双手，四五个人拴在一根长绳上。他们个个灰头土脸，嘴唇上裂着浸血的口子。

他们一见有瓜，也不管生熟，拽下来边啃边跑。一个背着枪的家伙掀掉周老二的破草帽看了看，可能是周老二一脸枯惨纹，那家伙狂笑道："怪不得你不跑，原来是个糕儿。""糕儿"是土匪黑话"老家伙"的意思，周老二哪里会知道这些，嘴中连声说道："我是糕儿……我是糕儿……"

两个时辰后，黑压压的人流才渐渐稀疏，一里多宽的庄稼地像被石磙碾过一样成为通南扯北的一条大道。

原来这是鲁阳县大王庄村老王太拉起的大杆。起杆前老王太召集豫西四十八路匪首老洋人、崔二旦、秦椒红、宋老年、李老末、黑老婆等人秘密商议，在鲁阳城南大沙河二里多宽的河滩上开起了大会。

全部由河南名角挑袍演出的九台大戏一字排开，一拉溜儿四五里地。从农历六月十二开始，七天会期，方圆几个县的老百姓或步行或套车到这里赶会。由于汛期未到，干涸的河滩上成了人头攒动的海洋。

六月十五是中会，推攘不动的会场上聚集了三十多万人。上午十点正逢大会高潮，老王太两手各搲一把二八盒子，健步从后台走到戏台中间，抬起手"啪啪啪……"一连放了六枪，熙熙攘攘的会场上顿时鸦雀无声。

老王太三十多岁，精壮结实，一脸凶相。只听得他高声叫道："老乡们，今年咱们鲁阳百日无雨，又是一个灾荒年。我带着大伙到东南做趟生意，没老婆的去抹（像抹布抹桌子一样）个老婆，有老婆的去弄些钱财！"老王太话音刚落地，会场周围的几千名土匪一齐打起了枪，随后劫裹着人群向东南涌去。除老人、小孩、妇女留下外，老王太大杆从鲁阳出发时就有十四五万人。

第二天，大杆攻下昆阳，把城内洗劫一空，连县长的八抬大轿也被抢了去。一路上烧杀抢掠，杀人无数，到临河县时大杆队伍已达三十多万人。从紧靠县城西南角的小杨庄，往西到老金山，三十多里的区域内分布着老王太的几十路大军。

临河县城内，老百姓为了抵抗土匪进攻，全部拿着武器上了城墙。抬眼望去，土匪队伍不见边际，一支二三百名骑着快马的土匪在城外跑了几个来回，可能是感到攻城无望，扬起鞭子一溜烟往西去了。

临河县城建于西汉初期，城虽不大，但非常坚固。是官刁死民，为把城建得铁桶一般，负责筑城的官员想了一个孬点子。他派人在方圆二百多里都贴了告示，临河郡大量收购石磙，开出每十斤一两银子的高价。人们看了告示兴奋地说："一个石磙最小的也有四五百斤，能卖四五十两银子，大的岂不是能卖一百多两银子！"于是周围的百姓纷纷把石磙拉到临河郡。一个多月后，开始过秤，谁知秤杆是用一根长杉木杆做的，而秤锤就是一个大石磙凿了个眼儿穿上绳子。开了秤，最大的石磙超不过三斤，拉回去路途遥远不划算，百姓只好把数万石磙都撇在了临河。

城墙四周长九里十三步，根基全部用石磙排了三层，一步三盘磙共用了四万零六百一十七盘石磙。石磙上白石灰垒着汉砖，宽三丈、深丈余的城壕里石磙在水中只露着头。历经两千多年的临河县城墙坚固如初，所以才使全城百姓免遭土匪血洗这一劫难。

老王太大杆为壮大声势，太阳刚落山，就开始放火点房子，城西南方圆五六十里成为一片火海。

一个土匪在九里营一户车棚里看到一辆车，把手指别在嘴中打了个呼哨，十几名土匪跑了过来。这个土匪说道："大伙儿看看这是不是前年截咱们营拉军需的车？"

众匪点头。

两个土匪踹开落了锁的大门来到院中，三间东屋两间西屋虚掩着门。土匪进去一看，东屋是厨房，米面菜一应俱全。一个土匪说："我给大伙儿做饭。"西屋是牛屋，牛槽空着。四间堂屋门锁着，一个土匪推了推门，里边插着门闩。这个土匪狂笑着说道："这里边有人。"

原来这家老两口生了三个儿女，上边两个女儿已经出嫁，年里腊月二十六才给小儿子娶了媳妇，土匪来时儿子正在北地翻红薯秧。老两口匆忙中把新媳妇反锁在屋里，牵着牲口躲到南沟去了。

两个土匪一齐用肩膀撞开门，用火把点亮桌子上的棉油灯。灯光下，西耳房崭新的门帘上绣着鸳鸯戏水的图案。

土匪打着火把进了耳房，只见顶子床上一个如花似玉的女子裹着粉红色的丝棉被蜷缩在床角，娇嫩的身躯抖得连床都跟着晃动。这时一个红了眼的土匪如发情的叫驴一样扑了上去。女子连抓带咬，拼了命地哭叫、抵抗，一霎时那土匪脸上像被鸡刨过般鲜血淋淋。土匪大怒，把新媳妇从床上拽下来拖到客厅。几个土匪一齐动手，把她牢牢地绑在罗圈椅子上，嘴中塞上破布，其他土匪狞笑着掩上门。随着一声声惨叫，土匪喘着粗气，发出禽兽般的呻吟声。过了一会儿，那个土匪提着裤子奸笑着走了出来，另一名土匪迫不及待地冲了进去……十几名土匪轮番发泄兽欲，折腾了整整一夜。

　　白铁拴钻进黑豆地还没等缓过气来，滚滚人流已压了过来。一个走在前边端着枪的土匪看见一片豆秧不停地抖动，高声叫道："快出来吧！不然我开枪啦。"

　　白铁拴知道被土匪逮住不会有好下场，在豆棵中往前爬了起来。这时他听见枪栓"哗啦、哗啦、哗啦"地响了三次，知道土匪真的要开枪了，就战战兢兢地站了起来。

　　土匪来到跟前，打量了他一眼，嘿嘿地笑着说道："兄弟，你命真大，我的枪从来没瞎过火，我扳了三回扳机，竟然没响，看起来你是个贵人，跟着我到东南跑一趟吧！我不会伤害你。"

　　土匪都到庄稼地里搜人去了，田野上星罗棋布的土匪"噢……噢……"的叫声此起彼伏。

　　天渐渐地暗了下来，小匪头押着搜出的几个人连同白铁拴一起来到村子里，进了路北一家空荡荡的院落。

　　小匪头对那个掂了一根红缨枪的小孩说道："孬娃，你去窜轰子（放火点房子）。"孬娃从屋中找出一件破衣服，撕成条缠在棍子上蘸上棉油，举着火把跑了出去，片刻路南好几处火光冲天。

　　他让另外两个扛枪的土匪带上几个人去找"票"，又吩咐其他人做晚饭。两个人到屋里找了一圈，出来说道："头儿，只有小半盆面，不够咱五十多人吃咋办？"

小匪头笑着说："真笨，焖一锅麦子，一人两大碗，既省事又治饥，可球美。"这时候小匪头听见鸡窝里扑棱了一下，就走过去弯腰从里边摸出三只鸡，拧下鸡头扔给了做饭的伙夫。

过了一会儿，找票的押解着一个四十多岁、穿了一身干净衣服的人进了院子。随后孬娃也一蹦三跳地跑了回来。

不一会儿做好晚饭，三个土匪一人一只鸡，其他人用碗、盆盛了焖熟的麦子掺豌豆，狼吞虎咽地吃了起来。这些人吃饱喝足之后，解开下午抹来的十几个人手上的绳子，让他们吃大锅里剩下的豌豆麦粒，然后点起火把把刚逮来的那个人吊在院中的弯腰杏树上，开始审票。

只听那人哭着说道："爷，你们逮错人啦，我是南边离这儿八里地赵庄的赵二拐。前半晌俺大娘死了，我来到前荷荡她娘家报丧，刚进村你们就怼过来了，慌乱中我躲到苏财主家的猪圈里。苏家人跑光了，我不是这家的人，你们要是不信，我布袋里装有报丧的帖子。"小匪头听罢让人把票放下来，松开绑，伸手从那人口袋中掏出用白孝布包着的报丧帖。土匪环顾一圈把帖子递给面带斯文的白铁拴："老子不识字，你念念写哩啥球！"

铁拴抖动着双唇，念道："家母苏二妮于六月十七未时仙逝，卜于六月十八午时治丧归葬祖茔……"小匪头没等铁拴念完劈手把报丧帖夺过来，"呸、呸、呸"连吐了几口唾沫，把报丧帖撕得粉碎，又用脚踩了踩，恼恨恨地说道："才出门三天就碰见这柯叉蛋事，快放放红，破破晦气。"

一个土匪从腰中拔出牛耳尖刀，一手揪着那人的耳朵，刺啦一刀把报丧人的耳垂割下一块儿，一股鲜血喷出来，染红了报丧人雪白的棉衬衣。小匪头照着他屁股踹了一脚，狞笑着说："还不快滚！"报丧人捂着耳朵娘哩大哩哭叫着走了，周围被抹来的人倒吸了一口凉气。

小匪头吩咐把下午抹来的十几个人重新拴好，赶进这家西屋的牛铺里，开口说道："大家不要怕，往后咱们就是一绺子啦。只要你们不偷跑，不藏私钱，不犯忌，要钱玩女人、杀人放火随你们的便。不过话说回来，要是犯了这几条，那就要敲瓢。"小匪头用枪指了指另一个人的头，又接着说道："咱们的大瓢把子是崔二旦司令。每到一个新地方，有人会高喊崔二旦、崔二旦……你们就顺喊声靠拢，要不走散了你们连饭都吃不上。另外你们跟着拿枪的弟兄学些行话，不然其他人会欺负你们的。"小匪头说罢别上门睡觉去了。

白铁拴透过窗户看到外面冲天的火光依然不减，哭叫声夹杂着狗叫声回荡在夜空中。荷花荡前后坐落着两个村庄，前荷荡离银杏庄只有二里多地，近在咫尺却不知家中情况，白铁拴心里像翻滚的油锅，一夜无眠。

第二天天刚亮，白铁拴随着滚滚人流上了路。队伍除发出飓风般的响声外，又多了些红、黄、蓝、绿、赭五色旗帜。白铁拴瞟了几眼，这些旗帜上分别绣着"临河县×××村连庄社""临河县×××村××花社"字样。那时候土匪多如牛毛，为防止土匪抢劫，各个村都自发组织起来打更巡夜看家护院的"连庄社"。老王太大杆为壮声威，同时好让各路人马辨认自己的队伍，这一夜从各个村找出几百面旗帜。

人嘴传播的速度比刮风还快，几天后整个豫南地区，甚至连汉口都知道临河县"起反"了。数月后，因为这几百面旗帜夺去了临河县数千条无辜的生命。

第 十 五 章

白铁拴跟着大杆队伍于傍晚到达方城县小史店,土匪给昨天抹来的人松了绑。一个土匪说道:"从今儿黑起你们就不上绳绑了,但必须跟着我们干活,谁若不从,我现在就送谁回老家。"说罢,哗啦哗啦地拉了拉枪栓。被抹来的人面面相觑,谁还敢说半个不字。

抢掠、放火、吃饭,折腾了半夜,他们露宿在一家只有三间堂屋、一间灶房的小院里。小匪头进屋睡觉去了,另外两个土匪拉了一张苇席,抱着枪睡在闩着门的门楼下,其他人像排红薯母似的躺了一院子。他们一天跑了八十多里路,实在太累了,哪里还在乎蚊虫的轮番叮咬,满院响起了呼噜声。

白铁拴用手轻轻捅了捅睡在身边的一个十五六岁的男孩,低声问道:"你不是板桥刘的俊杰?"

男孩醒了,低声问道:"你是谁,咋知道我的名字?"

"我是银杏庄的白铁拴,是恁姐家的邻居。"

那男孩哦了一声,说道:"想起来啦,你就是俺姐家东院的拴子哥,几年没见认不出来了。"俊杰又告诉铁拴,他是前天在地里割草时被大杆抹来的。二人嘀咕了一会儿,禁不住眼皮打架,也打起了呼噜。

第二天一早,土匪直扑方城县,于中午时把方城围了个水泄不通。另一部分人在四乡抹人劫财。

白铁拴几个人随同一名土匪和那个叫孬娃的小孩,在城东一块芝麻地里轰出一个三十来岁、五尺六七的壮汉。壮汉旁边的桑木扁担上拴着两个包裹,那土匪一见上去就抢,这时壮汉两眼布满了仇恨的血丝,顺手抽出扁担照着土匪头抡了下去。那土匪哼了一声,便一头栽倒在芝麻棵里。

孬娃一见，哭了声"三叔"，随即把手伸进嘴里打了一个长长的呼哨，霎时一群土匪围了过来。其中一个络腮胡子、满脸杀气的土匪腰间别着短枪、手中提着一把寒光闪闪的大刀，凶残地提刀向愣怔在那里的壮汉头上砍去。只听得"咔嚓"一声，壮汉的头滚落一边，脖颈上的鲜血像喷泉一般溅了一丈多高。随后那壮汉像被剁了头没死透的鸡子，在地上蹦了起来，半袋烟后尸体才倒了下去。铁拴他们几个面如土色，刘俊杰吓得尿了裤子。

那个被抡倒的土匪在同伴的呼唤下醒了过来，原来他只是一时晕了过去，壮汉的扁担没打着土匪后脑勺要害，只是顺着耳根滑落在肩膀上。几个土匪搀着他在地头路上悠了几个来回，见没大事，就吩咐铁拴扶着他回村休息，剩下的又急急忙忙抢掠去了。

老王太大杆一路上攻下方城、泌阳、赊旗、南阳、镇平、内乡等几座县城和无数个村寨，数天后打下唐河县城。

这天晚上，白铁拴随同小匪头来到唐河县东古城镇。此时他们这一绺子已有八九十人，三个土匪各抢了一匹耕田的好马，就连孬娃也抢了一头泌阳大青驴。刘俊杰长得细皮嫩肉，说话和声细语，小匪头就让他当了自己的勤务。

一阵抢掠之后，他们住进一户三进院的财主家。小匪头吩咐伙夫晚饭做打鼻梁骨鸡肉面片，又对刘俊杰说道："伢子，好久没抿山了，你让伙房做几个菜，我和你大叔比比指头，串山他鳖子俩。"刘俊杰听得一塌糊涂，想问又不敢问，一时愣怔住了。恰在此时孬娃走进屋子，扯了一下俊杰，说道："跟我走。"出屋后，孬娃又轻声对俊杰说："抿山就是喝酒，喝醉了就叫串山。如果头儿说哨个牙淋，那就是他渴了要喝茶，跨风子就是他要骑马。你伺候他要懂江湖上的行话。"俊杰点了点头。

二人到财主家的正房里翻箱倒柜，找出几瓶用黑瓷坛装着的陈年老酒，又找出一套景德镇烧制的精美酒具。孬娃从一个精致的漆木盒子里，找出一只黄底粉彩、盘着祥龙的大海碗，用托盘端着走进屋子。小匪头一见是陈年茅台酒，嘎嘎地笑得五官都挪了位。

不一会儿上来几样小菜，小匪头让孬娃也坐下来，俊杰在一旁伺候，几个人就划着拳酣畅淋漓地喝了起来。这时候伙房里喊道："面片做好啦，快来端啊！"

俊杰麻利地用托盘托着那只粉彩盘龙大海碗走了出去。一盘枚没猜完，只见俊杰端着热气腾腾的一大碗鸡肉面片走进屋来。碗里盛得满满当当的，就像扎了苍子一样，俊杰怕洒了挨骂，就小心翼翼地一边看着碗一边抬起脚过门槛。他习惯了家里的低门槛，却忘了这家的高门槛，一个趔趄向屋子里摔了过去，盘龙粉彩大海碗被摔了个粉碎，面片洒了一地。

坐在首席的小匪头脸色勃然大变，五官扭曲得像阎罗殿上的小鬼，高声叫道："快拉出去敲了！"两个土匪架起俊杰恶煞般地就往外走。俊杰粉团般的脸上哪里还有半点血丝，大声哀号着："爷，你饶了我吧！下次我再也不敢粗心了。"小匪头怒气未消，恶狠狠地迸出四个字："快拉出去！"这时候，正在吃饭的人们听见哭声围了过来。

白铁拴一见两个土匪架着俊杰往外走，心里咯噔一声，知道可能是俊杰犯了土匪的大忌，脸上堆着笑对二位土匪说道："好汉哥慢走！咱们出门在外不容易，有事多担待些。"两个土匪停住了脚步。

铁拴又赔着笑对小匪首说："头儿，一杆人跟着你吃喝哩，俊杰犯了啥错我教训他，你大人有大量，就饶了他这一次吧！"

小匪头干笑着说道："这次下东南路做生意，是把脑袋别在了裤腰带上。干绺子最怕犯大忌，一个多月前逮的那个报丧人给咱带来了晦气，在方城差点让这个弟兄丢了命。"小匪头用手指了指那个挨扁担的土匪，又接着说道："今天晚上这鳖孙打碎了莲花子，就意味着打烂了咱的饭碗，你们说咋办？"

白铁拴顺势跪了下去，不住地哀求："好汉哥开恩……好汉哥开恩……"一院子人也都齐刷刷地跪了下来。

小匪首苦笑着说道："自那天逮住你，我就认定你是个贵人。这回看在你的面儿上就饶了这鳖孙，众兄弟也都起来吧！"

众人起来后，小匪头拔出腰间的二八盒子，朝着打碎碗的地方"啪、啪、啪"连开了三枪，又甩手在刘俊杰的头顶上方打了一梭子，对铁拴说道："我不用这少材没料的东西啦，往后让他跟着你吧！"

一场虚惊过后，大伙儿散开了。

夜晚，一院子人打起了呼噜。刘俊杰许是年龄太小，没一会儿就进入了梦乡，铁拴挨着俊杰却怎么也合不上眼。又过了一会儿，铁拴听见俊杰喉咙里发出心有余悸的"哾……哾……"声，每过一段时间，刘俊杰就"哾哾"一阵子，白铁拴听到这凄凉的声音，又是一夜无眠。从此无论白天黑夜，刘俊杰就落下了"哾哾"的毛病，多年后，村子里的人就喊他哾叔或哾爷。

两个月后，老王太大杆攻下湖北枣阳。枣阳南邻江汉平原，土地肥沃，雨量充沛，物产丰饶，是一个富得流油的好地方。

血洗枣阳后，老王太人马顺着吉河一路破寨抢掠。吉河南岸有一座村寨叫吉祥寨，寨虽不大却十分坚固。吉祥寨北边的寨墙下边就是一里多宽大浪滔滔的吉河，寨中有三百多条快枪，东、南、西三个寨门上各架了一门鸡娃炮。这鸡娃炮就是袁崇焕镇守辽东打伤皇太极的那种炮，每门炮重约千斤，一次能填充十多斤黑色火药和上百斤铁砂，虽然射程只有一里多远，但杀伤面积却有打麦场那样大。

老王太事先派人踩了盘子，探得寨子中住着三十多家大财主，另外还躲藏着很多逃难来的富户。虽然寨中装备精良，但一路上攻下那么多府县，他哪还把一个小小的吉祥寨放在眼里。

八月二十，天还未亮，老王太就带着人马围了寨子。天明后老王太先让一个小喽啰喊话：

"围子里的人听清啊，我们走了几线子（几百里路）路过贵地。当家的让我喊金子（捎话），借点高鞭子（银钱），捎带填瓢子（吃饭），让众儿郎解解饥渴。"

寨墙上的人回答得很硬气："你血鳖孙不要烧！有种的报上名来。"

"大爷我坐不改姓，行不更名。我是你爷爷王圪料，限你们一顿饭工夫送出来三十名没开苞的豆儿（长得俊的大姑娘），五十名双眼皮的油青脸（双眼皮、化了妆的年轻女子）。"土匪放了硬话，开始挑衅了。

吉祥寨的人也不甘示弱："想要大闺女，快滚回家去吧！你姐姐、你妹子在等着和你睡觉哩……"

土匪撂下更加狠毒的话："爷爷要的货，快快送出来，不然就要灌围子（攻寨），接观音（掳妇女），抱童子（绑架小孩），撬死祖（挖祖坟），把你们的房子全都窜轰子（放火烧了），男的敲瓢（枪杀），老的全宰（刀杀），色角（妇女）不管丑俊一齐拉出来困觉（轮奸）！"

吉祥寨人被彻底激怒了，咬牙切齿地答道："鳖羔，先敲了你个杂种！"当的一声枪响，这个趾高气扬的小匪首一头栽下马来。紧接着寨门上的鸡娃炮"咚、咚、咚"一齐轰鸣，战斗开始了。

土匪们盼的就是这一刻，抬着云梯，顶着大方桌，桌子上罩着浸透了水的几层棉被，嗷嗷怪叫着开始攻寨。老王太土匪的基本队伍有六千多人，加上抹来的无辜老百姓有近五十万人，他们让抹来的人在后边呐喊助威。这些惯匪嗜杀成性，看见流血就兴奋，就来劲，"杀呀！……撕了围子抢花票（女性）呀！"不顾死活地往上冲。

白铁拴站在不远处的土岗上看到，寨墙上妇女老人都上了阵，滚木、礌石如雨点般倾泻下来，随着鸡娃炮的怒吼，成片的土匪倒下，攻寨一时受阻。

这时候，一匹枣红马和一匹胭脂马从西边飞驰而来。枣红马上坐着一个怒目圆睁的赤膊壮汉，那胭脂马上是一个腰别双枪、面如傅过粉、二十来岁的女土匪。

不知谁喊了一声："总架杆来啦！"进攻的土匪一听是老王太和夫人亲自来督阵，士气大增，狂喊着粗鲁霸气的土匪黑话鼓舞士气，冒着枪林弹雨一窝蜂地拥了上去。

吉祥寨千余人的小寨，哪里是这些悍匪的对手，寨子被撕了数处口子，土匪争先恐后地往里拥。寨墙上抵抗的七八百人一看寨子被土匪攻破，纷纷从两丈多高的北寨墙上纵身跳入滔滔的洪水中，一大半的人被洪水夺去了性命。

寨内还有五六百人，有行动不便的老人、刚出生的幼儿和一些未出阁的少女。老王太打着马在街上高喊："众弟兄们听了，任何人不能带色角，杀他个片甲不留，为死去的兄弟报仇！"土匪们挨家挨户地抢劫、杀人。有个漂亮的少女抱着一个土匪的大腿哭喊着："大哥，我情愿跟着你，做大做小都行，求求你不要杀我。"这个土匪用手托起少女梨花带雨般的脸蛋儿看了看，正准备扶起少女，这时另一名土匪刚好路过，恶狠狠地说："没听见大杆首发话？你想找死啊！"说罢抬起手"当"的一枪，这少女倒在血泊中。街道上到处都是血，找不到一片干净的地方，哭声越来越弱，土匪临走又放起了冲天大火。

老王太大杆一路抢掠到安徽霍邱、六安地界。土匪个个都抢得了马匹，那马匹上除了驮着包袱，不少还驮着年轻漂亮的女子。孬娃脖子上戴着好几个银项圈，铁拴私下问他："你小小年纪，跑出来恁爹娘会放心？"孬娃咯咯笑着说："俺娘说叫我这一趟抹个驴回家，她好套磨。"

大杆在霍邱盘桓了数日，掉头向西来到正阳县。在正阳县城，老王太站在方桌摞方桌的临时台子上，发布了回撤的号令。从这天起不再抹人，对队伍的管理也松懈了许多。

从正阳出发后，白铁拴时刻在寻找逃跑的机会。第四天中午，队伍行进到汝宁府北一条大河的河滩上。

河坡里滋生着大片的芦苇，白铁拴装着解手，躲进了芦苇丛中。大约过了一个时辰，他听着四周没有动静，就从芦苇丛中走了出来。这时候从南边"嗒、嗒、嗒"跑过来十几匹快马，快马上坐着身着黑衣的士兵，铁拴知道这是县大队的人马。

突然，从马上跳下来两个人，不由分说就把白铁拴捆了起来。县大队顺着河滩又搜出二百多人，解下这些人的裤腰带拴住一只手，让另一只手提着裤子，将他们押往汝宁城。

汝宁城两天前刚被土匪血洗过，到处弥漫着令人窒息的血腥味。白铁拴他们被押到汝宁府监狱大院，监狱大院满满地塞了两千多人。如血的残阳被天中山挡住了，天渐渐地黑了下来，院子里一片啜泣声。

白铁拴蹲在东边的院墙根下，院墙外边是一条小巷，在院内能听到巷子里走路的脚步声。天擦黑后，铁拴听巷子里两个人的对话。一个说："今天县大队和各乡民团逮了两三千土匪？"一个说："是哩，都关在这院里。听俺三哥说明天审过就砍头，尤其是临河县的一个不留，全部杀掉。"

白铁拴听罢吓得魂飞魄散，过了好一会才缓过神来。求生的本能让绝望中的白铁拴彻底清醒，用手在地上摸到一片碗碴儿，流着泪忍着疼把双腕划得稀烂，鲜血不住地淌下来。不到一个时辰，那双腕肿得像发面馍。

第二天巳时一到，一次提出十个人，押进不同的屋里开始审讯。审讯官一听是临河县人或说话带怼字的，二话不说摆摆手，两个士兵架起来就向刑场走去。

刑场离审讯处不远，就在天中山南边的汝河北岸。为了节省子弹，县大队连夜挖了一个半亩地大的深坑。坑沿上站着十多名拿着鬼头大刀的刽子手，人一架到，刽子手从后边一脚把人踹倒在地上，瞬间用刀背砸向后脑勺，又迅速地把刀翻过来，在脖颈上一推一拉，眨眼之间人头落地，随即一脚把尸体踢进坑里。这两千五百多名所谓的"土匪"十之七八是临河县人，能活命的寥寥无几。

临近中午，白铁拴被提了出来。来到审讯室，一个长桌子后边坐着三个人，为首的四十多岁，穿着中山装，鼻梁上架着眼镜。

左边那个看着像文书的人说了句："徐县长开始吧！"没等县长发话，白铁拴声泪俱下，喊起冤来。

县长哼哼地冷笑了几声，说道："你们临河县聚众起反，一路上奸淫抢掠，杀人放火，罪行罄竹难书，有啥冤枉？"

白铁拴举着溃烂的双腕说道："我叫白铁拴，家有一百多亩地，临河县师范毕业。六月十七那天下午，西北路的土匪抹到俺银杏庄，绑了俺的票，拴了俺几个月。昨天俺趁土匪不注意躲到河滩的苇子棵里，刚出来就被县大队逮住了。"

随后又涕泪满面地说道："俺大舅哥是临河县农校的校长；二舅哥在冯主席的部队里当炮兵团团长。你要是不相信，可派人到临河县详查，来往路费我双倍奉还。"

县长走上前看到白铁拴手腕上还在滴着血，问了一句："你认识李向寅吗？"

白铁拴忙不迭声地答道："认识、认识，他是俺县的县长，字炳午。不过今年四月调开封去了，俺和他还在一起喝过几回酒哩。"白铁拴为了活命第一次在实话中掺了些吹牛。

县长听罢沉思了一会儿，搓着手说："看来你说的是实情。我就是放了你，你也回不到家，因为到处都在截杀你们临河县的人。"白铁拴一听死不了啦，头磕得如捣蒜一般。县长又接着说："这样吧，我给你写个条子。"

白铁拴从鬼门关逃过一劫，自然是说了一连串"再生父母"之类的好话讨好徐县长。原来，徐县长和李向寅都是冯玉祥委派下来的县长，他们有些交情，徐县长听得白铁拴二舅哥在西北军当炮兵团团长，又看白铁拴一脸书生气，便动了侧隐之心。

九死一生的白铁拴揣着徐县长写的条子，踏上了回家的路。

第 十 六 章

从鬼门关走了一遭的白铁拴,于十一月十九赶早集时敲响了城中的家门。周玉珊一骨碌从床上爬起来,三步并作两步开了门。一看是儿子回来了,忙不迭声地喊道:"淑娴,铁拴回来了……"淑娴挺着大肚子,慌得连棉衣都没穿就走了出来,三人抱着头哭成一团。

铁拴被抹走的那天下午,周玉珊久久不见儿子从乡下回来,急得心提到了嗓子眼儿。

她来到街上,看到西城打更巡逻的老孙祥神色慌张,"咣……咣……咣"使劲敲着大铜锣,扯着沙哑的嗓子高喊:"土匪来啦!快上城墙啊!"众人纷纷从家里跑出来,提着刀枪飞快地向城墙上涌去。

周玉珊搀着怀了身孕的儿媳,拧着小脚也上了城墙。抬眼看到城西狼烟滚滚,枪声、哭叫声连成一片,豌豆大的泪珠簌簌落下。

第二天下午,城门刚一打开,二人急急忙忙地回到银杏庄,村子里一片狼藉,到处是哭泣声。走进门,二哥、二嫂揉着红肿的眼睛说道:"庄上的人除了老人、小孩和妇女,全都被抹走了,铁拴也不知去向。"说罢,他们好一阵哭天抢地。

自从铁拴被大杆抹走后,一家人整日以泪洗面,影壁神龛中三炷香昼夜不熄。凡城中寺庙,周玉珊婆媳都许下了冲天大愿,她们把唯一的希望寄托在烧香拜佛上。几天前,从汉口回来一个人,带回南边各地都在截杀临河县"土匪"的消息,她们更加惶惶不可终日。铁拴奇迹般地回来了,婆媳二人如释重负,脸上露出了久违的笑容。

腊月十九,一个粉嘟嘟的女婴伴随着一场瑞雪降临白家。白铁拴望着院中一丛傲雪挺立的翠竹,联想到家中遭受的种种磨难,心中百感交集,随口吟出一首五言绝句："傲骨凌云志，苍苍劲节奇。漫天风雪舞，更显岁寒姿。"随后笑着对母亲说："娘，就给妞妞起名叫雪筠吧！"周玉珊嘎嘎地笑着，说："中中中！咬文嚼字我不懂，这名字还怪好听哩。"

那次路光宇手下的匪兵在他们家搜出枪支，儿媳被吓得瘫坐在地上，当天夜里怀有身孕的儿媳就流产了。半年多不见儿媳的肚子有动静，周玉珊嘴上没说可心里急得像热锅上的蚂蚁。如今儿子大难不死，儿媳又生了个可爱的小孙女，周玉珊高兴得脚下生了风般，一下子年轻了十来岁。

勉强安定的生活过了不到两年，厄运又一次降临白家。

民国十九年秋，临河县风调雨顺，各类作物喜获丰收，尤其是芝麻的收成比以往最好的年景还要高出三成。白铁拴家十亩地打了六石多芝麻，这么多芝麻一家六口人怎么也吃不完，白铁拴发了愁。

恰在此时，铁拴一个在禹州教书的师范同学回来送他妹子出嫁，中午在饭桌上对铁拴说："禹州那边芝麻的价格比临河县高出近一倍，咱县的芝麻熟透后收获，粒大饱满，其他地方的芝麻二斤八两榨出一斤油，咱县的芝麻二斤三两就能出一斤油，所以咱县的芝麻在那里非常抢手。"

同学喝了半杯茶，看了看铁拴又接着说道："如果你要去卖芝麻，先到城里那几家中药铺联系一下看他们缺什么货，回来再给他们捎一车药材，来回都有钱赚。"白铁拴大喜过望，一连敬了他同学三大杯。

回家后铁拴把得到的消息跟母亲、妻子说了一遍，三人合计了一阵子，就把上禹州卖芝麻的事敲定了。去年铁拴看二舅身体不太好，就从城东八里董村雇了个长工。长工姓董叫喜安，三十多岁，伺候牲口、干庄稼活样样精通，只是有点儿胆小怕事。

十月初二夜里，铁拴没回城。第二天一早，主仆二人赶着装了四石芝麻的牛车上了通往禹州的大道。一路上风餐露宿，第三天中午他们到达禹州东大街粮行。

一群粮商围了过来，解开口袋抓了一把芝麻看了看，齐声赞道："粒粒饱满并且歪着嘴，正宗的临河县芝麻，不知一石你要多少钱？"

铁拴事先已摸透了行情，就笑着答道："我也不说虚头，三块半银圆一石，整车出售。"几个客商递价三块银圆，白铁拴摇了摇头。一个客商狠了狠心说道："兄弟你可怪狠哩！人家最高三块，你要三块半。好啦，这一车芝麻我全都要了。"原来这一年洛阳地区大旱，芝麻基本绝收，芝麻行情一天一个价，俗话说买涨不买落，这个客商很会把握商机。

随后粮行过了斗，四石多芝麻卖了十五块。白铁拴盘算着，这十五块银圆在临河县能籴七八千斤小麦，能置将近三亩地。他心里乐开了花，嘴中轻轻地哼起了路戏。

白铁拴抬头望了望，夕阳像个醉汉，面红耳赤地贴近了禹州西城门。他爽快地叫了一声："喜安哥，咱住店去！"

二人赶着牛车来到城东关车马店。安顿好牲口，铁拴又让店家来壶小烧酒，炒几样小菜。喜安把斟得满满的一杯酒递给铁拴，铁拴把酒杯攥在手里，眼里噙着泪花，说道："我接手掌柜这几年，就干了这一件顺心事。喜安哥，今天晚上咱俩多怼它几盅！"

话刚落音，听见院子里传来一阵嘈杂的脚步声，不一会儿一群端着枪的大兵端开门进了屋子。一个挎着盒子枪瞪着三角眼的家伙说道："俺们是中央军，往西讨伐冯玉祥路过此地，有劳给俺们拉一趟官车。今天晚上在这车马店把各自的牲口喂饱，另外让店家给你们备足干粮，明天一早出发。"说罢又耀武扬威地到隔壁房间去了。白铁拴往外扫了一眼，见大门两边站着双重岗哨，心里酸楚得说不出话来。

第二天天蒙蒙亮，十几辆牛车在士兵的押解下，来到城东五里杨的中央军临时驻地，院子里堆着征集来的几十万斤粮食和军用物资。因铁拴家的一犋抿角黑犍个儿大有力气，就给它装了一车炮弹。一个满脸络腮胡子的军官坐在铁拴家的牛车上，在前边带路，三十多辆牛车紧随其后向洛阳进发。白铁拴一眼认出这个当官的就是三年前在方城东芝麻地一刀劈死壮汉的那个蹚将，原来老王太大杆返回鲁阳后，即被国民党军队收编，老王太当了旅长，手下的喽啰们也依次成了团长、营长、连长等。白老拴无奈地叹了口气，背过脸自言自语："这兵变匪、匪变兵，兵匪一家的世道咱老百姓可咋活啊！"

三天后队伍到达离洛阳四十多里的伊川县界，此时已隐隐约约听到从洛阳西传来的阵阵枪炮声。铁拴瞟了一眼长工，只见喜安紧绷着脸，拿牛鞭的右手在不停地颤抖，铁拴没在意。那天晚上十点多，三十多辆车停在了伊河东岸龙门北边不远的一个村子里，主仆二人啃了些干粮，又捧起料水桶咕嘟嘟喝了一肚子水，把铺盖摊在车下，和衣倒在铺上。几天来起早贪黑地赶路，白铁拴实在太累了，不一会就响起了呼噜声。

鸡鸣声吵醒了熟睡中的白铁拴，他随即喊道："喜安哥，赶快起来喂牛吧！"一连三声无人应答，铁拴用脚蹬了蹬铺那头，喜安已不知去向。

原来喜安自听到枪炮声，就吓破了胆，尿液不住地淋到裤裆里，躺下后尽管十分疲劳，却怎么也合不上眼。后半夜除了鼾声听不到任何动静，喜安就蹑手蹑脚地从铺上爬起来，猫着腰一闪身躲到了一所房子的后边，借着星光辨认出东边不远就是山，他紧跑几步上了山，朝启明星的方向迈开了大步。

天亮后，铁拴掂着牛鞭随同官车队伍又上了路，在洛阳城西赶上部队，卸掉了一些粮食和辎重。在那里停了一天，随后又沿着陇海铁路向西安进发。一路上装装卸卸，却只字未提放他们回家的话。

到了义马，一个比较胆大的民夫问带队的长官："你们说送到洛阳就放我们回家，这都出洛阳一百多里地啦，咋还不放我们回去？我不走啦。"

那个当官的恶狠狠地照着那人屁股上捣了一枪托，说道："战争这么吃紧，你拉个球官车还发不完的牢骚。要不给你换身军装，到前方尝尝打仗啥滋味？"发牢骚的人缩了缩脖子，哪还敢放出半个屁来。

原来一年前，蒋介石为巩固他的独裁统治，以国防委员会的名义向各军阀下达了裁军的命令。裁军触动了军阀的利益，引发了蒋介石和白崇禧、李宗仁间的一场内战——蒋桂战争。第二年的五月又爆发了蒋冯阎中原大战。一开始冯玉祥、阎锡山占了上风，后来由于他们之间钩心斗角，狼上狗不上，战争局势急转直下，冯玉祥吃了败仗，蒋介石的中央军步步进逼，一路西进。

数天后，官车随着中央军来到陕州，此时拉官车的已跑了大半。这天夜里，一个襄县民夫私下对铁拴说："兄弟，我看你文绉绉的不像是个伙计。听说老蒋要把老冯撵到甘肃，到那时不要说牲口被累死，连我们也难活成，咱俩也瞅机会跑吧！"铁拴想起临走时母亲交代的"宁可舍财不可舍命"的话，就点了点头。

三更后，白铁拴用手摸了摸全家视若命根的那垛黑犍，流着泪消失在初冬的夜幕中。

第 十 七 章

从陕州逃出后的第七天下午，白铁拴拖着疲惫不堪的身子走进了家门。婆媳二人赶忙迎了上去，周玉珊一眼看见儿子双眼深陷、脸色发青、一头乱如干草的头发，心里已明白了八九分。

铁拴从腰间解下浸着汗水的钱袋子递给妻子，苦笑着说："这是在禹州卖芝麻的十五块银圆，你放好。"没等二人开口说话，铁拴顺势跪在了母亲面前，哽咽着说："娘，我把咱家的牛犋车辆丢在陕州啦！"说罢大放悲声。

周玉珊心里咯噔一下，随即装出轻松的样子，连声说道："东西是人挣的，只要你回来就好……回来就好！"淑娴在一旁也尽说些"财去人安"宽解丈夫的暖心话。这时不满两岁的小雪筠跑过来，一头扎进铁拴的怀里，用稚嫩的小手擦着铁拴脸上的泪珠，学着大人说话的样子："爹爹不哭，爹爹不哭，哭了不是好孩子。"白铁拴抱着女儿站了起来，在小雪筠粉嘟嘟的脸蛋上亲了又亲。

回家数日后，白铁拴还在为丢失的牛犋车辆揪心。他是一个爱讲排场的人，车辆不说，光是为买那犋大黑犍不知跑了多少牛市。他熟读过《牛马经》，将"蹄色灰白行不满百"的古训牢牢记在心里，所以这一犋大黑犍不但蹄子是黑的，身上也像黑缎子一样找不到一根杂毛。另外，两头牛的身高、长相、牛角均如孪生的一般，按当时的价格，这犋大黑犍足足能换十亩好地。是吃人的社会不让老百姓过安稳的生活，你有什么办法？白铁拴闷出了一场病。

由于连年战乱，加上频繁的自然灾害，临河县经济十分萧条，高利贷、各种苛捐杂税、官方差役压得人们喘不过气来。民国二十年，临河县又大涝成灾，粮食收成不及往年的一半，百姓们在死亡线上挣扎。国民党县长徐馥田不顾老百姓死活，打着河南省政府主席刘峙的旗号，强行在全县征收飞机捐款，农民怨声载道，商户更是叫苦连天。

这时候，中共临河县委深入发动全县商户举行了七天的大罢市抗议活动，粉碎了徐馥田借捐飞机为名横征暴敛敲诈民财的阴谋。虽说斗争取得了胜利，但也为国民党血腥镇压共产党人埋下了伏笔。

农历九月二十三上午，一个穿着长衫、头发梳得像牤牛舔过的家伙，后边跟了两个披着黄皮的士兵来到白家。

铁拴闲着没事正在家中看书，那个穿长衫的皮笑肉不笑地说道："你叫白铁拴？跟我们到县党部走一趟。"

铁拴疑惑不解地问："我无党无派，县党部找我干啥？"那人又接着说："县党部张汝汉书记找你问些情况。"铁拴前思后想，自己安分守己没做过任何出格的事，就神色坦然地跟着这些人向县党部走去。

他们刚出门，周玉珊心急火燎地对儿媳说道："淑娴快去找你大哥，这些鳖孙又想讹咱哩！"杨淑娴慌得连衣服都没顾上换就往东关跑。

白铁拴随着这伙人来到东街与县政府一墙之隔的国民党县党部，进屋看见太师椅上坐着秃顶、微胖、斜眼奓拉眉、目光狡诈的县党部书记张汝汉。

没等铁拴站稳他就开了腔："你叫白铁拴，在花园街小学教过书？"

铁拴嗯了一声。

张汝汉接着问："一个叫汤名扬的在恁家住了一年多，对吧？"

铁拴答道："这是几年前的事啦。汤名扬是确山人，来咱县教书没带家小，我看他一个人生活怪辛苦作难，就让他在俺家吃住，不过我离开花园街小学后他就搬走啦。"

张汝汉嘿嘿地冷笑了几声，说道："汤名扬吃住在恁家，足以说明你们关系不一般。他是县里通缉的共产党要犯，看来你们是一伙的吧？"

白铁拴听罢吓得脸色蜡黄，连忙分辩道："我这几年除了种庄稼，没参加过任何社会活动，怎么可能是共产党？"

张汝汉放了狠话："不和他打嘴官司啦，捆起来让他先尝尝皮鞭的滋味。"几个打手上来，扭住了白铁拴的胳膊。这时铁拴的大舅哥领着第二区区长李仙举走了进来。

原来铁拴被县党部带走后，淑娴一路小跑来到东关外农校找到大哥，杨老大脚下生风，到东街郭槐三家拉上正在喝酒的老同学李仙举大步流星地赶到县党部。

张汝汉一见，奸笑着问道："仙举你被狗撵了？失急慌忙地到县党部干啥？"

李仙举上前，把嘴贴在张汝汉的耳朵边嘀咕了几句，又顺手把十块银圆塞进张汝汉的口袋里。张汝汉脸变得比脱裤子还快，立刻由阴转晴了，笑着说："原来是李区长的朋友，误会、误会……"

他其实早就认识杨老大，只不过冯玉祥下野后，当炮兵团长的杨老二随后也从队伍上退了下来，一个县党部书记长哪会把小小的农校校长放在眼里。杨老大叹了一口气，真正体会到世态炎凉的滋味。

三人从县党部走出来，铁拴和大舅哥对李仙举说了几笸筐感激的话。李仙举意味深长地对铁拴说道："兄弟，县党部今天说你通共那完全是扯淡，他们是借机捞钱哩。现在的世道，但凡有些田产的，没个靠山会中？要不你也加入我们孟派吧？"大舅哥也随声附和，白铁拴不好当场回绝，就点了点头。

临河县自民国初期，为争夺地方势力，勾结官府，包揽诉讼，行贿受贿，推荐本派系人员出任县乡要职，产生了孟、悦两大派系。

孟派首领开始由西大街拥有十多顷良田的苗香亭担任。在苗香亭的深宅大院里，每天前来议事或包揽官司的士绅成群结队。苗香亭死后，下澧区的孟昭琛成为孟派的首领。孟昭琛的哥哥孟昭瓒在河南省财政厅当厅长，所以孟厅长就是孟派的后台。县党部书记长、商会会长、民团团长及八九个区的区长，都是孟派的骨干成员。

悦来派的活动中心，设在山西大商人于中心街路北开的"悦来"会馆中。"悦来"是临河县生意场上的龙头老大，不但生意兴旺，而且宅院宽敞，一天到晚门前车水马龙。悦来派的首领是任河南省议员的张缄三。前清秀才、后任日伪维持会会长的周承文，抗敌自卫团团长、后任临河县县长的刘馨吾，当过日伪皇协军师长的关震亚，皇协军旅长尚振华，民团团长胡琢青以及十来个士绅和区长是悦来派的主要骨干。

孟、悦两派把持临河县政权，成员间明争暗斗，就连县长也得让他们三分。

此外两派为扩大自己的势力，千方百计地胁迫、拉拢有田产或有经济实力的人参加他们的帮派，有田产又有文化的人更是他们拉拢的对象。也有一些人为了依附权贵升官发财，不惜削尖脑袋往派系里钻。然而，白铁拴始终遵循"不义而富且贵，于我如浮云"的古训，好几次孟、悦两派的人拉拢他，他都婉言谢绝了。那一天他答应李仙举加入孟派，是因为李仙举把他从县党部保出来，他不好当面回绝，心想这事不过是说说而已，谁知此后孟派凡是有活动都通知他参加，碍于情面他去了几次。白铁拴就糊里糊涂成了孟派的人，从此他三天两头地为孟派的红白喜事出钱凑份子。

转眼到了第二年的八月，南阳专署为巩固国民党地方政权，通知下属十五个县派人到南阳受训，受训人员的条件：一是有田产，二是有学问，三是年龄在三十岁以下。南阳专署分配给临河县三十七个指标，其中七名区长、三十名联保主任。

县长张思琨，渑池人，是官场上的老油子，就招集孟、悦两派说道："三十名联保主任你们双方各出十五名，这七名区长给谁少分一个，你们都会说我偏心，区长的名额就不往下分了，全部由县上掌握。"没等其他人开口，张思琨又谄笑着说道："这次为党国选拔精英，是咱们临河县的大喜事。希望诸位以党国利益为重，要公平公正以才量人，不要受贿索贿以钱量人，当然啦，喝个小酒收点土特产也是避免不了的。"他翘着舌头撇着洋腔说的最后一句话逗得大家哄堂大笑。

县保安大队队长卢宏宇放了一炮："县长大人你个老鳖一，我们有官腿没官肚子，今天中午你咋着也得出血让弟兄们怼一场吧！"

张思琨哈哈大笑，说道："俺孩他舅半刀纸糊个鼻子，脸面大着哩。弟兄们都到鸿宾楼吃烤乳猪全席去！"

一连几天，县长内宅和孟、悦两派的活动中心里，兜着银圆的求官者进进出出络绎不绝。张思琨放出话，区长的底价是五百块大洋。后来在南阳受训时，一个叫邢衡宇的偷偷告诉铁拴，他为前来受训花了一千五百块大洋，孟昭琛的亲姨家表弟想当联保主任还花了两百块大洋。

杨老大得到临河县选派一批人到南阳受训的消息后，没和妹夫商量就直接找到了李仙举让他帮帮铁拴。他们二人除了有八拜之交的友情外，三年前李仙举为了当区长，曾和杨老大一起找过在冯玉祥部队当炮兵团团长的杨老二，杨老二给他的老团长——时任开封城防副司令的胡效忠写了一封推荐信，胡就跟临河县韩县长打了招呼。基于这些原因，李仙举一口应承下来。李仙举在孟派属于八大金刚式的人物，他找到孟昭琛说了白铁拴的基本情况，随后又说道："咱们孟派选的十几人只有白铁拴的学历最高。"孟昭琛不耐烦地说道："我不管他学历高不高，反正看你面子给你一个名额，你看着办吧。"

李仙举和杨老大一同来到白家，李仙举对铁拴说道："兄弟，我为你争取到一个到南阳受训的机会，回来后你就是联保主任啦。往后你可不要忘了你老哥呀！"

白铁拴听罢，连忙说道："仙举哥，大恩不言谢。以后有用得着兄弟的地方，你尽管开口。"

杨老大也接着说道："铁拴，这件事没和你商量。我知道你那驴脾气，看不惯现在的社会。咱当官不求发财，只要人家不欺负咱就中。"铁拴习惯性地点了点头。

二人走后，白铁拴呼噜噜吸了好几袋水烟，恳切地对母亲、妻子说道："这件事我想听听你们的看法。"淑娴先开口说道："我一个妇道人家知道个啥，你想咋着就咋着，只要你不学陈世美就中。"周玉珊嘎嘎地笑道："他敢休了俺这孝顺媳妇，我和他有死有活。"铁拴苦笑着说："我叫你们给我拿主意哩，净说些隔靴子挠痒的没用话。"周玉珊一本正经地说道："儿啊，咱家八辈子没出过一个芝麻官，就像雪筠她大舅说的，咱不求发财，也不想欺负别人，只要人家不欺负咱就中。你去就去吧！到南阳只当是散散心，不中就回来。娘再嘱咐你一句话，你这一辈子不管当官不当官，但一定要把良心放正。"铁拴眼里噙着泪说道："娘，儿子记下了！"

白铁拴将到南阳受训、回来要出任联保主任的消息传播得比刮大风还快，第二天银杏庄的乡亲和白家的老亲旧眷以及铁拴的朋友们纷纷提着礼物来给他钱行。这些人就像排练过似的，机械地表达着恭维、羡慕、讨好、帮光一连串的好听话。就连和铁拴娘争过地边的本家白双林也来了，一进屋双林就给周玉珊作了一个揖,脸上堆着笑说:"婶,侄子过去不懂事,惹您老生气啦,您大人有大量。铁拴兄弟给咱白家长了脸,以后多多照应。"说罢硬往铁拴口袋里塞了五块银圆。铁拴笑着说:"双林哥,牙和舌头还打架哩,你要这样就见外啦。"说罢又掏出钱还给了双林,双林诚惶诚恐的脸上舒展了许多。

农历八月初九,白铁拴从家里动身,两天后来到南阳专署受训处。受训处就在专署东边不远处的白河西岸一个大院子里。铁拴进院看到来参加受训的有六百多人,大部分穿着时髦,梳着油光发亮的缨子头,鼻梁上架着眼镜,搭眼就知道多是些纨绔子弟。这次受训共分了十二个班,报到后铁拴被分在普通班第九班。有两个高级班,受训的对象都是区长,下余十个班受训的是联保主任,受训时间为一个月,最后发结业证,学员凭结业证回去后由县上安排实职。临河县西北角郭发庄的郭子泽和白铁拴在一个班,他们是高小时的同学,后来郭子泽当了临河县城的"四街先生"(街长)。

受训倒是很轻松,上午两节课,下午一节课,晚上自由活动。受训的课程不外乎是蒋委员长一党独大的言论和"剿匪"戡乱的内容,也请了一些党政大员满嘴白沫来曲解孙中山的三民主义。

由于课程少滋没味,课堂上不时传出呼噜声。教员笑了笑,伸了个懒腰,打着哈欠说道:"我也困了,大家休息一会儿。"

和铁拴同桌的一个新野县同学低声说道:"这个人是俺新野的,在南阳三青团干事,是个大烟鬼。你看见他眼里的泪花没?他是犯烟瘾啦。"白铁拴恶心地啐了一口唾沫。

到了晚上,宿舍里的学员寥寥无几,一部分人投门子请客送礼去了,一部分人为联络感情下了酒馆,另有一部分人结伙逛窑子喝花酒去了。

白铁拴躺在床上,想到家庭遭受的种种磨难和这个暗无天日的社会,泪水不住地往下淌。此时他想到了古人"邦有道则仕,邦无道则隐"的名言,就暗暗下了要走的决心。

第二天下午下课后,白铁拴把郭子泽拉到一个僻静处,说道:"子泽兄,我不是那当官的料,我要走啦。明天点名时,你跟教员说俺家中有急事,先回去啦。"

郭子泽听罢吃惊地说道:"多少人花钱都争不到的肥缺,你咋能半途而废呢？你会后悔的。"

白铁拴坚定地说："人生如棋，落子无悔。子泽兄，等你回家时咱们再叙吧！"

晚饭后，铁拴顺着白河沿一路向北，消失在茫茫夜色中。

第 十 八 章

回家不到三天，白铁拴成了轰动临河县的新闻人物。有人说："现在这个社会没有不沾腥的猫，可能是他觉得自己没有能力当这个联保主任，所以才偷跑回来的。"有人说："白家摊上这样的子孙，是老寡妇死了独生儿——往后没指望啦。"孟派更是恨得咬牙切齿，骂他是抹不墙上的烂泥。还有人传得有鼻子有眼，说他把联保主任的职位卖了几百块大洋。杨淑娴听了这些噎死人的话，抹着泪问婆婆："娘，这些话是不是真的？""你别听那些野鸡叫。""为啥？""唉！针鼻儿大的事传过八遍就比那水桶还粗，这个理儿你不懂啊？"婆媳二人说完嘎嘎地笑了起来。

众人头碰头都懒得和铁拴打招呼，嘲笑声讥讽声，反而使他心情释然了很多。转眼又是雁阵排空、菊花迎着秋风竞相怒放的日子，随着一声婴啼，第二个女孩降临白家。铁拴给二女儿取名霜菊，大概取自苏东坡赠刘景文"菊残犹有傲霜枝"的诗句吧。

转眼间，大女儿雪筠已经八岁了，白铁拴把她送进学校读书。一年半后，在一个大雪纷飞的夜里，三女儿来到人世。小三妮的名字也就顺理成章地叫雪梅。雪筠读了两年半书后，回家帮助母亲照看妹妹，老二霜菊接着背起了书包。雪筠没事的时候，在父亲的指导下读了西汉刘向的《烈女传》、东汉大才女班昭写的《女诫》七篇、唐朝女学士宋若莘的《女论语》以及司马光的《涑水家仪》、郑氏家族的《郑氏规范》等书。

民国三十年的春节到了，家家户户沉浸在过节的气氛中。正月初三，白铁拴吃罢早饭，从县城回到银杏庄套好牛车，在车上扎好席棚，准备回城拉上淑娴母女到城东岳父家拜年。车刚驶过大浪河石桥，进入北岸的古路沟，就听到天空中"嗡嗡"的马达声越来越近，铁拴抬头望去，十几架飞机揸着翅膀从南边飞过来，一霎时，炸弹的爆炸声在临河县城响个不停。滚滚浓烟夹杂着此起彼伏的哭叫声，城里像炸了锅。这时候一架飞机呼啸着俯冲下来，身子上的膏药旗如草筛子那么大。"嗒……嗒……嗒"机关枪不停地扫射，只听得"咣嘡"一声，子弹打在了车轮上，拉车的牛惊得炸开蹶子没命似的向前跑，铁拴一闪身躲在沟沿下的一个跌水窑里，吓得哆嗦成一团。

大约一个时辰后，飞机的声音才渐渐消失。铁拴从跌水窑里出来，顺着古路沟来到任家营村东头，他看到牛车翻在路边树林里，两头牛站在一旁瞪着惊恐的眼睛。铁拴重新套好车，急忙向城中赶去。

走到城西关外的回民村的一棵老槐树下，见一具被炸得四分五裂的尸体，一只胳膊带着袖子挂在树杈上。进了西城门，大街上一片狼藉，路北城隍庙被炸塌的前殿还在冒着黑烟。前年日本飞机就轰炸过临河县，那一次只有三架飞机，轰炸的目标主要是四个城门；这一次十几架飞机轮番轰炸了半个多时辰，临河县的标志性建筑魁星楼被完全炸塌。城隍庙、开源寺、书院等地方也被炸得面目全非。正十字街被炸了一个方圆丈余、深七八尺的大坑。一个水桶粗、瞎了火的炸弹落在县政府前边的大院里，露着屁股。被炸毁的房屋、炸死炸伤的无辜老百姓不计其数，南街开棉花行的梁勤一家七口无一人生还。

白铁拴把车停到家门外，几步跨进院子。四间堂屋西头那一间已被炸塌，妻子抱着小女儿，母亲把雪筠、霜菊揽在怀中，几个人哭作一团。铁拴一见人无大碍，一颗悬着的心才放了下来，开口问道："这房子都炸塌了，你们跑哪里躲过了这一劫？"没等奶奶、母亲开口，十三岁的雪筠揉着红肿的眼睛说道："爹，自从你回家套车，我和霜菊急着上俺舅家磕头抓压岁钱哩，等了一会儿不见你回来，我拉着俺娘，霜菊挽着俺奶就上了城墙。正踮着脚尖看你回来没有，这时从马鞍山那边飞过来一群飞机，奶奶喊道：'快跑，飞艇（飞机旧称）丢炸弹来了！'我们连滚带爬地钻进了城墙下边的防空洞里，刚进防空洞就听见了满城响起了爆炸声。飞机走后我们回来一看，咱家的房子也都炸塌啦。"说罢又哭了起来。

白铁拴听罢倒吸了一口凉气，随口说道："好险哪！"周玉珊嘴中不住地"阿弥陀佛……阿弥陀佛"念起佛来，白铁拴心急火燎地说道："娘啊，别念了，你听听南边的枪炮声响得不分个儿，我在街上听说老日都打到大石门啦，咱赶快装东西回乡下吧！"淑娴把三妮递给二妮霜菊，四个人失急慌忙地把衣服被褥和要紧的日常用品装了满满一车。白铁拴不舍地望了一眼这生活了三十五年的家，流着泪扬起了手中的牛鞭。

　　回到银杏庄，白铁拴安顿好母亲和女儿。午饭后，他匆匆拉出牛套上车，喊道："淑娴，咱俩去城里把面和粮食拉回来。"周老二一听外甥又要进城，上去一把抓住牛笼头说道："拴子，你不要进城啦，今天早上住在咱家的陈钦文团长在南场升旗讲话，旗刚升到一半，一阵大风把旗杆折断。陈团长慷慨激昂地讲道：好男儿为国当战死沙场！说罢就带着队伍到南山接官厅打阻击战去了。你听听枪声离城里越来越近，一定是他们打了败仗。你现在进城不是去送死吗？"母亲也不让他进城，铁拴急得像热锅里的蚂蚁坐卧不安。

　　银杏庄有三个人补了陈团长的兵，刚结婚三天的白万福被老日打死在石门郭。后来铁拴从逃回来的孙结实那里了解到：当天在接官厅阻击日寇的是国民党一一〇师和八十九师，两个师在占据有利地形的情况下，未能阻挡住日寇万余人的进攻，节节败退。陈团长带着伤亡过半的部队登上铁山将军墓寨，问道："这是什么地方？"随行的参谋打开军用地图答道："报告团长，这是铁山将军墓寨。"陈团长绝望地哀叹："我命休矣！"一阵密集的机枪子弹扫来，陈团长倒在血泊中。日寇一路烧杀，于当天下午占领了临河县城。

　　在国民政府第一战区几路大军的围击下，三天后日寇退出临河县仓皇向南阳逃窜。

　　铁拴牵挂着城里的粮食和财物，日寇逃走的当天下午，他赶着牛车和妻子回到城里。经历了一场血洗的临河县城到处都是哭声，扑鼻的血腥味引来成群的破嘴乌鸦在低空盘旋。

　　铁拴推开大门，日本兵吃剩下的牛猪羊骨头扔了一院子。堂屋里用刺刀挑破的粮食囤流出了成堆的小麦、大豆、高粱，上面还被屙了好几摊臭屎。家具一件没剩，被他们砸坏后用来烧火做饭，东屋厨房里，水缸、锅碗瓢勺的残片散落了一地。

　　这些禽兽不如的东西入城后到处杀人放火，和铁拴家一路之隔的徐怀金老人留在家中看护财产，被进屋搜寻贵重物品的日本兵一刺刀捅死，随后又在其房屋上放了一把火。西北风吹着火势向东蔓延，自铁拴家往东成了一片废墟。西墙根的防空洞里藏了一家人，日本兵抱来柴草堵住洞口，将这一家人活活烧死。日本兵为了发泄兽欲，吃饱喝足后到处找"花姑娘"，被糟蹋的妇女不计其数。临河县城的老百姓欲哭无泪，活生生脱了一层皮。

第 十 九 章

自从日寇血洗临河县城仓皇逃走后，游击队、救国军、自卫团像雨后的狗尿苔，一拨又一拨地冒了出来。这些一夜之间由恶霸地痞、土匪无赖变成的杂牌队伍，打着抗日救国的旗号，勾结官府，派粮派款，明夺暗抢。再加上一场罕见的中原大旱，老百姓个个都在刀尖上过日子。

人相食的大饥荒刚刚过去的这年五月，日寇三十七师团冈村、镇木两支部队从南边，日寇骑兵第四旅团滕田茂部从西北昆阳同时向临河县城压了过来。汤恩伯的八十九师一个团放了几枪就不知去向，县保安队、抗敌自卫团、县民团一枪没打已逃得无影无踪。民国三十三年农历五月初七早晨，日寇再次占领临河县城。

随后，日寇培植起日伪汉奸势力，前清秀才周承文卖身求荣，出任临河县日伪维持会会长。一些打着抗日旗号的游击队、救国军、自卫团摇身一变成了帮助侵略者残害老百姓的皇协军。

鬼子进城后不久，在便衣队汉奸带领下，抓来三千多名老百姓整修被他们飞机炸毁的城墙。二十多天后，城墙上每隔半里地修建了一座炮楼，又在城墙四周架上铁丝网，四个城门各建了两座碉堡。碉堡架着机关枪，每个城门都有三十多名日本兵端着枪轮流把守。

接着，鬼子强迫数万人修筑临河县通往许昌、漯河、南阳的几条公路，另外又在十几个地方修建军事据点。一个据点占据一个村庄。据点里除修筑炮楼外，四周又挖了两丈多宽、一丈多深的壕沟，壕沟内侧拉着铁丝网。在持续半年多的时间里，数万民工在日寇皮鞭、刺刀的淫威下，从事着常人难以承受的重体力劳动，稍有怠慢，就是一阵毒打。民工们不光出力、挨打，还得自带干粮，这些无人性的畜生连凉水都不供应。一个不堪忍受日寇折磨的民工，趁日本兵不注意，闪身钻进路边的麻棵里，日本兵扭头看见，"啪……啪……啪"就是一阵乱枪。

有一天，白铁拴和同村的孙老七在卸店东修公路，孙老七烟瘾大，腰里经常别着一根二尺多长的旱烟袋。干了一阵活，孙老七装上烟点着火刚吸了一口，就被日本监工看见，劈手把烟袋夺过去，啪的一声烟袋锅重重地砸在了孙老七的脑门上，顿时血流如注。一个多月后，孙老七脑门上留下蚕豆大的伤疤，从此孙老七有了一个不雅的外号叫"疤瘌头"。

日寇第二次占领临河县正赶上麦收刚结束，他们就利用维持会召开乡保长会议下达征粮任务。随后带着翻译官、便衣队强行以半价收购农民的麦子，说是收购实为明抢。

一次，日寇在银杏庄东边不远的板桥刘村收购麦子。村上人大部分跑了，他们抓住一个十二三岁的孩子，翻译官潘庆阳问道："你叫啥？"小孩惊恐地回答："我叫啥。"连问了三遍小孩都没改口，潘庆阳认为小孩故意和他斗嘴，恶狠狠地骂了一句"狗屁"。"狗屁是俺哥哩。"潘庆阳更来气，一脚把小孩踹在地上，小孩哭着说："俺就是叫啥，要不你问问大人。"

农村普遍缺少文化，给孩子起名大都很俗，如狗恶、狗剩、狗叨、砖头、坷垃等。其实这孩子就是姓刘叫傻，他哥叫刘狗丕。鬼子押着刘傻进入村西头一户农家，一个七十多岁的老头在家看门。潘庆阳说道："老头，为支援大东亚圣战，皇军买恁些麦子。"老头苦笑了一声，说道："太君，恁行行好，俺家十来口人，就这一千多斤麦子，吃都不够吃，你们到别处买去吧。"潘庆阳叽里咕噜对鬼子说了几句话，一个鬼子抽出东洋刀架在老头脖子上，狂叫着。老头吓得瘫坐在地上，随后便衣队七手八脚把麦子装上车，扔下几张老日票，扬长而去。

日本鬼子除惨无人道地杀人放火、抢掠财物外，还残酷地实行经济封锁，致使物价飞涨，每斗麦子只能换一斤食盐。砂糖、煤油、火柴、白洋布等日用品价格上涨了几十倍。另外他们强迫老百姓种植罂粟，强行向老百姓征收高额的大烟税，并且取消烟禁，不择手段地残害中国人民。

离城五里的银杏庄因有大浪河做屏障，历来都是军队驻扎的首选地。陡峭的河堤是天然的靶场，而宽广的河滩则是队伍演练的绝佳场地。过去无论是吴佩孚的北洋军、冯玉祥的西北军还是老蒋的中央军，都一拨又一拨地在这里驻扎。

农历七月中旬的一天下午，吃过午饭不久，一群人在大银杏树下乘凉，这时候一队人马从河对岸开过来，不知谁喊了一句："老日来啦!"顿时人们惊慌失措地四下乱跑。

白铁拴慌忙回到家中，把大女儿雪筠藏在前堂屋西头的暗室里。这间暗室是白大夯建房时为防土匪专门修建的，前堂屋从外边看是四间，实际上西头还有一间耳房，这间耳房只有六尺间道，并且没有窗户。房子的东边两间圈着粮食，放着农具；西边两间靠后墙是牛铺，靠前墙是堆放饲草的草窝，草窝靠山墙处留了个仅供一人钻进暗室的小洞。

雪筠顺洞钻进暗室，白铁拴用木板堵上洞口，把草窝里铡碎的饲草恢复原样。走到院里，看见母亲把淑娴脸上、脖子上凡是露肉的地方都抹了黑黪黪的锅烟灰，二人又抓了一把草屑把各自的头发揉乱。

这时候只听得咣的一声，一群鬼子踹开大门端着枪进了院子。一个鬼子用手摸了摸屁股，学着鸡下蛋的样子，用半生不熟的中国话问道："鸡子的端出来，我们咪西咪西地干活。"淑娴没好气地骂了一句："东西都叫鳖孙们抢光啦，哪还有鸡蛋。"不知是鬼子听懂了骂他的话还是从淑娴恼恨的表情上感受到她的敌意，咆哮着把刺刀对准了杨淑娴的胸口，白铁拴手疾眼快，伸手把妻子拉到身后，作着揖连声说道："她不懂事，太君息怒……太君息怒……"正在此时，翻译官领着一个腰间挎着东洋刀的鬼子走进院子，先来的鬼子一见，毕恭毕敬站立在一旁，翻译官接着对白铁拴说道："你们统统搬出去，这房子被皇军征用啦。"

原来这六七十名鬼子是日寇三十七师团镇木大队吉野小队的，加上便衣队将近百十号人。还好铁拴给翻译官塞了几块银圆，才允许铁拴一家吃住在大门外边的牛车棚里，但条件是每天必须保证他们用水。

家里住满了日本兵，愁坏了白铁拴一家人。鬼子白天到河滩上打靶训练，但家里始终留有岗哨和做饭的伙夫。前几次鬼子来打靶多是一天时间，这一次整整住了五天。几天里，寸步不离的日本鬼子始终没给白铁拴留下片刻给女儿送吃喝的机会。

白雪筠藏进暗室后，正是三伏天，不通风的暗室里异常闷热，加上心中害怕，浑身大汗的白雪筠像从水中捞出来一样。更有那饿极了的蚊子没命地轮番叮咬，她第一次尝到了生不如死的滋味。

两天后身上的水分已蒸发殆尽，雪筠觉得嗓子眼像着了火，加上饥饿，迫使她摸索着找水找东西吃。日寇来后强迫老百姓种大烟，日伪保长给她家送来一袋大烟籽。雪筠没找到水，倒是找着了爹爹放在暗室里的四五斤大烟籽。她听爹爹说大烟籽比芝麻还香，但吃多了会毒死人，尽管十分饥饿，但她每天只能吃上几小把。

雪筠听着外边嘈杂的脚步声，判断出鬼子已经来五天了，凄惨地喊了一声："爹娘啊！女儿再也见不到你们啦！"便昏了过去。

鬼子走后，一家人迫不及待地扒开草窝，铁拴钻进暗室抱出女儿。奄奄一息的雪筠因饥渴和蚊虫叮咬已是面目全非。周玉珊把孙女揽在怀里，流着泪给孙女饮了一些茶水，雪筠才渐渐苏醒后哇的一声哭了起来。

五天里日本鬼子残暴糟蹋妇女的兽行令人发指，他们借着打靶演练的机会，肆无忌惮地发泄兽欲。鬼子进村的那天下午，一个鬼子端着枪走进一家屋子，看见一个倒扣的罗面笆箩抖个不停。鬼子用刺刀挑开笆箩，见是一个年轻漂亮的女子，就野兽般地扑了上去。十个月后这名女子产下一个男婴，女子恼恨地把小孩头朝下填在了尿罐里。

又一个鬼子抓到一个十四五岁的男孩，踹开一户人家的门，从耳房床底下搜出一个十七八岁的女子，这女子是前年大饥荒从临颍逃到银杏庄，做了这家的儿媳妇。鬼子进村时一家人都下地摘西瓜去了，她闩上门后藏在了床底下。鬼子把她从床底下拉出来，比画着让男孩站在外面看门，转身走进屋里。一阵凄惨的哭叫声过后，鬼子提着裤子狞笑着走出来，对男孩说："你的塞骨塞骨的干活。"男孩恼恨地骂了一句："我日你老祖宗哩！"鬼子听不懂带着浓重方言的中国话，哈哈淫笑着离开了。

另外一个鬼子，在一群老太太中间发现一个年轻妇女。虽然这妇女脸上抹着锅烟灰，但掩饰不住她那细皮嫩肉和秀眉重眼，鬼子把她拎起来往孙禄老汉家中拖，妇女哀号着："禄爷救救我……禄爷救救我呀……"孙老汉流着泪牙齿咬得格格响。

还有二十几个鬼子抓了六七名年轻妇女，集中在一户门前的大槐树下。鬼子端着枪，一次一个妇女地拉进屋进行轮奸。一个瘦小的妇女痛苦地哭喊着："我都被轮了三遍了，你们放过我吧！"惨无人道的鬼子哪里还有人性，发出了阵阵狂笑。

…………

日本鬼子毫无顾忌地到处奸淫抢掠，杀人放火。这些畜生从银杏庄走后的第三天中午，一个鬼子掂着盒子枪从村西头又进了村，走进第一户张青山家，看见一个十四五岁的少妇，上来抱着就往屋里拖。这时候少妇的婆婆从后边死死地抱住鬼子，大声喊叫着："秀英快跑……"儿媳挣脱鬼子的手没命似的钻进了屋后边的庄稼地里，鬼子扭过脸掏出枪，"当"的一枪老太太倒在血泊中。这个鬼子往东又走了三四家，一个妇女正在家中做饭，鬼子一看家里没其他人，急忙闩好大门……一阵凄惨的哭叫声过后，鬼子提着枪大摇大摆地走了出来。

那头上中枪的老太太嘴一张一合，尚有一丝气息。到第二天上午，在西南乡打短工的儿子回来后才咽了气。这一家四口人，大儿子出外当兵几年没信，二儿子青山为躲避国民党抓壮丁剁掉了右手食指，到了二十七八还没娶上媳妇；恰好遇上临颍逃荒来的母子三人，母亲和儿子住了几个月走啦，十五岁的秀英就做了青山的媳妇。

夫妻二人哭得死去活来。下午殡人，白家的坟地在银杏庄西北角薛家渡村的南地。正往墓穴下着棺，从薛家渡跑过来两匹东洋马，马上坐着日本鬼子，出殡的三十多人丢下棺材撒开腿跑了半里多远才停了下来。鬼子看了看是埋殡人，拨转马头飞驰而去，众人这才回来草草安葬了青山的母亲。

呜咽的大浪河犹如亡国奴的眼泪，昼夜奔腾不息，那滚滚涛声听起来像无数只受伤的狮子，发出压抑而低沉的怒吼……

第 二 十 章

几场酷霜过后，尖刀似的寒风捋光了树上所有的叶子，再加上日寇残暴的奸淫抢掠，临河县城到处是一派萧杀凄凉的惨状。

往年一进入腊月，银杏庄为收购做蜡烛的原料就开始忙碌起来，如今遭到鬼子数次洗劫后的村子已是破败不堪，冷冷清清。

吃罢早饭，白铁拴袖着手蹲在院子里，使劲地吸着旱烟生闷气。按照惯例，这时候正是他饮牛、遛牛的时间，如今牛和车都没了，他心中像刀剜着一样难受。

五天前，白铁拴又被皇协军派了官车，随着临河县一百多辆拉着贵重物品的车来到漯河。东西卸到火车站后，鬼子不让走，又在车上装上了军用物资，押着他们送往周口，那一晚住在漯河东五鬼沿。给鬼子到井上担水时，同村来的更辰哥对铁拴说："咱们跑吧！听说周口东老日正和国军打仗，我们不能把命给搭进去。"随后二人借着夜幕扔下钩担朝着家乡方向没命似的奔跑。天快亮时，来到城东老官窑更辰的大姨家，又饥又渴的二人吃了些东西，于次日上午才回到家。

铁拴正在院子里八辈祖奶奶地骂鬼子，淑娴拧着小脚从后院走过来，抹着泪唠叨着："他爹，这日子啥时候是个头啊？"没等铁拴回话，雪筠慌慌张张从外边跑回来，上气不接下气地嚷道："爹……爹……你们听听，有马叫声。"

铁拴慌忙把她们母女送进暗室藏好，走出大门往北一看，一个鬼子骑着东洋马，后边跟了一群便衣队，已经走到大浪河的石桥上。

村子又是一阵骚动，眨眼工夫，鬼子和便衣队已来到白铁拴家门口。鬼子踹开门，一个尖嘴猴腮、瞪着三角眼的汉奸，脸上挤出笑，露出一排黄牙，像一只摇尾乞食的哈巴狗,屁股恨不得撅到天上,毕恭毕敬地喊道:"报告太君,他就是白铁拴。"

那个腰间挎着东洋刀、马鹿脸的鬼子狂叫着:"他的八嘎亚鲁,你们娅累(动手的意思)的干活。"鬼子的屁还没放完,上来几个便衣队就把铁拴捆了起来。

铁拴一脸困惑地问道:"这大白天,你们拴我总得有个理由吧?"一个大约是便衣队队长的家伙说道:"到了宪兵队你就知道是啥原因啦。"说罢挥了挥手,架起白铁拴就走。

这时候,周玉珊哭喊着趔趔趄趄地从屋里跑出来,一把抓住便衣队长的袖子,便衣队长抬起腿,一脚把周玉珊踹在地上。一群强盗架着铁拴扬长而去。

不上半个时辰,一伙人来到日本宪兵司令部,司令部设在师范大院。自从日寇占领临河县以后,县城里所有的学校都停了课,殿宇森森的师范大院就成了日本鬼子残害无辜老百姓的集中营。正大殿是日军司令部,院子的东半拉住着日本宪兵,西南角的一个空院子是临时监狱。

便衣队把白铁拴架进审讯室。五间宽敞的审讯室里,东间摆了一张长条形桌子,桌子后边的太师椅上坐着一个面目狰狞的日本鬼子,左边一脸奴才相、镶大金牙的是翻译官潘庆阳,右边垂手而立的是臭名昭著的便衣队队长。西间摆放着老虎凳、十字架拴人桩,旁边放了一桶辣椒水,屋子正中央一个大铁盆里熊熊的木炭火发出耀眼的蓝光。几个打手挽着袖子,手中掂着皮鞭。

进屋后,潘庆阳和鬼子咕哝了几句,然后皮笑肉不笑地说道:"给白掌柜松绑。"一个便衣队员给白铁拴解开绳子。

潘庆阳接着说道:"大日本国和咱们同文同种,来到中国是为了建立大东亚共荣圈,帮助咱们振兴的。你说说都做了哪些对不起皇军的事情。"

白铁拴听罢苦笑着说道:"我一个平头百姓,除了前几天拉官车半道上跑了回来,没做过任何对不起皇军的事情。"这时候只见那个鬼子气急败坏地狂叫着:"你的良心大大地坏了,死啦死啦地干活!"

几个汉奸在鬼子示意下,扒掉白铁拴的棉袄,把他绑在十字架拴人桩上,抡起皮鞭,没头没脸地抽打起来。皮鞭在白铁拴脸上留下了一道道的血痕,他身上那件白棉布对襟衬衫成了血衣。潘庆阳在一旁假惺惺地说:"白铁拴,这是何苦呢!"铁拴咬着牙瞪了瞪仇恨的眼睛。

潘庆阳骨碌碌地转动着牛蛋眼,说道:"看来你是不见人证不说实话啰。"

这时候那个尖嘴猴腮的家伙蹿到铁拴面前,说道:"你不认识我,我可认识你。我是土地祠后边的侯旭高,四月初八那天我亲眼看见你从仓房岗的国库里往外拉粮食,后来听说你给国民党放的麦子有三十多石,这事不冤枉你吧!"

白铁拴听罢头都炸了,连忙分辩道:"那是县保安队硬逼着让我拉回家三石小麦,不是你说的三十石。这三石小麦我连一两都没动,县政府回来时我还得如数上交哩。"

白铁拴话刚说完,潘庆阳嘿嘿冷笑着说道:"你放着国民党的公粮不交,就是对抗皇军,还盼着国民党打回来,这是标准的铁杆抗日分子。砸上手铐押到监狱里,通知他家里人准备好两千块大洋的罚金,如若不然,五天后让他家人来收尸吧。"

白铁拴戴着手铐进了日本鬼子的临时牢房。三间牢房里已关了四五十个人。铁拴瞭了一眼大部分人很面熟,这些人家里都是有些田产或在城里做生意。他问了几个人,情况都基本和他差不多,日本鬼子是找借口敲诈钱的。铁拴叹了一口气:"这回就要倾家荡产了。"

原来三月初国民党县政府得到日寇发动河南战役的消息后,不是积极备战,而是为逃跑做准备,他们将国库里的两百多万斤小麦按照土地的多少拉个清单,白铁拴家分了三石麦子的存放任务。通知下到白家,周玉珊死活不让儿子掺和县政府的事,县保安队扔下领取三石麦子的条子,说道:"你们去不去我们不管,反正给恁家记到账上啦。"没办法,铁拴只好把麦子拉了回来。

那个自称认识白铁拴的侯旭高,是一个地痞无赖,他家从前也是有着七八十亩好地的富户。后来他父子二人都染上了大烟瘾,七八十亩地怎经得两杆大烟枪的挥霍,没几年侯家败落,他母亲被活活气死了。不久他父亲不堪烟瘾的折磨,喝了卤水也死了,剩下他和十二三岁的妹妹,没办法他托人把妹妹送到财主杨梦阁家当了丫鬟,他则靠着坑蒙拐骗过生活。几年后他妹妹竟然出落得如花似玉,杨梦阁就认她做了干闺女。日寇占领临河县后,杨梦阁把他妹妹许给了大汉奸潘

石牌坊 | 102

庆阳做了小姜，杨梦阁靠着干闺女的漂亮脸蛋当上了临河县的日伪维持会副会长，侯旭高犹如小叭狗戴了牛铃铛，也充起大牲口来了。

白铁拴自那年在南阳受训半道跑回来后，成了街谈巷议的人物。侯旭高自然知道他的名字，并且猜想到白铁拴一定参与了县政府疏散两百多万斤小麦的事，于是昨天悄悄来到白家大门外。伸头往里一看，见白铁拴刚从漯河跑回来，就掉转头一路如飞回到城里向潘庆阳做了汇报。今天一早潘庆阳就让他领着鬼子便衣去抓白铁拴。没费周折又逮住一条大鱼，潘庆阳奖给他五块大洋。

侯旭高揣着五块大洋急不可耐地向南大街跑去。日本鬼子占领临河县后，带着从朝鲜和中国东北抓的年轻女子，在南街路西姓高的生意院中办起了慰安所。这些十七八岁的女子有的是未出闺的少女，有的是正在上学的学生，每个人安排一个房间，被强迫身穿和服，脚跶木屐，并且不准说本国语言，只能讲一些简单的日语，如发现讲本国话，就是一阵拳打脚踢。可怜这些同胞整日饱受蹂躏，却不能在日本人面前哭出声来。日寇在临河县共建了三处慰安所，先后有一百多名中国和朝鲜女子充当慰安妇。日本鬼子、便衣队、维持会、皇协军的大小头目成群结队地从慰安所进进出出。到慰安所玩花姑娘叫"钻木笼"。侯旭高钻完"木笼"出来，已是下午三点多钟，他哼着下流不堪的黄色小调"十八摸"向银杏庄走来。

白铁拴被日本宪兵队带走后，周玉珊扒开草窝从暗室里叫出杨淑娴母子，几个人商量后，让周老二去找雪筠的大舅。杨老大一听妹夫被押进了日本宪兵队，急得豆大的汗珠从额头上滚落下来，慌忙随着周老二来到师范日本宪兵司令部。此时悦来派把持着日伪维持会要职，他们就托几个熟人去打听消息。杨老大也进不了戒备森严的日本宪兵队，没办法只好来到妹子家。

一家人正在发愁，侯旭高一脚踏进门来，说道："宪兵队让我通知你们，想要活人赶紧交两千块大洋的罚金。"

杨淑娴听罢哭着说道："俺家才丢了牛犋车辆，剩下的四十一亩地顶多能卖八百块大洋，就是拎刀碎了俺一家俺也凑不够这两千块大洋。"

侯旭高听罢老实的杨淑娴泄的家底，狡黠地笑着说："你们能交多少？"

周玉珊想了想说道："这四十一亩地中有三亩埋着俺家的十几座老坟，卖也没人要，只能卖三十八亩，七百块大洋怎样？"侯旭高干笑了一声，"还不到罚金的一半，我看不咋着。那样吧，你们准备五百块大洋，明天我领着你们先见见我妹夫潘庆阳，让他跟皇军说说好话。"

周玉珊听到侯旭高能从中周旋，忙不迭声地吩咐儿媳："淑娴，快把我藏在床底下瓦罐里的鸡蛋端出来，给客人烧茶。"侯旭高摆了摆手，"茶就不喝啦，给我十块钱的跑腿费吧！"杨老大从兜里掏出十块大洋，侯旭高接了钱，出门没多远就又哼起了路戏。

第二天一早，周玉珊拧着小脚和杨老大进了城，跑了七八家钱庄使了五百块大洋的驴打滚高利贷，随后找到侯旭高。三人一同来到十字街往北不远的潘庆阳家中，一个涂着猩红嘴唇、妖里妖气的女子从里间走出来。侯旭高说道："这是我妹妹。"杨老大连忙把沉甸甸的一袋银圆递了过去。周玉珊知道枕头风的分量，强装着笑脸恭维了几句。侯旭高妹妹接了钱爽快地说道："你们要找庆阳啊，我这就给他打电话。"侯旭高摆了摆手，三个人走了出来，不一会儿听到屋里传出一阵电话声。

三人来到日本宪兵司令部，进进出出的鬼子汉奸忙个不停，一个猪头模样的鬼子军官坐在红漆罗圈椅子上，旁边那个露出大金牙点头哈腰的家伙就是潘庆阳。

潘庆阳已经接到了家里打来的电话，一见周玉珊他们进来，嘴贴着鬼子的耳朵咕哝了几句，鬼子点了点头，说了一句："哟西，挖卡打蛙（好的、我明白的意思）。"潘庆阳瞟了一眼周玉珊说道："你儿子藏着国民党的公粮不交给皇军，这是有意对抗大日本帝国，这样的行为就该枪毙；看在我丈哥的面子上，两千块大洋的罚金你们交一半吧！"

周玉珊张了张嘴想要诉苦，只见鬼子从椅子上站起来，恶狠狠地骂了一句"八嘎亚鲁"。杨老大知道残暴的日本鬼子杀害中国人比碾死一只小虫子还随便，就拉着周玉珊走出了日本宪兵队。

当天下午，杨老大陪着周玉珊跑遍了全城，三十八亩地只卖了七百块大洋。自从日寇来了以后，土地价格降了三成。第三天上午又使了三百块大洋的驴打滚高利贷，这才提着一千块大洋把白铁拴从日本宪兵队赎了出来。

三天不到，白铁拴一头黑发已是银丝过半，从此三十八岁的白铁拴被人们改叫白老拴。回到家中周玉珊向儿子述说了前后经过，一家人抱头哭作一团。白老拴捶着胸哭道："娘啊，你不该赎我。如今没了地，咱一家可咋活呀！"周玉珊抹了抹泪说："你信球（傻）啊，这些鳖孙想讹你，你就是搭上命也保不住咱的财产。"

第二十一章

　　白家一夜之间由财主沦为破落户，迅速成为人们街谈巷议的话题。周玉珊依然苦笑着，但这装出来的笑容比哭还难看，让老拴的心里更加酸楚难受，往年这时候就等着开春在自家田地里忙碌憧憬丰衣足食的好日子，如今在日寇残暴的烧杀抢掠下，一切希望都成了泡影。车棚里空空荡荡，醒来再也听不见那熟悉的牛铃声。

　　被钱扒光了身子从来没有过的落魄，让白老拴一下子接受不了，他跪倒在院子中央，好一阵号啕大哭，任谁都扶不起来。一向少言寡语的妻子见一家人劝不下丈夫，就来了气："哭！哭！哭！哭能把咱那几十亩地哭回来？男子汉大丈夫就该拿得起放得下，天下的穷人多的是，大不了咱们也逃荒要饭去。"末了又百感交集地说："他爹，你可是咱一家的顶梁柱啊！"淑娴的一席话让老拴心里感到格外沉重，他抹了抹眼泪，随后把家里保命的一些粮食转移到了亲戚家里。

　　在日寇铁蹄蹂躏下，临河县老百姓过了一个不堪回首的亡国奴春节。而白老拴家自正月初五开始，讨债的就挤破了门，这无疑是雪上加霜。周玉珊为救儿子，跑了二十多家使的八百块大洋驴打滚债，此时已翻到一千多块。刚开始这些放高利贷的人认为白家有田产，有偿还能力，后来听说白家把土地都卖光了，就慌了神，一个个急得直跺脚，心想这一回可是把老母羊送到狼窝里，连本也难要回来了。强挨到正月初五，他们像商量好似的一齐来到白家。头一次言语还比较平和，说了一些同情的话，后来见白家拿不出钱就变了脸，开始骂骂咧咧，有一个人还动了手脚。怎奈白家人不生气，尽用笑脸、好话打发人。俗话说"欠账不昧，见官无罪"，这些讨债的也没了招。后来几个数额较大的债主放了狠话："他白家没钱，就让他白家的人来抵债。"

周玉珊知道这些人不但有钱,而且在临河县手眼通天,有几个还干着老日的便衣队、皇协军。他们既然敢说也就敢做,周玉珊让儿子带着十七岁的雪筠和十四岁的霜菊到南山躲起来。老拴说道:"娘,我已经想好了,把这俩妮儿送到五峰山下小陈庄我一个同学的妹子家。她家有二十多亩山地,五个孩子大的不到十岁,小的只有八九个月。雪筠和霜菊到陈家可以帮着他们带带孩子,做做饭或做些针线活儿,这样咱也少塌人家的亏欠。至于我,横竖就这一百多斤,随他们的便。"

周玉珊听罢,狠狠地瞪了儿子一眼,抹着泪说道:"恁哥恁父亲死后,要不是留下你这棵独苗,我早就寻无常死啦! 你没看看? 前几天他们拽着你的缨子头恨不得一口把你吃了。把你弄到他们家,就是不要你的命,肯定也得扛长工或做仆人,你从小没下过大力,能吃得消? 就是能顶得住,堂堂一个师范生给人家做下人,唾沫星子也会把你淹死! "

白老拴听了母亲有主见的一番话,无可奈何地点了点头。第二天一早他带着雪筠、霜菊姊妹俩,绕开官道和鬼子的据点,翻过红石崖,穿过瓦房沟,顺着风磨顶东边的山腿一路翻山越岭,他们来到了尚天镇东五峰山下一个小山村。白老拴找到他的同窗好友董仲民,把两个女儿安排在小陈庄。在董仲民家住了五六天后,他来到洪滚河东岸刘吉文庄的一个远房亲戚家。经亲戚介绍,几天后他到岗王村小学做了代课教师。

岗王村在鸡山脚下。鸡山北坡的刘川沟村是共产党领导的抗日民主政府所在地,这两个村子相距不到三里地,所以日本鬼子不敢轻易到这里祸害老百姓。这里离鬼子据点兰桥店只有十来里路,白老拴亲眼见证了新四军五师黄林率领的挺进二团和八路军皮定均支队对日寇、日伪汉奸发动的多次战斗,见证了临河县南部人民在共产党领导下,建立地方政权、拥军支前、减租倒地等如火如荼的抗日活动。在抗日热潮的感召下,白老拴也经常帮助抗日民主政府书写宣传标语和文告。

农历七月初八早饭后,外出躲债已经半年的白老拴牵挂着全家人的安危,眼眶中的泪水忍不住又滚落下来。这时候,太阳从雾霭中钻了出来,清晨的岚雾在山峦中升腾弥漫,一股新鲜空气迎面扑来。伴随着一缕缕金色的光芒,太阳露出了它久违的笑脸。正在此时，一个人扯着嗓子，一声连一声地喊道："小日本投降了……小日本投降了……"白老拴三步并作两步向十字街跑去，走近了看见来人是本村的农会主席金钟大哥。只见人们簇拥着王金钟，那开怀的笑声仿佛把整个岗王村都抬了起来。这时候几个人把村里玩花社的铜器抬了出来，"咚咚锵……咚咚锵……"地敲打起来，一霎时周围村庄的鞭炮声、锣鼓声响得不分个儿。王金钟看见白老拴跑过来，掩饰不住心中的喜悦，咧嘴笑道："老拴兄弟，刚才抗日民主政府的通信员小赵骑着骡子通知各村，日本昨天宣布无条件投降了，这会儿你可以大摇大摆地回家了。"

白老拴听罢，眼中的苦泪霎时变成了喜泪，大把大把地滚落下来。他抱了抱拳，拱手说道："感谢岗王的父老乡亲，咱们后会有期。"白老拴刚过罢年来岗王当代课教师，岗王村人待他亲如家人，他吃遍全村不说，逃债的事也被全村掖得严严实实，尤其是村民们那嘘寒问暖的亲热劲儿更是让他终生难忘。

辞别了岗王的众乡亲，白老拴大步流星地向尚天镇走去。一路上扬眉吐气的人们嘴角上挂着开心的笑容，大家相互打着招呼，分享着抗战胜利的喜悦。白老拴脚下仿佛踩着祥云，不到一个时辰，就来到了小陈庄。

小陈庄是进五峰山的最后一个村庄，这里距国民党县政府所在地李楼村只有十多里路。国民党在这一带经常活动着五百多人的抗日队伍，日本鬼子不敢轻易进入小陈庄，所以从日寇魔掌下逃出来的姊妹二人才有了笑声。雪筠、霜菊两个从小伶俐懂事，脚手勤快，很是讨人喜欢，她们很快融入了这个大家庭。陈家人时不时地带着她们到山里放牛羊、采蘑菇。小姐妹俩常常站在高高的五峰山上，望着依稀可辨的银杏树想念着家人。

吃罢早饭以后，一个到小陈庄走亲戚的人带来了日寇投降的消息，雪筠、霜菊高兴得跳了起来，随后就吵着要回家。陈家主人笑着说道："你们不要着急，恁父亲临走时交代过，到时候他会接恁俩的，如果他今天不来，明天我送你们回去。"说着话，雪筠就听见了门外传来的脚步声。

没等老拴开口喊话，雪筠、霜菊就急急忙忙从屋子里跑出来，父女三人抱头哭成了一团。

父女三人告别了小陈庄，天擦黑儿时回到了阔别半年之久的家。映入眼帘的是前院的大门、车棚没了，只剩下堂屋和一片残垣断壁，后院已成一片废墟。白老拴鼻子一酸，叫了一声："娘，俺们回来了！"几个人一齐从屋里跑出来，奶奶一把揽住了雪筠，淑娴抱住霜菊，小雪梅钻进父亲的怀里，一家人哭了起来。周玉珊抹了抹泪，捧着俩孙女的脸端详了好一阵子，笑着说道："恁爷仨都不咋瘦呀！看起来在外边这半年多你们没受多大罪吧。"三个人点了点头，叙说了岗王村和小陈庄待他们的一片深情，感动的泪花湿润了一家人的眼睛。进屋后，白老拴张了张嘴试着问道："娘，咱后院的房子……"没等老拴说完，婆媳俩又哽咽起来。

原来自从那天白老拴带着两个女儿外出躲债后，一群追债的又来到白家，一看白老拴领着两个女儿跑啦，骂了一阵子就回了城。第二天他们带着七八辆车、三十多个人二话不说就开始扒房子，后院的五间瓦房和东西配房共十一间房子作价二百五十块现洋。一个债主看了看大门有七八成新，就卸下来装到了车上，临走又对周玉珊说道："要不是可怜你们无处存身，这前堂屋我们也扒走了。"周玉珊伸了伸脖子咽了一口唾沫，她心里清楚，这些人并不是可怜她家，而是这前堂屋当初白大夯修建时梁细、檩条弯值不了几个钱。

赶走了日本鬼子，一贫如洗的白家想着从此再也不用担心兵灾匪患了。谁知那些皇协军、便衣队一夜之间又打出了国民党的旗帜横行乡里。

抗战刚刚胜利，内战的乌云又笼罩在中原大地上。国民党一〇四师攻占临河县，坚持八年抗战的新四军转移到桐柏山区，随后国民党临河县政府成立"剿共"指挥部，组织清乡团在全县清查共产党。这年八月，债主出于恼恨，拿着白老拴书写的抗日文告和标语，向清乡团诬告白老拴在南山参加了抗日民主政府。

此时和白老拴在南阳一同受训的郭子泽是县城"四街街长"，得到清乡团要找老同学麻烦的消息后，连夜来到银杏庄报信。白老拴听罢苦笑道："万岁爷剃头，不要王法（发）了？我外出躲债的半年多一直在岗王村做代课教师，这些情况有据可查，朗朗乾坤他们能把我怎么样！"郭子泽语重心长地说道："书锦老弟，恁家遭受的一连串横祸，哪一件不是空穴来风？如果他们把你弄到县上，不死也得脱层皮，最后还会把你填在东关的壮丁大院里。"

周玉珊听了郭子泽推心置腹的一席话，眼含热泪说道："儿啊，你子泽哥说得句句在理。这论金论银不论理的社会总会有个头的，你还是外出躲躲吧！"白老拴接过妻子递过来的包裹，含着泪连夜又逃出了家门。

第二十二章

白老拴趁着月色，一路往西朝着燕山方向迈开了大步。"吃杯茶"（学名"黑卷尾"，一种会报晓的鸟）叫过头遍时，他来到甘江河西岸一个小山村的村头。朦胧的月光下，从路边一个瓜庵里传出来一阵咳嗽声，白老拴判断里边应该是一个老人家，就温和地问了一句："大叔，这里是什么地方？"

"俺这里叫圪垱店。这深更半夜的你弄啥哩？"

白老拴随口答道："我到天近湾走亲戚哩。"

"天近湾离俺这里还有十好几里，净是山路，岔道很多，恐怕你到天明也摸不到地方。"

白老拴走得又饥又渴，两条腿像灌了铅一样，就笑着说："大叔，您瓜庵里有水没有？我实在太累了，想在您这里歇一会儿。"

看瓜老汉笑道："来到瓜园还能让你喝水？我给你摸个面甜瓜，既解渴又止饥。"

白老拴来到瓜庵前，看瓜老汉已顺手摘了一个三四斤重的大面瓜递了过来。老拴感激地问道："大叔，您贵姓？以后我好报答！"

没等老拴说完，老汉哈哈大笑："俺圪垱店都姓张，瓜是自己地里种的，不用说那些客套话。"

白老拴一气儿吃完瓜，张老汉拉过来一张破席摊在瓜庵前空地上，说道："天快亮了，你将就着睡一会儿吧。"

躺在破席上，听着甘江河哗哗的流水声，听着四野里不知疲倦的虫鸣，望着影影绰绰的大燕山和从东边山头上爬出来的启明星，白老拴眼角含着热泪。由于走得太累，不一会儿就打起了呼噜。

一觉醒来，东方已现出了万道霞光。白老拴告别了张老汉，从圪垱店一路向南，吃早饭时来到天近湾。这里紧靠甘江河南岸，村北边是卧羊山，甘江河咆哮着从西边群山中奔腾出来，被卧羊山十几丈高的峭壁挡住了去路，就掉转方向一路滚滚向北，所以这里形成一个百余亩大、数丈深的深潭。临河县南部只要看见这里起云彩，就知道天必定会下雨，这就是有名的天近湾，也是大浪河改道前的上游。

白老拴来到天近湾村张怀庆家，这里属于昆阳县的南部山区。张怀庆是老拴近门嫂子的妹夫，年龄比老拴小两岁，到银杏庄走亲戚时和老拴认识。一见老拴大清早来到他家，张怀庆吃惊地问："拴哥，你是夜黑儿出来的吧？有啥急事？"白老拴叹了一口气，叙说了债主们诬告他参加抗日民主政府这场事儿，末了说道："我想在这里躲些日子，麻烦你给我找个吃饭的差事，最好是干我教书的老本行。"张怀庆爽快地说："中！你就安心在我家住几天吧。"

三天后，张怀庆带着歉意说："拴哥，我跑了几天，山口外几个学校都不缺老师，俺这周围几个小村没有学校，倒是有一二十个孩子，但是这些孩子每天要帮助家里放牛、放羊，你想教书的事就不往下说了。不过前边黑石咀村冯发群家要雇一个羊倌，只是委屈你这个大秀才啦。"白老拴听罢，哪还敢摆他师范生的谱，一连说了几个"中"字。

白老拴来到黑石咀村掂起了羊鞭。冯发群家七口人，种了十多亩山地，父亲五年前死了，母亲整日卧病在床。三个孩子，大的十一岁，小的只有四五岁，中间是个女娃刚换过牙。白老拴和冯家老大整天赶着四五十只羊和三头牛到山坡上放牧。后来冯家听说白老拴教过书，就缠着他教孩子们认字，很快白老拴和他们亲如一家。

黑石咀离天近湾只有一里多路，张怀庆常来冯家串门，顺便给老拴带来家里的消息。转眼1947年的年关到了。一天夜里，张怀庆兴冲冲来到冯家，笑着对老拴说："拴哥，孩他娘前天又到恁庄走她姐家，八路军已经解放了临河县城，又在尚天镇成立了临河县人民政府，不久你就可以回家啦。"白老拴听罢热泪盈眶，哽咽着说道："感谢你们一年多来对我的精心照顾，我想明天一早就动身回家。往后如有用得着我的地方你们尽管开口。"张怀庆摇了摇头说道："拴哥别着急，听说国民党的残余势力还在疯狂地杀人抢掠，袭击共产党的新政权。你一年多都熬过来了，还差这几天？"冯家也执意不让他走，白老拴只好暂时打消了回家的念头。

解放的喜讯天天传进山沟里，大燕山地区的辛店、保安、常村也都建立了红色新政权。清明节前，一天早饭后白老拴再一次向冯家扯起回家的话题，冯发群笑着说道："那好吧！你先到天近湾跟怀庆哥告个别，回来我把你送到辛店街。"

白老拴去了不到一个时辰，回来时，发群已把牛车套好，停在了大门外，装了满满一车红薯干和几袋子杂粮，足足有七八百斤。白老拴感动得哆嗦着嘴唇，说道："发群兄弟，你这是弄啥？俺在这里吃喝一年多，还没法报答你哩，这些粮食说到天东地西我也不能要。"冯发群一听气呼呼地说了一句："不要东西，你也别打算离开俺家。"这时候冯家的大儿子和女儿上来一人抱了老拴一条腿，哭着说："伯伯，俺不让您走……"僵持了好一阵子，聪明、贤惠的发群媳妇笑着说："老拴哥，这些粮食就算是俺借给恁的，以后哪年山里歉收了，俺再上恁家打饥荒中吧？"白老拴听了只好点了一下头。

冯发群赶着牛车送白老拴踏上了回家的路。出了村放眼两边的山坡，桃花开了。山里的春天最美的是桃花，它会在你睡熟的一个晚上悄悄打扮好山的娇容，让你睁开眼就感觉到所有美好的音符都被弹醒了。蜂蝶在舞，燕子在唱，人们期盼的春天终于来到了！

白老拴回家的消息像长了翅膀，晚饭后不久，屋子里已挤满了乡亲。大家七嘴八舌地向老拴叙说着一年多来临河县发生的大事，那撑破屋子的欢声笑语，如同温暖的春风一样在老拴心里荡漾。

这时候，只见同族兄弟白银坡满头大汗地跨进屋来，一把抓住老拴的双手，眼含泪花说："可把你盼回来了！昨晚我还梦见你哩。"

"老拴哥呀，你还不知道，俺这死狗乖乖儿现在是蚂蚁骑骆驼抖上去了，当上咱村的农会主席了。"说话的是狗剩媳妇，外号叫"快嘴嫂"。

白银坡红着脸，上手去挠"快嘴嫂"的胳肢窝，说："这几天又和狗恋蛋没有？"村上人嫌狗剩的剩字不好听都叫他狗。

"快嘴嫂"被挠得差点儿笑岔了气，咯咯地笑着说："乖乖儿你饶了我吧！你天天叫俺拥军支前，起浮财分东西，忙得裤裆里都着了火，谁还有空干那事儿。"哄的一声满屋子笑翻了天。

白银坡弟兄三个，大哥被老王太大杆抹走没了下落，弟弟从他娘肚子生下来就是个傻子，家里靠租种财主的十几亩薄地为生。民国三十年秋天，保长抓了他的壮丁，父母上了年纪，他这个顶梁柱一走家里就塌了天。无计可施，从被抓的那时起，他就蜷缩在地上，闭着眼睛不吃不喝不说话。后来保长叫两个保丁用抬筐把他抬到县城东关的壮丁大院，一个当官的在他屁股上捣了好几枪托，他依然闭着眼睛装死。一连五天水米没打牙的白银坡已是奄奄一息，征兵处只得通知家人把他抬了回来，从此他就落了个"死狗"的不雅绰号。

一阵笑声过后，白银坡恳切地说："拴哥，我和工作队的老刘找你好几趟了，你不在家，偏偏照哥家的老二也不见了人影，咱村就恁两个识字人。全县减租减息开展得热火朝天，咱银杏庄虽然乡亲们热情高涨，但缺少能写会算的笔杆子，至今减租减息运动仍然干打雷不下雨。听说不久还要定成分，把地主的土地分给穷苦老百姓，我大字不识一个，急哩喉咙眼儿直冒烟，所以想请你出来领着大伙干。"白银坡说着说着又揉起了眼睛。

淑娴一见，嘎嘎地笑着说："死狗兄弟，哭啥哩，枪托那么捣你你都没哭，快把你眼中的猫尿擦了，叫你拴哥跟着你干不就妥了。"

那不堪回首的苦日子就像张开血盆大嘴的饿狼，追得白老拴东跑西颠逃活命，如今好不容易有了翻身机会，他鼻子一酸，一拳打在大腿上，坚定地说："天有道则仕，干！"白银坡笑了起来："老拴哥，管几个保的联保主任你都没往眼窝里夹，看起来还是枕头风厉害呀！"杨淑娴狠狠地照白银坡脊梁上拍了一巴掌："我叫你贫嘴！"

白老拴在师范上学时就是有名的好算盘，回来不到一个月，他和农会一帮人就把银杏庄的减租减息、征粮支前等各项工作开展得有声有色。一转眼进入了农历的八月，此时淮海战役即将拉开序幕，临河县人民民主政府召开了淮海战役支前动员会，随后全县掀起了支援淮海战役的滚滚热潮。在这个热潮中，得良、雪筠两个年轻人在心灵深处碰撞出爱的火花。

中秋节那场邂逅后，回家的当天晚上张得良就向母亲叙说了白老拴父女的古道热肠。末了他又笑着说："娘啊，你没见过雪筠那姑娘，天生一副水灵样，清秀温柔不说，那皮肤白得像城里人，特别是一笑那两个喝酒窝更是招人喜欢。"郭秀婵听罢扑哧一声笑道："你说的那不是活脱脱一个仙女？俺娃怕是看上人家了吧？"

第二天一早，郭秀婵装着借簸箕来到柳河湾刘发家，笑眯眯地说："他发婶，恁家的簸箕借我用一下。"刘发媳妇顺手从屋里拿出簸箕递了过来。郭秀婵接住簸箕站在当门和刘发媳妇拉起了家常：

"他发婶，最近你没走娘家？"

"一个多月来，只顾忙着砍蜀黍、杀芝麻、掐谷子哩，哪还顾得上走娘家。"

"恁有几个侄女？"

"俺有三个侄女。老大叫雪筠，今年刚满二十岁；老二叫霜菊十七岁；小三雪梅十一岁。不是吹，俺娘家这仨侄女个个长得像朵花儿。"

郭秀婵红着脸接着又问："你大侄女有婆家没有？"

刘发媳妇叹了一口气说："要说俺那大侄女雪筠不光人长得俊，还上过几年学，心灵手巧不说，那不笑不说的好脾气无论给谁家当媳妇，那可是八辈子修来的福。只因为清乡团想讹俺娘家，俺兄弟在外边躲了一年多，才把雪筠的婚事给耽搁了，要不现在……"刘发媳妇把"孩子都有了"的后半句话咽到了肚里。

郭秀婵听了刘发媳妇眉飞色舞的一排子夸奖话，心里不由得咯噔一下：自家穷不说，得良大字不识一个，哪能配得上雪筠？随后长长地叹了一口气。

刘发媳妇看郭秀婵脸色由红变白，就笑着说："麦场嫂子，你不像是和俺论家常哩，一定有啥心事吧？"

郭秀婵脸憋得像下蛋的母鸡，说道："他发婶，俺就直说了吧，想请恁把雪筠跟得良撮合撮合。俺知道得良配不上恁大侄女。俗话说一家女百家问，如果这媒成了，那是俺郭秀婵烧了竹竿长香；不中咱照样是好妯娌。"

刘发媳妇心想：得良是十里八村出了名的好后生，无论长相、人品、才华都和雪筠是天生的一对。一家人忠厚本分，老大在辛集街开着屠行；老二在区上当着大官。去年麦罢张家花了二十块大洋买下了村西头张老勤的八分宅子地，盖了五间西屋淮草房。现在他们家可真是要饭的当朝廷——今非昔比了。想到这儿，刘发媳妇爽快地笑着说："中！嫂子这事就包在我身上。你就等着使媳妇吧！"郭秀婵听罢像掉进了云彩眼儿里，笑得嘴都咧到了耳朵后。

第二十三章

雪筠的四姑叫四婕，她夸下了给得良牵红线的海口后，激动得一夜尽做好梦。她没有儿子，两个闺女都在三年前做了人家的儿媳。她和丈夫刘发已经六十开外，七八亩地收、打、犁、种很是艰辛。张家几个小伙儿有的是力气，如果雪筠和得良的婚事成了……白四婕在肚子里打着小九九。

吃罢早饭，她拧着小脚就上了通往银杏庄的大路。走到吴家湾村西头，白四婕迎面看见兄弟急匆匆地走来，但老拴只顾低头走路没看见她。白四婕喊道："拴子，你失急慌忙的弄啥去哩？"

白老拴抬头一看是四姐，笑着说："俺到恁家去哩。"

白四婕连声说："走走走，拐回去。"

白老拴接住他四姐扛的满满一竹篮面月饼，不一会儿就到了家。没进门就喊："娘，俺四姐来了！"周玉珊还没应声，雪筠三姊妹一听是四姑来了，争着往外迎接，雪筠上前抓住白四婕的双手说："四姑，您咋这么长时间没来了？"

"死妮子，收秋快把姑累死了，你也不到俺家看看我。"

说着话进了屋，白四婕亲亲地叫了一声"二娘"，周玉珊眼睛里便有了泪花。白大夯的正房媳妇死时，白四婕只有十三四岁，那些针线、茶饭活都是周玉珊手把手教会她的；后来周玉珊又操置了全套嫁妆打发她出了阁，虽然她不是周玉珊所生，但周玉珊待她比亲闺女还亲。

周玉珊拉着白四婕的双手说："昨晚我还梦见你哩，收秋腾茬这么忙，你咋有空看我来了，有啥急事吧？"

白四婕瞟了一眼雪筠，笑着说："二娘，天大的喜事，我给雪筠提媒来啦！"

杨淑娴听罢笑着问："四姐，你提的媒是哪村的？叫啥名字？"

"是俺挨边村牌坊张的，就是那个卖身葬父的张得良。"雪筠在一旁支棱着耳朵听四姑为她说媒，先是心里像揣着小鹿咚咚直跳，后听到"张得良"三个字，捂着滚烫的脸闪身躲到了里间。

周玉珊拍着巴掌哈哈大笑着说："我今天叫你兄弟上恁家打听得良哩，你咋也给得良提亲来了？这才叫芝麻掉进针鼻里——碰哩真巧！"说罢吩咐淑娴："看看咱只顾说话哩！快把我床底下放的鸡蛋罐端出来，给你四姐烧茶。"

原来，那天雪筠和爹爹到城里交支前物资巧遇得良回来后，她脸上的红晕一直未消。

开始周玉珊没在意，晚饭后一向开朗活泼的雪筠面露痴呆。周玉珊笑着问："雪筠，今天下午帮恁爹到城里送支前物资累着啦？"

"奶奶，我没累着。"

周玉珊用右手在雪筠的额头上捂了好一会儿，说道："你没病，又没累着，肯定有啥心事。"

在奶奶的追问下，白雪筠羞答答地叙说了在城里和得良相遇的经过，末了拉着周玉珊的手说："奶奶，你别笑话我，那得良甭说在咱银杏庄，就是十里八村也挑不出第二个来。"

"那不是戏台上的左金童吗？"周玉珊用手指点着孙女的额头，"哦，奶奶我老糊涂啦，俺孙女想出飞儿哩！"

雪筠摇着周玉珊的手，撒着娇说："奶奶，啥事也别想逃过您的眼睛。"

第二天早饭后，周玉珊向儿子、媳妇郑重说了雪筠看上得良的事。白老拴笑着说："怪不得昨天下午人家得良都推着车走远了，雪筠还呆呆地站在那儿张望呢！那孩子不但人才好得没啥说，那声音也甜得一出口就让人心醉，更有那卖身葬父的美德，雪筠若是嫁给他，咱儿子、门婿不是都有了吗？"杨淑娴听了笑吟吟地说："他爹，夜长梦多，明天你就往咱四姐家跑一趟吧！"

吃罢午饭，白四婕一脸喜悦地说："二娘，看来咱一家都怪满意。如果定亲换帖，咱准备问他老张家要些啥彩礼？"

"死妮子，咱啥时候爱过别人的钱财？咱白家吐口唾沫落在地上砸个坑，只要俩孩儿愿意，不换帖咱也赖不了人家的婚。不过你们一个劲儿地夸得良这好那好，说得我心里像猫爪子挠着一样，我也急着想看看俺孙女相中的左金童哩。"

淑娴娘仨异口同声："咱都去看看左金童！"白雪筠躲在里间，脸上像照着日头的石榴花泛起阵阵绯红。

白四婕笑得眼睛没了缝，一连说了好几个"中"，末了说道："后天八月十九，是个好日子，我叫她姑父套车来接你们。"又揉着眼说道："二娘，淑娴，我回去了。"

周玉珊望着白四婕一溜风远去的身影，喊道："他四姐，我们去的信儿可别告诉张家啊！"随风传来一句："二娘，你们回去吧，女儿记下啦！"

八月十九早饭后，刘发赶着牛车一早就来到岳母家。岳母、弟媳、霜菊、雪梅四个人穿戴得齐齐整整，上了车，不到一个时辰就到了柳河湾。

白四婕满面春风地跑出来，把周玉珊从车上搀下来。她咯咯地笑着说："二娘，弟妹，我到村头都望了好几回了。"

周玉珊笑道："死妮子，你当娘是坐飞艇哩？"清脆的笑声几乎要把院子抬起来。

白四婕慌着烧鸡蛋茶、烙油馍、下饺子，脚打锣似的忙个不停。淑娴喊道："霜菊、雪梅，快帮恁四姑做饭！"随后拉着婆婆踅到了房子后边。柳河湾距牌坊张不到半里地，能清清楚楚地看到得良家。新房子、新院墙无不彰显出这家翻身后兴旺的新气象，婆媳二人满意地点了点头。

吃过午饭，周玉珊急切地说："她四姐，你还不快些把得良喊过来，让俺都过过眼？"

白四婕听罢，拧着小脚如一团旋风来到张家，上气不接下气地对得良说："快些跟我走，俺娘家人相你来了。"

郭秀婵一阵惊喜过后，急得搓着手抱怨说："你事先咋不言一声？我啥也没准备，这不是敲着锣找孩子，叫俺丢人打家伙哩？"

白四婕笑着说："你别得便宜卖乖了，随后给俺摆一桌双鸡、双鱼的宴席不就妥啦？"郭秀婵不住地点头，说："这媒要是成了，他发婶你就是吃龙肉我也下海给你弄。"

白四婶笑着,拉起得良就往家里跑。郭秀婵随后翻出得良的干净衣服,在后边追着喊:"得良,你还没换衣服哩!"白四捷边跑边回应:"俺娘家相的是人不是衣裳。"

大儿媳杏儿在后边喊道:"娘,人家相老三哩,你瞎掺和个啥?"郭秀婵听了方才止住脚步,眼睛顿时被喜悦的泪水糊住了。

白四婶拉着得良气喘吁吁地进了屋,拉过来一条板凳,笑着说:"得良,你坐。"

得良毕竟是见过大世面的人,大大方方地坐在了他们的对面,众人眼睛齐刷刷地盯在得良身上。只见小伙子二十多岁,中等身材,古铜色的皮肤,浓黑的眉毛像毛笔刷过一样,留下了刚劲有力的笔锋,国字脸上长了一双会说话的大眼,高挺的鼻梁像用尺子量出来一般,带笑的唇角上露出两个酒窝,干净的短袖棉衬衣掩盖不住他那强健的肌体。周玉珊暗暗说道:"怪不得俺雪筠那么中意痴情,真比那戏台上的左金童还要健壮英俊呢。"淑娴娘仨看呆了,连眼都没舍得眨一下。

白四婶为打破尴尬,指着周玉珊说:"这是你奶!"得良甜甜地叫了一声:"奶!"周玉珊唉了一声,心里像抹了蜜。

四婶又指着淑娴说:"这是你娘!"得良有生第一次见丈母娘,脸唰的一下比大公鸡的鸡冠还红。四婶一见连忙说道:"看我乐昏了头,叫婶!叫婶!"得良一个婶字没出口,淑娴连声说:"喊啥都中……喊啥都中……"霜菊和雪梅在旁边笑出了眼泪。

周玉珊又问了问得良家里的情况,得良答的和四婶介绍的没啥走溜儿。

周玉珊心里想道,人漂亮,又实诚,这样的好媒头打着灯笼也难找,就笑着说:"得良,你和雪筠相互钟情,俺一家也都很满意,这事就算定下来了。"

得良高兴得几乎想要蹦起来,但还是克制住了,笑着说:"奶奶,娘,一块儿到俺家里坐坐吧。"

"不啦,往后有的是机会。回家代我向你娘问好!"周玉珊又接着喊道:"她四姑父,快套车送俺们回家吧!"

周玉珊她们走后,得良一蹦三跳地回了家。秀婵连声追问:"咋样?咋样?"得良也不言语,一个劲地憨笑着。

老大媳妇杏儿笑着抢白了一句："娘，没看看老三笑得连话都不会说了，你就等着使儿媳妇抱孙子吧！"郭秀婵撩起衣裳襟揾了揾满眼的泪花。

七八天后，白老拴借口让得良帮他家种麦子，实际上是对女婿的最后一次考试。得良从新亚烟厂辞工回家一个多月后，就接手租种柳河湾刘来福家十五亩地。大哥、二哥、妹夫共同出钱买了一匹秆草黄骡子，和前院春雨家的抿角青犍配成了加杠犋。山根听说三舅哥第一次要到岳父家，连夜送来一大包跑条烟。跑条烟没裁切，一根有八九寸长。郭秀婵又起了个大五更，炸了满满一大竹篮子糖角、油馍。

白四婕领着路，得良赶着牛车早早来到了白家。银杏庄听说白家的新姑爷来了，一袋烟工夫，站了满满一院子人。白老拴一一作了介绍，得良得体大方地一一打了招呼，随后恭恭敬敬递上了香烟。男人们叼着长长的香烟，女人们瞪着火辣辣的双眼，像牛市上相牲口一样把得良从头到脚看了个遍。大家窃窃私语地议论着："好俊的一个小伙，挑不出半星儿毛病。"

这时狗剩媳妇边擦着湿手边失急慌忙地跑过来，挤到得良跟前，狠狠地"剜"了几眼，啧啧称赞道："天哪！俺老拴哥咋找了这么俊的一个驸马爷。"得良的脸唰的一下红了。

白银坡抢白了一句："快嘴嫂，谁家看人这么死受，当初你相俺狗剩哥脸都贴得这么近？"

快嘴嫂红着脸狠狠地骂了一句："死狗，驴撑棍（香烟）也堵不住你那狗嘴！"哄的一阵大笑，把门前老银杏树上的丹顶鹤惊得扑扑棱棱飞上了蓝天。

众人散去，得良开始往地里送粪。白家仅有的三亩老坟地就在屋后大浪河的河岸上，得良一扬鞭，车就进了地，不消一个时辰，一大坑灰土粪已均匀地卸在地里。

得良把牛鞭递给白老拴说："爹，你把牲口使回去，先垫些草料，我把粪撒撒。"一眨眼工夫，三亩黄土地均匀地蒙上了一层黑粪。得良擦着汗抬眼望去，湛蓝的晴空下，美丽的大浪河像一条摆动的金龙。这时候，杨淑娴扯着嗓子喊："得良，你们回来吃饭吧！"霜菊伸了一下舌头，向雪筠做了个鬼脸，嬉笑着说："雪梅，你听听咱娘的声音都颤巍巍的，是不是让人听了浑身起鸡皮疙瘩？"雪梅听了咯咯地笑了起来。

午饭后，得良套着牲口就又下了地，一家人在地头上站着。随着得良"嗒嗒咧咧""吁吁喔喔"的号头声，那墒沟打得就像用墨线绳绷过一般。白老拴脱口赞了一句："这才是真正的好把式。"

那黄骡、青犍今天好像也知道主人的心事，格外地听话卖力，一个多时辰后，三亩地就犁得到边到沿。白老拴把烟点上火，笑着递给得良，青犍倒了一盘沫。得良摘下连耙杆，又把牲口套在了桑木耙上，抬起手打了个响鞭，那黄骡、青犍飞快地跑起来。得良先跨左脚，又一抬右脚就稳稳地站在了耙上，横耙、竖耙、斜耙了几遍后，那地就像过了筛子一般，平平展展别想找到一个比鸡蛋大的坷垃。得良把麦种倒进耧斗里，白老拴牵着黄骡笑着说："麦种只有六十斤，不太宽绰，你把握好播量。"得良应了一声，重新调好仓门耩起来。耧铃声停下，耧斗里的麦子剩下不到一把。

周玉珊连忙给得良递上毛巾，疼爱地说："我活了快七十岁，也没见过这样的好庄稼活，孩子快擦擦汗。"雪筠深情地把可口的红糖茶递过来，得良感激地瞟了雪筠一眼，扬起脖子咕咚咕咚喝了个精光，随后笑着说："奶奶，明天还要给俺大哥家种麦，我就回去了。"庄稼人把种地看得比天还大，老拴他们笑着点了点头。

此时日头已经压山。得良套好车，白四婕慌慌张张就要上去，周玉珊轻声骂道："死妮子，你就不会陪娘住一晚？"

"二娘，得良头一回来咱家，我怕他回去走错了路。"

"那不会让雪筠送送他？"周玉珊给四婕使了个眼色。

白四婕听罢用手在脸颊上轻拍了一下，说道："瞧瞧我，没老就糊涂啦。"

雪筠送得良出了村到吴家湾村西头，停下来红着脸说："顺着这条大路一直走你就到家了，我就不往前边送了。回家代我问咱娘好。"说罢随手把红绸子包着的东西塞到了得良手里，然后捂着脸扭头跑了。

得良打开一看：白绢手帕上绣了一对活灵活现的交颈鸳鸯。得良激动深情地喊道："雪筠，你想要啥？我好给你买。"

"我啥都不要，就要你一颗心！"

那一晚，失眠的得良从床上爬起来又把半截庄子的水缸挑得满满的。

第二十四章

种罢麦，临河县党政机关从城西十五里的卸甲店迁到县城，紧接着成立了临河县农民总协会。在农会的团结带领下，广大的穷苦老百姓通过忆苦刨根、算剥削账等形式，思想觉悟空前提高，积极热情地投身到翻身做主人的斗争中。那些土匪恶霸和反动分子不甘心失败的命运，他们相互勾结，采取暗杀、投毒、抢掠等残忍手段破坏新生的革命政权，扰乱社会秩序。

鉴于这种形势，临河县根据上级指示，掀起了一场声势浩大的剿匪反霸群众运动。通过一年多的运动，新生的革命政权进一步得到巩固。

1949年4月21日，毛主席、朱总司令发布了向全国进军的命令，拉开了渡江战役的序幕。十多天后，参加渡江战役的四野四十九军途经临河县，全县积极行动，设了六个兵站慰问人民子弟兵，仅在城西关兵站夹道欢迎的老百姓就有三万多人。十几家花社敲锣打鼓，扭着秧歌，男女老少捧着茶水，端着鸡蛋、馒头，挥舞着五色小旗迎接解放军。当晚在县城召开了盛况空前的军民联欢大会，与此同时部队派专人接收粮食、蔬菜、军鞋、担架等支前物资。在兵站，两个热恋中的年轻人再一次相遇。

雪筠先看见得良，就跑了过去。得良正寻思着今天能不能碰上雪筠，一扭头雪筠已羞涩地站在他面前，雪筠呼出的热气直扑在他脸上，目光跳出炽热的火花。

得良心头一阵狂跳，深情地说："雪筠，我正到处瞅你呢! 你和谁来的? 咋没看见咱爹哩? "

雪筠甜甜地笑着说："咱爹本打算过来，正出门时，前院合群哥说他家的牛不倒沫了，让咱爹快去看看是啥病。村上人来的可多啦，你看看那个花白胡子、拄着拐棍的是村西头顺发爷。他说他要看看这些打一仗胜一仗的仁义之师，是不是长了三头六臂。"

二人亲亲密密地说着话，忽然听见有人扯着嗓子喊道："雪筠，咱村的支前物资还没送完哩，咱还得再跑一趟。"喊雪筠的是银杏庄的农会副主席。雪筠答道："大堆哥，我就来！"又压低声音温柔地说："良哥，昨晚俺又梦见你啦。"雪筠羞涩的声音细细的，像麻丝穿过针眼。得良听罢，浑身像着了火，一把抓住雪筠的双手，动情地说："雪筠，俺想娶你！"雪筠红着脸说："中！回家我就给奶奶、爹爹他们说，要不你跟我到家里来吧？"得良笑了笑："今天我出门时，县上来人动员咱二哥带着区中队参加渡江战役哩，我得赶紧回去帮着他们做做家里人的工作。"雪筠笑着点了点头，二人依依不舍地松开了手。

得良回到家，一见二嫂绷着脸，就笑着问："二嫂，县上的人走啦？""走啦，就是天王老子也别想叫我开口让你二哥去前线作战。"二嫂没好气地发着牢骚。

郭秀婵向得良努了努嘴。在母亲的房间里，母亲向得良叙说了县上动员他二哥参加渡江战役的经过："刚开始，我也不同意。那县上的人不温不火地笑着对我说：'大娘，您家的血海深仇都是万恶的旧社会造成的，不推翻这个社会，我们穷苦老百姓永远不会有好日子过。'他们一提到旧社会，我就想起了你父亲死时的场景和恁兄弟几个遭受的磨难。我大哭了一阵后，就点头同意了，可你二嫂死活不吐口。逼急了，她撒起泼躺在当门地上大哭大叫起来。县上的人一见就叹息着走了。你二哥给你二嫂撂下一句话：'我早晚也会不要你！'随后就气呼呼地到区上去了。"得良听了母亲的一番话，无可奈何地摇了摇头。

雪筠回到家，白老拴也从前院回来。雪筠问："爹，俺合群哥家的牛咋啦？"

"沫没倒透，就急着饮了半桶泔水，压住草啦。"

"你咋给它摆治好啦？"

"我让你合群哥割了半筐韭菜，从盐罐里抓了一大把青盐，把盐捣碎揉在韭菜里。我先把牛舌头拽出来，让牛淌了淌胃里的酸水，接着就把韭菜填了进去，然后让你合群哥牵着牛，在街上走了几个来回。牛撅起尾巴拉了一泡稀屎，随后把牛拴在牛铺里。不一会儿牛卧下来开始倒沫，我数了数刚好是四十五口，就交代你合群哥，说牛没事了，今儿黑不要喂它。之后我就回来了。"

雪筠笑了笑，说："怪不得周围十几个村的人都牵着牲口找你，你还真中！"

老拴笑了笑，问道："支前的东西都送去了？"

"蒸馍、粉条、青菜都送去了，还有百十双军鞋。俺大堆哥回去装车去了，一会儿我再跟他跑一趟。"

"你别去了，我也想看看那激动人心的场面。"说罢白老拴扭头向大堆家走去。

雪筠进了屋，喊了几声"奶奶"，周玉珊笑着从耳房里走出来说："你前脚刚走，你娘和你妹妹拉着恁二舅爷也上西关看热闹去了，没办法我只得在家守老营。"雪筠笑了笑："往后这场面多着呢！下回让她们在家看门，我陪你去看热闹。""还是俺雪筠嘴甜，快去把针线笸箩端出来，我帮你做嫁妆。"雪筠感激地嗯了一声。做着针线，雪筠向奶奶透露了得良求婚的事，周玉珊笑着说："这男大当婚女大当嫁，你和得良也该成亲啦。这事你没法开口，我给恁爹娘说。"

第二天早饭后，周玉珊笑着说："你们猜猜，昨天雪筠碰见谁啦？"雪梅撇了撇小嘴，抢着说："那还用猜，俺大姐脸红扑扑的，肯定是得良哥呗。"淑娴咬着嘴唇没笑出声。周玉珊正要往下说得良求婚的事儿，这时候听见白四婕脆甜地喊道："二娘，你看谁来咱家了！"

一家人迎出门外，见四婕后边跟着一个走路生风、穿着蓝士林布掩襟上衣的中年妇女。妇女头上顶着扎染的喜鹊闹梅头巾，脸上的笑纹和三处暗红色的伤疤好像一枝经霜的玫瑰，印证着岁月的艰辛。四婕笑着说："这是得良的母亲，俺的好大嫂。"又把周玉珊、老拴、淑娴和雪筠姊妹一一作了介绍。郭秀婵上前用右手抓住周玉珊的左手，甜甜地叫了一声："婶！"又用左手抓住淑娴的右手喊了一声："亲家！"她们手拉手进了屋。

郭秀婵本身就不丑，虽然六十多了，一副好身板不管穿啥，都给人一种特别干净利落的感觉。落座后，雪筠羞涩地喊了一声："娘。"郭秀婵望着天仙般的儿媳，温柔地应了一声，眼里泛起了幸福的泪花。

喝罢鸡蛋茶，郭秀婵直奔主题，说道："昨天得良回家给我说了他们准备结婚的打算，我高兴得一夜没睡。这不，一早吃了饭就拉着他发婶和你们商量来啦。如果你们没啥，咱就把'好'定下来？"周玉珊拍着手说："这真是两面铜锣一齐敲，响（想）到一块了。刚才俺一家还在议论这事呢！"白老拴咧着嘴笑着说："闺女大了留也留不住，恁想使媳妇，俺想抱外孙，只是俺当老丈人的没法先开口。"雪筠听罢嗔了一句："爹，您……"便双手捂着绯红的脸躲到了里屋。淑娴笑了笑，抽身到卧房里拿出一本老皇历递给丈夫。白老拴翻了翻，笑着说："亲家母，八月初九是个好日子，这一天咋样？"郭秀婵忙不迭声地说："中！中！中！家有识字人真方便。"

吃罢午饭，临走时，郭秀婵掏出一沓钱放在桌子上，笑着说："这是五十万块钱（第一套人民币的五十万，相当于第二套人民币的五十块钱），不多，你们给雪筠买些东西吧！"白老拴把钱塞到郭秀婵手里，正色说道："俺是嫁闺女，不是卖闺女。"郭秀婵嘴上说着："兄弟呀，明白恁的心，可俺能白白捡个好媳妇？"实际上她心里已经感动得泪如雨下了。

八月初六，婚事的前三天，白四婕又回了一趟娘家，带来了张家要用花轿娶亲的决定。老拴笑着说："四姐，你告诉张家，破费那些钱干啥？用牛车把雪筠娶回家不是挺好吗？"白四婕搓着手说："你刚才的话，我都给他们说了八遍啦，麦场嫂子含着泪说他们张家过去穷得没个撅棍的地方，要不是共产党来了，做梦也甭想娶这么漂亮、懂事的媳妇，硬是坚持要把婚事办得排排场场。"

周玉珊想着白家接二连三遭受的横祸，说道："得良他娘说得对，咱们现在应该扬眉吐气啦！"四姐走后，白老拴对女儿的婚事又作了一番细致的安排。

八月初九一大早，迎亲的队伍就来到了银杏庄。中秋的天空像一块覆盖大地的蓝宝石，被秋风擦拭得光洁而又明亮，大浪河哗哗的流水声演奏着动听的旋律，荡漾在两岸的村庄里。伴随着欢快的唢呐声，银杏庄的男女老少争先恐后地向老拴家赶来。咚的一声炮响，花轿到了，戴着礼帽、穿着一身蓝纺绸婚衣、身披十字大红的新郎官张得良，满面春风地在大门口翻身下了枣红马。这时候老拴家的近亲一干子人从院里迎了出来。

精神矍铄的福运太爷拱手和大家打着招呼，领着得良、得田、声远进了屋。门外的唢呐手鼓着腮帮子吹着喜庆欢快的曲调，大嫂杏儿和妹妹可心两个"娶妮儿客"被一帮白家的近族妇女簇拥着进了雪筠的闺房。大嫂杏儿笑着把包着"迎衣"的红包裹递给了淑娴。不一会儿,众人已帮着新娘子雪筠化好妆,穿戴整齐。

客厅内,福运太爷象征性地喝了两杯酒。声远"偷"了两双筷子和一对酒盅从屋里溜了出来,用唾沫把红纸片贴在了墙上、树上好几个地方,然后用纸烟点着三眼铳。"咚咚咚"三声过后,声远扯着嗓子喊道:"新娘子上轿啦!"可心递上盖头,甜甜地叫道:"三嫂上轿吧!"淑娴接住盖头说:"咱风风光光地出嫁,不要这东西。"随手就把盖头扔在了床上。雪筠抓住周玉珊、杨淑娴的手依依不舍地叫了声:"奶奶,娘……"便哽咽起来。周玉珊用袖口揾着孙女的泪,爱怜地说:"雪筠,这大喜的日子咱不哭。"其实她和儿媳的眼中也早已闪着泪花。

杏儿和可心搀着雪筠上了花轿。"咚",又是一声炮响,花轿启动。最前边的唢呐班子卖劲地吹奏《百鸟朝凤》《抬花轿》《甩大辫》等喜庆的曲调,后边枣红马上新郎官张得良高兴得心跳加速,满面红光。两边护轿的银杏庄农会主席白银坡、副主席白大堆笑得合不拢嘴,轿后边捧着妆奁盒子、扭着腰肢的是"娶妮儿客"杏儿和可心。紧跟着的是雪筠身材魁梧的三个舅舅,他们戴着礼帽、墨镜,穿着长衫,拄着文明棍。白家的八位送客和雪筠的五个姑父也都是一身新装,笑容可掬。再后边是抬着嫁妆的白家族亲,"糯子嘴"声远在轿旁不停地放着花炮,八名轮换的轿夫随着唢呐的曲调频频变换着抬轿步伐的花样。银杏庄街道两旁站满了看热闹的男女老少,人们纷纷议论着:"真排场!就是白大夯在世也不可能把孙女的婚礼办得这么风光。"

一路上吹吹打打,已时正中娶亲的队伍下了公路,众人拜了石牌坊后来到大门口。大门上贴着大红婚联,上联是"吐气扬眉迎解放",下联是"欢天喜地娶新人",横批为"苦尽甜来"。

得良下了马,掀开轿帘,把雪筠从轿中搀出来,在大嫂、二嫂、可心几个人的簇拥下,二人手牵着手进了院子。郭秀婵一身得体的蓝布新衣裹着她那高挑的身材,显得又年轻了十岁,她抱着糖罐子向一院子的乡亲散发着喜糖。这时几个人喊道:"让新媳妇给大家打个照面。"

雪筠落落大方地抬起了头,人群屏住了呼吸。只见新娘高高绾起的乌发上插着五彩双凤衔珠的银质簪花,桃花带露的粉面上嵌着两个小酒窝,柳叶眉下一双明亮的丹凤眼透着机灵，富有弹性的嘴唇挂着甜甜的微笑。紧身嫁衣上红下绿，刺着苏绣，蓝花布鞋绣着蝴蝶闹海棠，栩栩如生，这一切无不衬托着新娘的娇媚和线条的优美。福运太奶走上前拉住雪筠的手，连声称赞："祖奶奶呀！咱张家咋娶了这么俊的一个媳妇儿，这比那画上走出来的仙女还好看。"人们交头接耳地议论着：论长相是村里第一，论身材学问是女人中的第一。这时声远噌地来到雪筠面前说："大家听没听说过？前荷荡的梨，后荷荡的席，论好看还数银杏庄的大闺女。"阵阵笑声荡漾在牌坊张的上空。

院内的天地桌上摆着一个装满五谷杂粮的大粮斗，上面插了一杆大秤，放了一面镜子。天到午时，福运太爷拿腔捏调地喊了一声："一拜天地！"得良、雪筠对着天地桌鞠了三个躬。此时，几个老妯娌已把郭秀婵按在天地桌旁的高背椅子上，福运太爷又一声："二拜高堂！"二人恭恭敬敬地向母亲拜了三拜，一霎时几个年轻妯娌麻利地把锅烟墨抹到了郭秀婵的脸上，咧着嘴的郭秀婵只露出缺了齿的两排白牙，一阵哄堂大笑仿佛把整个院子都抬了起来。福运太爷又清了清嗓子高喊道："夫妻对拜！送入洞房。"二人头对头弯了三下腰。雪筠在几个妇女的搀扶下进入洞房。

红日落山，喜宴终于散了。晚饭后刚放下碗，闹洞房的人已站了一屋子，大嫂杏儿几个人麻利地摆上酒席。几个年轻妇女把雪筠从洞房内拉出来，雪筠大方地含笑站在了得良右边，她亭亭玉立，一下就折服了想要上前动粗的一群小伙儿。

得良咧着嘴恭敬地向大伙散烟。声远倒了两杯酒，说道："谁还顾得上吸烟，交杯酒开始吧！恁俩说来文的还是武的？"

得良笑着问："啥是文的啥是武的？"

"这文的就是我咋说你们咋做，那武的嘛……"声远拖着腔指了指大眼、老贵、老蔫、地留几个愣头青，"那就由不得你们啦！"

得良笑着说："文的……文的。"

在声远的命令下，二人胳膊挽着胳膊一连喝了三盅交杯酒。大眼叫嚷着："让新媳妇说说他和得良哥咋认识的。"

得良抢着说："俺俩去年这时候在县城西大会交支前物资认识的。"

老蔫喊了一声："得良哥说的不算，抢先说话罚他三杯。"

雪筠瞟了一眼得良醉红的脸,忙补充道:"一点不假,俺俩就是去年八月十五在西大会认识的。"

　　地留又喊了一声:"说说恁俩亲过嘴没有?"

　　得良拱手笑着:"没影儿的事,让俺编也编不出来。这样吧,让你嫂子给大伙唱段戏吧!"

　　满屋子人起劲儿地拍起手来。雪筠在城里住了十几年,临河县很多有名坤角的戏她都能学唱几段,于是清了清嗓子,珠圆玉润地学唱了一段大宝贝张秀卿的《刘金定下南唐》。一屋子人又拍起手来。声远吸溜了一口气说:"俺都听迷了,三嫂接着唱……"白雪筠又唱了一段十八哼的《西厢记》和毛爱莲的《火焚绣楼》。众人的手都拍红了,纷纷称赞道:"新媳妇的声音比那百灵鸟都好听。""何止是好听,那声音就像绣花针绣出来的一样。"

　　大家正交口称赞雪筠圆润盈耳的好嗓子,这时只听得县城方向鼓声大作,众人跑出屋子,十里八村的铜器声瞬时响成了一片。声远喊了一声:"肯定县上又有大喜事啦。走!咱们也擂鼓去。"那响了几乎一夜的锣鼓声给得良、雪筠的新婚平添了许多喜庆的音符。

　　第二天早晨,二人从洞房中走出来,母亲眉飞色舞地对他们说:"你二哥刚从区上回来,说昨天夜里上边传来特大喜讯,今天新中国就要成立啦!"得良、雪筠听罢激动得说不出话来,一股幸福的暖流在他们心中流淌。

第二十五章

这年的中秋节是一个让人刻骨铭心的好日子。一连数天，临河县都沉浸在新中国成立的欢乐喜庆中。城里的大街小巷贴满了红红绿绿欢庆新中国成立的标语，临街的商铺门前挂着一面面鲜艳的五星红旗，大街上穿红着绿的人流熙熙攘攘，全城人声鼎沸。人们高兴之余买了比往年中秋节多几倍的爆竹，鞭炮声大白天也响个不停，那冲天炮带着长长的哨音扯着人们的眼珠子不时飞上了天，数日来一拨又一拨的花社、秧歌队把临河县闹了个天翻地覆。

八月二十六，庆祝活动达到高潮，临河县委、县政府在鸿学大操场召开了庆祝大会。会后举行了万人大游行，县城里到处是红飞翠舞，欢声雷动。各区也分别举行了隆重的庆祝活动，晚上几个花炮专业村进行了焰火表演，举办了灯火晚会。一直到四更天，欢庆的锣鼓、鞭炮声才慢慢地停息下来。

在举国欢庆的日子里，白老拴家的喜事也是一桩接一桩。就在白雪筠出嫁的那天晚上，解放军留在老拴家的那匹黄骠马突然站了起来。说起这黄骠马，还有着一段军民鱼水情的故事。

几个多月前的一天晚上，参加渡江战役的一个团宿营在银杏庄，团长陈启亮把自己的战马安排在白老拴家。第二天出发时任凭通信员小刘怎样吆喝，这马仍然站不起来。小刘着急地问："大叔，您看看这马是咋啦？"老拴看了看浑身颤抖的黄骠马，上前掰开它的眼皮，见眼珠沉郁，又摸了摸它的鼻子、耳朵，全都发凉，就转头对小刘说："小同志，这马是疲劳过度，又受了风寒，得了急性风湿病。"小刘搓着手，着急地说："这马跟俺团长出生入死、患难与共七八年了，这可咋办？""你们如果相信我，就把马留下来，过三五个月，我把马摆治好，你们再来人牵走。"老拴又指了指大门外的银杏树说："你记住这棵银杏树就能找到俺家了。"这时陈团长走过来问了问情况，然后掏出一沓钱塞给老拴。推让了好一阵子，老拴执意不收。陈团长感激地掏出笔记本记下了老拴的名字、家庭情况和学历。当听到老拴是师范毕业时，郑重地叮嘱："新中国成立在即，急需一大批有文化、有阶级觉悟的人才，如果有一天我给你来信了，你可一定要找我去。"老拴笑着点了点头。

部队开拔后，一家人割来嫩草，专门磨了豌豆料，精心喂养黄骠马。老拴又翻出《元亨疗马集》《伯乐针经》《明堂灸马经》等治疗马病的书籍查阅疗法。他尝试着用独活、防风、川芎、当归、羌活、牛膝、杜仲、厚朴等十来味中草药，熬制成"独活寄生汤"，一天一服给马灌药。又在马的抢风、膝眼、肾俞、大小胯、阳陵泉、汗沟等穴位进行针刺，然后点上艾绳灸熏。刚开始马疼得浑身直哆嗦，吃草料不香。经过一个多月的治疗，马的疼痛症状逐渐消失，有了精神，食量增加，开始嘶叫，慢慢恢复了膘情，但还是站不起来。今天黄骠马突然站了起来，白老拴心中终于搬掉了这块坯，一家人开心地笑了。

就在临河县召开庆祝新中国成立大会后的第八天，通信员小刘突然来到银杏庄。他笑着对老拴说："大叔，现在俺团长已经担任湖北鹤岭县的县委书记，但他始终牵挂着他的黄骠马。你们不知道，这马救过俺团长的命呢！有一次在河北和日本鬼子作战时，身负重伤的团长趴在马背上，日本兵嗷嗷叫着包围上来，眼看就要抓住团长。这时黄骠马一声嘶叫，尥开蹄子冲出了敌人的包围圈，驮着俺团长回到了太行山根据地。"

小刘接过杨淑娴递过来的茶水，继续说道："团长这次让我来，看看黄骠马好了没有？如果好了，让我牵回去。"小刘说罢掏出一沓钱和一封信说："这些钱是部队补偿你们的，另外团长还给你写了一封信。"白老拴把钱塞到小刘的口袋里，正色说道："小同志，这军民鱼水深情可不是用金钱能买来的。再说了，俺用的草药、针灸，没花啥钱。"小刘听罢感动得向白老拴行了个军礼。

老拴抽出信笺，只见上面简洁地写着：

铁拴大哥：问候全家都好！我现在在湖北鹤岭县工作。今派通信员小刘牵回黄骠马，捎去三十万元作为补偿。另外，这里刚成立县委县政府，急需大批人才。望您接信后早日动身，切切！陈启亮亲笔。

听说老拴家来了一个当兵的，一袋烟工夫聚了一院子人。农会副主席大堆急切问道："老拴叔，那信上都说了些啥？""陈团长让我到湖北去哩。"老拴话音刚落地，白银坡头上的热汗就刺刺地冒了出来，慌忙说道："昨天俺到区上开会，听说咱县在八道梁搞的两个土改试点快要结束了，过罢年县里还要办土改干部培训班。我和大堆连自己的名字都不会写，那么多内容的土改政策我们能记住？参加土改培训的名字已经把你报上去了，你这一走，咱银杏庄的土改不就塌了天？"顺发大爷拉着老拴的手，抖动着银白的胡子说："拴子，咱好不容易盼来了翻身的机会，你可不能丢下大家自己走啊！"一院子乡亲异口同声地说："为了咱村的老少爷们，你说啥也不能走！"

老拴思忖了一会儿，笑着对通信员小刘说："请你转告陈团长，谢谢他的一番好意，往后有时间我去看望你们。"

小刘只好挥手和大家告别，老拴牵着黄骠马，把小刘送过大石桥。放眼望去，淡红色的芦花和金黄色的垂柳随风摆动，蓝天白云下大浪河两岸充满了让人甜醉的气息。

3月中旬，白老拴在县城西大会参加了一个星期的土改培训班。当天夜里他回到了银杏庄，向农会传达了土改的路线和方针政策，以及怎样划分农村阶级成分等文件精神。农会随后召开了群众大会，银杏庄的土改运动合着临河县重点工作的节拍进入高潮。

银杏庄是一个典型的农业村，全村七十一户，三百一十二口人，共有土地一千零二十六亩。根据摸底情况，全村应划地主富农三户二十七口人，他们占有土地七百一十八亩，人均近三十七亩。不到十分之一的人占了将近七成的土地，而贫下中农人均一亩地，其中十三户是无地、无农具的赤贫户，这些人主要靠租种地主富农的土地或扛长工、打短工为生，整日挣扎在贫穷饥饿的死亡线上。刚开始，大部分群众受宿命论的支配，思想不解放，对于土改，贫农想分地又怕反攻倒算，中农以上的户主怕分自家的土地财产，整日提心吊胆。由于认识不足，人们对土改的态度有喜、有忧、有怕，更多的人在观望。

在驻村工作队的帮助下，银杏庄农会五个干部进行了分工，除三家孤寡户外，每个干部包十三户，银坡、大堆、老拴每人又另外负责监督一户地主或富农。

根据土地法大纲和有关土改的政策，农会利用广播筒、标语、上门走访、群众会等形式进行大张旗鼓的宣传发动。老拴家门前的银杏树下成了人们解疑释惑的场所，怎么算剥削账，怎样划成分，如何分配土地、浮财，甚至连打婆娘、虐待老人的事都能在这里掰扯得一清二楚。通过访贫问苦，让人现身说法控诉万恶的旧社会，培养了一批土改积极分子，大大提高了贫雇农的阶级觉悟。

随着村民们阶级觉悟的提高，银杏庄召开群众大会，要求村民依照划分阶级成分的规定自报成分，农会开会三榜定案。对有意隐瞒土地财产、隐瞒剥削行为的地主富农进行面对面的斗争。由于工作比较扎实，一榜贴出来后，除老拴分包的一户富农在划分成分上自报中农外，其他的跟农会原先估算的并没多大出入。抬榜的那天晚上，白顺发找到老拴说："拴子，发祥家在澧河沿还置有十五亩地。"老拴说："发叔，明天开会你揭发出来吧。"白顺发红着脸说："你这孩子，忘了俺和他娘还没出五服哩。"第二天农会派人到澧河沿落实了情况，二榜抬出后发祥家划成了富农。但令老拴没有想到的是，从此孙发祥家和他结下了深仇大恨。

二榜贴出后，银杏庄的土改进入了实质性阶段。根据农会讨论的意见，老拴熬了三个通宵把没收地主富农的土地、房屋、粮食、牲畜、农具、家具、衣物和其他财产列榜向群众公布。两天的公示期过后，基本上没啥大的变动，银杏庄农会经历了一场公平公正和亲情友情的检验，到几个农会头头家里说事的人挤破了门槛。"坡呀，砚窝池那地一个月前我请了个看地仙儿看过了，是一处风水宝地，不但能发财，将来还人丁兴旺，你无论如何也得把这块地分给我。"说话的是白银坡的叔伯三叔。白顺发也拄着棍子笑着对大堆说："堆呀，恁发爷我也活不了几年了，孙起云家门廊的那棵大桑树够做个七寸头的上好棺材，你就说说分给俺吧。"民兵排长孙德杰和妇女主任快嘴嫂家里说事的也拧成了绳。就连农会主席白银坡的老父亲也把老拴叫到家说："恁银坡兄弟是死驴球别墙根——认死理，俺相中白跃鲤家怀着犊的畜白牝牛了，要不你站出来帮老叔说句话吧。"

农协会上，几个干部相互说了近两天遇到的棘手事。银坡笑着说："现在比一个多月前开会稀稀拉拉来几个人强多了，这说明群众消除了顾虑，真正动起来了。越是在这种时候，我们越要有一颗公平公正的心，不能让大伙儿失望。"老拴接着说："老百姓不担心分的东西多少，而是担心分配得公不公平。咱们当干部一阵子，但做人可是一辈子。"

农会干部统一了思想，坚定了为乡亲们秉公办事的决心。按中农不动、地主富农和贫雇农平均分配的原则，经群众会讨论自报、农会评议，抬出了合理分配的第三榜方案。分配方案一致通过后，先分房屋，然后分粮食、牲畜、农具、家具和衣物。银杏庄除有一户现役军属按政策需要给予特殊照顾外，其他户按规定进行了合理的分配。

紧接着把田地分为三等，全村抓了阄。银坡扛着五尺杆，德杰、大堆掂着长煞绳，快嘴嫂抎了一箩头削有光滑面的木橛子，老拴夹着算盘拿着账本，小雪梅帮爹爹端着墨汁快步向村外走去，后边跟了一大群挑着界石、掂着铁锹的乡亲。

这时候，不知是哪个有心人买了挂一万头的大鞭，站在大浪河大堤上"噼噼啪啪"地放了起来，嘴中像敲锣似的大声喊着："分地啰……分地啰……"河面上，岸边垂柳的倒影在一弯一曲地摆动着，像是一群喝多了的醉汉。

老拴家带上他二舅共六口人，除屋后的三亩老坟地外，另外又分了近十七亩地。不知是天意，还是冥冥之中自有定数，事情竟然那么巧合，有十二亩恰恰就在五年前被日本宪兵队讹诈卖掉的那一坂子地块上。

周玉珊帮着儿媳挖好坑、撒上白石灰、栽好界石，撩起衣襟包了一包黄土。她理了理满头银发，拧着小脚噜噜来到白大夯坟前，倒出衣襟里的土，坐在地上大放悲声。她一边哭一边说道："他爹呀！终于盼到这一天啦，咱被鳖孙们讹去的土地又回来了……这都是托了毛主席的福啊！"不远处帮着爹爹分地的雪梅低声说："爹，俺奶奶是不是疯啦？要不我去劝劝她？"老拴流着泪说："雪梅，你别去，就让恁奶奶把已经憋了四十多年的苦泪都哭出来吧。"

第二十六章

临河县到处是欢声笑语。银杏庄结束分地的第二天，周玉珊换了一身干净衣服，拧着小脚又进了一趟城。小雪梅在后边喊着："奶奶，您弄啥去哩？我陪您去吧？""不用，回去吧，俺请毛主席哩！"

周玉珊进了十几家商店、机关，说了几箩筐好话，也没请到毛主席、朱总司令的像。思忖了好一阵子，掉头向西街路北中共临河县委走去。那里原是大地主苗香亭的深宅大院，也是孟派的总部，过去多少人对这里望而却步，如今成了临河县的党政机关。周玉珊壮着胆子走了进去，一个年轻人跑过来笑着问道："老奶奶，您反映啥事？""不反映啥事，俺来请毛主席哩！"年轻人哈哈笑着说："毛主席在北京日理万机，你能请得来？""不是哩，俺翻身全靠共产党，是请毛主席、朱总司令的画像哩。"周玉珊红着脸补充了一句。

这时，一个三十多岁的干部风尘仆仆地走过来问了问情况，满脸和气地说道："苗秘书，土改后老百姓对毛主席感恩戴德，家家户户争着挂毛主席、朱总司令的肖像，你们抓紧时间跟有关单位联系，尽快满足群众的愿望。"又笑着对周玉珊说："大娘，您这么大年纪，进一趟城不容易。苗秘书你去把咱会议室挂的毛主席、朱总司令肖像取下来，先送给她老人家吧。"

不一会儿，苗秘书把卷好的两张肖像递给周玉珊，笑着说："老奶奶，您真有福气，刚才答应给您伟人像的是县委李音书记，是咱县最大的官。"周玉珊脱下上衣，把毛主席、朱总司令肖像虔诚地包好，望着县委书记远去的身影，眼眶中滚动着激动的泪花。

银杏庄听说周玉珊从城里请来了毛主席、朱总司令，挤破门子来一睹伟人的风采。随后不长时间里，家家户户把原来敬菩萨、供财神的地方都换成了领袖的肖像。

5月下旬，临河县人民政府颁发完最后一户土地证，延续了两千多年的封建剥削制度宣告结束，退出了历史舞台，农民真正成为土地的主人。古老的临河大地到处是欢声笑语，一派欣欣向荣的景象。

正当翻身后的人们铆足了劲儿发展生产、开创新生活的时候，6月25日，朝鲜内战爆发。一向野心勃勃的美帝国主义趁机打着联合国的旗号，悍然派兵侵入北朝鲜，把战火烧到了新中国的家门口，并且不顾中国政府的严正警告和抗议，把太平洋第七舰队开进台湾海峡，公然干涉新中国的内政。

为了保家卫国，10月19日，中国人民志愿军跨过鸭绿江赴朝参战。临河县和全国各地一样，掀起了声势浩大的抗美援朝运动。

这场运动充分体现了临河县翻身农民热爱新中国的拳拳之心。这一年临河县的公粮完成了上级下达任务的123%，总量达到5128万斤，全县捐款20亿元（人民币旧币）。仅捐款一项临河县就认购了一架战斗机，命名为"龙泉湖"号。此外临河县人民还捐献了大批物资，这些物资折款后足够装备两个团或购买三十门大炮。临河县出现了妻送夫、父母送儿子、兄弟争相参加志愿军的热潮。抗美援朝期间，报名参军的6583人中有1296名临河县子弟入朝作战。在临河大地上不论男女老少，到处传唱着："雄赳赳，气昂昂，跨过鸭绿江！保和平，卫祖国，就是保家乡。中国好儿女，齐心团结紧，抗美援朝，打败美国野心狼！"

就在志愿军入朝作战后的第九天早晨，张得田咧着大嘴，揣着红喜帖，担着礼物来到白家报喜。白老拴接了东西一看，担子一头是一坛老烧酒，另一头是二十多斤系着红绒线的猪肋条。他颤抖着声音，结结巴巴地连声喊着："快……快……快喊咱娘……雪筠生了……""是男孩还是女孩？"杨淑娴压抑不住心头的喜悦问了一句。"你来看看，他二哥担的礼物里，有一刀猪肋条，肯定是男孩呗。"

临河县风俗，生男孩报喜猪肉上系着红线，生女孩是一包红糖。割肉时得一刀割下，不能回刀，娘家人一见礼物，便知道生的是男孩还是女孩。

杨淑娴一听雪筠生了并且是个男孩，高兴得冲进周玉珊的卧室连声叫道："娘，你醒醒……你醒醒，雪筠生了个胖小子。"

周玉珊被儿媳从睡梦中摇醒，迷迷糊糊地睁开眼睛，说道："在梦里我正坐着牛车去看雪筠哩，眼看来到她家的大门外，我正想开口喊俺大孙女哩，听见你一声接一声地叫娘，我就醒了。你说啥？谁生了个小子？"杨淑娴咯咯笑着说："娘，是雪筠生了个大胖小子，你要当太姥了。"周玉珊一听孙女生了个男孩，腾的一下坐了起来，连声吩咐："淑娴，快去烧鸡蛋茶，给报喜的实实在在盛上一大碗，可别忘了放上红砂糖。另外，咱们每人也盛上四五个。""娘，你这一辈子一直是掰着手指头过日子，这回咋恁大方？"周玉珊笑着说："人抠唆得分啥事，娘这一辈子都盼个男孩，雪筠了却了娘的心愿，你说咱还在乎那几个鸡蛋？"

周玉珊麻利地穿好衣服，撩开门帘笑着对得田说："他二哥，雪筠和俺那重外孙好不？"张得田笑着回答："雪筠身体很好，昨天就下床了。我听俺娘说小家伙眼睛又黑又亮又有精神，小脸方方正正，前庭饱满，看那齐整的样子，将来一定有出息。"正在端茶的淑娴听罢，扑哧一声笑出了眼泪。

张得田喝着鸡蛋茶没忘了母亲交代的大事，说道："大叔，九月二十八那天的喜宴，您通知老亲旧眷、乡邻乡亲让他们都参加。咱们翻身了，要把这场喜宴办得风风光光。另外，这两天您抓紧时间给小家伙起个响亮的名字。"白老拴没等张得田话音落地，就笑着说："名字早想好啦，现在全国上下团结一心，轰轰烈烈抗美援朝，一定能打败美国侵略者，就叫援朝吧。"得田不住地点头，"好……好……好！这名字既响亮又表达了咱们翻身老百姓的心愿。"一家人开心地笑了，脸上的红晕就像东方刚飞出来的彩霞。

小援朝刚过满月，一场声势浩大的镇压反革命运动开始了。国民党败退台湾后，在大陆留下的一批特务、土匪恶霸、反动党团骨干、道会头子，他们不甘心失败，暗地里破坏公共设施，放火投毒，散布谣言，残害干部群众，煽动组织骚乱，攻击人民政府，妄图颠覆新生的人民政权。特别自朝鲜战争爆发后，他们认为，第三次世界大战即将爆发，蒋介石很快会反攻大陆，因此反革命气焰十分嚣张，仅临河县遭到伤害的干部群众就有五十多人。

鉴于这种形势，中共临河县委根据中共中央发出的《关于镇压反革命活动的指示》，认真贯彻"坦白从宽，抗拒从严""首恶者必办，胁从者不问，立功者受奖"的镇压与宽大相结合的政策，严厉惩办了一批血债累累、怙恶不悛的反革命首要分子。

雪筠回娘家挪"臊铺儿"的第二天，人们刚吃罢早饭，就听见银杏树上挂的车轮子"咣……咣……咣"地响了起来。响声过后，民兵排长孙德杰扯着嗓子喊："开大会去喽，城西关召开公审大会。男的女的，能走动的、会说话的都去开会喽。"听到喊声，人们叽叽喳喳地从屋里跑出来，不一会儿银杏庄民兵排扛着枪喊着口号，从老拴家东山墙外往北走。周玉珊正抱着小援朝念叨着"咯咯咯，天明了，一朵花开成了……"，这时白银坡气喘吁吁地一步跨进屋来，对周玉珊激动地说道："大夯婶，昨天我在区上听说侯旭高被公安局逮回来了。这龟孙罪大恶极，今天公审大会肯定要枪毙他，你们不去看看？"周玉珊一听说要公审侯旭高，不知是想哭还是想笑，对儿媳说："你在家陪雪筠照看小援朝，我们去看看这血鳌孙落的啥报应。"

霜菊、雪梅挽着奶奶，老拴在后边跟着，上了大路。初冬的早晨，一层薄雾在四野轻盈地飘荡着，路上拧成绳的人们欢笑着，锣鼓声、歌声和民兵的口号声交织在一片朦胧之中。当太阳露出笑脸时，那岚雾便像幕布一样徐徐地拉开了，临河大地上洋溢着改天换地的激情。

公审大会设在城西关回民村后的一大片空地上，老拴领着母亲、女儿进入人山人海的会场。高大的主席台上方，横幅上写着"临河县镇压反革命大会"，台子两边挂着"坚决镇压反革命""誓死捍卫新政权"的大字标语。上午十时许，随着主持人一声高喊，十七名被五花大绑、挂着纸牌子的反革命分子被全副武装的公安干警架上主席台，顿时激昂的口号声响彻会场上空。

白老拴踮起脚看到，第一名是组织"豫南反共军"的国民党潜伏特务兰付清；第二名是暗杀革命干部的地主徐自久；第三名就是欠了七条人命的日伪汉奸、国民党特务侯旭高。其余也都是恶贯满盈的现行反革命分子。周玉珊直了直佝偻的身子，急切地问："拴子，看没看见咱的仇人侯旭高？"老拴指着侯旭高，"娘，看见了，排在第三的就是这鳌孙。"霜菊、雪梅往上蹿了蹿，终因人多看不见而急得满头大汗。

原来自日本鬼子投降后，侯旭高又投靠了由皇协军摇身一变成为国民党新编第七十五师副师长的尚振华。临河县解放后，侯旭高看到大势已去，逃到福建永安化名高思玉，租了一间门面房，以开杂货铺为生，不久他就和国民党特务挂上了钩。朝鲜战争爆发后，他认为时机已到，就参加了"反共救国军"。之后侯旭高被当地公安机关抓获，临河县公安局派人把他押解回了原籍。

经过血泪控诉，十四名反革命分子分别被判处有期徒刑，兰、徐、侯三人被判决死刑，立即执行。插上亡命牌，他们被公安战士架下主席台，随着清脆的枪声，三名反革命分子倒在会场东边的污水坑边。

随后不久，临河县10个区173个乡的镇反运动进入高潮。牌坊张所在乡也镇压了两名反革命分子：一名是闫家湾的恶霸地主闫甫修。土改后闫甫修怀着无比的仇恨，多次纵火投毒，又到处制造谣言，后又组织"反共救国团"，反革命气焰极为嚣张。

另一名是仓里营的贾焕亭，他先是当过日本便衣队，后又投靠卢宏宇干上了伪县大队，所以参加农会、发放中苏友好纪念章这些当时被人们引以为荣的事都和他家沾不上边，他就怀恨在心。了解清楚农会主席睡觉的习惯位置后，三更时分，他掂了一把菜刀，拨开门，照着靠窗的床头砍了下去。幸亏农会主席命大，这晚他睡下后，心中烦躁就掉了个头，睡梦中农会主席惨叫了一声，贾焕亭心虚夺门而逃。农会主席两条小腿上留下了两处露着骨头的伤口。第二天，村上听说农会主席出事了，看望的群众络绎不绝，贾焕亭也装模作样地端着饭碗，八辈祖奶奶地咒骂凶手。但纸里终究包不住火，没到中午，公安局就破了案。不久，闫甫修、贾焕亭公审后被处决在洪滚河的河坡上。

第二十七章

　　走路呼呼生风的郭秀婵，仿佛一下子年轻了二十岁。

　　土改后，她家十口人分了二十五亩地，又分了一辆新牛车。老三得良卖掉那匹黄骡子买了一匹枣红母马，又帮前院春雨家把老黄犍换成一头年轻有力的畜白牤牛，配成了牌坊张村最棒的一犋牲口。铆足劲儿的一家人把地里收拾得土松苗壮，满地生金，这年秋二十五亩地的谷子、大豆、高粱、芝麻长得格外好，收获了将近二十石。

　　郭秀婵着看场里小山似的粮食堆，咧着嘴对儿媳说："我盼了几十年，咱终于有地了。可一下子打这么多粮食，咱往哪儿放哩？"得良笑了笑："娘，没粮你发愁，有粮你也愁，明天我去徐庄买他三十盘芡子，不就解决问题了。"雪筠接着说："依我说，咱留够吃的、用的，多卖些余粮支援抗美援朝。"郭秀婵接过雪筠抱着的小援朝，在小脸蛋上亲了又亲说："朝朝，看看奶奶没老就糊涂了，还是你妈开会多有见识，我咋就没想到哩！"

　　第二年夏季，依然是风调雨顺，张家又收获了十八石小麦。缴罢公粮卖了余粮，得良又牵回家一头三个月大的青牤牛犊。立罢秋，枣红马又下了一匹小马驹，张家那可真是人欢马叫，缸满囤流，呈现出翻身后的勃勃生机。

　　老二得田，虽然前年渡江战役没走成，心里有些怨恨妻子，但过了一段时间就渐渐忘到了脑后，每天依然风风火火地忙碌着区上的工作。

　　老大得窝在辛集开屠行，开始主要供应新亚烟厂。解放后社会稳定，老百姓的日子一天比一天好，得窝看到商机，就把屠行搬到了洪河镇。洪河镇是个古老的集镇，逢单日起集，方圆几十里的老百姓把洪河镇四条街塞得满满的，得窝的屠行自然生意十分火爆。散了集得窝总是大包小包的水果、点心往家里带，郭秀婵床头的体己包里总有吃不完的零嘴儿，经常挂在她嘴边的一句话是："如今这日子，人老几辈子做梦也没想到，比那皇上还舒坦。"

而让她最得意的是，每当走到街上，人们都用羡慕的口气和她打招呼："她麦场婶，恁真有福气，娶的三房媳妇个个像从画里走出来一样。你瞅瞅，你瞅瞅，论身材论长相甭说在咱牌坊张，就是在方圆几个村也挑不出几个来。""麦场嫂，你哪辈子修来的福，好媳妇咋都莛到恁家了，这么漂亮的媳妇要旺恁家三代哩。"郭秀婵听了心里像喝了蜜，嘿嘿地咧着嘴笑个不停，脸上的皱纹像晒干的红枣一样咧到了耳朵后。

大儿媳杏儿娘家是辛集村的，和雪筠一个属相，二十二岁。一张瓜子脸，睫毛长眼大，皮肤白嫩，端庄秀丽的容貌配上那苗条匀称的身材，像一枝亭亭玉立的荷花。她是新亚烟厂的工人，上下班都要经过张老大在烟厂门口旁边开的屠行。打第一天起，她就被张老大的浓眉大眼和强健身板勾走了魂儿，渐渐地，二人相互产生了爱情。当杏儿父母打听到张老大比自己闺女整整大了十一岁，坚决不同意这门婚事时，两颗滚烫的心已碰撞在一起，所有的语言都显得那么苍白无力。

二儿媳叫桃儿，年纪比两个妯娌大一岁。娘家是洪滚河西岸杨树沟的，和得田认识在一次剿匪反霸公审大会的会场上，英俊威武的武装队长一下子便俘虏了少女的芳心。桃儿身材高挑，弯弯的柳叶眉下忽闪着一双清澈明亮的大眼睛，不长不短黑油油的马尾辫甩在脑后，白皙的皮肤，尖尖的鼻子，嘴唇上的口红不浓不淡恰到好处。和得田结婚后她大部分时间住在洪河镇，一个爱打扮的洋气媳妇偶尔回一趟牌坊张，立即引来很多火辣辣的目光。

雪筠不但漂亮，又读了很多书，识文断字的人就是不一样，那走路，那说话，那轻盈的笑声无不彰显出与众不同的纤秀和文静。

如果说三个如花似玉的儿媳妇让郭秀婵走起路来扬眉吐气，那一个接一个的孙子、孙女更是让她显摆得像掉进了云彩眼儿里。

大儿媳杏儿解放后的第二年春嫁到张家，一年后生下一个重眼双皮胖乎乎的女婴。俗话说要亲还是隔代亲，更何况二十多年张家都没听到过小孩的笑声，收生的声远奶奶刚把婴儿包好，郭秀婵就接过来在孙女粉嘟嘟的小脸上吧唧吧唧地亲了起来。杏儿轻声笑着说："娘，刚生下来的小孩不干净，你就别亲啦。""谁说不干净，连牛马都知道舔犊哩，更何况是人，这是本性啊！"郭秀婵笑着嗔了一句。声远奶奶回讽道："孙子媳妇，你没看看恁婆子那没出息样儿，想小孩都快想疯了。麦场家的，还不快些给杏儿烧鸡蛋茶去。""看看我真是乐晕了，鸡蛋茶早就烧好在锅里煨着呢，我就去盛……就去盛……"郭秀婵转过身又丢下一串嘎嘎嘎的笑声。

安排好杏儿，她又呼呼生风地来到洪河镇政府，一进院子就大声地嚷道："得田，得田，你大嫂生了！"正在屋里说事的张得田走出来，一听大嫂生了，激动地问："娘，你是叫我买烟买酒哩吧？随后我买好送回去。""不是哩，区上识字人多，俺想让他们给咱家小妞妞起个名字。"得田拉着母亲进了屋，指着一个上衣口袋上别着钢笔、满脸文气的年轻干部，说道："娘，这是咱洪河镇的袁书记，装了一肚子墨水，让他给妞妞起个名字吧。"袁书记略加思考，带着征询的口气笑着说："大娘，祝贺您当了奶奶！现在全县正在开展剿匪反霸，保卫咱们的红色政权，叫保红咋样？""保红好……保红好，还是恁识字人起的名字又好听又有讲究。"郭秀婵一边咧着嘴一边把喜糖塞到几个人的手中。

小保红九天时大伙儿来吃喜面。张老大杀了一头肥猪，摆了二十桌酒席，牌坊张的老老少少都来了，甚至连柳河湾也来了不少人。几个老妯娌又用锅烟灰把郭秀婵的脸抹成了花狗屁股。

雪筠嫁到张家一年半后，生下了大孙子援朝，整个牌坊张村又是一场大喜庆；援朝刚刚满月，二媳妇桃儿生下二孙女继红；接着大媳妇杏儿又生了一个白胖小子，取名连朝。三年内张家一连娶了三房媳妇，生了两个孙女两个孙子，不要说在牌坊张，就是在方圆十几个村都成了人们羡慕的话题。

还有那土改分的肥田，膘肥体壮的牛马，缸满囤流的粮食，红红火火的生意，哪一样不美得像天上掉下来的馅饼？咬一口，哪怕是空气，郭秀婵都觉得比蜜还甜。

每天吃罢饭，郭秀婵最爱一只胳膊挎着一个孙子，找老妯娌们拉家常。七八个老妇女坐在一起就像一台戏，话轻话重都不往心里装。赖孩奶奶调侃道："麦场嫂子，六十多岁的人啦，还趔着腰抱两个孩子，哪来的驴势劲儿？"秀婵听罢咯咯地笑道:"人留后代草留根,自从抱上了孙子,俺的腰也不酸了,背也不疼了,你们说说这咋这么邪哩?""怪不得你走路都不知道该迈哪只脚了。"张玉媳妇抢白了一句。大眼娘又接着说:"恁的媳妇也真会生,一个孙女接着一个孙子,而且个个像画上画的,这叫啥?""这叫龙凤争着往她家飞呗。"地留妈讨好似的接了一句。声远奶奶一脸正经地说:"唉……唉,我说麦场家的,老大媳妇刚生了二胎,我看着老三媳妇的肚子又鼓了起来。你是不是许哩有啥彩,我可给你说,别催得太紧了,太紧孩儿生下来不硬扎。""哈哈哈……哈哈哈!"一群老太婆笑得眼泪、鼻涕糊在了一起。

雪筠、得良虽然结婚已经两年了,但仍像在度蜜月,一开口二人就是轻声细语,从没红过脸,拌过嘴,天天是出双入对。雪筠爱整洁,把家里打理得井井有条,洗过的衣服叠得整整齐齐,不重样的家常饭把得良吃得经常打着饱嗝。得良对雪筠更是呵护有加,他不但勤快眼里有活,而且肯动脑子。像锄地的重活,他套上马,摘下犁面,让雪筠牵着牲口,不到半天能锄五六亩地,然后让雪筠回家喂马、奶孩子,他掮起锄头,一口气把子垄里的草锄得干干净净,从不攀扯雪筠和嫂嫂。三下五除二忙完了自家的活儿后,雪筠牵着牲口,得良驮着小援朝,就来到银杏庄帮忙。老拴夫妇望着地里绿油油的庄稼,把女婿当成了心肝宝贝。

美好的日子对得良来说没有忙闲。挂了锄钩,正是洪滚河河坡里水足草肥的季节,大捆大捆的青草把牛马喂得像泥捏的一般。种罢麦,他与别人合伙从武汉买回一台脚蹬式轧花机。翻身后的农民在解决了吃饭问题后又兴起了种棉热,每天来轧花的人排成了长队。虽然轧花不要钱,但每天能落下五六百斤棉籽,干了一冬除收回成本外,每人又分了一万多斤棉籽。棉籽不但可以轧油,棉籽饼还是好肥料。另外碾碎炒熟的棉籽,是喂牲口的好饲料。得良的精打细算赢得乡亲们的一片赞扬。第二年春,张得良组织成立了仓里营乡第一个生产互助组,互助组吸纳了五家没牲口、少劳力的农户。

雪筠更是让乡亲们高看一眼。春节到了,过了初一,雪筠笑着对婆婆说:"娘,我想到城东庙后陈瞧瞧俺舅。"郭秀婵连声说:"该去、该去!亲戚越走越亲。你等等,我叫得良套上车陪你一起去。""不用了,我大脚板子当天去当天就回来了。"雪筠给小援朝喂了奶,把他递给婆婆,提了礼物一阵风似的向舅舅家走去。

几个舅舅、妗子一见外甥女来了，上前拉住她的手问长问短，说不尽的亲情话。吃罢午饭，雪筠笑着对杨老大说："大舅，今年您外甥女婿撇了三亩棉花地，俺家没一个人种过棉花，我想请……"没等雪筠说完，杨老大从墙上取下一棵棉花标本比画着，从种到出苗管理，以及怎样抹裤腿、打疯枝、留果枝、治虫给雪筠讲得明明白白。末了又交代道："棉花管理的最大巧处是打头，打头过早过晚都会影响产量。我教给你一个要领：凹打早，凸打迟，平顶打头正当时。"雪筠听得着了迷。杨老大又接着说："也算雪筠你有福气。去年我一个在农学院当教授的同学给我寄来几斤棉种，我种了一亩收了二百多斤籽棉，比别人多了一倍还多。你把棉种带回去，有啥问题捎个信我就去。"说罢又递给雪筠一本他自己编写的种棉技术手册，雪筠激动得连声道谢。

过罢清明，得良从龙泉湖水库工地请了两天假，往地里运足了肥料。精耕细耙后，按着雪筠的指挥，几个人把浸泡得露了芽的棉籽种在了地里。棉苗出土后，经过一家人的精心管理，秋后三亩地收获了将近二百斤皮棉。白雪筠成了十里八村的名人。婆媳几个起五更打黄昏织了几经布，又换了几床三表新的被子，从头到脚把一家人扎裹得焕然一新。此时，叔伯孙子春雨升任仓里营乡的团委书记，春雨媳妇又生了个胖嘟嘟的女娃，当了老太奶的郭秀婵嘴咧得像八月炸开的石榴。

唯一让她不如意的是，女婿家在土改中被划成了地主。原来，日本投降那年，山根的大姐，也就是新亚烟厂创始人张月自作主张给弟弟买了二十多亩地，结果让三代赤贫、揣着地契还没暖热的山根划成了地主成分。山根觉得实在丢人，就带着家小去了湖北。

经历了苦辣酸甜的郭秀婵是心里藏得住事儿的女人。女儿女婿走的那天，她揉了揉眼，一直站到看不见他们的身影才转回身。

第二十八章

"咣，咣，咣……"天刚擦黑，忙碌了一天的人们碗里饭还没扒拉完，从村东头小学传来了拖着余音的钟声。紧接着，听到声远扯着喉咙喊："老少爷们听着，凡是睁着眼不认识自己名字的年轻人，今黑儿都到村东头小学去上夜校。"这时候榔头妈从屋里走出来，笑着骂道："孩儿他舅，你可省哩让大家消停一会儿。我不去，你还能把我的蛋咬了？""你今黑儿要敢不去，别想让村里给你和富祥哥开结婚登记介绍信。"一句话噎得榔头妈没了下音。声远说罢又急匆匆地赶到柳河湾、温家寨、槐树庄通知去了。

大嫂杏儿丢下碗急忙喂了孩子奶，对婆婆说："娘，我想让老三家陪我一块上夜校，中不？""去吧，去吧，我听声远说夜校不光教你们认字，还读朝鲜战场胜利的消息哩，还要学习啥法？"郭秀婵说不圆圈，望了一眼雪筠，雪筠笑了笑："娘，是婚姻法。""对！对！对！是婚姻法。恁看看这新名词我背得好好的，一到嘴边就忘了。"

牌坊张小学设在一个宽敞的四合院里，是土改时没收地主的房子，办学时间只有一年多。五间堂屋是瓦房，东、西、南屋都是瓦接檐草房，共有十七间房子，房子后边是打麦场改建的操场。四个年级有七八十名学生。三个老师，两个是县上派来的，一个是温家寨的温绍峰。绍峰家过去是佃农，种了地主家五十多亩地，绍峰的父母勒紧裤腰带把儿子供到高小毕业。他不但是老师还是校长，后来在春雨调到乡里以后，他兼任了牌坊张村的农会副主席。

雪筠和嫂嫂进了屋子，三间教室里已坐了三四十个人。妯娌俩就挨着榔头妈坐了下来。此时通知了一圈人的声远气喘吁吁地跑进屋来，一见榔头妈就笑着说："书祥嫂，你不是不来吗？""你那话比皇帝圣旨都厉害，不来会中？我的亲兄弟，刚才是和你闹着玩哩，村里的事哪回俺不是跑哩像小妖？听你的话，今儿上午俺俩去了一趟城里的芝麻棵，芝麻棵的同志可亲热啦，说只要村里开个证明信，就给俺俩办证。"椰头妈的嘴就像萝卜擦子，一下子就蹦出一大溜来。

　　一屋子人听了她含混不清漏洞百出的一席话，一下子愣怔住了。过了一会儿，杏儿笑着问："家里恁大地方，恁俩随便风流，还用跑到外边的芝麻棵里？"这时温绍峰笑得上气不接下气，说道："书祥嫂子，错了！错了！那不叫芝麻棵，那叫司法科。"一屋子人顿时笑得趴在了泥坯、秫秆垒的简易课桌上。那时候管登记、离婚和调解民事纠纷的地方叫司法科。

　　椰头的父亲叫书祥。椰头一岁多时，书祥被抓了壮丁，一同被抓的还有他的叔伯大哥富祥。书祥走后，撇下母亲、妻子、幼子艰难度日，再没了音信。富祥所在的国民党部队在淮海战役中投诚，富祥随解放军打过了长江。1950年，五十出头的他作为解放军的老兵复员回到了家乡，政府给了他一些复员费和两千斤小米。此时富祥离家已经十三年了，父母、大哥相继去世，没办法他只好和椰头家生活在一起。椰头爹走时，椰头妈二十来岁，现在也刚刚三十出头，正是如狼似虎的年龄。家里没有男人，一切事都得让她一个弱女子苦苦支撑着，受了委屈连个哭诉的人都没有。自从富祥回来后，家里地里都有富祥顶着，椰头妈感到了十多年来从未有过的轻松和开心。而女人的柔情、可口的饭菜、整洁的衣服、入心的话语也让富祥体会到了家的温馨。渐渐地，二人四目相对时便有了脸红的尴尬。

　　去年夏天，椰头和奶奶上他老舅爷家走亲戚去了。中午富祥扛着锄头回到家，推开门猛然看见椰头妈披着一件薄薄的淡红色衬衫，正从卧室里扣着扣子走出来，富祥看到了弟媳那足可以淹死男人的乳沟。椰头妈猛然抬起头，见大伯哥被炎热蒸腾得黑红黑红的脸庞上挂着灿烂的笑容，丰满的胸脯像故意挑逗人似的抖动着。她细眯着眼睛，顽皮地盯着富祥满是深情的眸子。富祥头脑一热，笨拙地上前紧紧攥住了她的双峰，椰头妈嘻嘻地笑着，红着脸趁机在大伯哥的下身搂了一把。一个色心大起，一个久旱逢雨，于是二人就搂抱滚成一团。有了第一次的擦枪走火，二人便欲罢不能。积存多年的干柴如同遇着了烈火，越烧越旺。

　　但凡是有了这种好事的女人都写到了脸上，椰头妈一改往日的憔悴，变得红光满面，银铃般的成串子笑声引起了人们的猜测。一天夜里，大眼、地留几个民兵把光着身子的二人摁在了床上，并喊来了管治安的民兵队长声远。

　　按照临河县的老风俗，死了丈夫嫁给小叔子那叫"错一榫"，这是伦理道德所允许的。如果大伯哥和弟媳发生了这种事则类似扒灰，是伤风败俗的丑事。一旦被捉奸在床，轻者二人被族家痛打一顿，重者女的要被族家卖掉，甚至处死。声远来到后，先让二人穿上了衣服，然后厉声叱责几个民兵道："你们几个净是胡球怼！刚刚颁布的《婚姻法》明文规定，只有直系血亲和三代以内的旁系血亲不准结婚。他们既不是直系也不是旁系，是可以结婚的。你们这不是吃饱撑的吗？坏人家的好事不说，还净给村里扒豁子。"几个捉奸的民兵面面相觑，灰头土脸连个屁也放不出来了。随后声远又严肃地说："你们两个没领结婚证就骨碌到了一起，这也是违法的。再大的邪火也要咬住牙忍一忍，等领了证再泄也不迟。"声远又扭头对正要溜走的民兵说："今晚上的事谁敢说出去，看我不撤了你们的职。"

　　大眼他们走后，榔头妈红着脸问道："兄弟，俺到哪儿去领证啊？"

　　"鼻子底下长的啥？你们不会到县上问问？"

　　所以这才闹出榔头妈与大伯子哥到"芝麻棵"的大笑话。

　　人们捂着肚子笑了好大一阵子之后，温绍峰一脸正经地说："大家静一静，根据村里的安排，今晚咱牌坊张的夜校算正式开学了。除认字外，还要读报纸学习政策，破陋习树新风，尤其是学习宣传《婚姻法》。另外，咱村要成立秧歌队，我们要扭出咱翻身农民的风采，唱出咱当家做主人的喜悦。还有一件事，往后上夜校的人越来越多，学校缺少老师，大家推荐推荐看谁最合适？"温绍峰话音刚落地，声远就说："我推荐雪筠嫂子，她不但识字还会唱歌唱戏。"一屋子人拍起巴掌来。兴奋的人们一直到老鳖灯里的煤油都熬干了，才叽叽喳喳地从学校走出来。

　　夜校开办以来，参加的人越来越多，把四间教室塞得满满的。读了三年半书的白雪筠做梦也没想到自己竟然当了老师。天一黑，人们丢下碗顾不上擦嘴就往学校跑，就连福运太爷也拄了一根拐棍来了。声远笑着说："爷，这都是年轻人的事，你来凑啥热闹？""亏你还是干部哩，这学习的事还分老少？再说啦，知道政策，爷爷我永远不会糊涂。"福运太爷抢白了孙子一顿，赢得了一阵叫好声。琅琅的读书声和着"嘿啦啦啦啦嘿啦啦啦……天空出彩霞呀，地上开红花呀，中朝人民力量大，打败了美国兵呀……"的响亮歌声回荡在牌坊张的夜空里。

牌坊张自从办起了夜校，又成立了生产互助组，人们的精神面貌焕然一新。村中央坑边的大柳树下，成了人们端着碗传播信息和议论国家大事的"金銮殿"。

赖孩爷吸溜着粉浆面条说："这真是一朝天子一朝民，过去吸大烟杀哩剐哩都戒不了，现在是雪花落到水塘里，不声不响就没了影儿。"

大眼接着说："赖孩叔，不光是吸大烟吧？这偷倭瓜、扒红薯、翻瞎话、赌博、虐待老人、打骂媳妇的事，哪一样你还听说过？"

领了结婚证的榔头妈挺着个大肚子，接上话茬："那坏事没影儿了，这好事可是排着队。我算了算，今年咱村翻修房子的有十五六家，能娶回来十二房新媳妇，还有八个婆娘要生小孩，还有……"

没等榔头妈说完，声远哧哧地笑道："孩他姨不对吧？你扳住脚指头算算，你咋少说一个哩？"

"咋不对？我都算过八遍了。"

"你咋没把自己算上哩？你不是人是个狗？"声远话音落地，一阵哄笑把榔头妈羞了个大红脸。榔头妈高挑个儿，五官匀称，白白净净的，是个标准的美人。自从领了结婚证，她心中那块坏搬没了，越发显得年轻漂亮。她一说话就笑，好像笑是她说话的标点符号，引得这些男人们借机逗趣、打诨。

秧歌队排练了一个多月，扭得还真像模像样。精心挑选的四十个秧歌队队员，都是长得俊、身材好的大闺女小媳妇，雪筠、杏儿也在其中。化了妆，穿着花花绿绿的衣服，腰间系着一丈多长红绸子，扭起来活像一群翩翩起舞的仙女。温绍峰又把槐树庄的狮子大汉社、温家寨的高跷队和四个村的四套铜器集中起来，组成了大浪河以南最强阵容的秧歌队。秧歌队伴随着欢快的鼓点，扭出了翻身农民心中盛不下的喜悦，在全县秧歌比赛中更是让牌坊张出尽了风头。这不，五一劳动节他们还要到龙泉湖水库工地慰问演出呢！

说起修水库，雪筠头一回知道了一团和气的得良还会发脾气。两个月前夜里的一次群众会上，当春雨念完参加修水库民工的名单时，得良腾地站了起来，涨红着脸嚷道："春雨，土改斗地主你想起恁三叔了，好好的烟厂工作我辞了，回来后哪次运动我不跑在前头，这回不要我了？"声远连忙解释道："得良哥，你冤枉春雨了。我想着大哥、二哥都不在家，一大摊子事没个男子会中？就把你的名字拉掉了。你先回去吧，等我们想想办法再通知你。"得良心有不甘地出了会场，回到家站在院子一蹦多高地喊起来。这时母亲、雪筠失急慌忙地跑出来。雪筠笑着说："咦，看看你那红眼牛样儿，我都不敢劝你了！"郭秀婵语重心长地说："春雨肯定有他的难处。你当叔哩，处处事事都该护着他。"得良怒气未消，说道："娘，我知道，要是沾光的事我不会给他找麻烦，可这回修水库是义务工，是不拿一分钱的。你们说我该不该争？"那时候像参加农会、支前、当民兵、出义务工这一类的荣誉事，纯朴厚道的农民把它视为有面子，而且把这面子看得比天都大。

　　散会后，戳了马蜂窝的春雨、声远大步流星地来到乡里。乡长笑着说："你俩来得真巧，今天乡里开会决定，春雨调到乡里担任团委书记，声远接替春雨任牌坊张村的农会主席，声远的民兵排长由柳河湾的刘拐担任。考虑到声远的文化水平有限，提拔小学校长温绍峰为农会副主席。你们没啥意见吧？"二人齐声说道："没意见！坚决服从乡里的决定。"乡长又接着问："这么晚了，你们跑到乡里一定有啥事吧？"春雨苦笑着说："乡里给俺村分的民工名额少了，很多人都争着去。尤其是俺三叔，当着众人的面把我骂了个下不来台。"乡长笑了笑说："各村都是这种情况。像你三叔这样苦大仇深的翻身农民，在新社会才有了做人的尊严。他们争先恐后地参加国家建设而不计报酬，是发自内心的热爱党和政府。我们要尽量照顾这些人的积极性。同时，为了支持声远的工作，你们通知他明天随乡里先行人员，到水库工地做些搭工棚、盘锅灶、浇白灰、分工段的前期准备工作吧。"

　　二人笑着出了乡政府。回村后春雨直接来到得良家的窗户下，轻声喊道："三叔，你醒醒，乡里让你明天一早到水库工地打前站哩。"还在气头上的得良一听，一骨碌从床上坐起来，惊喜地笑着说："春雨，你等等，我给你开门，进来坐会儿。""不啦，瞌睡得眼皮直打架，我得抓紧时间回去眯瞪一会儿。"

春雨走后，得良、雪筠没了睡意。窗户纸在他们温情蜜意的悄悄话中，一点一点地发白了。

第二十九章

张得良随乡里打前站的人员提前来到了龙泉湖水库工地。这里是临河县南部山区，东西相望的二郎山、云磨顶，与南北雄伟对峙的盘古山、马鞍山形成了四面合围的天然屏障，中间是一个五十多平方公里的盆地，也是淮河上游最大的暴雨中心。每逢雨季，灯台架、五峰山的滚滚洪流挟带着大量泥沙、卵石冲向宽广的河滩，所以老百姓就把这里叫作石漫滩。

张得良小时候在东边不远的谢古洞村当了八九年羊倌，捂上眼睛也能指出这里的每一个地方。

沿乱石滩两岸坐落着甘棠寨、老盘、张庄、冯庄、袁庄，马庄、杨庄等十几个村庄。甘棠寨是清朝同治年间修成的圩寨，寨西门外有一座高三丈五尺、直径二丈四尺，于西汉末年修建的六角亭子。历史上临河县长期隶属于南阳府，这座亭子是专为迎接上级官员而修建的，所以叫"接官亭"。唐朝开元四年开始在接官亭设立驿站，民国二十年政府又在这里设立甘棠乡，甘棠寨一度成为临河县四大名镇之一。

抗日战争期间，石漫滩以南是抗日根据地，新四军及其他抗日队伍在这里同日寇进行过无数次的战斗。他们以河滩为屏障，用鲜血和生命保卫了这片热土。

得良来到水库工地七八天后，由临河、昆阳、郾城三县的四万两千多名民工也浩浩荡荡开进乱石滩，拉开了新中国治淮的序幕。1951年4月1日，三县民工团分别召开了誓师大会。会上临河县田县长讲道："去年夏初，淮河流域连降暴雨，江河溃溢，洪水肆虐，许多村庄被毁，大批群众流离失所，党中央、毛主席心急如焚，派农工党中央副主席彭泽民等领导于6月12日视察了这里。当他看到这片宽敞的盆地上被群山环抱，下被两山扼守时，兴奋地说：'这是个好地方。回京后，我一定向党中央汇报，在这里修建一座大型水库，不仅可蓄水防洪，还可以发电，灌溉农田。'回到北京，彭泽民立即向党中央、国务院汇报了淮河流域的灾情，并提交了修建新中国第一座大型水库的提案。周恩来总理将几处视察淮河水灾的情况汇总后上报毛主席，毛主席看到报告后寝食不安，热泪盈眶，挥笔写下了'一定要把淮河修好'八个大字。"田县长讲到这里，台下两万多临河县民工个个眼含热泪，群情激扬，齐声高呼："共产党万岁！毛主席万岁！一定要把淮河修好！"

一阵响彻云霄的口号声过后，田县长又接着讲："随后毛主席派水利部部长傅作义将军会同有关专家再次到这里视察，并登上二郎山山顶选定水库的坝址。等水库建成后，从马鞍山到大浪河将要变成鱼米之乡。"田县长清了清嗓子，对台下热血沸腾的民工继续说道："同志们，按照工程设计和党中央国务院的要求，水库工期计划八个月，到阳历年年底完成。这座水库是新中国建立后的第一座水库，凝聚了党中央、毛主席对人民群众的无限深情，我们一定要赶在国庆节之前圆满完成任务，向新中国两岁生日献上一份厚礼。大家有没有决心？"台下又是一阵响彻云霄的口号声。

不到一个小时的誓师大会结束后，四万多民工扛着铁锹，抬着大筐，架起石夯，按照分好的工段争先恐后地干了起来。

仓里营乡的工段在五百米坝基靠南的位置，正是河流的中心。翻滚的河水把倒进去的几百筐泥土瞬间冲得踪影全无，几次尝试均告失败。头一天下来效果不大，急红了眼的乡长连夜召开"诸葛亮会"。有人说："前几天刚下了一场雨，河水太大，停几天等河水落了咱们再干。"牌坊张村新上任的民兵排长刘拐腾地站起来嚷道："你说的那是个球，咱能管住老天爷吗？往后要是再下雨呢？"这时一个在外见过大世面的民工说道："乡长，你能不能跟县上说说，给咱调两部大卡车？"乡长听罢苦笑着说："县上不要说大卡车，就是小车也没有，连县委书记、县长到许昌、郑州开会都要骑着骡子先到漯河再换乘火车哩。"那时候工作虽然忙，临河县委、县政府的交通工具却只有一匹骡子和几辆破自行车。

乡长看了看"吧嗒吧嗒"吸着旱烟的得良，笑着问："得良哥，你对这里比较熟悉，我想听听你的意见。"得良磕了磕烟灰，答道："我正在琢磨这事呢。听说这个地方有个水桶般粗的泉眼叫'青龙眼'，要想截流成功，必须先堵住'青龙眼'，只是我不清楚'青龙眼'的具体位置。这样吧，我今晚在我们住的村找一个熟悉情况的人，你跟区长说说让全区的民工支援咱们一下。"当晚得良在李庄村找了一名七十多岁的老汉，乡长又向区长做了汇报。第二天上午，几十名水性好的壮汉分别抱着二百多斤滚圆的河卵石，在老汉的指挥下堵住了"青龙眼"。

紧接着上千筐泥土顷刻之间被倒入激流中，大坝合龙成功！工地上响起了一片欢呼声。

刚刚翻了身的农民，把满腔的喜悦化成了冲天的干劲，红旗招展的水库工地上到处是争先夺魁的呼喊声，装着一二百斤泥土的大筐两个人抬起来健步如飞，两万多只抬筐穿梭般地上上下下。人与人、村与村、乡与乡之间的比赛成了人们修好水库的不竭动力。上千盘石夯的夯歌声响彻云天，千余斤重的石磙用四根茶缸粗的长木棍摞成的大夯，十二个人举起来能飞过人的头顶，在夯歌的引领下，边舞边举边唱然后重重落地，翻身农民把对党和政府的深情和对甜蜜生活的满足编进了夯歌里。

这盘夯唱道："翻身掌政权哪，嗨哟个揗（抬起来的意思）！老百姓笑开颜哪，嗨哟个揗！治淮除水患哪，嗨哟个揗！来到了石漫滩哪，嗨哟个揗！石漫滩好风光哟，嗨哟个揗！山青天更蓝哪，嗨哟个揗……"

那盘夯唱道："志愿军气昂昂哟，嗨哟个揗！跨过鸭绿江哟，嗨哟个揗！抗美来援朝哟，嗨哟个揗！就是保家乡哟，嗨哟个揗！咱们齐声喊哪，嗨哟个揗！活捉李承晚（韩国总统）哪，嗨哟个揗！夯歌响入云哪，嗨哟个揗！吓坏了杜鲁门（美国总统）哪，嗨哟个揗……"

这时候，一个穿着上红下绿衣服、两条又黑又亮的大辫子甩在身后的年轻媳妇，担着茶水袅袅婷婷地向坝上走来。喊夯歌的突发灵感，随口唱道："咱哩夯歌唱的好哟，嗨哟个揗！那边过来个小大嫂哟，嗨哟个揗！大嫂长哩美哟，嗨哟个揗！嫩得能掐出水哟，嗨哟个揗！"送茶的妇女听罢倒竖柳眉骂了起来："揗恁姐姐，揗恁妹子去吧！"在临河县的方言中，揗也是"收拾""弄"的意思。一阵清脆的骂声让这些像叫驴杆一般的民工笑得捂着肚子趴在地上。

暖洋洋的春光里，花儿竞相怒放，黄的像金，白的像银，粉的像霞，连绵翠绿的群山上映山红开得像一团团的火焰,随着大坝一天天的增高,民工们的干劲越来越足。

开国第一坝牵动着各级领导的心,以邵力子为团长的中央慰问团来了,河南省省长也带着省直机关的慰问团来了。尤其是临河县的机关、学校一拨又一拨地来到工地慰问并参加水库大会战。

"五一"这天,水库指挥部命令民工休息一天,和各地来的慰问团一同联欢庆祝国际劳动节。在温绍峰的带领下,牌坊张的秧歌队一早来到仓里营民工驻地李庄村,村里的群众和民工把秧歌队围在村中央的空地上,四套铜器一齐响起来。随着铿锵的鼓点,秧歌队、高跷队、狮子大汉尽情地舞了起来,一边舞一边在乐队的伴奏下唱了几段大调曲子。这时领工的刘拐大声说道:"让得良婶唱一段好不好?"在热烈的掌声中,上身穿了一件碎花粉红布衫、腰里系着红绸带显得更加大方俊俏的白雪筠,唱了一段前几天由温绍峰改写的戏词:"清凌凌的水来,蓝莹莹的天,妻子我,妻子我慰问到南山。奴相公到工地,来参加大会战呀!他说是呀,他说是早完工早把家还。前晌我也等啊,后晌我也盼,站也站不定,坐也坐不安,同着俺众姊妹来到了石漫滩,盼望着我的那个他呀,早点把家回还……"

雪筠唱罢,人群中发出一阵啧啧声:"这是谁家的媳妇?长得这么俊,声音脆得比那百灵鸟还好听。"站在边上一直目不转睛望着妻子的得良听了心里比那猫娃舔着还舒坦。这时大眼把得良从人群中拽出来说:"得良哥,你看看俺雪筠嫂不经打扮,越打扮越让人眼气。"得良红着脸说:"生过小孩的婆娘,有啥好看的。"说着就往外走,地留挡住说:"不行,你都来一个多月了,难道不想俺嫂子,亲个嘴再走。""对对,亲一个!"众人笑着起哄。得良说:"亲嘴是被窝里的事,这大白天怪难为情的。""你们被窝里亲嘴我们能看见?""对对,不亲别想走!"其实得良思念雪筠的心快要蹦出来了,忸怩了一阵子借坡下驴"吧唧"一声狠狠地在雪筠脸蛋儿上亲了一口。一阵暖暖的电流从二人心中掠过,人群中哄然大笑,得良、雪筠脸上泛起了红彤彤的彩霞。

过了一会儿,农会副主席温绍峰对民工们讲了一排子激动人心的话。大意是:民工在水库工地流汗出力,家里的一切事情村上都会安排好照顾好,请大家放心；另外，麦收前村里要派第二梯队来轮换一部人回去收麦；等等。

三个多小时的联欢慰问后，在刘拐的带领下，秧歌队又来到大坝上参观。得良牵着雪筠的手登上大坝，雪筠放眼看着这两山之间隆起的宽广大坝，动情地小声说："良哥，你们用抬筐抬出来一座大坝辛苦啦。但这辛苦值得，等援朝长大了，他会永远记住这一代人，永远会为他的父亲而自豪！"此时温绍峰吹响了回返的集合哨子，得良望着雪筠远去的身影，依依不舍地扭回了头。

热火朝天的工地上，民工们不断挖出铁渣、焦化土以及大量熔铁块、陶范、石范、耐火材料。一天休息时，恰好国家水利部的一个专家到仓里营乡检查工程质量，得良几个人拿着挖出来的东西围住专家刨根问底地问起来。专家笑着说："自从我来了以后，发现这里有很多地名都带着龙字，并且每天有很多人像你们一样追问我。随后我查阅了大量的资料，又咨询了有关方面的专家，现在我把答案告诉你们。"

专家指了指大坝两端的山头，兴奋地说道："在一次剧烈的地壳运动中，二郎山、鳌山滚落下来的泥土石块，把盆地的出口堵了个严严实实，从此这里形成了一个很大的堰塞湖，堰塞坝南端山腰有一天然石洞叫龙洞，可自然排水。湖北岸公龙、母龙两座山头入水嬉戏，湖西岸云磨顶山下有一古老村落叫龙泉村，龙泉村有四处水桶粗的山泉长年翻滚，于是人们就把这湖叫作龙泉湖。在湖的北岸有一座北魏孝文帝时期建的寺院叫龙泉寺，龙泉寺迄今有一千多年的历史。它面对碧波浩瀚的龙泉湖，背靠诸峰连绵、重岩叠翠、气势巍峨的马鞍山，院中古木参天，香烟缭绕，禅声悠扬，香火十分旺盛，至今那里还叫寺坡。

"公元前350年，位于黄河腹地的七雄之一韩国打败了楚国，这里成为韩国的版图，黄淮流域唯有这里埋着大量铁矿且品位很高，韩昭侯就派人在龙泉湖西岸的龙泉村冶铁铸剑。用龙泉水淬火制成的宝剑刀薄锋利，削铁如泥，韩昭侯大喜过望，于是更大规模的铸剑大军在龙泉湖畔安营扎寨，这里就成为韩国的军工基地。天下名剑出龙泉，当时十大名剑有六种就产自龙泉湖畔。

"聪明的冶铁者在铸剑的同时，又研制出了铁镰、铁斧、铁犁铧等很多劳动工具。世界上的农耕文明始于中国，而中国的农耕文明始于黄淮流域，所以这里是世界上冶铁农耕文明的发源地。"

专家又动情地说道："这里山清水秀，又有丰富的铁矿石，说不定若干年后，这里会崛起一座新兴的工业城市。"

听罢专家一席话，民工们更加热血沸腾。7月6日，水库工程提前完工，预计八个月的工期仅仅用了三个月，一座坝长500米、坝高108米的大型水库向新中国两岁生日献上了一份厚礼，史称"开国第一坝"。龙泉湖恢复了它古老的名字，翻身农民凭着一颗火热的心创造了世界水利史上的一项奇迹。

第 三 十 章

　　生活不像大马路平坦开阔，没有沟沟坎坎。桃儿和得田新婚不到两个月，遇上县领导动员得田参加渡江战役，由于桃儿的大哭大闹，满怀信心参加渡江战役的张得田，觉得在领导面前抬不起头来，一气之下住到区上半个多月没有回家。得田走后，一向性格开朗、爱说爱笑的桃儿整天黑丧着脸，那样子好像谁欠了她二斗黑豆钱。夜深人静，桃儿躺在被窝里，心里就像塞进去一把猪鬃，她多么希望能一头钻到丈夫的怀里去啊！正在新婚中爱得死去活来的桃儿耐不住寂寞孤单的煎熬，不时从房间里传出嘤嘤的哭泣声。

　　几天后，实在听不下去的郭秀婵，早晨起来走进桃儿房间说道："桃儿，有啥大不了的事情，不就是拌了几句嘴吗？这深更半夜的哭哭啼啼不怕人家笑话？"躺在被窝里揉着眼的桃儿说道："娘，你那天没听见得田临走时撂下的那句话吗？这都半个多月了，他连家的门边都没踩一下，他可是变心了不要我了。"说罢双手捂着脸又号啕起来。

　　女人最懂女人。郭秀婵想想新婚不久的媳妇独守空房也怪可怜，就同情地说："得田那天说的是气话，有我哩他敢不要你？快起来吧，吃罢饭娘陪着你找他去。"

　　桃儿一听婆婆要为她撑腰，一骨碌下了床，洗罢脸对着镜子精心打扮起来。郭秀婵做好饭，连催了两遍，桃儿才从房间袅袅婷婷地走了出来。只见她一条松绿色裤子板板正正地垂在蓝布绣花鞋上，臀部微微翘起，一件粉红色的上衣得体地把不胖不瘦的腰肢卡住，衬托出她的丰满和线条优美。眉是画了的，唇是涂了的，脸上又精心匀了一层不浓不淡的粉，嘴角上挂着笑，走路都带着能撩拨男人春心的妩媚。

吃罢早饭，二人匆匆走进区政府大院，刚好碰见得田的通信员小杨。小杨喊道："张队长，大娘和嫂子来看你来了！"正在和区长说话的得田从屋里走出来，看见母亲领着打扮得像花儿似的妻子来了，多日窝在心里的怨气顿时跑得精光，笑着连忙把二人领进自己的办公室。一所明三暗五大瓦房的东跨耳是得田的办公室兼卧室，中间是临时仓库，堆放着没收土匪恶霸地主的一些贵重物品，西头跨耳是区中队的武器弹药库，一个小院倒也清静。

坐下后，郭秀婵劈头盖脸地骂了起来："得田，你现在可出息了，半个多月连照面都没打，是不是想当陈世美哩？"得田红着脸解释说："娘，借给我个胆我也不敢。是区上的事情太忙，没时间回去。""你把我当三岁小孩哩，别说你们刚结婚，就是桃儿没嫁过来时你也没隔过这么长时间不回家。桃儿已经知道自己错了，俗话说夫妻没有隔夜仇，生气能当饭吃？再说啦，桃儿不让你参加渡江战役，还不是因为你们刚结婚，不舍得让你走嘛。"

郭秀婵说罢，桃儿也不顾婆婆在跟前，一头扑进得田的怀里，一边哭一边嗲摆起来。郭秀婵一见，站起来忍住笑说："让桃儿在这儿住上几天，家里忙，我回去了。"话没说完，她起身一阵风似的走出了院子。

桃儿心里像燃着一团火。婆婆前脚刚走，她便麻利地闩好门，拉着得田就上了床……扑腾了好大一阵子，她把腿缠在得田的腿上嘤嘤地哭着说："自从我第一眼看见你，你就把我的魂勾走了，能嫁给你是我八辈子修来的福，我不想让俺心上人离开我半步。难道你不懂我的心，还和我怄气？你走后这半个月，我每天晚上躺在床上，一闭上眼就想到你的样子，想着我们爱不够的时光，那些小虫子就涌上来了，而且专门找关键的部位来折磨人。这些天我可真知道了受煎熬的滋味。"五尺汉子最难对付的是女人的眼泪，桃儿柔情、娇媚地一哭，张得田就坐不住马鞍桥了。

一夜没消停的桃儿，第二天起来就呕吐不止，一天来吃啥吐啥，而且连胃液都吐出来了。头一次经历这种事的得田慌了，连忙请来了街上的老中医。老中医号了号脉又问了桃儿的经期，笑着说："夫人有喜了，不过像她这样的妊娠反应很少见，古医书上叫'下床害'，不必惊慌，过些日子就好了。"

一听桃儿有喜了，得田顿时喜上眉梢，随口说道："这里吃啥都方便，你就在这里住上一段时间吧，我也好照顾你。"得田的话正中桃儿下怀。这一住下来，直到生产前的一个月她才回到牌坊张。满月后不到十天，桃儿就抱着小继红又住到了区上，在区里生活了八九个月的她再也不愿回乡下了。

桃儿是个爱张扬的女人，本来长得就漂亮，又天天搽胭脂抹粉，恨不得屁股蛋上都擦上雪花膏。那光鲜靓丽，不要说男人，就连妇女也爱多看她几眼。加上她性格开朗，爱开玩笑，渐渐地，区上干部和全区一二十个乡的乡村干部，甚至街上的男男女女见了面都讨好地和她打招呼。她也从这些人的话语中悟出了丈夫手中权力的分量。一来二去，那些八竿子都打不着的老亲旧眷暗地里托她替那些土改对象讲情。收了人家钱财，桃儿就背着丈夫给一些区乡干部打招呼，造成了洪河镇土改工作不彻底的局面。郭秀婵看着桃儿穿金戴银越来越时髦的样子，就对得田说："儿啊，你问问桃儿整天浓妆艳抹的，哪里来的钱？俗话说，人狂没好事，狗狂挨砖头。你可得防着点！"得田多次追问，桃儿都用谎言搪塞了过去。

1953年元宵节那天，随着两声清脆的枪响，天津市委书记刘青山、专员张子善结束了罪恶的生命，新中国拉开了铁腕治贪的序幕。这一年8月，临河县掀起了"三反"运动的高潮。张得田痛哭流涕地检讨了纵容妻子贪污受贿三百万元（人民币旧币）的事实，从枪林弹雨中走过来的张得田被一个女人葬送了政治生命，两人四年的婚姻也走到了尽头。丢了官职的张得田无颜面对家乡父老，八个多月后和鸡山东坡死了丈夫的仅二十八岁的王朵儿组成新的家庭。桃儿带着继红嫁到了外地。张老大的屠行也实行了公私合营，随后张家三兄弟就分了家，郭秀婵跟了老三得良。

这年的农历六月二十九，恰逢立秋。二十一岁的白霜菊欢天喜地地做了新娘，婆家是银杏庄西边九里营的柳家，离银杏庄七八里路。柳家是地地道道的庄户人家，老弟兄俩靠租种别人家的土地为生，那年路光宇的土匪队伍往西南山溃逃时，一个军需官慌忙钻进柳家换便服，被柳家兄弟活活勒死，劫了一袋子白花花的银圆。柳家用这笔钱置了三四十亩地，重新盖了房子，又更换了牛犋车辆，靠外财一夜之间成了暴发户。

二十多年后柳家被划成了富农，但柳家的三小子柳青云也就是霜菊的丈夫却上了高中。这个学校是临河县唯一的高级中学，一年只招收四五十名学生，所以能上高中就和过去中了秀才差不多。柳青云倒是长得白白净净，大众化的五官，鼻梁上架了一副近视眼镜，人才虽说一般，但响当当的高中生招牌却迷住了漂亮、温柔、亭亭玉立的白霜菊和一辈子爱才的白老拴夫妇。柳青云到白家相亲那天走后，周玉珊说了自己的看法："这孩子人才还说得过去，但嘴甜得让我感觉有些靠不住，你说哩雪梅？"已经长成大姑娘的雪梅笑了笑，说道："爹、娘，你们看俺奶老了一点也不糊涂，还会把难题推给我哩！我直说了吧，二姐你不要迷恋柳青云是个高中生，你是找男人，找一辈子对你不变心的男人。"霜菊听罢红着脸说："雪梅，我知道你和奶奶的话都是对我好，但咱也不能说人家学历高将来有出息了就一定会变心吧？"

自从春天媒人介绍霜菊和柳青云第一次见面后，几乎每个星期天霜菊都会在大浪河的桥头上等着从学校回九里营的柳青云。此时二人已爱得死去活来，八匹马也拉不开他们的恋情了。周玉珊从霜菊红晕飞扬的脸上已知道了一切，所以没说过多的话。刚解放时学校不干涉学生结婚，所以结婚后的柳青云继续上学。

霜菊出嫁后一个月，七十六岁的周玉珊头天晚上还好好的，第二天喊她吃早饭时她已在睡梦中走了。也许是经历了一辈子苦难的她，终于遇上了清明盛世，过了几年开心的日子，她走得很安详，泛着红晕的脸上没有一点痛苦。出殡那天，银杏庄的乡亲们来了，白家的老亲旧眷也全来了，人们为失去这样一位在七灾八难面前仍然挺着腰杆的坚强女性而扼腕流泪。白老拴忍受不了母亲的辞世，哭着说："娘啊！你为这个家付出了全部心血，这新生活刚刚开始，我们还没来得及尽孝，你咋说走就走了啊……"

转眼又是中秋。一大早，得良驮着小援朝，牵着牲口，来到银杏庄帮岳父家种麦子。杨淑娴上去一把接过小援朝，在小脸蛋上使劲亲着，说："小朝朝胖了，想姥姥没有？""想了！想了！""哪儿想了？""嘴上想了！"杨淑娴听罢小援朝似是而非的回答，嘎嘎地大笑起来。得良问道："娘，俺爹和雪梅哩？""昨天你大堆哥帮咱送了一天粪，他们一早下地撒粪去了。"淑娴说罢又问道："雪筠咋样？""雪筠没事，要不是笨着身子她也来了。"

原来小援朝一岁半时，雪筠又生了个女孩叫春红，春红一岁时患了蛾子（扁桃腺炎)。那时缺医少药,牌坊张治疗小孩蛾子多是在石牌坊前磕过头后,从石狮子头上刮下来一些青石面再配上薄荷、冰片,然后用纸筒吹到小孩的喉头上。几天后小春红烧得像火炭,连奶水都咽不进去了。得良找来老中医看了看春红已经化脓的喉咙,摇摇头走了,当天夜里小春红窒息而亡。过去婴儿因得风症、出糠疮、长蛾子死的很多,人们也就习以为常了。死也不叫死,叫扔了、擎了或喂狗了。雪筠看着牙牙学语长得像瓷娃娃的女儿没了,害了一场病。

进了屋,淑娴从箔篓上取下一大串活蚂蚱和大肚油子,递给小援朝说:"这是姥姥和小姨前天割豆子时逮的,一会儿给你炒炒吃。你先玩会儿,我给你爹拌碗柿面。"不一会儿,淑娴端着一碗用红溜溜的烘柿拌的柿面递给得良,然后转身给小援朝炒蚂蚱、油子去了。

这柿面是用熟柿子切碎后掺着粮食壳在碾上反复碾轧、晒干后再掺少许杂粮炒熟后磨成的,制成的柿面备着来年度春荒或外出时当干粮。白老拴家有一棵石磙粗的大柿树,每到秋天果实累累,年年都要做些柿面。自从土改后,家里的粮食多了,做柿面不再用粮食壳,全部用五谷杂粮,所以淑娴用烘柿拌的柿面格外好吃。杨淑娴端着炒得油漉漉的蚂蚱、油子出来,得良已把一大碗柿面吃得干干净净,打着饱嗝儿用手擦了擦嘴。

两天后种完麦子得良回到家,感觉到肚里有些撑胀也没在意。为照顾妊娠中的妻子,得良把自己的病忘到了脑后。

种罢麦,得良又随治淮大军来到澧河北岸泥河洼泄洪区筑防洪堤。泥河洼处在沙、澧两河中间,南北各宽三十多里,海拔高度只有六十七米,是临河县最低洼的一处盆地。紧靠盆地西部边缘的是八千年前淮河上游地区先民生活过的贾湖遗址。

这年气候反常,进入农历九月,天上如决了口子般,大雨狂泻不止,大浪翻滚的沙、澧二河数处决堤。为确保两岸及淮河下游人民群众的生命财产安全,沙、澧二河泄洪闸同时放水,泥河洼泄洪区一片汪洋。泄洪区内几十个村庄的护庄堤上,治淮民工和群众日夜奋战,谱写出水涨堤高、誓与大堤共存亡的治淮史诗。在一个风雨交加的夜里,张得良因病重体力不支倒在了抗洪大堤上。声远把他从大堤上背下来,大声哭喊着:"都怨我呀,我怕像上次修水库不让你去戳了你的马蜂窝,你有病咋不告诉我呀……"醒过来的得良忍着痛苦笑道:"声远,我不碍事,可能是这几天在大雨中泡的,过两天就好了。"其实他因阵阵肝痛,头上黄豆大的汗珠吧嗒吧嗒不住地往下掉。第二天,张声远派了两个民工强行把得良送回了家。

得良有病的消息牵动着人们的心,区乡干部来了,几个村的乡亲们也来了。白老拴三天两头提着大包小包的中草药来给爱婿治病。得良装出笑隐瞒着自己的病情,他拖着瘦弱的身体依然忙个不停。半月后的农历九月二十九,一个男婴又来到张家,夫妻给小儿子取名治淮。得良抱着小治淮亲了又亲,酸楚的泪水滴在儿子的小脸上,苦命的小治淮哇的一声哭了起来。

小治淮出生不到十天,争强好胜的张得良病倒在床上再也起不来了。白雪筠为给丈夫治病,几乎请遍了大浪河以南的名医,得出的结论是他得了"气鼓病",无论怎样调方,得良的病情仍不见好转。有人说了一个偏方:把活的癞蛤蟆在新瓦上焙干,然后捣碎用黄酒冲服可治气鼓。雪筠叹了一口气,无奈地说:"这冰天雪地的上哪儿去找癞蛤蟆呀!""三婶你别发愁,只要是有名字的东西,我一定能给俺三叔找到。"春雨说罢出门到几个村上喊了一群年轻人,翻遍了十里八村的红薯窖,天擦黑时,柳河湾的刘拐披着一身雪推开了得良家的门,从怀里掏出用破布包着的一只大癞蛤蟆,上气不接下气地说:"找到了……找到了……"偏方用了,神汉的破法也用了,得良的病情却一天天地加重,一拨又一拨踏着雪来看望得良的乡亲们搓着手唉声叹气。佝偻着身子拄着棍子的福运太爷进了屋,含着泪说道:"咱牌坊张不能没得良,如果家里缺钱,我让他们一家一家地对,明天就抬着得良上城里大医院。"雪筠听罢哭着说:"爷,这雪下得沟满河平连个路影儿都没有,咱咋好张口央人哩?""孙子媳妇,你别担心,一切有爷爷我哩。"

农历十一月十九,踏着没膝的积雪,三十几个小伙轮换抬着得良进了临河县东关的县医院。可那时医院医疗条件极其简陋,不要说透视的设备,就连床位也没有。几个医生会诊后确定得良为肝炎后期,开了一些简单的消炎药。随后乡亲们把得良安置在了牛市口他大姨家。半个月后,医生婉转地告诉雪筠,让她准备丈夫的后事,得良回到家十多天后就撒手人寰。张家的幸福生活遇上了急流险滩。

第三十一章

　　三十二岁的张得良英年早逝，让牌坊张村笼罩在一片悲伤的气氛中。第三天晚上打攘时辰过后，声远、春雨、大眼几个壮小伙把钩担、铁锨、锄头隔墙撂进院子里。一帮族亲簇拥着婆媳二人进了屋子，放在门后的钧瓷大缸像被人有意扳倒滚在了屋中央，郭秀婵一见哇的一声又哭了起来，边哭边嚷道："儿啊，娘知道你走得不放心，挂牵俺孤寡老小啊……阎王爷你咋不睁睁眼啊……"郭秀婵的哀号声就如催泪剂洒在人们酸楚的心上，顿时屋内外响起一片痛哭声。

　　雪筠担心婆婆哭坏了身子，强忍着泪，嘶哑着喉咙劝道："娘，你都哭了三天三夜了，要是哭出个好歹来，让我可咋活呀！"一屋子人都听得出，雪筠虽在极度悲痛中却方寸未乱，便一下子止住了哭声。雪筠又斩钉截铁地接着说："得良，你若在天有灵，你听着，今晚同着族家这么多人，我再说一遍，一是俺今生今世不会嫁第二个丈夫；二是我一定把援朝、治淮两个儿子抚养成人！"一帮族亲听罢雪筠掷地有声的一番话，忍着泪渐渐散去。

　　庄稼人的想象力远远超过了艺术家。几天后，方圆十里八村传遍了张得良撇不下老娘、妻子和幼子，夜夜显灵，鸡叫前才哭着离开家的传闻。故事在口耳相传中不断丰满，说得有鼻子有眼儿，越传越玄乎。这个春节，牌坊张几个村子都没有听到锣鼓铜器声，一些胆小的人家还在门头上插了辟邪的桃树枝。

　　自打那年雪筠、得良在城里交支前物资第一次邂逅，两颗火热滚烫的心就连在了一起；天遂人愿的婚姻更是让二人对未来美好生活充满了无限的憧憬。新婚之夜，得良流着幸福的热泪说："雪筠，我做梦也没想到今生能娶到你这么漂亮、温柔又有学问的妻子。那一年，我大睁着两眼把自己送到县上当了壮丁，这不识字的苦头我一辈子也忘不了。往后你教我认字中不？"雪筠柔情地说："良哥,能嫁你这个如意郎君白雪筠今生知足了。我保证每天让你学会三个字,像你这聪明勤奋样儿,不出两年你就能读信、记账。可是咱先说好,你要是热一阵儿冷一阵儿,可别怪我用小擀杖敲你哩头。""你会舍得?"得良哧哧笑着把雪筠紧紧地揽在了怀里。

随后的日子里,小夫妻出双入对,无论上地干活、下河洗衣,雪筠都会利用一切机会教丈夫认识山川河流、日月星辰、牛马猪羊、五谷杂粮等简单的文字。得良学得一丝不苟,就连烧火做饭,还不忘在锅台脸儿上写写画画。一年后,得良居然能结结巴巴地读下来妹妹可心从湖北寄来的家信。趁婆婆不注意,雪筠兴奋地在得良额头上啵地狠狠亲了一口。

恩恩爱爱连脸都没红过的小夫妻,肩并肩一同把辛勤的汗水洒在希望的田野上,幸福的新生活让他们经常在梦里笑出声来。好日子真是一顺百顺,连送子娘娘也会揣摩人的心事,先后把白白胖胖的小援朝、小治淮送到张家。刚刚翻了身的张家人财两旺、如沐春风,可怎么也没想到,横祸接踵而至,击碎了全家人的美梦。

丈夫生病后,雪筠隐隐约约感到自己瘦弱的肩头上有一种难以承受的无形压力。她不顾产后身体的虚弱,四处为得良求医抓药,在冰天雪地里不知跌了多少跤、流了多少泪。由于吃不好饭又过度劳累,奶水严重不足。看着病床上的丈夫,听着小儿子饥饿的哭声,雪筠的心在滴血。

得良抬到城里的第五天,一夜未合眼的雪筠早早起来做好了饭。她喊醒大姨,用身体支撑着丈夫,二人劝着得良强喝了半碗粥。雪筠自己匆忙扒拉了几口饭,又给小治淮喂了奶,然后说道:"大姨,钱不多了,我去银杏庄问爹爹要些钱,也顺便看看小援朝。""雪筠,这天还没亮哩,下这么大的雪,你能找着路?"大姨心疼地问了一句。"大姨,不碍事,这条路我走了不知多少遍,哪里洼哪里高我清清楚楚,闭着眼也走不错。"哽咽着说不出话的得良从喉咙里发出一阵嘶哑的吱溜声,背过脸去,大把大把的泪水从他那深陷的眼窝里滚落下来。雪筠一边擦着丈夫的眼泪,一边心疼地说:"我最见不得你流泪,你一哭我的心都碎了。我早去早回,你们放心好了。"

推开门,一阵夹着雪花的冷风吹来,雪筠胃里一阵痉挛。她用手使劲按了一下, 咬着牙迈开步子朝银杏庄走去。她深一脚浅一脚地来到大浪河石桥北头, 此时天刚放亮, 雾蒙蒙的宽广河面上结着一层薄冰, 河中央流动的活水呜咽着, 仿佛伤心的哭泣声。因接连不断的雨雪, 大石桥的桥面上漫溢着没膝的河水。雪筠脱掉鞋袜, 挽起裤腿, 强忍着在刺骨的冰水中走了两三丈远, 双腿渐渐失去知觉, 一个趔趄差点儿摔倒在河里。她慢慢退回岸上, 望着依稀可辨的娘家放声哭了起来。

银杏庄的吃水井就在大浪河紧靠大堤下的河滩上, 这时白银坡挑着两只大木桶到井上担水。料峭的寒风送过来河对岸一个妇女断断续续的哭声, 他仔细听听, 觉得像是雪筠, 扔下水桶踏着雪来到桥南头。一看果真是她, 就吃惊地问: "雪筠, 这么大雪, 你咋起得这么早? 莫非……"没等银坡说完, 雪筠哽咽着说: "叔, 我过不去河。你快回去喊俺爹娘, 记着一定带上援朝, 我有话对他们说。"白银坡听罢掉转身, 急忙向村里跑去。

不一会儿, 老拴背着小援朝, 后边跟着淑娴、雪梅和一群乡亲来到桥头, 援朝远远看见沧桑得像老太婆的妈妈, 哇的一声哭了起来。顿时, 一阵悲凄的哭声回荡在大浪河阴冷的上空。大堆流着泪说: "妹子, 你等等, 哥回去喊几个人摽个筏把你接过来。"雪筠摆了摆手说: "大堆哥别费事啦, 你良弟和你小外甥还在地铺上躺着, 我得赶紧回去照顾他们。"接着又向老拴和乡亲们哭诉了得良病重的消息。白老拴流着泪说: "雪筠, 缺钱不? 只要有一线希望, 咱无论花多少钱, 也要把得良的病治好。""爹, 钱不多啦……"不等雪筠说完, 白老拴打断说: "闺女不怕, 我回去准备准备, 明儿一早央人给你送去。"雪筠听了点了点头。又疼爱地望了儿子一眼, 说道: "朝朝, 要听姥爷、姥姥的话, 天好了我再来接你。"小援朝懂事地点了点头。雪筠说罢急匆匆地向城里走去。此时停了不到半个时辰的雪花又纷纷扬扬地飘了起来。

后来, 丈夫的病情一天比一天严重, 雪筠心中的痛也在一天天加重, 尽管她和亲人们百般努力, 最终也没能挽留住丈夫的性命……得良走后她像害了一场大病, 精神几乎崩溃了。她白天不得不装出让人看了都心碎的笑容来安慰年迈的婆婆; 而到了夜深人静, 她闻着被子和枕头上丈夫留下的气味, 眼中的泪就像拧开的水龙头哗哗地往下淌。

过罢双"五七"的这天夜里，雪筠先哄睡了援朝和治淮，然后扑通一声跪在婆婆面前，边哭边说："娘啊，你受了大半辈子苦，共产党来了才过上了好日子。本来我和得良计划着再盖三间房子，把这老房子留给大哥二哥，咱们一同搬出去，我们好好孝顺你安度晚年，谁承想好端端的一个家竟成了这个样子。两个孩子太小，我不想拖累你，想带他们两个回俺娘家，等援朝、治淮长大了，我们再回来。"郭秀婵听罢儿媳一番话，心酸得张着嘴说不出话来，婆媳俩抱头哭作一团。停了一阵子，郭秀婵止住哭声，用袖子擦着雪筠的泪，说："你爹你娘也都是五十多岁的人啦，咱不能给他们添累赘。现在是新社会，娘是明白人，往后遇上合适的头儿，你就……"没等婆婆说完，白雪筠哭得差点背过去气。郭秀婵把雪筠紧紧揽在怀里，哽咽着说："我苦命的孩子呀，踮起脚尖就能够着天，只是苦了你了！"随后她哆嗦着从床头翻出用白洋布手巾包得经经样样的一沓钱说："雪筠，这是我这几年攒的体己，有三十多万（人民币旧币）。本来想等着援朝上学了给他打书钱哩，现在交给你，也算是我当奶奶的一点心意。"二人推让了一阵子，雪筠只好接过发烫的一沓钱，哭着说："娘，我替援朝收下了。圈里还有一两千斤粮食留给你，如果吃不完可卖些钱。另外还有安好的一经布也没咋动，还有我的一床被子都给你留下来。""几张嘴光吃人家的那会中？""娘，没事。俺舅爷、俺奶奶都走了，霜菊也出门了。他姥姥家人少地多，啥都不缺。"细心孝顺的白雪筠妥当地处理好了最后一场婆媳关系。

　　接下来的几天里，雪筠抱着治淮扯着援朝挨家挨户地向乡亲们辞行，并一一答谢丈夫生病期间他们给予的关心和帮助。懂事的小援朝配合妈妈上演了一出牌坊张村有史以来最催人泪下的人间真情。每到一家，随着母子"扑通""扑通"的跪地声，人人脸上都挂着泪珠。村上人都知道雪筠铁心抚孤的铮铮誓言，没有更好的言语来安慰这样一位只有二十六岁的坚强女性，只能期盼着她们母子早一天重返家园。

　　下了一冬的雪，来年的春天来得早些。过罢正月十五，暖洋洋的反常天气，温度要比往年高出几度。

　　离三月还差十来天，院落里的杏花、梨花和村头的桃花相继提前绽放。但这鬼天气却孕育了一场寒流，寒流带来了一场冻雨，虽然冻雨下了不到一夜，但树上、田野里都结了一层薄冰。冰融化之后，树上所有的花都被冻落了，地上一层层的花瓣被人踩在泥里，看了叫人心疼。

寒流过后的第二天，雪筠做好早饭，从热被窝里叫起小援朝，帮他穿好衣服，洗罢脸，就吩咐说："朝朝，快喊奶奶吃饭。""奶奶……奶奶吃饭哩。"随着小援朝接连几遍稚嫩的喊声，从郭秀婵的房间里传出来一阵阵缓不过气来的啜泣声。雪筠连忙进去扶起婆婆，但见哭湿的枕头像从水里捞出来一样，婆婆两眼肿得如同五月熟透的桃子。雪筠忍着泪强笑着说："娘，不是说好今儿咱都不哭吗？我还指望你给我树乾坤哩。"郭秀婵听着这话比刀戳在心窝里还难受，但想了想苦命的儿媳够作难了，不能再往她的伤口上撒盐了，就咕咚一声咽了口流到嘴里的苦泪，咧了咧嘴角，说道："咱都不哭！走！吃饭去。"

吃罢饭，屋子里又聚满了乡亲。满头白发的福运太爷颤抖着双手说道："孙子媳妇，让俺再亲亲俺哩重孙子，也不知往后还……"他把到嘴边的伤感话咽了回去，接过小治淮，叭地在小脸蛋上亲了起来，一滴热泪落到小治淮的嘴里，小治淮咯咯地笑了。人们依次亲了治淮亲援朝。赖孩奶奶拉过小援朝亲了一阵子，为打破悲凄的氛围，逗着说："朝朝，你姥姥会学驴叫唤，你学学她咋叫哩？""姥姥会唱灰喜鹊尾巴长，她不会学驴叫唤，奶奶你会！"一屋子人带着泪花笑了，但这笑声让人听了更加难受。

白雪筠望了望她生活了五年多的家，深情地说："爷爷、娘、乡亲们，时候不早啦，俺走吧？"福运太爷、婆婆、赖孩奶奶几个上岁数的老人坚持为雪筠母子送行，雪筠摆着手说："话都说了几火车了，刚开化路上有泥，你们要是再送我，不是让俺心里更添堵吗？"郭秀婵不舍地望了儿媳一眼，说了一句："好，咱都不送了。回去代我问候你爹娘。"说罢扭过脸又抹起了眼泪。

大伯背着小援朝，大嫂杏儿抱着小治淮，雪筠挎着一个小布兜，一步三回头地走出了院子。

几天前，白老拴算了算得良已过双"五七"，就和大堆、雪梅赶着牛车来接雪筠母子，装上了女儿的嫁妆和一些家常用品。雪筠流着泪对白老拴说："爹，我在这里生活了五年多，有很多丢不下的亲情。另外，得良这场病，乡亲们跑前跑后，没少泼烦他们，这几天我都要和他们见见面，辞个行。今儿个你们先回去，到时候就不要再来接俺了。"白老拴听罢女儿明事理的一番话，就和大堆、雪梅赶着车走了。

白雪筠走到街上，看见乡亲们齐刷刷地站了一街两行为她们孤儿寡母送行，她含着泪一一打着招呼。人们心照不宣地把悲痛压在了心底。

来到石牌坊前，雪筠喊了一句："大家停一停，我拜拜老祖宗再走。"说罢扑通一声跪在泥地上叩了三个头，动情地说："老祖宗，我说过的话绝不食言，到时候，我会把两个儿子完好无损地送回咱牌坊张！"众人含着泪搀起了雪筠。

这时候地留妈跑了过来，一把抓住雪筠的手，哽咽着说："雪筠，婶儿舍不得你走啊！你这一走我再有难处找谁去呀！"此时白雪筠再也抑制不住满眶的泪水，哭着说："婶，我上恁家去了三趟，你走亲戚都没回来。有空我会回来看你的。"雪筠一哭，一街送行的乡亲也哭了起来。

地留爹叫刺闹，脾气烈，好骂人。那一年在柳林铺给鬼子修炮楼，日头都大倒西了，鬼子还不让苦力们吃饭，地留爹忍不住骂了几句。这时过来两个日本鬼子用枪托狠狠地在他身上捣了起来，从此地留爹成了瘫痪。大大小小四五个孩子张着嘴要吃饭，几亩薄地庄稼长得就像小秃的头发，所以他们家是吃了上顿没下顿。雪筠来时，一家人穿得破破烂烂，是牌坊张最穷的一户。土改后，地留家虽然分了十来亩地，但缺少劳力、牲口和农具，生活依然很困难。后来地留家加入了得良的互助组，雪筠聪慧勤快，和丈夫一样都是热心肠，除帮助他们家种好地外，有空还时常帮助地留妈做针线，地留家的日子才慢慢好起来。再后来雪筠又央着四姑父刘发给地留说了一个不咋精的媳妇，不久地留妈抱上了胖孙子。所以她待雪筠比亲闺女还亲。

地留妈不住声地哭着说："雪筠，你一走我的心都跟你去了。你一定要回来呀！"雪筠抹着泪说："婶儿，您回去吧，我一定会回来的。"又从杏儿怀中接过小治淮说："大嫂你也回去吧，有空多陪陪咱娘！她一时半会儿过不了这个坎儿，千万别让她憋出病来。"大伯放下小援朝亲了一口，背过脸嘴唇抖得说不出话来。雪筠狠了狠心，一手抱着治淮，一手扯着援朝，踏上了刚开化的泥泞路。

村头大槐村上一群红眼大麻斑鸠"孤孤——苦！孤孤——苦！"一声接一声凄凉地叫着。

第三十二章

　　就在女儿隔着河哭诉了得良病重消息的那天夜里，到四更才混沌入睡的白老拴闭上眼做了一个梦。梦里他拿着一根长竹竿，竹竿上摽着钩子，正在白家老坟的大杨树上往下扳干柴。这时两个留着木梳背儿头、穿着红肚兜，胖乎乎惹人喜爱的小男孩从大杨树上走下来，两个小孩儿跑过来一个抱着他一条腿，笑吟吟地连声喊爷爷。一辈子盼儿子的白老拴喜欢得合不拢嘴，一手扯着一个往家里走。进村时从路旁蹿出两只大黄狗突然扑向孩子，白老拴一惊便从梦中醒来。从不迷信的他暗暗想道：自己没儿子不可能再有孙子，莫非得良的病情无望，上苍托付我抚养两个小外孙？白老拴惊得满头大汗，连忙推醒老伴，说了梦中的场景和自己的见解。淑娴说道："人家都说梦是反的，得良年纪轻轻不会有事的。"

　　十几天后，当他和雪梅踏着雪送小援朝回家，听了病入膏肓爱婿托孤的一番话，他不得不相信这梦和现实竟是那样的契合。就是凭着这个梦，白老拴毅然挑起了抚养孤寡的千斤重担，一挑就是二十多年。

　　得良殡后的第二天，他和几个族亲就赶到了牌坊张。当听了雪筠抚孤守节的坚定信念后，白老拴把两个小外孙紧紧揽在怀里，流着泪对雪筠说："我苦命的妮儿啊，无论再大的艰难困苦爹爹都和你一起扛。这俩孩子就是我的命根儿。"在场的人无不为白老拴的一腔大爱而动容。随后他和雪梅轮换着三天两头地往张家跑，生怕大女儿承受不了，有个啥好歹。

　　寒流过后，吃罢早饭，白老拴猜想着今天女儿一定会抱着外孙回来，就说道："雪梅，我估摸着今天你大姐要回来，这路上滑不出溜的，咱去接接他娘仁。""爹，你不说我也会接俺大姐的，你没看看我油鞋都换好了。"白老拴又扭头对淑娴说："她娘，你去喊喊西院银坡，把咱家打鸣的老公鸡杀了，另外再包些素馅饺子。可别忘了再给小援朝煮上几个鸡蛋。还有你泪窝浅,雪筠回来了,你可不能再哭。"淑娴催促着说:"知道了,你们快走吧!再怄肉(拖延的意思)会儿雪筠就到家了。"

白雪筠抱着治淮,后边跟着援朝,踏上了通往银杏庄的乡间小道。她抬眼望着熟悉的村庄、田野,回忆起和丈夫手拉手在这条路上留下的无数恩爱缠绵,一阵悲伤涌上心头,热泪止不住从面颊上滚落下来。她是一个坚强的女人,坚强的女人有时做出的事会让很多男子都汗颜。随即她用袖子在脸上狠狠地抹了一把,心里想道,往后到了娘家要把这万般的悲痛咽到肚里,绝不能再给二老增加痛苦,就连忙喊道:"朝朝快走,姥爷、姥姥煮好鸡蛋等着咱哩。""妈妈,我走不动了。"雪筠扭头看了看撇了两三丈远的儿子,因不会拣路走,脚上的泥坨已把小油鞋吸在黏糊糊的胶泥里拔不出来了。雪筠走过去从泥里拽出儿子,帮他刮了刮鞋上的泥。又走了十多丈,拖不动两脚泥坨的小援朝眼里噙着泪说:"妈妈,我真是走不动了。"雪筠重新抠掉儿子脚上的大泥坨,把挎在自己肩上的小布兜取下来拴在儿子背上,蹲下身子说道:"朝朝,你搂紧我的脖子,妈妈背你走。"就这样背一个抱一个走走停停,停停走走。柔弱疲惫的白雪筠喘着粗气,脸上豆粒大的汗珠不住地往下滚落。那令人心酸的一幕,成了援朝一生都抹不去的记忆。

在泥泞中艰难行走的白雪筠好不容易过了大柳树村。趴在母亲背上的小援朝喜出望外地叫道:"妈妈,快看!姥爷和俺小姨接咱来了。"雪筠放下援朝,抬头看到匆匆赶来的爹爹和小妹,揉了揉含泪的眼睛。不一会儿二人来到面前,雪梅看了看满身泥巴的大姐和外甥,心疼地说:"姐,恁那近门也没送送你们?""不光是近门,村上很多人都要送俺娘仨,是俺让他们都回去了。"

说着话,雪梅从大姐怀中接过小治淮,白老拴亲了亲小援朝,把外孙举过头顶驮在脖子上。几个人边走边刮着脚上的泥坨,接近中午时才走进家里。

此时屋子里已挤满了银杏庄的乡亲,男人们都找些轻松的话题和雪筠拉家常;女人们争相亲着援朝、治淮,故意又说又笑。人们用强装出来的笑容演绎着一场人间真情。小治淮没满月得良就病倒在了床上,银杏庄的乡亲还是头一回见这个小孩,所以格外亲。前院合群家亲了好大一阵子不舍得放手,笑着对雪筠说:"妹子,咦,俺这小外甥鼻子、嘴、小脸儿咋长得这么周正,尤其是这一双骨碌碌的大眼真像个小皮狐。"狗剩媳妇接过来端详了一阵子，说道："怹瞧这娃长得多排场，咋看都看不够。就是瘦了些，雪筠你是不是奶不够吃？可别委屈俺这小外孙，明天我让你叔下河逮几条火头（黑鱼的俗称），炖豆腐鱼汤一吃奶水就足了。"雪筠听罢强忍着泪水笑着说："我一回来，咱银杏庄的亲情满得让俺心里装不下，往后拖累大家的时候还多着呢，我先谢谢你们了。"

这时淑娴把三个熟鸡蛋塞到小援朝手里，懂事的小援朝把鸡蛋又分别塞到银坡、狗剩媳妇、合群家手里，童声童气地说："姥爷、姥姥、妗妗你们吃。"几个人比画着"嗷"了一口，又偷偷递给淑娴，淑娴又塞给小援朝，就这样三个鸡蛋让了一圈。一屋子人啧啧称赞道："雪筠，这孩子还不到五岁就这么懂事，将来一定有出息。"雪筠看着儿子那与其年龄不相符的举动，堆积在脸上几个月的愁云散了。她有些酸涩地笑了，一屋子乡亲们也都笑了，但这笑声让人觉得心里生疼生疼的。

白雪筠回到银杏庄后，每天夜里一入梦都会见到自己的丈夫。丈夫像是刚从地里回来，身上还带着汗水和泥土的气味。她睁开眼想把丈夫看得清楚些，但眨眼之间，丈夫已经走了，走得悄无声息。

春天给大地换上了新装，门前的大银杏树上，各种鸟儿在嫩叶中叽叽喳喳叫个不停，还没有从悲伤中走出来的白雪筠不敢抬头南望，一抬头南望就泪流不止。妈妈一流泪小援朝就跟着哭。这时，一个小女孩站在门外怯生生地看着，淑娴温柔地喊道："云云，你领着援朝到河堤上挖鸡爪去吧。"

云云拉着援朝跑到后边河堤上，趴在草窝里用碎碗磕开始挖鸡爪。"鸡爪"是一种草的棒形根茎，有两三寸长，筷子那么粗，吃着甜丝丝的。土挖到一多半，小援朝跟着云云嘴里念叨着："筋筋老母儿扽，筋出个孩儿咱俩分……"然后小手捏着鸡爪共同往外拔。大部分的"鸡爪"有一节会撇在土里，极少有整根拽出来的。不管是整根或半截，云云都会让援朝先挑。

过了几天，云云领着援朝到大浪河的河滩里拔茅芽穗，茅芽穗是茅草的幼蕾，吃着绵绵的有一股甜味。两个小孩每人拔上一大把茅芽穗，坐在暖洋洋的阳光下剥着吃着唱着："吃茅芽屌套子，给你丈母娘粘个花帽子。"渐渐地，援朝知道云云叫彩云，比他大一岁，父亲叫昆启，喊自己的姥爷五爷，住在姥爷家隔壁。

两个小孩常常为辨别哪儿是东西南北争得面红耳赤，但从来没傹气过。

　　过了半个多月，经彩云介绍，援朝认识了娃娃、瘦猴、猪尾巴、酸滴流、恨天高、吃不饱、斜楞眼等一群破小子。自打认识了比他大两三岁的一帮发小后，小援朝整天跟在他们屁股后边，看他们掏斑鸠、戳马蜂窝、扒泥鳅、捂麻雀。过了一段时间，当这些小伙伴了解到这个长着一对大眼的援朝死了父亲后，便开始排挤这个外来的孩子。

　　一群孩子中唯独小援朝留了个平头。那个叫"恨天高"的年龄最大，点子最多，就编了个顺口溜："新旧社会不一样，毛主席号召找对象。瞎子瘸子验不上，推平头的对对光。"他一喊一群孩子就跟着喊，而且见面就喊，小援朝恨不得把头发拔下来。他怕妈妈伤心流泪，不愿意把小伙伴嘲弄他的话告诉母亲，就偷偷地背着妈妈对姥爷哭诉道："姥爷，我不要平头了。"白老拴笑着说："朝朝，这平头配着你好看的脸多精神！"小援朝趴在老拴耳朵上悄悄地说："姥爷，庄上一群孩子天天喊我推平头的对对光哩。"老拴忍住笑，扯着小援朝到东庄刘剃头匠家里，给小外孙剃了个光头。当天下午光着头的小援朝又来到小伙伴中间，恨天高一见就摸着援朝的头喊道："光光头，打一百，不生虮蚤不生虱（临河县方言把虱读作涩）。"他一摸一群孩子也跟着摸。小援朝一溜小跑进了屋，喊道："姥姥，我的帽子哩？""找帽子弄啥？"姥姥笑着问了一句。"我刚剃了头，晒哩慌。"五岁的小援朝用谎言瞒着大人，没有流露出被小伙伴欺负的痛苦表情。姥姥笑着说："朝朝，这大热天的，你还没个单帽，戴着棉帽会捂一头痱子哩。要是怕晒哩慌，你就在家玩吧。"随后淑娴叫来了招娣。招娣是银坡的女儿，比援朝大四岁，正上小学二年级，刚放麦假。招娣给小援朝带来一本小学第二册的语文书，援朝跟着招娣咿咿呀呀念起了"我爱北京天安门……""种豆得豆，种瓜得瓜……"。七八天后，雪梅无意间听到援朝的读书声，就拿过课本让援朝一页一页地读。虽然援朝不认识上边的字，但根据书上的插图，居然把一本书读得顺顺溜溜。雪梅在援朝额头上亲了一口，喊道："大姐，你看看朝朝多聪明，没上学可会读书啦。"在一旁做针线的雪筠听罢心头掠过一阵惊喜，随口说道："这孩子看起来不笨，也不知往后能不能把他供养出来。"说着话两行热泪又扑嗒扑嗒地滚落下来。

十来天后，头发长出来的小援朝又融入了一群小伙伴中。有一天，孩子们在孙老六姥姥家的院子里玩打瞎驴游戏。先由年龄大的孩子伸出右手，一群孩子把食指放在大孩子的手心上，大孩子唱着："金豆银豆，磕巴一溜；隔墙撩瓦，一搦一把。"然后猛地一抓。援朝年龄最小自然少不了当瞎驴。用破衣服蒙着眼睛的援朝被一群孩子围在中央，孩子们躲着喊道："瞎，瞎，在这里。我给瞎子做伴哩。"援朝自然逮不住比他大的孩子，急得出了一头汗。小伙伴看着他狼狈的样子，嘎嘎地笑着，又是摸屁股，又是捏脸蛋儿。高出他一头的"瘦猴"从后边用两手钳住援朝的两只小胳膊，边推搡边唱着："送，送，送姑娘，送到河上洗衣裳。洗哩净，浆哩白，打发姑娘上轿来。"被推搡得心头火起的小援朝一把拽下蒙在脸上的破衣服，噘着嘴说："恁光苦害人哩，俺不当了。"

这时"恨天高"又喊道："瞎驴瞎驴你甭怒，谁叫恁是漂来户。"接着一群孩子齐声喊："漂来户……漂来户……"受了委屈的小援朝哇的一声哭了起来。孙姥姥听到哭声，掂了一把笤帚从屋里跑出来，"鳖孙孩儿都给我站住，往后谁再喊援朝是漂来户，我打折恁哩腿！"在孙姥姥的叫骂下，一群孩子跑得无影无踪。孙姥姥给援朝擦了擦泪说："谁再喊你漂来户，跟姥姥说，看我不打折他哩腿！"援朝点了点头。

援朝看了看天上的日头，见离吃饭还早，就独自一人出了村，顺着牛车路向村南的砖瓦窑走来。砖瓦窑坐落在村南小河边，十几年前已停烧了，清澈见底的河水常年哗啦啦地从窑脚下流过。小援朝爬上四五丈高的窑顶，望着家乡的方向，从错落的村庄间可以清晰辨认出牌坊张村头那高大的石牌坊。想起爹爹、奶奶和乡亲们，他伤心地哭了。热泪滚到嘴里咽到肚里，在援朝幼小的心里种上了坚强的种子。

自己玩了一阵子后，他下窑在小河边洗了洗泪痕，然后一口气跑回了家。淑娴嗔怪道："朝朝，你野哪儿去了？我从村东头喊到村西头，都找不到你的影子。""姥姥，我到南窑玩去了，站在窑脊上我看见俺村的石牌坊了。"雪筠听到"石牌坊"，两行热泪又模糊了眼睛。老拴吓唬道："朝朝，你没看窑坑里的水，黑乎乎像打靛液一样，那里面可藏着淹死鬼。"小援朝打了个寒战。懂事后，他深深体会到爱的谎言中姥爷的一片良苦用心。

刚刚建立的新中国没顾得上喘口气就和美国打了几年仗，1955年又赶上了百年不遇的大水灾，粮食严重减产，全国范围内出现了粮荒。党中央不失时机地出台了统购统销政策。在执行政策的过程中由于一些干部好大喜功，出现了强征过头粮的严重错误。在驻村干部的催逼下，党员干部带头交粮，已是副村长的白大堆看着早秋作物淹死了，又补种了荞麦，荞麦一粒没剩全部交了后还没完成任务。而上交的好荞麦，还没有只能喂猪的荞麦叶和秕荞麦价钱高，从此白大堆就疯了。

此时担任村会计的白老拴带头交了公粮后，家中的粮囤就换成了缸盆。这年的中秋夜，寂静的天空没有一丝云彩，一轮明月从东方升起，一家人坐在院子里"吸溜……吸溜……"地喝着漂着月影的稀粥。小援朝望着照在院子的一轮明月，童声童气地问了一句："妈妈，咱家也没蒸月饼，这月亮咋还上咱家来呀？"雪筠听罢儿子充满稚气的话红了眼眶，淑娴、雪梅也跟着流泪，白老拴丢下饭碗一声不吭地睡觉去了。

第二天吃罢早饭，白老拴从城里回来。他从怀里掏出两个糖月饼，喊道："朝朝，姥爷到城里买了两个月饼，你和弟弟一人一个。"小援朝跑过来接住月饼，把其中一个递给老拴，说："姥爷您吃！""姥爷吃过了。"老拴笑着扯了个谎。援朝把一个月饼塞到不满一岁的弟弟怀里，拿着另一月饼依次让了姥姥、小姨和妈妈，几个人象征性地咬了一口后，小援朝才狼吞虎咽地吃了起来。

雪筠问道："爹，这几天咱家连称盐钱都没有了，你哪来的钱给两个孩子买月饼？"白老拴张了张嘴没有说出话来。雪筠连忙跑进屋，拉出抽屉，在抽屉的夹底摸了摸，发现父亲放了几十年的十几枚春秋战国铲币和一枚清末红铜将军虎头印不见了。她哭着说道："爹，您咋把精心珍藏的宝贝当废铜卖了啊！"白老拴笑着说："啥宝贝都没俺的援朝、治淮金贵。"

第三十三章

经历了改朝换代、土地改革、抗美援朝等一系列轰轰烈烈的运动,人民群众对党的信任胜过了亲爹娘。在夜晚的群众会上,从上边下来的干部慷慨激昂地讲着:"往后咱们住的是楼上楼下,用的是电灯电话,使的是洋犁子洋耙,吃的是白面鱼鸭,穿的是绫罗绸纱,小木盒子(收音机)会说话,苏联有啥咱有啥……"1955年冬银杏庄成立了初级农业合作社。别以为这些幻想的生活标准今天看来不算啥,可对当时还住着破草房、吃着窝窝头、连打火机都没见过的老百姓来说,绝对是想也不敢想的美梦。几天工夫,人们自愿把牛犋车辆等生产工具无偿地交给了集体,随后村上就有了记工员、饲养员和保管员,而最振奋人心的是每天从银杏树上传出的清脆钟声。

这年冬,临河县全面掀起了农田水利基本建设高潮,银杏庄一下子规划了六眼井。一听到钟声,社员们就戴着肩垫、打着鹞子鞋(为防滑在鞋上捆上麻绳)、抬着筐、扛着锹从家里跑出来。按照确定的位置,先清除地面上的积雪,然后挖一个二三分地的大坑,在坑的一侧留一条马道,人们就顺马道往外抬土。随着坑越来越深,在坑上边用三根粗长的杉木杆摽成辘轳架,利用辘轳架把挖的泥土从坑里提上来。此时是发生塌方的危险期,大伙儿夜里就挑着马灯,轮换着赤脚站在泥水中不停地往下挖,直到挖出泉眼水有二尺多深时,才下盘砌井壁。社员们顶风冒雪战斗了一冬天,终于打成了六眼三四丈深的土井。其中有三眼因无砖石,用毛竹片编成篱笆当井壁,一年多后就坍塌了。剩下的三眼井发挥了大作用,尤其是在大浪河黑龙潭、牛魔潭靠着河堤挖的两眼透河井,安上解放式水车,一直用了十多年。

第二年的春天,成立了几个月还没叫顺口的初级社就换成了高级社的牌子。

朴实的庄稼人丝毫不抱怨缺粮少柴的贫穷生活，依然风风火火地为干部描绘的美梦而日夜忙碌着。此时的银杏庄人十之八九都要到县城东大仓籴返销粮。因供应的粮食不够吃，白老拴多是籴些大豆，大豆泡泛后在石磨上磨成浆，烧滚后放入浸泡过的干菜或野菜，就做成了临河县富有地方特色的"懒豆"。好在去年老拴在自留地种了一亩地的萝卜，除把萝卜换了一些钱外，还晒了一垛干萝卜缨。豆子营养高，又护菜，吃了懒豆再喝些豆浆，一家人也能马马虎虎填饱肚子。

但做懒豆格外地费柴火，一做饭淑娴就为缺柴发愁，懂事的援朝就偷偷地�_着篮子，到地里捡豆茬儿、拾谷疙瘩。头一天援朝扛着满满一篮子柴火回来，姥爷、妈妈、小姨还没放工，姥姥把他拉过来揽在怀里，吧唧在他脸蛋上亲了一口，说道："朝朝，姥姥半天没见你，想着你又和小伙伴野哪儿去了，谁知你会拾柴火啦。""姥姥，往后我白天拾柴火，晚上再和他们玩。"淑娴从煮熟的萝卜缨上择下半碗萝卜蒂，撒上一些盐面，又从纺花车上解下小油瓶控出两滴香油，拌了拌递给外孙，小援朝接过津津有味地吃了起来。

冬天在麦田拾柴火不能裹群儿，所以援朝独个跑到离村庄一里多远的后荷荡北地拾柴，篮子不满时他会钻到后荷荡村北边的大竹竿园里拨拉些竹叶。渐渐地援朝认识了麦田中的胡平嘴、毛妮菜、刺角牙等野菜，把野菜掺上干菜做出的懒豆要好吃得多。之后援朝就半天拾柴半天挖野菜。有时姥姥背着一岁多的弟弟和他一起到北河或南河去剜水芹菜，剜水芹菜时在河坡里还能挖些泽蒜、地梨（荸荠）、慈姑。地梨有小拇指头肚儿那么大，春天刚发芽的地梨洗净后吃着格外甜；慈姑与鹌鹑蛋大小差不多，撂到锅灶里烧熟后吃着又面又香，所以小援朝总好缠着姥姥下河剜水芹菜。自从姥爷吓唬他窑坑里有淹死鬼后，援朝就不敢一个人再上南窑了，他缠着姥姥的另外一个目的是到了南河可以爬上窑顶望一望家乡的石牌坊。五岁大的孩子对死的概念还很模糊，在援朝幼小的心里总认为爹爹到南山修水库去了，所以他站在窑脊上望啊望啊，希望有一天能看到爹爹的身影。

姥姥要看弟弟，要纺花，还要做饭，也只能隔三岔五地陪援朝一次。五岁多的孩子知道为家里分忧，一家人自然是亲不够，姥姥总是把做懒豆的"锅烙巴"留给他吃。因为缺粮，在小援朝的记忆中村里除了几户养羊外，没有一家喂猪。

四五只鸡就成了家里的银行，点灯吃盐一切开销都要从鸡屁股里抠。弟弟因营养不良，一岁多了走路还不硬扎，姥姥每天要拿一个鸡蛋给他炖鸡蛋羹，懂事的小援朝见姥姥快炖好鸡蛋羹，就流着口水跑外边玩去了。

在困苦的生活条件下，劳动人民积累了一套行之有效的土单验方。援朝清楚地记得，有好几次睡到半夜，妈妈摸着他烧得像火炭一样的头喊道："娘，援朝发烧了！"姥爷、姥姥一骨碌下了床，划着自来火点亮灯。姥姥从锅台旮旯里拔出一棵大葱，姥爷从浮棚上够下来一把麻秆点着火，姥姥接过麻秆，把大葱放在火上烤个六七成熟，掐下葱头又从盐罐里摸出一个大盐疙瘩，放在嘴里嚼了嚼，呸呸吐到葱上再揉烂，过来扶起援朝说："朝朝可听话，揉上葱出出汗就好了。"然后就在小援朝的前后心、额头、腋下、手心儿、脚底板反复揉搓。葱烧得正热，加上盐渍着实在不好受，小援朝咧着嘴喊着："姥姥，我受不了……姥姥我真是受不了……"随着"好了、好了"的安慰声姥姥又搓了一阵子，然后躺下把小援朝紧紧揽在胳肢窝里，捂严被子。被蒙得透不过来气的援朝一会儿就通身汗流，小孩子瞌睡劲儿大，眨眼工夫就进入了梦乡。第二天早晨，姥姥摸了摸小援朝凉森森的头，笑着说："好啦！"随后穿好衣服。为防止回风，到外面从老土墙上拨拉一把淋墙土，往援朝额头上抹了抹。吃罢饭后，几个大人都上工去了，姥姥就把尿罐掂进屋说："朝朝，可不能跑出去，回了风还会犯病哩。"尽管援朝听话，两天内姥姥还是寸步不离地看着不让他迈出屋子半步，在外边野惯了的孩子这时候真正体会到了度日如年的滋味。

最难受的病是犯老犍（疟疾）。乡下对犯老犍没啥好办法，大部分人靠熬，有的人一害就是几个月。这年三月，小援朝也犯了十多天的老犍，刚开始姥姥认为他是冻着（感冒）了，就用葱头搓了几次，却不见好转。老拴忖了忖援朝发烧的规律，发现他是下午发烧，三四个钟头后烧就自动退了，就说道："她娘，朝朝不是冻着了，是犯老犍哩。"姥姥着急地说："她爹，你快想想办法呀！"老拴就扛着镢头到大浪河的河堤上挖些马鞭草、柴胡几样草药。姥姥赶紧洗净，在砂锅里熬了熬，稍凉后让援朝喝下。喝过几次援朝的病情仍不见好转，老拴慌了，到集上卖了一只老公鸡，买回来一些如扁豆大小叫"唐拾义"的白丸药。姥姥倒了一点儿白开水，捏了两丸放进援朝嘴里，没等她把碗递到援朝嘴边，小援朝一下把药丸吐了出来，苦憷着脸说："姥姥这药苦哩粘舌头，我吃不下去。"站在一旁的雪梅说："姐，要不你夹着朝朝的腿，我捏鼻子灌他吧？"小援朝流着泪分辩道："小姨，也不是我不吃药，你捏我鼻子干啥？这药真是苦哩很，不信你尝尝。"雪梅用舌尖舔了舔唐拾义，连连吐着唾沫说："这药苦得连大人都受不了，何况是小孩？"几个大人被小援朝的机智分辩逗笑了。

这时街上传来一阵"扑噔噔……扑噔噔……"的拨浪鼓声，姥姥喊道："雪梅，快把墙窟窿里塞的头发找找，给朝朝换个薄荷糖。"小姨出去后，姥姥烧了一碗稠米糁粥，分别盛在几个碗里。她晃着碗吹着气，念叨着："热热，狗娃歇歇；冷冷，狗娃等等。"摇晃一会儿，又用嘴唇试了试不热了，就把几丸唐拾义放在粥里说道："朝朝，闭上眼，不要嚼，连汤带药吞到肚里。"小援朝按着姥姥的吩咐总算把药丸吃了下去。这时，雪梅拿着两粒绿莹莹的薄荷糖跑了回来，把糖递给援朝，援朝把一粒塞到弟弟嘴里，剩下一粒，让了一圈儿。过了一天，小援朝的病好了，他记住了苦味并不都是坏东西。

最让小援朝难忘的是初冬天气反常受凉咳嗽了，姥姥就领着他到大浪河的河滩上剜一大把蛤蟆皮棵，洗净切碎后放在碗里，不放盐兑上一些水，然后把小瓦罐里专为弟弟存放的白面抓出来一小把，和着碗里的蛤蟆皮棵搅成糊糊。姥姥生着火让小援朝拉风箱，她从墙上取下煞沫油剜下来一疙瘩放进锅里。随着刺啦一声，姥姥麻利地把面糊倒进锅里，再用锅铲把面糊摊匀，翻上两翻，就做成了治疗咳嗽的特效药——没盐的"咸食"。煞沫油是专为做豆腐脑或粉浆面条煞沫存放的猪油，时间长了有股黑喇味，加上蛤蟆皮棵是苦的，所以炸的咸食既黑喇又苦，但对多天不见腥荤的小孩来说无疑是顿美餐。忘不了这美餐的小援朝有时候馋了，就故意在姥姥跟前"咳咳"地咔喉咙，这时姥姥捧着小援朝的脸说："张开嘴，让姥姥看看。"小援朝乖乖张开嘴，姥姥笑了笑，说道："也不红也不肿，不碍事，跑着玩去吧。"

这一年，临河县大规模地推广小麦良种，银杏庄全部种的是"枣阳红"。由于底肥施得足，加上返青、拔节、灌浆时又落了几场及时雨，平案板似的麦田里，一拃多长的穗头上麦粒饱得像"牛鳖子"，社员们望着丰收在望的庄稼笑得合不拢嘴。即将开镰时，老天爷却变了脸，不紧不慢的中雨一连下了七八天，有时候日头露露脸还没看清啥样儿，一阵乌云过来雨又下了起来。会看皇历的人说："这雨下在了甲子头上，雨下甲子头，四十五天不用牛。这老天爷是专跟咱庄稼人作对哩。"人们看着发芽的麦子急得团团转。银坡娘、孙老六姥姥组织了一大群小脚老婆儿冒着雨到黑龙潭，她们解下臭裹脚布，洗着臭脚赶龙王。有的人站在自家院中央用簸箕使劲地扇云彩，淑娴则扎了一个"扫天人"挂在院子里的石榴树上。尽管人们做着种种的努力，但老天爷就是不睁眼。已是生产队队长的白银坡使劲地撞着钟，扯着沙哑的嗓子喊着："家里不准撒闲人，都去捋麦穗啦。"于是，人们顶着雨淋子（一种雨具）、戴着草帽、披着破麻袋、扛着箩头下了麦田。村上四间炕烟房的烟囱上冒着黑烟，人们把湿麦穗摊在炕桁条棚的秫秆箔上面进行烘干。但烘干的速度太慢，几个干部商量后先按人头把湿麦穗分给社员。折腾了几天后，天终于放晴，但麦穗上的麦芽已经发青了。这一年社里把早熟没生芽的豌豆、大麦交了公粮，把芽麦分给了各家各户，秋收后又分了一些豆子、谷子和红薯，所以这一年社员的生活要比上年好得多。

因大部分农户缺柴，县里推广了用烟煤烧锅做饭，小援朝也不用再去拾柴了，天天背着弟弟找小伙伴们玩。然而，这年冬一场糠疮（麻疹）正悄悄蔓延在银杏庄。最先得病的是群成的四儿子河，河与小治淮生月一样。河的二哥叫昆，比援朝大一岁，所以他们经常在一起玩。人们的防病意识差，河得病好几天了，援朝还背着治淮往他们家里跑。

大约三四天后的夜里，小治淮哇哇哭个不停。雪筠一摸小儿子浑身烧得烫手，把奶头塞进小治淮的嘴里仍然止不住哭声。家里几个人慌忙披上衣服，端着灯来到雪筠母子房间。淑娴抱起小治淮揣在怀里，拍着哄着："姥姥抱抱，治淮不哭……姥姥抱抱，治淮不哭。"小治淮也不说话，哭声越来越大，白老拴搓着手，看了看睁着眼躺在被窝里的小援朝，问道："朝朝，你背着弟弟都到哪儿玩了？""姥爷，俺到昆家玩了。"老拴一听二话没说，系着扣子顶着寒风走了出去。

来到群成家院里，白老拴见屋里点着灯，就喊开了门。一进屋，见一家人揉着眼在抹泪，就轻声问了一句："这深更半夜的哭啥哩？"群成哽咽着说："小四喂狗了。"老拴含着泪安慰了一阵就踉踉跄跄往家里跑。此时哭累了的小治淮混混沌沌地睡了。老拴端着灯在小治淮耳后看见淡红色的丘疹，顿时他像筛糠一样浑身抖了起来。雪梅接过灯追问道："爹,咋啦?""小……小治淮出糠疮了。"老拴哆嗦的嘴里挤出一句话,随后又定了定神说："雪梅,天明你找几条口袋,再跟恁银坡叔说说,借用一下队里的车,咱到集上卖粮食去。"雪筠一听要卖口粮就哭着不让卖,老拴含着泪说："不卖粮有啥办法,小治淮要是有个三长两短,爹就跟他去了。"

淑娴曾生了两个儿子,雪筠上边那个,被路匪吓得早产没几天就死了,后来霜菊下边也是个男孩,长到一岁多就是因为出糠疮夭折的,所以老拴一提起出糠疮就吓得魂飞魄散。天明后,雪梅找回几条口袋,又去向银坡说明了情况。随后银坡、合群两口子进了屋,问了问小治淮的病情。说到卖粮食时雪筠又哭了。合群家说:"五叔,卖了粮食开春吃啥?昨天上午俺娘家侄儿打听着要买一棵柿树,利用冬闲铣些棒槌,开春赶集时好挣几个钱,要不你把屋后那棵大柿树卖了吧!"老拴狠着心说:"卖就卖了吧!合群,要不你跑一趟给恁内侄儿捎捎信儿?"

小晌午时合群跑了一头汗,回来把三十五块钱递到白老拴手里说:"五叔,俺内侄儿昨天就估量了这棵柿树,公道价值三十块钱,听说咱家有病人就多给了五块,明天他带人来刨树。"老拴连连说了些感激的话。他赶紧扒拉了几口饭,然后揣着钱出门往北看了眼祖上留下来的大柿树,就流着泪进了城。

老拴来到南街回春堂药铺。李掌柜和他是熟人,听完他的话,李掌柜就急忙背上药箱和老拴一起往银杏庄赶。来到家里,李掌柜把了把治淮的脉象,看了看他的身上,又量了量体温,说道:"小孩是出糠疮哩,这都烧到三十九度了,若不降下来会要命的!"随后拿出几包小儿退热散说:"老拴哥你可记住,这退烧可不能用盘尼西林,糠疮是毒,得叫它发出来,用了盘尼西林闸住糠疮出不来,那麻烦可就大了。另外这小儿退热散一次只能用半包,用多了同样对出糠疮不利。"

小治淮在姥姥怀里哭着用牙咬她衣襟上的布扣子。李掌柜拿出一支苯巴比妥,用针管吸了三分之一打在治淮的屁股上,郑重地说道:"恁看看这孩子心里难受得直咬扣子,这种病要保持房间内适当的温湿度,室内光线要柔和,要吃一些容易消化有营养的食物。另外,要注意勤喝开水。"一家人不住地点头。随后，李掌柜开了宣毒发表汤和升麻葛根汤两个药方，递给老拴说："这两个方子你各抓两服，一服药熬三汁轮换着吃，过几天该增该减我再调调方子。"接着又开了生麻黄、芜荑子、西河柳、紫浮萍四样中药，说道："老拴哥，这四样药各包上三两，煎药时一次一样药抓上三四钱。煎好后，用药汁擦洗孩子的面颈、四肢及前后心，以助出疹。可记着，千万别让孩子着凉。"说罢背上药箱就走，老拴也跟了出来。半路上李掌柜说："老拴哥，听话音，这是咱的外孙，你可担着大责任哩。我交代你的话你可一定要办到。今年全县糠疮大流行，听说已经死了不少孩子。"白老拴听罢打了个寒战，跟着李掌柜抓回了所有的药。

吃罢晚饭，白老拴给小治淮灌了一汁药又冲了半包小儿退热散，小治淮倒是安安生生地睡了。可到了后半夜，援朝却火炭般地烧了起来，症状和小治淮一样。几个人知道援朝也被传上了糠疮，就赶紧把给小治淮抓的药煎了煎，让援朝喝了下去。第二天，小治淮头上、脸上、颈部都出现淡红色的糠疮，随着糠疮的增多，小治淮昏厥了几次。白老拴委托银坡、文现几个近族买了几百斤明煤盘了个火炉，自己一路小跑又来到回春堂。李掌柜问了问小治淮出疹子的情况，就笑着说："老拴哥不必惊慌，这是糠疮出来了，不碍事了。"随后又加了两样药。老拴跟李掌柜说了援朝的情况，李掌柜就在原方基础上加大了些药量。

几天来村上不断传出小孩"喂狗"的消息，白老拴一家把心都提到了嗓子眼上。三四天后，糠疮出遍了小哥俩全身。出着糠疮的小援朝心里抓挠得直往床上撞，小姨、姥姥、妈妈不论谁背着哄着都不中，唯有在姥爷背上才感到舒服些。而小治淮把姥姥衣襟上的布扣咬烂了好几个。就这样，老两口背着、抱着、哄着两个小外孙在房间里转着圈，丈量着永远也走不到头的人间亲情。

合群家掂了半瓶小磨香油来看两个孩子，见小援朝难受的样子，就掀开他的后背衣服看了看，吃惊地说："五婶，怪不得朝朝这么难受，原来是长羊毛疔了。""那咋办？"几个人着急地问。"这羊毛疔挑断就没事了，只不过挑时疼得很，连大人都受不了，何况朝朝还是个六岁的孩子。"合群家叹着气。"朝朝，你能咬住牙不？"雪筠流着泪问儿子。"妗妗，只要不让我难受，你们只管挑吧，我不哭。"合群家为了减轻小援朝的疼痛，跑回家找了一把锋利的剃头刀。老拴把炉火烧旺，淑娴抱着外孙，雪筠撩起儿子的衣服，雪梅捂着援朝的双眼。合群家一手拿着大针，一手拿着剃头刀，挑着援朝身上的羊毛疔。随着咔嘣咔嘣声，小援朝咬着牙，豆大的汗珠不住地往下落。前心后背心各挑了七八处后，紧张得一头汗的合群家说："好啦，没见过这么能吃住趟子（忍受疼痛）的小孩，妹子，这孩子将来一定有出息。"雪筠含着泪把儿子紧紧地揽在了怀里。当天夜里，小援朝感觉心里轻松了许多。过了三四天，满屋子又响起了小哥俩的笑声。

这一冬银杏庄死了八个一至十岁的孩子。从死神手中夺回了两个小外孙性命的白老拴夫妇，因七八天没敢合眼，深陷的眼眶从此再也没鼓起来。

十来天后，下了床还东倒西歪的小援朝，望着门外三尺多厚的积雪，感受着人生第一次使用火炉那如春般的温暖。有滋有味地喝着姥姥擀得薄溜溜的葱花香油面片，他记下了这永远难忘的一幕。

第三十四章

　　援朝和治淮能下床走路，白老拴悬着的一颗心才放了下来。接着，他每天一早就踏着没膝的积雪，深一脚浅一脚地去离银杏庄四五里远的大杨庄搞年终决算，那里是乡政府所在地。两个外孙出糠疮折腾了半个多月，银杏庄的年终决算拉了全乡的后腿。为了赶时间，他每天都是到掌灯时分才冒着风雪回到家里。

　　队里没啥副业，就靠卖公粮的那几个死钱，一个三百多口人的生产队，小到买鞭鞘、煤油、权把、扫帚、牛笼嘴，大到捯牲口、添置大型农具、殡埋五保户等等，都要从这几个死钱里开支。大部分生产队因为没有钱，出纳都是由会计兼着。在援朝的记忆里，姥爷的办公抽屉里除了一摞子账本、一把算盘、一盒印泥外，基本上没放过什么钱。

　　自然，队里的年终决算就成了找补平衡，这家余了多少钱，那家缺了多少钱，互相应住头就中了。一般情况下应头的都是近门或关系比较好的人家。纯朴厚道的庄稼人因过上了安定不受气的生活，从来没在这方面给村干部找过难堪，也从来没因为使了个空头账而影响出工的积极性。自然，缺钱的人家说些好话，帮忙做些家务，或遇上媒茬给余钱户的孩子说个媳妇也就在情理之中了。

　　腊月二十二晚的群众会上，白老拴公布了全年收支和找补平衡的账目，白银坡一嘴黏沫子说了明年打经济翻身仗的宏伟计划，之后人们说笑着走出了吸烟吸得狼烟通地的会议室。几个队干部又研究了上边拨下来的专用救济款，对过年吃不上饺子的农户给予有限钱粮救济后，银杏庄一年的工作也就画上了句号。

　　腊月二十四给娘家送"火烧"是临河县的老风俗。上午十点，白霜菊一手扪着竹篮，一手挎着红洋布包裹进了院子，随着一声甜甜的："娘，我来啦！"淑娴和两个外孙从屋里跑出来。援朝从二姨手中接过篮子，小治淮慌着要接包裹，霜菊一把抱起小治淮问道："娘,这两个孩子都好利索了?""好了,好了,差点没把我们吓死。庄上的孩子扔了好几个呢。"淑娴接着抱怨道:"你这死妮子,咋这么长时间没来呢?""娘,俺爹不是让俺富庄哥捎信说村上出糠疮的多不让俺来吗?""看看我这记性,忘哩连渣都没剩。"

富庄是霜菊的族家哥,年龄比老拴小四五岁,富庄的大妮和霜菊是一个村的媳妇。霜菊去年春上生了个闺女叫丫丫,才一岁多,所以自援朝、治淮生病后,老拴捎信不让霜菊回娘家。

进了屋,霜菊从篮子里拿出火烧递到治淮、援朝和娘的手里,把剩下的放到馍筐里。又拿掉一层槲叶,把一块红鲜鲜的肉拿到案板上说:"娘,过年哩俺家杀了一只山羊,丫丫的爷爷叫俺送来了五六斤,你好剁饺子馅。"她又解开包裹,继续说道:"娘,我给这俩外甥各做了一套新棉衣,也不知合身不合身,叫他们试试?"小援朝一听要穿新衣,自己麻利地解开扣子,脱下刷筒棉袄和棉裤,穿上三表新棉衣。霜菊笑着说:"娘,也怪可体,略微大了些。""不大……不大,这么大的孩子像手提着一样,小了明年还穿不上哩。"随后又给小治淮换上了新衣。霜菊又问:"俺爹他们弄啥去了?""他们都到饲养室抬牛铺去了。丫丫会走了吧?""丫丫都会跑了,今天就哭着撵我哩,她爷爷说咱村刚出过糠疮,哄着没让她来。"

说着话,几个人收工回来。雪筠见妹妹来了,儿子又穿了新崭崭的棉衣,感激地说:"霜菊,你要下地干活、做饭,还要扎裹一大家老小,咋还有时间给这俩孩子做新衣服?""姐,你别管,我当姨哩亲外甥是俺的本分。"老拴问道:"丫丫她爸回来信没?""回来了。他在信中说学校忙,今年不回来过年了,随信寄回来了十块钱。我给丫丫她爷爷,他死活不要,让我留下五块,剩下这五块非让我给咱家送来,说这俩孩子大病了一场,怕咱家没钱过年。"老拴为亲家的一片深情感动不已。霜菊的丈夫柳青云高中毕业考上了百泉医专,两年后因成绩优秀,留校当了教师。

卖柿树的钱为给外孙治病花了个精光,正当老拴为没一分钱过年而急得团团转的时候,二女儿送来了钱和肉。更重要的是,从鬼门关夺回了两个小外孙的命。第二天一早他如释重负地哼着:"一马离了西凉界,不由人一阵阵泪洒胸怀。

青是山绿是水花花世界……"进城总共花了两块八毛钱，割了二斤猪肉，买了两大张红白纸，包了一包五香面儿，称了半斤姜，灌了一瓶酱油，就算置办齐了年货。

腊月二十八那天上午，雪筠姊妹俩在竹竿上绑着笤帚，把屋顶、墙上的灰嘟噜清除干净，又里里外外洒上水清扫了一遍。老拴把做饭切菜的案板放在当门，裁好纸、研好墨开始写春联。第一次见写春联的援朝围在案板旁，歪着小脑袋说："姥爷，我现在读书光会念唱儿，往后你有空也教教我写字吧。"援朝一句话提醒了提笔凝思的白老拴，只见他饱蘸浓墨挥笔写下了"年深喜与友吃酒，夜静爱听孙读书"两行苍劲有力的大字。此时白银坡走进屋，问道："雪筠，你爹春联写的啥内容？"雪筠笑着说："这上联是说俺爹想找你们几个喝酒哩；下联是盼着他外孙好好读书，将来成为有用之材。"

银坡连连称赞道："老拴哥，还是你们识字人，眨眨眼就有深意。要不你也给我写一副？"老拴笑道："你没看见，纸都给你裁好了，你要啥内容？""咱庄稼人还想啥？只要平平安安、圈里有粮食就中啦。"老拴又蘸了蘸墨汁写下了"春入门庭无灾病，汗流沃土有丰收"一副对联。白银坡吹着还没干的墨迹，咧着嘴说："老拴哥，你想喝酒的事我包了。"淑娴在一旁逗趣说："就你哥这几个破字，换了一场酒，划算！""想哩怪美！三十儿晚上我把酒掂这儿，你得给我们弄几个菜。"随着淑娴"中、中、中"爽快的答应声，白银坡喜滋滋地拿着对联出了门。

银坡走后，淑娴把剩下的红纸叠上白纸，拉着援朝的手说："朝朝，走，上你富民舅家让他给你扎个鱼灯。"鱼灯社是银杏庄的传统社火，本来白银坡计划着今年春节前再浇些蜡烛，把鱼灯社恢复起来，元宵节乡里城里好好闹它一场，不料一场糠疮袭来就取消了闹元宵的打算。

富民是援朝没出五服的舅舅。进了屋，淑娴拿出纸说明了来意，富民摸着援朝的头说："五娘，要不是你和俺五大没明没夜地操心，俩外甥差点喂了狗，是该让他们开开心心地过个好年。这样吧，我抓紧时间把鱼灯扎好，三十儿下午我给送家去。"

淑娴扯着援朝回到家，掀开盆盖一看，盆里发的面已经开了。就让雪梅烧锅，随着"呼嗒呼嗒"的风箱声，炊烟袅袅升起。她开始揉面剁馍，蒸了一锅白馍和一锅花卷，不知她从哪里弄了几颗红枣，还特意做了一个枣花馍。来到姥爷家将近两年了，小援朝的记忆中姥姥经常挂在嘴边的一句话就是："烙馍省，蒸馍费，吃了锅盔当了地。"偶尔蒸顿馍不是窝窝头就是菜团子，她如此慷慨大方这还是第一次。馍还没放进锅里，小哥俩就围着锅台流涎水。一忽儿馍就蒸好了，淑娴掀开锅盖，拾出馍晾了一会儿。然后把一个白馍掰开，将少半拉给了治淮，大半拉给了援朝，余下的装进篮子里挂到了浮棚钩上。她嘴里不停地唠叨着："谁也不准吃，姥姥给你们俩放好，到过年时再吃。"

小援朝扳着指头，终于盼到年三十儿。吃过午饭后，姥姥、妈妈、小姨几个人开始包饺子。上午姥姥扒了一大筐萝卜，洗净擦成丝出罢水后，把二姨送来的羊肉割下来一少半交给妈妈，又拿出四五斤早几天换的豆腐，两个人在案板的两头就劈里啪拉地剁了起来。然后把萝卜掺了少量羊肉，再往剁碎了的馅里撒上盐和五香面儿，又浇了些酱油，搅拌后就成了红濡濡的肉馅；豆腐掺萝卜的素馅只放了些葱姜、盐和五香面儿。两个钟头后，肉、素各两锅拍的饺子已经包好。

此时天色尚早，但远处已隐隐约约传来了辞旧迎新的鞭炮声。老拴喊了一声："她娘，快下饺子吧，一会儿银坡他们还来喝酒哩。"随着咕嘟嘟的滚锅声，援朝目不转睛地望着锅里煮沸的饺子，闻着那散发出的诱人浓香，嘴角的涎水像断了线的珍珠往下掉。点了两遍水，淑娴喊道："她爹，敬天地吧？""让朝朝敬吧！"敬天地是男人的事，小援朝解不开姥爷心中的深刻含意，兴奋地问道："姥姥，咋敬啊？"淑娴拿着一只空碗示范着说："面朝南，两腿并拢站规矩，双手捧着碗，鞠上三个躬，再往地上浇些饺子汤，就中啦。""姥姥，那敬过天地的饺子我能先吃吗？""能吃，而且全家你第一个吃。"淑娴说着把盛了七八个饺子加了一勺汤的碗递给援朝，援朝小心地捧着碗来到当院，按照姥姥的示范撅了三下屁股，又往冻凌地上倒了一些饺子汤，顾不上烫嘴，一边往屋里走一边吸溜着，慌得快把舌头吞下去了。进屋看见姥爷把一碗饺子放在条几东头的先人牌位前，虔诚地叩了三个头，坐在了凳子上。此时小援朝已端着空碗站在了锅台前，雪梅逗笑着问："朝朝，你碗里的饺子哩？洒了？""小姨，没有洒，我都吃了。"几个大人听了小援朝的话，苦涩得半天说不出话来。淑娴赶紧又盛了一碗放在案板上，交代道："朝朝，慢些吃，今晚姥姥管个够。"

刚放下碗，银坡就掂着糊着泥的一个黑瓷坛和几个人一起进了屋，说道："老拴哥，这还是土改那年自己烧的酒，没舍得喝，我把它掂来了。""咦，银坡兄弟今晚你可真是包脚布上的窟窿，咋这么大方哩？"淑娴和银坡斗着嘴，老拴把温酒的砂壶挂到平放在门后三齿耙的耙齿上，倒上酒，又从浮棚上抽下来一把麻秆点着火，开始温酒。淑娴麻利地从猪肉上挖出一块腰窝油擦了擦锅，炒了红白萝卜丝、蒜苗、鸡蛋四个小菜端上来。此时银坡、狗剩、合群、文现、富庄、书敬几个人已围坐在方桌旁，淑娴笑着说："你们先喝着，我再炒个肉片。"富庄摆了摆手："五婶，肉不多，尽着俩外甥吃吧。"富庄的话正中淑娴下怀，"那中！我再给恁炒些倭瓜籽。"说着淑娴从缸里拿出一袋约有二斤多重的南瓜籽，把一半倒进锅里，炒焦后装满了一盘子端到酒桌上。她又把余下的铲到小盆里放在秀墩上，几个人在锅地墁儿围成一圈津津有味地吃了起来。屋子里顿时响起了欢快的猜枚声。

"朝朝，舅舅给你送鱼灯来了。"伴随着喊声，富民拥着鱼灯进了屋。小援朝抓了一把南瓜籽塞到富民手里说："舅舅，你吃。"雪筠从富民手中接过鱼灯，用手拉动机关，但见三尺多长、有小桶般粗的鱼灯亮出形来，肚子上画着红鱼鳞，摆动着红尾巴，涂着色的嘴一张一合，雪筠连声说道："朝朝，你看看恁三舅手多巧，扎的鱼灯就像活的。"

"富民快坐下。"老拴离席拽着富民的胳膊说。

"五大，家正在蒸馍哩，我得赶紧回去。"

这时银坡端着酒壶拿着酒盅斟上酒递给富民，富民推辞着哧溜哧溜喝了几盅走了。

酒桌上的男人们哈着酒气喷着空儿，憧憬着银杏庄美好的明天。小援朝坐在姥姥的怀里，听她讲着过大杆、跑老日和迎接八路军的故事，不知不觉进入了梦乡。

第二天是大年初一，惦记着要穿新衣的援朝最早醒来，喊道："姥姥，妈妈，天明了，快起来吧！"几个大人起来后，淑娴拿出新衣笑着说："新衣服把俺朝朝的瞌睡虫都撵跑了。"援朝穿好新衣服出了房间，老拴说道："朝朝，走，给你太姥送钱去。"他一手扯着援朝，一手提着装有刀头（煮熟的猪肋条）和用纸铢打着钱痕的草纸的篮子来到白家祖坟。老拴从篮子里拿出用盘子装的刀头放在坟前，划着火点燃烧纸，嘴中咕哝了几句，依次在几个坟前烧了纸后，扯着援朝回到了家。此时姥姥已做好了拌着米糁面的糊汤素饺子。

吃罢早饭，穿着新衣的援朝领着弟弟来到伙伴中间，一群孩子投来了羡慕的目光。援朝见他们除了脸比平时洗得干净外，依然穿着两只袖子被鼻涕抹得铮亮的刷筒小棉袄。时近中午回到家，援朝歪着头问："姥姥，今晌午吃啥饭？""熬肉馏蒸馍，扁食当汤喝。"做好饭，小哥俩每人一个白馍，大人吃的是花卷。淑娴把不足二斤肉切了一半，一大锅杂烩菜中除了萝卜白菜和少量的豆腐粉条外，几乎看不见肉。吃着饭，几个人都把肉挑给了援朝和弟弟，懂事的小援朝放下筷子说："你们不吃，我也不吃了。""你不记事的那几年我们都吃够了。""小姨，你蒙人哩。"老拴听着援朝稚嫩的话，心里酸楚得说不出话来。

过了初一，淑娴把剩下的饺子馅包了包，初二、初三的午饭就换成了面条。淑娴把面条锅里煮的饺子一个一个挑出来，都盛到了两个外孙的碗里，笑着问："朝朝，姥姥做的银丝穿元宝好不好？"小援朝觉得心里难受，没回答姥姥的问话。过了初三，除了大人们不上工外，家家都恢复了平常的生活。初六那天，银杏树上又响起了上工的钟声。

正月十四，淑娴用黄豆换了几斤豆腐，又把放在盛满清水斗盆里的羊肉拿出来，同样包了四锅拍肉、素饺子。吃过晚饭，小援朝急不可耐地催着说："姥姥，我急着玩鱼灯哩。""朝朝别急，天不黑下来鱼灯不好看。"过了一会儿，淑娴拿出一个比较细的白萝卜，切下三寸来长，把一头挖了个坑，抹上不舍得吃的猪油，放入棉灯芯，插在鱼灯肚里的竹签上。点亮后，援朝搊着鱼灯欣喜若狂地往街上跑。淑娴拧着小脚扯着小治淮在后边追。不一会儿，街上聚了一大群人。合群过来说："朝朝，让舅舅给你玩个花样。"援朝把鱼灯递给他，合群一手搊着鱼灯一手掌握着机关，变换着套路玩得正起劲，鱼灯里的猪油熬干灭了。合群家说："五婶，我回家再挖些猪油，让朝朝继续玩。"淑娴婉转地说："不用啦，要不是这俩孩子害了一场大病，谁舍得浪费这些猪油哩。"正月十四的夜亮得如同白昼，也朦胧得让人心里生出淡淡的惆怅。十六晚上随着鱼灯的熄灭，小援朝的过年梦也画上了句号。

开了春，天气逐渐转暖，两岁半的弟弟已会找小伙伴玩了，小援朝又扛起了菜篮子。这一天，援朝约了彩云、娇娇一同央求孙家六姥姥和他们一起去南河挖水芹菜。此时刚过罢正月，耐寒的水芹菜一冬长得又肥又嫩，小孩子手快，不一会儿小篮子里就装得满满的。孙姥姥扛了个大箩头，见水芹菜着实肥嫩，头都没抬，一个劲地剜了起来。小援朝领着彩云、娇娇又爬上了南窑顶，蓝天白云下，援朝用手指着远处依稀可辨的石牌坊说："那个又高又大的石牌坊就是俺村的。"彩云问："石牌坊是弄啥哩？""俺也不知道，只记得俺奶奶说它是俺村的老祖宗。"

话音没落，一个老婆拧着小脚步履蹒跚地从吴家湾村西头向银杏庄走来。小援朝瞪着眼望了一阵一里开外的行路人，兴奋地说："俺奶奶来了！"他下了窑扛起篮子就往家里跑。进了屋只见弟弟怯生生地站在奶奶怀里，奶奶的门牙没了，满头白发下两眼深陷，脸上刻满了数不清的皱纹。援朝激动地喊了声："奶奶……"郭秀婵双手把小援朝拉到跟前，眼泪像断了线的珠子往下落。

淑娴端着刚烧好的鸡蛋茶走过来说："嫂子，哭啥哩，看看你的两个孙子长得像鹅娃一样，多喜人。"郭秀婵流着泪说："朝朝长了一头还多，尤其是小治淮走时才一尺多长，现在都这么高了，我做梦也没想到会是这个样子。雪筠抱着扯着他们离开牌坊张时，尽管撂下了掷地有声的感人话，但村上人都认为二十五六岁的雪筠比大闺女还面嫩，一定会带着他们改嫁。可现在俺媳妇、俺孙子还是俺张家的人，这都多亏了恁一家的大恩大德。"郭秀婵说着哭着两个波罗盖杵在了地上。淑娴抹着泪连忙揽起亲家母说："嫂子，可不兴这样。俺是亲不溜溜的姥姥、姥爷，养活外孙是俺该尽的本分。"

说着话，雪筠他们收工回来，婆媳俩又是一阵失声痛哭。擦完泪，郭秀婵看了看老拴夫妇，心疼地说："你们比我小了十来多岁，这眼窝可就塌了，这都是为了俺张家呀！"雪梅眼里闪着泪花说："娘，你不知道，这俩孩子年里头出糠疮，俺爹、俺娘七八天没敢合过眼，要不是有多少都喂狗了。"郭秀婵又哭着说："自从他娘们走后，山根把我接到湖北住了一年多。在湖北我望着家乡，想着俺的好媳妇和孙子整日流泪。年前山根把我送回来，我就急着来看你们，谁知天一个劲地下起了大雪。"雪筠哽咽着说："娘，自从俺来到这里，每天出门抬头往南看就流泪,几次想回去看您,怕一见面你哭坏了身子。"老拴苦笑着说:"再快的刀也割不断骨肉亲情,俩孩子已经扒挠出来了,这就是咱们的共同希望。咱就推着撅着往前过吧。"

郭秀婵住了两天,走时她偷偷在援朝枕头底下塞了十块钱。这是援朝最后一次见奶奶,四年后她就去了另一个世界。

第三十五章

1957年的春天，发生了两件让乡亲们分外惊喜的大事。

刚过二月二，一台链轨式绿色拖拉机头上冒着烟，轰隆隆地从大浪河石桥上开过来，驶进了银杏庄。全村男女老少站在路边惊奇地看着这庞然大物，老拴扯着嗓子语无伦次地喊着："他娘！快……快出来，你看看这铁牛多大个头。"

淑娴拧着小脚，失急慌忙地跑出来，瞪着眼睛站在人群中。合群家大声说："五婶，你看这牛肚里还坐着个漂亮小妞，这么大个头也不知吃的啥喝的啥。"

白富庄笑着说："反正不吃草料。"

"那它吃啥？"

"喝油呗。"

顺发大爷拄着棍子吃惊地说："乖乖，怪不得它哼哼着震得房子都在晃动。"

接着富庄逗趣地说："你们没看见它还是趴着走哩，要是站起来那劲还大哩！"哄的一声，围着的人群笑得五官都挪了位。

白银坡提着茶瓶从笑声里钻出来，走到驾驶楼旁大着声和女司机打招呼。女司机打开驾驶楼左边的门，白银坡蹬着履带闪身坐在副座上。此刻，好像他是坐着车辇出巡的二朝廷，笑得俩眼都眯成了一条缝。

在他的指引下，拖拉机开进了村东头一大块红薯茬白地里。女司机敏捷地跳下来，调了调后边一斜溜挂着五张明晃晃犁子的升降器，又钻进驾驶楼。挂上挡，一踩油门，拖拉机冒着黑烟，轰隆隆地跑了起来。只一个来回，两耙多宽、虚瓤瓤散发着芬芳的沃土呈现在人们面前。几个老把式用手扦了扦一尺多深的墒沟，赞叹道："这比板锹翻得还深，这一遭地一帧大牲口半天也犁不了这么多。看来干部讲的洋犁子洋耙不是吹哩。"原来这是许昌下来的春耕队。拖拉机在银杏庄待了两天，两天里家家户户没少添客。饭场上人们议论着拖拉机，憧憬着政府描绘的好日子。

过罢八道梁四月四小麦会，三姓庄后边大浪河无底潭南岸的提灌站又响起了锅驼机欢快的突突声。三姓庄是高级社所在地，大浪河以南八个自然村和河北两个自然村都隶属于三姓庄高级农业合作社，银杏庄是其中一个生产队。无底潭提灌站是去年冬天开工的全社重点水利工程，顺着三姓庄西头往南修了一里多地的土渠。当时正是烟叶浇轰棵水的时节，成群结队的人们看着小河似的渠水分流到烟田里，旷野里响起一片欢呼声。此时，一个老太太捧起清凌凌的渠水，想起民国三十一年人相食的大旱，又哭了起来。锅驼机突突了一段时间后就没了声音，据说是烧煤油太贵社里负担不了停了，也有人说县上准备办炼铁厂给调走了。但不管怎样，这些从来也没见过的新鲜事，坚定了人们战胜自然灾害的信心和决心。

麦收前，白老拴兜着账本找到社里的牛书记，提出要辞去会计职务。牛书记客观公正地评价了自新中国成立以来他为村里兢兢业业做出的贡献，动情地问："老拴叔，你们村包括社里干部没人说你差呀！当得好好的咋突然要撂挑子呢？"老拴笑着回答："满力呀，今年我都五十三了，眼花不说，这记性也大不如从前，说过的事扭扭脸就忘了。你就让我下来吧！""你下来谁能接替这个会计？""春来咋样？"老拴试探着问了一句。"春来哥人很本分，但只读了两年书，怕他拿不下来。""三年前他和俺家雪梅已经拿到了乡扫盲学校的结业证，我再教教他算盘，当会计应该没啥问题。""那你可得多帮帮他。""我推荐的人还能看他的笑话？"老拴从牛书记家走出来，身上感到一阵轻松。他说的眼花、忘性大是借口，真正的动机是援朝快要上学了，他要把全部精力放在培养外孙身上。

第三天晚上，社里宣布了吕春来任银杏庄生产队会计的决定。老拴参加的最后一次干部会上，白银坡动情地说："自从那年我缠着你参加农会，八九年来村里的工作，对上咱没落过后，对下老少爷们没啥意见，这都多亏了老大哥你舵掌得稳。"

"兄弟呀，你别给我戴高帽了！这几年虽然咱村没要饭的，但乡亲们紧巴巴的日子我心里也不好受啊！"已是副队长的富庄说："国家还不富裕哩，能会怨你和银坡叔？这几年开着门睡觉都没啥事，咱庄稼人平安就是福，还能盼个啥？"

银坡又说道："老拴哥你退下来也别想闲着。前天我到区里开会，上边说要把各户养的猪羊全部交给集体，咱们村没养猪，只有三十多只羊，你就当羊倌吧！"

"中！我保证把这群羊养好，争取过年时让大家吃上羊肉饺子。"白银坡很会用人，给从小没下过大力的白老拴找了个合适的差事。

村上几个大的孩子陆续都上了学，不用带弟弟的援朝缠着姥爷买了一个小竹笆儿。春天和昆、智扬、瘦猴几个孩子到大浪河河坡里搂草叶，看着通往西南山的路上偶尔过来一辆洋车，他们就站得远远的喊着："远看是条龙，近看铁丝拧；好天龙驮鳖，下雨鳖驮龙。"骑车的可能没听见或正在得意地抖威风，不在乎孩子们的嘲讽，一阵风似的远去了。割罢麦搂麦茬，基本上能解决家里的烧柴问题。几个孩子就像黏黏胶天天聚在一起。青山家屋后有一棵水桶粗的早熟杏，风一吹，杏蛋子就扑扑嗒嗒往下掉，躲在园隔篱儿外的几个孩子一见就跑过去拾住就往嘴里填。青山的母亲早些年被老日打死了，看门的是他的二女儿玉玲，玉玲比援朝小两岁，听见动静就从屋里跑出来，几个孩子拿着笆子撒腿就跑。玉玲在后边喊："朝朝哥，俺不是撵你哩。"中午吃饭时雪筠问援朝："今儿你们又裹着群儿到恁青山舅家拾杏了？人家家里没人，拿人家的东西叫偷。偷人家的东西不是好孩子。"援朝红着脸说："妈妈，我记下了。"

白老八家门前有两棵大桑树，分别结着白桑葚和黑桑葚。一群孩子像玩猴一样聚在白桑树下，等着风吹落后抢白桑葚吃。孩子多，白桑葚自然满足不了一群馋嘴的小伙伴，就拾着黑桑葚吃了起来。黑桑葚火大，几天后援朝捏着流血的鼻子跑回家，姥姥用清水洗了洗援朝的额头，用揉烂的黄蒿尖塞在援朝的鼻孔里说："可不敢再吃黑桑葚了，血流完还活不成哩。"农村的小孩没零嘴吃，找些头发、碎骨头、烂铁换几个糖豆都成了在小伙伴面前炫耀的资本。

立秋罢没到处暑，看着地里的春地谷慢慢勾了头，孩子们就念叨着："谷子上场，核桃满瓢。"一天早饭后，援朝看见瘦猴正在坑边的洗衣石上磨核桃，羡慕地问："瘦猴，你在哪儿弄的核桃？""俺一早在青山哥家的核桃树下拾的。"瘦猴得意地说。援朝撒开腿，跑到青山家屋后石磙粗的核桃树下，扒遍草窝也没找着核桃，就抱着湿淋淋的核桃树艰难地爬上了七八尺高的树杈上。他正想再往上爬一爬，抱住细一点的树枝哪怕摇下一个核桃也好和瘦猴显摆，这时青山走到了屋后。因昨晚直勾勾下了一夜雨，援朝机智地自言自语："咦，西洼的水涨得这么大。"银杏庄西头有一块七八十亩大的锅底地，一下大雨从四周下来的水都集中到这里，几十亩地成为一片汪洋，庄稼淹得只露个头，所以下罢雨到西洼看水是村里人的习惯。不知是青山没看见援朝还是怕吓着孩子，往西洼看了几眼就回屋去了。腿都吓软的援朝慌忙从树上滑下来，树又粗又滑，援朝一失手摔了个仰八叉。该他倒霉，这一摔，恰好摔在水桶般裸露的树根上。

连摔带震，援朝一下子失去了知觉。过了好一阵子，他睁开眼看到脸前金星乱飞，挣扎着爬起来，用劲张着嘴喊："姥爷……姥姥……妈妈……"就是发不出声音，心里想到八成把自己摔成了哑巴，这往后可咋办哩？眼泪就不住地往下掉。没弄到核桃，自然就没法和瘦猴争强赌胜，援朝就绕过大坑往家里走。走了一段路又试着喊"姥爷，姥姥，妈妈"，才有了沙哑的声音。不担心成哑巴了，援朝就跑了起来。跑着跑着，听见从肚子里发出咣当咣当的响声，停下来响声就没了，再跑肚里又响了起来。因为是偷核桃落的毛病，援朝不敢告诉家里人。随后的几天里，一跑肚子就咣当咣当地响，心想肯定肚里的啥东西摔坏了，摔坏的东西烂在肚里自己就活不成了，援朝越想越害怕。

过了两天，姥姥改善生活，烙了一筐子倭瓜丝菜馍。吃了一合半不太咸的菜馍，援朝不好再喝那照见人影的稀汤。这一天跑起来肚里没了响声，他才恍然大悟，原来肚里的响声是光喝稀汤没吃稠饭的原因。

立秋后过了个把月，一天晚上喝罢汤，淑娴笑着说："朝朝，今晚不要跑出去野了。我把你穿的夹袄和裤子洗洗，过一夜干了明天你穿着干净衣服，让你姥爷领着你上学去。"做梦都盼着上学的援朝麻利地钻进被窝。第二天一早醒来，姥姥趁着做饭，把没干透的衣服在锅台前烤了烤，又把裤子上划了三角口的窟窿用针线补了补。援朝穿好衣服，小姨又把他脖子上的"车轴灰"洗了洗。吃罢早饭，妈妈把用花花绿绿的碎布对成的新书包掏出来，装上本子和铅笔，斜挎在援朝肩上，含着泪拉住儿子的双手说："朝朝，你还记得那一年你姥爷、小姨踏着雪送你回家,你病重的爹爹说过的话吗?""妈妈,我记着爹爹让我好好念书的话哩。"雪筠又语重心长地说:"从今天起你该懂事了,妈妈就是盼着你和弟弟过的。到学校咱不和同学们比吃比穿,要听老师的话,好好学习,不要和同学怄气。"援朝用小手擦着妈妈脸上的泪说:"妈妈,我都记下了。"

白老拴扯着外孙来到离银杏庄东边二里远的康庄小学。学校四个年级四个班,集中着三姓庄高级农业合作社十个自然村的二百多名学生,加上校长共四名教师。学校是土改时没收地主家的房子,是村子中间路北的一个一进二的宅院,前院的堂屋和西屋是三、四年级的教室;后院的东西屋是一、二年级的教室;四间堂屋是老师的办公室兼卧室。进了办公室,老拴和校长说了一阵子话,掏出钱交了书杂费就走了。

校长把援朝领到教室,交给一个年轻漂亮、一脸笑容的女老师,低语了几句也转身离去。援朝看到同村的彩云、娇娇、昆、英莲已经坐在用土坯墩架着长板子的简易课桌后面。不一会儿同村的大梅、智扬、大荣也相继走进教室。

女老师看了看报到的新生都来齐了,就微笑着说:"同学们,我姓杨,往后就叫我杨老师。"点过名,一共是五十六个学生。随后杨老师就在黑板上写下了"ㄚㄛㄜㄧㄨㄩ"的老拼音字母,用教鞭依次指着这些曲曲弯弯的符号,同学们就跟着她"啊,喔,鹅,衣,乌,雨……"抑扬顿挫地念了起来。

放学回到家,老拴用桑皮纸给援朝包好了书皮,在封面上工工整整地写下了"张援朝"三个字,又在扉页上题了"读书、争气、修身、成材"八个字。雪筠拿着爹爹为儿子写的诫语,动情地说:"朝朝,姥爷的话你现在可能不懂,但这八个字够你受用一生的。"援朝点了点头。一星期后,杨老师重新排了座位,援朝坐在第二排,左边是彩云,右边是智扬。英莲比援朝大了两岁,当了班长。

收罢秋种上麦,三姓庄高级社又掀起了农田水利建设的高潮。从后荷荡流出的小河,向东到吴家湾掉头又向北从银杏庄村东头注入了大浪河。就在吴家湾村北不到一里的河道上规划了一个长400米、宽200米,面积120多亩的大水塘。开工那天,撒着白石灰的工地四周插着哗啦啦迎风飘扬的红旗,每隔两面旗,竖着用门板贴了红绿纸的标语牌,牌子上写着"挖出幸福塘,丰收有保障""千难万难都不怕,兴修水利干劲大""蓄起天上水,拦住河里水,锁住老龙王""月亮汽灯当太阳,铁锹扁担当刀枪,水塘工地当战场"等鼓舞人心的口号。趁着河西岸的高地,面向东还布置了一个简易的主席台。因在枯水期,几天前已经截流干涸的河床上站着十个自然村组成的近千名突击队员,雪筠、雪梅也在队伍里。

动员会开始,社长吴克兰先讲话。吴社长二十六七岁,不满五尺,麻利的小个子,留着乌黑的缨子头,一双骨碌碌转动的大眼透着机灵,若不是长了一个不协调的黄瓜嘴,整个人看上去倒有几分的英俊。好马出在腿上,好汉出在嘴上,别看他只有小学文化水平,脑子却比孙猴子还机灵,口才像城里的自来水往下流一样。他声音洪亮地讲道:"父老乡亲们,我们社的重点水利工程,幸福塘今日开工了,这是我们社的一件大喜事。幸福塘挖成后,可蓄水十六万立方,一次能浇两千多亩地。明年我们还要在康庄村后边的大浪河上建一座拦河大坝,到那时我们十个村再也不怕干旱了。"讲到这里,会场上响起了一阵热烈的掌声。他听着醉人的掌声又清了清嗓子大声鼓动道:"谁英雄谁好汉,幸福塘上比比看。我们要抬大筐迈大步,追星赶月加速度。"最后他以一首打油诗"大红旗下逞英豪,端起水塘当水瓢。不怕老天不下雨,哪里干旱往哪浇"结束了他精彩的讲话,下边激动得巴掌都拍红了。

大浪河北岸两个村有不认识他的民工低声问:"社长是啥庄的?出口成章,讲话真有水平。""他是吴家湾的,当过大柳树乡的团委书记。今年春县上把吴家湾划到咱们社,他当了社长。"别人正说着,在一旁不愿听的白骡子捅了一句:"麻知了趴在树梢上——嘴子货。"随后社书记牛满力作了总结性讲话。牛满力没多少学问,又有些结舌,吭哧半天"这个……这个……"的讲话,自然人们就没往耳朵里拾。

动员会后,头脑处于高度亢奋的人们,就争先恐后地干了起来。接下来的日子里,沸腾的工地上,人们抬着一二百斤的土筐快步如飞,比赛的口号声此起彼伏。康庄在这边喊道:"银杏庄哩没干劲,拄着铁锹当拐棍。"银杏庄在那边回道:"康庄哩你别喊,给恁帮工壮壮胆。"吴克兰休息的哨子吹了几遍,人们才停了下来。利用休息时间,吴社长主持了对康东娃的批判会。康东娃是康庄的,起因是他家院里有一棵两搂粗的大榆树,被社里无偿征用给学校解板子做课桌,说了怪话也没制止住刨树的康东娃,成了落后分子的典型。身为贫农的他在工地上弯着腰装着笑，做了三四场深刻的检讨后才算过了关。

没了斗争对象，休息时吴克兰喊道："骡子哥，说段瞎话儿给大家活跃活跃气氛。"白骡子解放前跟着豫东一个说鼓儿词的跑了一两年，肚里装了不少故事。加上他性格开朗，爱开玩笑，也好卖弄，就站起来一字一板地讲道：

"话说明朝成化年间，开封府有一个书生进京赶考，过了黄河一路上风餐露宿。这天上午，来到鸭梨之乡的河北魏县城南三里庄外，一望无际的梨园里，硕果压弯了枝头，这时只见不远处的梨树上站着一个二八妙龄女子正在摘梨。这女子上穿粉红色绣花紧衫，下罩珍珠白湖绉罗裙，两条白嫩而修长的腿从裙摆中伸出，像出水的嫩藕，娇艳如玉的鸭蛋脸上眉眼、鼻子、嘴如匠人刻出来一般，一头乌黑飘逸的长发透着仙女般的气质，书生心中顿生几分怜爱。正在摘梨的女子见一个挟着纸伞、挎着包裹、风流倜傥的书生走过来，便有十二分的喜欢。没等书生开口，那女子笑盈盈地说道：'大哥，看你这身打扮，定是进京求取功名的举子吧。你姓什么？家住哪里？'正想和女子搭讪的举人连忙说：'书生我姓张，开封府朱仙镇人氏，正是进京赶考哩，敢问小姐贵姓？'女子笑着说：'小姐我姓齐。你们这些文绉绉的书生好作诗，今天你我二人对对诗文如何？'"

听得入迷的人们个个支棱着耳朵。白骡子想吊吊众人的胃口说道："我喷了一嘴黏沫子连口茶也没混上。"吴克兰连忙舀了半水瓢温茶，双手捧着递过来笑着说："孩他舅，请饮驴。"白骡子咕咚咕咚喝了半瓢茶，接着讲：

"书生说道：'中，小姐你先出对吧。'女子轻启樱桃小口说道：'书生你本姓张，赶考离家乡。家撇美貌妻，少不了跟人家那。'女子机智地把偷情说成'那'，着实让书生吃了一惊，心想我要把这轻佻有才的女子嘲弄一番。此时一阵风吹来，撩起了女子下罩的罗裙，书生随口吟道：'小姐你本姓齐，上树摘鸭梨。风摆罗裙动，露出你的那。'女子听了书生调笑她的诗，怒冲冲从树上跳下来，劈手拽住书生的领子，说道：'好你个读书人，大白天调戏良家妇女，走！见官去。'

"二人拉拉扯扯到了魏县大堂。知县姓马，听了原、被告的陈述，心想：二人打情骂俏哩，老爷哪有闲工夫管这扯淡事，就随口说道：'老爷我本姓马，外号叫日麻欻。恁哩官司我不问，咬不了我哩那。'"

众人听了白骡子有滋有味的瞎话，笑得捂着肚子，眼泪和鼻涕都粘在了一起。白骡子一本正经地说："唉……唉……大家都别笑，你们说咱的吴社长是不是日麻欻呀？"大家异口同声地说："是……"吴克兰红着脸说："你鳖孙，我也给你起个外号，从今天起你就叫歪嘴骡。"众人又是一阵叫好声。"日麻欻"是临河县方言，指办事不犯掂量华而不实、好大喜功的意思；而"歪嘴骡"则是歪嘴骡子卖了个驴价钱，吃嘴上的亏了。

转眼到了三九，冰天雪地的工地上依然是热火朝天，标语牌上又增添了"天寒地冻照样干，幸福塘上过夏天""天不怕，地不怕，寒冬腊月光膀化"。不知是谁把这些内容汇报到县上，主管农业的副县长决定要来参观。区上把信儿透给吴克兰，三姓庄连夜召开党团员干部会，吴社长做了周密的布置，最后要求各队找个理由让那些嘴松的和不精明的"二不豆货"不要上工地来了。

第二天十点钟左右，骑着自行车探信儿的慌慌张张地跑回来说："副县长带着参观团到了康庄北地了。"吴社长高声命令脱棉衣，除女的和年龄大的还剩有衬衣外，其他人都脱成了光膀子。不一会儿副县长领着参观团来到工地，看着光着膀子抬着筐飞跑的场面，动情地握住吴克兰的手说："吴社长，你们冒着严寒斗风雪大干水利的精神给全县树立了榜样。"随后他问民工："冷不冷？""不……不冷。"民工打着哆嗦回答。"不冷哆嗦啥？""见到你激动的。"参观团走后，吴克兰对民工们的表现大加赞扬，随后不久那个会说话的青年成了入党积极分子。

临近春节，挖出了十多万立方土的幸福塘胜利完工。过罢年，县上召开冬季水利工作表先会，吴社长拿着学校老师为他写的发言稿作了经验介绍。不久他那"寒冬旷野闹纷纷，锁住龙王笑开心。全社人民齐奋战，丰收田里竖粮囤"的豪迈诗句被登在地区的报纸上。

第三十六章

腊月二十六，银杏庄完成了水利工程后，才召开了年终社员大会。会上先学习了《人民日报》的两篇社论，然后新会计吕春来翻开账本，正要公布账，白骡子站起来说："春来呀，啥东西都姓公了，公布账还有个球用。"下边异口同声地说："六个指头挠痒多那一道子弄啥？"银坡笑着说："不公布就不公布吧，反正肉烂都在锅里。过后你把收支的大账贴到墙上，省得社员们有意见。"接着他传达了全国《农业发展纲要四十条》的主要内容和上边"小社并大社"的精神，又说道："今年春节比去年多少腥腥儿哩。老拴哥放的一群羊下了十多只羊羔，队里把那些老骚胡和格羝羯宰上几只，让大伙吃顿羊肉饺子。"人们议论着农业纲要提出的黄河以北亩产四百斤、黄河以南至淮河亩产五百斤、淮河以南亩产八百斤的粮食发展规划，听着"鼓足干劲，力争上游"的口号，银杏庄的冬天热乎乎的。当天宰了八只羊，按壮劳力十两（十六两秤）、一般劳力半斤、十五岁以下小孩五两的方案分了肉后，社员开始忙着过年了。

这天下午，援朝也背着书包放了寒假。雪梅笑着问："朝朝，往年都是二十三前放寒假，今年咋恁晚哩？"懵懵懂懂的援朝说："小姨，我也不知道，只见学校墙上贴了很多小字报，说是大鸣大放哩。"说着把奖状和成绩单交给了小姨。雪梅喊道："姐，你们看，朝朝不但是三好学生，还得了双5分。"那时候学习苏联，学校实行的是5分制。雪筠问："有几个得了双5分？评上三好学生的有多少？""妈妈，得双5分的就我和智扬，我们班有十来个同学评上了三好生。"雪筠脸上露出了笑容。老拴看了看援朝的奖状和成绩单，又看了看作业，严肃地说："朝朝，今天姥爷不表扬你，知道为啥？"小援朝红着脸说："我写的字就像屎壳郎爬了爬。"

过罢正月十五开了学，援朝不见了他和同学们喜欢的李校长，就悄悄地问班主任："杨老师，咋不见李校长呢？"杨老师红着眼嘴张了几张没说话。援朝放学回家问大人，雪筠问："雪梅，听说李校长被打成了右派，犯的啥错误？""姐，我听说他写的小字报，一条是大前年强征过头粮把大堆哥逼疯了；一条是挖的幸福塘堵住了从后荷荡下来的滚坡水，不但不是水利，反而是水害。吴克兰拿着这两张小字报递到县上，说李校长不满社会主义，攻击党的英明领导，污蔑水利化运动。"老拴听罢深深叹了一口气。

李校长是大浪河北岸李庄村的，回家不久就在队里挑起了大粪。他有一个儿子娶了媳妇，头胎就生了个男孩，一家人自然亲不够。但儿媳奶水不足，小孙子整天饿得哇哇直哭。有人说了一个用驴肝炖黄芪的偏方可以催奶。此时，恰巧生产队的毛驴长了一身虱子，饲养员用"六六粉"闹虱子，毛驴中毒死了。剥了皮后，队长把驴肝无偿送给了李校长的老婆。右派家的孩子能娶上媳妇不容易，李妻担心驴肝有毒会害死儿媳妇，炖好后盛了一碗，找到正在挑大粪的丈夫，一改往日的黑丧脸，笑着说："他爸，队上的驴死了，肝子没人吃，不要钱给咱了，我给你盛了一碗趁热吃了吧。"李校长自从打成右派，没得过妻子的一次好脸，见到妻子突然对自己这么关心，含着热泪把一碗驴肝狼吞虎咽地吃到了肚里。中午回到家，妻子一见他好好的，就慌忙给儿媳盛了一碗驴肝汤，里边还漂着几片黄芪，他心中顿时明白了几分。下午挑粪时，打听到驴是被"六六粉"闹死的，他心里一惊，和自己一块儿生活了二十多年的妻子居然……他不敢多想，两行浑浊的泪水顺着他那沟壑纵横的面颊流了下来。

过了几天，同学们发现，教四年级的徐老师下了课总爱龇着牙照镜子，让人好生奇怪。后来一打听才知道，原来他长了个锛偻头，眼睛嘴巴也不协调，一张阴沉沉的脸上整天看不到一丝笑容，而且说话像"艮头萝卜"，还爱抬个扛上个别。前年拖拉机来春耕，一个老师说："看看这铁牛劲大不说，还灵活，想开到哪儿就开到哪儿。"他捅了一句："不老真吧？叫它开到村东头的大杨树梢上。"一句话噎得那个老师接不上话来。因他家是富农，反右运动开始后，就有人说他整天黑丧着脸，仇视新社会。但又实在找不出他的反党言论，就被插了白旗，差点丢了公职。从娘肚里生下就没喜脸的他长记性了，每天只要有空儿就对着镜子练笑容。

"大跃进"的东风把人们吹得脚下生风，农村实行了军事化。康庄小学后边紧靠大浪河，东边不远处一座拦河大坝没过完正月就开了工，这是三姓庄高级社最大的水利工程。全社一千八百多名劳力，除了几十个饲养员外全部上了工地。坝南头搭了个指挥部，书记牛满力是大坝工程指挥部政委，社长吴克兰自然是指挥长。每天一早，人们准时排着队来到工地，工地上红旗招展，比赛的口号声和夯歌声响彻大浪河上空，一直飘到三四里外的临河县城。不时有骑着自行车的参观团来工地。

　　一天，从河滩里惊起一只兔子窜到工地上，人们不约而同地停下活，"兔……兔……"地撵了起来。这时，爱说笑话爱卖弄的白骡子喊了声："大家快干活，检查团来了！"人们愣了一会儿，回味着他那机智幽默的玩笑话，哄的一声笑翻了天。此时，吴克兰铁青着脸，吹了吹哨子怒冲冲地喊道："大家停下来，我们要对白骡子的反革命言论进行现场批判。"白骡子嘻嘻哈哈地笑着说："日麻欻，我不过是开个玩笑，你想报复恁姐夫哩？"这时上来两个积极分子，两只手扭住白骡子的胳膊，两只手把白骡子的头按了下来。吴克兰声色俱厉地说："你这个国民党的残渣余孽把参观团比作兔子，这不是仇视革命干部、仇视大跃进是什么？"社员们批判不会上纲上线，犹如新媳妇哭公公——说不出个好歹来，只好推搡了一阵子，白骡子不得不低下了头。土改时定了地富反，去年又打了右派，现在又抓了现行坏分子，三姓庄高级社从此地、富、反、坏、右的专政对象就全了。白骡子的大名叫白致中，三代贫农，只不过被国民党抓过几年壮丁。

　　"兔子"事件后，人们意识到管不住自己嘴的严重后果，拦河坝工地上笑声少了许多。为活跃气氛，吴克兰就把划成右派的李校长拉到工地多次批斗。渐渐地，一些民工对他"玩活人"的做法起了反感，就借着解手的工夫躲在旮旯里磨洋工。吴克兰精得连头发梢都是空的，这些事能骗过他的眼睛？于是，他不动声色地观察着。干了一阵子，徐庄村有一个叫徐况的提着裤子从一片坟地里走出来，刚要拿起锨装土，哨子响了。人们集中后，吴克兰问道："徐况，刚才你弄啥去了？""我解大手去了。""你厕煞绳哩？一泡屎人家抬了整整八筐土。一筐土从装好到坝上一个来回需要十分钟，这一个多钟头你明明是躲旮旯磨洋工哩。"徐况红着脸没了下音。吴克兰扯着嗓子说："现在全国人民都在鼓足干劲，大干社会主义,像徐况消极怠工的行为明明是挖社会主义的墙脚,我们能容忍吗?"社长一定性,徐况成了斗争的活靶子和落后分子,随后就落了个"屙八筐"的外号。

社里搞"大跃进",学校也不例外。清明刚过,新来的秦校长从上边弄回来几麻袋蓖麻种子,全校开了动员会。恰在此时,一架飞机从头上飞过,秦校长说:"同学们,我们种的蓖麻籽榨成油可用到飞机上哩。"同学们一听蓖麻油可以开飞机,就摩拳擦掌扛着铁锹、抬着水桶来到幸福塘挖出的大土堆处,在土堆上种蓖麻。干到过端午,塘西岸二十多亩的蓖麻才算种完。随后几天里,又把全社十个村的空闲地都种上了蓖麻。

拦河坝开工一个多月后,上边又召开了积肥紧急动员会。工地上除留下七八百名强壮男子由牛满力带着继续打坝外,剩下的由吴社长挑选出二百多名组成了积肥突击队。凡是大路旁有地边埂的地方,每隔五六丈远就挖一个能卧下牛的大坑,把挖出的土培在四周做成三四尺高的熏肥窑,里边填上麦糠,上边封着顶,下边留一个点火孔。几天后,地头上排列着一千多个整齐有序的熏肥窑。又过了两天,得到上边第二天要下来检查的消息。吴克兰来到学校,让老师给三四年级的同学开了会,要求每个同学明天从家里拿一盒火柴,八点钟以前赶到学校。第二天,老师给百十名同学分了点窑的任务。九点钟,吴克兰骑着车子边走边吹着哨子宣布点火,霎时旷野里狼烟滚滚,很是壮观。浓烟把树上的鸟儿呛得扑棱棱向远处飞去了。检查团看了现场后,对三姓庄的熏肥场面赞不绝口,一堆老寒土熏了熏就成了肥料。与此同时,十个村的积肥运动掀起了高潮。在队长的带领下,先把各家的宅子土、茅厕土挖了一尺多深,再填上新土。又在河坡里、道路旁铲了一层草皮,在地头上堆成大堆后,上边浇了一些大粪和宅子土就成了所谓的肥料。白老拴看了看到处堆得小山似的"粪堆",摇了摇头。

康庄拦河坝五一前完了工。从工地上下来的民工一大部分去了南山炼铁工地,白银坡也在其中;另一部分去了城南的南坛村,筹建炼铁厂。白富庄接替了生产队长。

麦梢黄时,白雪梅拎着一个红洋布兜,在白富民的护送下出了嫁。她婆家是银杏庄南边刘朝庄的,两个村相隔六七里地。丈夫叫刘镇远,临河解放的第二年,经张得田动员参加了中国人民解放军。随部队过江那年他才十四岁,现在是昆明军区某部医院的连级医官。

这一年的麦季又是好收成。小麦收割后没等打完场，白雪筠和一些社员被抽调到南坛炼铁去了。生产队除了几个饲养员，全是老弱残兵。俗话说"五黄六月争回楼"，又要打又要种的吃紧时刻，队里少了劳动力，白富庄急得喉咙眼里直冒烟，掂着腿到处找闲人。恰巧援朝在屋后砍了两个带权的蓖麻秆学着大人踩高腿，白富庄一见，一改往日的和蔼大声吼道："朝朝，地里没人干活，舅舅急死了，你咋还在这儿踩高腿哩。"此时娇娇正从这里路过，援朝分辩道："你咋不说怹孙女娇娇哩？"正没地方撒气的白富庄伸手把援朝的"高腿"夺过来，用脚一下子踩断，说道："你学会犟嘴了，不下地今儿晌午别打算吃饭。"说罢又急匆匆地找人去了。援朝委屈地哭了起来，淑娴两只胳膊抱着别家的两个孩子，后面跟着小治淮，从屋里走出来问了问，就笑着说："朝朝，这都快过六月六了，地里的红薯还没栽完，你富庄舅着急呀！"

银杏庄为了赶活办起了临时食堂。援朝戴着姥姥拿出来的破草帽羞怯地来到地里，死狗姥姥喊道："朝朝，来和姥姥搭帮。"地是前天犁过的，昨天又下了一场雨，银杏庄前后有河，大部分是沙壤土，下罢雨就能下地干活。为了省工赶时间，社员们用烟杆在地上按株距、行距戳上洞，再把红薯苗插在洞里，踩上一脚就算完事。援朝负责往地里抱红薯苗，娇娇也干着同样的活。中午吃饭时，富庄愧疚地抚摸着援朝的头说："恨舅舅不？有空了我给你做个真高腿。"援朝翻翻眼没理他。

一个汛期下来，每隔三五里的拦河大坝把大浪河的水蓄得满满的，一里多宽的水面像一面梳妆镜，把两岸的村庄映在清凌凌的水里。后面的大石桥上水深超过了大人的胳肢窝，银杏庄在白埠口处摞了个来回渡人的木筏。八月初十多个高级社合在一起成立了城郊人民公社，三姓庄高级社变成了管理区。大浪河北岸的两个自然村划归任家营管理区，而河南岸的后荷荡和薛家渡归入三姓庄管理区。吴克兰由于高举三面红旗，"政绩"突出，并且在反"潘、杨、王"中凭着他那能说会道的嘴引起上边领导的高度重视，随后他成了三姓庄管理区的书记，而差一点被他攻击得拔了白旗的牛满力成了副书记。银杏庄和后荷荡成为三姓庄管理区下属的一个大队，白富庄当了大队长。

吴克兰当上管理区书记的第一件事，就是让学校老师在十个自然村显眼的墙上都写上了"鼓足干劲，力争上游，多快好省地建设社会主义""人有多大胆，地有多高产""与火箭争速度，和日月比高低""共产主义是天堂，人民公社是桥梁""超英赶美，以钢为纲，全面大跃进""公共食堂好，节省时间吃得饱""老鼠奸，麻雀坏，苍蝇蚊子像右派，人人动手除四害"等字如斗大的标语。

8月上旬，临河县全面掀起了大炼钢铁运动。除了县上在铁山、蟒背山办有炼铁厂外，全县十四个人民公社都办起了炼铁厂，炼铁的队伍达到十多万人。临河县是全国十大铁矿基地之一，来自十多个县的数万名炼铁大军也聚集在南山办起了二十多个炼铁厂。

城郊公社炼铁厂建在南关外的南坛村，排列有序的一百多座土高炉烈焰腾腾，四五千人的欢笑声、号子声、风箱声和哗啦啦的风卷红旗声交织在一起响彻云天。刚开始炼铁是从铁山、蟒背山背来矿石，把从各家各户收来的家具砸烂做燃料。高炉点火后，十几个人轮换不停地拉着特制的大风箱，不停地往炉子里扔矿石添柴火。然而由于温度达不到，从炉子里掉下来的矿石基本上没变样，亲临一线的公社书记急得喉咙都哑了。一个高炉悄悄地开了战地诸葛亮会，趁着夜色到附近的生产队，把人家正在使用的牛车轱辘偷偷给抹了下来，砸烂后填进了炉子里。

"出铁啦！"人们奔走相告，擂着鼓打着铜器到县委报喜。这所谓的"炼铁经验"很快被推广到全县所有的公社。于是村干部就挨家挨户地收铁锅、铁盆、铁錾子和破旧的铁制农具，学校也号召小学生到地里拾烂铁。公社炼着铁，生产队要送给养和原料，直接参与炼铁的有十多万人，而间接参与的有多少人就无法估算了。

临河县的大炼钢铁成了地区和省里的先进典型，一拨又一拨的人来这里参观取经。大办钢铁把各村的大树都刨光了，村上的青壮劳力也都上了第一线，但老百姓依然风风火火地支援大炼钢铁。百废俱兴的新中国底子薄，要想超英赶美必须大跃进，这些道理已经深入人心。白雪筠卖劲地拉着风箱，她不时地抬头看看被高炉映红的天空，那段时间，炼铁工地上根本分不出白天和夜晚。

种罢秋，银杏庄就办起了大食堂。因接连三季都是风调雨顺，加上去年秋天生产队全部种上"牛毛黄大豆"和"犟八斤红薯"等新品种，压塌地的庄稼把仓库里填得满满的。食堂一开伙，早中两顿馍加豆腐粉条南瓜做的大锅菜，豆腐用豆油炕得黄嫩嫩的十分诱人，晚上是打鼻梁骨面片或面条。对于长期精打细算掰着指头过日子的庄稼人来说，能放开肚皮顿顿吃着这可口的饭菜，仿佛真的过上了共产主义，人人笑得眼睛眯成了月牙，也就把劳累忘在了脑后。中午吃饭时，白富庄笑着问："合群嫂子，俺哥炼铁都走几个月了，你也不想他？""天天忙得连头都不顾得梳，谁还有工夫想他。再说了，这日子比皇太后还舒坦，喝罢汤就累得钻进了被窝里。他不回来，还省得找我事哩。"合群家的直言快语，差点没把人们笑得断了气。

村子里除了队长、饲养员、食堂管理员外，再也找不出其他成年男人，几个上岁数的老太太也都分配了看孩子的任务。星期天，一群学生在娃娃、瘦猴几个稍大一点孩子带领下用忙权（"大跃进"时期发明的一种农具）帮助食堂运菜、运柴火。食堂的馍是豆面掺着高粱面做的，吃起来有些噎人，时间一长，小孩子都把吃剩的馒头塞到墙洞里。食堂里喂了一圈猪，没剩饭时就煮上一大锅豆子。队长允许社员把饭打回家，因家里没了家畜，大量的剩饭就白白地倒掉了。

一百多亩大的幸福塘，清澈碧透地坐落在通往学校的大路旁，如镜的水面上，映出伙伴们的一张张笑脸。塘两岸种的蓖麻像树一样郁郁葱葱，粗大健壮的一棵蓖麻上能承受住三四个孩子。塘角的溢洪道口有一棵老柳树，柳丝垂到水面，戏耍着游鱼，荡起一层又一层的涟漪，这里成了援朝和伙伴们玩耍的好地方。从食堂吃罢饭，一群男孩子就急急地往水塘上跑。六一前在柳树上"摸树猴"，摸住谁谁是"右派娃"；过了麦收就脱了光肚，用书包压住衣服，扑通、扑通跳到塘里浮着水往南岸游去。他们把浮水比赛叫作"争上游"，最后一名是黑旗，倒数第二是白旗。生长在水边的孩子在娘肚里就学会了游泳，今天被插了黑旗、白旗，明天再一争高低。有时还学着大人的样子在溢洪道口用泥土拦水打坝。直到预备铃响了，他们才慌慌张张地爬出来穿好衣服往学校跑，边跑边用黄蒿叶在肚子上、腿上搓着，原因是怕老师用指甲在上边划出白道。有白道就是下水的标志，老师就要罚站。

转眼到了中秋，砍了蜀黍，割了豆子，接下来开始刨红薯。银杏庄的红薯要占秋作物面积的一半以上，这年的天气格外好，四百多亩红薯获得了空前的大丰收。刨过的红薯地里红薯一堆挨着一堆，因为没人手，半个月了依然堆在地里。这时，白富庄得到上边要下来检查秋收进度的消息，想着地里、村里到处都是被糟蹋的红薯，要是被抓了典型，肯定要受批斗，就让食堂做了加班饭，套上几辆车连夜把红薯拉回来，卸在村中间一个臭水坑里，一边卸红薯一边往上边盖土。没等处理好，检查团来了，看见如此糟蹋粮食的恶劣行为，就开了白富庄的现场批斗会。在会上，吴克兰锋头一转，把责任全部推给了白富庄。批斗会一直开到日头压山，临走时让人找来一个红薯擦子，扔给白富庄说："你一人负责把这一坑红薯擦完，要不在全公社游你的街。"一肚子的委屈没地方诉，白富庄擦到后半夜，一狠劲把几个手指头擦得鲜血淋淋。又气又恨的他一口痰涌上来卡在喉咙里，活活憋死在小山一样的湿红薯片儿旁。

那时候不光是银杏庄，其他生产队为了应付检查团也同样把红薯埋在了坑里、沟里，只是没撞到枪口上。世上的事有很多让人想不到，三年后这些被埋在地下已经腐烂的红薯，被饥饿的人们扒出来，救活了不少人的命。

第三十七章

幸福塘周边收了秋的七八百亩白茬地上又是红旗招展，人欢马叫，这是三姓庄深翻土地大会战的现场。自7月份省里在长葛县召开现场会后，深翻土地就成了除大炼钢铁之外又一项压倒一切的中心工作，公社多次下来督战。看着地里未熟的庄稼，吴克兰眼都急红了。匆匆收罢庄稼，三姓庄的深翻土地就开始了。吴克兰的工作思路历来是制造亮点，所以这次深翻土地又组织了一千多名炼铁挑剩下的老弱残兵，以生产队为单位开展劳动竞赛。地头的标语牌上写着"娘要亲生，地要深耕""深翻三尺深，亩产双千斤"的醒目大字。开始都按三尺深的标准，一天下来一千多人翻了还不足五十亩地，吴克兰着急，要挑灯夜战。恰在此时，公社通知书记天黑前赶到县上，连夜坐车到信阳参观高产卫星的先进典型。他走后第二天，牛满力虽然也喊着三尺深的翻地标准，但只顾和一些人忙着深翻管理区干部的高产卫星田，人们就按正常的翻地办法干了起来。三天后，吴克兰从信阳回来，七八百亩翻过的地里已整齐地打好麦畦。临河县因雨量比较充沛，历来没有打畦浇麦的习惯，打畦是牛满力的主意。谁知正好给吴克兰提供了一个再次吹大气的机会，随后三姓庄的园田化又成了全公社学习的榜样。

按照上边的要求，各级领导都必须有高产卫星田。三姓庄的高产卫星田设在康庄村西北角，正好是在银杏庄学生上学的大路旁，面积有五亩。播种那天，吴克兰对耧把儿康石磙说："石磙哥，你是大家公认的好耧把儿，这一千斤麦种你要均匀地播到这五亩地里。"

石磙苦笑着说："我从十七岁就学会了摇耧撒种，二十多年了，一亩地我最多耩过四十多斤麦种。你让耩这么多会中？"

"你真是老脑筋！'农业八字宪法'的第五个字就是密，也就是咱平常说的兵多枪多。按正常播量一亩地二十多斤种子产量只有三四百斤，如果按二百斤播，那产量不就成了三四千斤了吗？"

"一亩地能打这么多粮食？"康石磙吃惊地问。

"不到外面不知道，一到外面吓一跳。前天我到信阳参观，遂平县嵖岈山人民公社第一个高产卫星是亩产2105斤；第二个高产卫星是亩产3530斤；而西平县的高产卫星是亩产7320斤。"

听了这些想都不敢想的高产数字，康石磙惊奇得眼珠子都不会转了。随后又问了一句："这么高的产量，小麦通风透光怎么办？"

"人家在地边上安了鼓风机。"

"反正恁姓吴的嘴都在头上长着哩，你就吹破天吧。"

吴克兰一听拿他的姓开玩笑，就眼珠子骨碌碌一转说道："孩他舅，你还想骂我哩？那脏唐乱宋的唐字，去掉下边的嘴，再安进去半截球（求）不就是恁那康字吗？"开着玩笑，吴克兰亲自牵着马，康石磙把耧仓眼全部放开耩了起来。一亩地耩完后用秤把口袋里剩下的称了称，只合八十多斤。康石磙苦笑着说："老姐夫就这么大本事，你来耩吧？"吴克兰从小就没摸过耧，连忙点上一支烟塞到康石磙的嘴里说："就这样先竖着耩，然后再横着耩一遍。"按着吴克兰的吩咐，竖着横着耩了两遍后，还剩了一部分麦种，康石磙只好提着口袋又把剩下的麦种全都撒到了地里，随后又用牲口合了垄。吴克兰把写着他名字亩产4108斤的卫星牌子揳到了地头上。八九天后密密麻麻的麦子发芽拱起了一层地皮，再后来撒土不露的麦田没到越冬就像马鬃一样全部倒伏了。

种罢麦不久，在南坛炼铁的娘子军被抽调到刘岗引水提灌工地。临河县的地势南高北低，从马鞍山往北就是一望无际的黄淮大平原，但过了大浪河却隆起了一条东西长四五十里、南北宽六七里、高三四十米的土岗。土岗犹如一条巨龙横亘在临河县南北正中心地带上。引水工程就在城西六七里远的刘岗村，是城郊公社的重点水利工程。工程要从大浪河往北挖一条长三四里、宽十来丈的人工河，直到土岗下，然后再修一个大型提灌站。这工程还有个形象而响亮的名称叫"牵着龙王鼻子上高岗"，三千多名社员夜以继日地奋战在工地上。

三姓庄带队的领导是管理区的副书记兼妇女主任，叫席婉贞。她三十六七岁，中等身材，齐肩的短发，高挺的鼻梁，柳叶眉下一双炯炯有神的大眼透着正直，小麦色的脸上泛着红晕，整个人看上去干练又有生气。尤其是她那声音就像秋天熟透的果实，一张嘴就有股甜香的味道。她担任过薛家渡的农会主席，初级社的社长，而另一个耀眼的光环是——河南省的劳动模范。

银杏庄虽然和薛家渡只隔二里地，但过去不在一个初级社，雪筠只听说过名字，和她并不认识。三天后休息时，席婉贞笑着问雪筠："妮儿，你是哪个村的？叫啥名字？"没等雪筠开口，别人抢着说："她是银杏庄的，叫白雪筠。"这时，席婉贞走过来抓住雪筠双手说："看你细皮嫩肉的，我还以为你是没出嫁的小妮儿呢。原来你就是二十几岁矢志守节抚孤的白雪筠哪！"雪筠含着泪点了点头。

晚饭后，席婉贞来到雪筠住的地方，深情地说："雪筠，我一个人住了一间房子，连个说话的都没有，你和我住在一起吧？"雪筠拗不过席婉贞的一片热情，就抱着铺盖卷搬了过来。抻好铺，雪筠只脱了棉衣就钻进了被窝里。婉贞笑着说："雪筠你咋不脱衣裳哩？"雪筠苦笑着说："不瞒你席主任，自从我到南坛炼铁已经好几个月没敢脱衣裳睡觉啦。一个寡妇实在难哪！""现在是新社会，改嫁不丢人。要不我帮你……"没等婉贞把话说完，雪筠痛说了她和得良的恩爱生活以及丈夫得病的前前后后，最后坚定地说："我再苦再累也不能让两个孩子落下拖油瓶的赖名声！"说着说着，白雪筠竟然美眸湿润，嘤嘤地哭泣起来，只哭得梨花带雨，似乎一下要把这些年的孤独、痛苦和委屈，通通从眼眶里发泄出来。席婉贞流着泪说："雪筠，从今往后我就是你的亲姐姐，有过不去的坎尽管给我说。"雪筠感激地点了点头。席婉贞比雪筠大六岁，从此二人成了好姊妹。

立罢冬下了几场酷霜，银杏庄男女老少都在议论着两件事。一是全村要整体搬迁；二是三姓庄管理区要把各户散养的鸡集中起来办一个养鸡场。前一件是上边的命令不能违抗，而后件事人们听到风声后，为家里仅有几只能生个活钱的鸡而发愁。所有的集市都被取缔了，卖又没地方卖，吃又舍不得吃，人们无奈地叹息着。

这一天，白老拴在河坡里放羊，日头落山时一只黄鼠狼慌慌张张钻进路边的草丛里。老拴瞄准位置，一棍子下去就把黄鼠狼敲死了。当天夜里，把黄鼠狼剥成了筒皮，里边装上谷糠。第二天拿到城西街土产公司卖了三块五毛钱，回来路过村东头用这钱买了五只老母鸡掂回了家。淑娴一见抱怨说："人家都卖鸡哩，你咋还往家买鸡哩，就不怕充了公？""怕啥！反正咱也没扎啥本。"没想到这几只鸡一年后竟然救了大急。

一个黄鼠狼皮卖了三块多，在孩子们的心中简直成了天文数字。娃娃、瘦猴约了援朝、昆、智扬几个小伙伴商量着说："咱也逮黄鼠狼吧。如果这一冬能逮住五只黄鼠狼，咱每人就能买一支新钢笔，别在上衣口袋里那才眼气人哩。我们每人还可以再买个手电筒。有了手电筒，夏天夜里咱可以到南河摆晾子（用高粱秆做的逮鱼工具）逮鱼。"听了娃娃、瘦猴振奋人心的打算，几个孩子偷偷从家里找来家具掌子，又在野地坟头桑树上砍了一根擀面杖粗、三四尺长的木棍，央着娃娃的三叔做了一个黄鼠狼夹子。

逮黄鼠狼先要在坟头上找准洞穴。放学后几个孩子就背着其他同学，专找那长着黄背草的坟头，看是否有光滑并能塞进小拳头的洞，然后拽一把草把洞口虚虚地堵上。第二天上学时检查塞到洞口的草是否被拱开了，如果被拱开了就表明洞里有黄鼠狼。下夹子更是个技巧，黄鼠狼一般前半夜出来觅食，后半夜回窝，下得早了怕别人钻了空子把夹子掂跑了，下得晚了黄鼠狼已回到了窝里就逮不住了。一般在夜深人静后几个孩子壮着胆划着火柴把夹子下在黄鼠狼洞上，第二天天不亮就赶紧起床到坟上把夹子收回来。

过了几天，姥姥问道："朝朝，你每天都疯到后半夜，早起没人喊就爬起来了，那是弄啥哩？八成是有啥事儿瞒着俺吧？"经不住大人的盘问，援朝说出了合伙逮黄鼠狼的事。姥爷看了看援朝的作业又让他背了几段书，就笑着说："从小就让孩子知道钱来得不容易，这同样能教育人，是个好事。朝朝，你记住，只有凭力气挣来的钱才最干净的。"学生负担不重，老师留的作业对援朝来说不算啥难事。瞎忙活了一冬虽然没逮住黄鼠狼，但援朝却悟出了人生的一些大道理。

腊月二十八晚上，吕春来从公社开会回来，走进白老拴家。老拴连忙问："春来，啥会都开到这腊月二十八？"春来苦笑着说："公社堵住门不让走，让各队报全年的粮食产量，五爷你知道夏季咱队的亩产量也不过320来斤，秋季虽然又是丰收，但红薯大部分都烂到了地里。咱队全年我报了720斤，但这个数字不但公社通不过，就连管理区的吴书记也把我骂了一顿。后来我报了1020斤仍然通不过，看着报了1500斤以上的生产队都走了，我狠了狠心报了1450斤才被放了出来。"白老拴听罢长叹了一口气。

自从食堂办起后，银杏庄养了一圈猪，春节前宰杀后，除给在外炼铁、挖河的人送去了一部分外，在家的老老少少也算过了个好年。趁着过年，人们把谷糠、荞麦皮子圈成几个大圈，在上边铺了薄薄一层粮食，又把红薯窖里不多的红薯摆在窖内明眼的地方，这是为应付上边检查故意制造的"圈满囤流"的假象。那时谁能吹，谁就是英雄好汉。省里一个大人物一下子把河南吹成了全国的典型，吹大气一时成了邀功请赏的法宝。这些浮夸风为以后的大饥荒饿死人埋下了祸根。银杏庄食堂甩开肚皮吃饭的生活仅仅维持了半年，过罢春节进入农历三月，开始每人十两毛粮（十六两秤）的伙食定量。

一天晚上，白雪筠突然背着铺盖卷回到了家。她在南坛炼铁的四五个月中仅回来过三次，每次喝罢汤回来抱一下小治淮就走了，没在家中待过一夜。到刘岗挖提灌站的两个多月里，一次也没回过家。援朝和小治淮扑到妈妈的怀里，流着泪问："妈妈，你还走吗？""妈妈这回在家只能停三天，拆洗了被褥还得走。"小治淮听说妈妈还要走，就搂住妈妈的脖子哇的一声放声哭了起来。姥姥哄着说："朝朝，治淮，这一回妈妈是到县上学习哩，很快就回来了，回来就成了医生了。"原来雪筠在席婉贞的安排下，到县上参加婴儿新法接生培训班学习，时间为两个月。

随着春天的到来，临河县的饥饿生活也开始了，从食堂打的饭只能吃个半饱。好在地里的豌豆秧能掐着吃，树上的榆钱和槐花也能捋着吃，但干活时已没了往日的笑声。

一天，当饲养员的富民掂着扎鞭从城里回来对淑娴说："五娘，城十字街抹角楼的国营食堂里，供应杂烩和沫糊，但必须是掂扎鞭出差的饲养员才卖给，今天我就吃了个肚圆。要不也让俺五大掂着我的扎鞭盛回来些让这俩外甥吃顿饱饭？"淑娴感激地点了点头。白雪梅出嫁后随丈夫去了云南，但身在外地的她惦记着父母，尤其牵挂着两个小外甥，就从牙缝里挤出一些钱寄回家里。

第二天，白老拴一早把羊赶到河坡里，让另一个羊倌先照看着，就提着瓦罐掂着扎鞭进了城。像饿狼似的援朝放学回到家，姥姥把一碗杂烩端出来说："朝朝，你姥爷从城里打回来些杂烩，你趁热吃了吧。"援朝接过碗说："姥姥，把杂烩匀开咱都吃。""我和你弟弟都吃过了。"淑娴说着谎。又过了几天，杂烩菜没了，只供应沫糊。这年春上，靠着三女儿的接济，白老拴总算没让两个小外孙咋挨饿。

　　大麦出齐穗时，银杏庄的迁村传闻终于成了现实，在"左"倾路线冲击下，各地"大跃进"的花样层出不穷。和平公社有个管理区办了个大牲畜配种站，而牵着牛、马、驴等种畜配种的是个标致的小媳妇，这件事在全县引起了不小的轰动。随后城郊公社双寺区办了一个利用秸秆发酵喂猪的万头猪场，所谓的万头猪场只不过是他们的一个规划，目前圈里只有几十头猪。而让人惊奇的是，养猪场喂了三头大郎猪，牵郎猪的是个二十来岁的黄花大闺女。这些"大跃进"的先进典型把吴克兰撩拨得失眠了，几天后一个别人想都不敢想的方案在他的脑瓜里形成了。在区干部会上，吴克兰说了自己的方案后问："大家有没有意见？"此时反右运动刚刚结束，人们还没有从胆战心惊的阴影里走出来，加上银杏庄没有区干部，于是大家口不由心地说："没意见！"

　　召开银杏庄搬迁动员会的那天晚上，除了席婉贞在刘岗水利工地外，所有的区干部都来了，并且还跟了几个背枪的民兵。牛满力讲了踩场话后，吴克兰扯着喉咙讲道："父老乡亲们，一件划时代的大喜事就要在我们银杏庄发生了，这就是建设社会主义新农村。这个试点放在银杏庄是你们的福气。你们暂时分散到各村去，随后把学校、医院、综合厂、幼儿园、妇产院统统集中到这里。综合厂除了编席、打铁、做木匠活、捕鱼、养羊外，主要是办一个砖瓦窑厂。我们马上到县上找有关单位设计新农村排房图纸，多则一年少则七八个月大家将陆续住上整齐划一的新瓦房了。"人们听到要离开世代居住的家，不住地用手抹泪。被吴克兰斗怕的白骡子捂着脸哭着跑了出去。这时，一向息事宁人的白富民腾地站了起来，红着脸说："这样的好事咋不放到恁吴家湾呀？""放到俺吴家湾，不是显得我当书记的有私心了吗？"巧舌如簧的吴克兰早就准备好了回答的话。接着他板着脸严肃地说："社会主义道路不是平坦的，在行进的过程中会遇到各种各样的阻力，我吴克兰和管理区的干部早已做好了痛击各种歪风的准备。"在乡亲们的啜泣声中散了会。本来吴克兰预料着白骡子会跳出来，他带了几个民兵就是准备着开白骡子的斗争会，没想到白富民给他治了个难看。白富民的弟弟在朝鲜打了几年仗，现在是一名现役军官，吴克兰自然会掂量出其中的分量。

援朝和姥爷也参加了那天晚上的搬迁动员会，回到家援朝问："姥爷，也不知让咱搬到哪村哩？"淑娴一听说要让全村搬迁，气呼呼地说："老日恁厉害也没把咱撵出村，这血鳖子肯定是妖精托生的，要不这坏良心的日麻欻事谁能想得出来？"老拴叹了一口气说："他不择手段还怕坏良心？现在的形势正好给这种人提供了一个摸着天打呼雷的机会。今晚开会他带了几个民兵，扎着架子准备斗争人哩。幸亏没人给他打别杆。自从他当了书记后，全管理区被他斗争过的贫农就有几十个，哪一个'地、富、反、坏、右'不被他整得屁滚尿流？哪一个见了他不是像老鼠见了猫？""人在做，天在看，作恶总会有报应的。"淑娴无可奈何地诅咒着。

分散到各村的名单事先都定好了，其他生产队也派了牛车来帮助银杏庄搬迁。各家各户本来就没多少东西，大炼钢铁又把家具、铁锅都交给了公家，所以两天后七八十户的银杏庄，除了房子和大坑南岸的一盘石碾外，再也找不出一件能搬走的东西。白老拴正为没接到搬迁通知在纳闷，这时雪筠背着铺盖卷于中午回到了家。老拴问："雪筠，培训结束了？"

"结束了。咱村都搬完了？"

"都搬完了。就剩咱一户，也不知啥时候叫咱搬哩？"

雪筠笑着说："前天我在城里大街上碰见去开会的婉贞姐，她说不让咱搬了。很快管理区要成立妇产院，让我到妇产院负责接生，爹你留在综合厂放羊哩。"听说不用搬家了，一家人悬着的心总算放了下来。

随后，学校、医院搬到了银杏庄。紧接着，综合厂、幼儿园、妇产院也分别开了张。一场大饥饿的苦难在吴克兰的导演下拉开了序幕。

第三十八章

银杏庄搬空后，薛家渡和康庄两所小学迁过来合并成一所学校。接着办起了幼儿园、妇产院和综合厂，银杏庄又热闹起来。随着管理区的办公地点也挪过来，这里成了三姓庄管理区的政治、经济、文化中心。用吴克兰的话说："今日的银杏庄，就是明天的小上海。"

综合厂设在银杏庄村的东头，厂的后边开了二三十亩地的菜园。一头老驴蒙着眼拉着水车，把大浪河里清凌凌的水送到菜地里，七八个没种过菜的园把儿，只能种一些叶类菜和倭瓜、豆角、萝卜、大葱。三名编席的都是后荷荡村的；两名四十多岁的中年妇女，一人带了一名孩子住在老拴家隔壁；两个打鱼的和一名背着土枪的除四害神枪手也是厂里的职工。综合厂最大的家业就是两群羊：一群七八十只山羊由老拴和两个十四五岁的少年放牧；另一群三四十只绵羊由薛家渡的苗老五和一个半大小伙照管。

本来，按照吴克兰的宏伟计划，要办一个木材加工厂和一个铁业锻造厂，因大炼钢铁村里的大树都刨光了没有原料，只是在屋里摆了些木匠工具，大门旁却挂了个"木材加工厂"的牌子。而锻造厂操置了风箱、铁锤、铁砧、钳子、烘炉后，因找不到会打铁的，也只是一个摆设。

砖瓦窑厂建在村东头的河湾里。建窑不像挖水塘、修水库可以搞竞赛加快进度，这是个技术活。不知从哪里请来一个师傅，按照他的吩咐，在地边埂上先挖好面积有两间房子、深四五尺的窑膛，在窑膛前边朝南用砖头砌了一个三间房大、八九尺高的大拱券，这是大窑门，然后在窑的东边再砌一个小窑门。这一道工序完成后，时间过去了一个多月。接着从河坡里运来青泥坯，昼夜不停干了半个月才将窑建成。好在师傅有经验，一开始建窑就派人平了一个二亩多地的坯子场。窑完工后，三四万干坯子已整齐地码好了。装窑那天，吴克兰又从各村抽调了几十名年轻妇女。其中一个二十来岁学生模样的闺女，花格子上衣紧紧地箍在身上，两个圆圆的奶子挺得老高，低低的领口露出丰满的胸脯，不胖不瘦的中等身材，荷花般的脸上泛着红晕，柳叶眉下比桃花还要媚的眼睛骨碌碌地转动着，尤其是下身得体的蓝士林布裤子把两个屁股蛋子绷得溜圆。

站在一旁的吴克兰眼睛都看直了，随即温和地问道："姑娘你是哪个村的？""俺是薛家渡的，叫叶仙媚。"不等叶仙媚说完，一个快嘴媳妇翘着舌头说："吴书记，仙媚可是俺村下来的高中生啊。"吴克兰听到叶仙媚是高中生，笑着说："仙媚，农村是一个广阔的天地，我代表家乡欢迎你。"叶仙媚咧着性感的小嘴嘻嘻一笑，抛给他一个意味深长的媚眼。那眼神追魂夺魄，勾得他心神恍惚，好一阵子回不过神来。从来没踏实干过半天活的吴书记这时挨着叶仙媚往窑内递起了坯子。

中间休息时，吴克兰瞟了一眼叶仙媚，说："谁会唱戏？来一段让大伙解解闷。"

叶仙媚知道书记对她有了好感，有意将自己的军，就红着脸站起来嗲声嗲气地说："吴书记，我刚学了几段《朝阳沟》，唱哩不好，请您和大伙儿不要见笑。"

"不见笑，你就是哼上几声我们也爱听。"吴克兰流着口水说。

接着叶仙媚轻启樱桃小口唱了起来："祖国的大建设一日千里，看不完数不尽，胜利的消息，胜利的消息，农村是青年人广阔的天地，千条路我不走选定山区，选定山区，离城市到农村接受教育……"

一曲下来，响起了热烈的掌声。吴克兰讨好地说："咦，这声音咋恁好听，比那说书形容的'撕绫罗打茶盅，三春燕语蜜蜂哼'还醉人哩！要不你再唱一段？"

叶仙媚听了书记的夸奖，心里像抹了蜜，又唱了一段《银环上山》。

吴克兰表扬说："像仙媚这样既漂亮又多才多艺的高中生毅然回到家乡，是我们学习的榜样，更是党支部重点培养的对象。"

康盘根挤挤眼，轻声对苗秀说："你看这小骚货，真有股子骚劲儿，飞个媚眼，书记连眼珠子都不会骨碌了。咱就等着以后看好戏吧。"

三天后，把三四万坯子装进了窑里，因没钱买煤，让各村对了些劈柴拉到了窑上。此时除了银杏庄的大银杏树和综合厂职工宿舍院的一棵大榆树外，其他村连一棵碗口粗的树也找不到了。点着火，吴克兰一溜烟跑到公社汇报，紧接着公社在银杏庄召开了全社跑步进入共产主义、农牧副渔全面发展的现场会。叶仙媚根据吴克兰的口授提前给他写了个发言稿，并当起了讲解员。参观团先看了幸福塘、后荷荡及康庄、薛家渡两座水库，叶仙媚趾高气扬地介绍说："今年春，我们区在这一万多亩的水面放养了青、草、鲢、鳙五百多万尾鱼苗。一年后，仅我们的渔业收入每人每年就有一千多元。"她又用手指着正在河坡吃草的羊群说："这是我们管理区的三百多只羊，再过两年，到春节我们五个社员可吃上一只羊。"随行参观的二百多人发出了阵阵惊叹声："乖乖，县委书记的工资每月也不过四五十块钱，三姓庄每个社员的收入都超过县委书记了！"

　　接着又参观了学校、幼儿园、妇产院和木料加工厂、锻造厂、编织厂。为开好这次现场会，吴克兰专门请了三个铁匠，听着这'叮叮当当'的打铁声和'刺啦刺啦'的拉锯声，参观的人们无不为三姓庄红红火火的副业生产而折服。最后来到点火才三天的砖瓦窑，望着这冲天的紫烟，叶仙媚声音清脆地说："这是俺们管理区春天动工的砖瓦窑，这一窑装了六万多块砖。按每月烧一窑计算，一年能生产七十多万块砖，明年准备再建一个比这大一倍的砖瓦窑，不出三年我们三姓庄就要实现排房化。所以说砖瓦窑点着了火，就等于点燃了我们三姓庄的新希望。"叶仙媚吹破天的讲解引起了阵阵热烈的掌声。

　　参观后在综合厂开了现场会，会上吴克兰又作了更加精彩的吹牛报告。最后，他清了清嗓子说道："尊敬的各位领导，我们三姓庄要乘着大跃进的东风，以只争朝夕的革命干劲，以一天等于二十年的速度，大干社会主义。五年后我们将在银杏庄建起无人售货商店，谁需要什么就去拿什么，到那时我们就跑步进入了共产主义。"

　　在热烈的掌声中，公社何副书记作了总结讲话。他说："今天的现场会，讲解员不但人长得漂亮，而且介绍得更加漂亮。这些铁的事实，有力地痛击了'潘复生、杨珏、王庭栋'反党反社会主义的右倾路线。吴书记有气魄有前瞻性的发言，更是给我们上了一堂很好的政治课。同在一片蓝天下，三姓庄走在了全公社的前头，你们说该怎么办?"会场上顿时响起了"向三姓庄学习"的口号声。

现场会过去二十天后，烧出来的三万多块青砖整齐地码垛在窑场上。正当吴克兰为没钱没木料盖排房发愁时，公社一个电话把砖全部调走了，正好给无力盖排房的三姓庄找了一个下台阶的借口。有人抱怨说:"吴书记，咱们辛辛苦苦烧出来的砖就这样被无偿调走了。"吴克兰笑着说:"现在全国一盘棋，人民公社的优越性就是一大二公，共产主义就是不分你我。咱们有啥，公社用啥，就来调呗。"后荷荡两面环水，村子里种了很多梨树。这年秋，县上来了几辆汽车把后荷荡的二十多万斤酥梨调走个精光。三姓庄窑场出了一窑砖后，因没燃料，虽然剩了一些人在支撑门面，却再也没有烧出一块砖来。

现场会的人走后，叶吴二人一同走进综合厂路北的管理区办公室。一进屋，吴克兰一把抓住叶仙媚的双手说:"仙媚，今天的现场会多亏了你的精彩讲解和为我写的讲话稿。你没看看，不光是何副书记，凡是参加会议的人都对你赞不绝口。"吴克兰把到嘴边的"眼睛都火辣辣地看着你"咽了回去换了词。叶仙媚嗲摆着说:"吴书记，主要是你站得高，思路好，敢想敢干有水平。往后你可要多多关心我的进步和成长呀!"吴克兰谄笑着说:"那还用说，过几天你来综合厂食堂当管理员吧!"叶仙媚一听说让她到综合厂当管理员，一下子愣住了。吃大食堂时令多少人垂涎的职业就是管理员，当时社会上流传的说法"开飞机造轮船，不如当个管理员"。管理员不但自己能吃饱能照顾家里，还能巴结干部。更何况综合厂食堂是全管理区保供应的重点，除了干部在这里就餐外，也是上边干部下来检查工作的招待所。叶仙媚感动得含着泪说:"吴书记你真好，我咋报答恁哩?"说罢正要把头扎进吴克兰的怀里，这时听到外边有人高声叫道:"吴书记，该吃晚饭啦。"

过了五六天，综合厂食堂管理员被调到白龟山修水库去了，叶仙媚如愿以偿地当上了管理员。综合厂食堂在银杏庄村东头路南一个院落里，四间东屋靠南墙盘着二十四印锅的大锅台，北边放着两米宽、四五米长的大案子，上边放着大蒸笼。三名炊事员，一个是吴克兰的本家三叔;一个是干部的老婆;另外一个是老家南阳的姓闫的炊事班长，当国民党排长时落户到了后荷荡村——按说他这种人根本没资格当炊事班长，据知情人说他貌美的妻子和吴克兰有那种特殊关系，为了方便二人鬼混，吴克兰才把他调到了综合厂食堂。

路北一个院落后边的五间堂屋和两间东屋是管理区。堂屋西头的一间耳房是吴克兰的办公室，靠路的三间南屋东头两间放着米面盐油等，西头耳房的山墙上安着单扇门，这里边是叶仙媚的卧室。卧室南边没有窗户，靠北边的窗户正对着吴克兰的办公室。自从叶仙媚来后，把她住的南屋朝南又掏了个门，一般情况下，南屋东边的大门都落着闩，要想进入这个院子必须穿过保管室。

叶仙媚上任不到一个星期，就撤换了磨面工郭甜婉。自她当了管理员，每天发出去的毛粮和磨好的面及麸皮都要过一遍秤，时不时地会错上二三斤。这一天发出去的七十斤大麦和收回的面及麸皮竟错了五斤多，就向书记做了汇报。靠斗争哲学爬上来的吴克兰当然不会放过这个机会，当天晚上就开了郭甜婉的斗争会。叶仙媚说："自从我来以后，你磨的面和麸皮时不时要错上二三斤，今天的七十斤大麦你交来的面和麸皮只有六十四斤七两，损耗个一二斤还在理，那三斤多到哪儿去了？"郭甜婉红着脸分辩道："罗着面，荡得满屋都是，这能怨我？"被叶仙媚派去的老闫拿着手电筒到磨屋看了看，回来说："荡的面也有，但不多。""这你还有啥话说？""俺看着地上荡的面怪可惜，就用手拨拉拨拉吃了。"这时叶仙媚气呼呼地从食堂端出一只大碗，在大路上抓了一把细土，又从面缸里抓了两把面搅了搅，恶狠狠地递给郭甜婉："我要看看这土面你咋吃下去。"郭甜婉端着碗伸着脖子把碗里的土面吃了一少半，喉咙里不住地大声咳嗽着，只噎得泪花滚动两眼不见了黑眼珠。白老拴怕土面吸到肺里会呛死人，就劈手夺过碗说："少了面就得承担责任，还多费口舌狡辩个啥！"

这是小麦扬花时，全区伙食标准最高的综合厂食堂每人每天也只有十两（十六两秤）的毛粮。参加斗争会的八十多人为郭甜婉克扣大伙的标准粮而恼恨，更被叶仙媚的残忍吓出了一身冷汗。大家私下说："这骚货可不是善茬，往后她做的事只当没看见，省得她在书记面前哆啦一舌头，那可是筋断骨头折。"郭甜婉被关了一夜，第二天就被送回了井杨村。当天下午又来了一个年轻有姿色的小媳妇叫胡姣，家是三姓庄的。又过了几天，从薛家渡先后来了一老一少，托底的人说是叶仙媚的三叔和兄弟。

叶仙媚当了管理员半个月后，吃罢早饭，人们都和往常一样上工去了，静悄悄的大街上没有一个人，伙房里只剩下三个炊事员在忙着准备午饭。吴克兰穿过保管室回到自己的办公室，此时叶仙媚想到，虽然吴书记和自己认识时间不长，却对自己和家人给予了无微不至的照顾，又联想到社会上流传的"要想人前贵，先和干部睡"的话语，顿时一阵燥热涌上心头。

她随手上好了保管室的前门，又从后门出来把大门落了闩，就浪声浪气轻声喊道："吴书记，您在屋里弄啥哩？"听到喊声，正歪在床上打盹的吴克兰一骨碌下床坐在办公桌前，扒过一摞子"大跃进"的先进典型材料翻了起来。叶仙媚走进屋子不管不顾地俯下身子娇滴滴地笑着问："呃，啥好文件看得那么入神？"话语轻如飘浮的柳絮，边说边将丰满的胸脯压在了吴的脊背上，并轻轻地揉搓着。此时此刻，任你是个太监也得被她勾起心中的火来。吴克兰慌忙扭过身子，叶仙媚顺势就骑坐在了他双腿上，两人的气息变得短促起来，血管里燃起了烈焰腾腾的邪火。刚把滑溜溜的香舌送进吴克兰的嘴里，此时听到一阵急促的敲门声，叶仙媚一边低声骂道："哪个挨千刀的，偏偏在这当口上坏人家的好事儿！"一边不慌不忙地从吴克兰的大腿上下来，用手理了理额头上的乱发站在办公桌旁。吴克兰也轻声骂着："啥事？这么急，赶着投胎哩？"站起来正要去开大门，牛满力笑着走进来说："我刚才碰见老闫说你在屋里呢，推了推大门见里边上着闩。我猜想你一定是睡着了，就拨开门闩进来了，原来你和仙媚在商量事哩。"叶仙媚若无其事地说："也没商量啥事，就是让吴书记给咋管好食堂支支招。"说罢俏皮地冲吴抛了个媚眼扬长而去。吴克兰原本骇得狂跳的心在叶仙媚从容的应对中平复了，却被她那临走时的媚波又勾得狂跳起来。原来两扇大门已破损不堪，中间有两三寸宽的缝隙。

牛满力向吴克兰传达了昨天公社会上如何办好食堂的会议精神，说道："临散会，何书记对我说，要把三姓庄树为全公社办食堂的先进典型。后天的检查先从城东开始，最后在咱这儿开现场会。他让我转告你，上一次的农牧副渔现场会开得非常成功，尤其是你的精彩发言，给全公社"大跃进"增添了助推的冲天力。这一次还让你准备一份有分量的发言。"听到这个喜讯，吴克兰狂跳的心快要蹦出来了，就急急忙忙和牛满力到各村布置现场会去了。

天擦黑，吴克兰才拖着疲倦的身体回到办公室。此时晚饭后的食堂里只剩下叶仙媚和他三叔，叶仙媚把早已烧好的葱花面片和锅盔端了进来，温情脉脉地说："吴书记，你快吃吧，我先去冲个澡，在房间里等你。"说罢在他的脸蛋上"吧唧"亲了一口走了出去。

吴克兰狼吞虎咽匆匆吃了饭，点燃一支烟没吸两口就掐灭了。他胸膛剧烈起伏，感觉自己就像一个要爆炸的火药包。随后匆忙刷了刷牙，就蹑脚蹑手轻轻叩响了叶仙媚卧室的窗棂。随着门吱扭一声，吴克兰就闪身进了屋。

灯光下，叶仙媚脱得一丝不挂，犹如羊脂玉一般雪白的胴体散发着扑鼻的浓香，两个圆鼓鼓的玉乳小山似的耸立着。她麻利地先上了床，吴克兰一钻进被窝就被她紧紧搂住，双臂上显示着急迫与贪婪，把丰满鼓胀的奶子毫不羞怯地蹭在吴的胸脯上。接下来是叶仙媚一阵比一阵急促的呻吟声。结实的椿木床在剧烈动作下发出不堪重负的"咯吱咯吱"声，又仿佛是催人发狂的鼓点，让他们彻底陷入疯狂之中。二人扑腾到四更天，吴克兰昏昏沉沉地睡着了。一觉醒来，叶仙媚不在房间，听到外面吃饭的嘈杂声，吴克兰麻利地穿好衣服，撩起被子看了看没有落红的床单，他清楚地知道自己又收了一次别人的"二遍面"。朝南的门是反锁的，他悄悄拉开后门偷偷溜回了自己的办公室。

开罢早饭，叶仙媚进屋见吴克兰起床走了，用面瓢装了十多个专门招待上级领导存放的鸡蛋，让吴的三叔做好后，她双手捧着走进吴克兰办公室，疼爱又娇情地说："昨天晚上可把你累得不轻。快趁热吃了吧，好给你补补身子。"吴克兰吃着荷包蛋，两眼还在不住地瞟着叶仙媚。叶仙媚脸上泛着红晕，娇嗔地说："一夜亮着灯你还没看够。""你那比天仙还漂亮的脸蛋和雪白的肌体，别说是一晚上，就是一辈子我也看不够。"

这种事，有了第一回就会有第二回，仿佛吸毒上了瘾一般，到了一定时间心里就跟猫抓一样。叶仙媚为遮人耳目，翻了祖宗八代找出了个八竿子打不着的亲戚关系，把吴克兰认作表哥，一口一个喊得那真是亲热又肉麻。

在以后的日子里，每到夜深人静，叶仙媚一听到窗棂声，就麻利地拉开后门。就这样，在无键的电波上敲出淫荡的音符，在亢奋的叫床声中演绎着一对野鸳鸯肉体与权力的肮脏交易。

原来，叶仙媚是临河县民中高二的学生，她十六岁上初中二年级时身体就发育得像二十多岁的女人一样丰满成熟。丰腴的肩膀、水蛇般的腰肢和浑圆的屁股，又有一对大奶子，总惹来一双双火辣辣的眼睛。加上她风流漂亮，又爱打扮，有了这些资本，就毫无忌惮地和长得帅气的男同学眉来眼去。这年春，在西街露天影院包场看电影，坐在她前排水泥凳上一个高三同学正是她心仪的帅哥。银幕上男女恋爱的镜头撩拨得她春心荡漾，就脱下鞋用脚尖蹬住这个同学的屁股，这个男同学扭头一看是自己喜欢的叶仙媚，在黑咕隆咚的夜幕下，背过双手握住了叶仙媚柔嫩的双脚。电影散场后，二人在夜色掩护下手拉手上了西关外的土城墙。一连十几天，晚自习没下课，班上就不见了叶仙媚，有所觉察的袁老师第二天晚自习时派了全班三十多名男生，在县城能藏身的旮旯地方撒网式地寻找。有两个学生来到魁星楼遗址，两丈多高的土堆下，听到上边有哼哼唧唧的呻吟声，仔细分辨有叶仙媚，就悄悄地往上爬，一不小心蹬下一块土坷垃。待二人爬上去，叶仙媚和那个男生正在慌慌张张地提裤子。

第二天，学校做出了开除二人学籍的决定。正要找他们两个谈话，这时一名女生慌慌张张从寝室跑进教室，上气不接下气地说："袁老师，叶仙媚喝老鼠药了。"袁老师满头大汗和几个女生把叶仙媚架到医务室，校医指挥几个女生把她摁在床上，吩咐叶仙媚："张开嘴呼气，再吸气。"一连几遍后，校医把袁老师拉到门外，低声说："不碍事，她只是把老鼠药抹在了嘴唇上，是吓唬你哩。"袁老师随后向校长做了汇报，当天就通知叶仙媚的父亲把她领回了家。

叶仙媚勾搭上吴克兰的第三天中午，全公社一百多名干部在何副书记带领下，来到银杏庄召开先进食堂管理经验现场会。何副书记笑着说："同志们起了个大早，现在肚里已是咕咕叫了，我们就不再下村了。"

随后来到幼儿园和妇产院食堂，妇产院名字起得不小，其实只有白雪筠她们四个人。因村里的生活紧张，幼儿园倒是集中了十个自然村四十多名五六岁的孩子，小治淮也在其中。另有五名年轻漂亮、刚下学的姑娘当老师。参观团一走进幼儿园，搽着红脸蛋的孩子在老师指挥下，排着队整齐地喊着："欢迎！欢迎！热烈欢迎！"

大家来到伙房，吴克兰掀开蒸笼拿出一个肉包子说："幼儿园三天两头蒸肉包子，孩子们都吃腻了。"又掀开两个锅盖：一个锅里是打了鸡蛋穗的面疙瘩汤；

另一个锅里是豆腐炖粉条。何副书记动情地说:"大家看看,三姓庄幼儿园食堂干净整洁不说,活泼可爱的孩子多么有礼貌,更重要的是人家不重样的饭菜比县委伙上的标准还高哩。"其实从孩子入园三个多月来,这是头一次做这样的饭,平时也是啃窝窝头。刚好前天一个生产队饿死了一头老驴,为应付这次检查,把半拉驴给了幼儿园,另一半给了综合厂。

参观团来到综合厂,叶仙媚笑容可掬地跑上前握住何副书记的手说:"我代表综合厂食堂热烈欢迎何书记和各位领导检查指导工作!"何副书记色迷迷地望着叶仙媚问:"你调到综合厂当管理员啦?"叶仙媚点了点头。接着他又说:"像你这么漂亮又有才华,我相信综合厂食堂一定会办得红红火火,成为全公社的典范。""谢谢何书记的关怀和鼓励,我一定会为你们争光的!"走进食堂,看到一笼屉白花花的大馒头,一大盆驴肉菜和半锅漂着油花的鱼汤,何副书记吃惊地问:"你们吃的都是这样的好饭?咋没看见职工哩?""职工和咱们吃的一样饭。你没看看表,这都下午一点多了,他们早就吃罢饭休息去了。"其实职工在十一点就已经吃了高粱窝头,喝了一碗漂着菜叶有盐没面的菜汤走了。这一切都是吴克兰事先安排好的。

参观团成员每人抓了两个馒头,盛了菜和鱼汤就狼吞虎咽地吃了起来。叶仙媚笑着说:"何书记,给你准备的饭在我屋里呢,我和吴书记作陪。"三人进了保管室,吴克兰殷勤地拿着脸盆去后院水缸里舀水。何副书记推开叶仙媚的卧室门,看了看干净整洁散发着女人香味的新被褥,笑着说:"仙媚呀,这才叫金屋藏娇啊!"叶仙媚脸上泛着红晕,咯咯地笑着说:"何书记你真逗,人家还是没婆家的大闺女哩。"

说着话,吴克兰端着洗脸水进来。洗罢手,叶仙媚拿掉桌子上的纱罩,除了驴肉、鲜鱼汤、馒头外,自然是又加了几个菜。三人坐下来,何副书记嘴上说着太破费了,就大口地吃了起来。二人不住地往何副书记碗里夹着菜。

这时,后院办公室传来一阵急促的电话铃声,吴克兰放下碗去接电话。刚迈出门,何副书记就把手伸到了叶仙媚大腿根的要紧处,叶仙媚把纤细柔嫩的葱指按在了何副书记的手上,心里扑扑腾腾地跳了起来。

吴克兰接了电话闪身进了屋,二人红着脸慌忙把手抽回来,这一切怎能逃过吴克兰的眼睛? 他不由心头一喜: 我正愁咋用这骚货巴结何书记呢! 她倒是识趣地勾搭上了, 这真应了: 只要有骚鬼还怕引不来浪神。就笑着说: "何书记, 上边千条线下边一根针, 你看看我们基层干部有多忙。"何副书记问: "又有啥事?""一是催着让报夏季产量, 二是县上要检查除四害哩。"吴克兰接着说: "何书记, 我就不陪你了, 让仙媚陪你吃饭, 我先下去安排活儿去了。"吴克兰颇有意味地看了叶仙媚一眼, 转身离开了。

下午的现场会上, 吴克兰作了 "大食堂优点多, 社员梦里笑呵呵" 的典型发言。他说: "三姓庄自办起食堂后, 不但解放了劳动力, 而且大大提高了社员的生活水平。社员们纷纷称赞说'吃饭不要钱, 想了几千年; 快活赛神仙, 如今来实现'。现在的三姓庄是放开肚皮吃饭, 鼓足干劲生产。大家也都看了我们两个食堂的伙食, 这只是平常的饭菜, 到了节日还更加丰富哩。我总结我们各个食堂是:'早上馍, 中午馍, 晚上面条紧跟着''白面馍, 鲜鱼汤, 放屁熏得满屋香'。现在周围十里八村的大闺女都挤破头争着嫁到三姓庄。有人给我们编了个顺口溜说:'吃哩胖, 穿哩光, 不用问都是三姓庄。'"一阵掌声过后, 城北一个管理区的老书记捂着脸哭了起来。

"哭啥哩?"何副书记问。

"三姓庄的食堂办得这么好, 我们就是坐着火箭也撵不上他们啊!"

何副书记没解开那人话里讽刺的意味, 板着脸, 说道: "那就赶快换思想, 不换思想就换人!"

第三十九章

　　自从那天食堂现场会议后，何副书记成了三姓庄的蹲点领导，隔三岔五地来指导工作，还多在下午三四点以后。精明的吴克兰把自己办公室的门换了新锁，一把钥匙自己留着，另一把交给叶仙媚，并对她说："何书记选择在三姓庄蹲点，是对咱们工作的极大关心和支持。我把照顾好他生活的政治任务交给你，你要掂量出这件事情的轻重。你不会有意见吧？"心知肚明的叶仙媚红着脸说："吴书记，你的良苦用心除了我还有谁能知道？只要你不吃醋，我一定把何书记照顾得心满意足。"吴克兰没说话，捧着叶仙媚的脸亲了起来。

　　小孩子急饭加上供应的标准低，援朝没下床肚子里早已是蛤蟆乱叫了。食堂开饭的钟声没响，他就提着瓦罐去打饭，数次看到一头散发、睡眼惺忪的叶仙媚在伙房刷了牙，一手端着盛了水的牙缸，另一只手拿着一把挤了牙膏的牙刷走进保管室。不一会儿，何副书记端着牙缸出来刷罢牙，叶仙媚舀好的洗脸水已放在当门地上。何副书记洗着脸，叶随手把毛巾递了过来。做着这些比夫妻还亲切随便的举动，叶仙媚的脸上没有半点羞涩，反倒洋溢着自豪。

　　何副书记吃饭从来不出叶仙媚的房间，大部分时间吃了早饭就骑着车子走了。叶仙媚被人"滋润"后，嘴角的笑就一直没有消失过，脸上仿佛涂抹了一层猪油闪着亮光。有人小声说："何书记真忙，夜里还来咱三姓庄指导工作哩。""你没看看食堂管理员夜夜献媚，不但红光满面，连小肚子也胖得鼓了起来。""这真是得了活人津，一夜长半斤哪！"接话茬儿的是康庄的康盘根。和他同村的康石头低声说："根啊，管不住你那信口开河的嘴，有你吃亏的时候。"

　　何副书记一来，吴克兰殷勤了一阵子之后，就借口回家陪老婆去了。其实知情的人都清楚，八成他又钻进老闫家的热被窝了。

立罢秋，在何副书记的安排下，叶仙媚到城郊公社医院一连住了十多天。回来时，人们发现她小肚子的隆起没了。就在她走后的这段时间里，吴克兰几次在大白天走进胡姣的磨屋，闩上门，喝住了正在转圈的老驴……

这一切又被康盘根看在眼里，连三分钟都憋不住热屁的他卖能地说："秀哥，咱伙上养了两头'肥猪'？""饭都吃不饱，哪还有粮食喂猪哩？净是胡球侃。""你没看看书记的三叔脖子和头一般粗，不是一头'肥猪'吗？另外书记白天黑夜都没消停过，这不又是一头'郎猪'吗？"

"大跃进"的风吹到学校，学校从综合厂买了四只羊。秦校长把羊拴到操场边的树上，召开了全校师生勤工俭学动员会，发出了"上学一把草，要把羊喂好"的号召。刚开始，大家都比较上心，但随着各生产队伙食越来越差，很多孩子饿得少气无力，哪还有心薅草？一个多月后，几只羊拴在校园里，饿得咩咩乱叫，送回去吧又怕丢面子。秦校长找到老拴说："大叔，全村就怎一户没搬走，援朝又是三好学生，学校的几只羊就交给他吧？"老拴说："秦校长，你扯上援朝那不是明摆着麻烦我哩？一群羊多几只少几只无所谓。"随后，援朝把学校的几只羊合到姥爷的羊群里，就背着书包回到学校。

全班五十多名学生能坚持到校的只剩三十多名，而这三十多名学生有时只到十来个。老师一看课程没法往下进行，就提前放了学。援朝只好背着书包去帮姥爷放羊。

羊吃着草，姥爷教援朝学习功课。一天，赶着羊群回来，援朝眼尖，看到河坡头的芝麻地里有一团像灰衣服的东西，跑过去一看，就大声叫道："姥爷，这里土枪打死了一只灰老等（灰鹤的俗称）。"说着就背了出来。老拴看了看光身子就比援朝还高的灰老等说："这是在咱这里很少见的灰鹤，估计着十斤还多哩。这么珍贵的鸟也成四害了，唉……"

自从大浪河每隔三五里打了拦河坝后，宽广的河滩上滋生了大片的芦苇、蒲草。随后，丹顶鹤、灰鹤、白鹤、黑颈鹤、鸬鹚、鸳鸯、水鸭、水鸡等大量地迁徙了过来。因为没有了其他大树，银杏庄的大银杏树上每晚栖息着几十只鹤。这些鸟被除四害的枪声吓怕了，每天天不亮就飞走了，到很晚才飞回来。1959年下半年，虽然还保留着专职除四害的人员，但除四害的高潮已过。最厉害是上一年春银杏庄没迁走时, 不但是银杏庄, 各个村不分白天黑夜, 响声一片, 有敲脸盆、敲犁面的, 有敲笆斗、敲簸箕的, 赶得麻雀在空中乱飞不敢落地, 老鼠不敢出洞。干部挨户检查, 一连几天敲到天亮, 每家按人头分了交老鼠尾巴和麻雀嘴的任务。

援朝把灰鹤背回家, 姥姥择净了羽毛后, 煮了一锅肉。援朝把妈妈、弟弟也喊了回来, 包括另外两个放羊的, 七个人吃着带有鱼腥味的鹤肉, 不住地说着: "这肉真香! "

入了秋, 豫南百日无雨, 出现了严重的旱情。三姓庄召开紧急动员会, 提出了"天大旱人大干, 百日无雨夺丰产"的口号。虽然三姓庄河里塘里水满满的, 但因人们饿着肚子听腻了吴书记吹破天的大话, 再也不像以前那样一呼百应了。

迁到外村的孩子吃不饱饭恋着银杏庄。家挪到后荷荡的瘦猴组织了三四个比他小的孩子经常来找援朝。放了学或星期天, 他们在村里找那些残存的果树, 摘青桃、毛杏、桑葚、构果吃, 麦黄时捋麦穗、摘豌豆角充饥。因为跟着他能吃到东西, 孩子们自然听瘦猴的话。他立下规矩: 不管吃的啥东西, 回去都要保密, 否则就坚决开除。瘦猴比援朝大了两岁, 他知道自己带头捋麦穗、摘豌豆角是破坏生产, 被干部逮住的话, 轻则不让吃饭, 重则有可能开除学籍。孩子们能吃些东西, 回家后就守口如瓶。渐渐地, 他的队伍就发展到八个孩子。入了秋虽然大旱, 但低洼地的春玉米还是抽了穗, 看着玉米棒能经住嘴儿, 瘦猴就带着他的队伍趁大人不注意花花眼就钻进了玉米地里。不说话打着手势, 轻轻剥开玉米包, 孩子们就在地里啃起了还在灌浆的玉米棒。他事先交代, 每棒玉米只能啃上一半, 然后用玉米皮包好, 给大人造成老鼠偷吃的假象。

他们吃过玉米后就开始扒春地红薯。一次, 名字叫小钢的小孩扒到一个二斤多重的大红薯。按辈分, 小钢管瘦猴叫爷。啃到一半, 小钢说: "猴爷, 我的红薯太大了, 怼不完。"瘦猴说: "你怼不完也得怼, 要不你就不要当我的兵了。"小钢怕当不成瘦猴的兵, 硬是把大红薯伸着脖子啃完了。小钢比瘦猴小四岁, 才上一年级, 吃了这么大的红薯, 回到家, 又喝了食堂的稀菜汤, 觉得肚子里一阵阵像刀绞似的疼痛。他猜想, 可能肠子下边被红薯堵着, 上边装了菜汤下不去, 又不敢给大人说, 就躺在床上龇着牙使劲地揉肚子, 但揉来揉去连个屁也没放出来。小孩瞌睡劲儿大, 疼着疼着就进入了梦乡。到了后半夜, 只听见肚里呼隆隆像打雷一般，接着扑哧一声，蹿了一床稀屎。

小钢妈点着灯，见稀屎里尽是些生红薯粒儿，问道："钢钢，你偷扒红薯吃了？"小钢经不住妈妈的再三盘问，就供出了和瘦猴一群孩子偷扒红薯吃的实情。小钢妈说："你吃不完一根红薯，不会少吃点？""妈妈，瘦猴爷说，如果吃不完扔到地里，让干部查出来还得游街哩。要是那样，我就当不成他的兵了。"小钢妈听罢哭了，但第二天她没找瘦猴理论，也没制止小钢给瘦猴继续"当兵"。

1959年夏季产量比上年减了四成，秋季百日无雨，产量不到1958年的一半。但身为管理区书记的吴克兰，偏要把灾年吹嘘成大丰收。他一手举着高指标，硬是把全区的粮食估产得比去年还高；一手托着"右倾"的大帽子，批"唯条件论"、"叫苦论"和"为三面红旗抹黑论"，把人们压得喘不过气来。这年秋后，猛烈的浮夸风还夹带着疯狂的反瞒产，哪个生产队长完不成任务就是"小彭德怀"。三姓庄管理区二十个生产队，每天夜里开汇报会，凡是征购进度排在后三名的当场就进行批斗。在高压政策下，完成征购任务的各生产队余下的粮食仅够吃三四个月。从十一月到来年的六月，还缺四五个月的口粮怎么办？各生产队只好裁减标准，伙食标准最高的综合厂也从十六两秤的十两裁为七两。

为了粉饰大丰收的盛况，收秋时，吴克兰特意让人选了一些长得好的黑豆、黄豆、芝麻、谷子、高粱。国庆十周年前，他特意找了一个扎纸货的高手，关着门熬了一锅鳔胶，把黑豆、黄豆、芝麻削成斜茬，中间插上竹签，再抹鳔胶，鳔胶干后绑在长长的高粱秆上。接着用鳔胶粘了一捆谷穗和高粱穗，在穗把上裹了几层红纸，红纸上赫然写着"三姓庄"几个大字。又找来两把油纸伞，刷上鳔胶整齐地粘满了玉米籽，两个三尺长的人造玉米棒做成了。上年农历六月，东边许湾村死了一匹老马，那时社员生活还不太紧张，更怕传染上炭疽病，就把死马埋在了地头上。刚好这是留的春茬红薯地，栽红薯时有人在埋死马的土堆上栽了一棵红薯苗。在一次检查评比时，吴克兰发现这棵红薯长得格外肥壮，问明了情况后，吴让队长专门派了个老农负责照管这棵红薯。由于精心管理，刨出来四个比石蒜臼还大的红薯，一上秤竟有四十二斤三两！吴克兰大喜过望，找人专门给这棵红薯做个玻璃罩子。

国庆节这天，前头两个人打着"三姓庄管理区"的红布横幅，横幅下是咧着嘴、牙龇得像剥狗似的吴克兰。几个人打着红、黄、青、蓝、赤的几面旗子，紧跟着是四个人抬的方桌上放的特大红薯，后面是四个人抬的桌子上放的谷穗、高粱穗，还有七八个人举着特制的玉米棒子和高粱秆上绑着的豆子、芝麻。

本来计划出动两班响器，因实在找不齐四个吃得胖会打铙的小伙儿，就临时更换成学校的腰鼓队。打手镲的是援朝和一名叫秀岭的男生，其余二十面腰鼓全是女生。腰鼓队穿着镶了花边的绿色对襟上衣，每人腰里系了一根红绸带，每个学生都搽了红脸蛋。可能老师觉得两个男生和二十个女生不协调，又给援朝、秀岭扎了个朝天鬏。随着"锵……锵……锵，咚不隆咚……锵"的打击声，大人们抬着"大丰收"的果实，孩子们扭着步子往城里进发。恰巧白老拴赶着羊群出来，看到这场面，自言自语地说："这不是报喜，这是往阎王爷那里报命啊！"

庆祝国庆十周年会场设在临河县一中的大操场上。三姓庄献礼的队伍一走进红旗招展人头攒动的会场，立即引起了阵阵惊呼声。人们看着三尺来长的玉米棒、一尺多长的谷子、比茶罐子还大的高粱穗，望着两丈多长的黑豆、一丈多高的芝麻，瞅着玻璃罩中的特大红薯，纷纷说："怪不得三姓庄亩产那么高，看来人家不是吹哩！"

这时，主抓农业的胡副县长走过来紧紧握住吴克兰的手，说："老吴啊，我几次上恁三姓庄，你咋不让我看看这真正代表大跃进的好收成？你是不是不愿张扬，到关键时候突然给县上一个惊喜哩？"吴克兰面不改色地说："胡县长，三姓庄的工作历来让事实说话，从不玩那花胡哨子。"胡副县长又说："县上要办一个农业大跃进展览馆，你们这些东西就留下来吧。"吴克兰趴在胡副县长的耳朵上说："你没看仔细，那玉米棒是油纸伞粘了玉米粒做的。""我第一眼就看出来了，不过你们能想到做这么大的玉米棒，将来一定会种出这么大的玉米棒！"吴克兰眼珠子一骨碌说："我把这大红薯和玉米棒留下来，其余的带回去。听说地委书记过几天还要来俺三姓庄呢。"胡副县长听说地委书记要来就笑着点了点头。

国庆十周年过后的第三天晚上，综合厂食堂在吴书记主持下召开了"痛击右倾思潮，公共食堂优越多"忆苦思甜会。会前，他让人找来三四名1942年大饥荒逃难嫁到这里的妇女，管了一顿饱饭后，交代说："今天晚上的忆苦思甜会，你们几个讲讲那年大饥荒人吃人的惨状就行了。"又让叶仙媚交代几个炊事员作重点发言。为了开好这次忆苦思甜会，那晚食堂做的菜糊涂要比平常稠得多。

喝罢汤，人们齐聚在离食堂不远路北一个院子里。这是职工们住的屋子，四间铺着席子的堂屋里坐满了人。吴克兰喷了一通公共食堂无比优越的踩场话后，炊事班长老闫开口说："我们三姓庄在吴书记的英明领导下，连年大丰收，社员们吃穿不发愁，个个红光满面。"他用手指了指吴的三叔说："恁看看老吴的脖子比柳斗还粗哩，过去的老财地主吃得也没这么胖。"大家看看涨红脸的老吴，哄的一声笑了起来。这时，吴克兰为打破尴尬连忙纠正道："往后可不能说是我的英明领导，应当是各级党委的英明领导。"康盘根看着尴尬的老闫说："孩他舅，拍马屁蹚了你一头稀屎，可舒坦啦。"

在众人的笑声中，吴克兰指着从临颍逃荒过来的一名妇女让发言。这个妇女声泪俱下地讲了那年大饥荒，草根、树皮都吃光，为了活命甚至人吃人的惨景，以及她家在逃荒路上五口人饿死了三口的经过。她说着说着就背过了气！霎时屋子里哭声一片……几名妇女和炊事员轮流发言后，时间已过了半夜。叶仙媚对同村的田盈说："盈叔，恁家三代贫农，你也诉诉苦吧！"田盈本来就拙嘴笨舌，加上喝的菜糊涂不顶饥，肚子里早已咕咕叫了，就站起来结结巴巴地说："老蒋这血鳖子……真是赖……赖哩很。""咋个赖法？"有人急促地催问。吭哧了半天的田盈捅了一句："他打了败仗跑到台湾，不该把卖蒸馍的也带走。"吴克兰听罢，顿时脸色大变，骂道："你个孬孙，看着平常怪老实，还会转着圈儿为蒋介石歌功颂德，给大跃进抹黑哩。"说着一脖儿拐把田盈打趴在了地上，接着吴的三叔、老闫和几个积极分子一阵乱脚把田盈踩得晕了过去。吴克兰还不解气，恶狠狠地说："你还装死哩，像你这号坏分子就是真死了，只当是老牝牛尿了一泡尿，正好可以净化我们的社会主义。去！把他拴在当院的榆树上。"田盈那凄厉的哭声在料峭的寒风中盘旋了一夜。

第二天，援朝到食堂打饭，见水桶粗榆树上绑着的田盈半死不活地耷拉着脑袋，面前留下一片比小筛子还大的泪痕。

这年初冬的一天，临河县"大跃进"的又一壮举——漯临小铁路这天要通车了，腰鼓队带着头，全校二百多名师生来到县城东关，按照指定的位置站在铁路旁。用生铁铸的铁轨只有标准铁轨五分之一的长度，远远望去，粗糙的铁轨不但高低不平而且弯弯曲曲，铁轨下铺着从各村伐来的杂树做的枕木。别看这铁路质量不高，对第一次看见铁路的小学生来说却十分新鲜，个个瞪着惊奇的眼睛，看看这火车咋在这站不住脚的铁轨上跑哩。在老师的带领下，他们挥动着手中的小旗，扯着嗓子一个劲儿地喊口号。

日头都大倒西了，除了不时地从铁路上走过一些干部外，竖着耳朵也听不见火车声，从早上六点到这时水米没打牙的学生饿得瘫坐在了地上。这时县上一个干部走过来和校长嘀咕了几句，校长吹了吹哨子说："同学们都打起精神来，听说火车走到大刘掉轨了，一会儿抬到轨道上来，出溜一阵子就到咱县了。你们看看，农民伯伯和工人叔叔干劲儿真大呀，这一百多里的铁路不到十个月就竣工了。咱们临河县的大跃进惊动了党中央，说不定敬爱的毛主席今天也来参加通车典礼呢！"听说毛主席要来，同学们一骨碌从地上站起来，又挥起了手中的小旗。

夜幕降临，仍不见火车的影子，一天没吃饭的师生被寒风吹得抖个不停，老师不得不让几个学生坐成一堆背靠背取暖。到了半夜，火车才拉着汽笛，"突……突……"喘着粗气，摇摇晃晃地开了过来。此时师生们哪还顾得上饥饿寒冷，就摇着小旗拼命地喊起了口号。车上坐着的干部从车窗里探出红光满面的脑袋，微笑着向欢迎的人群招手，援朝一眼没眨也没看见毛主席。火车过去后，有个同学说："我看见毛主席了，他留着大背头哪。"此时已饿得前心贴后背的同学谁也没力气再和他抬杠。

老师带领着学生踉踉跄跄地踏上了回家的路。走到康庄拦河大坝，当空一轮明月把水库照得如同一片宽广的场地。突然一个瞌睡得东倒西歪的女生扑腾一声掉到了水里，老师手疾眼快把这名女生从水中抱了出来。这一幕成了援朝对"大跃进"一生也抹不掉的记忆。

第二天，学校放了一天假。这天上午，雪梅的丈夫刘镇远骑着自行车进了院子，车子后架上绑着一个纸箱。援朝一见连忙喊道："姥姥，俺姨父来了！"淑娴从屋里走出来，笑着问："镇远你来了，彤彤泼不泼？""娘，彤彤已经会笑了。县上叫我送兵哩，我顺便拐个弯儿。"彤彤是雪梅刚满月的女儿。原来，镇远去年8

月从部队转业后分配到公社卫生院，当了副院长。

援朝抱着纸箱进了屋，打开一看，原来是满满一箱饼干。淑娴惊奇地问："在哪里买这么多饼干？""娘，这是上边专门为今年征兵调来的饼干，只准我们送兵的医生买，我就买了两箱。一箱留在了家里，一箱给您送来了。"淑娴抓了一把递给援朝，多天没见过白面的援朝没细细品味就大口吃了起来。从年初开始，临河县大大小小的商店凡是能充饥的食品，都停止了供应，这一箱饼干无疑于救命仙丹。刘镇远放下饼干就走了。这时候走亲戚不留客已成为人人都清楚的新规矩。

当天下午，多天没走娘家的霜菊来了，淑娴问："丫丫咋没和你一块来？"

"俺村的幼儿园散了，丫丫天天饿得直哭，我又背不动她，就没让她来。"

"丫丫她爸回信没？"

一提丫丫她爸，霜菊就哇的一声扑在淑娴怀里，哭着说："今年我给他去了七八封信，他只回了两封。头一封说他带着学生在下边实习，没时间给家里写信；第二封信挑明说我没文化，一头沉实在不方便，就劝我和他离婚哩。这真被俺奶奶和雪梅说中了。"

"丫丫她爷啥态度？"

"丫丫她爷倒是和我一心，骂他儿子说：'这忘恩负义的东西想当陈世美？没门！除非我死了。'"淑娴给霜菊擦着泪说："年轻人没主心骨，兴许过上一年半载就回心转意了。"淑娴把那箱饼干匀出来四分之一，霜菊抹干了泪兜着饼干走了。

这时候食堂的伙食：壮劳力早上、中午每人一斤红薯一碗咸茶，晚上是照见人影的两碗稀菜汤，而援朝和比他小两岁的凤兰则是半斤不到的七两红薯和晚上的一碗稀菜汤。在食堂吃了晚饭到家后还能吃上几块饼干，援朝勉强能睡着觉。过了一个多月饼干吃完了，食堂也没了红薯，伙食标准就换成了每人每天十六两秤的七两毛杂粮。食堂做的馍分一、二、三号，一号馍是壮劳力的，二号馍是几个妇女的，而比一号馍小一半的两个三号馍是援朝和凤兰的。偶尔喝上一顿潜个猛儿找不着面片儿的"好饭"，盛饭的老闫每盛一碗就抬头看一下。一次挤着盛饭的援朝把碗放在锅台上，老闫从锅底捞了一勺子比较稠的，倒在援朝的碗里，抬头看了看说："我只当是黑头哩。便宜你小子了！"叶黑头是叶仙媚的三叔。从没吃过稠饭的援朝只恨得咬牙切齿，九岁的他体会到了"天不怕地不怕，就怕炊事员歪勺把儿"的世态炎凉，从此以后他端起碗就想哭。

尽管人们饿得七死八活，从上边下来的干部却像狗走窝子似的来了一拨又一拨。叶仙媚毫不顾及自己的脸面，每天花枝招展地招待着这些贪吃贪色的特殊人群。一天早晨，她端着饭正要走进自己的卧室，一个和她同村的人问："仙媚，你端的啥饭？""吴书记好吃厚馍，是专门为他做的锅盔和鸡蛋汤。"正蹲在饭场吃饭的康盘根小声骂道："吴书记不但好吃厚馍，还好吃你的蜜蜜哩。"他没留神，一扭头发现叶仙媚的兄弟也蹲在他的旁边正在吃饭。

伙食标准最高的是综合厂，人们还被饿得头晕眼花，下边的生产队更是苦不堪言。饿极了的人们只好拿着三齿耙，纷纷到地里刨白菜疙瘩、刨红薯筋儿。大炼钢铁时，大部分人家的锅都被收走了，老百姓只好用脸盆把挖来的东西煮着吃。三姓庄各村冒起了炊烟，这是给"三面红旗"、大食堂抹黑的严重政治事件。吴克兰随即召开了紧急会议，出台了"不准私自生火做饭、不准外出逃荒、不准向上级告黑状"的"三不准政策"，接下来他摔盆砸锅、令人发指的暴政开始了。

秋收前，老拴让淑娴缝了个大布袋，每天放着羊就背着布袋捋草籽儿，有时也让援朝帮他。援朝问道："姥爷捋这草籽儿弄啥？"老拴语重心长地说："朝朝，姥爷捋草籽儿是保你的命哩。"这话听着暖心，但小援朝并不懂得是啥意思。其实，食堂吃红薯时，老拴就把人们扔在地上的红薯皮小心地捡起来，拿回家放在笸箩里晒干。这些举动，在援朝的心里打了一个大大的问号。

第 四 十 章

腊月底，下了一场鹅毛大雪，破败的银杏庄寂静得令人窒息。饿得肚里拧绳的援朝下床推开门，喊道："姥爷，下大雪了，还放鸡窝不？""现在不放，等我起来再说。"起床后，白老拴掀开屋门后鸡窝上的盖板，从里边抓出鸡，让援朝把六只母鸡圈在西头的耳房内。此时的耳房因长期没有修缮过，大半间都露着天。自从吴克兰出台了不准生火做饭的政策后，这间白大夯当年为躲避土匪精心修建的耳房又派上了用场。白老拴在耳房内挖了个地灶，在只能一个人钻进去的出口处挡上了一只破旧的空箱子。若是生人绝不会想到里边还有一小间屋子。

家里本来有三只母鸡，前年又买了五只，总共八只。去年春天，鸡在屋后的麦地里打食儿，被人脚獾拉走了两只。入秋后，六只鸡多时一天能下四五个鸡蛋。每晚人脚定时，老拴就挪开空箱子，让淑娴钻进去，烧开了水，用三个鸡蛋沏成絮子茶，每人喝上一碗。这大大缓解了因饥饿而无法入睡的熬煎。

把几只鸡圈好，老拴从笸箩里抓了一瓢草籽儿，递给援朝说："朝朝，你钻进去把草籽儿撒在没雪的地方。"援朝按照姥爷吩咐撒了草籽儿，又放上了一盆清水，钻出来说："姥爷，怪不得你天天捋草籽儿，原来是等下大雪了好喂鸡呀。"正说着，食堂开饭的钟声响了。

援朝赶忙提着罐子去打饭。走进食堂，除了几个炊事员面色红润外，其他人脸色蜡黄，双眼塌陷，瘦得像猴子似的蹲在地上啃着窝窝头，手中端着一碗咸茶。此时，再也听不到吴克兰那"清早馍，中午馍，晚上面条紧跟着"的大话了。实际情况是："清早的馍二两重，下边有个藏兵洞；晌午饭一勺半，只见菜叶不见面；晚上的汤明晃晃，里边漂着个大月亮。"援朝领了一、二、三号三个窝窝头，用笼布包好，打了半罐子咸茶提着往家里走。

抬眼望去，雾蒙蒙的大浪河上，溜河风一阵紧似一阵地怒吼着，吹得他浑身冰凉。进了屋，援朝三下五去二就把自己一两重的窝头吞到了肚里，又喝了一碗茶。没吃饭时，肚里麻木着觉得还好受些；吃了一点饭，胃肠一蠕动，反而浑身哆嗦起来。援朝无力地瘫坐在小椅子上，眼中的泪水扑簌簌地滚落下来。姥姥把自己剩了三分之一的窝头递给援朝，援朝哇的一声哭着说："姥姥，你的馍比我的也大不了多少，我不吃。"姥姥流着泪说："我老了，你还正在长个子呢！"从此以后，每顿饭姥姥都要给援朝省下一小疙瘩窝窝头。姥爷秋天晒的一筐笸红薯皮，入了冬派上了用场。每天早饭后，老拴就给援朝抓出来一把。尽管红薯皮上沾着厚厚的沙土，吃起来碜牙，但那是保命的真东西。他们推说，牙口不好咬不动，其实，姥姥、姥爷是舍不得吃。这样的情景在援朝幼小的心灵里深深地扎下了根。

大年初一中午，综合厂食堂改善了伙食。说是改善伙食，其实窝窝头还和平常一样大，只不过咸茶换成了飘着鱼腥味却不见鱼肉的鱼汤。比综合厂要苦得多的各生产队生活可想而知。

过罢年，越来越多得了"虚胖"的人拄着棍子，拖着虚弱的身体到老拴家前头的卫生所找医生。卫生所有两男一女三个医生，王中医是城南关的，苗医生是薛家渡的，另一个姓胡的女医生是城里牛市口的。他们每人每月供应二十六斤标准，前年和综合厂一个伙，后来三个人就另立了锅灶。虽然二十六斤的标准不宽绰，但能吃一些熟地、大枣、山药片、元肉、枸杞等中草药，所以他们还有气力开玩笑。见到患浮肿病的来了，就说道："又是吃胖了吧？"

吴克兰见浮肿病人越来越多，就问道："王医生，这病是不是传染，咋越治越多？缺什么药吧？"

王中医答道："少一味药。"

"少啥？"

"少粮食。"

吴克兰大怒，在干部会上提出把王医生作为攻击"大跃进"的反面典型进行批斗。副书记席婉贞说："王医生是公社派下来的人，咱哪有权力批斗人家？再说了，这种病确实是营养不良引起的，他说的也是实话。这种事咱掖还掖不严哩，你组织批判他，消息传出去那影响可就大了。"吴克兰听了只好作罢。

四十五岁以上的男子除了少数炊事员、干部外,大部分人不同程度得了浮肿病。而三十到四十岁有小孩的中年妇女很多人患了子宫下垂。本来吃不饱饭还要给孩子喂奶,严重的营养不良引起的子宫下垂,像在裤裆里塞了个气球。患这种病的妇女,除了面黄肌瘦外,走路岔着腿直不起腰。大饥饿笼罩下的三姓庄老百姓挣扎在死亡线上,除了拦河坝溢洪道哗哗的流水声外,各个村庄都寂静得瘆人。

　　吴克兰召开了改善社员生活紧急动员会,提出了"瓜菜代、磨淀粉度春荒"的口号。春天是种植的季节,哪里会有瓜和菜?于是,生产队就号召各户把小孩坐过的用玉米包皮编的蒲团拿出来,用清水泡后在碾上碾烂,再放到水磨里磨,磨出来的东西再掺些豆子高粱面,放在笼里蒸熟后,就成了"淀粉馍"。毕竟蒲团有限,后来就用玉米芯和麦秸来做淀粉馍。淀粉馍黑乎乎的,又涩又苦,既没有啥营养,更团不成个,炊事员只好给每人挖上半碗。正值初春,村干部不准社员生火,饿得没办法的人们就把淀粉馍强吞到肚里。有些生产队从河里捞些苲草切碎后掺上面做成馍,好下咽些,但不顶饥。

　　一天,比援朝小一岁的大岭背着书包去上学——他家挪到了后荷荡二队。他早上吃的是玉米芯淀粉馍,走到半路觉得肚里胀得难受,就躲在坟旮旯里解大手。蹲了好大一阵子,脸憋得通红也没解下来,用手一摸,原来是玉米芯堵住了肛门,就哭着跑到了学校。班主任温老师把他领到厕所,找了个小棍子,一点一点地给他往外剜。剜了好大一会儿,大岭肚子才呼隆隆蹿了一摊稀屎。那天没上成课,回到家,大岭哭诉了屙不出屎的经过,父母伤心地哭了。大岭娘患了严重的子宫下垂。大岭下边还有两个弟弟和两个妹妹,五个三到九岁的孩子瘦得皮包骨头,少气无力地喊着:"娘啊,我饥哩慌""爹呀,我饿得活不成了。"

　　逼上了梁山,林黛玉也照样会打家劫舍。本分老实的大岭父亲这天晚上拿出扁担和两个麻袋就往外走,大岭娘一见拽住麻袋问:"他大,你干啥去哩?""我去偷些红薯回来让这些孩子啃着吃。""你不要命啦?要是被干部逮住还不被他们批斗死。""你看看这几个孩子都饿得出相了,我不能眼睁睁地看着他们饿死。"说罢,不顾妻子的劝阻,就扛着扁担出了门。

　　此时已是后半夜,半拉月亮在云团上吃力地爬着,泻下朦朦胧胧的月光,远处传来了一阵凄厉的夜猫子叫声。大岭父亲看巡夜的干部走了，就慌慌张张跑到红薯窖上，快速地抽出别在腰间的铁火棍，把红薯窖内十字木桩上的铁锁撬了下来，用手拨开木桩，麻利地下到窖里往麻袋内装红薯。刚装好半麻袋，这时听见了巡夜的说话声，他就蹬着窖腿上的脚蹬失急慌忙地爬了出来，没命似的往家里跑。身后响起了一连串急促的喊叫声："偷红薯的站住……偷红薯的站住……"大岭的父亲叫满囤，他在村子里拐了几个弯儿，听听喊声停了，就急忙推开家门，回身落了闩，一头栽倒在当门地上。妻子一见，慌忙端着灯过来，看到丈夫蜡渣似的脸上双眼紧闭着，嘴角上冒着白沫，就轻轻地连声喊道："他大你醒醒……他大你醒醒……"停了好大一会儿，白满囤睁开眼绝望地说了一声："没给孩子们偷到红薯，反倒被人发现了，明天就等着挨斗吧。"原来他慌乱中只顾逃跑，把写有"白满囤"名字的桑木扁担丢在了红薯窖上。

这一窖红薯是生产队留的红薯种，白满囤偷红薯种犯了"饿死不吃种子粮"的古训。第二天，吴克兰知道后上升到"破坏生产的严重政治事件"，打算将白满囤五花大绑押到会场批斗后，再到管理区十个自然村游街。牛满力、席婉贞几个支委说："白满囤也没偷到红薯，你看看他瘦得跟柴火棍一样，刮股风就能吹倒。如果游街游死了，有人捅到县上，咱肯定得坐那二斤半的大萝卜。"吴克兰想了想，蹦出一句话："那就便宜这鳖子一回吧。"

第二天上午，几个积极分子扭着白满囤的胳膊押解到会场，推搡了一阵子，批判了他的严重"罪行"。白满囤痛哭流涕地做了深刻检讨。吴克兰宣布给他戴上"坏分子"的帽子。

老百姓饿得皮包骨头，那耕田犁地的牲口就更可怜了，一个个饿得像四根圪针扎了个干枣。从上年3月份，所有的牛、马、驴都停了料，只吃麦秸的牲口还要犁地打场，好多牲口一卧地上就站不起来了。饲养室里都备了杠子和麻绳，饲养员每天都得抬几回牲口。牲口在不断地饿死。精明的队长白天把死牲口藏起来，单等到后半夜再派人剥了后煮熟分给社员们吃。此时，吴克兰嘴中的"人有多大胆，地有多高产"换成了"筷子头上也有阶级斗争"，天天掂着腿在十个自然村出溜着看谁家冒烟，访一访哪个生产队死了牲口，如果有死牲口就必须交到幼儿园和"幸福院"。

"幸福院"是吴克兰起的名字。随着浮肿病越来越多,可能县上有指示,三姓庄召开了支部会。在会上,吴克兰让席婉贞负责筹备这件事。席婉贞为难地说:"这么多浮肿病人都集中到银杏庄,别说是吃饭,就是住也住不下呀。另外,这个机构叫'浮肿病院''疗养院'都不好听。"吴克兰笑着说:"咱区四千多口人,若敞开让他们都来,恐怕两千人也不止。给你五十个人的上限,每个队分两个指标,剩几个指标,咱们干部的老亲旧眷找到咱也有个回旋的余地。各队死的牲口都交到这里,患了浮肿病不干活还能吃肉,多幸福呀!就叫'幸福院'吧。"

　　和幼儿园、妇产院一个食堂的"幸福院",很快来了四十多名浮肿病人。他们全身臃肿,小腿肿得像打水罐子,用手一按就是一个坑,尤其是头大得吓人,脸上像吹了气泡,透明发亮。这些都是能走得动的浮肿病人,那些不能下床的重病号还留在家里。人到齐后,席主任开了个短会说:"下边从牙缝里给咱们挤了每天十两的口粮,这只能吃个半饱,所以大家还要开展生产自救。"于是病人就拄着棍子,在地里剜些米米蒿、刺角芽、猪秧秧、婆婆纳这些所谓的野菜交到伙上。一个多月后,吃了些粮食浮肿有所减轻的病人就让出了院。收罢麦,办了三个多月的"幸福院"就解散了。按照吴克兰的说法,三姓庄的浮肿病全好了,回家也有新麦吃了。其实,真正原因是各生产队实在调不出粮食来。

　　幼儿园的孩子虽然没有断顿,但饿得三根筋挑着一个头。几个老师也饿得少气无力,也就不再教孩子们唱歌。饿极了的孩子就趴在草窝里抽一种叫星星草的幼穗充饥,尽管这样也比家里的生活好得多。"幸福院"解散后不久,随着"大跃进"应运而生的幼儿园也完成了历史使命。

　　说是妇产院,其实只有白雪筠和另外三名护理。因为人们都炼铁、修水利去了,夫妻们很少在一起,即使匆匆见上一面,也都因为累得像翻蹄子驴,何况腹中饥饿,谁也没精力过夫妻生活。所以在妇产院开办的一年多时间里,除了接纳十多个头胎产妇外,几乎没有二胎产妇。在妇产院生孩子的一个月内,产妇每顿能吃上三四两(十六两老秤)的白面,所以争着到妇产院坐月子。俗话说:"月子婆娘,吃死和尚。"婴儿一呱呱坠地,像饿狼一样的产妇必须及时喝上一大碗冲着红糖的鸡蛋茶,随后每天要加几次餐。而这时一切食物匮乏,即便有钱也买不来东西,产妇从家里带来的鸡蛋只能省着吃。一次,在一个产妇两三个小时撕心裂肺的号叫后，随着婴儿一声啼哭，雪筠问："烧茶打几个鸡蛋呀？"产妇少气无力地说："打一个也中，两个也中啊。"尽管那时候干部鼓励多生，但饿得前心贴后背的女人们就是坐上了胎，也很难养住。

在极左路线下，浮夸不是数字游戏，最终要由农民来承担实实在在的恶果。4月的一天早上，援朝啃了一两重的窝头，坐在靠背小椅上垂下无力的头，又哭了起来。姥姥钻进耳房煮了两个鸡蛋递给援朝，说："朝朝，你吃一个，另一个给治淮送去。"援朝几口吃完了鸡蛋，揣着另一个向幼儿园走去。刚走到幼儿园大门口，只见一个十七八岁瘦得像麻秆的年轻人，走着走着扑通一声栽倒在地上晕了过去。援朝没见过这样的场面，哭着喊道："妈妈，快出来，死人啦！"白雪筠听到喊声跑出来，用手试了试，还有气，就喊道："婉贞姐，快让伙上烧些面汤，这人饿昏过去了。"席婉贞和几个幼儿园老师跑出来。不一会儿，炊事员端着二升盆凉好的面汤走过来。席婉贞把这个年轻人揽在怀里，指挥着用筷子撬开他的嘴，喂了几调羹面汤，这人才哼了一声。喝了两碗面汤后，年轻人挣扎着站了起来，眼中含着泪说："我是河北岸郝庄的，俺食堂连淀粉馍也吃不上了，就想到前荷荡俺舅家看看有啥吃的，走着走着眼一黑就栽倒了。我一辈子也忘不了你们这些好心人救了我的命。"

过了一段时间，幼儿园紧随着"幸福院"也解散了，妇产院变成了妇产室，挪到了后荷荡二队。

豌豆开花时的一个星期天，在牛市口完小上六年级的后荷荡二队的吕富有吃罢早饭，因为饿得难受，就一人来到银杏庄西头的一块豌豆地里掐豌豆头吃。四周灰蒙蒙的，天上乌云翻滚，过了一会儿，筛豆子似的雨滴落了下来，富有赶紧钻进了村西头的炕房里，然后攀爬着坐在第四棚的行条上。外边的雨一个劲儿地下着，大约过了两个小时，炕门和天窗对流的冷风吹在富有骨瘦如柴的身上，他筛糠般地哆嗦起来，想起了忍饥挨饿的生活，一下子流起了眼泪，恨起了吴克兰刮的浮夸风。刚好看到山墙上棚烟秆的凹槽里有半截粉笔，吕富有思忖了一阵子，随手写下了几句打油诗："公共食堂杀人刀，淀粉窝头吃不饱。菜汤稀得照人影，面条不见面星漂。七两毛粮吃五两，剩下干部刮民膏。社员饿得哇哇叫，阴曹地府走一遭。"过了一会儿，雨停了，吕富有拖着饥饿的身子回到了家。

三天后，队里派人垒火龙准备炕烟，人们看到墙上的"反动标语"，吓得舌头都缩不回去了，随即报告给管理区。吴克兰带着治保主任来到现场看了看，对治保主任说："这是一起恶毒攻击三面红旗、污蔑大食堂的反革命事件，你赶快到县公安局报案。"治保主任派了一个人保护现场，当天下午从公安局领回来一名刑警。刑警掏出相机拍照后，令人刮掉山墙上的"反动标语"，来到牛市口学校翻看学生的作业本，对起了笔迹。第二天下午，他通知三姓庄把吕富有带到公安局。

　　吕富有战战兢兢进了监号，发现一间牢房里填了十多名犯人。过了一会儿，一个三十多岁的犯人问道："小兄弟因为啥进来了？"吕富有红着脸说："我写攻击大食堂的反动标语了。"问话的人说："咱这一屋子都是为嘴伤身啊！别难过，来到公安局算是掉进福窝里了。"吕富有捉摸不透"掉进福窝里"是啥意思。中午吃饭时，每个犯人一个高粱豆子两掺面做的馍，比家里食堂的淀粉馍大了将近一倍，而且还有一大碗菜糊涂。半年多终于吃了一顿饱饭的吕富有笑了。

　　一个半月后，警察把他从监号提出来，说："吕富有，你被释放了。"吕富有想想家里的伙食，哭着说："我还没改造好哩，我不回去。"警察吓唬道："走不走？要是不走，就把你调到杀人犯的监号里。"经不住恐吓，他从公安局出来回到了家。就在进公安局的那天，他就被学校开除了，从此小小的吕富有成了"坏分子"。

　　三姓庄红旗举得最高，经验出得最多，大饥饿也最严重。饿极的人们寻找凡是能吃的树叶、野菜、田螺、河蚌，都偷偷煮着吃。这种为三面红旗抹黑的事，吴克兰是绝对不能允许的。他严令干部们绷紧"筷子头上也有阶级斗争"这根弦，凡是有生火做饭的，决不姑息迁就。干部们也在挨饿，哪还有气力做这些坏良心的事？于是吴把主要精力放到了摔盆砸锅上，此时的人们最怕听到的一句话是："吴克兰进村了！"

　　麦梢黄时，薛家渡有一户人家，主妇三十六七岁，婆婆已经饿得奄奄一息的，下不了床，而患了严重浮肿病的丈夫也走不了路，四个年龄六至十二岁的孩子哭着："娘啊我饿……娘啊我饥……"中午吃罢饭后，这个妇女带着两个大一点的孩子顺着后河边水浅的地方，摸了一些田螺、河蚌择净后回到家里。她想着这半晌不足的，干部不会下来查生火做饭的，就拿出藏的破锅煮起了田螺、河蚌。刚煮到七八成熟，吴克兰突然踹开门，气急败坏地说："三不准政策都实行好几个月了，你们还明目张胆地和政府对着干。"说罢端起锅就往外走。妇女在后面哭着喊着："吴书记，恁行行好吧，孩子他奶都快饿死了啊！"没人性的吴克兰哪管后边凄惨的哭声，来到当街大坑东头一个有半坑臭水的大粪坑前，顺势把田螺、河蚌倒进了坑里。正好旁边有一个碓谷窑，他又狠狠地把锅摔在上面，然后扬长而去。

看吴克兰倒了田螺、河蚌，又摔了锅，妇女就一头栽进了一丈多深的大坑里。邻居们听见摔锅声急忙走出来，一见妇女跳了坑，有几个男子"扑通""扑通"地跳下去，把她从水里捞出来。喊了一阵子，这妇女睁开眼，"哇哇"地吐了一大摊水，又伤心地哭了起来。此时围观的群众越来越多，几个有血性的年轻人要撵上吴克兰拼命，一个岁数大的说："可别做那信球事。恁别说和他拼命，就是弹他一指头，他嘴一歪，你们就成了'现行反革命'。等着吧，上边总有一天会发现吴克兰'打着红旗反红旗'的罪行，到那时咱再和他老账新账一齐算！"

这年的秋旱，更是给大饥饿雪上加了一层霜。为了活命，大量的年轻人到东北、内蒙古和陕西、山西几个省去逃荒。于是社会上又多了一个"盲流"的新名词，县上设立了"盲流劝阻站"。吴克兰在群众会上说："好人不外流，外流无好人。"他又多了堵截盲流和追查向上边告状人这两项工作。

人们在死亡线上挣扎着。8月初的一天早晨，天还没亮，饿得睡不着的康盘根悄悄从铺上起来，端着碗溜进了食堂。见食堂里蒸雾弥漫，就走到正在圆气的大笼后边，掀开一百多度的蒸笼，从里边抓出一个半熟的窝头没命似的吞了起来。听到动静的老闫走过来一看是盘根，就大声嚷道："盘根偷馍了，盘根偷馍了……"这时吴克兰从叶仙媚屋里披着衣服走出来，说："快敲钟，开康盘根的批斗会。"

老闫一阵急促的钟声，把人们一个不落地集中在伙房院里。这时已被五花大绑的康盘根蹲在院子中间，把头埋在了裤裆里，被烫得鲜红的右手惨不忍睹。吴克兰高声骂道："血鳖子，平常就你那能话多，恁这爪子真吃住烫，圆着气的蒸笼都敢掀开偷馍，不给点厉害你还上天哩。"说罢就狠狠地踹了一脚。接下来几个打手就雨点般地踢了起来。叶仙媚的兄弟一脚连一脚地跺着说："我叫你歪派俺姐,我叫你歪派俺姐……"叶仙媚愤怒地喊道:"打死他,打死他……"豁出命的康盘根杀猪般地哭叫着说:"你个骚货,用你下边的那一块子换来的权力,成天媚上欺下,克扣职工的生命粮,你不会有好下场的。"在众人鄙视的目光下,叶仙媚捂着脸跑进了屋。吴克兰狂叫着:"这是一条疯狗,先把他关起来。"几个人架着康盘根就走,康盘根打着坠肚大声嚷着:"反正横竖都是死,你吴克兰个子不高,嘴巴倒不短,上嘴唇可顶着天,下嘴唇可挨着地,你脸不红心不跳吹嘘的浮夸风,把三姓庄老百姓个个都吹得面黄肌瘦,将来一定会遭报应的!"

康盘根被关进了北院的两间东屋。吴克兰余怒未消:"不怕他疯狗嘴,今晚再狠狠地斗他。"吃罢饭恰巧公社通知吴克兰开会去了,而叶仙媚上午有睡觉的习惯。于是,十点左右在后边种菜的康石头,听听前边没了人声,就溜过去拨开后院的门闩,来到东屋端掉门给康盘根松了绑,说:"根啊,你快逃吧,公狗围着母狗转——一帮子打手个个都是舔沟子的好手。你没看出来他们眼里往外喷火,到今黑儿你就没命了。"康盘根悄悄溜到屋后,就一头钻进了西边的竹竿园里,停了一阵子,听外边没啥动静,紧跑几步就下到了河坡里,快速脱下衣服,一只手举着,浮着水到了对岸。穿上衣服后,他流着泪望了一眼家乡,就朝着西北方向走去。

这年的冬天似乎来得早些。此时三姓庄各生产队普遍缺粮,综合厂的伙食也越来越差,吃红薯时人们带皮都吃了。白老拴没拾到红薯皮,养的几只鸡因为老了加上天气寒冷很少下蛋,偶尔下几个蛋还要给小治淮留下来。每顿饭姥姥要给援朝省下一口馍,但对于十来岁正在装饭的援朝来说就像吃了个蚂蚱。这时学校基本停课,援朝流着泪在椅子上一坐就是半天,老拴也患上了严重的浮肿病。

一连下了三天雪。这天后半夜,老拴背了一只死羊走进屋子,闩好门后低声喊道:"朝朝,快起来把这羊剥了咱煮着吃。"援朝穿好衣服下了床,吃惊地说:"姥爷,要是被逮住了挨斗不说,以后你就成了'坏分子'了。"老拴流着泪说:"姥爷成了'坏分子'不要紧,要紧的是你要是饿个啥好歹,我咋对得起你死去的爹爹哩?再说了,把这饿死的羊交到伙上,也照样会挨批斗。"

老拴一生连鸡都没杀过,哪会剥羊?他就把窗户下放的抽斗桌腿上蒙上床单，点上灯让援朝钻进去。援朝学着大人的样子用了一个多小时才把羊剥好。接着姥姥钻进西耳房煮起了羊肉。过了一会儿，几个人啃了一些羊肉，喝了一些羊汤，姥姥把剩下的藏好，援朝挨着枕头就进入了梦乡。

这一冬，老拴负责的羊群共死了四只羊，其中三只是饿死的很瘦小，比老田鸡大不了多少，另一只稍胖些是拱到羊圈的柏木棺材缝隙里夹死的。靠着这四只羊，一家五口人度过了一个大饥饿的冬天。遇上一连几天的雨雪天没法出去放羊，其他两个放羊人就不来了。越是这样的天气，作为负责人的老拴越是天不亮就来查看羊圈，见死了羊就先在羊圈里挖个坑藏好，到夜深人静时再背回家，所以偷偷吃了四只羊也没被发现。

一天，老拴又早早来到羊圈，看到二十多只骚胡羔屁股上都是鲜血，用手摸了摸羊蛋都是空瘪瘪的。仔细观察羊蛋上留下的锋利刀疤，想了想只有综合厂的程坤会骟羊。他心里清楚，一定是程坤饿急了才想到择羊蛋充饥的下策。老拴流着泪把这些择过的羊屁股上揉了一些干土，又给另外两个放羊的交代了几遍，瞒过了干部。

这年的大年初一，援朝和姥爷几个人赶着羊群，来到后荷荡的滩涂上。因去年8月后秋旱，荷荡里露出了大片的水草和芦苇。这时从芦苇丛中跑出一只叼着兔子的野狗，援朝一见大声喊叫着追了上去。野狗可能已经吃饱了，丢下猎物又钻进了芦苇丛中。援朝拾起兔子跑到姥爷身边，老拴用手掂了掂说："这兔子真大，狗吃了下半截剩下的还有五六斤，今天咱过个吃饱饭的大年初一。"正说着话，后荷荡二队吕富有的父亲扛着篮子到滩涂来剜水芹菜。老拴打着招呼："你吃过饭了？"富有爹流着泪说："上哪吃去呀，昨天晚上食堂把面缸扫了扫，烧了一锅照见人影的稀汤。今清早就断顿了，中午晚上的饭也没着落，队长让大伙各想门路哩。"援朝听到二队断了炊，哭着说："姥爷，我把这半截兔子给妈妈和弟弟送去吧？""妇产室人来人往，把兔子送去不合适。你先剜水芹菜，快晌午时你去把他们叫回家吧。"

援朝点了点头，钻进苇子棵里剜起水芹菜。自从上年11月3日中共中央发出《关于农村人民公社当前政策问题的紧急指示信》后，吴克兰不得不取消了不准生火做饭的暴政。但是，能吃的野菜基本上被剜光了，实在没办法，有人就从麦地里拾了大雁屎煮着吃。

　　还算幸运，援朝在一大片苇子的中间发现了一个麦场大的水坑，水坑中间有一个两三间房子大的土台，上边长着一尺多深的干水草，里边透着绿色。他猜想上边肯定有水芹菜，就脱掉棉裤用手抱着，蹚过一丈多宽没过膝盖透骨凉的水来到土台上。上边果然长着没被人发现的水芹菜，他就拼命地剜了起来。剜了一阵子，援朝背着破麻袋里的水芹菜，蹚水过来穿上棉裤钻出了苇子棵。姥爷惊奇地问："朝朝，你在哪里剜这么多水芹菜？"援朝趴在姥爷耳朵上说："我在苇子棵里头一个水坑中的土台子上剜哩。"其实那个位于荷荡中心的土台子是以前天旱时人们为了祈雨筑的擂鼓台。

　　姥爷见剜了这么多水芹菜，就背着菜提着兔子提前赶着羊群回去了。援朝来到妇产室，见妈妈流着泪正在哄饿得哇哇直哭的弟弟，就趴在妈妈耳朵上嘀咕了几句，母子三人就向家中走来。过了一会儿，姥爷从食堂打饭回来，姥姥也熬好一锅香喷喷的芹菜兔肉。一家人放开肚皮，吃了一顿将近两年从没这么香的饱饭。

第四十一章

就在康盘根出逃三个多月后，叶仙媚的肚子又一天天地大了起来。入了冬，一件肥大的碎花浅绿棉袄已裹不住她那像揣了个枕头的上身，走路一扭三摆的水蛇腰开始僵硬起来，黑锵锵布满妊娠斑的脸上少了许多勾引男人的妩媚，综合厂食堂大院很少再听到她那放荡的笑声，也久不见了何副书记的身影。外边的叹息声、说话声、乱糟糟的脚步声过后，空洞而又寂静得令人窒息的院子，让她心上掠过从未有过的孤独。

一天下午，何副书记又钻进了她的卧室。一阵亲热后，何副书记说："小亲亲，县上正在开展民主革命补课，以后我就不能再来了。"叶仙媚听罢，犹如一桶凉水兜头泼下，眼泪开始还一颗一颗地滚落，最后变成了瓢泼大雨一般，不住地往下淌。她浑身哆嗦着哭道："你不是说要把我调到公社当广播员吗？俺一个黄花大闺女已经为你堕了两次胎，现在我肚里的孩子咋办？"何副书记干笑着："我答应你到公社当广播员是真心的，谁会想到时局突然起了变化。河南的浮夸风被中央发现了，仅信阳专区十八个县，开除党籍、逮捕法办的县委书记就有八人，一个县的县委书记还被判了死缓，其余十个县的县委书记统统被撤换了，另有二百多名公社干部也都判了刑。这是三百块钱。为了我们两个的前途，你就再流一次产吧！"叶仙媚听后，煞白的脸上没了一丝血色，她就像疯了一般，把钱狠命摔在何的脸上。"叶仙媚做着"滚"的口型，却发不出一丝声音来。何副书记骑上车子灰溜溜地走了。望着他离去的背影，她感到心里凄凉无比。这一刻，她就像一件被丢弃的破烂玩具，玩够了就被扔了，没有人同情她。是呀！就在这个房间里，他们是那样死去活来地"爱"过。谁也没有想到，那欢乐转眼即逝，留下的只是一些荒唐记忆的碎片。

第二天吃罢晚饭，吴克兰从保管室穿过回到自己的办公室。叶仙媚好不容易挨到人脚静后，轻轻叩着吴克兰的门说："吴书记，今晚我想和你说说心里话，你起来吧，我在屋里等你。"吴克兰半个多月没和叶仙媚鬼混了，今晚他留宿办公室也有话要对叶仙媚说。但鉴于当前"反五风"的紧张形势，他正拿不定主意去还是不去敲前边的窗棂时，叶仙媚反倒主动地喊他来了，就一骨碌下了床，几步钻进了叶仙媚的卧室。

　　卧室里依然亮着灯，吴克兰随手闩好门，叶仙媚就像饿狼似的扑了上来，双手抱住了吴的脖子。吴克兰顺势把她抱到床上，二人匆匆脱光了衣服……一阵亢奋的呻吟过后，叶仙媚把头扎在吴克兰的怀里，哽咽着说："你咋这么长时间不敲我的窗户了？难道你要狠心割断我们之间海誓山盟的爱情？""我咋会忘了我们的爱情？难道你没听说上边'反五风'的动作越来越大？""你们这些当官的平时色胆大得能包住天，但一遇风吹草动就怕树叶掉下来砸烂官帽子。你想想，我为了咱们的爱情，唾沫星子都快把我淹死了，我在乎过吗？"叶仙媚哆摆着把吴克兰的右手放在自己像西瓜一样圆鼓鼓的肚子上，说："你摸摸，肚里的孩子都会踢蹬了，我算了算日子，这可是你的种啊！"吴克兰也流着泪说："仙媚，我知道你对我是真心的，本打算能攀上何副书记这棵大树，咱们一起调到公社后就登记结婚。谁会想到时局说变就变了呢？你说吧，让我做啥，就是让我死也没二话。"吴克兰的花言巧语再一次把叶仙媚哄得泪流满面。她动情地说："吴书记，要不是你让我当管理员，说不定我爹我娘都饿死了。这些大恩大德俺一家都不会忘记，我咋会舍得让你死哩？前天我去了一趟卫生院，本想把孩子打掉，医生说我两次堕胎，月份又太大，流产不光有生命危险，而且这辈子再也不会怀孕了。"说罢，她又呜呜地哭得更厉害了。吴克兰摸了摸叶仙媚像绸子一样的秀发，心里滑过一丝割不断的情愫，红着脸说："前天县里在大会上已经点了何副书记的名了，这一次他的问题折腾出来，不判刑也得罢官。估计过两天上边会派人下来调查，你就一口咬定是他多次强奸了你，这样你就成了受害者。另外，我央人找个媒头把你先嫁过去。只要保住我不下台，过了风头之后就再把你接回来。你看我说的中不中？"叶仙媚听罢，只好无可奈何地嗯了一声。

　　此时已是半夜，随着叶仙媚一阵阵亢奋的叫声，压在她上边的吴书记仿佛像拉磨的叫驴使尽了全身力气一般，吭哧吭哧喘着粗气停止了动作，二人疲倦地进入了梦乡。一觉醒来，吴克兰已不在床上，想想这短暂的缠绵和荣耀去得猝不及防，她又伤心地哭了起来。这时吴克兰的三叔喊道："仙媚，快起床吧，饭都凉了。"叶仙媚止住哭声，摸了摸被泪水打湿了一大片的枕头，望着浮棚犯了半晌呆挣，才懒洋洋地起了床。

　　几天后，两个县公安局的民警，押着脸上没有血色的何副书记来到银杏庄，把叶仙媚喊到后院。当着何副书记的面，她毫无羞耻地把二人的风流韵事抖落得一点不剩。被扣了"屎盆子"的何副书记有口难辩，只得在笔录上摁了红指印。随后警察押着他走了。几天后，何副书记不但被开除了党籍和公职，而且被判了三年徒刑。

　　一个从河北一路枪林弹雨来到河南的革命干部，就这样自毁在女人的石榴裙下。又过了几天，叶仙媚也从人们的视线中消失了。托底的人说，她挺着大肚子，匆忙嫁给西南山一个比她大了七八岁、大字不识一个的单身汉。人们叹息，这样一个如花似玉的高中生若不是心存杂念，贪图眼前的金钱和权力，怎会葬送了自己美好的青春？此时的吴克兰，已成了人人喊打的过街老鼠，惶惶不可整日。

　　正月初五这天夜里，在南山炼铁厂当工人的白银坡，突然推开门走了进来。老拴吃惊地问："这二年想死怹哥了，也不回来看看我——这么晚了你有啥事？"银坡笑着说："咋会不想哩，只是我回来吃啥？今儿晚上一是来看看你们，二是要报告你们一个天大的喜讯。"淑娴着急地问："啥喜讯？有屁别窝在狗肚里，快说出来让我们开开心。""大食堂要解散了，咱村的乡亲们都要搬回来了。""咦？想不到俺兄弟这么实诚的一个人经过'大跃进'也会说瞎话了。"白银坡涨红着脸说："嫂子，你称二斤棉花再纺纺（访访），我白银坡是那日窟窿冒气说瞎话的人吗？"一听说大食堂要解散，乡亲们要搬回村，几个人激动得哭了起来。过了好大一会儿，哭声才停住。银坡问："咋没见雪筠和小外甥治淮哩？是不是她们都……"老拴知道银坡下半句话没说完的意思，就苦笑着说："谢天谢地，一家人总算熬出来了！你侄女带着治淮，在后荷荡二队的妇产室负责全大队的接生。她们没有饿死。""没饿死就好，没饿死就好！我再到后荷荡转一圈儿，把这喜讯都告诉乡亲们。"银坡说着话推开门闪身消失在夜幕中。白老拴兴奋地说："她娘,摸摸罐里还有鸡蛋没有?咱每人烧上一碗鸡蛋穗茶。"

第二天早上,援朝提着罐子到食堂打饭。新上任的管理员说:"这是综合厂食堂的最后一天饭,明天综合厂就要解散了。"有人讽刺地说:"那以后'肉包子鲜鱼汤,放个屁满屋香'的好生活就到头了?咋不见带领咱们过上'幸福生活'的好书记哩?"康石头说:"我昨天进城见到吴克兰了。他已经被剃了缨子头,在西大会院里集中受训哩。大门口还站着拿枪的解放军。"食堂大院不约而同地响起了雷鸣般的掌声。

上午九点,吕春来走进院子喊道:"五奶奶,家里有笤帚吗?"淑娴连忙把笤帚递过去,流着泪问:"你们是打前站的吧?咱银杏庄食堂啥时候开伙?"吕春来笑着说:"满囤叔他们几个套着车到城里拉煤、拉面去了。我们几个人看了看幼儿园食堂做饭的家伙一应俱全,打扫一下卫生,缸里再挑些水,最迟后天中午就可以开伙啦。"

一脸笑容的淑娴接着问:"那咱们的标准是多少?""县上说保证每人每天的口粮不低于八两。不过这只是暂时的,不久食堂就要解散了。"

当天上午,牛满力主持着把一百多只羊分给了生产队,援朝把十只羊也赶回了学校。综合厂还剩下一窖萝卜,牛满力苦笑着说:"这窖萝卜就不分了,留给银杏庄,也算是对他们在外漂泊将近两年的补偿吧。"

综合厂解散的当天上午,银杏庄学校也一分为二,各自搬回了康庄和薛家渡。

村里腾空的第二天,乡亲们迫不及待地在一天时间内全部搬了回来。人们见了面先是抱头痛哭,然后问家里人员情况。银杏庄搬出时三百四十五口人,回来时少了三十二口。除了一部分年轻人逃到外省,一些人的魂儿永远留在了外村。六犋畜力回来时剩下了三犋半。

正月十五那天,食堂里把剁好的萝卜豆腐素馅和白面分给了各户。这天晚上,白老拴让援朝端着饺子,祭拜了中断三年的天地。他把一碗饺子放在过去敬着祖宗牌位的地方,回味这些年苦不堪言的日子,流着泪哽咽得说不出一句话来。

过罢二月二，各村纷纷传出清算吴克兰的强烈呼声，尤其是薛家渡的一群年轻人，大白天到吴家湾搰了他几次。吴得到消息后就躲到了西南山。公社知道这件事后，怕闹出人命，出于对干部的保护，让有威信的席婉贞出面，苦口婆心地做群众思想工作，这件事才渐渐平息。接着，三姓庄管理区解散，银杏庄、后荷荡、三姓庄、吴家湾四个自然村组成了银杏庄生产大队，牛满力重新担任了大队党支部书记，从公社酒厂回来的孙甫成接任了银杏庄生产队的队长。

孙甫成是孙照的二儿子，临河县解放那年，十八岁的他还在县城树人中学读书。

临河县刚解放时，孙甫成一度受到国民党的蛊惑跑到武汉。1949年4月份，解放军百万雄师即将渡江，河南省政府主席张轸率部起义，孙甫成感到国民党大势已去，就回到家乡投身到轰轰烈烈的土改运动中。那时候像他这样二十来岁家庭出身又好的中学生自然是香饽饽，很快就调到乡里工作。公社成立后他被任命为公社酒厂厂长。按照原计划，与酒厂配套的还有一个万头猪场。进入大食堂的第二年春，人们的吃饭都成了问题，哪还有粮食酿酒？城郊公社酒厂苦苦支撑到1961年春也就散了伙。

孙甫成接手了一个烂摊子。当时的银杏庄除了牲口严重不足外，公房没有一间，群众的住房更是破旧不堪。这年春，他带领乡亲们在河坡里铲了很多青泥坯。因牲口要春耕，他驾着辕，群众拉梢，把坯一车一车从河坡里运上来。十多天后，银杏庄盖起了三间保管室和五间牛屋。

清明节前一天，大食堂解散。因供应的粮食有限，这年青黄不接时，洋槐、构树、柳树的芽被捋了两遍，甚至连臭椿芽也被煮着吃了。臭椿芽有毒，吃多了脸上会浮肿。尽管这样，由于放开了市场，当时省里又想办法从青海、西藏、云南调来了青稞、木薯干，老百姓半粮半菜还能填饱肚子。人们知道苏联"老大哥"正在向中国逼债，所以对政府还是理解的。

随着天气越来越暖和，树叶渐渐地老了。正当人们发愁时，从遂平那个最早放卫星的嵖岈山人民公社，传过来一条"扒烂红薯炕馍吃"的好经验。于是人们纷纷拿着三齿耙、锹、锨到沟里、坑里扒三年前埋在里边的红薯。埋在地下三年多的红薯皮已经烂掉了，人们把沤得发白的红薯用清水洗净后，放在碓谷窑里推碎或在石碾上碾烂，然后放在锅里炕，炕出来的馍黑黢黢的，吃着有些苦味。但这毕竟是正儿八经的吃食呀。人们吃着烂红薯馍，流着泪又想起了白富庄。如果那天再加把劲儿把卸在坑里的红薯埋好，检查团也不会发现，不但白富庄死不了，反而又多留下一大坑烂红薯供挺过来的人们填肚子充饥。

为应对这场七分天灾三分人祸的浩劫，很多工程都被迫下了马。一天下午日头快落山时，援朝看见人们纷纷向村西头跑去，就问银坡："姥爷，你们失急慌忙地弄啥哩？""怹满亭舅从白龟山回来饿昏在村西边的老坟地里了。"援朝随着人们来到村西头，看到满囤和富民架着颧骨高耸、眼窝塌陷、胳膊腿上的青筋像裸露在外边一样面如死灰的白满亭正缓慢地往家中走来，跟在后边的满亭妗子和乡亲们流着泪。援朝看着这催人泪下的场面，眼泪再也忍不住了。

原来，白满亭从白龟山水库工地回来时，伙上发了两顿干粮。按说百十里地一天能走到家，可骨瘦如柴的白满亭腿上像灌了铅，这百十里地走了三天。干粮吃完后，他就捋些树叶充饥。要死也要死到家的信念一路支撑着他。到白家老坟地时，他一头栽了下去。白满亭被搀回家养了好几天才会下床走路。

过了"五一"，天气热了起来，人们就摸些螺蚌、剜些野菜煮着吃。好不容易盼到小满，生产队夹生割了一块大麦，把打下来的湿麦分给社员让大家秃噜"碾馈儿"（湿大麦在晃磨上去皮后煮熟）。上岁数的人嘱咐说："二年多都没吃过饱饭了，人的肠子饿细了。头一顿千万不能吃得太饱，吃得太饱会把肠子撑断的。"好不容易逮住一顿饱饭，村西头的白石头哪管这些，吃了个吞饱。睡到半夜膨胀的麦粒把他的肚子撑得像扣了一口锅，没等拉到医院，他就撑死了，撇下了年轻的妻子和一双儿女。

银杏庄学校分开后，援朝和村里的孩子又回到康庄上学。这年秋，他们四年级整体一个班来到县城牛市口完小读五年级，同来的还有薛家渡的学生。经过吃食堂，两个班的学生合在一起只剩下五十四名学生。摸底考试，语文、算术都及格的只有十四名学生，成绩最好的张援朝语文得了81分，算术只有73分。一名学生连个简单的"吨"字都不会写。还有一道题用"四面八方"造句，一名学生造的句子是："脸上的笑肉四面八方。"接手最差班级的王老师哭笑不得地说："这还算不赖，总算没有交白卷的。"

这年麦罢交了公粮，余下的粮食平均三个月人均是七十斤的口粮。接着，公社又分了一分二厘的自留地，同时允许社员开荒。俗话说："人叫人动人不动，政策调动积极性。"圈里有了些粮食又分了自留地，银杏庄飘出了久违的笑声。人们起早贪黑地忙碌着，河坡头、沟沿上凡是能栽两棵红薯的边边角角都种上了庄稼。孩子多、负担重的白满囤睡觉几乎没脱过衣裳，他成了银杏庄的开荒状元，人送绰号"一百片"。由于生产队缺少牲口，拉犁、拉耙甚至碾场都只好用人力代替。

此时的白老拴已经五十六岁。因为从小没下过大力，生产队拉犁、拉耙这些重活他自然吃不消。五口人只靠雪筠一个女劳力，所以他们家成了银杏庄缺粮欠钱最多的困难户。一个内心有支撑的羸弱女人是不怕苦的，贫困的生活养成了她吃苦耐劳的性格，晴天要干活挣工分，雨天还要给一家老小做针线，好天赖天，里里外外一天到晚从不闲。特殊的环境造就了她的坚韧不拔，厄运降临时，不惊慌，不乞求，用那颗坚强的心去面对一切，战胜一切。在张援朝的脑海里，妈妈含辛茹苦，舐犊情深，展卷不尽的是她坚毅的目光、勤劳的身影和慈善的情怀。

好在屋后一处荒宅和房子东边有七八分荒园，一家人开出来后，加上自留地总共二亩地，全部栽上了红薯。

进入三伏的头一天，从孙发祥家传出一阵号啕声。孙发祥是生产队队长孙甫成的近门叔。听到哭声，孙甫成走进屋子，看见发祥的老婆那是石头蛋子腌咸菜，一丁点儿咸盐都渍不进去，无论谁都劝不下来，把好端端的一个穿衣镜打碎了，大哭大叫，闹得地动山摇。孙甫成问道："婶，啥事恁伤心？"发祥家擤着鼻涕，声音沙哑得像老绵羊叫唤一样，说："甫成啊，恁想想托生个女人真难，男人顺心时你是个枕头，烦恼时就成了出气筒。还不是因为你兄弟的婚事。人家捎话说我是个后娘不愿意了，他爷俩就给我甩脸子。随即我又托人打听了，这只不过是个托词，真正原因是嫌俺家成分高。这都怨土改时白老拴说俺澧河沿有十五亩地，农会就给俺戴了顶富农帽子。"一提起白老拴，孙发祥就气不打一处来，咬牙切齿地说："白老拴你个挨千刀的，俺一家都栽到你手里了。"

原来，临河县解放的那年，五十多岁的孙发祥妻子死了，撇下一个十七岁的闺女和一个十五岁的儿子。第二年的3月，城东南老郭窑村时年六十多岁的恶霸地主郭槐川在走马点火分浮财运动中被乱棍打死了，撇下一大一小两个老婆。小老婆叫李奈，芳龄才二十一岁，年轻貌美，自嫁给郭槐川后可能是墒足种子瞎，一直没生下一儿半女，在郭家的三年里没少挨打受气。郭槐川死后，经人介绍成了孙发祥的续弦。结婚的那天晚上，李奈从牛车上被人搀下来进了屋。灯光下，但见一个嫩生生的小媳妇上红下绿一身光鲜，白嫩光洁能掐出水的皮肤，端正的五官，水汪汪的大眼，苗条匀称的中等身段，如墨染过的浓发，用红绿两种颜色的头绳扎的两根马尾辫，尤其是笑起来显得更加妩媚的两个酒窝。人们啧啧称赞道："这是咱银杏庄小媳妇群里名不虚传的头牌。"年龄可给她当爹的孙发祥自然是笑得合不拢嘴，没到三天回门，就把家里的几把钥匙全部交给了她。

李奈的娘家缺吃少穿，所以孙发祥没少接济她家钱和粮食。这小媳妇肚子也算争气，第二年冬生下一个白胖女儿，孙发祥更是把小媳妇当成了活菩萨。吃穿不愁又当家的李奈，除了那事不如意外，也算是一步登天，所以这一对老夫少妻倒也过得和和美美。谁知土改时发祥的帮边儿舅透露出他瞒地的事，他家被划成了富农。解放后那几年不太计较成分，所以孙发祥也没放在心上。自从"大跃进"后，"五类分子"成了专政对象。这顶富农帽子压得孙发祥几乎喘不过气来，自己被干部像吆喝狗一样呼来唤去。干重活脏活还好受些，而最让他闹心的是儿子的婚事。解放初期女儿已经嫁了人，从1957年以后一表人才二十多岁的儿子没少相媒，但对方一打听是富农成分，半道上就黄了。眼看着儿子都二十八九岁了，孙发祥央着他老舅说："舅啊，你看看再不给他定下亲都过站了，恐怕以后俺家还断香火哩。哪怕是瞎子、哑巴，只要是个女人都中。"发祥老舅四下托人，在澧河北响马集遇到一个离婚头还是个豁子嘴，没敢说他家是富农成分就领到孙发祥家。对方一见面，那女的一看发祥儿子五尺开外，一表人才，就一口应承下来。女方的父亲不放心亲自来到银杏庄，一打听孙发祥家是富农成分，就怒冲冲来到发祥老舅家一蹦多高，骂道："你操哩啥球心？不是故意把俺闺女往火坑里推吗？"两天后，发祥舅怕勾起外甥的痛处，就托人捎信说："人家嫌是后娘就变卦了。"

孙发祥一肚子怒气没地方撒，就迁怒到妻子身上。孙甫成听了二人吵架的起因，就不痛不痒地说："恁吵架能吵出个媳妇来？是俺兄弟婚姻不透，你们就慢慢等吧。"孙甫成抬脚刚出门，孙发祥狠狠啐了一口唾沫说："有口气还不胜暖暖肚子。想着这鳖子当队长哩好好治治白老拴，谁知他连个屁都没放。看起来自己的事靠谁都不中。妞她娘，别哭了。你无论用啥手段，只要能让我出了这口恶气我都不抱怨你。"精明的李奈点了点头，心里明镜似的知道丈夫的暗示意味着下一步她该怎么做。孙甫成嘴上没说什么，其实心中已有了摆治白老拴的计谋。

两天后的下午，银杏庄的一群小媳妇来到村南棉花地整枝。扯了一通张家长李家短的家常话后，她们就口无遮拦地侃起了不塞牙的裤裆话。一个问道："哎，她翠婶，看着你那肚子又鼓了起来，是不是又怀上崽了？"没等翠儿回话，一个叫娆的接住话茬说："那还用问？恁没看看她家三强自从吃上新麦后，就像那叫驴'嗷啊嗷啊'地又骚了起来。""恁家二猛也不是一样。一晚上你们扑腾几回呀？"娆红着脸说："俺家那死主，自从吃上新麦后，醒来就没让我消停过。""还说男子哩，你们哪一个不是浪得裤裆里往下滴水。""女人，不浪还不正常哩。咱们个个都处在如狼似虎的年龄，俗话说三十四五，如狼似虎，站着吸风，坐下吸土，擀面条吸面醭，刷锅吸炊帚。"接话的是李奈。娆连忙问："奈婶，俺发祥叔也是成黑响不让你消停？"李奈叹了一口气说："别提啦！一辈子赖命嫁了两个老头，上来都是半软不硬的，刚起性就不中了，熬渴死我了。"李奈话没说完，田野里响起嘎嘎的笑声。

这笑声惊动了隔着一块蜀黍地在西边瓜庵里睡觉的大队长李金章。李金章是后荷荡的，昨天晚上开了大半夜会，他扒拉了两碗午饭后就踅到瓜庵里睡觉。瓜把儿一看是大队长就笑着说："金章兄弟，刚好我给前庄孩他舅编了两领席，趁学生还没放学，我给他家送去。等我回来了你再走。"瓜把儿走后，李金章躺在瓜棚里的破席上就进入了梦乡。睡了一个多小时后，一阵叽叽喳喳的笑声把他惊醒了，仔细一听是银杏庄的一群年轻媳妇干着活在胡论八侃地说骚话。李金章三十六七岁，正值壮年，听着这些有滋有味、多荤少素的骚情话就像炉膛里泼了汽油，腾地点燃他心中无名的烈火。瓜地和棉花地中间只隔了七八丈宽的一块蜀黍地。两个村离了不到一里地，人与人经常交往，凭着声音都能分毫不差地认出谁来。尤其是像李奈这个几乎所有男人见了都丢魂儿的大美人说的话，李金章一字不落地听了个清清楚楚，心里想："也怪不得李奈诉苦，她正值青春，而孙发祥已是六七十岁的老头……"

过了一会儿,李奈钻进蜀黍地离瓜庵不远的地方解手。解罢手提裤子时咳嗽了一声,李金章听见故意问:"谁?""金章兄弟,是我呀,你在这儿弄啥哩?"诱惑的声音从李奈的唇舌间飘了出来。"我昨晚开了大半夜会,扒拉了几口饭就找个僻静的地方好好睡他一觉,不承想被你们一群骚犊子婆娘吵醒了。你也不过来喝口水?瓜庵里就我一个人,那瓜把儿到前庄他小舅子家送席去了,一时半晌他回不来。"李金章温存的话语里传递出特殊的信息。

　　自从前天李奈和孙发祥拌嘴,丈夫给了她暗示后,她思虑了半夜,把猎获的目标锁定在了大队长身上。从李金章的话里,她已明白了一切,随即按捺不住狂跳的心,麻利地钻进了瓜庵。只见李金章强健有力的身体上只穿了一个裤衩,那个不安分的东西把裤衩顶得像个卖油馍棚。她就一边解着扣子,一边哧哧地笑,这笑声仿佛春天的发情猫,带着浓烈的骚气。李金章做梦也没想到,一块肥肉会自动送到自己嘴边。他贪婪地看着李奈丰满白嫩的身材,惹火的胸脯一双乳房像兔子一样扑了出来,椭圆形的脸上两只媚眼射出急不可耐的欲火。看到眼前这个充满无限诱惑的女人,李金章哈喇子能甩出二里地。他犹如一只饿狼,三下五去二就把李奈的裤子扒了下来,两个人就急不可耐地扭在了光席上。微风把阳光从瓜棚的缝隙里送进来,斑斓地洒在一对野鸳鸯光溜溜的肌体上。随着打摆子一样猛烈的颤抖,二人酣畅地达到了高潮。

　　穿上衣服,李奈理了理乱发,眼里含着泪,深情地说:"好兄弟,感谢你让我做了一回真正的女人。你可不要变心呀!""自从我第一眼看见你这个十里八村都难找的大美人,我的魂就被你勾走了。只要你不嫌弃我,我永远不变心。"说罢,二人又热烈地啃了一阵子。

　　李奈从蜀黍棵里钻出来,一群妇女叽叽喳喳地说:"生个小孩也用不了这么长时间,你屙金尿银哩?"李奈红着脸说:"晌午吃了些豌豆面馍,肚子里打着坠痛,蹲的时间就长了些。"过了一会儿,当妇女队长的狗剩媳妇叫道:"他奈婶,你咋了?脸红得发春了,咋老走神呢?把果枝也当成疯枝打下来了。"李奈回过神来,瞪了一眼狗剩家,回敬道:"恁一大把年纪活到狗身上了,说话留些口德!"那眼神里,嗔怒、娇羞、意外……百味皆在其中。

　　放了工,回想起李金章在她身上仿佛一头年轻力壮的牤牛卖力地耕着自己的田地，一脸红晕、心里咚咚直跳的李奈像一头偷嘴吃饱的老母猪，一路哼哼着回到家。她心里还想着，若不是和李金章这场销魂的邂逅，她一辈子也体会不到男人和男人就是不一样。从此二人成了难分难舍的野鸳鸯。时间长了，村上就传出了风言风语。李金章老婆也感到丈夫那东西越来越不硬朗，就试摸着问："听说你和东庄孙发祥家的有一腿？你胆敢和她麻缠在一起，我就敲着破锅拍喊遍全公社。""别听那野鸡叫！人呢就是这样，吃饱喝足了以后，你不让他嚼个舌根子，你让他干啥？"这种提起裤子不认账的事，他老婆也没捉奸在床，又怕事情闹大了丈夫要和她离婚，只好睁只眼闭只眼。

　　李奈彻底征服了李金章后，数次向他哭诉了白老拴给她家戴了富农帽子的深仇大恨。李金章笑着说："白老拴就这样了，要紧的是他的外孙，往后我把持着大队的印把子，不给他出头的机会就是了。"可怜蒙在鼓里的白老拴哪里知道，一支支防不胜防的暗箭正向他家射来。

第四十二章

自从父亲病故，来到银杏庄的七八年里，援朝饱受了饥饿、贫穷和歧视，幼小的心灵深深打上了人世间诸多不平的烙印。逐渐形成了他坚韧耿直、疾恶如仇、执拗不服输甚至有些叛逆的个性。

前年8月，学校授予他"背书""养羊"双重模范称号。一天放学后，一个叫石磙的四年级学生照他屁股上摸了一把，嘴里喊着："劳模、劳模，大家都摸摸。"一圈学生跟着起哄。石磙是薛家渡的，比他高了半头。看着石磙得意忘形的样子，援朝像被激怒的格羝羊，一头将他撞翻，骑上去抓住对方的"猪尾巴"死死地把他摁在了地上。石磙挣扎了好一阵子也没翻上来，最后只得连声求饶。几年来，援朝在笔记本上歪歪扭扭记着受过的一桩桩屈辱，又在一串"仇人"名字后写上了"君子报仇，十年不晚"的誓言。

勉强读完初小，由于康庄没有小学五、六年级，援朝他们来到县城牛市口学校就读。这里不但有平民的孩子，而且有县委书记、县长的儿子。全校三十多个班级，共有一千七百多名学生和五十多位教职员工。

康庄、薛家渡的学生来到后被编为五（3）班。根据摸底考试的情况，经班主任王老师提议、全班鼓掌通过，援朝当了班长。在乡下上学时，放学铃声一响，学生就像脱缰的野马，跑到野地里尽情地玩耍。吃食堂时，因肚子饥饿，学生放了学就到地里拔茅芽穗、掐豌豆秧，或抽大麦乌霉充饥。来到城里后，他们不懂得城里学校的规矩。援朝当了班长的那天下午放学时，王老师让援朝整队，援朝一下子愣怔住了，王老师做了示范。自此以后，王老师讲了话，援朝再喊一声："向左转，齐步走！"同学们排着队出了校门，经过戏园口，再往前走到干石桥街时，队伍才解散。过了两个星期，从乡下来的学生才渐渐适应了这里的规矩。

转眼到了春天。每天天不亮，妈妈就做好了饭，催着援朝起床。吃罢饭，姥姥把烙的五六个红薯面小饼用笼布包好，放到援朝的书包里。中午放了学，城里的学生都回家了，乡下来的学生就啃些干粮，喝些开水。学习条件还算凑合，从学校出来，顺着牛市口街，往北不到八十步就是新华书店。啃了干粮，没事时援朝就和同学们来到书店看书。

当时正盛行《三国演义》《水浒传》一类小人书。过了些日子，同学们各自封了"梁山好汉"的诨号。王老师知道后，语重心长地说："看书是为了获取更多的知识和智慧，为以后的人生道路打下坚实的基础。像你们这样一味地追求虚名，没有真本事，即使上了梁山，也只能做个'小喽啰'。"

十二三岁的孩子像半大猪娃儿，正是装饭的年龄。一次，下了第三节课，援朝摸出红薯面小饼到教室北边啃了起来。五（3）班的教室是西屋，北山墙外的一大片房子是低年级的教室。援朝啃着干粮，一个浓眉大眼的小男孩在旁边流口水。援朝问："你叫什么名字？想吃小饼吧？"小男孩点了点头，说："我叫赵小国，一（1）班的。"援朝给了他一个小饼，他就大口大口地吃了起来。一连三天，小国都在同一时间向援朝要馍吃。渐渐地，援朝从其他同学嘴里得知，赵小国是县委书记的小儿子。

当时，干部每月的吃粮标准是二十六斤，工厂、机关里十五岁以下的孩子，粮食标准只有十五斤。县委赵书记有四个男孩，最大的治国才十四岁，所以他们也经常饿肚子。第四天，姥姥在援朝书包里放了六个小饼。援朝央求道："姥姥，再放上两个吧。""连你姥爷也吃不了六个小饼，放那么多干啥？"援朝经不住大人的再三盘问，道出了县委书记儿子问他要馍的实情。老拴听罢动情地说："这古往今来，哪见过这么清廉的县官啊！"从此以后，援朝的书包里多了两个小饼，小国亲热地叫他援朝哥。一直到秋天集市上开始卖红薯，此事才算作罢。

王老师为了改变差班学习落后的状况，严格要求同学们发奋读书。有一次语文课学的是《两小儿辩日》，第二天上课时，他就让学生背。本来五（3）班底子就差，加上之乎者也的文章拗口不好记，王老师一连点了二十个同学，有的干脆一言不发，有的背了"孔子东游，见两小儿辩斗，问其故"就背不下来了。王老师气得满脸通红，啪的一下把书摔到了堂桌上。全班吓得大气不敢出，教室里静得连掉根针都能听得见，站起来的学生一个个羞愧地低下了头。这篇课文头天晚上援朝就背熟了。他看老师找的尽是学习差的学生，好学生一个也没提问，认为老师有意刁难学生，就把文章的最后一句"孰为汝多知乎？"改写成"孰为吾背书乎？"写在纸条上，递给了前排的大岭。大岭看了一眼纸条，就大声说："王老师，孰为吾背书乎？"正在气头上的王老师没听明白，就问了一句："你再说一遍是啥意思？"大岭红着脸，又补充了一句："王老师，你能为我们背书吗？"王老师听罢，脸色一下子变得能拧出水来，上来揪住耳朵，把大岭拉到了教务处。王老师回到教室，脸上冷冰冰的像下了霜，语气沉重地说："我教了二十多年书，头一次听到学生让老师背书的。同学们哪，少壮不努力，老大徒伤悲呀！"下了课，大岭才从教务处出来。下午放学后，两人走到土城上，援朝问："大岭，你没把我教唆你让王老师背书的事向教导主任张老师供出来吧？"大岭摇了摇头。援朝说："大岭，你进了教务处，我吓得心都提到了嗓子眼儿。够哥们儿，我帮你背书包吧？"大岭苦笑着说："别献殷勤了，往后你就少确怼（设圈套让人钻）俺这二百五吧！"

又过了几天，援朝和同学们一早来到学校，大岭和玉田最后走进教室。此时，还没打预备铃，玉田一脸神秘地说："今天上学的路上发生了一件好笑的事。"援朝着急地问："啥事呀，这么好笑？"没等玉田开口，大岭红着脸说："谁说我骂他妈！"援朝一连问了几遍，玉田都没敢开口，这愈发引起援朝刨根问底的好奇心。好容易等到下了第一节课，援朝看见玉田出了教室，就连忙跟了出去，又问了好几遍，玉田仍然守口如瓶。回到教室，援朝故弄玄虚，挤挤眼儿笑着说："哈哈……多么好笑的事啊……"援朝笑声没落地，大岭冲上来和玉田打成了一锅粥。

随着上课铃声落地，王老师走进教室，看见大岭鼻子上流着血，玉田白生生的脸上也留下一道道的血痕，就把二人揪到他的办公室，一脸严肃地问："说吧！因为啥打架？"大岭恼怒地答道："他说我。""你说他啥了？""我啥也没说。"大岭气呼呼地说："你没说，援朝会嘲笑我？"玉田分辩道："我真的啥也没说，不信你问问援朝。"王老师把援朝喊过来问："援朝，你笑大岭啥呀？""我让玉田说，大岭不让。我感到好奇，就瞎说哩。"王老师的目光像烙铁一样在三个人脸上烫了一圈，又接着问："啥事这么神秘？大岭，你说吧。"大岭扑哧笑了一声，红着脸说："今儿清早上学走到土城口，我想解大手，就把书包给了玉田。刚蹲在路边，过来一个剧团上浓眉大眼的小妮，穿了一身新衣服，红着脸从我前边走过。解了手，追上玉田，我对他说，刚才过去的剧团演员真漂亮，将来长大了，我非娶她不可。"王老师咧了咧嘴，忍住笑呵斥道："穿了几条煞裆裤子？不好好学习，别说是漂亮妮，就是丑八怪也不会嫁给你。"王老师说罢，三个人忍俊不禁，嘎嘎地笑了起来。王老师板着脸说："还有脸笑？尤其张援朝作为班长，更不应该挑动同学打架！放学后你们每人写一份深刻的检讨。先上课去吧。"

放了学，三人交上检讨，仿佛上午打架的事没发生一样，又嘻嘻哈哈地一同向家里走来。

天黑时，援朝进了屋，见姥爷、姥姥绷着脸，轻轻喊了一声妈。没有回声，他就进了妈的卧室。见躺在床上的妈妈用被子蒙着头，问道："姥姥，俺妈咋啦？"姥爷严厉地喝道："还不给你妈跪下！"从来没见过这种场面的援朝顺势跪在妈妈床前。妈妈忽地掀开被子坐起来，伤心地哭着说："援朝，今年你都十二岁了。自从你爹死后，你姥爷、姥姥，还有恁俩姨，为养活你们兄弟俩操了多少心、受了多少苦啊！还不是盼着你们成才吗？原来想着你是懂事的孩子，谁知你把聪明劲儿用在了歪门邪道上，学会挑唆同学让老师背书、让同学打架了。俺熬寡争气落了这样的下场，我白雪筠命苦呀！"说罢，伤心得缓不过气来。援朝最见不得妈妈流眼泪，也跟着哭道："妈妈，你想出气就打我吧。从今以后，我一心扑在学习上，再也不顽皮了。"雪筠止住哭声，扶起援朝动情地说："妈这一生就指望你了。"

原来，这天放学后，雪筠在村头看着学生们一个个都回来了，唯独不见援朝、大岭和玉田，就来到彩云家打听，才知道是援朝挑动同学打架被老师留下来写检讨书哩。彩云不但说了这件事，还把上次援朝挑唆大岭让老师背书的事也一齐抖落了出来。妈妈责骂后，援朝深深体会到，亲情就是母亲颤动的双唇和恨铁不成钢的怒容，亲情就是母亲灼灼期望的泪水。在以后的八年学生生涯中，他再也没惹过妈妈生气。

过罢年,雪梅的丈夫刘镇远送来一头肥猪娃,一家人心里喜欢得像盛不下蜜的蜜罐子。这头猪娃无疑燃起了困境中全家人的希望。因为大浪河蓄满了水,成群的大雁落到河两岸田野里吃麦苗,留下一地的大雁屎。老拴每天清晨趁着麦田没开冻,拾上满满一笭头大雁屎,煮熟后再放上一些盐喂猪。俗话说:"膘从口里来。"出二月大雁迁徙时,这猪娃居然长了十四五斤。

　　过了清明,因为村里养猪的不多,田野里有剜不完的猪草。援朝利用星期天领着弟弟剜猪草,剜一天够猪吃上两三天。"六一"以后,河里的苲草茂盛起来。放了学,老拴挑着笭头,援朝拿着摽了钩子的长竹竿捞苲草。又过些日子,菱角秧密密匝匝地浮在水面上。一天放学后,老少二人到河里捞菱角秧。援朝蹚过齐腰深的清水,看到在河水流动的地方,密密麻麻生长着一种水草,匍匐的长茎上长了圆形的叶片。援朝问:"姥爷,这是啥水草呀?""这植物俗名叫'水锅拍',其实就是野生的莼菜。莼菜原生长在江南,古时候叫'荇菜',它不但对水质要求高,而且对温度极为敏感。野生莼菜在大浪河能看得见,再往北的河里就没有了。"这时,从一大片芦苇丛中游出一对五颜六色的水鸟,援朝喊道:"姥爷快看,那里有一对鸳鸯。"老拴随口说道:"鸳鸯终生厮守,不离不弃,所以也叫'爱情鸟',古时候人们叫它'雎鸠'。"

　　过了没多久,他们已捞了满满一挑菱角秧。援朝穿好衣服,看看天色尚早,就笑着说:"姥爷,你给我讲讲大浪河的故事吧。"

　　老拴从腰里抽出旱烟袋,按上烟丝,点着火,吧嗒吧嗒地吸着烟,说道:"这大浪河也是华夏文明的发源地。我从郦道元的《水经注》和冯梦龙的《东周列国志》中,了解到出这条河古时候称'沍水',也叫'甘江河'。西周初期以我们临河县最南边的五峰山为界,往南属于楚国,往北是周王室的疆土。过了五六十年,这里封给了柏皇氏。又过了二百多年到周平王时,就在这条河的上游,现在叫朱涯环的地方诞生了华夏第一首爱情诗。若干年后,孔夫子汇集各国流传的《风》《雅》《颂》,编纂了中国第一部诗集《诗经》,开篇就是《周南·关雎》。'周南'泛指东周王室以南疆土,而在洛阳以南的河流中有莼菜和鸳鸯的唯有咱大浪河,这是《关雎》的故事发生在这里的最好佐证。"

　　援朝听着这有理有据的讲述入了迷,着急地问:"姥爷,那《关雎》诗是啥内容啊？"老拴笑着说："这是一首情歌，诗中开头写一个小伙儿听到河中沙洲上一对鸳鸯在一递一声地鸣叫，一个美丽善良的姑娘在清澈的河水中忙着采摘莼菜，这样的场景勾起了小伙儿无限的情思。"援朝听罢，吃惊地说："没想到咱们临河县历史文化底蕴这么厚重呀！""姥爷给你讲这个故事就是希望你珍惜美好的时光，多读书养才气，心系苍生养底气，敢作敢为养浩气啊！"援朝点了点头说道："姥爷，我记下了！"此时大浪河两岸村庄上空炊烟袅袅，牧笛声和羊群发出的咩咩声交织在一起，还有那庄稼人扛着锄头唱着的粗犷乡调回荡在田野上，勾画出一幅乡野暮归图。

按照上面"调整、巩固、充实、提高"的政策精神，收罢麦，银杏庄每人又分了四分借地。白老拴把二亩借地种了一亩谷子和一亩大豆。这年秋天，天气格外顺从人意，压塌地的秋庄稼一扫人们从吃食堂以来堆集在脸上的愁容，城市、乡村到处是欢声笑语。

自从那次援朝惹妈妈生气后，他仿佛一下子长大了，一门心思扑在了学习上，假期还给生产队割草帮家里挣工分。秋天开学时，五（3）班变成了六（3）班。由于援朝学习成绩门门优秀，升级后他当上了学校少先大队副大队长。

收罢秋，老拴喂了一些粮食，把猪养得滚瓜溜圆。腊月二十那天早饭后，白银坡进了屋，笑着说："老拴哥，乡亲们急着过年哩，有十多家找到我，想把恁家的猪肉包了，集市上啥价给恁啥价，你看中不中？"老拴大半辈子不会掂斤摸两，一听有这样的好事，自然是笑得合不拢嘴。当天上午，他把杀的一百多斤猪肉除卖给乡亲们外，还给两个女儿家各留了十来斤，剩下的猪头杂碎自家留着足够过个肥年。

从"大跃进"那年起，正如外国攻击中国的那样，不少家庭真的是两个人合穿一条裤子。虽然每人每年发了三尺购布证，但几年来老拴家没啥进钱的地方，发的购布证都过期作废了。喂了猪有了指望，年前雪筠私下买了一些购布证和棉花，把一家老小穿了三年破得不能再补的棉衣全部换了个里表新。

临河县城到处洋溢着过年的欢乐气氛。腊月二十三那天，火神庙大集上买卖东西的人群熙熙攘攘，从两条小街涌出来，一直延伸到整个东西大街上。叫卖声、欢笑声和冲天炮的砰啪声把偌大的临河县城闹得沸沸扬扬。

六年级还没放假。这天中午，援朝吃了饭后，照例到新华书店去看书。他来到街口，看到拥挤不堪的人流中，一个戴着火车头帽子扛着大箩头，里边装了猪肉、粉条、酱油、醋、烧纸、鞭炮等过年物品的中年人在艰难地走着，耷拉在箩头外边的粉条不住地往下掉。援朝上去拽住那人的后衣襟，说道："伯伯，你的粉条掉下来了。"这人回过头，把援朝拉到街边，端详了一阵子，放下箩头，抱住援朝含着泪说道："朝朝，我是恁二伯呀，你不认得我了？"怔了一会儿，援朝从分别七年的记忆里依稀分辨出二伯的模样，就喊了一声伯，眼泪像泼场似的流了下来。二伯眼里含着泪问："朝朝，你空着手到城里来干啥？你姥爷、姥姥、妈妈、小治淮他们都好吧？""家里一切都好，我在牛市口学校上六年级，明年秋就该升初中了。"此时一阵预备铃声响起，援朝说道："伯，我该上课去了，回家问俺奶奶、大娘她们好。"二伯流着泪，从兜里掏出两块钱塞给援朝，援朝又把钱塞到箩头里，说："伯，我上学带的有干粮，不用花钱的。"说罢就向学校跑去。

第二天是星期六，下午第一节下课时，教导主任张老师对着六（3）班喊道："张援朝，你到教务处来一下，有人找。"援朝来到教务处，看到一个三十多岁浓眉大眼的年轻人，认出是前院的春雨哥，就一头扑到春雨的怀里哭了起来。春雨安慰他说："兄弟不哭，哥哥正是要接你回老家哩。"在一旁的张老师可能已经和春雨交谈了援朝的情况，动情地说："援朝可是俺学校出类拔萃的好学生，他不但是六（3）班的班长，还是全校少先队的副大队长。明天学校就放寒假了，你就带他回老家去吧。"援朝出了教务处，回到教室背上书包，又对彩云交代说："你回去先到俺家，给我妈说俺春雨哥接我回老家了。过两天我就回去了，甭叫他们操心。"彩云点了点头。

春雨推着破自行车和援朝走出校门，扎好架势，说："兄弟你上来吧。"援朝第一次坐自行车，笨拙地坐上后车架，春雨从前边骑上去，不一会儿出南关上了公路。沙石公路上裸露着高低不平的碎石头，咯咯噔噔一路，回家的喜悦使他忘记了屁股的酸痛。

大约一个小时后，春雨载着援朝下了公路。离别七年，援朝近距离看见了久违的石牌坊，想起了爹爹、奶奶和乡亲们，热泪扑扑嗒嗒地滚落下来。此时，一个人问道："春雨，你车子后边带的谁呀？"春雨激动地说："是俺兄弟援朝。"

进了大伯家的院子，早已等候的一屋子人跑了出来。二伯是前天见过面的，他把十四五口近亲一一作了介绍。援朝着急地问："咋不见俺奶奶哩？"话音刚落地，一圈人就抹起了眼泪，得田大伤感地说："你奶奶六○年春天就走了。"援朝听罢，哇的一声哭了起来。

援朝回来的消息像长了翅膀，不多时，院子里站满了乡亲们。援朝看了看，少了福运太爷、赖孩奶奶、地留妈等好几个熟悉的面孔。在这样的场合，人们不愿再提起那伤心的往事，都问起援朝家里的情况。当援朝说家里一切都好，弟弟已经在读三年级时，众人再一次为姥爷、姥姥抚养孤寡的一腔大爱感动得流了泪。这时大母又问了一句："恁妈也不回来看看？"援朝说："俺到姥姥家后，妈妈夜里到爹爹的坟头上哭过很多次，只不过没让你们知道。后来吃了大食堂，饿得走不动了，就再也没回来过。最近这二年我到城里上学后，她不光一早为我起来做饭，还要挣工分，就没空回来看你们了。"

说着话，天渐渐黑了下来。乡亲们争着让援朝到自己家里去吃饭，大母笑着说："都别争了，我面都和好了。"大伯倒腾着从小史店往家里贩羊宰杀，那晚一家人吃的是羊油葱花油馍。第二天天刚亮，大娘杏儿就喊援朝吃饭，吃罢早饭得田大进来说："援朝，走亲戚的点心我已经封好了，今天我领着你和连朝去走老舅爷家。"

三人来到花炮郭村，两个舅爷和大妗奶奶都在两年前去世了。二妗奶奶把援朝揽在怀里，问了家里情况后，抹着泪说："你妈他们千辛万苦地养活你们兄弟可真够作难的。要好好上学混出个人样儿来，为他们争口气。"援朝说："妗奶奶，我记下了。"吃罢饭，两个表叔给援朝、连朝各封了一块压岁钱，又给了每人两捆二踢脚花炮。

三人回到家，地留妈家的二媳妇大好已等多时了，笑着说："兄弟，今晚上的饭哪家也不去了，就在我家吃。"援朝随大好嫂子来到她家，想起地留妈又哭了起来。那晚吃罢饭后，大好嫂执意留援朝在她家住了一晚。

在老家停了三天，援朝轮换着吃了九家的饭。前后院子都要留援朝过年，援朝笑着说："姥姥一天不见我就像丢了魂儿，我长大了就会搬回来的。"听了援朝懂事的话，众人也就不再说什么。

这年的春节,是自打援朝记事以来最快乐的一个春节。年三十晚上吃过饺子后,村里的孩子就分成两拨,站在垫牛铺的末子堆上对炮仗。随着二踢脚的砰啪声,周围村庄的鞭炮响得不分个儿。县城里的旗火在夜空中刺溜刺溜飞了大半夜。第二天天刚亮,四野里上坟的人们已点着了呼唤先人拾钱的鞭炮声。姥爷领着援朝从坟上回来时,姥姥已把肉菜、白馍、饺子在案板上摆好。吃了饭,穿了新衣、打着饱嗝的人们聚在大街上,笑容满面地互相打着招呼。自从种罢麦,县上开展了一场声势浩大的"反单干、反资本主义两股黑风"运动。接着,银杏庄把借地、自留地包括开垦的荒地全部收归了集体。闲着没事的人们就蹲在墙根下晒暖逮虱子、喷空儿侃大山。

初三这天上午,老拴、银坡几个人蹲在墙根下晒着暖,吧嗒吧嗒地吸旱烟。这时,从村东过来一个脚蹬锃亮皮鞋、穿着一身西装、骑着崭新飞鸽自行车的小伙子,车后驮着一个如花似玉的年轻女子。走近了,二人从车上下来,那年轻人扎好车,从衣兜里掏出大前门香烟,笑着说:"老拴叔,是我呀!"老拴端详着红光满面的年轻人,吃惊地说:"是盘根啊?你要不和我说话,我咋也没想到会是你。今天你们——"盘根笑着说:"我这次从陕西铜川回来是结婚的,这是我爱人。今天我们到她娘家去磕头哩。"那漂亮女人甜甜地叫了一声叔,老拴应了一声。回忆起那天批斗盘根的情景,老拴吃惊地问:"你咋去了铜川?那边老百姓没挨饿?""那天,俺石头叔把我放出来后,我就朝着西北方向蹿了。好在地里有庄稼,饿了就啃些红薯和玉米,渴了捧着路边沟里的水喝。路上听说河南到处在抓'盲流',不敢走大路就走小道,夜晚睡在庄稼地里。过了三门峡进入山西地界,一些山沟里的小村庄根本就没吃食堂,即使吃食堂的村庄,老百姓也没吃淀粉馍饿肚子。我就一路逃饭来到运城南的一个山村里。老百姓听说我是逃荒的,年纪又轻,就对我说陕西铜川煤矿上招人,我就到了铜川进入一个煤矿当了工人。虽说那里也在'大跃进',但没像咱河南吹大气吹得不沾边,所以村庄里没见到得浮肿病的。咱河南的这场大饥荒完全是像吴克兰这一类'打着红旗反红旗'的鳖孙们制造的人祸。"

白老拴叹了一口气,说:"同是一片蓝天,同是一个太阳照,老百姓的生活为什么有天壤之别呢?这真应了'奸臣误国'这句老话。"康盘根问道:"吴克兰现在咋样？"老拴不屑一顾地说："说那鳖子干啥？他下台后成了一堆臭狗屎。"康盘根辞别白老拴，带上漂亮老婆丁零零骑着车子走了。人们议论着："三十年河东三十年河西，若不是吴克兰当年往死里迫害人家，他康盘根还不会一步登天哩！"

第四十三章

借地的惠农新政虽然在银杏庄只推行了一年,却让庄稼人再一次尝到了从土里刨食的喜悦,村里那些会打算又勤快的能人个个铆足了劲儿。白满囤在自家一亩二分地的荒园里,冬前种上了洋葱,又在洋葱行里每隔五尺预留出一尺半的西瓜背垄。他把一个冬春全家人的粪尿全都浇在深翻过的预留行里,过罢清明就种上了西瓜。麦黄时小碗口大的洋葱长成,白满囤起早赶了一个多月的集才把洋葱卖完。有人估算他家这一茬洋葱至少卖了一百多块。收罢洋葱,绿油油的西瓜秧子已爬满了地,垛住麦秸垛正赶上西瓜成熟。担着一担只能挑四个比水桶还大的西瓜,白满囤又到城里卖了一个多月。这一亩二分地两季下来卖三百多块。于是他的外号除了"一百片"外,又多了个"三百块"。

农村的大好形势,惹得在城里上班每月只有三十来块钱的工人坐不住了。在"七级工,八级工,不如农民种沟葱"的诱惑下,很多人辞掉工作回到了乡下。邵鹤亭就从青海领着一家六口人落户到了银杏庄。他家原本住在城里,解放前在银杏庄有五十多亩地,土改时他哥哥先落户到了银杏庄。日本鬼子占领临河县那年,省立高中毕业的邵鹤亭给临河县国民党县长当了秘书,并在当时的县政府所在地五峰山下的李楼村参与过枪杀被俘的新四军。剿匪反霸时,他被判了刑送到青海劳动改造,刑满释放后参加了工作,后来把全家都接到了青海。由于他没在农村生活过,很不适应农村繁重的体力劳动。一次分豌豆,别人扛起来就走了,而他扛着二百多斤的一麻袋豌豆摇摇晃晃走进院子,上气不接下气地说:"娃子,快……快出来接住,把老子的腰快压断了。"没等儿子走出屋子,压得实在受不了的邵鹤亭把一麻袋豌豆啪的一声摔在了院子中央,麻袋摔了个稀烂,豌豆骨碌了一院子。此时他才真正体会到农活的艰辛,后悔不该回到乡下来。和他一样后悔的还有白雪梅的丈夫刘镇远。刘镇远转业到公社卫生院后，因为工资低，养活不了一家老小，在1962年春辞职回家养起了蜜蜂。

尽管借地在老百姓手里还没暖热，然而人是靠粮食喂的，吃了几顿饱饭，就带来了新中国成立以后的第二次生育高峰。1963年春，小小的银杏庄接二连三地添了八九个小孩。人们在争着生孩子的同时，攒足了劲儿搞家庭副业。

这年没出正月，白老拴就到集上买了一头猪娃。因为去年养猪都发了点小财，所以猪娃的价格贵得吓人，这头十三斤重的猪娃就花了五十多块钱。有了猪娃，白老拴就打算着如果到秋季援朝升上中学，学费就有了着落。所以，尽管生产队长不给他派活儿，他也没放在心上，把全部精力都放在了养猪上。豌豆扬花时，淅淅沥沥的小雨一连下了十多天。因为没啥防疫措施，从村东头传来了一场猪瘟，全村养的三十多头猪死了个干干净净。白老拴看着自家四十多斤重的死猪娃，只觉得茫然无措，脸上的笑纹更是挤都挤不出了。

孙甫成自接手银杏庄生产队长以来，因对地里生金的点子一窍不通，加上谨小慎微怕沾上资本主义，在调整种植结构上没一点举措，上任三年来依然是"麦茬豆，豆茬麦，改茬再把红薯栽"的老套路，所以生产队穷得叮当响。三年来，生产队不但没给社员发过一分钱的工资，饲养室点灯的煤油也都断了供应。连鞭鞘都买不起的银杏庄生产队，自然收拢不住人心。

开春后，不知谁出了个高招儿，银杏庄连忙召开了群众会。孙甫成在会上描绘了烧窑打经济翻身仗的美好蓝图。他讲道："这次咱们生产队烧窑一是看准了各村的房子都破败不堪，家家户户都要翻修房子，砖瓦市场的空间很大；二是上边支持生产队搞副业，下来的有信贷资金。凭着我在公社干了多年的关系，跑来些贷款没啥问题。现在一块砖的价格是四分钱，一片瓦是二分五厘钱，这一斤煤能烧出一块砖或三片瓦，现在的煤价一斤是一分二厘，所以一块砖能挣二分八，一片瓦能挣一分三。要是咱们建一个能装一万块砖、八万片瓦的砖瓦窑，一窑下来能挣一千多块钱。咱银杏庄有的是劳动力，按两个月烧一窑货算，全年挣个六七千块钱是有希望的。就算打一半的折扣，挣三千块钱是攥在了手心里。除去生产队开支一千块，我保证年底能给大伙儿发上两千块钱的工资。照这样的速度，三五年后，我不敢像吴克兰吹的那样让大家住上砖瓦排房，起码住上砖包后墙、瓦接檐房子应该没问题。"

人们听了生产队长的鼓动，仿佛银杏庄大好前景的画面一幅幅展现在眼前。砖瓦窑很快建成了，孙甫成也真是从上边跑回来了一千块钱的无息贷款。头一窑装了两万块砖、五万片瓦，点着火后，人们就憧憬着发工资、住新房的好日子。烧了七天后，人们用麻渣泥封死大小窑门，把窑顶水圈里填上湿土用砖拍实后，挑上水开始洇窑。洇窑的作用是让水蒸气把烧熟的砖瓦变蓝，而变蓝的砖瓦能经得起长久岁月的侵蚀，所以有"青椒红了值钱，砖瓦红了不卖钱"的说法。

这时候正值初春，天气还很寒冷，窑上又没盖房子，烧窑师傅交代说："大窑门里可千万不能睡人，万一窑崩了，从窑膛出来的火会把人炼成肉丸。"于是八个洇窑的壮小伙儿把窑顶圈里挑满水后，就挤在小窑门里睡觉。头两天洇窑用的小水，平安无事。两天后开始洇大水，这一晚后半夜，洇窑的挑过水后，挤在小窑门里取暖睡觉。刚进入梦乡，只听见山摇地动的响声过后，传来像火车放气一样刺耳的声音。三里五村熟睡的人们都被惊醒了，纷纷猜测着是不是外国向中国放了原子弹。天明后才知道，原来是银杏庄的砖瓦窑崩了。睡在小窑门最里边的孙二狗被强大的气流推出来，正好打在外边的坯子垛上，脑浆迸裂当场就死了。浑身烧伤面积在百分之八十以上的白富成被送往医院紧急抢救，另有五六个轻伤的也住进了医院。这一场恶性事故不但使一窑砖瓦血本无归，丧葬费、医疗费、家庭安置费等合起来更使生产队背上了三千多块钱的外债。一声"炮响"击碎了人们指望烧窑打赢经济翻身仗的美梦，银杏庄更加一贫如洗。

撵着瘸子使棍敲。本来银杏庄生产队百分之八九十没上粪的麦子长得就像秃子的头发稀稀拉拉，麦子即将开镰时，一场暴风雨又无情地袭来。由于挖水塘修拦河大坝，地下水位上升，七百多亩麦田就有六百多亩积水。人们赤着脚把掉了籽儿的麦子割下担到场里打下来后，交罢公粮，余下的粮食三个月每人口粮平均只有六十斤。白老拴家因为劳力少，人均口粮还不到五十斤。

种上秋后，从县上传来消息：凡是阻碍行洪的水利工程通通炸掉。有壮劳力的人家就合伙买了长长的拉网。果然几天后，随着咣咣的一阵炮响，幸福塘水面上漂了一层白花花的杂鱼。人们把鱼捞出来后，又在塘北边的拦河堤上放了几炮。瞎指挥挖了六年的幸福塘一分地没浇就完成了它的历史使命。接下来的五六天里，大浪河每隔三五里修的拦河大坝全部被炸开。随着河水渐退，被集中在潭窝里的鱼粪纷纷露出水面，一网下去能拉上来上百斤，家鱼、鲤鱼等大的有三十多斤，小的也有二三斤。因为时间集中在五六天内，集市上的鱼八分钱一斤都没人要。大鱼都吃不完，大量的鲫鱼、黄鱼、虾蟹、蚌螺无人理睬，死在了泥里和岸边。援朝、瘦猴两个孩子在黑龙潭透河井引水沟的淤泥里扒了十八只老鳖，第二天一早拿到集市上卖，连问都没人问，只好又背了回来。人们看着满河糟蹋的鱼虾，就又骂起了吴克兰。当时他要是有一点良心，守着大浪河的老百姓也不至于遭那么大的罪。

炸掉拦河坝没过多久，白青山"大跃进"时被扒掉的四间房子公社赔了三百块钱。恰巧有一户孙姓无儿无女的寡妇要改嫁，经人介绍，白青山把公社赔的三百块钱给了孙寡妇，买下了她家的四间砖包后墙、瓦接檐房子。孙甫成听说后，找到白青山说："青山哥，这房子恁要是住进去，往后俺姓孙的免不了和恁家生闲气。不如咱两家换换房子，这样也就堵住了俺族家的嘴。"极不情愿的白青山想了想，如今孙甫成在台上，靠工分吃饭的刀把子攥在他手里，要是不同意，往后少不了给自己小鞋穿，只好违心同意。随后，孙甫成挪到白青山买的四间堂屋里，白青山搬进了孙甫成三间南屋草房里。这件"屙血事"很快在银杏庄引起一片哗然，原来被人们看好的孙甫成在村中的威信一落千丈。

一次在场里给牲口铡麦秸，续草的吕正义看见孙甫成走来，气愤不过，就讽刺说："现在谁变蝎子谁蜇人哪！"一圈人都知道他话里有话，便笑了起来。满脸通红的孙甫成好不尴尬，回击说："怪不得恁牢骚话多，姓吕的不就是长了两张嘴吗？捂住上边下边能说话，捂住下边上边能说话。"孙甫成拐着弯儿的骂人话惹恼了吕正义，他停下续草，按住铡把，一字一板地说："抱怨爹娘无主张，有名无姓又何妨？总在人前矮两辈，姓孩也比姓孙强。俺姓吕的就是多了一张嘴，看谁能捂住不让俺说话。"副队长白富川眼看要打架，就拉着孙甫成说："走，咱到西洼看看那一大坂子蜀黍淹得咋样了。"

进入8月，临河县大雨、暴雨一连下了十多天，大浪河满槽的洪水浪涛一个接着一个，狂怒地冲击着两岸，发出震耳欲聋的响声。全县过水、积水的农田有二十八万亩，占耕地面积的三分之一以上。韦河、滚河和跃进渠有四十多处决口，小型水库垮了八个，被水淹没的村庄有七十多个。人们看着滔滔洪水，倒吸了一口冷气说："要不是麦罢后及时地炸掉拦河大坝，这么大的水后果想都不敢想。"

散罢食堂挪回来后，经过"四固定"，银杏庄还有八百多亩地，这年秋有五百多亩的庄稼都被淹死了。大水过后，县上拨了豆子、萝卜等秋作物种子。因为无法犁地，人们只好把种子撒在泥田里，用三齿耙划了划就算补种上了晚秋。由于时节错过了一个月，又没肥料，除了萝卜长得稍好些，补种的豆子弯腰割不住，蹲下扎屁股。高地没过水的谷子、红薯要比上年减产六成。刚从大食堂熬过来的人们饿怕了，趁着夜色拿着绳子、扁担下了地。头天下午刚割倒一块三十多亩的豆子，第二天早起只剩下地南头的少半截儿。面对这防不胜防的"下夜"行动，孙甫成私下对干部说："咱是干部没法下夜，每人就扛回去一口袋谷子和豆子吧。"干部和"有本事"的群众不见影儿就把粮食弄回了家，就苦了像白老拴这样的老实本分户。

七月初，援朝和同学们经过紧张的升学考试后回到家。一家人着急地问："援朝，考得咋样？""题难些，但我都会。"老拴、雪筠听了援朝的话，脸上掠过一丝安慰。接下来的日子，援朝背上了帮助家里挣工分的草篓头。七月下旬，下了一场大雨，河里又涨了水。吃罢早饭，娃娃、瘦猴约了援朝来到南河用抬网从后荷荡流出的洪水中逮鱼。十点左右，雪筠在地那头激动地大声喊道："援朝，快回来吧！恁班主任陈老师来了。"援朝把抬网扔给了瘦猴，撒开腿就往家里跑。

进了屋，援朝看见坐在椅子上的陈老师满面笑容，姥姥咧着嘴忙着烧鸡蛋茶。他笑着问："陈老师，北河涨大水，你咋过来了？""我举着衣服，浮着水游过来的。"陈老师按捺不住激动的心情，接着说，"援朝，你被地区的重点中学县一中录取了，而且分到了一（3）班。这个班除集中了县城机关的孩子外，大多是全县的尖子生。看来这次升学考试你的分数不低。"援朝追着问："咱学校考上一中的有多少？咱们班都有谁？""咱学校三个毕业班一百六十多名学生，有十六名学生考上了一中。咱班的底子那么差，但情况比我想象的要好得多，考上了海清、玉堂、金坤你们四个。"说着话，姥姥已烧好了鸡蛋茶。推让不过，陈老师吃了两个鸡蛋，喝了一些茶水，把剩下的放在桌子上，对老拴、雪筠说："大叔、妹子，我知道恁家的情况。可是再困难也不要误了援朝的学业。这孩子是块料。"说罢，不顾一家人的挽留，又急急忙忙给其他三个学生送通知书去了。

陈老师走后，白雪筠激动地哭着说："得良，咱梦想成真了，儿子考上了县一中。往后无论再苦再穷，就是拉棍要饭，我也要让他完成学业。"援朝知道，妈妈的眼泪既有对爹爹临终时承诺的兑现，也有对艰辛抚孤的痛苦回忆，更有对一家人心血终于有了结晶的感慨。

援朝考上一中的消息很快成了银杏庄议论的中心话题。有人说："自解放以来，银杏庄没出过一个真正的中学生，终于出了一个中学生还是外来姓。看来咱老坟里没这棵蒿子呀。"也有人说："白老拴一家老的老小的小，没人挣工分，年年缺粮，连稀糊涂都跟不上溜，能供得起一个中学生？就看着他家这出苦戏咋往下唱吧。"

一阵欢喜过后，白雪筠看着通知书上的五元书杂费和应带的粮食犯了愁。夏季全家人分的二百多斤麦子已颗粒不剩。现在一家人就靠从东大仓籴的返销粮用晃磨拐成稀糊后掺着野菜度日，哪还有粮食供儿子往学校背呀？她流着泪在床上苦思冥想了一夜，也没找到渡过这一难关的办法。她无可奈何地自言自语："为了供儿子上学，挨门说好话不丢人。"

第二天吃罢早饭，白雪筠就从村西头开始"查起了大户"。她心里清楚，麦收前的一场暴风雨导致夏粮严重减产，家家户户都在籴吃买烧。虽说去年有几户在自留地、借地上发了点小财，但因翻修了房子或买了寒羊，大都捉襟见肘。来到白满亭家，没等雪筠开口，满亭带着歉意，指着圈里的寒羊说："妹子，我知道你是为筹外甥的学费来借钱的，我昨天刚籴了粮食，家里连个嚼口钱也没有了。你只管借吧，明年春上剪了羊毛，哥替你还。"白雪筠苦笑着，从满亭家走出来进了富民哥家，看见富民嫂子在抹泪，就轻声问道："嫂子，哭啥哩？"富民嫂子说："俺娘家娘有病住在医院，我让恁富民哥去看看，他说赤手空拳没脸去。"雪筠听罢，没再往下问流着泪走了出来。

转到小晌午，她来到村东头吕正义家。正义热情地说："雪筠姑，你是为俺表弟上学的事来打饥荒哩吧？俺勒勒裤腰带把五升高粱给俺表弟。"白雪筠千恩万谢后，背着高粱回到家。银坡、狗剩媳妇、诗雨妗子几个人正在屋里唉声叹气。老拴接过高粱，问道："雪筠，你借到钱没有？"雪筠无奈地摇了摇头，银坡说：

"一分钱难倒英雄汉，你还是找政府吧。"这一句话提醒了雪筠。几个人在桌子上放了几张皱巴巴的零钱走了，老拴数了数，一共是两块七毛钱。

吃罢午饭，雪筠来到孙甫成家，试摸着问："甫成兄弟，上午我跑遍了全村也没借到钱，要不你到公社跑一趟？看看有没有救济款。如果没有救济款，帮俺申请几块钱的贷款也中。"孙甫成吸着旱烟从鼻孔喷出两道烟柱，吭哧了半天也没说出一句干脆话。白雪筠双膝盖一杵，跪在地上哭着说："你是队长，我要是有一点办法也不会麻烦你。看在俺孤儿寡母的分上，你就到公社使使你的老脸吧。"在一旁的甫成媳妇连忙搀起雪筠说："甫成，中就中，不中就不中，给咱姐个爽快话！别嘴里噙个裹脚，哝哝唧唧半天放不出个屁来。"孙甫成这才极不情愿地说："那好吧，你把援朝的录取通知书拿来，我到公社跑一趟试试。"

其实孙甫成昨天就得到了援朝考上学的消息。除了嫉妒，他更多的是怀恨白老拴给他发祥叔家划了个富农成分。

三天后，孙甫成把钱给了白雪筠，说："我嘴都磨破了，公社只救济了四块钱。"白雪筠流着泪，说了几筐感谢的话。其实，孙甫成利用在公社有熟人的关系，很顺利地为援朝申请了八块钱的救济款，回到家抽出四块打了埋伏。

援朝自接到通知书后，心里像打翻了五味瓶。虽然这张浸透着他汗水的通知书告慰了死去的爹爹，给全家带来了希望，但他清楚地知道，自己上了中学必将使这个原本穷困潦倒的家庭雪上加霜。尤其在看到妈妈为给自己筹钱、借粮而憔悴不堪的面容时，他偷偷地哭了。

新生报到的头天下午，小姨雪梅满头大汗进了屋，说道："援朝，明天你就要开学了，这是恁姨父在部队用过的钢笔和挎包，送给你上学用。另外，这是两块钱，别嫌小姨……抠唆。"雪梅把东西递给援朝，两眼已是热泪盈眶了。雪筠知道，自从妹夫辞职回家后买了十来笼蜜蜂，因天气不对搭，没收多少蜂蜜，反倒因冬季给蜜蜂喂糖赔进去不少钱，一家七八口人生活很是拮据，背过脸也哭了起来。

援朝为使大家开心，从抽屉中翻出前几年他获得养羊模范时学校奖的笔记本，说："姥爷，明天我就要上中学了，这可是我人生中的新起点。你给我题上一些励志的格言吧。"老拴略加思考，工工整整写下了王勃《滕王阁序》中"穷且益坚,不坠青云之志"的名言,随后解释说:"援朝,姥爷希望你这一生中,做一个能吃钢咬铁的男子汉,越是困境越要坚强,永远不放弃心中的理想。"援朝含着泪说:"姥爷,你送我的这句话,我一生中都会当成座右铭的。"

白雪梅又嘱咐了援朝"穷没根,富没苗,好好用功读书"的一排子话就要走。援朝和姥姥把小姨送到村外,直到看不见小姨的身影才转回身。这是她每次送女儿回家时站成的一个令人心酸的场景。这种只有母亲才会有的情结,援朝一想起来就会流泪。

9月3号这天,一家人把援朝送到大石桥北头。援朝停下脚步说:"姥爷,东西不重,你们都回去吧。"姥爷把八块七毛钱装到援朝的上衣口袋里。援朝左肩上背着姥姥为他拆洗的小被子,右肩上扛着妈妈为她借来的五升高粱,含着泪向城里走去。白雪筠望着儿子远去的身影,哽咽着喊道:"援朝,要记住妈妈交代的话。"随风传来援朝清脆、坚毅的声音:"妈,我记着哩,不和人家比吃穿,要和人家比学习、比品德。"

第四十四章

援朝来到了学校。临河县一中坐落在县城东南角,十三级台阶上矗立着的大理石坊式大门高约两丈,门楣上"临河县黉学"五个遒劲有力的大字见证了岁月的沧桑,门楣左下方挂着 "临河县第一初级中学"的牌子。黉学是明初修建的,又叫文庙,"五四"以后成为临河县师范学校,日寇占领期间曾是日本宪兵司令部。

文庙气势恢宏,现存的大成殿建在一米高的月台上,巍峨壮观,古朴典雅。从正门进入面阔五间的大成殿,中间经过泮池,泮池上有一座精致的小桥,叫"状元桥"。紧靠泮池西边是一片翠竹林,竹林中一尊庞大的石赑屃驮着一块高一丈五尺、宽四尺半的石碑,石碑上镌刻着自明初到清末从这里走出来的十位进士的姓名。这就是临河县有名的八景之一——竹林藏碑。大成殿现在是教务处,也是新生报到的地方。在大成殿西边一字排列着太和殿、拜殿和崇圣祠,它们分别是教研室、设备齐全的实验室和全县藏书最多的图书馆。新中国成立后,在原来的基础上,学校规模扩大了三倍,全校十二个班共有六百多名师生。这里不但是临河县几百年来的文化中心,更是培养人才的摇篮。

交了学费报到后,援朝穿过教务处东边百余亩的大操场,来到学生食堂。新生都在排着队交粮,管伙的申老师笑着说:"伙上有两样馍,交小麦吃白馍,交杂粮吃黑馍,每个馍除二两粮票外还要收二分钱,菜糊涂每碗是一两粮票加三分钱。另外,一碗菜根据季节不同三至五分价格不等。"援朝看了看,大部分同学交的是杂粮,他把背的高粱换了二十七斤黑粮票,买了两块钱的菜票,口袋里只剩下一块七毛钱。

援朝来到班上,四十五名同学已经到齐。不一会儿,一位不到四十岁的男老师进了教室，和蔼可亲地讲道："我姓李，是咱们这个重点班三年的班主任。咱们一中是全地区的重点中学，不但拥有全县最好的教师和教学设备，而且环境优美、纪律严明、教学质量出类拔萃。希望同学们珍惜到这里学习的机会，不要辜负家庭和学校对你们的殷切期望。"随后李老师按照女前男后和个子高矮排了座位。援朝排在第五排，和他同桌的是来自姜店公社澧河北岸白付湾村的郭庆华。

接着，李老师领着男生来到位于食堂南边的寝室。寝室是解放前临河县教育局局长住的一个幽静的独家小院，品字形的三所房子都是旧式楼房。三班住在堂屋楼上。上了楼，地上铺着麦秸，墙上已贴着各位同学的名字。援朝的铺位挨着楼梯口，左边是和他一样来自牛市口学校的蔡海清。两根电灯线从楼梯口穿上来，经过援朝的铺头爬上脊檩垂下一个灯泡。李老师拉了拉开关，一脸严肃地交代说："这是电灯，同学们可不要乱摸乱动。去年有一个新生看着电灯一明一灭怪好奇，就把灯泡摘下来，用手指触摸灯头里的铜柱，一下子把他击倒了，差点要了命。"援朝听罢，吓出一身冷汗。晚上睡觉时，他怕电万一流出来击中头部，就独自一个朝外睡。这样的事说出来怕同学们耻笑，过了两个星期，他看着没事，才放下心来。

开学的第二天，天还没亮，一阵清脆的起床铃就响了，同学们揉着两眼眵目糊来到教室。值日的学生抬来水，大家洗罢脸，排着队到大操场跑了十米圈。各班按照位置匀开做完广播体操后，一天紧张的学习就开始了。

晚上九点半放了学，援朝躺在铺上算了算账，这一天没敢放开肚皮，就吃去了一斤一两粮票和两毛二分钱的菜票，照这样的速度，两块钱的菜票不够吃十天，二十七斤粮票吃不到一个月。想想妈妈为自己筹借钱粮的情景，他又流起了泪。

第二天，援朝买了馍后，到茶炉舀了一碗白开水回到了教室，一边啃着馍一边看起了书。学校的茶水是免费的，因此援朝这一天虽然粮票没减，菜票却省下来八分钱。又过了两天，援朝看见同桌的庆华也和自己一样只吃馍不吃菜，就故意问道："庆华你咋也没打菜呀？"庆华装出一副轻松的样子说："咱都是农村来的，这南瓜菜早就吃恼伤了。"援朝嘴里应和着，其实他内心清楚，庆华和自己一样，都是为了省那几分钱的菜票。

星期六放学稍早些，援朝回到家一进屋就嚷道："姥姥，有焯熟的菜没有？快给我拌上一大碗。"姥姥不知道援朝已经四天没吃过菜了，就笑着说："你从小就好吃菜，上辈子是不是菜蟒托生的？"刚好生产队分的小萝卜缨，姥姥焯了一大筐子，就抓了一大碗切碎，撒了盐面拌了拌，递给援朝，援朝就大口地吃了起来。雪筠看到儿子把抓口喃的样子，就盘问起援朝花钱的情况。当她得知儿子一星期只花了八毛七分钱时，鼻子一酸就悄悄走了出去。过了一会儿，端着不满一碗的豆子回来说："你诗雨妗子给了咱家一碗黄豆，明天让你姥姥给你馇上一大锅懒豆吧。"穷人家的孩子没懒汉。第二天下午，援朝把缸里挑满水，又把院子打扫干净，用笼布兜着姥姥专为他做的一大锅懒豆来到学校。好在天气不太热，一锅只放了盐的凉懒豆吃了六天。这一星期，援朝吃饭只花了七毛五分钱，而且吃得有滋有味。援朝兜着懒豆走的第二天上午，白老拴到三女儿雪梅家找了十来斤豆子。每到星期天，姥姥把半碗豆子泡泛拐成浆，掺上红薯叶、萝卜缨、白菜帮子或各种野菜为援朝馇上一大锅懒豆。同桌的庆华也是父亲早亡，家里十分困难，他家离城四十多里地远，两星期才能回去一次。援朝就把懒豆拿出来，二人就着懒豆啃了馍、喝了开水就埋头学习。澧河堤上柿树多，援朝也没少吃庆华从家里背来的柿子炒面。

入学两个星期后的一天晚自习上，班主任李老师主持着选了班干部，庆华当了班长，援朝成为学习委员。接下来，李老师根据学校掌握的情况，公布了全班应吃助学金六个同学的名字和钱数。这六名学生中有三名没了父亲，一名没了母亲，另外两名是沙河北离县城七八十里地来的学生。有四名同学每人每月的助学金是四块钱，援朝和来自上澧河店北岸关庄村的一名同学是三块钱。星期六，援朝拿着助学金回到家，一家人都激动得流出了眼泪。正是这救急的三块钱助学金，支撑着援朝度过了那段不堪回首的寒窗岁月。

四个星期后，姥爷问："援朝你的粮票还有多少？"援朝无可奈何地说："姥爷，我的粮票只剩下一斤三两了。西南山来的学生已开始从家里背红薯，他们把红薯装在网兜里，再系上刻着自己名字的小木牌，然后放在伙上的大笼里蒸熟了吃，伙上只收二分钱的加工费。咱队也不知道啥时候刨红薯？"姥爷说："这几天村里很多户找着队长说家里没粮食了，要求队里刨红薯。这马上都中秋了，俗话说，八月十五刨春地红薯，估计着快了。明天你先上学去吧，刨了红薯我给你送去。"星期一那天，援朝眼巴巴盼到下午放了学，仍不见姥爷的身影，数了数口袋里的饭票只够吃一个馍、喝一碗菜汤。正在发愁，突然看见姥爷满头大汗扛着一袋红薯，向一个同学打听一（3）班，他就赶紧跑过去接过姥爷肩上的红薯。姥爷说："等急了吧？今儿上午刨的红薯，下午正在集堆，我怕分得晚了耽误你明天早上吃，就让会计先给咱称了三十斤，弯儿都没拐就到学校来了。"说罢，掏出用细麻绳精心织好的网兜递给援朝，说："我回去往家里运红薯了。"援朝望着姥爷远去的佝偻身影，鼻子一酸，双眼顿时被泪水模糊了。

一场秋雨一场寒。绵绵秋雨一过，北风便凛冽起来，早已发黄的树叶纷纷掉落，只剩下光秃秃的灰褐色枝干。转眼到了初冬，四野里早已是场光地净，姥姥找不到为援朝馇懒豆用的野菜。一次生产队分大葱，姥姥拾了一些扔掉的葱叶子，又从队里拔下的辣椒棵上摘了些没长成的小辣椒，炒了一大碗葱叶辣椒。援朝带到学校吃了几天后，内火攻到眼上，两眼肿得不离缝。后来援朝回家背红薯时就带上一些萝卜，用蒸熟的白萝卜蘸着盐面当菜吃。于是，一些学生的菜谱又多了个清蒸大萝卜。

生活上有红薯、萝卜填饱肚子就行，最让援朝烦心的是入冬后下了雨或大雪后化了冻。每逢星期六，援朝怕踏湿布鞋，就赤着脚踏着刺骨的泥水来回丈量着从学校到家的五六里路。在牛市口上学时，小姨给他的一双旧篮球鞋勉强穿了二年。上了中学后，每当援朝踏着泥水回到家，姥姥看着他那冻得像红萝卜的双脚，流着泪洗净后就揣在了怀里。这时，援朝两手捂着脸，眼泪从指缝间不住地往下淌。他知道，为了给自己攒学费，家里人不但节衣缩食，就连夜晚点灯、锅里放盐也是能省就省。姥姥给人家纺一斤棉花三毛钱，一天到晚纺车嗡嗡响个不停，一个月挣不了七八毛钱。每天晚上，姥姥纺着花，妈妈就坐在纺车旁趁着微弱的灯光纳鞋底，一纳就是大半夜。手中的大洋针后面带着一根长长的麻线绳，她不时地将大洋针在头发上篦一下，增加一点针尖的油性，用中指上戴着的顶针将大洋针顶过鞋底子那边，飞快地抽动线绳。随着"哧啰、哧啰"抽动线绳的节奏声，妈妈的身体前合后仰，身后的灯影儿也跟着忽长忽短。

进入农历十二月，各班的教室都垒了土火炉。生着火后，五六个同学为了省那二分钱的红薯加工费，就用搪瓷茶缸在火炉上煮红薯吃。一个碗口大的炉口上放了五六个茶缸，红薯自然煮得半生不熟。生活越是艰苦，同学们越是用功学习。

　　在困境中，同学们自有应对困难的办法。交了九后，睡在楼板上盖着薄被子的同学，就两个人打起了老通（合铺的意思），唯独剩下从泥河洼泄洪区来的郭彦湘。原来他为了省粮票，晚上只喝菜糊涂，加上他瞌睡劲儿大，时不时地有尿床的毛病。一天夜里，郭彦湘又尿了床。第二天他偷偷地在寝室南边的猪窝上晒被子，下午去收时老母猪已经把被子撕成了碎片。李老师知道后，把自己的一床被子抱了过来。他怕尿湿了老师的被子，就交代同学，凡是起来解手都要喊他一声。这一晚他被喊了不知多少遍。起床时同学们问："彦湘，昨晚没冲船吧？"他红着脸说："一黑晌，还没闭住眼哩，大家就不停地喊我，哪还有时间尿床啊！"第二天学校知道后，校长亲自找着民政局长，给他领回来一条新被子。

　　接近年关的一个星期六，援朝回到家，看见二姨领着丫丫来了，就亲热地问："二姨，你咋这么长时间没来了？"没等援朝说完，二姨就哭了起来。妈妈流着泪说："那个忘恩负义的柳青云做了陈世美，和你二姨离婚了。"原来自从那年柳青云提出离婚后，他的父亲舍不得孝顺勤快的好媳妇，就铁了心不让媳妇和儿子离婚。随后，柳青云回来过一次，被老父亲骂了个狗血喷头，从此他就不再给家里寄钱了。霜菊想离婚又怕像亲爹似的老公公承受不住打击，就暂时把离婚搁置起来。腊月初十，老公公死了，柳青云回来奔丧。霜菊早就知道他在学校有了外遇，得到柳青云每月给女儿八块抚养费的空头承诺后，二人就办了离婚手续。随后，霜菊就领着女儿回了娘家。

　　霜菊回来后，老拴从话语里知道女儿打算再走一家，想了想，女儿才三十来岁，膝下还是一个女孩，就没再说什么。白霜菊要改嫁的消息很快传遍了三里五村，不断有人到家里提媒。最先来的是提着礼品的孙甫成两口子，夫妻俩变得如此大方，让人觉得就像驴头上长出了一对牛角。二人进了屋，满脸堆着笑，搜肠刮肚地扯了一阵子老拴家的好处后，就把话题转到霜菊的婚事上。孙甫成笑着说："老拴叔，我给俺霜菊妹子瞅了个好头儿，就是恁媳妇的娘家兄弟。"甫成媳妇连忙接着说："俺兄弟可是一表人才，今年三十二岁，正好和霜菊妹子年龄相当，去年离的婚，跟前还没有小孩。"在一旁的雪筠听到介绍的是孙甫成的小舅子，心里就像吞了一只苍蝇差一点没吐出来，冲爹爹使了个眼色，老拴会意地说："让我们打听打听再说吧。"

孙甫成两口子走后，雪筠说了实情。原来，孙甫成的小舅子虽然人长得不错，却是一个中看不中吃的铁枳梨，除了好吃懒做不会治家外，最大的毛病就是拈花惹草。去年春，他和邻村的一个有夫之妇干那事时被捉奸在床。这家的男主人把他拴在大街的皂角树上痛打了一顿，又用一茶壶热水浇了他的裤裆。过后他老婆觉得丢不起人，就和他离了婚，带着一双儿女回了娘家。

第二天晚上，老拴就给孙甫成回了话。本来孙甫成就对老拴有成见，这一次更是恼到了老坟后。

过了几天的一个晚饭后，吴克兰厚着比城墙还宽三丈的脸皮走进屋子，掏出大前门烟谄笑着说："老拴叔，虽然那几年我执行上级政策有些过头，但对您一家可没少照顾啊。要不全村都搬走了，就只剩下您一户？"老拴向来息事宁人，笑着说："这些事老叔都记着哩。你可从来没到俺家来过呀，今黑儿你有啥事？"吴克兰骨碌着眼珠子看了看霜菊，说："听说俺霜菊姐想再往前迈一步，刚好咱县的苗副县长死了老婆，虽说年龄大了一些，但嫁过去不但能转成商品粮，还能安排个好工作。"老拴说："多谢你关心！让你霜菊姐明天到城里问问再说吧。"

第二天，霜菊进城找到在县医院当妇产科医生的表姑。表姑一听说介绍的是苗副县长，就摇着头说："这说媒的电线杆当筷子咋张开嘴了？苗副县长离婚的带死的老婆先后都有四个了。撇下几窝孩子不说，他大女儿和你年龄差不多，小孩儿都十来岁了。"霜菊听罢，骂道："吴克兰这鳖孙丢了干部不死心，这是想拿我巴结上边哩。表姑，你认识人多，你就操心给我滤一个吧。"表姑爽快地说了一个"中！"

吴克兰等了几天没回音，心里叹道："想当年，这十来个村庄，我吼一声能吓得人尿湿裤子，跺一跺脚四方都得掉土，如今连白老拴这老实头也不把我往眼里夹了。看起来落架的凤凰真是不如鸡，必须想尽一切办法继续当干部。"

过罢年，表姑给霜菊介绍了城北连庄死了妻子又没小孩的连生金。二人一见情投意合，两个月后，霜菊就嫁了过去。

过了正月，援朝已把红薯窖里的红薯背了个精光，开始兜着红薯干到学校。他把装着红薯干的网兜在水里沾一下放在笼里，这样蒸出的红薯干因水分少，吃一口打一声嗝抖。二班的陈阁家里连红薯干也没有了，就背了一袋子青萝卜蒸着吃。一天，班主任问："阁，中午吃的啥饭？"陈阁爽快地答道："报告老师！两个萝卜，一碗大茶。"

到理发店理一次发要两毛钱，同学们为了省钱，本该半个月理一次头往往要拖上一两个月。班主任李老师看着学生支棱得盖住耳朵的乱发，背过脸眼睛湿润了。过了清明，他不知从哪里弄来几张蓖麻蚕子，揣在身上暖了几天后孵化出密密麻麻的幼蚕。在晚自习课上，他激动地说："我托人找的几张蓖麻蚕子已经孵化出来了。这种蚕食性很广，除了吃蓖麻叶，还吃臭椿叶。咱们把蚕养好就有了班费，往后学校包场看电影，同学们就不用再对钱了。另外，我准备买一把理发推子，以后同学们再也不用省那两毛钱的理发费，个个的头像那麦毛碴碴了。"

班会后，同学们在不影响学习的前提下，把养蚕当成了班上的头等大事。刚开始蚕小食量不大，同学们就掰来椿芽切碎了喂蚕。随着天气转暖，蚕一天一个样，后来放在李老师的两间卧室里用学校食堂的破蒸笼当蚕床。下午放学后，全班同学跑到土城上钩来椿叶。一个多月后，收获的蚕茧卖了四十多元钱，李老师跑到百货商店买了一把推子。两天后推掉长头发的同学精神了许多。从那以后，学校包场看电影的每人一毛钱就有了着落。每当看包场电影时，李老师就让援朝在学校看教室。援朝心里清楚，这是老师对他这个重点生的偏爱。

这年的四月中下旬，正值小麦扬花灌浆期，一连下了十多天的中雨。农谚说："麦花落在裂缝中，麦子长得饱盈盈。"需要晴天的麦田却遇上了连阴雨，小麦籽粒就像麻雀舌头，产量不及往年的四成。银杏庄的公粮只完成了一半，剩下的秕麦，每人口粮平均只有四十五斤。还没出两个月，村上就开始籴返销粮了。

这年春，老拴为了给援朝筹学费，在屋后三分荒宅地种上了甜瓜。甜瓜成熟时正赶上放暑假，姥爷苦笑着说："援朝，姥爷一辈子没做过生意，况且城里熟人又多，你就卖瓜去吧。"援朝爽快地答应了。不到十四岁的他，个子还没长成，摇摇晃晃地挑着五六十斤甜瓜，在去城里的路上要歇上十来歇。来到城里后，没卖过东西的他实在叫不出口。好在姥爷种的都是"芝麻籽红到边"，援朝拿起一个瓜用刀削下一块瓜皮，里边就露出鲜红的瓜瓤。他把这"招牌瓜"摆在瓜上边。卖瓜的很少，但街上的行人也稀稀拉拉。援朝把瓜挑放在西街的一个商店门前，到小晌午瓜还没卖出去一个。这时从商店里走出一个四五十岁的女营业员，和蔼可亲地问："小孩儿，你卖瓜不喊叫啥时候会卖完哩？""阿姨，我没卖过东西，喊不出口。"援朝红着脸说。女营业员拿着他做招牌的甜瓜闻了闻，说道："这瓜怪香哩，多少钱一斤？给我称一个。""不贵，五分钱一斤。"援朝说着，随手挑了一个称了称，说："一斤半打不住秤锤儿，收你七分钱吧。"女营业员付了钱，拿着瓜走进商店。过了一会儿，她又领出来几个人说："小孩，你的瓜味道不错，俺几个都要买一些。"援朝称着瓜，又围上来几个人，很快一担瓜就卖完了。援朝数了数，一共卖了两块七毛钱。他擦了擦满头的大汗，高兴得差点蹦起来，就走进商店，冲那女营业员甜甜地道了一声谢。女营业员说："这孩子真懂事，个子没长成可会卖瓜了。明天你去十字街吧，那里人多。"

第二天，援朝担着瓜来到十字街西南角，刚放下瓜挑就过来两个买瓜的。一宗瓜还没称完，这时管市场的孙豁子过来踢着瓜筐说："快挪走，快挪走……不然就罚款了！"孙豁子不但长得奇丑无比而且不讲情面，不要说是小孩，就是大人也怕他几分。援朝慌忙提着瓜筐挪地方，一不小心，筐上的白蜡条尖茬将右小腿上扎了个窟窿，鲜血直流。他挪好了地方，找不到包扎的东西，就在伤口上按了些干土，继续卖瓜。

十多天后，几分地的瓜卖了二十多块钱，暂时有了上学和家里籴粮的费用。由于伤口化脓感染，援朝腿上留下了见证困苦岁月的一处疤痕。

这年8月下旬至10月上旬，一个多月的降雨量达到433毫米，谷子、高粱、大豆在棵上没收就已发了芽，红薯也大部分烂在了地里。天晴后，地里都是水，牲口下不了地。这年的小麦一直种到立冬。由于水灾严重，银杏庄大部分人家既没吃又没烧，于是有劳力的农户扛上扁担或拉着借来的架子车到南阳一带靠贩卖红薯干维持生活。苦熬岁月的白老拴一家更是举步维艰。一天中午放学时，援朝看见姥爷夹着破口袋步履蹒跚地走进学校，连忙跑上前问："姥爷，你咋这时候来了？走，咱到伙上吃饭去。"姥爷摇了摇头说："不去了，省下的饭票你还能多吃上一顿。学校发助学金了没有？家里一分钱也斟捣不出来。给我一些，我好去籴粮食。"援朝把昨天发的助学金给了姥爷两块，望着姥爷离去的身影，差点哭出声来。他知道为供自己上学，家里已经揭不开锅了，不但缺粮而且缺柴。下个月发了助学金后，援朝约着城里的同学松岭带上他家用钢套做的手推车，到城东关煤厂买了一百多斤煤送了回去。为了省钱，援朝就在寝室里用砖头支着小锅煮些菜汤凑合着填饱肚子。

二年级的寝室已搬到学校西边十几间连着的大房子里，班与班只隔了半截墙。寝室的窗户都是用砖摆的，没法用报纸糊，所以寝室的温度和外边差不了多少。因为年龄长了一岁，入冬后同学们不好意思再打老通，援朝就把一个独幅破床单用图钉钉在铺板上。头两天，盖的小被子一夜都没暖热。第三天熄灯铃响过之后，援朝点着煤油灯用被子蒙着头背书，不一会儿就出了汗。于是他就蒙着头睡了一冬。

过罢年，家里把朵的少量豆子、玉米用晃磨磨成浆后，掺着野菜度日。援朝星期六放学回到家吃完饭后，姥爷心情沉重地说："雪筠，现在每人每天供应的七两毛粮不够吃，咱再苦也不能苦了两个孩子，我准备到湖北讨饭去，省下些口粮，好让援朝吃得饱些。"雪筠听罢，含着泪说："爹，你平常向人家借东西都张不开嘴，千里讨饭到湖北能会抹下脸来？您都是六十多岁的人了，要是有个三长两短，还不把我愧死！与其这样，还不如我到新疆讨饭去。年前我听从石河子回来探亲的桂贞姐说，那里地广人稀，粮食不紧张，要饭也有人打发……"

没等雪筠把话说完，老拴潜然泪下，摇着头说："妮啊！你才三十八岁，自从领着援朝、治淮回来这十二年，哪一天爹不为你操心？新疆离咱这里六七千里，咱又没钱坐火车，这绝对不中！"

援朝听了二人争执的一番心酸话，眼泪就像拧开的水龙头，哭着说："我宁肯不上学，也不能让你们背井离乡去讨饭。明天我就打休学报告，等以后家里日子好了再复学。""援朝，你是咱家的希望，我们要饭就是为了不耽误你的学业，你休学不是拿刀子戳我们的心吗？"

僵持了一会儿，援朝试摸着问："姥爷，你们看这样中不中？咱村离学校五六里，半个小时就跑到了，不会影响我学习的。"白老拴父女实在想不出办法，只得无奈地点了点头。没办法，援朝只好跑起了伙。

第二天天不亮，妈妈就做好了饭，援朝吃了饭去上学。五六里地，一天要跑上四趟，刮风下雨不说，最让他闹心的是晚上九点半下了晚自习后，一个人走在空旷的野地里时，大人们讲的鬼怪故事偏偏又在脑海里翻腾起来。尤其是走到赵明庄北地一条小河的石桥上，心里更是发怵。桥南边一片河滩上，解放后多次枪毙过反革命。每当走到此处，小河南边岸上的竹园里，风吹着竹叶呼呼啦啦的响声伴着夜猫子瘆人的惨叫，援朝吓得毛骨悚然，一蹦子跑到任家屯后才缓过神来。

过了清明，援朝脱下棉裤换上穿了三年的单裤。到学校下了第一节课后，几个同学指指戳戳地笑个不停。援朝一看，自己屁股上烂了一个拳头大的洞。他用手捂着破洞，上完几节课中午回到家，喊着妈妈给他补裤子。妈妈一看，裤子都穿化了，已经没法再补。正在发愁时，西院的诗雨妗子端着饭碗来串门，得知情况后，赶紧回家把自己的一条旧裤子拿过来让援朝穿上。那时妇女的裤子时兴的是偏开口，援朝怕别人看见笑话，下了课上厕所都避着同学们。过了几天，妈妈到小姨家找了一条姨父穿过的旧裤子，把裤子拆开重新裁了裁，在灯下一针一线缝到大半夜，总算没耽误第二天援朝起早上学穿。

援朝没把家里的实情告诉班主任，李老师认为他自作主张跑伙辜负了自己的期望，就撤换了他的学习委员。援朝理解老师的良苦用心，生活越是困难越是发奋学习。这年7月的升级考试，张援朝不但成绩名列全年级第一，而且考试的作文还被面临升学的三年级同学当作范文来背。后来，当李老师了解到援朝是因为家里揭不开锅才跑伙时，把他喊到办公室，流着泪说："援朝，家里这么困难，也不给我说一声，依然一门心思扑到学习上。老师错怪你了！"二年级上学期，援朝就入了团。进入三年级班干部改选，庆华成了团支部书记，援朝被选为班长。患难与共的两位同桌带领着三（3）班向高中冲刺。

第四十五章

时间艰难地迈进了这年的农历九月下旬，银杏庄发生了一件令人既震惊又兴奋的大事。这年秋天，县里根据公社提供的情况，把那些干部作风问题严重、生产搞得一塌糊涂、群众意见大的生产队列为第一批"四清"运动的重点。银杏庄来了工作队，组成了以老农会主席白银坡为首的"清政治、清经济、清组织、清思想"的"四清"小组。经过群众检举揭发，在查账落实情况后，孙甫成被迫退赔了贪污的粮款，归还了白青山家的房子。加上一段追随国民党南逃说不清的历史问题，孙甫成随后就下了台。

吕信良被大伙儿推选为生产队长。二十六七岁的吕信良当过坦克兵，中等个子，肌体强健，刚劲有力的浓眉下闪动着一双精明深邃的大眼，英俊的脸庞上透着正直和无私。他从部队转业到东北的一个军工企业当了两年工人，前年在工人返乡的大潮中辞职回到了家乡。

吕信良上任三天屁股还没坐稳，银杏庄就闹起了一场分队的风波。原来，孙甫成丢了生产队长后，一连几个晚上都没合上眼，想想过去掌着银杏庄的印把子，除了天大，就是他孙甫成大，当初从公社回来接手这个烂摊子，自己没少作难出力，如今却成了灰溜溜的下台干部，气得饭也吃不下去了。孙发祥看到侄子要死不活的样子，就让妻子幽会了大队长李金章。晚饭后，李奈来到孙甫成家说："亏恁还是个大男人，活人还能让尿憋死?!"孙甫成一脸无奈地说："吕信良的队长是工作队一手扶植起来的，刚当上又没错误，有啥借口撵他下台?""你不会煽动一部分人闹分队? 咱村要是一分为二，那不就把吕信良轻轻松松地晾在一边了吗?"孙甫成一听这兵不血刃的好主意，知道是大队长出的妙招儿，思忖了一阵子拉拢的对象后，就急忙推开门走了出去。

本来孙甫成下台时，他近门只有四五户同情他，全村绝大部分的群众都拍手称快。经不住他一夜的封官许愿，有十二三户加入他闹分队的行列里。这边孙甫成鼓动着闹分队，那边拥护吕信良的群众也跑到县委告了孙甫成的状。县委把电话打到公社，公社派人到银杏庄召开了群众会。在会上，人们纷纷指责起了孙甫成。白老拴也一改往日的息事宁人，抖动着嘴唇说："这几年除了恁一家日子能跟上溜儿，哪一户不是缺吃少穿？别再闹了，咱银杏庄经不起折腾啊！"白银坡气愤地说："你把书念到屁股里了？不是没给你机会，这都四五年了，咱生产队依然是稀巴烂，群众连个吃盐钱都没有。你要有自知之明！人哪，披张皮简单，真正做人就难了。"随后，公社干部严厉地批评了孙甫成，并再次亮明了对新队长大力支持的态度。这一场劈头盖脸的说教，像一场冰雹打得孙甫成犹如折了腰的玉米，蔫头耷脑地站在会场上。一场分队闹剧谢幕了，却种下了派性的种子。

分队风波过后，老老少少都瞪大了眼睛、憋足了气要看着新队长怎样改变银杏庄一穷二白的落后面貌。吕信良虽然年轻，但毕竟在外边见过大世面，加上他诚信朴实，善于倾听群众意见，有一股不服输的劲头儿，几把火就点燃了银杏庄的新希望。

吕信良接手队长十几天后，在种麦前的群众会上，他讲道："今年咱村八百亩地准备种五百亩小麦，品种全部更换成农民育种家龚文生培育的'内乡五号'和阿尔巴尼亚的矮秆'阿夫'，再种一百五十亩豌豆大麦混作的'豌豆搅'，另外撒一百五十亩的春地。大伙儿有啥意见请大胆地说出来。"

吕信良话音刚落地，白富民腾地站起来说："信良啊！往年咱种六百多亩小麦交了公粮，大伙还没麦吃哩。你一下子砍去一百多亩，又种那么多'豌豆搅'，那咱就别打算吃麦了。另外，撒这么多春地都种啥？"白富民说罢，会场上叽叽喳喳议论开了。争论了一阵子后，吕信良笑着解释道："往年咱种麦大部分都是白脸地，今年咱种的优良品种增产潜力大。我估算了一下，咱队所有的肥料勉强够上这五百亩地，所以咱宁肯少种些也不种那浪费种子的卫生地。种一百五十亩'豌豆搅'可能大家嫌多了，俗话说'要想发，种芒扎'。'豌豆搅'不但产量高，而且省肥料，更重要的是好茬口，为明年秋栽红薯打下了丰收的基础。撒这么多春地是不少，可是咱生产队这几年按上边规定只种四十多亩烟叶，别说给大伙儿发工资了，连队里的正常开销都顾不住。我的想法是，明年咱种它一百二十亩烟叶，烟地又是好茬口成好麦。这是把襄城县的红薯—烟叶—小麦两年三熟的种植模式搬到咱银杏庄，这样既保证了粮食产量又发展了经济。"白骡子接着问："还剩三十多亩春地种啥？"吕信良笑道："前天我和县药材公司签了个合同，村西头那三十多亩白鳝土地种—葫芦打两瓢，明年春就种上适宜这种土质的中药材白芍。我这些想法，拿上边的话叫作种植业结构调整。"

说这番话的时候，吕信良表面看似很镇定，其实心都快跳到嗓子眼儿了。散了会，人们走出会议室纷纷议论着："这孩子看着年轻，没想到种庄稼还真有一下子哩。"有人接上话茬："恁忘了，他二哥吕正义是个庄稼筋。"其实在开会前，吕信良一连几个晚上都在讨教村里的种田好手。

种罢麦，人们看到吕正义把自家的荒园开出来，精心栽上了洋葱，村子里像破锅煮蛋似的"咕嘟"开了。白银坡私下对吕信良说："信良，你刚当上队长，你二哥就带头搞起了资本主义，这影响可不好啊！"信良笑着说："俺分家已经三年了，这咋会影响我哩？你想种我也管不着。"白银坡得住这句话心中有了底气，也把自己的荒园开出来，到集上买了洋葱秧栽到了地里。银杏庄住得比较分散，家家户户都有荒园。于是，在不长的时间里，村子里满眼都是葱绿。人们对新队长的举动暗暗地竖起了大拇指。

过了几天，吕信良找到白老拴，诚恳地问道："五爷，从村西头穿过的田岗灌区的斗渠将近三里地长，占地七八十亩。另外，还有南河、北河的大片荒滩咋利用起来呀？"老拴笑了笑，说："斗渠两边的渠帮儿上开春可插上白蜡条。这东西编箩头、窝筐用处广，当年就有收益。另外渠根两侧可栽两排椿楝树，北河、南河适宜栽种杨柳树。这样五七年后，就是咱村取之不竭、用之不尽的'绿色银行'。"吕信良听罢，激动地握住老拴的手说："五爷，您这一排子话说到我心坎里了。这主意前几年您咋不给俺甫成叔说呀？""他看见我就跟屙他眼里一样，我有口气还不如暖暖肚子哩。""我给你两个半大小伙儿，你就在村南苗寡妇家那三亩多的荒宅上育树苗吧。"白老拴突然有了用武之地，激动得说不出话来。

种罢麦，树上的叶子落光了，正是采收树籽的好时候。于是老拴就领着没考上中学的富全和妮旦，拿着撂了钩子的长竹竿到三里五村去钩椿谷谷和楝豆。

过了霜降，生产队开了一次决定银杏庄前途命运的会议。在会上，吕信良开门见山地问道："乡亲们，咱们村人人都说是一脚能踏出油的好地，这几年为啥不打粮食呀？"一句话在人们的心窝里添了一把火，会场上顿时热情高涨。白满囤第一个站起来说："除了老天不帮忙，更多的是怨人。"说到这儿，他扫了一眼在场的孙甫成，话音就像那弹得过急的琴弦，突然绷断了。白骡子着急地说："满囤啊，别在这儿叨木官（啄木鸟）翻跟头耍那花屁股了，有啥话只管说呗。"白满囤红着脸说："老话讲人哄地皮地哄肚皮，这再好的地年年不上粪，它能打庄稼？"白银坡接着说："自从挖了幸福塘，挡住了从后荷荡下来的滚滚洪水，没少淹死咱村的庄稼。虽然前年炸了塘坝，但南河都快淤平了。这水患罩在咱们头上，永远别想摘掉这顶穷帽子。""那你的意思是挖南河？"吕信良故意问了一句。"对，只有把南河清淤疏通了，咱村的庄稼才能有保证。"白骡子咧了咧嘴说："蚂蚁打哈嚏，你好大的口气！即使咱村的一段挖好了，下边的吴家湾和三姓庄不挖，水照样排不出去。"吕信良笑道："致中叔，俺银坡爷的想法非常好。其他两个村也深受水患，明天我就找着这两个队的队长，一同到县上反映群众的呼声，政府肯定会支持咱们的。"接下来吕正义又说道："咱们村就那四五犋畜力，每逢拉庄稼运粪拖拖拉拉要好长时间，很是耽误农时。叫我说，解决运输工具也是咱队火烧眉毛的大事。"众人发了言后，吕信良按捺不住内心的激动总结道："今晚的挖穷根会，大伙儿说的都是掏心窝子话，每一个字都像锤子一样敲在我的心上。从明天起，凡是为队里干活出动的架子车按一个棒劳力记工分。如果谁家想买架子车，把名字报给会计，队里统一协调贷款。另外，各户积的猪羊粪、坑肥每方的工分在原来的基础上再增加一倍。"会开到这个时候，会场简直成了落满麻雀的谷子垛，人们围在一起一窝儿一窝儿地交头接耳，叽叽喳喳越说越有劲儿。

一场群众会把银杏庄的冬天吵得热乎乎的。会后不久，县水利局派来了技术员，不但把银杏庄、吴家湾、三姓庄的河道做了清淤规划，而且把上游几个村庄一并纳入贾银沟水患治理工程中。同时开工的还有南边四五里的徐总沟。各个村都来了帮扶治水患的机关干部，银杏庄来的是公社水利站的王站长。这一次南河清淤工地上虽然没有插红旗，但根据每户的劳动力合理地分了工段，开工后村子里找不到一个闲人。为了早日完成任务，很多户还搬来了亲戚朋友。经过一个多月的奋战，一条取直、加宽、加深的新河疏浚了。

过了正月十五，公社为了帮助银杏庄发展生产，派了农信社主任宋洪运前来长期帮扶驻村。宋洪运这个财神爷真是给银杏庄送来了红运，除了很快给三十多户办了贷款买了架子车，还支持村里买了七十多头猪娃。援朝要从家里背粮食，这时治淮也在读四年级，老拴忙着种树，无人剜猪草，家里就没养猪。除了他家，家家户户有猪有羊，银杏庄呈现出一派畜禽两旺的新气象。

又是春天来临的时候，万象更新。各种植物的枝头上长出了嫩芽，小鸟飞回来了，大浪河边的草地也绿了起来。空气中弥漫着新鲜泥土的芬芳，银杏庄再也不是灰蒙蒙的，满眼都是花红柳绿，一切都透着勃勃生机。老拴让队里把三亩多苗圃施肥、耕耙平整后，领着富全、妮旦从杨柳树上剪下枝条，插上了二亩地的杨柳苗，接着播上了椿、楝树种子。刚好水库灌区要求每个村配一名渠系管护员，生产队就推荐了白老拴。紧接着，队里从下澧河店购回两千多斤白蜡条种，插完后就由老拴领着两个半大孩子负责管理。

银杏庄的好消息一桩接着一桩。五一节前，吕信良带着会计突然从城里拉回来一台崭新的20匹马力柴油机。这对解放十几年来还没和机器沾过边儿的银杏庄来说，无疑是一个天大的喜事。全村人围着柴油机情不自禁地欢呼起来。老拴握住信良的手说："你这孩儿，咋不知影儿就把柴油机买回来了？这得花多少钱啊？"吕信良笑着说："前天县上从省里运回来四台柴油机，信用社宋主任知道后，就缠着公社书记找到县长给咱村特批了一台。昨天晚上宋主任骑着洋车来给我捎了信，今天一大早我和俺春来哥、富民叔就套着车进城了，办了七百元钱的贷款手续后，就把机器拉回来了。半路上碰见李庄生产队长李杰，他情愿出双倍的价钱买咱的柴油机，这做梦都想不来的好事我能让给他？"银坡笑着问："机器买回来了，你都准备干啥？""这机器马力大，准备安上一个传送轴，可带动一风吹、碾米机、弹花机、红薯磨粉机，安到场里可以打麦、铡草，挪到水边可以抽水浇地。"白骡子风趣地说："那咱们村以后不就成了'七机部'了吗？""对，今后我们就是要大力发展机器。毛主席说过，农业的根本出路在于机械化。"

村里很快盖了三大间机房屋，又买回来一风吹、碾米机、弹花机和脱粒铡草两用机，白雪筠和另外三个人成了磨面、碾米、弹花的工人。开机不到十天，银杏庄的名声一下子从县城西传到了西南山。那时候因各个生产队缺少马驴，群众磨面排队要等上好多天，即使轮上了，起个没底五更到中午也只能磨七八升粮食。而一风吹一个小时就能磨百十斤粮食，碾米机半天能碾七八百斤小米。所以到银杏庄磨面、碾米、弹花的人们在机房屋前排起了长队。昼夜不停的机器轰鸣声预示着银杏庄正在告别贫穷落后的苦日子。

麦子打苞了，出穗了，扬花了。银杏庄今年的夏粮长势很好。如果不出现大的灾情，应该是个好收成。沟河里的蛤蟆一声接一声地叫起来，越是夜晚蛤蟆叫得越疯狂。这是青蛙交配的季节，它们没有理由不纵情高歌。农谚说："蛤蟆打哇哇，四十五天吃疙瘩。"再过一个多月就能吃上新麦啦！

转眼到了麦收，由于风调雨顺，更换了优良品种，过罢年麦田里又普遍追施了化肥，"豌豆搅"长得推搡不动，压塌地的小麦更是穗大粒满，银杏庄迎来了前所未有的大丰收。一百多亩"豌豆搅"打下来后，县上为军队征购军马饲料全部调走了，仅豌豆、大麦就基本上完成了夏季征购任务。小麦上场后，牲口、机器齐上阵，忙了半个多月才把麦子打完。人们看着小山似的麦堆，估算了一下，今年的产量差不多是前三年夏季产量的总和。口粮标准报到公社，银杏庄达到了全公社最高的一百二十斤封顶的口粮标准。又卖了两万多斤余粮后，银杏庄的仓库里仍是满满的。那真是一业兴带来百业旺，各户荒园里种的洋葱、大蒜也喜获丰收，村子里到处是欢声笑语。

最让乡亲们开心的事情还在后头。掂镰割麦前，抽水机就给烟田普遍浇了轰棵水。施了牛驴粪的烟叶旺而不爆，长得有一人多高。春天时，又在原有两座炕房的旁边盖了四座炕房，交着公粮就把炕烟煤买了回来。垛好麦秸垛，吕信良一改往年采收烟叶大呼隆、不该采的采下来了、熟透的仍长在烟棵上的弊端，让白银坡组织了十个有种烟经验的老农，专门负责这一百二十亩烟田的治虫、平头、打杈、采收等农活，同时将每户分包的烟田固定下来，并严格规定连烟每竿不得超出130绺、不得少于110绺。由于种烟施的是含钾量高含氮少的牲口粪，加上采摘、连竿、烘烤采取了一系列科学管理的措施，炕出来的烟不但金黄有油分，而且脸净等级高，光这一季烟叶就卖了六千多块钱。

卖罢烟，生产队开了一次群众大会。当队长在会上公布烟叶卖了六千多块钱时，全村的男女老少都不由自主地发出惊叹声："乖乖，这么多钱往哪儿花哩？"吕信良笑着说："咱买机器的两千多块钱，到年底机房屋完全能堵住这个窟窿；卖公粮的钱够队里正常开支；剩这六千多块卖烟钱，除了拿出来三千块钱发工资，余下的咱要让钱再生钱。"没等队长把话说完，白骡子逗笑着说："信良啊，可不敢放高利贷啊！那可是犯法的事。"吕信良哈哈笑道："这钱花出去要比高利贷的利息大得多。队里准备到漯河牛行街买上几头口齿轻、骨态好的牝牛犊。俗话说，牝牛繁牝牛，三年两犋牛。另外，老驴、老马不绝后，再顺便牵回来几头大架子的老驴。这几年各地兴起了马车热，一匹能驾辕的骡子能卖上三四千块钱呢！"队长一排子有远见的话像撞起的大铜钟，咣咣响在乡亲们的心坎上。

过了几天，生产队果然从漯河买回来四头身材高大、毛色好、能搭套的牝牛犊和三头没花多少钱的泌阳老母驴。

紧接着，生产队在机房屋前边的空地上盖了三间豆腐坊，安了一盘水磨，垒了两口豆腐锅。又在豆腐坊前边挖了一个大粪坑，利用坑里撅上来的土在南边垛了一排猪圈。一切准备工作就绪后，银杏庄又开了一次群众会。在会上，吕信良宣布了磨豆腐交豆腐渣养猪的优惠政策。他说："咱银杏庄的水磨豆腐不但出得多，而且筋香细嫩。咱们村离城里这么近，吸袋烟工夫就到集上了，所以要把这既能养猪又能肥田的生意拾起来。队里的优惠政策是，买豆子买柴火都是个人的，你赚二万一队里分文不要。生产队的驴只管用，不让你出草料钱，每天只要交上做豆腐的豆腐渣，队里就给你记一个满工分。"队长讲罢话，村东头他爷那一辈就会做豆腐的吕大腔和村西头很会做生意的白满亭报了名。豆腐坊开业三天后，队里陆续买回十多头百十斤重的架子猪，刚开始每天五六点做豆腐，渣煮熟了多少撒点盐，让一圈猪吃得滚瓜溜圆。刨了红薯后又用红薯喂猪，把豆腐渣省下来喂了牲口。反刍类的牲畜最喜欢吃豆子，两三个月后，二十多头牛毛色锃亮，个个像泥捏的一般。

这一年栽的150亩红薯全都是素有"二春地"之称的豌豆茬，所以长得特别好。刨着红薯，队里又及时买回来一台磨粉机。家家户户除窖藏了一些外，大部分都磨成了粉子。上年冬天，因南河清了淤，地里不再积水，谷子、豆子等秋庄稼都喜获丰收。

小雪节气上了冻后，正是下粉条的好时候。队里专门从城东粉张村请来一个粉匠，在街中心的坑沿旁支起了大锅，放了几只大水缸，做起了粉条。村子里树连树到处扯着长绳，绳上挂满了银丝般的粉条。机器的轰鸣声，牛羊的哞咩声，加上人们的欢声笑语，构成了一幅生气勃勃的农乐图。从这年夏收后，银杏庄就像一盆炭火越烧越旺了。

粉条做完后，家家户户估算着一年也吃不完，就等着赶年集换些现钱。过了几天学校放了寒假，老拴对援朝说："你要往学校背粮食费用大，就把咱吃不完的一百多斤粉条拉到西南山天近湾换成红薯干吧。"援朝问："姥爷，跑恁远干啥？人生地不熟的，万一换不完净耽误事。"老拴笑着说："天近湾地广人稀，山里人不会做粉条，你到那里保证生意好做。另外，山里的红薯瓷实，含粉量高，一斤红薯干能顶咱平地的一斤半。重要的是，我十几年前在那里躲债住了一年多，天近湾的张怀庆和黑石咀冯发群家待我如亲人一般，我总感到欠他们的人情，你去了以后代我问候他们，顺便瞧瞧人家。"老拴说罢，又到代销店封了两包点心。

当天夜里，援朝约好了发小智扬。第二天鸡叫头遍，二人就拉着粉条上了路。走到西辛店，天刚破晓，淡青色的天空还挂着几颗残星。援朝按照姥爷交代的路线问了一个起早拾粪的老头，就朝着天近湾走去。翻过甘江河，来到圪垱店往南望去，山山相叠，连绵起伏，轻纱般的雾气在崇山峻岭间缭绕。二人歇了一会儿，啃了些干粮就又上了路。过了卧羊山垭口，只见一个三十多户人家的小山村坐落在波光粼粼的天近湾东岸。

二人打听着来到张怀庆家。一位精神矍铄的老汉问道："你们是……？"援朝上前甜甜地叫了一声："表爷，你不认识俺吧？我是银杏庄白老拴的外孙张援朝，来这里换红薯干的。"张怀庆热情地把二人领进屋，问了家里的情况，笑着说："你姥爷从这里走了十七八年了。他走后的第二年，俺孩他大姨就死了，所以我再也没去过你们村走亲戚。没想到外孙都会拉架子车换红薯干了。这儿离集远，家家户户都需要粉条，你们来得正是时候。"说着话已做好了午饭，吃罢饭，一群人开始围着换粉条。很快，二百多斤粉条就被分完了。张怀庆笑着说："在山外一斤粉条可换四斤红薯干。你们大老远跑到这里不容易，我让他们每斤粉条多加了半斤红薯干。"装好车才后半晌，援朝说："表爷，俺姥爷交代我顺便到黑石咀发群表爷家看看他们。""你姥爷真重情义，可惜发群两口子在1960年就死了。你们跑了一天就歇歇脚吧。明天我把你带来的礼物给他儿子送过去。"第二天吃过早饭，二人告别天近湾，天擦黑时回到了银杏庄。姥爷看着装得满满的一车子红薯干，笑着说："援朝，过罢年去到学校，你就放开肚皮吃吧。"

腊月二十一，村子里开始宰杀年猪。农户养的六七十头猪大部分卖给了外贸公司，赶年集杀的猪有七八头，加上队里的十多头猪，整整杀了一天。吃罢晚饭，点了三盏马灯开始分肉，全村四百余口人平均每人三斤半。援朝提着十来斤猪腰窝，治淮掠了七八斤前胛肋回到家里，一家人笑得合不拢嘴。

二十二上午，银杏庄头一次发工资。乡亲们个个欢天喜地，阵阵笑声在这古老的村庄里回荡着。白老拴从会计手里接过三十七块八毛钱，一股热泪顺着布满沧桑的面颊上滚落下来。他自言自语道："总算盼来这一天了！"

发工资的当天中午，每人分了二十斤小麦。晚上姥姥和妈妈蒸了半夜馍，那喷香的枣花馍勾起了援朝十年前的记忆。第二天一早，姥爷喊上援朝拉着架子车，到城东关买回来三百斤明煤，又央着书现舅盘了个火炉。一家人围着红通通的炉火憧憬着村里越来越红火的年景，觉得有说不完的话。

正当人们沉浸在欢乐的过年氛围时，生产队却惹上了一场不小的麻烦。原来，孙甫成扛着麦子回到家放下口袋，就跑到公社举报了银杏庄私分粮食的事。那时候分粮必须经过公社批准，所以私分不是一般的错误，轻者生产队长要下台，重者要送公安局。吕信良被紧急传唤到公社，负责处理这件事的副书记知道银杏庄不稳定，就问道："吕信良，你把粮食借给社员了？"吕信良一听话音，知道公社有意袒护他，苦笑着说："是哩，没来得及汇报，仓库漏雨需要维修，没办法就把麦子暂时借给了群众，这借出去的麦子明年是要顶口粮的。"公社副书记听罢，拍着吕信良的肩膀说："往后做事要长个心眼儿，恁银杏庄可不风平浪静啊。"吕信良从公社大院走出来，猜想肯定是孙甫成背地里给他"逮了蝎子"。

当天晚上召开了群众会，吕信良在会上做了深刻的检讨，对孙甫成维护上级政策的行为提出了"表扬"。队长话没说完，会场上就像炸了锅，人们纷纷骂道：

"赖驴不上坡，丑妮牢骚多。叫他把扛回家的麦子退回来。"白银坡气得哆嗦着嘴唇说："自己没本事，把群众领得穷哩露蛋，还咋有脸偷着汇报人家。信良啊，多长个心眼儿，人没长尾巴比驴还难认哩。"在群众的日骂声中，脸上红一阵白一阵的孙甫成把头埋进了裤裆里。平素里他的脾气也很火暴，这个时候却仿佛是鞭炮拽掉了炮捻子——哑火了。这次会后，银杏庄平静了两年多。

第四十六章

疯子大堆当上了饲养股长，这件事没过夜就传遍了大浪河两岸的十里八村。银杏庄的乡亲们都为生产队长的举动捏了一把汗。

自从那年统购统销大堆气疯后，一个勤劳朴实、庄稼活样样精通的好把式渐渐淡出了人们的视野。他疯疯癫癫整天到处乱跑，半夜三更还爬上南窑顶嘶哑着喉咙唱："大浪河长又长，白大堆没忘爹和娘。只是俺家没余粮……"

一天，他掂着安了六七尺长木把的铲子，藏在石桥北边的斑茅棵里。过了一会儿，一个八道梁的区干部骑着车子到县里开会，这时他突然举着铲子，从斑茅棵里蹿出来，大声喊道："老刘，可碰上你啦，再到俺家搜搜看有没有余粮？"那人一惊，以为是碰上了劫路的，蹬起车子就跑。他就在后边追赶。慌乱中，区干部从腰里拔出手枪，子弹嗖嗖地从他头上呼啸而过，他这才停了下来。过后，县公安局派了两个人来调查。了解真相后，他们只好叹息着走了。

大堆疯时，大儿子五岁，小儿子才两岁多。那是交罢二九的一天早晨，他突然将小儿子从热被窝里抱起，来到大门外的水坑下边，摁在冰水里就洗了起来。三天后，小儿子连冻带吓死了。妻子没办法，就和他离了婚。吃食堂时，他饿极了抓起笼里的馍就吃，因没人敢惹，他艰难地挺了过来。吕信良当了队长后，在生产队的照顾下，经过医治和开导，大堆的病情减轻了许多，夜里再也听不到他的号叫声了。

刚好生产队从漯河买回一群牲口，信良笑着问："大堆叔，您当饲养员吧？"他嘿嘿地笑着，点了点头。接手牲口时，全村一片议论声。但令人没想到的是，疯了十年的白大堆竟奇迹般地恢复了正常人的生活，只是话语少些。他把全部心思都放在了伺候牲口上。全队十帻牲口十个饲养员，每天天不亮他第一个把牛牵到槽上，第一个套着牲口下地，还经常把饲养室院子打扫得干干净净。半年后，他喂的一犋牝牛不但增了膘，而且也怀了犊。吕信良力排众议，让他当了饲养股长，管理起银杏庄的半拉家业。哪块地该犁该耙，不用队长操心，每天上工的钟声没响，他就带着十犋牲口下了地。也该银杏庄家业兴旺，大堆当了饲养股长后，一年内添了八头牛犊、两匹骡驹。人们纷纷赞扬说："没想到一个长期治不好的疯子竟然在队长的关心照顾下有了今天。看来感情是世上最好的药。"

吕信良当队长以心换心，知人善任，关心弱势群体。白旺根是个墓生儿。民国十七年，老王太太大杆抹走了他爹，他娘八个月后才生下这一个单根独苗。黄连树下的母子俩好不容易迎来解放，可是旺根老实得带把儿，他们家依然是村里最穷的困难户。吕信良上台后，就让旺根放牛犊，年底他家破天荒领了七十多块钱的工资。开春后，旺根买回一车黄背草翻修了房子，开始张罗着娶媳妇。这样的例子扳着指头也数不完。银杏庄的苦日子一下子被大风吹得无影无踪，全村人的劲儿都拧在一根绳子上，心里比喝了蜜还甜。

吕信良靠着一帮子庄稼筋出主意壮腰杆，甩开膀子让地里打粮食、生金子，变着法儿让社员有饭吃、有钱花。刚刚过罢春节，生产队就在干渠旁河滩里栽上五千多棵树。清明前，又在村中四个坑塘里放养了三千多尾大规格的鱼苗。此时，生产队的牛、驴、骡发展到四十多头，猪突破了百头，农户养的寒羊有八十多只。再加上合理施用化肥，满地的好庄稼让银杏庄的乡亲们在睡梦里都能笑出声来。坦荡如砥的麦田丰收在望。五十多亩架胳肢窝的油菜比往年增产了四成。割罢油菜，老拴问道："信良，这五十多亩油菜茬都准备种些啥？""五爷，我想种成晚西瓜。等咱的西瓜熟了，刚好市场上西瓜旺季过去，咱一准能卖个好价钱。再不然把西瓜分给社员，等于发了一次工资。""你这孩儿绞尽脑汁往群众口袋里塞钱，可要提防着有人说你搞资本主义啊！"吕信良笑着说："发展经济、保障供给是毛主席的指示。有了这个尚方宝剑我怕啥！"这年秋，银杏庄的晚西瓜由于及时浇了一遍水喜获丰收，上市又错开了高峰期，价格翻了一倍还多。白老拴家分的一千多斤西瓜卖了一百二十多块钱，一家人心里那股子乐哟，像久旱的禾苗喝饱了水。

收罢麦，银杏庄又买回来一台大口径的抽水机。进入8月下旬正是大豆、谷子的灌浆期，红薯的膨大期，临河县却碰上了三十年不遇的大旱。太阳像泼了油的火球，悬在半空中。一看老天瞪起了眼，生产队长就带着人在黑龙潭、牛魔潭的下游打了两座结实的堰坝，架上了抽水机。

银杏庄地势北高南低，村南的低洼地大部分种的是谷子和豆子，村北顶着大浪河的几百亩地种的是烟叶和红薯。烟叶已到了生长后期，不需要水。红薯都是起垄栽培，加上从地北头往南有一定的坡度，安在透河井上的抽水机像一条小河哗哗地流进龟裂的大田里。昼夜不停的机器响了一个星期，二百多亩红薯及时浇了一遍水。大旱虽说是坏事，但浇了水的红薯由于光照充足，反而比正常年景长得还要好。这年秋，临河县大部分生产队都减产，而用上机器抗旱的银杏庄竟然又是大丰收。刨红薯时，路过的行人纷纷说："看人家银杏庄红薯笼头上剩的不计口粮的小红薯，都比咱分的红薯个头大。""听说人家选了一个能人当队长，这真应了'干部就是决定的因素'这句话。"

仅仅两年，银杏庄就变了样。满眼的好庄稼，昼夜不息的机器轰鸣声，牛羊的欢叫声，更有那家家户户鼓起的钱袋子，成了十里八村追赶的榜样。最开心的是援朝，从去年秋家里有了粮食，他就放开了肚皮。进入三年级后，姥爷笑着说："援朝，明年你就要升高中了，需要啥东西我会及时给你送去，星期天就不要再往家里跑了。"清明节前要换单衣的援朝回了一趟家。自从到一中上学后，每逢星期天打扫院子，担满一大缸水再去上学已形成了惯例。过去担水时因个子低水桶碰地，援朝就把钩担钩挽上一节，这一段他个子就像雨后春笋般突然又往上蹿了一截，竟然不碰地了。援朝心里一阵窃喜，回到家扳着姥爷的肩膀比了比个子，兴奋得跳了起来。姥爷问："啥事这么高兴？"援朝咧着嘴说："姥爷，我这吃了铁的身高终于达到五尺了。下个月招收飞行员就要开始了，说不定我还能驾着飞机上蓝天呢！"

招飞，是援朝进入中学后一直萦绕在心头的梦。就在入学不久的新生开学典礼上，校长讲道："国家培养一名飞行员的经费要超出一连步兵，所以希望同学们爱护好身体，争取当上飞行员为咱们学校争光。"从那时起，同学们每人买了瓦盆单独洗脸，并买了治疗沙眼的眼药，坚持天天点眼。4月中旬招飞开始了，应届的一百三十多名男生经过严格的体检，只有援朝、庆华和三(1)班的两名男生入了围。三（3）班有两名学生初验过了关，班主任李老师笑得眼睛眯成了一条缝。班上十多名女生一改往日的矜持，把二人的被子拆洗得干干净净。学校还专门为他们几个开了小灶。三天后，全校师生敲着锣鼓把这四名学生送到东关汽车站。上车前，校长拍着援朝的肩膀说："你不高不矮，长得结结实实，我对你验上飞行员充满希望。"援朝听罢，兴奋得说不出话来。

这是他第一次坐汽车。出了城，蓝天白云下，一望无际的黄淮大平原上翻滚着绿色的麦浪，汽车在飞驰，静寂的村庄和阡陌间一排排的绿树瞬间被甩在了身后。援朝觉得身上的每一根汗毛都跳动着欢畅。

大约两个小时后，汽车驶进许昌市委党校大院。吃罢午饭，县上带队的领导说："明天上午体检，今天下午没啥事，你们几个可以在城里转一转。"援朝几个人来到街上，除了街道比临河县宽些，这个辖有十五个县的城市看不到明显的现代化气息。给援朝留下深刻印象的倒是城东南角有一座十三层古塔。

第二天上午开始体检，援朝每一项都非常顺利，唯独肝脏需要复查。当天下午，援朝来到复查室。一位从北京来的五十多岁的女专家，用器械反复检查后说："你的各项指标都很好，唯独肝脏大了三厘米，是不是害过疟疾呀？""是哩，我小时候害过'半晌'。这会不会影响健康？"女大夫和蔼可亲地说："小伙子，害疟疾治疗不及时导致的肝大对身体没啥妨碍，只不过招收飞行员要求得比较严格，你的身体当步兵没有一点问题。你不是应届生吗？就好好复习准备升学吧！"援朝听罢，眼泪不由自主地流了出来，三年的招飞梦破灭了。这天晚上，望着窗外的一轮明月，他第一次失眠了。

第二天回到学校，李老师把援朝喊到自己的办公室，安慰他说："'古往今来成大事者，不惟有超世之才，亦必有坚忍不拔之志。'你这次招飞虽然落选了，可不要背上包袱。按你的学习程度，就报考全区的重点学校许昌高中吧！这可是我三年来没让你看过一场电影，让你专心致志学习的最大期盼啊！"援朝听了李老师用心良苦的一番话，招飞的失落很快就平复了。庆华三次复审后去了武汉，最后也被淘汰了。三（1）班的两名同学如愿进了航校。接下来，援朝全身心地投入升学备战中，毕业考试又拿了个全年级第一。

正当他和同学们奋力向高中冲刺时，一场来势凶猛批判《海瑞罢官》的浪潮波及各领域，全面"揭盖子"揪出了吴晗、邓拓、廖沫沙"三家村黑店"。一场史无前例的"文化大革命"拉开了序幕。

　　紧接着，学校停课闹革命。临河县大街小巷写满了"誓死把文化大革命进行到底""誓死捍卫毛主席的无产阶级革命路线""敬祝伟大领袖毛主席万寿无疆！万寿无疆！万寿无疆！""敬祝林副统帅身体健康！永远健康！永远健康！"一类口号。县上的有线广播整天播放着《大海航行靠舵手》等红色歌曲。套着红色塑料皮的《毛主席语录》成为人手一册的红宝书。农村在学习毛主席著作、"十六条"的同时，围绕阶级斗争开展忆苦思甜、批斗地富反坏右分子。

　　很快，以红卫兵为主力的"破四旧"开始了。在临河县一中，红卫兵先是把竹林藏碑拉倒砸烂，继而爬上大成殿、太和殿、拜殿和崇圣祠，把上边的花脊兽头敲掉。在不长的时间内，红卫兵把全县的古迹几乎捣毁净尽。更有甚者，一些人挖开古墓，把旧官僚、大地主的尸骨从墓穴中拉出来暴晒在烈日之下。薛家渡有一个乾隆朝的知县郭太平，因为是大奸臣和珅的死党，尸骨自然难逃厄运。过了一段时间，红卫兵在西大街布置了"破四旧"成果展，随后几千件文物被毁于一旦。

　　城里的"四旧"破完了，学生们就下了乡。头一站是城西三十里的王老虎村。这是个穷村，清一色尽是草房，没啥"四旧"可破。恰巧村里正在斗争一个七十多岁满头白发的地主婆，可能是对电影《白毛女》中大恶霸黄世仁母亲的印象太深了，这时一个女同学不由分说，上来用剪刀把这个地主婆剪成了阴阳头。

　　下午，他们去了人头山下的干沟村。干沟村有五个自然村，其中三个村都是草房，只有西枣林和大有号两个村有三四所瓦房。他们扒了西枣林村房屋上的花脊后，就来到了大有号。村子中间住了一户姓冯的地主，老掌柜过去是方圆几十里有名的中医先儿，靠着行医置下七八十亩地和一处一进二的宅院。临解放时，老中医有病死了。土改时，上面给冯家撇下三间牛屋，其余的充公做了学校。冯家有两个闺女一个儿子。闺女早已出嫁，儿子在吃食堂时跑到新疆，改成贫农成分进了建设兵团。由于表现突出，他还被评为兵团的劳动模范，后来娶了妻子生了个女儿。去年"四清"时，他被查出地主成分被遣送回了原籍，现在有八个月大的两个双胞胎儿子。来到大有号后，学生们听村里人说冯家藏有金银财宝，于是就押着冯家老妇人追查金银财宝的下落。老妇人已年过八旬，一双小脚，佝偻着瘦小的身子，头上全是白发，脸上布满了皱纹，牙齿没剩几个。在学生们的大声呵斥下，她胡乱地指着她家的老房子说埋有元宝，学生们就把前后院四所房子全挖遍了，可是连个皮钱也没找到。满头大汗的学生们谩骂着，说她不老实。这时，一个学生在她床头放着破铺衬、烂套子的条形竹筐里翻出一卷子旧地契，学生们和围观的群众见她还藏着"变天账"，怒不可遏地喊道："把这个老东西吊起来！"这时几个外班领头的学生知道把老妇人吊起来，难免会出人命，于是就把她儿子吊在院里的一棵大桐树上。

反绑着双手的地主儿子被吊得离地有七八尺高，刚开始还龇牙咧嘴地呻吟着，一个小时后就无力地闭上了眼睛。站在一旁的妻子满眼泪花，两只胳膊抱着的双胞胎儿子也都哭得声音嘶哑。此时的援朝看着这揪心的一幕，恍惚中那个年轻的母亲就是自己的妈妈，抱着的两个儿子就是自己和弟弟，背过脸擦了擦满眼的泪，猛然厉声对那几个学生说："党的政策没有连带罪，他娘藏了'变天账'是他娘的事，不该由他儿子承担，快把他放下来！"说着上前解开了绑在树上的绳子。第二天，红卫兵满载着搜出"变天账"的胜利成果回城时，这位年轻妇女抱着双胞胎儿子站在村头路旁，看着援朝走过来，眼里噙着泪低声说道："兄弟，俺一家永远忘不了你！"当时，"阶级斗争"是人们心头的紧箍咒。张援朝没敢搭话，冲那妇女哆嗦了一下嘴唇，含泪扭过头随队伍走了。

这是临河县红卫兵运动的第一个高潮。"破四旧"从改路名、店名、地名、人名开始，凡是与"封资修""四旧"沾边的名店、老商号招牌统统被砸烂。临河县像"铁鹿""同顺和""悦来"这些老店名一夜之间荡然无存。一些同学"不雅"的名字迅速改成了"卫东""捍东""红卫""反修"等带有政治色彩的名字。随后由北京刮起的揪斗抄家风迅速在全国蔓延开来。抄家的对象起初只是所谓的"牛鬼蛇神"，不过很快遍及工商业者、上层民主人士、名作家、名演员、高级知识分子等，许多图书、字画、唱片被销毁。当红卫兵像流星般划过中国政治天空之后，留下的是对中国文化遗产前所未有的破坏和对几代中国人从精神到肉体的摧残。

回到学校，大街上每天行进着一拨又一拨红卫兵敲着锣鼓，押着戴了高帽子、挂了纸牌子的各类斗争对象的游街队伍。学校里开始斗老师，第一个被揪斗的自然是王校长。王校长出生在棠溪源九头崖附近的一个小山村里，几代赤贫。日本占领临河县时，十七岁的他就参加了革命。解放后，他担任过公社书记。给他罗织的罪名：一是让同学们好好学习，不突出政治，走白专道路；二是丧失革命立场、泄露党的机密，和阶级敌人穿一条裤子。学校的图书管理员黄老师原是国民党的炮兵团长，解放战争中起义参加了解放军，解放后曾担任南京军事学院的教员。因学员听不懂他浓重的广东口音，随后调到一中当了英语教师。同样的原因，一年后他成了图书管理员。当时的《参考消息》只有县委委员才有资格看，一个国民党的团长居然能收发《参考消息》，王校长自然推脱不了泄露国家机密的罪名。另外，为给家里的父母翻修房子，王校长借过黄老师六十块钱，这更成了他和阶级敌人划不清界限的罪证。在无休止的批斗会上，王校长多次痛哭流涕作了深刻的检讨，仍然过不了关。有一次他站在板凳上作检讨时，一个别有用心的老师突然一脚把板凳踢倒，王校长没防备，摔得满脸鲜血。他凄惨地哭着说："没想到十年前我斗争地主恶霸，现在我落了同样的下场。"

斗罢校长，他们开始斗那些成分不好、身上有污点的老师。一个从上海来的教地理的陈老师因平常爱打扮，每天西装革履，三七分的缨子头梳得油光锃亮。于是有人贴了大字报，说他爱打扮是为了勾引异性，是小资产阶级情调。没斗几场，陈老师就不堪羞辱上吊死了。班主任李老师是"歇顶头"，虽然是个党员，但家庭成分是富农。由于他严格要求学生学习，有些同学就贴出了"秃子秃子真可恶，反对我们学毛著"的大字报，把他拉到教室里批斗。1957年的反右派斗争给援朝幼小的心灵留下了抹不去的痕迹，他也违心地加入到斗争的行列中。

斗罢校长、老师后，学生们没了斗争对象，开始学生斗学生。三（1）班有个姓汤的男生其貌不扬，长了个大头，小眼睛，厚嘴唇，又是富农家庭。去年春天久旱后落了一场喜雨，他无意中说了一句："俺家的竹竿园正在出笋，这雨可是给俺家下钱哩。"另一个学生偷掂过同学放在笼里蒸的红薯，还有一个男生从男厕所的墙缝里偷看过女生解手。这三个学生就成了临河县一中的"三家村黑店"，铺天盖地的大字报掀起了学生斗学生的高潮。

乱批乱斗两个多月后的一天，十多辆大卡车开进一中。因为久旱无雨，学校

"文革"小组组织学生到农村帮助收秋种麦,更重要的是让学生接受贫下中农再教育。三(3)班的学生带着被子,坐上汽车出城南,过洪河镇,下了大石门坡,烟波浩渺的龙泉湖映入眼帘。北边山腰卧龙坡的绿树丛中散落着几处农舍,卡车喘着粗气、爬坡越岭,一个多小时后拱进五峰山下的张五山庄。此时的班长和团支书已经靠边站,班上红卫兵的负责人是秀亭同学。经过分派,大部分同学留在了张五山庄,援朝和广涛、苏海、占甫四个人去了北边不到一里地的圪垯赵村。放下被子,队长介绍说,我们村只有八户人家三十来口人,西靠蔡庄河,东靠龙王庙河,北临贾岗河,别看村子小,到处埋藏着铁渣和矿渣。据北京来的专家鉴定,这里是战国时期的冶铁遗址。随后,队长把他们安置在一户姓牛的两个五六十岁的单身汉家里。村子很穷,所有的房子都苫着黄背草,除了下边摆了一层石头根脚,不见一块砖头。三十来口人中就有五个单身汉,除了两个七八岁的男童和一个三四岁的女童,最年轻的就是生产队长来法夫妇。来法二十七八岁,民国三十一年从临颍逃荒要饭来到这里,他的父母把他过继给了一户没儿女的李姓人家。

每天援朝他们帮着队里刨红薯、种麦,晚饭后就在屋里打上地铺。屋里没点灯,闲着没事,四个人就扯着嗓子开始一首一首地唱革命歌曲。当时像电影《上甘岭》中"姑娘好像花一样,小伙心胸多宽广"和电影《红日》中"谁不说俺家乡好"这一类的抒情歌曲已被封杀,只能唱《大海航行靠舵手》、《毛主席的书我最爱读》和《造反有理》等一些革命歌曲。嘹亮的歌声打破寂静的夜空,给这个穷乡僻壤的小山村带来了一丝生机和活力。

过了几天,村子里开忆苦思甜会。老人们诉说着受压迫受剥削、吃糠咽菜和官匪不分的万恶旧社会,会场上哭声一片。过了两个多小时,一个白发老太太流着泪说了一阵子解放前的悲惨生活后,扯到她儿子吃食堂时被饿死的情景。生产队长赶紧让人把她搀走了。接下来就是吃忆苦思甜饭,一口大锅煮了些从红薯地扫来的红薯叶,里边没拌面,援朝盛了半碗忆苦饭,挑起老红薯叶放到嘴里嚼了一阵子没法下咽,只喝了几口发黑的稀水就放下了碗。看看乡亲们一边流着泪一边吞咽着忆苦饭,他顿时感到脸上火辣辣的。吃罢忆苦饭走出屋子,他知道几个同学和自己一样空着肚子,就对生产队长喊道:"来法哥,听说公社办的有阶级教育展览馆,我们想去看看。""你们去吧,累了这几天,也该歇歇啦。"出了村,几个同学一路小跑来到尚天街，到供销社食堂每人买了两个蒸馍就啃了起来。

两个星期后，收秋种麦就要结束的前一天，大队派了一个前年从六中毕业的青年社员做向导，带着四十多名同学去五峰山。出村后，向导指着南边不远一字排列、直插云霄的五座山峰说："这就是五峰山。五峰山有七十二座峰、三十六道川，峰峦之间犬牙交错，绝壁突兀，东边那座和它对峙的山叫龙王撞，龙王撞是那片山的主峰。我们这里有一句俗语："爬上龙王撞，三年吃不胖。"由此可见龙王撞的险峻。"进入山口，白云缭绕的山峰，被秋霜洗红的树木，俨然像披着轻纱的少女在秋风中婆娑起舞，展现出令人销魂的倩姿。同学们大都是第一次进山，到处的花香鸟语让这些长期生活在城里的孩子个个心旷神怡。登上五峰山最北边的一座山峰，眺望着满眼如诗如画的风光，同学们早已把爬山的劳累忘得干干净净。

第四十七章

从张五山庄返城后，援朝厌倦了学校捕风捉影的乱批乱斗，借口家里有事，回家干起了农活。

一天黄昏，余晖映照在大浪河上，河面像是铺了一层碎碎的金子，闪烁着亮光。这时从石桥上走过来两个少女。走近后，援朝认出是同班的韦艳仙和胡玉琴，连忙迎上去，红着脸问："你们两个咋下乡来了？"二人擦着满头大汗，着急地说："俺的班长哟，洞中方七日，世上已千年。你离校的这几天，咱校的学生大串连都快走光了。我们找你就是商量如何到北京去见毛主席哩。"

援朝把二人领到家里细问了情况。原来，他们去山区帮助收秋种麦前的8月1日，八届十一中全会开幕。会议的第二个文件就是《毛主席给清华附中红卫兵的一封信》。学生们做梦也没想到毛主席会给他们写信，而且在信中有三处表示"热烈支持"的话。这封信把红卫兵推上了政治舞台，红卫兵组织立即风靡全国，震惊世界。这年的8月18日，在中国历史上是一个极不平常的日子。这天在天安门广场举行了"文化大革命"动员大会，一百多万红卫兵受到了毛主席的接见。随后，中央还发出了《关于组织外地革命师生来北京参观革命运动的通知》。红卫兵运动的烈火越烧越猛，很快形成了全国性的大串连浪潮。

老拴听罢，兴奋地说道："援朝你们去吧！行万里路胜过读万卷书，更何况是去见毛主席！这可是咱庄稼人过去想都不敢想的好事。""别听你姥爷说，要花很多钱哩。"雪筠泼着冷水。"阿姨，别发愁，大串连坐车、吃饭、住宿、游山观景都不要钱的。"两个女同学解释着，拉起援朝就走。姥爷拿出三十块钱塞到援朝口袋，说："热带衣裳，饱带干粮。出门在外，兜里没钱怎么能行？"姥姥想着援朝要见毛主席，激动得嘴唇颤抖着，一遍又一遍重复道："援朝，等到了北京，记住代表咱全家向毛主席问个好。"

　　援朝一边答应着姥姥，一边随着两个女同学急急地出了门。来到学校，见了女生就脸红的援朝犯了难。当时，男女同学之间的封建意识还很浓，加上两个女生都是临河县局长的千金，若是带着她们两个出去串连，过后浑身是嘴也无法向同学们解释清楚。思忖了一会儿，援朝说道："恁俩先回去吧，我再找几个同学，咱们一起去。"二人走后，援朝掂着腿跑了半拉城一个同学也没找到。回到学校，三（2）班的苗宗耀迎面走过来，笑着问："援朝，原来你也没走啊？走，咱到四班，殷二秀、张圪义五六个同学正在组织准备出去串连呢。"来到四班，援朝和几个同学正说着话，艳仙把援朝喊出来说："俺爸爸不让我串连了，你们去吧。"这正中援朝的下怀，他赶紧答道："你不去正好，十多个都是男生，一个女生也不太方便，你顺便给玉琴说一声，我就不带她了。"艳仙走后，几个同学确定了先去韶山再去北京的方案，又找学校开了介绍信。匆匆吃罢晚饭，他们躺在铺上议论着几天后激动人心的场景，一夜没合眼。

　　第二天，他们四点就起了床。学校食堂为支持学生串连，提前做好了早饭。吃罢早饭，学生们从东关坐上汽车，一个多小时来到漯河火车站。此时正好七点，四面八方来串连的学生一个劲儿地向车站涌来。他们换好票进了站，刚好一列北京到长沙的直达车开了过来。几个同学推着个子大的二秀先上了车，二秀又把援朝他们一个个从车窗里拽了上去。车厢的过道里都站满了学生。在车厢的连接处，几个人挤着坐了下来。过了一会儿，火车喘了一口粗气，就哐切切、哐切切地跑了起来。

　　大部分学生是第一次坐火车，一路上一眼不眨地望着窗外飞驰而过的田野村舍、山川河流。满车都是他们的欢声笑语，早已把饥渴忘得一干二净。火车行驶了二十五六个小时后，于第二天早晨到达长沙站。出站登记后，接待的工作人员告诉他们，明天早上四点坐船到湘潭转乘汽车去韶山。他们一路打听来到清水塘，参观毛主席在长沙的故居。清水塘虽然没来得及整修，但参观的红卫兵仍然人流如潮。怀着崇敬的心情，他们听了讲解员对于毛主席在长沙的革命事迹的生动介绍。走在大街上，担着挑儿或拉着车卖橘子的农民，叫卖声此起彼伏。有几个同学问了问橘子的价格，被告知只有六分钱一斤。他们没带东西，两毛钱的橘子就把各自身上几个口袋塞得满满的。援朝从学校出来时，向图书管理员黄老师借了一个有拉链的大帆布提包。这时提包派上了用场，一块钱的橘子把提包装得满满的。看着旁边一车子像足球一样大、淡黄色的东西，他们不知是啥水果，好奇地问了问。原来是老白柑（柚子），他们挑了一个最大的，只要五毛钱。那时候运输条件差，农产品流通不畅，北方市场上很少见到橘子，更不用说柚子了。援朝迫不及待地剥开一个橘子，把橘瓣放进嘴里，轻轻一咬，又酸又甜沁人心脾。同学们放开肚皮吃了起来，后边立马跟上了一群要橘皮的孩子。原来，橘子六分钱一斤，干橘皮的收购价每斤却是一毛多。

吃罢午饭，他们来到湘江岸边。蓝天白云下，橘子洲静卧在漫江碧透、百舸争流的湘水中央。对面的岳麓山层林尽染，那"万类霜天竞自由"的风光，把秋天的长沙装扮得宛如一幅醉人的画卷。第二天凌晨四点，他们上了船。因为人多又是逆水，三个小时后才到湘潭。在红日的映衬下，晨雾缭绕的湘江两岸，灰色的农舍，正在收割的金黄色晚稻，山冈上碧绿如洗的橘子树、茶树，无不彰显着江南的秀丽和富饶。

坐上汽车不到一个小时，他们来到了位于南岳七十二峰之一韶峰下的韶山冲，当时叫韶山人民公社。韶山冲虽然只有五万人，但由于是红太阳升起的地方，就成了全国人民向往的圣地。在接待人员的带领下，他们来到毛主席故居上屋场。一水环绕缠玉带，淙淙的韶河从西边流过，故居坐落在茂林修竹、青翠欲滴的山坳中，来韶山参观的红卫兵人山人海。故居门前有一口大水塘，绿水莹莹，风过处，荡起层层涟漪。放眼望去，青山绿水，苍松翠竹，把这栋普通农舍映衬得生机盎然。

故居为典型的南方农家宅院，凹字形格局，坐南朝北。西边是邻居，东边是毛主席故居，中间堂屋两家共用。建筑系土木结构，泥砖墙，青瓦顶，一明二次二梢间，左右辅以厢房。进深二间，后有天井杂屋，共十三间。听了讲解员介绍毛主席为中国革命牺牲了六个亲人后，参观的同学个个眼里都噙着热泪。怀着对毛主席的无限崇敬，很多人在门前抓了一把土，精心包好后揣在胸前的上衣口袋里，以至于故居前被挖出了一个一米多深、直径两米的大坑。

参观故居后，援朝兴奋得像踩着幸福的云朵，和几个同学坐上了去株洲的汽车。第二天早晨五点，他们好不容易爬上了开往北京的火车。整个车厢里塞得满满的，通道上、厕所旁、座位的缝隙处就连行李架上都爬满了红卫兵。一路上除了不断挤上来的红卫兵，很少见到买票的乘客。满列的红卫兵饿着肚子，渴极了就趴在厕所或洗手间的水龙头上喝一些凉水。援朝他们因有一提包橘子，情况要好得多。和他们挤在一起的是广州的一群中学生。交谈中，一个清秀的女生笑吟吟地说："我长这么大还没见过雪。这次为了见毛主席，我把所有能御寒的衣服都带上了。"火车走到邯郸的一个小站，突然停了下来。原来火车出了故障，两个小时后仍没修好。急得头上冒烟的一群高校红卫兵，用报纸给列车长糊了个高帽子，就在车厢里游起了列车长的街。修好后，随着火车哐切切的奔驰声，从株洲上车历经两天三夜，终于到了北京。

援朝随着人流来到北京体育场。体育场内外的水泥地上到处躺着横七竖八的学生。刚好有一群学生被接走了，他们就倒在铺着报纸的地上睡着了。第二天起来，因吃了一路橘子，援朝双眼肿得像水蜜桃。找到设在体育场的总接待站，负责医疗卫生的工作人员给了他一些磺胺类的消炎药。不知道啥时候会被接走，大家就在体育场吃吃睡睡。过了两天，援朝头脑里的哐切声才消失，眼睛也消了肿。这时候已是11月上旬，北京夜晚的气温已降到了零度。为了见到毛主席，没穿棉衣的同学没有一个人喊冷。

到北京三天后的晚上，一辆大轿车把他们接到了中央音乐学院。下车后，每人领了一条军用毛毯，然后走到一个教学楼第四层的小礼堂里。礼堂的地铺上住着来自四面八方的学生。第二天上午，解放军在楼前的空地上召集来京的学生，编好班、排、连，解放军任连长、排长。连长简短地讲道："各位红卫兵，你们是毛主席请来的尊贵客人，在京期间，我们保证给你们服好务。明天毛主席要接见红卫兵，所以要求大家不要到处乱跑。如果迷了路回不来，就错过了见毛主席的机会。另外，明天起床后，除了《毛主席语录》，刀具包括钢笔都撇在住处。"开完会，援朝他们在校园里转了转。中央音乐学院面积不大，是清朝的醇亲王府，光绪皇帝就出生在这里，有六七幢五层高的现代教学楼，楼房的走廊里摆放着很多钢琴。本校学生可能是到全国各地"点火"去了，很少能见得到。

第二天凌晨四点被叫醒。实际上，因为渴望见到毛主席，同学们心里兴奋得像一团火，加上室内的暖气热烘烘的，大都一夜没有人睡。匆匆吃了早饭，每人又领了一个鸡蛋和一袋饼干就出发了，一路上高唱着《大海航行靠舵手》。三四十分钟后，他们来到西长安街复兴门东边路南一侧。第一排站的是解放军，后面是编了班的红卫兵，援朝排在最后。随着口令，人群坐了下来。因为后面是正在施工的北京地铁工地，边上拉着铁丝网，援朝被挤得无法坐下，挡住了后边北京市民的视线。他们齐声喊了起来，解放军只得把援朝调到了最前边。几十万红卫兵在东西长安街和天安门广场摆成了几十里的长龙。

席地而坐的红卫兵们手挽手，右手摇着红宝书，眼皮都舍不得眨一下，一直望着西边。直到下午两点多钟，大喇叭里终于传来了毛主席快要到来的喜讯。瞬间人群沸腾了，"毛主席万岁"的口号声震天动地。紧接着，毛主席乘坐的敞篷汽车开过来了。他站在车上，满面红光，神采奕奕，不停挥动着那双开天辟地、扭转乾坤的巨手向人群致意。霎时，红卫兵们激动得泪流满面，拼命高呼："毛主席万岁！……"成千上万的红卫兵喊啊，叫啊，哭啊，一时出现了人类历史上前所未有的狂热场面。当时的长安街还没扩宽，第一排离路中心不过七八米，所以援朝看得清清楚楚。不过，只顾着看毛主席，除了和主席同坐一辆车的陈毅元帅，援朝还没来得及看清其他的中央领导，车队就过去了。此时援朝最大的心愿是：车队哦，你慢点走，让我多看几眼毛主席；时光哦，你慢点流，让毛主席多和我们待一会儿……

检阅的车队走远了，满脸泪花的人们不管男的女的，认识不认识的，紧紧地拥抱在了一起。这时一个脸蛋清秀的女学生慌慌张张跑过来，一看毛主席走远了，当场就晕了过去。原来，她从早上五点出发，八九个小时没解手，实在忍不住去解了一趟手，正巧错过了见伟大领袖的机会。被众人叫醒后，女生伤心地哭着说："我从云南西双版纳坐了汽车坐火车，辗转十多天才来到北京。谁知就这几分钟竟错过了见毛主席的机会，我咋有脸回去见我的爸爸妈妈呀！"一名解放军安慰说："停些日子，毛主席可能还要接见红卫兵，你还有机会见到的。"据说这一次组织得比较完善。有一次接见后，光挤掉的鞋子就拾了满满四大卡车。

过了十多天，毛主席又接见了150多万红卫兵。前后八次，毛主席共接见红卫兵1300多万人次。虽然接见仅仅一瞬间，可毛主席的光辉形象永远留在了一代人的脑海里。当天晚饭后，中央音乐学院凡是有灯光的地方，红卫兵都在忙着往家里写信。援朝写着信，抬头望了望灯光如昼的夜空，不见一个星星。不知有多少人度过了这个狂欢的不眠之夜。

接见后的第二天一大早，援朝和几个同学步行去了天安门广场，这是他自上学后就魂牵梦萦的地方。雄伟的天安门城楼红墙黄瓦，正门上方挂着毛主席的巨幅画像，庄严肃穆。宽广的天安门广场中间矗立着人民英雄纪念碑。东面是中国历史博物馆和中国革命博物馆，西边是人民大会堂，南面是一片青松，再往南是长期没有修缮的前门。援朝在天安门广场花两块钱照了一张相，和一群同学上了金水桥，来到天安门，从门缝里看了看当时还没有开放的故宫。出来后，往西不远处就是中南海的新华门。几个人往里边望了望，值勤的武警摆了摆手示意不让靠近。于是，他们沿着长安街继续往西，一座十四层高的楼下面挤满了往全国各地发电报的红卫兵。这座大楼给第一次到北京的援朝留下了"北京第一楼"的深刻印象。接着，他们又去了由太庙改造而成的劳动人民文化宫，随后来到有着千年历史的皇家园林北海公园。这里风光旖旎，游人如织。位于琼岛最高处的北海白塔因离中南海近在咫尺，入口处挂着"游人止步"的牌子。

第二天，他们去北大和清华看大字报，在北大看到了聂元梓的全国第一张大字报和毛主席的《炮打司令部》。在这两所中国最驰名的大学校园内，大字报贴得铺天盖地。满天飞的大字报几乎是一个固定的格式，先以毛主席语录开篇，接下来是形势一派大好，然后笔锋一转，抓住被声讨者的只言片语断章取义，张冠李戴，或无中生有，或牵强附会，再用砸烂、横扫等"革命语言"，无限上纲上线，随意口诛笔伐，最后是"打倒在地，再踏上一只脚"，让他永世不得翻身。除了批判"彭、罗、陆、杨、刘、邓、陶"，炮轰的大字报涉及大部分中央领导，就连全国人民敬爱的朱老总也被丑化成大军阀。援朝对于大字报批判这些出生入死开创共和国基业的功勋背叛新中国、反对毛主席，心里写满了问号。

接下来的几天里，援朝他们又参观了中国人民革命军事博物馆和中国最大的动物园——北京动物园等地方。在北京待了十一天后，他们办了返程的火车票。

又是四点起床，他们步行去了北京前门火车站。火车站是一座典型的欧式建筑，大厅的两端耸立着两座钟楼，前面的广场上进京和返乡的红卫兵仍然是川流不息。11月中旬的北京已是滴水成冰，一群红卫兵为了取暖，在广场边上拆了一把旧扫帚燃着大块烟煤在烤火，滚滚浓烟飘荡在站前广场的上空。进了车站，几个人去了一趟厕所。通着暖气的厕所顿时给人一种温暖如春的感觉，蹲式便池用一米左右的木板间隔着。环卫工人不停地推着干沙子清除地板上的污水，厕所里闻不到一点异味。解罢手，前一天参观动物园时被援朝起了"长颈鹿"外号的苗宗耀好奇地拉了一下旁边厕所上头水箱垂下的绳子，只听见轰隆一声，正蹲着解手的一名旅客被溅了一屁股水。那人突然站起来，脸上暴起一道道青筋，高声骂开了。几个同学一看宗耀惹了祸，就说了几箩筐好话，那人才算作罢。

前门站的候车大厅横跨在东西走向十多股铁道上，他们跑了好一阵子才上了车。援朝趴在车窗上，看到进京的火车上红卫兵比他们来时还要拥挤不堪。一路上，他们相互交流着大串连见世面的感受，车厢里到处是欢声笑语。

回到学校的那天晚上，重逢的同学们躺在被窝里有说不完的离奇故事。史广涛说："赵小立跑到上海没花一分钱，才离奇哩。"说起赵小立，凡是一中的学生没有不知道他的。他住在学校的西南角，正在上小学三年级，刚好九岁，从小顽皮而且有嘴有胆。吃食堂时，姑姑在教育局当副局长，一次他饿极了就跑到教育局食堂要馍吃，炊事员不给他，四五岁的小孩拗嘴铁舌地说："俺姑姑当着大局长，难道不值一个馍？"没办法炊事员只得给了他一个馍，从此他时不时地到教育局要馍吃。上学后，由于顽皮，三天两头挨打。串连开始后，缠着妈妈也要出去串连。妈妈想，哄哄他上街买些好吃的就过去了，于是给了他五块钱。谁知他坐了汽车坐火车，一个人跑到了上海。在上海玩了几天后，小立对接待站的工作人员说："阿姨，我的头发长了，给我几毛钱，俺去理理发。"接待站给了他五毛钱。他来到理发店，师傅问："吹风不吹？""吹！""喷油不喷？""喷！"理完发后，师傅说："小同学，你的理发费一共是一块二毛钱。"小立掏出五毛钱说："俺临河县理个发只收两毛钱，接待站给了我五毛钱，还让我再拿回去三毛呢。"理发师傅看他小小年纪，无可奈何地说："今天算我倒霉，只好给你垫上一块钱。""要是这样，那三毛钱就不要再找了。"就这样，赵小立到上海玩了一星期一分钱没花，回来又把五块钱交给了妈妈。

第二天下午，援朝回到了家，全村人纷纷跑过来，听他讲火车跑得有多快，北京城有多大，天安门有多高，分享见到毛主席的喜悦。那天晚上，姥爷往煤油灯里续了两次油。援朝在家只住了一晚，因为县上通知一中选几个见到毛主席的红卫兵代表，第二天八点半坐汽车到许昌迎接"毛主席接见红卫兵"的新闻纪录片。

援朝和一群同学坐着卡车来到许昌火车站，上午没接到拷贝。吃过午饭一点多后，县电影管理站的孔站长，满头大汗抱着拷贝从火车站跑出来说："快些上车，咱县迎接《毛主席接见红卫兵》影片的队伍上午十点就齐聚在县城东关了。"饿着肚子的孔站长抱着拷贝坐到驾驶楼里，汽车就飞跑起来。到东关拐过汽车站通往进城的路上，"毛主席万岁"的口号声、鞭炮声和锣鼓声响彻云霄，欢迎的人们个个脸上挂满了激动的泪花。援朝扭过头望了一眼，车后地上的鞭炮纸屑足足有半尺多厚。

到全国各地串连的学生陆续返校。在很短的时间内，各学校红卫兵组织如雨后春笋般冒了出来。由于在外边串连开了眼界，红卫兵组织的名称一个比一个有来头。刚开始是"造反战斗队""造反委员会"，后来就成了"造反司令部""造反兵团"。临河一中六七百名师生，红卫兵组织就有八十多个。有三名学生成立了"孙大圣战斗兵团"，别说是军长、师长，就连参谋长的名额都空缺着。三(3)班议论着成立红卫兵组织，援朝说："'十六条'明确指出这是一场触及人们灵魂的大革命，咱们的组织就叫'点魂战斗队'吧！"田庆贺说："人家三个人还叫兵团哩，咱一个班能叫他们压住？毛主席8月18日第一次接见红卫兵，为纪念这个难忘的日子，咱们就叫'八一八造反兵团'吧。"最后三(3)班红卫兵组织的全名是：八一八造反兵团点魂战斗队。

成立红卫兵组织先要刻章。过去刻章要到公安局备案，现在只要学校开个介绍信就一路绿灯。接下来是制旗、印红袖章，大部分旗帜是用一幅半的红绸子被面做成的，长一丈二、宽九尺。一根长竹竿挑着的旗子，三四级风两个人才能擎得住，真应了"拉大旗作虎皮"这句话。红袖章上印着毛主席手迹"红卫兵"三个大字，下边一行小字标明"司令部""兵团"名字的全称。一时间，红卫兵遍布机关、厂矿，波及农村。满大街都是戴着红袖章的红卫兵，红旗飘，红歌谣，红宝书，红袖标，神州大地成了一片红色的海洋。

第四十八章

援朝从北京回来不到半个月,一场席卷全国的红卫兵徒步大串连就开始了。一时间临河县商店的绿军帽、塑料布和背包带供不应求,绿军装、绿军帽、黄挎包成为时尚。一部分女学生脱下花衣服换上绿军装,又把长发剪成了不分男女的红卫兵头,以至于在长征路上留下很多啼笑皆非的故事。各地粮食部门为了支持学生串连,将以前很紧缺的全国粮票敞开兑换。

白老拴卖了些谷糠和干红薯叶,凑了四十元钱,递给援朝说"毛主席让你们经风雨、见世面,这正是磨炼意志、开阔眼界的好机会。但要记住,不说出格的话,不做出格的事。"援朝鼻子一酸,点了点头。为了轻装上路,姥姥把给援朝新做的棉裤改成了双裤,雪筠又给儿子买了秋裤和解放鞋。

"大家别喳喳,都喳喳成一锅粥了。"援朝一句话平息了大家的争论,接着说,"咱们班四十七名同学,一部分想去延安,没去过北京的想去北京,有二十多名赞成广涛、庆华提出的意见,先赴韶山,再去井冈山,然后到厦门看炮击金门。看来咱们只有分开长征了。"说罢开了十几张空白介绍信,盖上章交给了松岭、玉录、庆贺、小民、秀兰、桂兰、占平他们。临出发的那天晚上,后荷荡的张玉甫领着两名一年级的同学加入了点魂长征队。

第二天上午,援朝又赶印了一些传单分给男生带着,把印章塞进背包里,秀亭打着"八一八造反兵团点魂战斗队"的长征旗帜走在前头,大家唱着"世界是你们的,也是我们的……希望寄托在你们身上""下定决心,不怕牺牲……""红军不怕远征难……"等语录歌,出临河县城一路东南踏上了长征路。唱语录歌是一种时髦,是政治态度,更是红卫兵大串连的时代音符。

当天下午,一行人来到西平县西南一个边远公社所在地——芦庙镇。暮色渐渐四合,一轮橘红色的落日即将坠入西山。"张援朝,今晚咱到哪里吃饭住宿啊?"正当同学们叽叽喳喳拿不定主意时,一群接待人员敲着锣鼓从公社大院迎了出来。为首的公社书记热情地说:"欢迎红卫兵小将来到芦庙公社。现在全国各地各级政府按照中央指示,把接待红卫兵大串连作为压倒一切的政治任务,抽调大量的人力物力,层层设立了红卫兵接待站。你们不管走到哪里,除吃饭每顿四两粮票一角钱外,乘公交车、住宿和参观都是免费的。"那天晚上,接待站供应了猪肉粉条杂烩菜、白面馒头,个个都吃得打着饱嗝。

第二天,他们在遂平县城住了一晚后,就沿着京广铁路散发着传单一路向南。铁路两侧数千里的人行道上,左侧向北、右侧向南是一支接一支会成的红色长龙,前不见首后不见尾,十分壮观。此时的中华大地,虽然寒风袭人,但红卫兵小将们高举着鲜红的长征队旗,身背背包、臂戴红袖章、手捧红宝书、高唱革命歌曲,走出校门、走进田野、走进都市乡村、走进红色革命圣地。在全国所有的公路、铁路甚至是乡间的羊肠小道上,长征的队伍川流不息,到处是红卫兵的身影。

到了确山县城已是下午四点,他们随着人流来到距城东不远的李湾村,参观民族英雄杨靖宇的故居。远远就听见红卫兵高喊着"打倒确山县委,还我民族英雄"的口号,走近了,成千上万的红卫兵正在开批斗大会。凛冽的寒风中,县委书记满头大汗战战兢兢地承诺着:"红卫兵小将们,民族英雄纪念馆从今天起是确山县的头号工程。你们回来时看不到纪念馆,就砸烂我的狗头。"几间破草房前,红卫兵围着一个五十多岁的农村妇女,听她讲杨靖宇的英雄事迹。原来她是英雄的同胞姐姐。从她的讲解中,援朝知道了杨靖宇的真名叫马尚德。

返回县城,天已黑了下来,接待站的工作人员反复向他们解释说:"今天全城停电,我们这里做饭用的是鼓风机,实在抱歉,请你们委屈一晚。明天早上请到城南二十里的黄山坡,那里有接待站。"没办法,跑得又饥又累的红卫兵只好打开背包倒在地铺上,不一会儿响起了此起彼伏的呼噜声。

第二天一早,他们走了二十多里来到黄山坡。接待站里已聚了数千名昨晚就空着肚子的红卫兵,他们已经排了一个多小时的队。援朝问了问,说是人多做饭条件有限,若要吃上早饭就到下午三四点以后了。他就和同学们来到街上,每人买了几根油条狼吞虎咽地吃了起来。此时寒风夹带着雪花漫天飞舞，空着肚子吃了凉油条，个个冷得哆嗦起来。"听说酒能生热，咱们喝点酒吧？"苗秀亭买了两瓶六十多度的红薯干酒从商店里走出来说。同学们大都是第一次喝酒，对着酒瓶抿了抿，转了一圈瓶子里还剩二两多。援朝不知道酒的厉害，接过酒瓶一扬脖子咕咚咕咚喝了个精光。酒下了肚，脸红得像鸡冠的援朝摇摇晃晃上了路，翻过南边的小山，紧随身后的苏海、庆华说："援朝，你看着直想往火车上撞，咱们歇会儿再走吧。"二人把援朝架到铁路下边的沟里，援朝用凉水洗了洗发烫的脸，躺在沟边的草地上，大把的眼泪顺着面颊滚落下来。晕晕乎乎中听到过往的红卫兵一阵阵的讥笑声。过了两个多小时，援朝挣扎着站起来，三个人天黑时在明港车站才追上大队。此时个个脚上都打了血泡，夜里用别针挑破血泡，第二天一瘸一拐地又上了路。

出发六天后，他们疲惫不堪地来到了信阳四中。他们在信阳休整了四天。为感谢四中红卫兵的盛情接待，离开的头天晚上，援朝以八一八兵团的名义写了支持声明，那俨然像支援亚非拉民族解放运动的声明，在学校的高音喇叭上重复播放到夜里十二点。

从信阳出发不到半天，他们到了一步跨两省的武胜关隧道。武胜关北屏中原，南锁鄂州，扼控南北交通咽喉。过了隧道，眺望四周，山峦交错，群峰环结，东边鸡公山报晓峰上岚烟缭绕。"好一派仙境！听说上边过去是达官显贵休闲度假的胜地。走，咱们也上去看看。""长征是播撒革命的种子，不是游山玩水。"史广涛话音刚落地，引起了一阵批判声。

过了孝子店的当天晚上，他们就住在广水镇的影剧院里。空旷的礼堂地上铺着稻草，吼叫的寒风携着雪粒从瓦缝里钻进来，似乎连空气都冻僵了。极度困乏的同学们相互打着通腿，一钻进被窝就用被子捂着头。第二天起来，被子上的积雪足足有半尺厚。吃罢饭上了路，南来北往偷搭火车的红卫兵不时地向步行的学生招手。打着红旗在雪地上艰难行走的点魂长征队队员恼恨地向那些"长征败类们"啐着唾沫。虽然嘴上信誓旦旦，灌了铅的双腿却慢了下来，每天的行程由开始的七八十里减为三五十里。只有十来斤重的背包仿佛压在背上的一座山。这天夜幕降临时，疲惫不堪的长征队终于来到了武汉郊区的姑嫂树。在接待站登记后，他们上了一辆大卡车，晕头转向拐了很多弯进了武汉市桥口公园。

下了车，走进青少年宫，放下行李，一个四十来岁一团和气的接待人员说："我姓伊，每天按时给大家送饭。"他指了指旁边一个漂亮的姑娘说："这是小宋，负责卖饭票。"他们跟着小宋买了饭票，每人要了一大钵米饭、一份杂烩菜，就风卷残云般地吃了起来，之后放下碗就钻进被窝里。

第二天早晨，老伊推着三轮车来送早餐，一连喊了七八遍，同学们才揉着眼从被窝里爬出来。吃过早饭，小宋给每人发了一张免费乘车证和一枚毛主席纪念章，他们就三五成群地上了街。

援朝和广涛出了公园大门，往南没走多远就上了龟山。抬眼望去，九省通衢的武汉三镇尽收眼底，远方山峦如黛，近处湖水泛着涟漪，银练似的长江仿佛一条巨龙横卧在中华大地上。

"孤帆远影碧空尽，唯见长江天际流。"史广涛按捺不住激动，拿腔作调地吟起诗来。"听你吟诗，看着这如画的江山，半个多月来的疲劳跑得无影无踪。走！咱登黄鹤楼去。"援朝说罢拉着广涛上了"一桥飞架南北，天堑变通途"的长江大桥。

在南边桥头堡坐着电梯下到地面，援朝意犹未尽地说："第一次坐电梯真得劲儿，好像腾云驾雾一般，花花眼儿咻溜一下就到了站。走，再体验体验上天的感觉。"二人坐着七层电梯一连往返了七八次。往南走到辛亥革命先驱黄兴铜像的地方，他俩打听怎么去黄鹤楼，这才知道黄鹤楼在修大桥时已被拆掉了，只好带着遗憾来到武汉大学。武汉大学坐落在风光秀丽的东湖之滨、珞珈山麓，依山环湖，满目苍翠，古朴典雅的建筑巍峨壮观，亭台楼榭别具一格，现代化的教学楼拔地而起。找到广涛在读大三的二哥，他二哥说："武汉大学是国家一流的大学，学生每月的伙食费只有十二三块钱，并且对家庭困难的学生实行全包。"援朝听罢暗暗下了决心，将来一定报考武汉大学。吃罢午饭，二人从武汉大学出来，一路游逛到华灯初上才回到桥口公园。

第二天早饭后，援朝和同学们坐了三站路，来到武汉最繁华的中山大道六渡桥德华茶楼附近。不远处的街中心矗立着孙中山的铜像，满大街熙熙攘攘的人群一个劲地往东涌去。援朝他们随着人流来到武汉体育场。体育场上人山人海，原来是在批斗湖北省委第一书记王任重。声势浩大的百万人批斗大会上，口号声响彻云霄。阴沉的天空仿佛受不了这高分贝的噪声，雪粒儿像震碎了的玻璃，哗啦啦落了一地。批判后接着游行，拥挤不堪的队伍，人挤人，人扛人，秩序十分混乱。这天除三个人被踩死外，挤伤的不计其数。

接下来的日子里，同学们拿着介绍信，坐上车跑到郊区接待站重新登记买纪念章，漫无目的地游公园、逛商店，跑到大桥上看滚滚江水上来来往往的船只。在外边玩腻了，就待在公园里逗猴子、捉迷藏，累了坐在被窝里打扑克、贴胡子。直到老伊一遍又一遍地催着吃饭才停下来。

一个多月后，点魂长征队从硚口公园出发，紧走慢走一天没出汉口，当晚住在了湖北畜牧学院。第二天走到武昌南边的一个小站，大家坐在被包上疲惫不堪地说："这造反大串连实在不是一个轻松的活儿，走了一天腿肚子又转筋了。心里有不怕远征难的冲天豪情，可两条腿不争气，咋办？""南来北往的车厢里站着那么多红卫兵，咱们就别学那潘金莲哭武大郎——假装正经了，也偷搭火车吧！"苗秀亭卷着队旗说。

刚好车站停了几节拉沙的车皮，同学们迅速地上车趴在沙子上。过了一会儿，哐咚一声，火车启动了。晚上十二点，拉沙的车皮被甩在岳阳北边的一个小站上。在候车室里等着车，一群年龄不超过十岁的孩子组成的毛泽东思想宣传队像模像样地报节目、唱红歌、说三句半、跳忠字舞。表演结束后又过了三个多小时，援朝他们又爬上了一节铁皮闷罐车。三九时节，黎明的曙光尚未到来，整个车厢仿佛成了一个大冰箱。不大一会儿，同学们个个冻得像冰棍，于是打开背包围成一圈，把无知觉的双腿重叠在被窝里。

早晨在长沙下了车来到接待站。过了半个小时，援朝拿着一沓子饭票笑着说："我看到红卫兵都在打白条借饭票，就也给咱们每人借了四天的饭票。从今儿起，咱们吃饭就不用再掏腰包了。""毛主席万岁！"同学们一齐欢呼起来。

当天上午，高校的红卫兵在湖南大学召开湖南省委的批斗大会。援朝看见大操场的主席台上，红卫兵扭着七八个挂着牌子的省委领导在"坐飞机"。阴沉沉的天空，寒风呼啸着，一个红卫兵按住湖南省委第二书记王延春的头，大声呵斥着追问第一书记张平化的下落。王延春看上去五十来岁，蜡黄的脸上没有一丝血色，皮肤好像贴在骨头上，凸出的喉结十分明显，瘦削的脸颊上汗流如雨，一直咳个不停，咳到几乎要断了气。主席台上断断续续地传来几乎是哭一般的应答；"红卫兵小将们……我真的……不知道……张平化在哪里呀。"此时会场上高呼："王延春不老实，叫他永世不得翻身！坚决揪出张平化，砸烂湖南省委！"

在长沙待了四天，他们又抄近道徒步去韶山。两天后的下午，到了红太阳升起的地方，此时整个韶山冲到处挤满了没地方住宿的红卫兵。参观了毛主席故居，排了一夜队买了纪念章，第二天早上援朝和同学们在韶河捡了鹅卵石，又在山上采了松子，怀着激动的心情离开韶山。一路高歌步行到湘潭，然后坐汽车来到株洲。

第二天办好返程车票后，广涛说："大伙儿到厦门前线观看炮击金门的激情丝毫没减，可中央规定返程的可以坐车，厦门这么远，徒步啥时候才能走到啊？"庆华思忖了一会儿，拉着援朝在火车站找到两名想去延安的厦门学生互换了车票。一式两联的返程票是底联，二人在一堆垃圾里找到一片复写纸，在厦门市某某中学等贰人的贰字后边的空白处复写了拾柒两个字。然后，援朝郑重地对同学们说："火车上对不是返程的学生查得很严，厦门去不成了，咱就直奔杭州、上海吧？我在地图上量了量，过了鹰潭车站才安全，所以上车后大家尽量分散开，更重要的是不能说话，以免发现咱河南口音被撵下来。"进站时拥挤不堪，援朝拿着他改过的车票晃了晃，把门的瞟了一眼，摆着手说："快进站，火车马上就开了。"

他们爬上一列昆明到上海的直达车。援朝往前走了四五节车厢，找个角落坐在了背包上，紧挨着年龄只有十三岁、两只袖子上鼻涕抹得像油布的张玉甫。这是一辆上海支援攀枝花钢厂建设工人返回的专列。由于沿途上了很多红卫兵，列车严重超员。火车行驶了两个小时后，一群工人问玉甫："这么小就跑出来串连了。你是哪里的？叫什么名字？"一连问了七八遍，迷瞪着脸的玉甫咧了咧嘴没说话。他长得胖乎乎的，一双小眼特别逗人。一个女工剥了一块糖塞到玉甫嘴里，他仍然一言不发。女工捏着他被糖块撑起的腮帮又问："小朋友，你是哑巴？"玉甫始终没蹦出一个字，坐在一旁的援朝捂着嘴没敢笑出声来。

深夜，车厢里的灯熄灭一半，暗淡的车厢里响着此起彼伏的呼噜声。突然，一阵嘟嘟声把援朝从昏睡中惊醒,他望了望车外,被赶下车的同学一脸无奈地站在雨中,几个男生愤怒地捶着车窗玻璃。原来列车快要到萍乡时,列车员堵着几节车厢集中查票,问一个叫刘凤的女同学:"把票拿出来。""俺是杭州市的。"刘凤嗫嚅着半土半洋的普通话试图混过去。"什么杭州市,一开口就知道你是河南的。"点魂长征队的背包是清一色的蓝塑料布,于是车到萍乡,被查到的就被赶了下来。

早晨八点在杭州下了车,援朝点了点,只剩下他和庆华、彦湘、玉甫四个同学。安顿好住的地方,下午他们就迫不及待地来到向往已久的西湖。湖东岸是一大片亭榭楼阁,古色古香的建筑群和波光浩渺的西子湖相映生辉。来到断桥,没找到白蛇和许仙留下的爱情印记,倒是很容易花了三块钱雇了一条手划船。游罢三潭印月、湖心亭,他们来到江南"禅宗五山"之一的灵隐寺。寺院里冷冷清清,游人稀少,透过缝隙可以看到后院一个锁着的阁楼里堆满了历代文人留下的墨宝石刻。庆华问一个扫地的和尚:"老师傅,这么多文物咋不叫见天日哩?"老和尚看看四周无人,压低声音说:"前些日子,几百名红卫兵气势汹汹地要捣毁寺院。市民听说后,自发地把寺院围了个水泄不通。若不是老百姓,这座古寺就要从地球上消失了。"几个人听罢,叹了一口气。

第二天,他们去钱塘江。走到半路听人说不逢潮,就又来到接待站重新登记买纪念章。援朝把二十七张乘车证随手给了玉甫,上了公共汽车,售票员喊道:"买票,买票,工人出示月票,红卫兵把乘车证拿出来。"玉甫掏出一沓子乘车证,售票员一见,脸色骤然大变,夺过乘车证一边撕一边恼恨地说:"指头肚儿大的小伢儿,看把恁惯上天啦!"

四天后,他们告别杭州,来到上海,当天下午就去了号称"中华第一街"的南京路。川流不息的街道两旁高楼林立,位于南京西路的国际饭店曾有"远东第一高楼"之称。几个人仰着头数起了楼层,庆华说二十三层,彦湘说二十四层。正当两人争得面红耳赤时,"铛铛铛⋯⋯"摇着铃铛的有轨电车缓缓驶过来。坐上电车来到外滩,一幢幢西洋建筑透出浓浓的异国风情,波光粼粼的黄浦江上轮船来来往往。这时海天大楼的钟声响了,这钟声听起来悠远沧桑,仿佛在述说着上海的百年历史。"走,咱过江看看!"四个人乘轮渡来到浦东,除沿江有一些码头、仓库和厂房外，远望尽是看不到边的农田。

2月5日下午，震天动地的锣鼓声和鞭炮的硝烟弥漫在整个上海市。援朝他们随着人流来到人民广场，广场上成了沸腾的海洋，原来，正在召开“上海人民公社成立大会”。主席台上坐着张春桥、姚文元和造反派的头面人物。大会的宣言是：“一切权力归上海人民公社。”会后不久，上海人民公社又改成了上海市革命委员会。随着上海刮起的“一月风暴”，全国各地的夺权运动开始了。

他们在上海逛了一个星期，2月8日下午来到南京。夜幕降临的南京城到处响起了噼噼啪啪的鞭炮声，下车后他们被安排在下关车站附近的一个剧院里。第二天早上，接待站的早饭是一大碗面条上面放了一块二两重的红烧肉。庆华好奇地问：“你们南京早上都吃面条还放红烧肉？”“你们只顾跑着串连哩，忘记今天是大年初一了？”援朝听了接待站人员的解释，算了算离家已经两个多月了，想起姥爷、姥姥、妈妈和弟弟，眼里顿时蒙上了泪光。

吃罢饭走出剧院，一轮红日正冉冉升起。朝霞染红的宽阔江面上，我国自行设计建造的南京长江大桥正在施工，一派繁忙景象。来来往往的轮渡披着晨曦、驮着火车正在紧张有序地过江。

“老大爷，火车过江需要多长时间？”彦湘问一个晨练的老人。“一列车过完需要一个半小时，不过明年大桥就建好了，到那时只需两分钟。”几个人听罢，情不自禁地唱起了“祖国的大建设一日千里……”。

接下的几天里，他们参观了紫金山天文台、秦淮河、夫子庙、雨花台等地方。正月初四下午，庆华他们三个又逛街去了，援朝在地铺上把八十多枚纪念章和一路收集的一包包纪念品分类刚装好，庆华他们就回来了。玉甫噘着嘴说：“援朝哥，我不小心把钱全丢了。”援朝看着吸溜着鼻涕，胖乎乎的脸上一双小眼闪着泪花，比自己矮了一头的玉甫，三分疼爱七分生气地说：“一路上交代你要小心，在杭州丢人现眼，今儿又把钱丢了，没钱咋去西安？只有回家了。”

匆匆吃过晚饭，四个人过江来到浦口，坐上了西去的火车。在郑州下了车来到二七广场，木结构的二七纪念塔周围聚着很多人在交换纪念章。援朝用一枚韶山纪念章换了一尊毛主席石膏像，双手虔诚地捧着毛主席像又上了去漯河的火车。正月初七，他们回到充满硝烟的临河县城。

下午回到家，消息不胫而走。援朝给挤了一屋子的乡亲们分发着毛主席纪念章，银坡姥爷问："援朝，你在汉口来信说，看见一个从广西回来的人提了一兜子白背豌豆角，是真哩？""咋会不真，我亲眼在武汉的火车站看到的。""咱这里冰天雪地，可广西那边是烈日炎炎，咱中国到底有多大呀？""我跑了这么多地方，还不到祖国的十分之一。"问话的狗剩姥姥张着嘴说不出话来。援朝一边回答着乡亲们七嘴八舌的问话，一边打开一个包说："姥爷，这是我在韶山采的松子，你会种树，让毛主席家乡的青松也常绿在咱银杏庄吧。"打开一看却是一沓钱，说了声："我把玉甫掉在铺上的钱当成纪念品放在包里了。"说罢，一溜烟向后荷荡跑去。

第四十九章

援朝一口气跑到后荷荡，进屋把一沓钱交给玉甫娘说："婶，在南京，我错把俺兄弟掉在铺上的二十多块钱放在我背包里了。回家发现后我就赶紧送过来了，你数数。"玉甫娘接过钱激动地说："你这孩子，小小年纪见钱不眼开，是一生最大的财富。玉甫，往后恁援朝哥就是你的榜样。"

说着话，玉甫的三婶一溜跟头跑进屋，上气不接下气地说："二嫂，俺娘家……村里……出大事了。""啥大事？看把你慌哩话都说不囫囵了。""今天俺到陈家营走娘家，正要吃饭，来了一群当兵的，抓走了四五个'农造总'的头头。'农造总'夺了他们一把盒子枪，组织了几百人，绕道从西平坐火车到北京告状去了。"

原来，自从上海"一月风暴"后，临河县夺权之风从县委、县人委迅速波及各级组织，就连临河一中烧茶炉的刘师傅也夺了总务主任的印章。然而他不识字，每天又有很多人找他签字盖章，无奈之下，三天后他只得把印章交了出来。此时全县陷入无政府状态中。在来自北京、郑州等地的大专院校红卫兵的支持下，临河县成立了以毕业的中学生为骨干的"临河县农民造反总司令部"，高中也成立了"临河县红卫兵造反司令部"。这时全国解放军奉命执行"三支两军"（支左、支工、支农，军管、军训）的任务。河南省军区动用军机在全省散发《告全省人民书》，声明："只许左派造反，不许右派翻天。"接着逮捕了"河南二七公社"的一些头头。临河县人民武装部除逮捕了"农造总""红造司"的头头外，又逮捕了支持造反派的一位县委副书记。

4月下旬，根据上边指示，由县人武部牵头成立了临河县抓革命促生产第一线指挥部，主持全县工作。

待在学校的中学生们除了吃饭，闲着没事。三（3）班的同学为了和党中央保持一致，每天照着《人民日报》的头版头条写大字报贴到大街上。谁知过了一个星期，临河县抓革命促生产第一线指挥部通过广播宣布四十八个造反派组织，八一八造反兵团也名列其中，临河一中有两个学生成为官方认定的造反派领袖。

此时表面平静的临河县暗潮涌动。中央文革小组成员的讲话和全国各地对河南时局表态的传单，雪片似的在学生中传阅着。有的支持省军区，有的说省军区是镇压河南造反派的刽子手，"河造总"是保皇派，"河南二七公社"才是真正的革命组织。

看了满天飞的传单，援朝和同学们徘徊在迷雾中，不知道究竟谁是真革命，谁是假革命。好在最高指示说："工业学大庆，农业学大寨，全国人民学习解放军。"于是援朝和十来个同学访问驻扎在寺山的解放军。寺山不大，孤零零地坐落在洪滚河南岸，垂直高度只有200多米，山顶上架着天线，这是某部设在这里的一个雷达排。几个人爬到山腰，一个战士端着枪把他们领到山南坡的军营里。排长问道："这里是军事重地，你们上来干什么？""我们是临河一中的学生，相信解放军，问问应该支持哪一派？"排长说："你们认为谁是拥护毛主席的就支持谁。"听了排长不着边际的答复，泄了气的同学们无可奈何地下了山。

七月下旬，中央人民广播电台、人民日报等多家媒体相继宣布，"河南二七公社"是无产阶级革命派。当天晚上，临河县官方认定的四十八个造反派组织上街大游行后，就销声匿迹了。接下来，"农造总""红造司"的头头和支持他们的县委副书记从监狱里放了出来。一时间，这些蹲了几个月牢房的造反派成了人们心中敬仰的大英雄。"红造司"的头头回到高中的那天，几百名学生争着敬赠毛主席纪念章，把他的上衣别得满满的。

过了几天，在县高中大操场召开了为造反派平反的万人大会。主席台上坐着满面春风的造反英雄，前边站着一溜被红卫兵扭着双臂按着头、汗流如雨的抓革命促生产指挥部的主要成员。会场上"打倒某某某，再踏上一脚"的口号声一浪高过一浪。身体肥胖的武装部长兼指挥长被两个彪形大汉扭着胳膊、踏着脚，跪在中间。这时"红造司"的一个骨干抡起皮带朝他冒着汗的光头上狠狠地抽打起来,顿时鲜血顺着面颊、脖子流下来。

召开平反大会的第二天下午,"红造司"的一群人来到县一中找到追随"河造总"的时红兵同学,一阵耳光把他打得满嘴流血。随后,临河县的"保守组织"就土崩瓦解了。

两天后的一个晚上,在临河一中操场上又召开了批斗许昌军分区司令员的大会,随着一声"把二月黑风的总后台押上来!"军分区司令员戴着高帽子,胸前挂着姓名的纸牌子上打着红叉,被押到台子上。批斗大会直开到夜里一点多才结束。

接下来全县各单位都成立了追随"农造总""红造司"的造反组织,夺了各单位的大权。临河一中也成立了"造反委员会"。一天,援朝回到家,姥爷、妈妈郑重地说:"援朝,写写大字报,跟着喊喊口号都可以,但打打抢抢的事咱可不能干。""姥爷,妈妈,你们交代的话我都记着哩。"

这天,一阵紧急的集合钟声响起来,正在寝室下象棋的援朝和庆华跑了出来。一问,原来是临河高中调临河一中的学生到北街武装部抢枪哩。庆华拉着援朝说:"走,咱们也去看看热闹。"二人随着人群走到北小十字街,街两边站满了神色惊恐的群众。

援朝一眼看见姑父张山根站在人群中。前年,姑父从湖北回来到学校找过他。援朝从人群中跑出来,正要和姑父打招呼,姑父一把把援朝拉进路东他大姐张月的家里,心有余悸地说:"昨天我去了银杏庄,看了你姥爷他们,你不在家,我正想着到学校找你哩。你们这么多学生跑着弄啥?""高中调一中的学生到武装部抢枪哩,我跟着看看热闹。"山根听罢脸色大变,说道:"姑父过的桥比你迈的门槛还多。打右派时你还小,刚开始逼着让人提意见引蛇出洞,后来谁积极谁就成了右派。我敢断定,现在谁蹦得高,往后绝对没有好下场。"援朝听罢出了一身冷汗,说道:"俺姥爷、妈妈也是这样交代哩,你们放心好了。"说了一阵子话,帮助抢枪的同学们回来了。援朝问了问,他们把2000多支枪装上卡车后,汽车一溜烟地开到高中去了。

当天晚上,一中派了两个人到高中找"红造司"的常司令要枪。常司令坐监后成了英雄,正春风得意,不屑一顾地说:"没看我忙得很,哪有时间管这些小事，你们找张副司令吧。"二人找到张副司令，说了一火车好话，才答应给一中40支步枪、两挺机枪。二人一肚子气从校园里走出来，进了"农造总"设在南街印刷厂的司令部。"农造总"的女副司令热情地给二人倒了开水，问道："这么晚了，你们两个有啥事？"二人说，帮"红造司"抢了2000多支枪，只给了一中40支，没有参加抢枪的三中却给了60支枪，流露出满脸的愤愤不平。女副司令和颜悦色地说："我们枪多得很，只要你们支持我们农造总，一中"造委"的常委每人配一把盒子枪。"二人听了女副司令爽快的答复大喜过望，笑着回到学校。第二天，一中派人到"红造司"领了枪，顺道又来到武装部枪械库，把抢剩下的土枪也拨拉了个精光。短短几天，数千支枪把造反派武装得八面威风，县城大街上一拨又一拨扛着枪的造反派进进出出，那些挎着盒子枪的不用问都是造反派的头头。

这天上午已成为专政对象的李老师，看见援朝从门前经过，低声喊了一句："援朝你进来，我给你说句话。"自从李老师被批斗后，富农成分的他成了"另类"。可能是怕影响援朝，一年多的时间内无数次碰面，他都有意地扭过头。进了屋，李老师语重心长地说："援朝，这些枪都是老掉牙的破枪，很不安全。你千万可不要碰啊。"援朝听罢，一股热泪从眼眶里滚出来。他知道身处逆境的李老师告诫自己不要碰枪的真实用意是怕自己参加武斗，哽咽着说："你的话俺记下了。我不该……昧着良心批斗你。"李老师苦笑着说："老师啥时候都理解学生。你还小，容易激动，批斗我也是被逼无奈呀！"

过了两天，一个后半夜，一阵嘈杂的脚步声把援朝从酣梦中惊醒。吃早饭时才知道，昨晚是支持"农造总"的五湖四海驻临河联络站的大学生，带着一中的几十支枪占领了县广播站。五湖四海联络站成员是临河县正在外地上学的大学生，他们和"农造总"的司令、副司令大都是初高中时的同学。接下来全县的广播里充满了攻击"红造司"、"打倒谭锦帆"等火药味十足的舆论声音。谭锦帆是县长，旗帜鲜明地支持"红造司"。为争辩谁是真正的造反派，大街上经常堵得水泄不通，两派搅在一起，唾沫星子乱飞，到处都在进行唇枪舌剑。在挖苦和谩骂声中，一旦嘴皮子不得力，就开始武斗。

过了一天，援朝回家背干粮的时候，中午吃罢饭返校走到干石桥口，看见县广播站门前围得水泄不通。走近一看，"红造司"的人正抢着皮带往外推搡一中的学生。不大一会儿，夺了广播站的"红造司"在广播站大门口架起了三挺机枪，四周的院墙上露着黑洞洞的枪口。头上流着血的一中学生回到学校，向"农造总"钟司令哭诉了挨打的经过。钟司令听罢，脸上暴起了一道道青筋，拳头把桌子捶得啪啪作响，随后下令火速调兵给小兄弟们报仇。一个小时后，一中的大操场上聚满了扛着步枪、长矛的农民队伍，最显眼的是几百人组成的寒光闪闪的大刀队。一声令下，四路纵队浩浩荡荡向高中进发，街两旁站满了围观的群众。"农造总"的先头部队已到了高中门外，后边接连不断的队伍还在一中校园内。援朝和一群同学远远站在西边的土城上看热闹，三里多长的队伍把高中围了个严严实实。双方对骂到天黑，"农造总"才吹号收兵。

"红造司"占领广播站后，以牙还牙地攻击"农造总"。广播站的总开关设在南街邮电局，为切断广播，两天后的夜里"农造总"调兵争夺邮电局。支持"红造司"的机械厂工人也参加了战斗。双方打得难解难分，有数百人被打伤。此后，临河县分成势如水火的两大派，双方相互指责对方是反革命，全县各地的武斗接连不断。为防止武斗进一步升级，寺山部队奉上级命令，召集两派收缴枪支，并军事接管广播站。一中的枪支全部被部队收缴，但社会上仍有一部分枪支被两派隐藏起来。

为了标榜自己是真正的造反派，双方经常在大街上进行辩论。一天晚饭后，一中这边听说高中围住了自己的人，呼呼啦啦跑出来二百多人营救"战友"。而高中听说一中把他们的人架走了，一阵紧急集合，三四百名学生排着整齐的队伍，喊着震天的口号冲进一中，个子矮的一中学生吓得躲了起来。这时他们找到一中"造委"的作战部长，一下子把他摞翻在地上，扭打了一阵子。报了仇的高中学生临撤退时，抢走了办公室的电话。他们排着队雄赳赳走到大门前，谁知看门的老王放高中学生进来后，就在铁大门上落了锁。这时，翻院墙进来的"农造司"一个头头喊了一声："用砖头砸这些鳖子们。"一中是几百年的老校，到处是砖头瓦砾，一霎时砖头如雨点般地落在高中学生的头上。情急之下，高中学生端掉锁着的两扇大铁门抱头向街上跑去。一中学生掂着砖头一直撵到大街口。那一晚，有二十多名被砸烂头的高中学生住进了人民医院。第二天，高中为了复仇，全校出动围了一中。一中师生料到高中要报复，就提前跑光了。高中为了泄愤，把一中的院墙推倒了几十丈。

此时的临河县已不是"七、八、九三个月形势大好"和"乱了敌人，锻炼了群众"，两派之间的仇恨已上升到比"阶级仇、民族恨"还深的你死我活地步，一派保县长，一派保县委副书记。各级干部自然形成了两派，这一派批斗那一派保的干部是"走资派"，那一派批斗这一派支持的领导是"刘邓路线"的孝子贤孙。工厂、机关、学校、农村大部分成了两派。因观点不同，许多家庭也分成了两派，父母儿女、兄弟姐妹，甚至夫妻恋人也反目成仇。

此时的银杏庄生产队长吕信良，只是在群众会上念念报纸，凡是与种庄稼发展经济不搭边的事一概不掺和。谁上工给谁记工分，凭工分分粮钱，把一些想闹事的治得也没了招。所以银杏庄的农业生产依然是热火朝天，成为十里八村羡慕的稳定富裕村。

临河一中"造委"的几个头头大都是学生干部，在师生中有一定的威信，没有出现势均力敌的窝里斗，只是有几个学生暗地里投靠了"红造司"。被发现后，各班学着法院枪毙人布告上的词汇："查某某某卖身投靠反革命组织'红造司'，罪大恶极，不杀不足以平民愤。特向全县人民发布通告，即日起开除学籍，逐出临河县一中。切切此布。"完了还在名字处用红墨水打了三个大叉。

临河县剧团也分成了两派，有几个男演员住在三(3)班的寝室里。好在那时候只能唱样板戏，戏装不复杂，找些军装或是老百姓的破旧衣服，稍加改造就能上台演出。因为他们人手不够，于是有十来个同学跟着剧团跑龙套，扮演日本鬼子或蒋匪兵狗腿子，到"农造总"实力雄厚的村子演出。当然这些演出都是免费的，参加演出的人员只能吃个肚圆。

寂寞得实在难受的援朝就和两三个同学跑到商店买来零件，学着组装矿石收音机，然后在寝室外的大树上扯上天线，趴在扬声器上收听中央人民广播电台的节目。过了两个星期，援朝带着攒的二十多块钱，到商店买了些二极管、三极管、电阻、电容器，又做了个精致的木盒子，组装了一台晶体管收音机。调试正常后，他抱着收音机一路小跑回到家。扯好天线，打开旋钮开关，收音机里咿咿呀呀传出样板戏的优美旋律。援朝家有收音机的消息很快传遍了全村，屋子里挤满了乡亲们。人们听着收音机，七嘴八舌地议论着："怪不得十多年前驻村干部说，小木匣子会说话。念过书的人就是不一样。啧啧，援朝你咋恁有本事哩？"援朝给弟弟交代说："如果收音机正响着突然停了，就是接触不良了，轻轻拍一下就中了，可不要随便动里边的零件。"治准点了点头。

第二天回到学校，同学们依然闲着没事，总务处通知各班领助学金。一个同学把四十多块助学金领回来后，提议说："现在也不上课了，同学们来去自由，这助学金咱们就吃对胡吧？"于是，同学们跑到街上买了十来斤牛杂碎、七八瓶高度白酒，晚上个个喝得酩酊大醉。援朝心里清楚，正是读书的宝贵时光，同学们却困在学校无所事事，只好借酒浇愁了。

又是一个后半夜，寝室里鼾声一片，这时一个同学撞开门，抱了一摞子图书跑了进来。原来他和外班的一群学生趁着夜黑人静，撬开图书馆的窗户，抢了一部分图书。援朝要了一本明代小说《二刻拍案惊奇》，翻了几页，吓得赶紧藏在了铺下边。这一类书籍在当时被视为禁书，是任何人都不能涉猎的大毒草。

进入"文革"第三个年头，由县武装部出面，在无数次协商后，经河南省革命委员会批准，于3月11日成立了由武装部长、县长、县委副书记和"红造司""农造总"的司令组成的临河县革命委员会。革委会成员大都是两派对的分子。貌似实现了革命大联合的临河县，实际上除武装部外，仍是钩心斗角的两个山头。在"文攻武卫"的口号下，武斗不仅没有停止，反而愈演愈烈。为增强各自的战斗力，两派分别用无缝钢管制成土炮，在玻璃瓶内插上电雷管填上炸药，埋在各自据点周围，撒上白石灰标明警戒线，真实再现了电影《地雷战》中的一幕。全县到处响起了土炮声、地雷声，伤了不少无辜的群众，任家营的一个青年被炸得血肉横飞。"红造司"在西南山用猎枪、鸟铳武装起来的土炮队和"农造总"组成的大刀队叫人看了不寒而栗。两派还在各自的大本营树起数丈高的大喇叭，昼夜不停地相互谩骂攻击。

5月14日，援朝和智扬起了个大早，去西平县师灵公社卖罢外贸猪，下午走到吴城，听到十多里外的临河县城里枪炮声响个不停。这时过来一群人说道："你们可不要进城了，听说'农造总'把住四个城门，杀红了眼，见一个杀一个。"那时候谣言满天飞，就像断了线的风筝落到哪儿都不犯法，说得越邪乎越能满足这一派仇视那一派的心理需要。二人半信半疑进城，虽说没见到"农造总"在杀人，但子弹呼啸着不时从上空飞过。

援朝问了问，原来大前天两派因在十字街争抢在百货楼上安放高音喇叭发生了武斗，各自伤了十多个人，接下来的两天里摩擦不断。今天，两派又因为在大街上贴大字报发生了武斗，"红造司"把"农造总"的钟司令和女副司令架到高中院内，钟司令活活被毒打致死，女副司令奄奄一息。暮色降临之前，数万农民呼喊着"捉拿凶手，为钟司令报仇"的口号，红了眼的"农造总"把高中围了个水泄不通，发誓要讨还血债，踏平"红造司"。"红造司"凭着有限的枪支，一边趴在房坡上拼命抵抗，一边用高音喇叭向"农造总"做瓦解宣传。这时"农造总"的一个神枪手一枪打坏了"红造司"的高音喇叭。眼看一场攻破高中的大血案就要发生，这时从南关响起一阵嗒嗒的机枪声，原来这是南山地矿队的造反派支援"红造司"来了。地矿队的造反派得知"农造总"围攻战友"红造司"的消息后，组织了敢死队，分乘三辆大卡车带着支援的枪支、给养火速赶往县城。进了南关，架在车头上的机枪就对空扫射起来，一霎时大街上跑得空无一人。地矿敢死队冲破"农造司"的包围，进入高中校园内。绝境中的"红造司"欢声雷动，士气大振，立即分发了枪支，一霎时双方对射的枪声大作，响彻大半个临河县。包围高中一天一夜，仍没能攻下"红造司"，只得撤了下来。随后武装部收缴了两派的枪支。双方组成了庞大的上访队伍到省城、北京告状。直到农历八月，临河县的武斗才逐渐平息下来，而明里暗里的派性斗争又持续了数年。

第五十章

数罢二伏挂了锄钩。一天晚上，繁星满天，月如银盘，凉风习习，四野一片虫鸣蛙叫。刘镇远和他们村上两个人掂着塑料袋子进了屋，老拴笑着问："这么晚了，你们……"镇远指了指手中的化肥袋子说："爹，晚上热得睡不着觉，我们几个拿着手电照蛤蟆喂扁嘴（鸭子）哩。"那时候从银杏庄往南到马鞍山是临河县著名的粮仓。田岗灌区五六万亩水稻正逢抽穗扬花期，入夜蛙声一片，他们每晚逮青蛙喂鸭子省了不少粮食。雪筠慌着要烧茶，三个人死活不让。镇远说："姐，明天你把援朝叫回来，我给他瞅了个媒头，女孩的爸要来相媒哩。"

镇远走后，躺在床上的白雪筠兴奋得一夜没合眼，想想自打丈夫走后自己为抚养两个儿子所付出的心血，如今快要当婆婆了，十几年积蓄的泪水哗的一下流了出来。她天不亮就进了城，割了二斤猪肉，买了两瓶白酒，提着来到学校。援朝刚刚起床，白雪筠嘴咧得如同一朵绽放的荷花，笑着说："援朝，快跟我回家！"一头雾水的援朝问道："妈，看把你慌的，又买酒又割肉到底啥事呀？""你姨父昨晚来咱家，说给你遇了个媒头，今天女孩的爸要来相你哩。"毫无心理准备的援朝吃惊地说："妈，虽然文化大革命耽误了两年，但是国家终有让复课的那一天，我一门心思在学业上，才十八岁，现在不考虑婚事。"雪筠听罢，脸霎时阴了下来，流着泪说："妈妈熬寡不就是盼的这一天吗？再说这是订婚并不影响你上学。要是往后你过了岗订不下来，我咋向你死去的爹爹交代呀！""妈，我最怕你流泪，跟你回去不就中了。"

回到家十点左右，姨父领着一位黑红脸膛、双目有神、地道的庄稼汉走进屋子。中午饭桌上，援朝按照姥爷交代的礼节，拘谨得出了一身汗，给客人敬了三杯酒。吃罢饭，吸了几袋烟，客人临走撂下话："过几天再让妮来，你们大家都过过眼，没意见这亲事就定下来。"

原来这个朴实的庄稼汉是镇远的近门哥。援朝自打小姨结婚后常到她家走亲戚，尤其是上了中学，家里没钱没粮时常去打饥荒，村上很多人都认识他。前些日子，小姨把援朝组装的收音机抱回了家，屋子挤满了听收音机的左邻右舍。一天，一个叫荷姿的姑娘看着屋里没人，红着脸问："雪梅婶，北庄俺大姨家的援朝会装收音机，真聪明。多大了？""属虎的，十月二十六生，比你大半个月。""他那一双大眼好像会说话，配上端正的五官，多耐看。"随后，荷姿娘直接向雪梅挑明了话题。

就在荷姿爸相过的第三天，小姨和大女儿彤彤领着荷姿来了。堂屋里只剩下他俩，荷姿低着头，第一次经历这种场合的援朝心突突直跳，摆弄着收音机手心都出了汗，一中午始终没敢正面看上一眼。吃过饭临走时，小姨使了个眼色，援朝跟在荷姿和彤彤的后边，街上站着评头论足的人群。上了干渠，两边绿油油的白蜡树丛映衬着荷姿粉红色的上衣，纤秀的身姿像一朵盛开的荷花。下了干渠，鬼精灵的彤彤笑着说："荷姿姐，你和援朝哥说说话，我在前边等你。"二人羞怯地站在路旁，停了一阵子，援朝自卑地说："你都看了，俺家里很穷。""俺不嫌穷。"这是荷姿一中午蹦出的四个字，也是援朝第一次接触婚姻听到的最后四个字。援朝回到家，屋子里站满了乡亲。听着大家的赞美声，白雪筠脸都快笑成朵花了。

不久，雪梅扯了两块布送给了荷姿，算是替援朝换了表记。立了秋，小姨家盖新房要管饭，妈妈磨了两口袋面，对援朝说："援朝给恁姨家送去吧！""妈，听说最近我们就要毕业了，我得回学校去。"援朝用谎话掩盖了他不愿去小姨家的尴尬。援朝走后，治淮拉着面走到刘朝庄后河桥上，已在桥上等候了多时的荷姿接过车子问道："你哥咋没来？""俺哥到学校去了。"失落的荷姿眼眶中有些湿润。

1968年上半年，全县各公社及县直单位相继成立了"革委会"，此时一中大部分学生在家里干活。9月中旬，援朝接到了紧急返校的通知。回到学校的当天上午，已被解放出来的王校长和援朝谈了话，有意让援朝担任即将成立的校革委会委员，援朝婉言谢绝了。三天后，临河一中革委会成立。紧接着，各班按十比一的比例无记名投票推荐上高中的同学，三(3)班援朝和另外五名同学高票入选。10月上旬，一中学生全部毕业。援朝望着学习生活了五年半的母校，虽然有点依依不舍，但想到不久就要进入高中，于是愉快地回到了家。

几天后，王校长来到银杏庄，召集贫协代表调查援朝的家庭成分和社会关系。当王校长拿着多名贫协代表摁着血红手印证明张援朝根红苗正的招生履历表让大队盖章时，遭到了时任大队革委会主任李金章的断然拒绝。王校长生气地问："这么优秀的学生，家庭又是八代贫农，你为什么不盖章？""不为什么，就因为他姥爷家成分不清，是阶级异己分子。"那时候这些凭空捏造的污点是比天还大的政治敏感问题，王校长只好叹息着走了。

那天晚饭后，李金章又迫不及待地来找李奈，习惯了戴绿帽子的孙发祥谄笑着说："你们说话吧，我到北地看红薯去了。"自从二人勾搭成奸后，李奈又生了个闺女。不知内情的人说："看看人家孙发祥老当益壮，这么大岁数又生了女娃。"有人撇着嘴说："不知道他地里种上了哪个野货的庄稼。"孙发祥刚出门，李奈扑上去紧紧抱住李金章的脖子，用胸前的一对大咪咪，使劲地摩擦着李的胸膛，嗲声嗲气地说："你明明知道俺家死主裤裆里那东西不管用，咋这么长时间不来了？熬渴死我了。是不是生娃把我生成砖瓦窑，脸也成了榆树皮，你不待见俺了？"李金章握住李奈滑溜溜鼓囊囊的双峰说："大队革委会一大摊子事，俺不是忙嘛。今天上午一中的校长还找我给援朝上高中的履历表上签字盖章哩。""你给他盖了？""盖了我还有脸过来找你？"说罢哧啦撕开李奈的衣服，仿佛野猪拱庄稼一样在她怀里拱来拱去。经过一夜滋润的李奈皮肤异常娇嫩，腮帮子上升腾起两片红晕，仿佛又年轻了十几岁。

早饭后，李金章才头重脚轻地从孙发祥家走出来。一些爱管闲事的人摇了摇头，不无感慨地说："这年头世风日下，连老婆偷人也不在乎了。都是那权力害的哟！"

两天后，得知真情的援朝夜里望着北斗星，两眼滚着热泪喃喃自语："俺八代赤贫，为文革耽误了两年半的青春，却被高中拒于门外，这上哪儿说理去呀！"好在高中开学后只吃了几顿忆苦饭，不到一个月就解散了，他内心的伤痛才平复下来。

入冬后，征兵开始了。同学李俊良跟援朝说："国家两年都没招兵了，听说今年的征兵数量很多，而且咱县有一批兵要到北京当武警，咱一同到军营里报效祖国吧！"援朝听罢激动地说："当兵报国是我从小的志愿，我这就回大队报名去。"

俊良是县委副书记的儿子。他爸是抗战时期的老八路，临河解放时留在了地方上，历任副县长、县委副书记、县长等职。为改变临河县面貌，他全身心扑在工作上。"文革"开始的那年农历六月，被胃癌夺去了生命，年仅四十七岁，是临河县名副其实的好干部。援朝前年差一点验上空军，所有项目验下来都是优秀。这次，接兵的一个连长带了两个兵家访后说："这个兵我要定了。"李金章知道后，大晌午跑到征兵办公室又给抠了豁儿。过了一个多月，李俊良如愿以偿地走进了军营，张援朝则第一次尝到了报国无门的苦涩。

就在援朝定婚不久，智扬妈央人给智扬提了个媒头。姑娘倒是长得不错，七大姑八大姨相了一轮后，对智扬的才貌无可挑剔。只是提出来换表记要六尺灯草绒，否则就吹。当时因大部分商品奇缺，一些有能力的干部用日本进口的的确良化肥袋子染上色做成裤子走在大街上炫耀，没门路弄到化肥袋子的群众嫉妒地说："看着怪烧，穿了个粪包。"灯草绒生产技术刚从国外引进，十分俏销，百货公司偶尔进到一些，因数量太少，就在纸上盖上章揉成蛋，站在百货公司大门前向空中抛撒，谁抢住纸蛋才能扯上六尺灯草绒。一遇这种情况，百货公司门前人山人海拥挤不堪。

智扬为了完成这个硬任务，每天天不亮就跑到百货公司门前碰运气。一天不落，三个月过去了，也没能扯上六尺灯草绒。百货公司几十名营业员没有一个不认识他的。一天，一个四五十岁的女营业员问："小伙子，你都整整跑了三个月了，一块灯草绒就那么重要？"智扬眼里噙着泪说："大婶，在我心里一块灯草绒比俺的命都金贵，没有它俺换不了表记，换不了表记我就要一辈子打光棍儿。"营业员听罢，扑哧一声笑道："看你怪可怜，俺家里放了一块，明天你就在十字街变压器旁等着，我让给你换表记吧。"第二天，智扬如约把钱和布票给了那个营业员，拿着六尺灯草绒蹦蹦跳跳地回到家，随后才换了表记。

自从城郊公社成立了革委会后，平静了四年的银杏庄派性斗争终于公开化。

和孙甫成关系要好的那个公社干部因支持造反派，三结合成了革委会副主任。有了这个靠山，孙甫成自然不把吕信良放在眼里，发誓要夺回失去的权力。凡是拥护生产队长的都被视为不共戴天的仇敌。定了婚的援朝自然成了他们扒媒的对象。

一天，小姨捎信要援朝来家一趟。援朝绕道进了屋，小姨气愤地说："荷姿当初央着我要和你定婚，不知听了哪个野鸡叫，说你姥爷家是破产地主，就把东西给退回来了。婚姻是人生中的大事，这样没主心骨的人退了也好。援朝你才虚岁十九，可不要放在心上。"援朝听罢，虽然对这连面都没看清的婚姻没放在心上，但毕竟是女方主动退的婚觉得很没面子，就闷闷不乐地回到了家。听说援朝退了婚，家里来了很多人。诗雨妗子说："外甥可别装心里，凭着你的学问、相貌打不了光棍。当初她女方慌哩狗吃红薯皮般央恁姨说媒，听了几句不着边际的话就变卦了，咱管的两顿饭只当是喂了狗。"队长说："表弟，这不算啥，烟站通知每个生产队培训一名烟叶技术员，你学习去吧。"浓浓亲情顿时把援朝心头接二连三的失落化解了。

第二天，援朝背着被子去了东关烟站。此时"九大"刚刚闭幕，县里的各项工作正在走向正规。一个月后，援朝系统地学习了烟叶栽培、烘烤和分级的全套技术。经过结束时的简单测试，一百多名技术员数援朝的成绩最好，给烟站黄主任留下了深刻的印象。

垛住麦秸垛后开始炕烟，银杏庄烟叶面积大，每隔三天援朝就要领着卖一次烟。由于他们烟台打得整齐，分级也标准，自然卖得顺当。

麦罢正是新女婿瞧丈母娘的季节，智扬挑着十几篮油馍去看准丈母娘。第二天上午，那女孩突然来到家里，放下表记就走。摸不着麻虾该从哪头放屁的智扬妈追上来笑着问："妮，这好好的你咋……""俺爷嫌智扬吃饭太下作。"原来这天中午，一贯随便的智扬抓起油馍就吃。陪客的是女孩的爷爷，吃罢饭智扬出了门，爷爷说："这孩儿看着怪精明，吃饭没一点规矩，是个二杆子货。"为定亲跑了三个多月扯灯草绒的智扬，万万没想到就因为吃油馍没掰开竟把亲事黄了，躺在床上一连睡了三天。

就在智扬退婚的那天，有人给书杰介绍了个媒头。中午为招待好女方相亲的舅舅和伯父，书杰娘除借钱打了几斤老酒、做了几个好菜外，又实实受受烙了一大筐子葱花油馍。第二天女方捎来信说："看看筐里的油馍，就知道这家人不会过日子。"所以，还没见女孩长得啥样，书杰的媒半道就黄了。当时，一个穷字害得农村家庭为儿子的婚事脱了几层皮。实在没有办法，就两家换亲。为弥补换亲无法称呼的弊端，渐渐地又兴起了三家轮换的转亲。无论是转亲或换亲，一旦一方感情破裂，其他家的婚姻也走到了头。

智扬被退婚后不久，后荷荡的占甫通知援朝说："何老师让你到高中去一趟。"援朝急忙来到城郊高中何老师的办公室，何老师气愤地说："咱城郊公社高中开学都快仨月了，恁大队一直把着不让你来。这么优秀的贫农子弟不让上学，天理何在？我不求他们签字盖章了，你就直接来上学吧。"援朝听罢，哽咽着揉起了眼睛。何老师接着说："援朝你长期担任学生干部，不但在同学中有威信，而且有组织能力。学校马上建立共青团筹委会，你来担任筹委会负责人，等团组织恢复后你就是城郊高中的团委书记。"身处逆境连连遭受挫折的张援朝做梦也没想到恩师还时时刻刻牵挂着自己，眼泪像掘开的堤口可劲地往下流不完。回家十个月的援朝又如愿以偿地走进了教室。

自从临河县高中解散后，各公社都成立了高中，原三中成了城郊高中的所在地。身为一中团总支书记的何安居担任了城郊公社高中的校长。何老师三十五六岁，贫农成分，中共党员，是许昌地区数学领域的权威。另外，原高中教语文的刘老师、教物理的王老师和原一中教代数的陈老师、教几何的师老师、教化学的闫老师等一批优秀教师都集中在城郊高中，从师资力量上看办高中绰绰有余。只是学生程度参差不齐，三个班除（1）班是原一中、三中、育民中学的学生外，（2）、（3）两个班大部分是各大队村办初中推荐来的。援朝走进教室，城郊公社的原三（3）班的杨梅花、杨海炎、陈平新、马国峰、冯寸斗等同学围上来问长问短，唯独没见夏英宏。援朝入学虽然晚了三个月，但这三个月学生在温习初中的课程，对援朝没啥影响。

在"知识分子是臭老九"的舆论氛围下，师道尊严荡然无存。一次，教物理的王同中老师解释化学反应和物理现象时举例说："像酸碱中和变成糖叫化学反应，而铁铸成锅叫物理现象。"这时一个捣蛋学生故意问："王老师，那铜

（同）铸成钟（中）叫啥呀？"王老师伸了伸脖子答道："那自然是物理现象。"顿时课堂上笑翻了天。

入冬后，天渐渐地冷了。学校南边的头一排是男老师的单身宿舍，前边是菜地。宿舍离学校后边的厕所有半里远，为夜间方便，陈老师买了个便壶，白天就把便壶放在菜地边上。一个学生偷偷把便壶用钢钉钻了个孔。半夜陈老师在被窝里趄着身子对着便壶方便后，一大泡尿全部漏在了被子上，第二天陈老师只好晒被子。这个学生传扬开了，给他起了个"陈冲船"的外号。不但有些学生如此，当时的报纸和广播更是把"臭老九"糟踢得一无是处。

结合教学，学校安排了学工、学农实习课。援朝和同学们除在县机械厂跟车工学习机械修理外，又在公社拖拉机站学开东方红拖拉机。临河县是著名的烟区，入冬后有大片的烟田需要冬耕。下了晚自习，熟练掌握了开拖拉机技术的援朝循着机声找到正在耕地的机手，替他们开上大半夜。一来二去，援朝和这些师傅成了要好的朋友。此外，学校成立了毛泽东思想宣传队，并办了每星期一大版的斗私批修黑板报。由于教语文的刘老师的器重，援朝成了黑板报的主笔。尽管那时候学风不正，但援朝在写作上受益匪浅。

由于教育经费紧张，学校还成立了木工、铁匠、蔬菜种植、果树栽培四个勤工俭学小组。木工和铁匠小组负责学校门窗、桌椅、小件农具的修理。蔬菜种植小组把操场后边十多亩闲地利用起来，保证了学校食堂的蔬菜供应。果树栽培小组负责管理学校前边的二十多亩苹果园。在全校师生大会上，何老师动情地说："我们要发扬自力更生的精神，积极行动起来解决学校的经费不足。不要吹大气，你就是把鸡毛吹上天，没有一分钱照样使不成两支粉笔。"谁知一年后这后半句话竟成了批判他的罪证。

场光地净后，援朝利用星期天和智扬在河坡里铲了一些坯，央了几个人把家西头那间塌了十多年的耳房修好，又垛好院墙厕所。虽然没有安大门，但家里面貌已是焕然一新。自打荷姿退婚后，村上又给援朝提了好几宗媒，大都因为他家穷没见面就黄了。上高中后，智扬妈领着援朝到施台村相了一次媒。女方家七八个近亲像牛市上买牲口一样从头到脚看了个遍，没挑出啥毛病。援朝看了看，那女孩长得不高，胖乎乎的，八边下墨，就是没有女孩该有的线条。没有家庭硬件的援朝哪还敢挑剔半分，心想只要是女孩，身体没毛病，矮就矮点吧。在智扬妈的追问下，他也点了点头。第二天参加活学活用毛主席著作报告会，援朝放学回来晚些。姥姥说："援朝，中午吃罢饭过了一会儿，有一高一矮两个闺女在后边井沿上坐了整整一下午，日头压山才走，是不是等你呀？"援朝问了问长相，红着脸没说话，姥姥一见嘎嘎笑了起来。隔了两天，对方捎过来信说女孩不同意。雪筠一打听，原来是女孩的爷爷认识孙发祥，来到孙发祥家说明来意，李奈撇着嘴说："恁有闺女怕嫁不出去咋的？这是俺银杏庄穷得不能再穷的一户，前几天还向俺借了一口袋谷子哩。"她没踪没影儿的一句话，不费吹灰之力就扒了援朝的媒。

转眼到了腊月二十，学校放了寒假。智扬妈隔着院墙喊道："援朝你到俺家来一趟。""舅姥姥，我就去。"援朝走进智扬家，只见一个亭亭玉立少女像春水一般温柔的双眸望了一眼援朝，闪身躲进里间。智扬家是新盖的麦秸房，房梁只有对指粗，因怕相媒的挑毛病，就在梁上糊了一层厚厚的麻渣泥，然后贴了一层报纸，在梁的内侧夹了秫秆箔。从外边看不见里间的一切，而从里边隔着秫秆箔能把外边看得清清楚楚。援朝屁股刚挨着椅子，书杰也进了屋，他们和智扬都是发小，三个人像狗撕不烂的破套子，成天黏在一起。坐了一会儿，因智扬和他妈都不在家，二人就跑了出来。

第二天，智扬妈嘎嘎笑着走进屋，说："雪筠，俺外甥女相中援朝了。"原来昨天援朝瞟了一眼的那个少女是智扬干姨家表妹，家在西边八里庄，姓王叫珺莹，比援朝小两岁，正在读初中三年级。智扬妈瞒着二人，让珺莹从箔缝里把援朝和书杰相了个仔仔细细，援朝丝毫不知地中了红绣球。智扬妈又说："俺这外甥女可挑饬，人家提了好几宗媒，她问了问情况看都没看，不知道咋一眼就愣中援朝了？"智扬妈来回跑了两趟后，双方定在过罢年龙抬头的日子换表记。

二伯得知援朝定亲的消息后，二月二这天一大早就来了。老拴天不亮就去赶了集，二伯当兵时伺候过团长，烧得一手好菜，虽然这天没有七碟子八碗，经过他一番搭配，中午的待客饭倒也丰盛。

十点左右，智扬妈领着三个人进了屋子，笑着说："这是珺莹，这是她大母，这是她嫂子。"已经相过两次亲的援朝少了许多羞怯，目不转睛地看了几分钟，心里一阵窃喜。珺莹虽然有些瘦，但纤秀利索的身材亭亭玉立，椭圆形的脸，蛾眉秀眼，晶亮的眸子含着娇羞，质朴的脸庞上尽是妩媚和温柔，黑亮的乌发紧贴着额头，一件蓝底碎花棉衣遮不住少女跳动的青春。

喝了鸡蛋茶，其他人都一个个知趣地离开了，房间里静得能听见二人的出气声。过了一会儿，珺莹温柔地抱怨说："你没有新棉袄？"援朝欣喜中感到一丝窘迫，避开她的目光羞涩地答道："有！我不好意思穿新衣服。""你不知道咱大母爱挑毛病，穿件破棉袄说不定她回去咋扬撒你哩。"一句贴心的话烙在援朝的心上，他用手指轻轻抹了一下眼角，迅速换上了借来的新棉袄，自卑地说："你都看了，为供养我上学，家里穷得叮当响。"珺莹好像话就在嘴边放着："穷没根，富没苗，凭着两双手不怕没有好日子。"如果说第一句话牵住了一个人的心，那么第二句话就彻底征服了一个人的灵魂。张援朝从抽斗夹底摸出珍藏的夜光毛主席纪念章说："这是我发小从部队寄回来的，夜里我只戴着显摆过一回。去年小姨家的彤彤缠着要我送给她荷姿姐，我都没舍得给她。现在我送给你。"

"荷姿是谁？"珺莹迫不及待地问。

"荷姿是小姨的近门侄女，是我第一次定的亲。去年麦罢她听说俺姥爷家是破产地主，怕受影响，就主动跟俺退婚了。"援朝把毛主席纪念章轻手别在珺莹胸前，四目相对，含情脉脉的眼神早已把两颗滚烫的心连在了一起。援朝轻声说："吃罢饭我就不送你了。"珺莹扑哧一笑，说道："我知道你不送我，穿着借来的衣服有些难堪，对吧？"一句话说得援朝脸红到了脖子根。他心里暗暗想：爱情啊！无论是黄连还是橄榄，只有自己尝过了，才知道是啥滋味。

珺莹她们走后不一会儿，屋子里站满了妗子、表嫂们。这个说："雪筠姐，你在哪个庙里烧高香了，找了这么一个如花似玉的好媳妇。"那个说："雪筠姑，恁这媳妇不高不矮，亭亭玉立，要文采有文采，要相貌有相貌，不知恁哪辈子修来的福？"白雪筠听罢，嘴咧得像八月炸开的石榴。

第五十一章

清明前的一天早上，援朝上学走到任家营村头，见一群小学生把住路口，盘问拉车子进城的刘家有。他是后荷荡一队的，三十多岁没上过一天学。学生们叽叽喳喳地说："不会背'老三篇'，就别想过去。""我夜黑儿还背得好好的，今早上起来可忘完了。"刘家有急得抓耳挠腮地说。僵持了一会儿，一个大点儿的孩子提示说："你往南看看就想起来了。"刘家有扭头远望，湛蓝如洗的马鞍山飘着朵朵白云，脱口说道："我想起来了，白求恩移山。"一群孩子顿时笑得前仰后合。

银杏庄离后荷荡不到一里地，人们彼此都认识。走到路上援朝问："家有哥，你拉着架子车慌着弄啥去呀？""我去城里接恁嫂子哩。"二人一路说着话进城。走到火神庙口，援朝往北上学去了，家有去了东关八宝庄。

半月前，家有老婆大勤说："这眼看就脱棉袄了，我还没个替换的上衣，你斟捣几个钱撕几尺布给我做个褂子吧？"家有听罢两眼瞪得溜圆，气呼呼地说："这青黄不接的，叫我上哪儿弄钱去？你不会把棉袄的套子扒出来改成夹袄？"大勤生性泼辣，嘴不饶人，日骂道："嫁汉嫁汉，穿衣吃饭。一个大男人连一件衣服都给老婆买不起，要你熬吃哩？"俗话说穷吵闹富祷告，正在气头上的家有把大勤摁到地上就捶了一顿。大勤披头散发跑到城里向她娘哭诉说："家有没本事给我撕件衣裳，还把我打了一顿，我要和他离婚。"大勤娘看了看女儿身上青一块紫一块的伤痕，心痛地说："中，治治这鳖子。"家有得到老婆要离婚的信儿慌了，去了丈母娘家几次，都被骂了个狗血喷头。

眼看事态没有调和的余地，家有找到大队妇女主任，只哭得鼻涕一把泪一把。妇女主任扑哧一声笑道："多没出息！那是大勤吓你哩，她会舍得跟你离婚？

今黑儿我找她去。"

晚饭后，妇女主任来到家有丈母娘家，拉住大勤的手说："大勤啊，谁家两口不生气，会哄男人的媳妇才能过好日子，家有知道错了，上午找着我哇哇啦啦哭了半天。毛主席都说了，'有了错误改了就是好同志'。这都一二十天啦，你还在气头上？俗话说，两口子没有隔夜仇，要是叫家有憋出病来还不是你的孽过？平常怹俩走行不离，能说没感情？没感情能扑扑腾腾生下一群孩子？那生娃可不是一个人的事情。"听着妇女主任连说带劝一排子话，大勤禁不住笑出声来，说道："那他得接我！""中！中！中！"第二天一大早，家有拉着架子车来接大勤，碰上学生拦住路让背"老三篇"，于是就留下了"白求恩移山"的笑话。

"九大"以后，学《毛选》掀起空前高潮。临河县的工作归口十大站，头一个就是毛泽东思想宣传站。从城里到乡下的墙壁上，到处用白石灰写着："战无不胜的毛泽东思想万岁！""毛主席的话句句是真理，一句顶一万句""把对毛主席的忠诚，融化在血液中，铭记在脑海里，落实到行动上""谁胆敢反对毛主席，就砸烂他的狗头！"诸如此类的大字标语。无论城市还是农村，家家户户都贴着毛主席的画像和语录，甚至锅台脸上都印上了最高指示。此前，有人送给援朝一幅毛主席视察黄河的木板印刷画像。援朝挂好五尺多高的画像，两边又配了一幅"溪云初起日沉阁，山雨欲来风满楼"的对联。这幅由著名书法家王暄毛笔写的对联，笔走龙蛇，苍劲有力，并且是唐朝大诗人许浑诗中的名句，原一中的王校长视若珍宝。"文革"开始后，他怕红卫兵搜出来付之一炬，就偷偷送给了援朝。不但家家户户挂毛主席像，贴最高指示，凡是有人居住的门上都用黄、红油漆分别印着"忠"字和毛主席头像。从县里到公社，从集镇到村庄，大部分都建有毛主席肖像台。

此时全国上下都在学《毛选》，干部开会前、职工上班前先要学习几段毛主席语录，然后才开会或工作，不仅白天学，晚上还要挤出时间学。在校学生就连那些调皮捣蛋的，也必须会背"老三篇"。农村贫下中农无论是年轻人还是老头老太太，都要学《毛选》。这些人大部分不识字，就由识字人领着念一句，其他人跟着重复一句。为了"兴无灭资"，"文革"后期重点提倡学习"老三篇"，说是学好"老三篇"就能改造好世界观，全心全意为人民服务。

随着学《毛选》的进一步深入，兴起了向毛主席早请示、晚汇报和三祝三唱的高潮。早饭后，工人、农民、职工、干部都面对着毛主席像，主持者先说，"伟大领袖毛主席教导我们……"然后大家一起背诵一段语录。晚上，人们当着毛主席像斗私批修。城郊高中执行的是三祝三唱，每天早中晚吃饭前，每人手捧毛主席语录放在胸前，高喊："祝愿毛主席万寿无疆！万寿无疆！万寿无疆！""祝愿毛主席的亲密战友林副主席身体健康！永远健康！永远健康！"另外，早唱《东方红》，午唱《大海航行靠舵手》，晚唱《社会主义好》。

半夜三更，县里的有线广播突然把熟睡中的人们惊醒了："中央人民广播电台，中央人民广播电台，现在有重要广播……"此刻大家知道毛主席又要发表最新指示了，于是赶紧起来，穿衣出门，敲锣打鼓地去城里迎接最新指示。数万人涌进城里，口号声、锣鼓声、鞭炮声惊天动地。直到"九一三"事件发生后，人们才清楚，这是某些人为了政治需要，在华夏大地上兴起的一场造神运动。

宣传毛泽东思想的形式多种多样。这不，天津小靳庄的赛诗风也吹到了临河县。一次赛诗会上，一个老农健步上台，说道："老汉今年六十八，登上台来诗兴发。战天斗地学大寨，幸福生活笑哈哈。"一位老太太不甘示弱，拧着小脚走上台，用跑风的嘴对着麦克风唱道："小擀杖两头尖，新旧社会不一般。旧社会受的牛马罪，新社会日子比蜜甜。"二人唱罢，下边巴掌都拍红了。这时又上来一名青年，声音洪亮地唱道："我是革命一块砖，哪里需要往哪搬。地富胆敢来破坏，一砖拍得直叫唤！"青年唱罢又是一阵掌声。掌声过后，一个四十多岁的汉子健步上台，由于过度紧张，想好的词忘了，低声吭哧着说："我……我不识字，也想……诌几句……一紧张忘了。"底下有人高声叫道："郭歇嚯，平时你说话的声音像驴叫，这会儿咋像钻进被窝里的娘儿们？大点声！"汉子听罢，突发灵感脱口说道："党是娘来我是孩，一头扎进娘的怀。咕嘟咕嘟喝奶水，谁拉我也不起来。"顿时会场上笑翻了天。

公社各大队都成立了毛泽东思想宣传队，平时就演一些三句半、数来宝、天津快板。还有的一男一女顶着白手巾，男的嘴上贴着胡子，腰里别着旱烟袋，女的穿着肥大的黑老蓝掩襟布衫，扎着裤腿，演老两口学《毛选》。有些村过去办过业余剧团，就演样板戏。说是八个样板戏，因受人员、服装、道具等条件的限制,只能演《红灯记》《沙家浜》《智取威虎山》《白毛女》几场戏。其他的文艺形式都被停止,电影只放映《地道战》《地雷战》《南征北战》三部影片。业余生活极度枯燥的人们夜里跑上一二十里,去看那些不知看过多少遍的电影或样板戏。

一天晚上,援朝和一群人来到离银杏庄十几里的周楼村看戏。周楼村旧社会时就唱戏,他们的越调剧团在临河县名气很大,只是演员不识字,演出习惯使用本地方言。这晚演的是《智取威虎山》,唱腔动作倒还可以。演到第九场,有一段台词原本是:"报告参谋长……我们追击土匪,栾平他跑了。"参谋长:"栾平他跑了?……紧急集合!"由于对台词不熟又说惯了方言,战士小郭出场:"报告参谋长……我们追击土匪,栾平他瓦(跑的意思)了。"演参谋长的经验丰富,连忙救场:"瓦多远了?"小郭:"瓦了一抻子(一抻子地指从地这头到地那头)地了。"台下顿时哄然大笑。第十场会师百鸡宴中,栾平上了威虎山指着杨子荣说:"他是共军……"杨子荣紧急关头一番唇枪舌剑,说得座山雕"嘿嘿嘿……"冷笑起来。栾平知道座山雕一笑就要杀人,顿时慌了。原台词是栾平自打耳光说:"我……我不是人!我该死!不是人哪我!"结果一紧张,自打耳光说:"我……我不是人,我该死,我是驴渤(渤是牛、马、驴等牲畜下崽的意思)哩呀!"这些台词大部分群众都耳熟能详,霎时笑声响彻夜空。

演样板戏是政治任务,演员都很紧张,生怕出错,可是越怕出错越出错。一次县里举行样板戏会演,一个村演的是《红灯记》,剧情是李玉和用刑后,日本宪兵出场报告鸠山:"报告队长,李玉和宁死不招。"出场前,这个演宪兵的从后台望了一眼前排坐着的县上一帮头头脑脑,结果出场时一紧张说成了:"报告队长,李玉和他招了。"一下子满场惊愕。多亏扮演鸠山的演员马上机智地说:"胡球扯,你怼错了吧?像李玉和这样坚强的共产党员怎么能轻易招了?下去再问问。"虽然救了场,但这可是严重的政治错误,公社书记只好向县里写了检讨。

五一前,生产队长说:"援朝,听说恁学校的宣传队演得不错,也让他们来给咱们村演几场?咱们管饭。"援朝来到学校,说了村里的邀请,何老师爽快地说:"宣传毛泽东思想是压倒一切的头等大事,今晚有一场演出,明天下午放学后你领着去吧。"援朝回家报了信。第二天上午,队长领着人搭好了台子,并向各户派了晚饭。放学后援朝领着宣传队来了，等候多时的乡亲们纷纷来领同学们回家吃晚饭。这时宣传队的台柱子李艳鹏低声说："援朝，我上恁家吃饭吧？""中！"援朝笑着说。李艳鹏是（2）班的，在一中时是援朝的下届同学，苗条的身后甩着两根过腰的黑辫子，面若桃花，双目犹如一泓清水，顾盼之际自有一番清雅绝俗的气质，在样板戏中扮演李铁梅、阿庆嫂、小常宝、白毛女等要角。由于她声音圆润，吐字清晰，甜脆中带着温柔，同学们背地里都叫她"李铁梅"。一连演了三个晚上，结束后援朝送他们到村外，李艳鹏笑着说："恁家咱婶多年轻，说话咋恁好听哩！"援朝笑了笑没在意。打那以后，每逢下了课，援朝抬头总撞到艳鹏含情的眼神，这时艳鹏的脸上就飞出羞答答的红晕。过了些日子，援朝来富全家玩，富全媳妇笑着问："援朝，你和艳鹏是同学？""是哩，她是二班，我是一班的。""这闺女相中你了，昨天俺到娘家走亲戚，她向我吐露了心事。"说罢，富全媳妇丢下一串银铃般的笑声。原来她们都是城东红卫村的。

援朝回到家，红着脸说："妈，前些日子在咱们家吃饭的那个女同学相中我了，她央着富全媳妇说媒哩。"雪筠听罢，脸上喜色霎时秃噜下来，气呼呼地说："尿泡尿照照你自己，家里穷得叮当响，别以为上了几天高中就不知道自己姓啥名谁了，咱家的笼里能装住这样的鸟？珺莹论长相、论人品哪方面不是百里挑一？""妈，我只是随便说说，也没想咋着呀！""这号事往后提都不要给我提，别以为人家给你个麦秸莛就当成拐棍。翻天了你？想都别想！"援朝第一次见妈妈发这么大火，讨好地说："毛主席的话一句顶一万句，你的话一句顶一千句还不中吗？""别肉麻我了。"白雪筠一脸严肃地说："儿啊！你爹不在了，妈既是慈母，更是严父，在你人生的大是大非上，我绝不会给你留下一丝一毫放纵的机会。"

自打援朝和珺莹订婚后，扒媒的到七里坡去了好几起。珺莹父母斩钉截铁地说："不管援朝家啥情况，我们就认这个黑籽瓜。"一句话噎得那些扒媒的再也不来了。

入秋后，学校的苹果园里果坠枝头。一天下午，援朝背着《实践论》独自一人走了进来，摘了一个咬了一口涩得连忙吐了出来。走着走着，他看见一棵树上只剩下两个大苹果，爬上去摘了下来，放到嘴里，香甜生津。原来这是一棵早熟品种，知道内情的学生早就下手了。此时援朝心中又想起了珺莹，把另一个苹果装进口袋,回到家锁进了木箱里。

过了一个多月的星期天上午,珺莹来了。吃罢饭,援朝拿出珍藏的苹果,深情地说:"这是学校苹果园里最好吃的苹果,我都给你放了一个多月了。"珺莹接过苹果,突然问道:"我来了几次,吃饭时你都趷着碗跑了出去,是不是不喜欢俺?"没防备的援朝顿时吓得出了一身冷汗,涨红着脸说:"长这么大谁接触过大闺女呀,心里天天想你,见了你像老鼠见了猫,吓得手脚都不知道该咋放了。要是不喜欢,这苹果我会为你精心放了一个月?""那怎送送俺。""中!"世上再好的东西都顶不了关键时候的一个字,珺莹咯咯地笑了。

二人顺着村后的小路上了干渠。在绿荫掩隐下,援朝大着胆子把两只手搭在了珺莹的香肩上,珺莹回过头在援朝脸上印下一个热辣辣的初吻,娇羞地说道:"你不是怕人吗?回去吧,过些时候俺再来。"打那以后,援朝放学回到家,就眼巴巴地向西边张望,期待着珺莹的身影出现。心有灵犀的恋爱就这么简单,虽没有花前月下卿卿我我的浪漫,但一搭一吻,纯真的爱情就让二人亲密得连刀斧也劈不开了。

"文革"时期,无论城市还是乡村,到处笼罩着紧张、压抑的气氛。在相互猜忌的处境下,人们整日提心吊胆,生怕说错了话、做错了事。

为了推动群众学《毛选》,当时从下到上层层评选学习毛主席著作积极分子,召开大会予以表彰,并让这些人到处宣传活学活用毛主席著作的经验。很多投机分子,把这看成入党、招工、提干的捷径,纷纷作秀。紧挨着城郊高中的油坊张村,有一个男青年凭着花言巧语评上了积极分子。他在全公社作巡回报告时认识了一个女青年,二人情投意合,很快结了婚,新房里贴满了毛主席像和毛主席语录。新媳妇三天回门后的一天晚上,几个嫂子来串门,揪住男青年的耳朵问:"你们天天在毛主席他老人家眼皮子底下干那事,不害臊吗?"男青年红着脸说:"没事儿,一吹灯他老人家不就看不见了。"不久,他的活学活用毛主席著作积极分子的称号被取消了。男青年问大队革委会主任,主任说:"你的积极分子是假的。毛主席他老人家在黑暗中也能辨清方向,你咋说吹了灯他就看不见了呢?"

一天放学后,援朝去二姨家,进村看见黑压压的人群围着一个满头白发的老太太在开批斗会。援朝小声问了问二姨，原来这个老太太要剪鞋样，翻箱倒柜没找到一张合适的纸，猛然看见条几上放了一本《解放军画报》，翻了翻看见上面有一个留长头发的青年夹了一把雨伞。这是一幅《毛主席去安源》的油画，老太太看惯了大背头的毛主席，对这个毛主席不认识，就撕下来咔嚓咔嚓地剪了起来，以致把毛主席的半拉头都剪掉了。鞋样不知被谁看到了，报告了民兵营长。民兵营长觉得这是阶级斗争新动向，必须高度重视，立即带了一群民兵闯了进来，翻出鞋样，一见有人如此恶毒仇恨伟大救星和红太阳，哪敢怠慢，立即召开批斗会，老太太吓得尿了一裤裆。好在她家是贫农，此事才没捅到公社和县上。

第五十二章

　　1970年春节鞭炮的硝烟未散，一场轰轰烈烈的"一打三反"运动开始了。

　　这次进驻银杏庄大队的工作组组长是靠造反当上公社革委会副主任的蒙明仁。进村后在群众动员会上，他先传达了中央刚刚下发的"一打三反"三个文件，然后讲道："这次运动就是打断'帝修反'的腿，打瞎他们的眼，清除滋生资本主义的温床，要'五红夹一黑'，对'地富反坏右'强化无产阶级专政！"蒙副主任的讲话，大有把银杏庄搞个天翻地覆、不揪出几个"现行反革命"誓不罢休的决心。

　　根据举报材料，两天后的下午召开了"一打三反"斗争大会。随着一声"把现行反革命押上来！"几个民兵把五花大绑的刘毛拉和邵鹤亭提溜过来，让他们跪在了主席台前。这时大队革委会主任扯着嗓子声嘶力竭地高喊着："强化无产阶级专政，坚决镇压反革命！""阶级敌人不投降，就叫它灭亡！"一阵口号过后，揭发斗争开始了。

　　李金章清了清刚才因用劲过猛沙哑的嗓子，厉声问："刘毛拉，你不但用低级趣味抵制学毛著，还散布'今不如昔'的反动言论。有一次在地里干活你抱怨说，放了工还得一个人燎吃燎喝，还不如从前在地主家扛长工舒坦。有这事没有？""有！有！有！"七十多岁的刘毛拉上气不接下气地回答。李金章又接着问："去年中秋节晚上薛家渡放电影，你正在烧汤，一群孩子喊你看电影，你没好气地说：'有啥看？还不是咱胜人家败。'这不歪派你吧？""不歪派我，不歪派我……"刘毛拉知道坦白从宽、抗拒从严的规矩，连声"认罪"。会场上响起"打倒假贫农刘毛拉"的口号声。刘毛拉是城东刘贤庄的，他家从他爷爷开始就是地无一垄的雇农。解放前只身来到后荷荡扛长工，土改时光身汉的他就在这里落了户。在后荷荡生活了五十多年的刘毛拉为人随和，好开玩笑。一天晚上，生产队学"老三篇"，干了一天活，社员们有些困倦，会场上不断传出呼噜声。这时，一个响亮还带着三道弯的屁，把人们惊醒了。他哈哈大笑着说："给大伙儿放个原子弹，提提精神。"农村整天没啥乐子，听刘毛拉这一爆料，顿时会场上个个笑成了"不倒翁"。去年中秋前下了一场雨，他没及时把柴火抱进屋，那晚只好用湿柴做饭，一间山头留门的小屋里，浓烟呛得他泪流满面。恰在此时，一群孩子喊："毛拉爷，走，到薛家渡看电影去。"谁知道他随口的一句大实话，三代赤贫的刘毛拉被打成了现行反革命。

紧接着，刘狗子大声逼问邵鹤亭："你一个国民党的残渣余孽，八仙桌上摆夜壶，你给老子充啥酒壶？不好好劳动改造，看些破书，到处给人家看病。是不是腐蚀拉拢革命群众？一旦蒋介石反攻大陆，你好做内应？""我，我没有这样的动机，只是……为了积德行善。"邵鹤亭浑身筛糠似的回答，寒风中他早已大汗淋漓。"贫下中农同志们，这些家伙做梦都想恢复失去的天堂，我们能答应吗？""我们坚决不答应！"台下高呼。刘狗子靠拍马溜须当上了赤脚医生，除好给一些女人"打肉针"外，没啥真本事，成群结队的人找邵鹤亭看病，村卫生室反倒是冷冷清清，他自然是怀恨在心。

天色渐渐暗了下来，蒙副主任总结说："今天的批判会很成功，明天对这两个反革命继续进行面对面的斗争。"散会后，刘毛拉被后荷荡儿个民兵押走了。李金章指了指援朝、顺子、二强说："你们三个看管好邵鹤亭，可别让他跑了。"三个人押着邵鹤亭来到炕房里。此时天已黑了下来，援朝说："咱轮替着，你们俩先喝汤去吧。"二人走后，援朝轻声问："鹤亭爷，要不要我捎个信让恁家给你送饭？"邵鹤亭叹口气说："别捎信了，送来饭我也吃不下去。"不一会儿，顺子、二强来了。三个人看着八面透风的炕房，只好把邵鹤亭转移到了饲养室里。饲养室厚厚的土墙，上边漫苫着几层麦秸，一个蹿着蓝色火苗的大口火炉加上几头牲口，屋内温暖如春。援朝到家扒拉了两碗饭回来，顺子、二强躺在草窝里眼皮已开始打架。邵鹤亭坐在草窝沿上，泪水不住地扑簌扑簌往下掉。援朝又轻声问："鹤亭爷，你也歪在草窝里睡吧？""我睡不着，你们睡吧。"援朝歪在草窝里，闭着眼却难以入睡。

时间像得了尿频的汉子，滴滴答答总算到了半夜两点，援朝听见门吱扭一声，一看邵鹤亭正蹑手蹑脚往外走，心想："跑就跑吧，省得他明天再挨斗。"过了个把小时，估计邵鹤亭已经跑远了，援朝急促地喊道："顺子、二强，鹤亭爷跑了。"他俩慌忙揉着眼从草窝里出来，三人拿着手电筒，跑到村北的井里照了照没人，就赶紧跑到村南的井上，用手电一照，邵鹤亭的尸体已漂浮在水面上。此时半拉月亮在乌云里钻来钻去，泻下一地朦胧冰冷的月光，本就寂静瘆人的银杏庄，被这幽魅的月色染上了一层灰暗的雾霭。援朝说："顺子、二强，恁俩快去报告工作组，我去给他家报信。"来到邵鹤亭家，窗户上透出微弱的灯光，不用说一家人还没睡。援朝轻轻叩了叩窗户，哽咽着说："姥姥，俺鹤亭爷想不开，跳到南井寻了无常。"顿时屋子传出阵阵凄凉的号啕声。

邵鹤亭万万没想到无偿给乡亲们把脉看病，遮住了刘狗子这些赤脚医生，自己不明不白成了"现行反革命"。第二天村里议论纷纷，蒙副主任不屑一顾地说："死了一个反革命，不值得大惊小怪，只当是老草驴落驹了。"说罢就骑着车子回公社去了。不一会儿哗啦啦地下起了中雨，邵鹤亭的大儿子在伯父的帮助下，拉着父亲的尸体，鹤亭媳妇一手抱着小儿子，一手扯着七八岁的闺女，只哭得撕心裂肺。一家人买不起棺材，只好在地里挖了一个坑，把邵鹤亭软埋了。村上人叹息着，没人敢出来帮忙，因为这牵扯到阶级立场的大是大非问题。

转眼过了麦收，一天下午，暮色渐渐四合，血红的夕阳在散乱无章的云霞中徐徐下沉，晚风夹杂着苦涩的青草味袭来一阵阵的热浪。这时七八个骑着自行车的愣头小伙儿从大浪河石桥上下来，进银杏庄后径直去了孙甫成家。为首的二十六七岁，头和脖子一般粗，加上黝黑的皮肤，看上去矬得就像长不大的老倭瓜，原来这是城郊公社大名鼎鼎的造反派头头牛黑旦。别看他貌不惊人，那可是玉皇大帝放屁——不同凡响，当时在临河县属于捅破天的风云人物，"三结合"时成了公社革委会委员。

牛黑旦进村先见了孙甫成，接着通知吕信良立即召集社员会。过了一会儿，"咣咣咣——"一阵紧急钟声响了起来。人们丢下饭碗来到村中央大银杏树下，纷纷猜测："造反司令亲临银杏庄，不知要生啥幺蛾子？"这时牛黑旦清了清嗓子，把额头前的头发甩了一下，皮笑肉不笑地说："社员同志们，毛主席教导我们，揭发错误批判缺点的目的，好像医生治病一样，完全是为了救人，而不是为了把人整死。孙甫成同志虽然以前犯过错误，但这几年表现得很好嘛！犯了错误改了就是好同志，今晚我代表公社革委会任命他为银杏庄生产队的政治队长。"牛黑旦话音刚落地，白银坡腾地站了起来，拔掉嘴上的烟袋，朝地上吐了一口唾沫，指着牛黑旦大声说："毛主席教导我们，只有死皮不要脸的人，才会说出死皮不要脸的话。不管你是啥球司令，没有调查就没有发言权。他孙甫成自下台后消停过一天吗？明里暗里和生产队对着干，这些屙血事你们眼里糊尿泥了？"老农会主席白银坡为人仗义，在村里威信极高，虽然骂得粗野，可那也是毛主席说的话，即便加减了几个字，意思总归八九不离十。愤怒的人群大声嚷着："你是不是嫌俺银杏庄吃了几年饱饭，再把孙甫成扶植起来，让我们重新籴吃买烧啊？"牛黑旦一看人们积压的怒气火山一样爆发了，就灰溜溜地骑着车子跑了。

在政治挂帅的大背景下，光埋头拉车不抬头看路的吕信良自然不吃香。过罢年，公社领导在禁止猪羊啃青的大会上说："现在各村的麦田里是黑马（猪）团、白马（羊）团，后边紧跟着机枪（鸡）连，公社要求各村立即行动起来，砸羊头、砍猪腿、拧鸡脖子。"吕信良在群众会上说："没了猪、鸡、羊，老百姓花钱从哪里来？没了家禽家畜，种地的肥料靠什么？这完全是歪嘴子吹灯——一溜邪风，只要管好牲畜不糟蹋庄稼不就中了？"

一次公社召开刘少奇"三自一包"批判会，回来的路上，一群人纷纷议论着那年借地给老百姓带来的好处。吕信良叹了一口气说："墙倒众人推，那时候刘少奇是往老百姓嘴里抹蜜哩。"这些话不知怎么传到了孙甫成的耳朵里，他连忙跑到公社添油加醋地作了汇报。在三夏动员会上，那个和他要好的蒙副主任点名说："银杏庄别看他们生产队搞得红红火火，牛羊成群猪满圈，家家户户荒宅的洋葱长得比碗口还大，但他们的屁股坐在了刘少奇怀里，这是把群众往资本主义邪路上领哩。这样的生产队长成绩越大，给社会主义造成的危害越多。像这种干部是老光棍天黑钻被窝——迟早得完（玩）蛋。"这些话传到银杏庄，不再是风，而是结结实实的砖头。人人都为吕信良捏了一把汗，而若无其事的孙甫成偷偷地笑了。

自从"文革"开始，吴克兰又跳了出来，为夺回银杏庄大队的权力，他和孙甫成结成了帮派。在那个黑白不分的年代里，凭着巧舌如簧，吴克兰把自己打扮成受"刘邓路线"迫害的革命干部。临河县"三结合"时，在"大跃进"那几年多次树吴克兰为先进典型的副县长也进了革委会。有副县长做后台，气场就大得没边了，善于走上层路线的吴克兰自然腰杆硬了起来。

在"斗批改"的声浪中，临河县一场声势浩大的整党建党运动开始了。城郊高中来了工作组，组建不到二年的高中因经费经常捉襟见肘，财务自然不存在啥问题。何校长重点在"学毛著狠斗私字一闪念"上作了深刻剖析。为了从灵魂深处闹革命，他在长达万字的检讨中"就是把鸡毛吹上天，没有一分钱照样使不成两支粉笔"的后边加了"人是灵的，钱是活的，人有了钱才叫灵活"一段话。公社革委会主要成员看了何校长的剖析材料后脸色大变，认为他不仅仅在宣传唯金钱论的资产阶级腐朽思想，而且恶毒攻击毛主席"谁说鸡毛不能上天"的无产阶级革命精神。于是，全校对何校长展开了口诛笔伐的大批判。工作组把援朝叫到办公室说："我们了解到你和何安居关系不一般，但在大是大非面前，希望你能反戈一击。""他那次讲话，我正在家修房子。"援朝来了个一问三不知。何校长哭哭啼啼作了无数次深刻检讨，两个星期后还是被罢了官。援朝看着恩师憔悴的面容，泪水模糊了双眼，心里翻滚着："连何老师这样根红苗正的新中国第一代党员知识分子尚且如此下场，这人人自危的政治斗争啥时候是个头啊！"

银杏庄大队也来了整党建党工作组，带队的又是和孙甫成要好的公社革委会蒙副主任。工作组入村后名义上是发动群众，实际上根据孙甫成提供的名单，一个一个地谈话组成反吕信良阵线。几天后，援朝放学进屋，看见银坡、富宝、狗剩一群人牙齿咬得咯咯作响，眼里闪着无法遏制的怒火。

原来昨天晚上人脚静后，工作组在潮烟室召集大队部分干部、积极分子和谈过话的群众，秘密召开了对吕信良的批斗会，先让吕信良检讨执行刘少奇"三自一包"资本主义路线的严重错误。吕信良说："刘少奇的自负盈亏、自由市场、自留地和包产到户是1962年实行的政策。那时候我还没当队长，叫我检讨个啥？"这时，吴乐楷冷不防一个黑虎掏心拳打得吕信良趔趄了几下。他接着恶狠狠地说："你们村自留地的洋葱、大蒜、甜秫秆在全县都出了名。另外，每年锄地、翻红薯秧季节你都推行包工到户，这不是'三自一包'是什么？"吕信良捂着胸口含着泪说："自留地、包工到户就算刘少奇的路线，这才'一自一包'啊。""亏你是个小小的队长，你要是国家主席保不准还搞'八自一包'哩。"吴乐楷发言后，一下子冷了场。这时蒙副主任绷着脸说："毛主席教导我们，凡是反动的东西，你不打他就不倒。这正如地上的灰尘，扫帚不扫，灰尘照例不会自己跑掉。去年的禁止猪羊啃青会，你说是歪嘴子吹灯——溜邪风。刘少奇的'三自一包'，你说是往群众嘴里抹蜜哩。几个月前你煽动群众轰走了牛司令。这些罪证加在一起判你个反革命也绰绰有余。本着宽大为怀的政策，我宣布撤销你生产队长的职务，由孙甫成全面主持银杏庄的工作。现在散会！"蒙副主任的声音冷得能穿透骨头。十分钟不到的短会在稀稀拉拉的掌声中结束了。吕信良踉踉跄跄走出潮烟室，室内传出孙甫成趾高气扬的狂笑："想和老子斗，背风箱赶营盘，你还嫩了点。我就不信弯好的弓拉不直，只是火候不到。哈哈哈……"有人低声议论着，"干事"的这一折子戏唱完了，下面就看"闹事"的咋表演了。

吕信良无端被罢官的消息很快传遍了大浪河两岸。人们为这样一位公道正派、不贪不占、一门心思发展生产从而把银杏庄领得红红火火的好队长而惋惜，更对蒙副主任歪曲事实、迫害正直干部的行为而愤愤不平。第二天夜里，有人在大队部蒙副主任临时住处的门上贴了一张大字报。

第三天上午，正在上课的援朝被新校长叫出来："公社整党工作组要你回村里一趟。"援朝一头雾水走进大队部，只见蒙副主任傲慢地躺在床上，两只眼镜片里闪出的光一会儿明一会儿暗，像夜里萤火虫屁股上的两盏灯。他冷冰冰地说："你叫张援朝？桌上的大字报是你写的？从今天起你参加学习班吧。"

从吕信良挨打罢官的第二天，工作组办起了整党学习班。参加学习班的大多是他们要整的生产队干部，另有一些反对过吴克兰、孙甫成的"刺儿头"。凡是参加学习班的，不仅要触及灵魂作检讨，而且免不了遭受皮肉之苦。这些出身贫下中农的群众成了专政对象。就在斗争吕信良的第二天晚上，吴家湾的生产队长，也在一顿拳打脚踢后被罢了官。他被罗织的罪名是用毛主席语录纸拧了烟卷，实际上是他不愿意追随吴克兰这个孬壳。

援朝拿起大字报看了看，上面用大量的事实列举了自吕信良担任生产队长银杏庄五年来发生的巨大变化。最后写道："像这样一心为老百姓的好队长下场如此凄惨,人心何在?天理何在?试问蒙副主任,这样的好典型是走资本主义,那么究竟什么样才是社会主义?"

援朝看罢一股热血涌上来,拿起笔唰唰几下在大字报后边签上了名字,然后递给蒙说:"你怀疑这大字报是我写的吧?现在把签了我名字的大字报贴在大队部门上,让大家都看看是不是我的笔迹。"心虚的蒙副主任哪敢公开这字如千钧的大字报,看了看截然不同的笔迹,笑着说:"不是就好,不是就好!还你个清白,上学去吧。"

一个星期后,银杏庄大队整党结束。六个生产队的班子都做了调整,其中银杏庄和吴家湾两个生产队大换班。革委会完成了使命,银杏庄又一次实现了权力的翻烧饼。新支部除保留一名妇女主任外,革委会一干人都下了台。突击纳新提干的吴乐楷当了党支部书记,吴克兰是副书记。吴乐楷是吴克兰三叔的儿子,二十七八岁,小学文化程度,锛搂头、塌鼻梁、长嘴巴,人送外号"杜洛克"。猪八戒背了一捆破套子的吴乐楷能领导好银杏庄?明眼人一看就知道这是个汉献帝。就这样下台八年的吴克兰又风光起来。孙甫成任银杏庄生产队的政治队长,成了银杏庄新班子的太上皇。

临近春节,张援朝高中毕业回到了家乡。经历了苦难磨砺的张援朝性格耿直,疾恶如仇,不但纯朴善良,有知识,有理想,能吃苦,有担当,而且把《毛选》四卷读得滚瓜烂熟。

新班子有了"新气象",入冬后,银杏庄大队掀起了轰轰烈烈的学大寨运动。毛主席号召全国人民学大寨是学习大寨战天斗地的革命精神,而吴克兰把学大寨曲解为开山造田平整土地。银杏庄是冲积平原,大部分地块坦荡如砥,只有一方长120米、宽50米的坡地。按说这样的地浇水排涝最省力,可吴克兰为了创造政绩,就让银杏庄在这八九十亩地上摆开了战天斗地学大寨的战场。干了一冬,人们从地北头挖了一人多深的土把地南头垫了一人多高。大寨田修好后,大队开了现场会。春天种的玉米,由于挖过的地方是老寒土,有一半的玉米长得又黄又瘦,成了不结棒的哑巴秆。

过罢年,为了装排场,银杏庄卖掉了一群牝牛、老驴和能搭套的黑骡子,花大价钱买回两匹枣红母马和一犋刚换牙毛色搭配的畜白牝牛。牝牛倒是长得高大显眼,于是给这悮牤牛换了新笼头挂上了红缨子,配了一辆新牛车。这算是孙甫成二次执政后的新政绩吧。人们看着孙甫成的做法,偷偷议论说:"铁打的骡子纸糊的马。这是要把咱银杏庄摆调干哩。"这话传到孙甫成耳朵里,他在群众会上说:"有人说我胡摆调,杀猪杀屁股各有各的门道,我就是要摆调个样子给大家看看。"谁知两匹马不争气,半年过了不但没拴住驹,反而给饲养员添了不少麻烦。原来这两年队里已经淘汰了产量不高的谷子,没有适合马吃的谷草,加上银杏庄没养马的经验,两匹马三天两头生病。几个月后,只得赔钱卖了马。至于赔了多少钱,孙甫成没敢公开。

孙甫成二次上台后,白老拴的林业管护员也就干到了头,治淮初中毕业后推荐上高中自然没份。好在援朝毕了业,家里一下子多了两个劳动力,白雪筠憧憬着未来的好日子。

可孙甫成不把心思放在发展生产上。在"千万不要忘记阶级斗争"的口号下,银杏庄的派性斗争达到了白热化。转眼到了三夏,社员们正在紧挨村后的麦田里挥镰收割,这时富亭媳妇突然一声惊叫丢下镰刀就跑,其他人跟着跑到地头,惊恐地问:"你慌哩像跶沟里了,看见啥了?"富亭媳妇战战兢兢地说:"我正弯腰割麦,看见一个闪闪发光的洋铁片连着一个盒子,盒子上拴着红红绿绿的电线,吓死我了。"刚好几天前公社在广播里讲:"要提高警惕,严防美蒋特务空投搞破坏。"人们一下子想到空投,想到日本轰炸时丢下的炸弹,就慌不择路地跑到打麦场上。"空投"的地方在白致中屋后二三十米处。

孙甫成一面派人到公社汇报,一面紧急开会说:"没有家贼引不来外鬼,这肯定是咱村的国民党残渣余孽勾结美蒋特务空投的定时炸弹或电台。这一回咱银杏庄可有好戏看了。"正开着会,公社的武装干事来了。他问了问情况,要了一根长绳子,一头让人牵着,一头拴在了自己的皮带上,匍匐着爬过去,小心翼翼地拴好不明物,然后匍匐着退了回来,提心吊胆地把不明物拉出地块,看看没有冒烟,拿起来仔细一看,上边写着"高空探测气球"几个字。武装干事对站在东边场里的群众大声说:"社员们,这不是美蒋特务空投的定时炸弹,更不是电台,是气象观测站放的高空探测气球落下来了。"

一场虚惊过去了,孙甫成旁敲侧击的几句噎人话却深深刺痛了大部分群众的心。本该六月就垛住的麦秸垛，这年竟拖到了七月十五，秋田的杂草长得密密麻麻比庄稼还高。不知是谁在干渠桥帮上用粉笔写下了"银杏庄大换班，地里的草往外蹿"的顺口溜。因吕信良是被包工到户的罪名拉下马的，孙甫成没法再执行这"错误"路线。于是地里的草越薅越多。白银坡实在看不下去了，说："甫成啊，你还是包工到户吧。我给信良说过了，他不会在背地踢你的响巴。"孙甫成听罢，红着脸说："银坡叔，你领几个人把地包给各户吧！"一个星期后，银杏庄解除了草荒，但因误了农时，这年的秋庄稼比上年错了几分成色。

消灭了草荒后，吴克兰又鼓动银杏庄掀起积肥高潮。银杏庄架子车多，河坡里有拉不完的老寒土。一个月后，村子里显眼的地方到处堆满了所谓的肥料。从河坡里拉上来的老寒土上边泼了点人粪尿，大部分"粪堆"连尿腥气都没沾。人们背地里叹着气说："上坟烧报纸——糊弄鬼哩，这不是学五八年大跃进的黄土搬家吗？"不久在银杏庄召开全县积肥现场会，吴克兰代表大队在大会上介绍经验，最后总结说："有人说银杏庄是黄土大搬家，我看搬来搬去一定能搬出大丰收！"

孙甫成重新上台一年后，大堆又疯了。深更半夜，他站在南窑脊上，嘶哑着喉咙又唱了起来。

第五十三章

吕信良领着那几年，是银杏庄最红火、收成最好的年景，那几年大家的劲都拧在一根绳子上。自从孙甫成二次上台后，以人画"线"，冷了群众的心。加上他私心重经验又少，好大喜功，很快就网包抬猪娃——蹄爪都露了出来，生产形势自然一落千丈。社员们议论纷纷，多了两个劳动力的援朝家反倒没上一年分的粮食多。

时间，不管人愿意不愿意，总是把人往岁月的深处推。转眼中秋节快要到了，援朝借了一辆架子车，约了智扬、二强等六个人去登封县白坡煤矿拉煤。那时候不但粮食不宽裕，而且家家户户缺柴烧。每当夏秋收获后，地里的庄稼茬几乎被拔了个精光。

白坡煤矿离临河县将近四百里地。六个人起了个没底五更，相互结合两辆车摽在一起，上了通往洛阳的沙石公路。两个人轮换着一拉一站，一站大约有二十里地。西南天边上一弯月牙钻进了云团里，大地顿时一片幽暗，偶尔射过来一束汽车灯光也像蒙着一层烟雾，连天漫地似大海一般，只有远处不时传来的几声狗叫声清晰可闻。吃早饭时他们来到昆阳城北十多里的汝坟店，进入一家干店做加工饭。干店前就是当时号称河南最繁忙、每三分钟过一辆汽车的许南公路。由于拉煤的多，沿途的生产队就开了一些干店，住宿一晚、加工一顿饭各收一毛钱。住的是铺了一层麦秸的地铺，加工饭是把客人带的白面做成面条或面片，除放了一些盐、几根青菜外，连葱花都不舍得放。虽然加工饭做得简单，但对于常年吃不了几顿白面的庄稼人来说，无疑像过了一回年。怪不得公路上拉着煤车汗流如雨的汉子唱着："男子好拉车子，妇女好坐月子。拉车子怕上岗，生小孩怕过膀。"仿佛除拉车上岗累些，生小孩过膀疼些外，比那神仙的日子还舒坦。

一路上天阴得能拧下水。吃着饭，白桩子雨哗啦啦地下了起来。远远望去，好像一块灰幕遮住了视线，路上拉车的都躲进了干店里。晚饭后，雨还在不紧不慢地下着，拉车劳累得要死的人们早早打起了呼噜。半夜时分，一阵急促的叫声把他们从睡梦中惊醒，援朝睁开眼，几把手电明晃晃地照在脸上，一群民兵喊道："快跟我们到大队部，营长要盘查阶级敌人。"

　　出了门，雨还在淅淅沥沥地下着，援朝他们深一脚浅一脚踏着泥水来到大队部。二十多个人在东屋蹲了下来，一个民兵指着援朝说："先问你吧。"援朝随那个民兵来到堂屋，一个黑不溜秋、肥头大耳的民兵营长厉声问："干什么的？""种地的农民，到登封拉煤去。""把手伸过来。"援朝伸出布满茧子的左手，顿时感到营长的手软浓得像弹过的棉花，心里骂道："这又是一个不劳而获靠嘴皮子吃饭的家伙！"营长松开援朝硌人的左手问："你们几个人，有没有地富分子？""我们六个人，没有地富分子。"问过后，援朝回了东屋。问完一轮后又把援朝叫了过去。刚进屋，营长大声叫道："你不老实，立正站好！"援朝自打摸了他不劳动的手就恶心了几分，憎恨地说："你有啥资格体罚一个贫农？毛主席教导我们，谁是我们的敌人，谁是我们的朋友，这是革命的首要问题。""你们六个人中有一个富农分子，你咋隐瞒说没有？""白平安是富农成分，但不是富农分子。"这些干部没多少文化，自然没援朝懂得政策。营长气急败坏地叫嚷着："我说不过你，明天给你们大队打电话，在没弄清身份之前，不准你们离开干店。"

　　第二天上午，电话打到银杏庄，吴克兰接住电话说："这几个人成分倒是没问题，但都是调皮捣蛋的刺头，好好收拾他们一顿。"大头营长听罢撂下电话，急匆匆来到干店逼着每个人交了两块钱才放行。援朝掏出两块钱时心疼得掉了几滴泪，因为自己的一趟拉煤加饭钱，无端被他们讹去买了烟。后来才知道那晚的突击盘查是全国性的，因为几天前中国发生了震惊全世界的"九一三"事件。打那时起，"三忠于四无限"的造神运动也就结束了。

　　临近中午时，日头露出了笑脸。几个人从汝坟店出发，一天走了一百二十多里，在后半夜到了禹县城西的火龙庙。公路两旁到处躺着露宿的拉煤农民。啃了些干粮，援朝他们为节省一毛钱的住店费，也把车子停在公路边和衣躺在了地铺上……天明时公路上拉煤的队伍川流不息，汇成了西去东往的两条长龙。因为中原一带只有豫西的山区有明煤矿，河南东部、南部和安徽北部的拉煤大军全部涌向了这里。河南拉一趟煤需七至十天，而安徽至少要半个月。人山人海的拉煤大军把沙石公路磨得油光黑亮，宛如柏油公路一般。公路上很少有汽车通过，但经常发生架子车堵车。

几个人在花石街堵了两个小时后，到达白坡煤矿已是鸡叫头遍。第二天一早排队买煤，矿上人声鼎沸。白坡煤矿是社办企业，离洛阳只有几十里地，周围分布着天河、石蒜臼、白裕坪等社办煤矿。煤倒是便宜，他们用五块钱各买了一千斤煤，装好车出了白坡来到侯家沟。侯家沟有一个上下半里地、像房坡一样的陡坡，坡下边是一条河。把车停在坡顶，六个人护着一辆车小心翼翼地一步一步往下挪。这时两个安徽界首拉煤的汉子护着车，因坡度太陡，煤车失去控制，箭一样冲下来，翻在哗哗的河水中。煤车压在那个汉子身上，只露出一条胳膊在水中绝望地挣扎着。幸好过了雨季，河水不深，几个人立即跳下去，掀开煤车把人救了出来。那汉子哇哇吐了一地水后，才凄惨地哭了起来。

下了侯家坡，日头倒西时来到王家閟，王家閟虽说坡度没有侯家沟陡，但有三里多长。每人花了三块钱雇了一头牛拉上坡，站在坡顶，陡峭的盘山公路下是银波浩渺的白沙水库，东边是一望无际的黄淮大平原，放眼车流滚滚的公路上，尽是赤着膊、弓着腰、挥汗如雨的庄稼汉。可能是有惊无险出了山，不知是谁又扯着嗓子唱起了"男子好拉车子，妇女好坐月子……"。

那天晚上，援朝他们又露宿在花石街，第二天鸡叫头遍就上了路。中午走到火龙庙，却遇到一起惨不忍睹的交通事故。起因是一辆运煤的拖拉机夹在几千辆煤车中缓缓移动，不小心压住了前边架子车的后尾，前边人一叫嚷，拖拉机往后退，后边紧跟着的汉子慌忙从车辕里趔出来，刚好走到车把前，这时拖拉机冷不防往后一回劲，把这个拉车的挤到车把上，从后心穿到前心，当场就死了。车堵了一个多小时后，援朝他们才从火龙庙走出来。拉着千斤煤车，每天起早贪黑要走一百多里，风餐露宿九天后日头压山时才回到了家。一家人看着援朝疲惫消瘦的面孔，心疼得揉起了眼睛。

第二天，正在家里休息的援朝突然被叫到大队部。吴克兰干笑着问："你拉煤啥时候回来的？""昨天日头压山时回来的。""你简单写个自传吧。"援朝听罢充满了疑问，心想终于交了好运，有了招工或推荐上大学的机会，就提起笔，几下子写好了自传，递给吴克兰。从大队部走出来，他盼了一上午。下午村里纷纷传说，昨天下午有人在大石桥东头的古路沟地上写了反动标语。吴克兰要援朝写自传原来是要比对笔迹，对上笔迹的就是杀无赦的"现行反革命"。援朝原来以为他会查所有路过人的笔迹，想不到只查他一个人的，知道吴克兰要往死里整他，浑身的血液顿时直冲头顶，牙齿咬得咯咯作响。

掂镰割麦时，生产队长玉秋说："援朝，你参加过烟叶技术班，领着十个老头管理烟田吧？""甫成舅他同意？""大权他揽完了，难道我一个生产队长连这样的小家都当不了？"玉秋是富庄舅的儿子，虽然和孙甫成一派，但为人正直，在群众中有威信。援朝和一群老头下了烟地，烟叶正是打头季节。银杏庄种的是"庆胜二号"，这个品种烟质优良，着色好，缺点是早熟，每棵只能采收十七八片烟叶，因此产量不高。俗话说："打头不见花，见花质量差。"进烟田的头一宗活就是掐花蕾。每人把住两拢打到地中间，这时援朝发现一棵烟不但粗壮而且叶片大，其他烟叶都是互生，而这棵烟是轮生，数了数三十多片叶还没见花蕾，就惊叫起来。几个人围过来，看了看纷纷说："处处留心皆学问，援朝你不愧上了多年学，这棵烟长势真好，把它留下来，说不定咱银杏庄还能培育出一个烟叶新品种哩。"援朝把周围的烟棵拔掉，用白塑料布给这棵烟做了个特殊记号。

过了几天，烟站的黄主任来看烟田，几个人领着他看了这棵烟，黄主任大喜过望地说："这棵烟粗壮抗倒伏，叶片又多。援朝你把它的叶片进炕时做个记号，如果品质优良，以后就向全公社推广。"过了几天，援朝把这棵炕出来的烟叶送到烟站，黄主任看到叶片油分足、色泽金黄、散发着醇香赞不绝口。过了一个多星期，一天下午放工时，已在烟站上班的同学玉堂匆忙进屋说："援朝，好机会来了，明天黄主任要调你到烟站上班哩。"玉堂走后，援朝激动得一夜没合眼。第二天上午，黄主任骑着车子来到大队部见了吴克兰。黄主任走后，消息石沉大海。原来吴克兰硬是不给援朝的招工表上盖章，反而推荐了后荷荡在综合厂食堂做过饭的老闫的女儿。黄主任相中的是援朝，老闫女儿自然也没去成。

进入8月，公社拖拉机站又来调援朝，顶替他的是吴克兰的近门女婿。接二连三的打击，让援朝原本以为只是小说中的故事情节，真实地发生在现实生活中。援朝含着泪，绝望地唱起了："抬头望见北斗星，心中想念毛主席……"当他看见县上和公社骑着自行车的干部们从大浪河石桥上飞驰而过，雪白的的确良衬衫儿被风吹得飘飘忽忽的惬意身影时，猛然感到有一种说不出的惆怅，一股苦涩的味道涌上心头，就像吞了一口难咽的中药。

中秋节前，珺莹来了，看着援朝的脸像霜打一样，爱怜地问："看你唉声叹气的，有啥不顺心的事？"援朝说了两次招工都被顶替的经过，眼里噙着泪花。珺莹听罢，掷地有声地说："认识你时就是个穷学生，当不当工人我不在乎，咱是农民的后代，出路就在土地上。凭着咱们的双手，还怕往后没有好日子？"援朝顿时想起一个名人说的"女人是男人开心时的枕头，落难时的顺气丸"这句话，一股暖流赶走了心头的乌云，一把握住珺莹的双手红着脸说："咱们结婚吧？""结婚就结婚！"珺莹把头靠在了援朝咚咚直跳的胸膛上。

援朝把二人结婚的决定告诉了妈妈。雪筠听罢，着急地搓着手说："咱就是不给珺莹送些钱买些结婚用品，也该给她扯上两身衣服吧？""珺莹说了，随年吃饭，随年穿衣，她啥都不要。""那咱总不能空着手去送'好'吧？"雪筠抱着头想了一阵子，出去转了一圈，借了一块灯草绒布料。随后让富民哥去送了"好"，定下了农历八月二十结婚的日子。

好在家里还养了一头猪。姥姥说："援朝，把我的破箱子、破床、破抽斗桌送给你们结婚用吧。"援朝央了一个木匠，刮掉了家具上几十年黑黢黢的老灰，抹了一层木红油漆。母亲、小姨各给援朝套了一条被子，二姨给援朝买了一条太平洋床单。村里都知道援朝家的情况，提前三块五块地送来礼钱，有几户送不起钱的给援朝做了一双鞋。雪筠用贺礼钱在城里缝纫社给援朝定制了一身新衣。

基本准备就绪后，白雪筠回了一趟牌坊张。经历了岁月风雨的石牌坊披着一身晚霞，像一个精神矍铄的老人守候在村头。白雪筠凝视着石牌坊，一下子思绪回到了十八年前。她双膝跪地，哽咽着说："老祖奶奶，俺白雪筠要当婆婆了……"说罢眼里噙满的泪水像哗哗的小河往下流，大声哭了起来。乡亲们听见哭声跑出来，看见雪筠回来了，不一会儿就围了个前三层后三层。雪筠站起来，擦去泪痕，笑着说："我这次回来是向乡亲们报喜的，援朝八月二十要结婚啦！"众人赞不绝口地说："你走的那年才二十六岁，像个没出嫁的大闺女，如今就要娶儿媳妇了，你可是咱张家的大功臣啊！"声远接着话茬："三嫂，援朝娶媳妇，这是咱全村的大喜事，我带着乡亲们都去，也显显咱张家的排场。"雪筠笑了笑说："亏你当支书哩，破旧俗、立新风正在风口浪尖上，又不是在咱村，扒出豁子咋办？"众人听罢，无奈地点了点头。春雨接着问："三婶，缺钱不？""媳妇啥都不叫买，喂的猪能杀一百多斤肉，不花大钱头儿的。到那天你和恁大叔、二叔早些到就中了，我先回去了。"大嫂杏儿说："老三家，你连一口水都没来得及喝，真比国务院总理还忙啊！""大嫂，人一生图个啥？不就是盼着这一天吗？"雪筠说罢挥手告别乡亲们，消失在夕阳的霞光里。

结婚前三天，二人去公社登记。在街里见了面，珺莹笑着问："俺智扬哥为扯一块灯草绒，整整跑了三个多月，没听说你买灯草绒啊！送礼的那块是……"援朝面红耳赤地说："那……那是咱妈借人家的。"珺莹嘎嘎地笑道："那咱暂时先装装排场，结婚那天我带过来赶紧还给人家。"援朝听罢，一股热泪像断了线的珍珠滚下面颊。从公社登记出来，二人到十字街抹角楼食堂花七毛钱买了一对蒸馍、两碗杂烩菜。吃罢饭来到百货商店，他俩挑了两条白洋布绣着鸳鸯的枕头套。这时一个年轻的女营业员笑着说："咱这里有现在最时兴的尼龙袜，不贵才三块钱，买一双吧？"珺莹拿起来爱不释手地看了看，递给营业员道："俺已买过了。"援朝和珺莹的一场婚事，实际上送好只送了一句话，连双袜子都没买。这成了援朝一生中对珺莹永远也抹不去的愧疚。

农历八月十八那天，一群人七手八脚地在黑乎乎的墙上贴了报纸、搭了浮棚布置好新房，晚上又蒸了一百多斤的白面馍。当保管的春来表哥，送来一大捆金黄的烟叶，富民舅卷了一大筐手工烟。第二天天还没亮，二伯来了，和姥爷到城里买了青菜和调料，灌了二十多斤白酒。上午杀了猪，援朝找着在枣园供销社上班的艳仙同学，投后门称了二斤白糖，下午准备宴席。农村办喜事是衡量一个家庭在村里有没有人缘的标尺。由于一家人忠厚老实，乐善好施，加上雪筠自从学会新法接生以来，十多年间不管刮风下雨、半夜三更，也不管谁家生小孩，一喊就到，所以银杏庄八十多户大部分都送了礼。加上珺莹娘家家族大，共备了十五桌宴席，这可是银杏庄长期以来最多的一场婚宴。

解放后那几年，扬眉吐气的翻身农民，娶媳妇用上了牛车马匹甚至花轿。

打发闺女，娘家也要陪送些家具和生活用品。"文革"中，为了使毛泽东思想占领"封资修"阵地，闺女出嫁改为步行。娘家打发闺女，一根扁担抬着抬筐，抬筐里放着用红线拴着的《毛选》四卷和铁锹、锄头之类的生产工具。

不久前，城西北的城角杨村发生了一件震惊全县的娶媳妇立新风的尴尬事。女方是上澧河店的，三门子生的尽是小子，一个闺女自然视为掌上明珠。两村相距二十多里，男方起了个大早，用自行车把新媳妇驮到村外，新媳妇步行进了门。村里的毛泽东思想宣传队了解到女方抬着嫁妆后，就打着红旗、擂着鼓迎了出来，女方几十名送客听见锣鼓声，慌忙藏在了城墙外的壕沟里。过了一会儿，宣传队来了，先撕掉所有嫁妆上的大红喜字，就地办起了学习班。一阵触及灵魂的学习后，"押"着送客到了家里，接着把七碟子、八大碗的十多桌菜统统倒进了一个杀猪锅里。客人们连酒气也没沾，每人吃了一碗大杂烩、两个馒头。援朝担心惹出麻烦，头天晚上去珺莹家说了情况。珺莹笑着说："兴啥啥不丑，我大脚板子，别说是三里地，就是三十里算啥。"

农历八月二十上午，富民妗子空着手去了八里庄。十点来钟，她领着珺莹走进村子。一件碎花的红布衫、蓝裤子得体地裹着她亭亭玉立的身材，显得十分大方俊俏。头天晚上她用皂角水洗了头，黑亮的乌发垂在脑后，水灵灵的大眼透着楚楚动人的青春活力，微微上翘的嘴角上挂着妩媚。她那嫣然一笑，惹得街两旁围观的人们纷纷竖起了大拇指："啧啧，看看这苗条身段、清丽面容，比那画里走下来的仙女还耐看哩。不知道雪筠哪辈子修来的福，能娶这么个漂亮儿媳妇！"走进院子，二人对着挂在墙上的毛主席像鞠了三个躬，算是拜过了天地。一群妇女小孩簇拥着珺莹闹新房去了。

婚宴结束送走了客人，珺莹甜甜地说："姥爷、姥姥、妈，往后我好好孝顺你们！"几个人十八年的辛苦顿时被幸福的热泪融化了，眼睛都湿润起来。雪筠握住珺莹的手说："孩子，婚事这么简单，真是委屈你了。"珺莹咯咯笑道："妈，再排场的婚礼也抵不上两个人的伉俪情深，一家人和和睦睦这不是很好吗？"一家人都笑了。珺莹又接着说："今晚的交杯酒不是让背毛主席语录，就是说一些低级不塞牙的话，咱也把它省了吧？""中，今晚你们两个进城看电影去！"雪筠爽快地附和着。

早早吃过晚饭，援朝、珺莹出了村。晚霞如锦，阵阵凉风吹来，美丽的大浪河风光更加动人。两只喜鹊正驮着暮色往回飞，上了大石桥，二人手牵着手欢快地向城里走去。

第五十四章

最后一批大雁南飞后，田野的绿色渐渐消退殆尽，留下满眼的枯黄迎接冬天的到来。干渠上，老拴精心管理过的白蜡条已到了丰产期。近二年由于临河县河流、沟渠较多，政府又不组织销售，白蜡条、荆条出现了严重滞销，尤其是沙澧河两岸的白蜡条大都当柴火烧了。银杏庄收获的三万多斤白蜡条堆在场里一个多月无人问津。

玉秋找到援朝说："表弟，你动动脑子给咱村的白蜡条找个销路吧，要不只好分给社员烧锅了。"援朝好留心事儿，去年到白坡拉煤时，看见矿上的告示上写着"凡是拉了白蜡条、紫穗槐的买煤不用排队"，就知道矿上急需这些东西，笑着说："我到洛阳跑一趟，看看有没有销路。""这一趟不管结果如何，吃、住、坐车的费用队里全报销，而且给你记双工分。"玉秋心急火燎地说。

援朝当天下午领了钱，第二天一早来到县城东关汽车站。当时临河到洛阳的线路没开通，援朝就上了去禹县的班车，中午到达禹县汽车站，匆忙吃过饭，又坐上去洛阳的班车。一路上堵了三次车，到石蒜臼已是晚上十点多了，就找了个干店住了下来。说是干店，实际上是趁着山脚挖了一排窑洞，里边铺了一层麦秸，窑洞里暖烘烘的。晚饭后，援朝就和衣倒在地铺上进入了梦乡。

第二天一早来到矿上。煤矿坐落在像蒜臼一样狭小的山坳里。矿上倒是急需荆条，只是唯一出山的路比侯家沟的坡还要陡险，援朝倒吸了一口冷气，折回来又跑了十多里，来到了白坡矿。他找到物资供应科的张科长，笑着说："你们白坡的煤可真煊（洛阳方言，好的意思），我们庄有一个小媳妇用你们的煤封火，走了三天娘家，回来捅开火炉还是红腾腾的。所以我们宁愿多跑路也要到这里来拉煤。""你是哪里的？有啥事吧？"张科长听了援朝的恭维话，和气地问。"我是临河县的，找好朋友申胜玩哩，随便问问矿上要不要白蜡条。""你们那里多少钱一斤？""俺那里一毛多。"二人斗起了心眼。张科长掩饰不住着急的心情说："白蜡条两米以上一斤两毛，一米半一斤一毛八，一米以下一毛六咋样？"援朝大喜过望，但想起生意场上"货到地头死"这句话，就说："如果把东西拉来了，你改口咋办？""你不就是想叫我给你写个字据嘛。"张科长说罢，按他答应的价钱写了个条子，盖了公章又摁了手印，递给援朝："几天把货送来？""最迟十天吧。""兄弟，五百年前咱是一家，你可不能学那没蛋子儿货。我和申胜是一个村的，你要哄我，我们找你去！""放心好了！"援朝把协议揣在口袋里，告别了张科长，按捺不住欢喜的心情跑到了公路旁。

过了一会儿，援朝上了去许昌的班车。在许昌坐了一段火车到漯河，又转乘汽车。日头落山时下了大浪河石桥，刚好碰上吕信义。他笑着问道："听说你帮队里卖白蜡条去了，联系得咋样？"援朝掏出协议，说了联系的经过。吕信义说："表弟，我知道你结婚后手头急辣辣的。本钱我给你拿，咱先瞒着队里，到澧河沿买些白蜡条，偷偷做趟生意咋样？"正为家里没称盐钱发愁的援朝一听正中下怀，就点了点头。当天晚上援朝借来架子车，鸡叫头遍，和信义、信良一伙八个人悄悄出了村。临走前援朝对妈说："你给俺玉秋哥说一声，就说我到澧河北俺同学家帮忙盖房子去了，过几天回来再领着人到白坡卖白蜡条去。"

早饭前，他们来到澧河南岸的大汉李村。刚好场里堆满了无销路的白蜡条，每斤四分钱谈好价格后，每人装了六百斤，顺着澧河大堤上了通往洛阳的大道。从汝州往东南地势一个劲地下降，所以他们到洛阳几乎每跨一步都在上坡，汗流浃背。披星戴月四天后，他们到达白坡煤矿。

张科长一见笑着问："就这几车啊？""如果这趟价格公道，我领着人再送，否则就不来了。"援朝有意吊张科长的胃口。"那好吧，这八车白蜡条每斤按一毛七全部收下。"由于一路风吹日晒，过了磅，每辆车的白蜡条折了四五十斤。除去成本花销，算了算，每人这趟净赚了七十多块。几个人心里像抹了蜜，买了煤，风尘仆仆地拉着煤车往家里赶。

第十一天的中午，走出昆阳城十多里，远远看见珺莹和一群接梢的来了。新婚不到两个月的小夫妻见了面，彼此眼里噙着思念的泪花。珺莹轻声说："我都一连来接四天了，每天接不住你，夜里我把枕头都哭湿了。""咱们一个滋味，哪一天的清晨不是阳光替我擦干思念你的泪水……"太阳落山时他们回到了家。当一家人知道这次挣了七十多块钱时，又兴奋又心疼。

正说着话，玉秋走进屋子，抱怨说："援朝你可好，队里指望你卖白蜡条哩，你却偷偷约了几个人做了一趟生意。""玉秋哥别生气，我多跑这一趟，把事情安排得更扎实些。要不咱贸然几百里拉着白蜡条去了，人家还不知道咋勒啃咱哩。明天我领着乡亲们再跑一趟。"

玉秋走后，二人进了房间，珺莹流着泪问："这一趟你就瘦了一圈，再去能吃得消？""不碍事，牲口是料性，人是钱性，再跑一趟不光挣了工分，白落一车煤，更重要的是卖了白蜡条，队里发工资就有指望了。"

入冬后，姥姥因犯支气管炎卧床不起。第二天一大早，援朝到城里给姥姥买了一些药，又给珺莹买了一条红绒裤。回到家，珺莹接过绒裤抱怨说："也不和我商量，谁叫你花这钱哩！"妈含着泪说："人家大闺女小媳妇谁不是穿着绒裤走起路来利利索索的，就你穿着厚撅撅的棉裤，妈看着心里也不好受啊！"

当天下午，援朝领着五十多辆拉白蜡条的架子车浩浩荡荡地踏上了去洛阳的公路。顺利卖了白蜡条，装上煤，十二天后他们回到了银杏庄。援朝把揣着的三千多块现金交到队里，正为没钱发工资的孙甫成在群众会上说："援朝在不到一个月里往返两趟白坡，人瘦得脱了一层皮，这种为生产队利益献身的精神，是大家学习的榜样。"援朝听罢一阵激动，心想着由上辈人结下的仇这一页历史总算翻过去了。

起年集时，援朝花了三十块钱，买了一辆被压卧的旧吨车轱辘，回来换了一副新车圈，又添了些车条，扛到集上净赚了二十八块钱。不久，生产队又发了四十多块钱的工资，他跑到八里庄，花一百块的高价买了一辆新吨车部件。智扬帮着编好车条，援朝刨了一棵槐树，央村上木匠做了一个架子车盘。一般的架子车最多能拉1200斤，而吨车能载2000多斤。援朝家有了银杏庄最棒的生产工具，引起了全村人的一片羡慕、赞叹声。

转眼到了春节，初三这天夫妻二人去城东老舅爷家和八里庄磕了头；初四回牌坊张看望乡亲。走过大柳树村，放眼望去，田野里有序地排列着很多红房子，房子旁架着电线。二人带着疑问走到村头，挺立在路旁的石牌坊在冬日的阳光里显得更加古朴庄重。珺莹轻声问："这就是你常给我说的石牌坊？""这就是为张家老祖奶奶立的石牌坊，距今已有五六百年了。"援朝一边回答着珺莹的问话，一边凝视着大额枋上深镌的"节孝流芳"熠熠生辉四个大字。想起爹爹病故后妈妈和姥爷、姥姥为抚养他兄弟俩付出的艰辛，援朝扑通跪在地上泣不成声，珺莹顺势也跪了下来。二人拜过石牌坊站起来，这时得田大喊了一声："援朝、珺莹他们回来了！"一下子从屋里跑出来二十多人。大娘杏儿和二娘朵儿一人拉着珺莹一只手进了屋。大娘说："怪不得恁伯回来说咱家娶了个好媳妇，这长相这身段，不要说在咱牌坊张，就是周围村也难找这么俊的好模样。"二娘接着说："咦，俺媳妇像个洋学生，比仙女还耐看。你咋相中俺援朝啦？"珺莹红着脸说："对眼呗。"顿时，一阵笑声飞出屋子。前院的大母也拧着小脚扯了两个男孩走进来。二伯——作了介绍，珺莹甜甜地和每个人打了招呼。二伯说："恁这一辈兄弟姐妹十四五个，加上前院，咱这一门过不了几年就能长成十来条小伙儿。"得田大接着说："恁回来的路上看见了吧？地里到处是红房子，那是供应南山吃水的机井群。村西头的公路上，一天到晚运物资的汽车来往不断，听说不久咱这里要建城市了。"

正说着话，春雨哥一步跨进屋子，笑着说："我估摸着今天你们要回来，就专门请假从南山赶回来了。"援朝一眼看见他左手中指以下少了大半截，吃惊地问："春雨哥，你的左手咋啦？"得田大心痛地说："你哥不愧是党培养的好干部，在工地上处处身先士卒。一次在扩宽大石门道路时，在东边旗杆眼山头的崖壁装了三十个大药量的排炮。震天动地响了二十九次，有一处炮哑了。为了排除哑炮，你哥拦住民工，自己冲了上去。刚爬到地方，看见导火线突然又刺刺冒出了蓝烟，接着一声巨响，你哥被埋在了碎石下。虽然捡回了一条命，但失去了三个手指头。"春雨哥听罢嘿嘿地笑了笑，接着滔滔不绝地讲起了南山大会战的情况。原来，六十年代初期，以美国为首的西方国家结成了反华联盟，在我国东部、南部形成一个半圆形的包围圈。在北部的中苏边境和中蒙边境，苏联陈兵百万。特别是在1969年春珍宝岛事件后，中苏对抗白热化。在毛主席"深挖洞、广积粮、不称霸"和"备战备荒为人民"的号召下，东北、东南沿海的重工业逐步往京广线以西的大山里转移，全国掀起了三线建设的高潮。临河县南部探明的铁矿有6.6亿吨，相当于湖北大冶铁矿储量的八倍。中央几经论证后，决定把制造军舰、潜艇、坦克的特宽特厚钢板厂建在临河县马鞍山下。前期工程主要是建电厂、架桥、修铁路、平整场地、剥离露天矿等"三通一平"工作。

河南省军区司令员张树芝统领许昌地区十万民兵，在临河县南部的荒山野岭中，摆开了大会战的战场。1970年10月10日，临河县一万多民兵冒着雨，拉着工棚和生产生活用具，在西起龙头山、东到苏山的荒山野岭上安下营寨。当时龙头山以东除国有石漫滩林场外，没有人家。许昌民兵团在招凤垭扎下营盘，招凤垭是规划的市政区。勘察时，一群人陪着张司令员上了山，一个技术人员说："张司令，这里风大，不太适宜建市政区。""裤裆里风不大！"农家出身的张司令一句话，为市政建设节约了数万亩的良田。兰桥店和院家岭也到处住满了大会战的民兵，沉寂了两千多年的冶铁之都热闹了起来。

时任村支部书记的张春雨，被第一批抽调到民兵团担任民兵连连长。会战工地上到处写着"三线建设要抓紧，与帝国主义争时间，同修正主义争速度"和"让毛主席放心，让他老人家睡着觉"的大幅标语。经过政审挑选出来的民兵，夜以继日地奋战在工地上。1971年4月20日是原定的"三通一平"收尾期，关键时刻开山放炮的炸药雷管用完了。民兵团召开了誓师大会，每个民兵都写了请战书，提出了"不怕疲劳，白天黑夜连轴转""就是用手抠也要按时完成任务"等豪言壮语。在让毛主席睡好觉的信仰支撑下，攻坚的二十多天里，没有一个人请假。一个叫孙耀德的民兵患重病瞒着领导，最后为会战献出了年轻的生命。"三通一平"如期完成后，工程进入了建设期。一车车的钢筋、水泥等建设物资，全凭着民兵的双手、双肩，卸下的物资堆成了一座座小山。一百斤重的水泥一扛就是两袋。由于全身流汗，水泥粉尘钻进耳朵里凝结，很多民兵成了聋子。卫生员只好拿着镊子在工地上不停地为民兵们掏耳朵治聋。

自会战打响后，援朝跟着乡亲们来南山拉过几趟石头，目睹过火热的会战场面，但不知道有这么多的感人事迹，禁不住眼睛湿润了。春雨哥最后说："现在市政大楼已开始办公，听说要把大浪河以南的六个公社划过来，成立平临工区，不久咱这里将成为一个以钢铁为主的新兴工业城市。援朝、珺莹你们挪回来吧！"

援朝笑着说："我们肯定要叶落归根的，只是姥爷、姥姥年纪大了，等他们百年之后再说吧。"

一眨眼过了正月十五，澧河培堤工程开始了。大浪河改道入澧后，依然没改变桀骜不驯的性格，奔腾咆哮的洪水年年要冲毁数段大堤，因此年年培堤成了两岸群众的惯例。银杏庄的民工被分在下澧河店东边的何庄村。

走进一家院子，援朝看见主人正在翻晒春节蒸的花卷馍，想起躺在床上的姥姥和怀了身孕的珺莹，想起因为春荒即将断顿的家，眼泪不由自主地夺眶而出。结婚加上往白坡拉煤，本不宽裕的口粮一下子缺了几个月，离家时缸里的面已经见底了。热火朝天的大堤上，哗啦啦的风卷红旗声、震天响的夯歌声和欢笑声像刀尖剜着援朝的心。十多天后完工，援朝急急回到家，低声问妈："我走时家里的面只够吃三五天，这几天是咋熬过来的？""你走后，西庄您丈母娘送来了一些粮食。"援朝听罢掉了眼泪。他知道珺莹娘家也不是吃陈粮烧陈柴的富裕户，这样做势必引起他们的家庭矛盾，就长吁短叹起来。这时姥爷说："援朝啊，有物贱卖强似借债。后园那一溜楝树不是成材了吗？你刨下来咱们度春荒吧。"后园的十几棵楝树是援朝考上中学那年栽的，本打算将来有了钱翻盖瓦房时做檩条的，不承想，生活又遇上了过不去的坎儿。援朝拃了拃三把多粗的楝树，狠心刨了一棵，第二天一早拉到集上。此时农村已出现了盖瓦房热，大部分农户省吃俭用竭尽全力盖瓦房是为了给儿子娶媳妇。援朝拉的楝树顺溜又头挺，是上好的瓦房檩条，卖了三十块钱，在市场上籴了一些粮——卖一棵树全家能吃上半个月。这年春，银杏庄籴粮的农户占了一半。群众想起吕信良领着的那几年红火日子，骂声一片。吴克兰眼看银杏庄要炸了锅，宣布孙甫成任大队副书记，重新任命了一个政治队长。其实大权还在孙甫成的手里攥着。

珺莹自怀孕后，妊娠反应特别厉害，除头晕乏力、食欲不振外，吃一点东西就呕吐不止，一个月后才有所缓解。紧接着，她的两条小腿迎面骨上奇痒钻心，用手一挠浸出一些黄水，感染后形成大面积溃烂。溃烂的腿上像马蜂窝一般，不住地往外淌脓水，疼得她昼夜不能入睡。援朝用架子车拉着珺莹城里乡下找了很多医生仍不见好转。姥爷翻遍药书，调着方子又配了几十服中药依然不见效。俗话说有病乱投医，援朝无奈拉着珺莹去高台村找神婆。孤身一人住着一间破房子的神婆一问是银杏庄的，天灵灵地灵灵地祷告一番后，说是珺莹冲撞了银杏树的皮狐大仙，大仙在珺莹的腿上撒了有毒的皮狐尿，必须吃蝎子、蜈蚣、斑蝥以毒攻毒才能治好。过了一会儿，一个捂着嘴牙痛的中年妇女来找神婆，神婆同样要求吃这几样东西。援朝使了个眼色，就拉着珺莹回了家。姥爷问罢说："这几样虫子都是剧毒，吃下去要坏大事的。听说南山工区医筹处有高明的医生，你们到那里去看看吧。"

第二天，援朝拉着珺莹走在坑坑洼洼的土路上。每走一步，钻心的疼痛使得珺莹忍不住地呻吟。援朝只好一步一挪，走到小姨家已是中午了。合该她病好，当过医生的姨父在家里备有一些为乡亲们治病的应急药物。小姨用药棉蘸着凉开水为珺莹洗了溃烂的双腿，姨父抹了一遍双氧水，稍后又涂上龙胆紫。过了一会儿，溃烂的地方不再往外渗脓水。珺莹笑着说："姨父你真神了，这药一抹疼痒都消失了。"一屋子人嘎嘎地笑了起来。从小姨家回来一星期后，受了三个多月罪的珺莹完好如初了。

因生产队形势一天不如一天，几个饲养员撂了挑子。珺莹康复后，在玉秋的动员下，援朝当了饲养员。俗话说，有爱孙猴儿的就有爱猪八戒的，林子大了，啥鸟都有。一个响当当的高中生掂起了牛鞭，一时成了人们茶余饭后议论的话题。援朝全然不顾那些议论的声音，一门心思学习饲养牲口、犁耙耕种的农业技术。半年后，他接手的一犋出了相的瘦牛褪掉支岔着的长毛，身上像披了黄缎子油光发亮，膘肥体壮。像开墒、斜耙地这些农活援朝干起来熟练自如。此时，靠嘴皮子能将一根稻草吹成金条的吴克兰把自己的儿子推荐上了大学。吴克兰的儿子笨得带把儿，上了八年小学也没考上初中，后来在大队农中上了不足二年学。这样的水平也能上大学？援朝联想起社会上流行的"现在干什么不凭权力，没权力别打算出头"这句话，两行热泪流到嘴里，不知道是苦还是咸，顿时感到前途一片渺茫。

1973年农历七月二十五午时，一声嘹亮的婴啼后，姥姥杨淑娴拧着小脚从屋里跑出来，上气不接下气地说："她爹，珺莹生……生了。""生了个啥？"正在院子里转圈的老拴着急地问。"是……是个带把儿的顶门杠子。"六十七岁得了重外孙的白老拴，热泪从沟壑纵横的脸上不住地滚落，哆嗦着嘴唇说不出话来。援朝几步跨进里间，深情地看了看妻子，又看了看襁褓中胖乎乎的儿子，咧着嘴说："妈，苍天有眼，你吃了半辈子的苦，终于有了好报。""这都是珺莹的大功，头一胎就生了胖小子。俺孙子占了二十五又是中午这样的好时辰，将来一定有出息。"雪筠话音落地又接着说："援朝，你和姥爷商量着给宝宝起个名字吧！""名字我早想好了，就叫盼明吧。"隔着箔篱的姥爷思忖了一会儿说："援朝，我知道你的用意是盼望着朗朗乾坤，将来小宝宝前途光明。为防止小人无端生事，不如把盼望的盼字改成泮池的泮，泮池是古代学宫前的水池，希望宝宝长大后好好读书，只有读书才有光明的前程。"这时姥姥抢白道："你读了一肚子书，还不是穷了一辈子？他吴克兰的儿子不好好读书反而上了大学，援朝上了高中还不是照样抈耙齿、打牛腿？"姥爷意味深长地说："援朝、治淮、珺莹你们记着，将来改变命运还得靠知识。"

珺莹生了个男孩成为银杏庄的一大新闻，白家宅子绝后的谬论不攻自破。乡亲们自然欢喜不尽，纷纷送了贺礼。刚好年里头逮的猪娃已经长成，援朝就杀了猪、打了酒，摆了十八桌喜宴。白雪筠的名声再次响遍了大浪河两岸。

第五十五章

这天晚上，珺莹喊道："妈，这两天奶胀得厉害，宝宝吃不完，不时往外溢奶水。尤其是左边像针扎一样隐隐作痛。"雪筠吃惊地说："恐怕是长疙瘩（农村习惯把乳腺炎叫作长疙瘩）了。"赶忙用温开水湿了毛巾敷在珺莹的左乳房上。过了一会儿，她让珺莹把乳头塞到小泮明的嘴里，泮明吸了儿下就打起了饱嗝。珺莹自奶水下来后，不但足而且稠，喂两个孩子也绰绰有余，只好不停地用手挤。两天后担心的事情还是发生了，左乳上先是由红变紫，最后溃成了脓疮。没办法，只得开刀。人常说，妇女生孩子就像过鬼门关。珺莹被折磨得龇牙咧嘴，昼夜呻吟不止，一连动了两次手术，乳腺炎才痊愈了。

这年入冬后，躺在床上的姥姥咳嗽得缓不过气来，断断续续地说："援朝……我多想……喝……一口羊肉汤啊。"援朝听了心疼得像锥子剜着一样。此时家里只是勉强没断顿，一分钱也斟捯不出来了。援朝抱着头思忖了一阵子，出去借了二十三块钱。半夜就起来了，早饭时来到五峰山下的尚天集，买了一只五十斤重的山羊。他赶着羊走到朱兰北薛寨的一个亲戚家时，天已黑了下来。喝罢汤，亲戚家没人会杀羊，吃食堂时十来岁的援朝虽剥过死羊，但从来没杀过活羊。他只好让亲戚帮忙摁着捆住四条腿的山羊，闭着眼在羊喉咙上戳了一刀，冒了一身汗。他拙笨地剥了皮、剔出骨头后，背着羊肉回到家已是鸡叫头遍了。援朝咕咚咕咚喝了两碗开水，眯了一会儿眼，就来到城里集上。从箩头中拿出用羊皮包着的羊肉刚摊到地上，有两个人走过来翻开摊在地上的羊皮说："走，跟我们到打击投机倒把办公室走一趟。"援朝胆战心惊走进办公室。一个脸上麻子擦着麻子、尖嘴猴腮的家伙厉声问："哪来的羊?""自己养的。"麻子嘿嘿一笑说："羊毛上的颜色还是新的，看起来你不内行，瞎话编得不圆泛。""真是俺自己养的，为防止羊跑错群，昨天我才涂了红墨水。"援朝哀求道。麻子一拍桌子冷笑着说："你说自己养的，回大队开证明去！开不来证明信，东西全部没收！"

　　原来买羊时，为防止逃避交税，交易员用毛笔蘸了红墨水在羊身上重重地画了一道。初次贩羊的援朝哪会知道这些规矩。从"打投办"走出来，他想了一阵子，吴克兰没事还磨道里找驴蹄印哩，断然不会发慈悲给自己开证明信，就抱着头蹲在街边前檐下一筹莫展。这时一个熟悉的声音喊道："援朝，这么早你蹲在这里弄啥？"援朝抬起头一看是在农业局上班的松岭同学，抹去泪叙说了事情经过。松岭气愤地说："这些家伙专门没收人家的东西，然后以不到市场的半价讨好那些头头脑脑哩。"赔了二十多块钱，又把借人家的刀和秤搭了进去，也没让姥姥喝上一口羊肉汤。援朝叹了一口气说："这世道啥时候才是个头啊？"

　　好容易熬到过罢年，生产队准备开春后烧窑，放出话来："去拉煤的，除双工分外，每天补助五斤麦子。"于是几十辆车子每两个人结合着摽在一起，正月初六鸡叫头遍后就顶着刺骨的寒风出发了。头天下午富全说："援朝，俺从老丈人家借了一头毛驴，你把车子连在我的车后，也省些脚力。"上了公路，毛驴拖着两辆车走了十多里后，嘴里秃噜秃噜地喘着粗气，浑身流汗，任鞭子再抽就是迈不开步子。援朝说："你先走吧，要不天黑咱也走不到昆阳。"富全赶着毛驴先走了，援朝独自拉着车在后面追赶。此时雾蒙蒙的天空飘起了雪花，好在打春后地温升高，雪花落地化成了雨水。一路上加工做饭的都没有开张，他跑了一百三十多里，夜里十点多走到襄城县北门。往日一排溜十几家加工饭、打火烧的摊点黑灯瞎火，除呼呼的北风外，四周寂静得听不见一声狗叫。援朝划着火柴，看到不足半间房子的草庵里靠公路的一面垒着一米多高的土炉子，用手摸了摸炉子上冻着的冰碴子。草庵的三面是用玉米秆夹的围墙。援朝把车子推进来，在车棚上抻开破被子，掏出干粮，滴水未进的嗓子眼像着了火，啃了几口难以下咽。此时要是能咕嘟嘟喝上一碗凉茶哪怕是一瓢凉水该多好。可在这前不着村后不着店的野外，一瓢凉水却成了奢求。援朝索性戴着破狗皮帽子和衣裹着被子躺在了车棚上。萧瑟的寒风夹带着雪粒不住地从玉米秆的缝隙钻进来，打得他满脸生疼，只好用被子裹着头。睡梦中，援朝隐隐约约听到鸡叫声，一骨碌坐起来，戴着皮帽子的头上大汗淋漓，借着星光看见被子上落了一层厚厚的雪粒。

天放晴了,援朝一阵兴奋又拉着车子上了公路。走了二十多里,来到王洛镇,刚好有加工饭的,就饱餐了一顿,然后急急向西南的洪昌煤矿迈开了大步。后半晌到达洪昌,村里其他人已装好车准备出发,见援朝追了上来,说:"买煤的人不多,等着你吧?""别等了,装好煤我撵你们。"援朝不一会儿装好了煤,急忙追赶大伙儿。出煤矿口有个二三十米的小坡,援朝往双手上吐了口唾沫,运了运气,撅着屁股拉紧襻绳向坡上冲去。眼看就要冲到坡顶,只听嘎嘣一声,襻绳齐刷刷地从中间断开,他眼一黑就栽倒在地上。过了好大一会儿,一阵凉风把他吹醒。他挣扎着爬起来,只觉得眼前群星乱舞,天旋地转,摸了摸黏糊糊的左脸,疼得钻心,地上流了一摊殷红的血。清醒了一会儿,他才看见车子被路旁护路的沙石堆挡住,幸好没翻进沟里。他踉踉跄跄走过去,咬了咬牙接好襻绳又上路了。晕晕腾腾三天走到家,一家人看见援朝脸上流的血凝结得像炕烟的烧饼,失声哭了起来。

　　春节前,公社蒙副主任来银杏庄传达上级文件。他宣读了任命吴克兰为银杏庄大队书记的决定后,说道:"吴克兰同志自文革开始以来,紧跟党中央的战略部署,坚决同刘少奇资本主义路线做斗争,忠诚地捍卫了文化大革命的胜利成果。对他重新担任党支部书记上级是放心的,群众是拥护的!"稀稀拉拉一阵掌声后,吴克兰满面春风地传达了河南省委任命刘纪文担任临河县县委书记的决定,趾高气扬地说:"刘书记是河南造反报的总编辑,不但是个笔杆子,而且是智囊团的主要成员。他担任咱们县的书记,大长了无产阶级造反派的志气,是人心所向。我吴克兰坚决拥护省委的英明决策,誓死跟着刘书记捍卫文化大革命的胜利成果!"

　　2月下旬,中共临河县委举办"批林批孔"骨干培训班。在4800多人的大会上,刘纪文大谈"文化大革命"的丰功伟绩,批判林彪效法孔子"克己复礼"复辟资本主义的罪行。随后各公社也召开了大会,一场轰轰烈烈的"批林批孔"运动在全县展开,城乡大字报铺天盖地。在极左路线的指导下,运动中对"造反派"突击纳新、突击提干。一时间,那些借"文革"发迹的造反派弹冠相庆,把矛头对准了一些革命干部和群众。清明节后的一天下午日头压山时,刘书记亲自到银杏庄调研"批林批孔"运动。吴克兰带着班子成员和部分民兵,在大队部周围加派了三道岗哨整整守了一夜。亏得吴克兰没长尾巴，要是长尾巴的话，不知他的尾巴会摇成什么样子。刘书记前脚刚走，吴克兰就得意地吹嘘道："有刘书记给银杏庄撑腰，上天摸呼雷我都不怕。"群众听后叹着气说："县委书记下村不接触老百姓，这不是调研，这是穿裙子跳飞机，显摆他那一块子哩！"

家里没有余粮，援朝迟迟不敢买猪娃。珺莹悄悄到薛家渡她姐家借了三十块钱，递给援朝说："买个猪娃吧，一年的花销全指靠它呢！"恰逢顺和寨立夏起会，援朝花了二十五块钱买回一头骨瘦毛长约五十斤重的僵猪。村上人说："你买这架子猪毛都一拃多长，没有一年也有八九个月，看屙的屎像算盘珠，你能调理过来？"援朝认真看了养猪的书，喂了一些泻火的皮硝和驱虫药。几天后猪的粪便正常，食量大增。豫南农谚说："大麦不过小满。"此时正在紧张收割豌豆、大麦，拉着麦，每堆豌豆荚下都卧着几只大青蛙，每天放工回来，援朝的车子把上都挂着铁丝穿的几十只青蛙。那猪吃了青蛙一天一个样。麦收后青蛙都集中在干渠里，夜晚趴在光溜溜的渠岸上吃飞虫，用手电一照动也不动。于是援朝拿着手电在前面捉，治淮掂着塑料袋紧随其后，走上二三里就是大半袋子青蛙。家里挨着打麦场，援朝把能盛十多担水防火的大缸挪到院子里，挑上半缸水，把一晚捉的几十斤大青蛙撒在大缸里。捉一晚青蛙用一节电池花费两毛多钱，足够猪吃上两天。兄弟俩还利用放工的间隙打来猪草。猪吃了煮熟的青蛙肉喝了青蛙汤又吃了猪草，膘如吹着一般，通身油皮发亮像个白布卷子。

入伏后，正是储备干青草的季节。为落实买寒羊的计划，每天中午放了工，兄弟俩就拉着车子到西关外的玉米地里薅青草。中午的地表温度超过五十度。兄弟俩钻进几百亩的连片玉米地里，比进了烧大火的烟炕还要难受，只穿着一个裤衩，汗珠仍然像房檐滴水，扑嗒扑嗒往下掉，连脚底板都湿透了。凭着毅力，一个伏季下来备了五六百斤干青草。在这五个多月里，没喂一粒粮食的猪长得滚瓜溜圆，一家人盼望着能打个经济翻身仗。

场光地净后，丈哥怀远来家说："援朝，我准备翻修房子，你知道哪里木料便宜？咱们跑一趟！""去年拉煤我听淮阳的说那里是黄泛区，为防风固沙种了很多树，价格可能公道些。另外，那里不种烟，咱去时拉些碎烟叶顺便还能挣点路费。"二人商量着明天动身。

珺莹兄弟姊妹四个，大哥怀远，姐珺玉，珺莹是老三，下面的弟弟叫怀山。1938年农历七月，珺莹父亲被国民党抓了壮丁，开赴淮阳和日本鬼子交上了火。激战一昼夜，全连官兵只剩下九个人。被打垮的部队退到四川泸州后，她父亲做起了小生意，后来娶了珺莹的母亲。土改时两口子带着一双儿女回到了八里庄，衣食无着，三冬没穿过棉袄，又没房子，在别人家借住了十来年。1952年10月，珺莹降生在这个号寒啼饥的家庭里。直到散罢食堂的第二年春，家里才盖了两间麦秸房。大哥结婚后又有了两个孩子。所以翻修房子成为全家的大事。

　　第二天上午，援朝和怀远、怀山拉了两辆架子车，来到城东庙后陈，以每斤八分钱的价格买了三百多斤碎烟叶。下午三点从临河县出发，一夜没睡，走了二百五十多里，中午时来到人祖故里的淮阳县城。放眼望去，城四周烟波浩渺，风景如画。他们匆忙吃过饭，出淮阳往南十八里地来到黄泛区腹地的刘振屯公社。这里是全国防沙种树的先进典型，周总理曾经来视察过，田成方、林成网果然名不虚传。当晚他们住在一个木材交易员家中。第二天拉着碎烟下了村，老百姓围上来尝了尝烟说："烟叶倒是不错，只是没现钱，你们换不换花生和棉花呀？"原来刘振屯除树多外，花生和棉花是这里的特产。"咋个换法？""二斤烟换一斤花生或三斤烟换一斤棉花。""中。"怀远给援朝使了个眼色爽快地答复。援朝趴在丈哥的耳朵上低声说："哥，这两样都是国家统购物资，让人逮住是要筋断骨头折的。""不碍事，工区政策宽松，只要不去临河县城卖就不会出事的。"去年年底大浪河以南的六个公社划归临河工区，工区和许昌都是地区级别，八里庄和牌坊张都属工区管辖。看来"革命"不管闹得多么厉害，都不是铁板一块，临河县的政策再厉害也鞭长莫及了。

　　两天后，他们换了一百多斤花生三十多斤皮棉。木材交易员领着他们来到一个树园里，他们以每棵十五块的价钱买了十棵三把多粗、一丈长的桐树，又以每棵八块的价钱买了十棵杨树。回到交易员家，他们抬下树，把花生、棉花装在下边，重新装好车。第二天一早，他们就出了刘振屯。援朝拉的十棵桐树一吨还多，十四岁的怀山给哥哥拉着梢，他们车上的杨树也有一千多斤。由于负载过重，三个人一路汗流如雨，上了通往周口的公路时已是中午。怀远连声说："装得太多了，干着急走不动。要是有一头驴拉梢就好了。"吭吭哧哧又走了二十多里，迎面走来一溜儿套着驴的空车，悠闲的汉子们坐在上面唱着路戏。原来他们是在登封矿上盘煤结束回家过年的。一头三尺多高刚换牙的青驴，对方要三十七块钱。怀远从口袋里翻出剩下的十二块钱说："钱不够，你和我们一同到沙颍河桥头的木材市场，我们卖一棵树给你钱咋样？"那汉子回家用不着驴急于出手，二话不说把援朝的车拴在他的车后。不一会儿来到交易市场，抬下一棵桐树卖了二十九块钱，几乎赚了一倍，三人兴奋得眉飞色舞。付了钱，卖驴的又慷慨地送了驴套。怀山牵着驴，他们夜晚十点走到谭庄。这时一阵急促的警车开道声传过来。不一会儿，几十辆汽车灯射过来照得人睁不开眼睛，前头警车上的喇叭大声喊着："快闪开——快闪开——"三人停下车，连滚带爬地钻到公路边的沟里。车队远了，三个人才爬上来。原来是过大官哩，他们虚惊了一场又继续赶路。

　　转眼到了腊月二十五，玉秋哥几个人帮着杀了猪，上秤一称净肉二百一十多斤。俗话说："庄稼佬去割肉，不是腰窝就是槽头。"由于猪吃了青蛙，肋条上的膘子油有五指多厚，没出村整件肉就被分光了。卖了二百多块钱，还完所有的欠账，还剩一百块钱。这是援朝挑起家庭重担后家里第一次有了余钱。珺莹她们把换来的棉花夜以继日地纺线织布。全家人都穿上了新衣，过了个好年。

　　正月十五，沙河渡东边的高庙起会。这是临河县开春的第一道会。援朝借来一辆破自行车，揣上钱约了大旭、二明几个人去会上买寒羊。他转了一圈也没相中的，对二明说："哥，你回去捎个信，我去东边拐子王那里看看，听说那里有羊市。"援朝骑着车子来到三县交界处的拐子王。百十亩大的羊市上人头攒动，欢笑声、羊叫声显示出交易的火爆。转了一阵子，援朝看到一只羊骨态粗壮，圆圆的大肚子，至少有一百二十斤。他上去用手抓了抓，羊毛又厚又密浸着油脂，又摸了摸羊肚子，微微在动，知道这羊怀了羔。他掰开口看到了羊刚换了一对牙，就问道："这羊要多少钱？""一百五。""不值！"援朝摇着头说。这时过来一个四十来岁的行户（交易员）掀起棉袄。援朝知道这是要比码子，就伸出手握了行户的大拇指，意思是我出一百块。行户握了握援朝的大拇指，松开后又握了两个指头，说道："一口价，再少人家不卖了。"援朝心里盘算着这羊赶到城里至少能卖一百四十块，知道一百二十块是底线，就爽快地说："这羊我要了，但两块钱的交易费我不出。"此时围着的一圈人在窃窃私语，援朝知道这些人在说这羊长了个歪水门（尿道）。大部分人认为歪水门的羊怀不上羔，可他们哪里知道，援朝不到十岁就跟着姥爷放羊，早已成了养羊的行家。援朝掏出一百块钱，对行户说："我今天只带了一百块钱，大叔，你是啥庄的？叫啥名字？我把车子押给你，下午我拿钱赎车子咋样？"行户连声说："我是西边长村赵的，十里八村没有人不认识我的，进村你问赵行户就中了。"随后从兜里掏出十八块钱，连同援朝的一百块钱交给了卖羊的。

援朝赶着羊往南穿过泥河洼，走了八九里来到了一个护庄堤围着的村庄，连问带找来到初中同学郭彦湘家。彦湘听见喊声急忙跑出来，拉住援朝的手问："你咋舍得来了？""我在拐子王买了一只寒羊，还欠人家二十块钱。如果家里有钱先借给我，下午我去把押给人家的自行车赎回来。"彦湘接住羊，连声喊道："妈，俺同学援朝来了。"一个五十来岁的中年妇女从屋里走出来，后边跟了个秀雅的女子。彦湘指着二人说："这是咱婶，这个是……俺媳妇。"援朝亲热地向二人问了好。吃过饭，彦湘妈从箱子底拿出二十块钱递给援朝。援朝用了不到一个小时来到长村赵，行户把车子还给援朝说："小兄弟，你年纪轻轻只身一人跑了七八十里来买羊，我真服了你！"援朝笑了笑，挥手告别，不一会儿骑车回到彦湘家。

彦湘的老家是湖南的，他父亲在国民党部队当兵时在连寺村落了户，吃食堂时饿死了。因此，彦湘家不但贫穷，还背了个伪军官家属的名分，自然被打入"黑五类"。好在他大哥"文革"前是甘肃农学院的学生，三年前被分配到甘南一个县里当农业技术员，甘肃那边更穷，他就给彦湘介绍了个甘肃的媳妇。此时，他们结婚才三天。晚上彦湘对他媳妇说："俺老同学分别七年了，你去和咱妈睡吧！"这晚两人说到大半夜。援朝躺在彦湘新婚的床上，想着同窗间亲如手足的情谊，含着泪进入了梦乡。

羊买回来后，肚子一天天大了起来。桃花开时，这羊产下了双羔。过了些日子，援朝剪下羊毛又卖了三十多块钱。村子里一片赞叹声："援朝真有眼光，这羊连母带羔少说也值二百块。这一回他家可真发了。"两只小羊羔虎头虎脑活泼可爱，已经会满地跑了。有了吨车又一下子有了三只寒羊，援朝家算是摘掉了村里最贫困户的帽子。生活就像一日三餐，品尝着岁月的苦辣酸甜；生活更像一团火，燃烧着全家的憧憬和梦想。

第五十六章

　　大清早，麻知了的聒噪声又送来了火热的一天。临近中午，地裂得像小孩儿的嘴，浇上一瓢水就刺刺地冒起白烟。吃午饭时不见了姥爷，大浪河两岸夏天中午人们有下河洗澡的习惯，援朝就顺着河找到石桥上，看见姥爷顶着火辣辣的日头，干裂着嘴唇从桥北抱着破草帽走过来。"姥爷，这天热得像着了火，你到哪儿去了？"援朝心疼地抱怨着。"郭发庄恁子泽爷给生产队种瓜，趁放工没人，我给宝宝忻（讨、要的意思）了几个甜瓜。"援朝接过草帽包着的甜瓜，眼睛湿润了。此时珺莹已怀有五个月的身孕，小泮明刚断奶，不适应饭食，饿得哇哇乱叫。家里没钱买奶粉，只能熬些面汤喂他。把重外孙视为命根子的白老拴不顾酷暑，来回跑了十来里地用老脸蹭了几个甜瓜。回到家，老拴剥去瓜皮，喂着重外孙。小泮明狼吞虎咽地吃了几口，忽然停住，奶声奶气地说："太爷爷吃。""太爷爷不吃，这瓜是专为你忻的。"珺莹接过瓜喂着儿子，援朝把饭碗递到姥爷手里。

　　这时一声闷雷突然在房顶炸响，接着白桩子大雨下了起来。时大时小的雨一直到后半夜才住。人们常说猛雨三场，第二天上午，乌云在天空中翻滚，太阳像火球从云团中钻来钻去，一些似云非云、似雾非雾的灰气浮在低空中，没有一丝风，天闷热得像扣了个大蒸笼。下午四点多，生产队召集男劳力杀青麻。干了一会儿，人们憋得喘不过气来。麻知了的叫声已经嘶哑得卡在喉咙里，像一个垂危的老人干咳咳不出痰来一样。这时乌云像抬着海从西南天空压过来，天地间顿时漆黑一团，朦胧中只能分辨出轮廓，人们大惊失色地往家里跑。援朝刚进屋，只听见咔嚓一声巨响，一道如茶缸粗的闪电撕裂漆黑如墨的天空。雷声刚过，倾盆大雨从天而降，好像天河决了口子在空中架起了无数个大瀑布。风声、雷声伴着哗哗的雨声肆虐了整整一夜。吃罢早饭雨势小了些，人们纷纷来到河堤上，河滩里种的高粱已被淹没。有人在水边插了根细木棍，眨眼之间就见河水上涨了半尺。河滩的回水湾里聚积着大量的淤渣，淤渣晒干后是烧锅的好燃料。援朝捞着淤渣，见从洪峰处漂过来很多南瓜、菜瓜，仗着好水性援朝又捞起了瓜菜。这时雨更加疯狂，漫天飞舞的雨柱像锥子似的打在人身上，天地淹没在白茫茫的大雨中。河里浪涛一个接着一个，雪崩似的重叠起来，排山倒海，像激怒的野兽，疯狂地冲击着堤岸，发出震耳欲聋的响声。眼看洪水要溢出河岸，援朝顾不得再捞东西急忙上了岸。

回到家，屋子里挤满了人，街南的富屯舅家和另外两家已开始进水。援朝、治淮拿着铁锹，在房子四周培起三尺多高的土堰。天黑后，雷电大雨愈加猛烈，几家人一起凑合着吃了晚饭。白老拴一袋接着一袋抽着烟，不住地说："我活了七十岁，第一次见这么大的雨，这天怕是要塌了啊！"胆战心惊的人们哪还敢入睡。到了午夜，只听见远处轰隆一声，援朝几步跨出屋子，惊叫了一声："涨水啦！"一屋子人跑出来，当院的水已没过了膝盖。过了半个小时，水忽的一下子退去了，暴雨戛然而止，不一会儿已是满天星斗。人们进屋歪在床上、躺在地上睡着了。五更时，富屯舅凄凉地喊道："大岭他娘，咱几家的房子都塌了，赶紧回去扒东西。"三家人走后，吃罢早饭九点左右，忽然有人高声喊道："大水来了，赶紧往老虎岗跑吧。"银杏庄的西北角有一块隆起的高地，可能是从前这里杂草丛生，老虎常在这里出没，所以叫老虎岗。修干渠时村上大部分地段是填方，而这里是挖方，挖出来的土堆在渠岸上，成了全村的制高点。

援朝听见喊声，麻利地把羊拉出屋子，拴在前边白昆起家三四尺高的园埂小树上。反身回屋背起姥姥，治淮抱着小泮明，珺莹挺着大肚子和妈妈搀着姥爷，蹚过齐腰深的洪水上了干渠。来到老虎岗，只剩下五十米长两米多宽的渠岸上，挤满了齐哭乱叫的乡亲。薛家渡以南田野的洪浪里，翻滚着数不清的家具杂物。援朝把姥姥放在一棵碗口粗的杨树旁，回头叮嘱道："妈，水再涨，你们就死死地抱着树，我回家摽个筏来接你们。"兄弟二人急忙反身往回赶，村西头的低洼处已经翻滚着一米多深的洪水。

兄弟俩涉过低洼处走到饲养室大院，看见大旭掂着镰刀从里边跑出来。这时接连不断的房子倒塌声过后，荡起的烟尘像原子弹爆炸一般升起一团团蘑菇云。前院的富岭舅哭喊着："我的房子呀！"回到家，援朝家四间房子已经倒塌。拴在园埂小树上的羊站在水里发出咩咩的绝望叫声。援朝蹚着过腰的水来到屋后，偶尔露出叶尖的烟地里翻滚着巨浪。放眼北望，几里外的临河岗成了孤岗。这时一架飞机低空掠过他的头顶，机上的飞行员清晰可辨。援朝摆了摆手，飞机在大浪河上空盘旋了几圈后，撒了一串红红绿绿的传单飞走了。

兄弟二人从倒塌的房子里掀出两根桐木梁，扒出耳房的单扇门，匆忙摽好筏，装上箱子，推着筏向村南游去。一群牛扎着堆儿站在废墟上，哞哞地惨叫着。走到街上，当街成了河，猪羊、家禽、杂物排着队箭一样随着激流向东飞滚。二人浮着水推着筏过了激流，看见秀英母子俩抱着坑东边的柳树在洪水中挣扎。"妗子，你们扶着筏赶快跟我们走吧！"援朝急促地喊。秀英妗子哭着说："援朝，筏小顾不了那么多人，你带上玉玲吧。如果我活着，报答恁弟兄俩的救命大恩。"援朝见秀英妗子执意不走，哽咽着说："妗子，你可要抱紧柳树，水涨了你再往上爬爬。"又对玉玲说："你只管抓紧筏跟着走，千万不要松手。"过了村南的低洼处，援朝呛了几口水，推着筏来到干渠旁。这里地势稍高，水有齐腰深。往南瞭了一眼，马鞍山以北几十里成了汪洋大海，浑浊的洪水上漂浮着动物尸体和杂物，一个个麦秸垛像大海中失舵的船向东漂移，一眼望不尽的村庄现在只剩了树的上半截绿色。推着筏艰难地来到老虎岗，仅剩三十米长一米宽的干渠露在水面上。挤在孤岛上的乡亲凄惨的哭声回荡在茫茫洪涛中。坐在筏上，援朝惶恐不安望着滔天大水，想起不知死活的西庄小姨和老家的亲人，咬着牙没哭出声来。

过了中午，水开始回落。下午四点，干渠像一条搁浅的蛟龙横卧在满目疮痍的泥水中。此时不知从哪儿传来消息；这是甘江河翻上来的水，更厉害的是西北白龟山水库也垮了坝，今晚大水就要压过来了。被吓破胆的人们扶老携幼，顺着干渠踏着泥泞绕道三里店往城里跑。治淮背着姥姥，妈妈抱着泮明，珺莹搀着姥爷随着人流也向县城跑去。

最后，岗上只剩下五六个人。幸好有人带了几十条化肥袋子，几个人把袋子装上土，在干渠上垒了一个台子。晚上援朝躺在土台上望着满天星星一夜未眠。天刚亮，援朝利用残存的半渠浑水把筏推进了村。房子全部倒塌，银杏庄一片狼藉。回到家，站在园埂上的三只羊侥幸没死，看见援朝咩咩地叫个不停。援朝从冲倒的树上给羊撇了些树枝。扒开倒塌的房子，面缸里、盐罐里都灌满了浑水，厨房里除两口铁锅外，做饭的用具被冲得不见踪影，圈里的七八百斤麦子只剩下圈底。援朝抓起涨鼓鼓的麦粒闻了闻，还没变味，在院子的泥地上铺上房草，盖上塑料薄膜，把百十斤麦子摊在上面。这些麦子可是保命粮啊！不但卧床的姥姥要吃，珺莹在年关还要坐月子。

　　洪水过后的第二天，被乌云遮了几天的太阳一露头就火辣辣的。已经一天一夜没吃东西的援朝嗓子眼直冒烟，就从水缸里舀起浑水，咕嘟咕嘟喝了一肚子。这时听见西边有人喊："援朝快过来吃东西！"援朝走过去，富民舅几个人用石头支着一口大锅，用浑浊的泥水煮了一锅死牛肉。富民舅捞出一根带着肉的牛大腿骨递过来。援朝啃着没放盐的牛肉，想着生死未卜的亲人，难以下咽，就掂着牛大腿回到院子。家里的黑狗不知从哪里钻了出来，一见援朝，眼里噙着泪，上蹿下跳地亲热个不够。那情景分明在诉说大难不死的灾后重逢，援朝随手把牛腿扔给了黑狗。

　　快到中午时，怀远踏着泥泞来了，含着泪问："珺莹他们呢？""他们都进城去了。西庄咋样？""大水来时，我和怀山用绳子把全家都系到院里的大柳树上，人没事，只是东西冲走了不少。"援朝听罢连忙说道："只要人没事，比啥都好！"下午，镇远姨父带来了一家平安的消息。原来他家的前院是一所百年的老瓦房，那晚凌晨洪水来时，砖包墙的老瓦房先倒塌了，一家人就爬上倒塌的瓦房废墟上。援朝知道过罢洪水一根草都是金贵的，姨父走后，就把塌房子上的准草、箔、檩条归置到一处垛好。天擦黑时，东院秀英妗子喊道："援朝，我煮了一锅麦子，过来吃吧。"已经两天没吃饭的援朝走了过去，扒拉两碗麦粒，喝了一些汤，回来歪在草堆上。夜空中只有星星眨着眼睛，空旷的四野听不到虫鸣，甚至连蚊子也绝了迹。援朝想着贫困潦倒的家庭刚刚有了起色，却又遭遇了这场史无前例的大洪水，眼泪顺着面颊滚下来。好不容易闭上眼，一阵羊叫声又把援朝惊醒。看看天已经亮了，他又开始从废墟中清理东西。援朝从初中到高中的课本和二十多本小说还有姥爷的医学书籍片纸没剩。正清理着东西，又传来了银坡姥爷喊吃饭的声音。在大灾面前，浓郁的亲情和大爱超越了一切，维系着这个社会的生存。吃着煮麦粒，银坡姥爷问："援朝，听说恁老家那一带前天晚上死了很多人，你没回去看看？"援朝扒拉了一碗麦粒，放下碗急匆匆地向牌坊张走去。

过了大柳树村，田野里到处是尸体和杂物。赤身裸体的死人肚子胀得像棉花包，在烈日暴晒下，渗着明晃晃的油水。动物尸体开始腐烂，上面爬满了成群的绿头苍蝇，发出刺鼻的恶臭。有人还在辨认尸体，不用说他们在寻找失散的亲人。走到通往南山的小铁路前，约有一里长的铁轨带着枕木被洪水扭成了麻花。过了铁路桥，援朝远远看见得田大从和平庄走过来，连忙走向前喊了一声大，便哽咽起来。得田惊恐地问："你姥爷、姥姥、妈妈他们……""他们都进城了。咱几家咋样？""前后院三家人都没事。不过咱庄可惨了，全村316口人死了32口，饲养室、保管屋被冲了个精光。村西头那个上万斤的石碾盘也被冲了七八丈远。"援朝听罢着急地说："大，我回村里看看。"二人走到和平庄南的一个大竹竿园前，得田大指着说："大水过后从这竹竿园里就拉出来十八具死尸。"来到村西头的石牌坊下，耸立的石牌坊上粘着一层晒干了的黄泥。得田大又说："大前天晚上洪水来时，石牌坊救了五个人，其中一个十五岁的男孩驮着两岁的妹妹，扶着一个板箱，眼看筋疲力尽了，被牌坊挡住后爬在了上面。"说着话进了村，春雨哥几个人用绳子拉着死尸送到河坡里刚回来，一见援朝，围上来问："人没事吧？""大前天晚上涨水时，那里半个小时后水就退了，前天上午从甘江河翻上来的洪水，除后荷荡死了两个老婆外，银杏庄没死人。"援朝话音落地，几个人连声说："没死人就好，没死人就好。"这时从北院声远叔家、南院振云叔家传出一阵阵凄凉的哭声，顿时村子里哭声一片。大伯说："大前天下午接到公社跑水的通知，恁声远婶带着柳河湾她母亲、嫂子和一群孩子共十二口人，冒着大雨走到洪河镇西边公路上，只听见一声巨响，接着两米多高的洪峰瞬间压了过来。慌乱中几个人死死抱住了公路边的杨树，这时她二儿子抱的杨树绊住了一个人，拉出来一看是他母亲，水落后十二个人只剩下五个人，七个人被冲得不知去向。那天晚上恁声远叔的大母在家中也被洪水冲走了。天明后，恁声远叔从树上下来，走到村南的老坟地，见一个老婆的尸体趴在坟上，翻过来一看是他丈母娘，知道出去跑水的两家人凶多吉少，就号啕大哭起来。"

春雨哥流着泪说："那天下午接到通知，咱前后院老老小小二十多口人，空着手冒着大雨早早去了招凤垭。一些顾家晚走的到了洪河镇，认为那里地势高，就躲进公社礼堂里，大水来时礼堂顷刻被冲倒，一礼堂人被闷在里边不知死活。东院振霖婶和振云婶领着孩子走到洪河西边的水坑赵，因雨大夜黑，躲进一农户家，洪峰压过来卷走了振云婶和她的三个孩子，振霖叔的女儿也被卷走了。我们在家，水头过来时都爬到院里的大树上。一会儿听到玉爷哭喊着：'振云，水太大，恁娘我拽不住了。'振云叔凄惨地喊了一声娘，黑暗中，呼通呼通的塌房声、咔嚓咔嚓的树倒声、齐哭乱叫声像炸了锅。柳河湾刘喜的大儿子被大水冲走后，刘喜哭着追赶儿子，第二天在咱村东北角的长抻地找到了儿子的尸体。妻子一见就晕了过去，醒过来后就疯了。"

得田插话："咱这儿还不算最严重，最厉害的是田岗水库东边那些村庄。昨天我去了一趟八家刘恁舅家，村上人死了一多半，好多户都死绝了。"春雨哥接着说："据昨天区委灾情简报上讲，几百年不遇的特大暴雨持续了一夜，前天后半夜三点多钟，吴桂林、红石岗、袁门三座水库相继垮坝。昨晚凌晨刚过，龙泉湖大水漫过坝顶，推倒防浪墙，奔腾而下，滚滚洪水像锉刀一样将大坝一层层剥去，最后摧垮整个坝身，以每秒三万立方米的流量排山倒海地一举冲垮田岗大坝。田岗水库泄洪闸两头三层楼高的闸楼顷刻倒塌，闸楼上数十名防汛的干部职工没反应过来就葬身在洪涛中。几座水库的水汇在一起，形成两米多高的扇面水墙，铺天盖地向下游平原横扫过去，吞噬着田野和村庄。下游数百里波涛滚滚，成为一片汪洋。"援朝听着，这些闻所未闻的场景让他倒吸了一口冷气，张了张嘴，说不出话。"援朝，郊委救灾工作组已进驻咱大队，听说马上要规划新村，你们赶快搬回来吧。"援朝从众人企盼的话语里，感受到血浓于水的亲情，含着泪说："叶落归根。我们到姥姥家已经二十一年了，是该回来了。"

告别亲人，援朝拖着沉重的步子，中午回到了家。妈妈、珺莹、治淮他们已经回来了。"听恁秀英妗子说，你回老家了，那里咋样？"妈妈迫不及待地问。援朝把牌坊张、小姨家和八里庄的情况说了一遍，几个人百感交集地说："谢天谢地，今晚能睡着觉了。"珺莹接着说了进城的经过："那天下午我们沿着干渠走到三里店村南。地里的稻子倒伏在淤泥里。渠埂边、桥洞中到处是人畜尸体和家具杂物。进城后，我们被分到城北纸坊李一农户家。第二天治淮把咱姥姥、姥爷送到了二姨家。"妈妈流着泪插话："大灾面前，多亏政府组织安排得好，城里所有的干部职工都投身到抗洪救灾中。城东关天天有飞机空投食品。听说郑州、许昌等地组织群众日夜烙馍、蒸馒头。跑水的灾民有吃有住，没受大罪。这要是搁旧社会，不被洪水淹死，也得被饿死。"几个人回来时带的有馍有面，洪水退去三天后，张援朝家又冒起了炊烟。

第二天上午，银杏树上的钟声响了。洪水过罢四天后，吴克兰在银杏庄召开了群众大会。他大言不惭地讲道："在上级英明正确领导下，银杏庄大队在党支部的带领下，发扬一不怕苦、二不怕死的革命精神，初步取得了抗洪抢险的胜利，除后荷荡淹死两个人外，乡亲们受了一场虚惊。东西冲跑了我们还有两只手，草房塌了我们再盖瓦房。在这场特大洪灾面前，我们更要时刻不忘阶级斗争。听说有人哄抢了大队代销点，还有一个青年摽着筏大发洪水财，捞了一个大箱子。"吴克兰含沙射影的语言像带了毒刺的钉子，援朝知道他在含沙射影地说自己，大声说："吴书记，你可不能包庇坏人，当场把他揪出来！"道听途说的吴克兰红着脸没了下音。他走后，人们纷纷骂道："洪水来时，连这兔娃的影儿也没见着，现在跑出来红口白牙地表功，也不怕风吹掉了舌头。"

当天下午，富岭、大旭、二庆三个人被大队民兵五花大绑送到公社，罪名是哄抢倒塌的代销点。代销点临街，在援朝家的前边，中间隔着富岭家，平时经营煤油、食盐、肥皂、火柴等日用品。有一个大塑料壶装着散酒，大水来时被冲到富岭家的院子里。洪水退去的那天晚上，富岭和二庆流着泪坐在倒塌的房子上。8月9日是农历的七月初三，就是立秋后的第二天，后半夜秋风乍起，二人顿时感到一阵凉意，于是捧着塑料壶喝起酒来。当饲养员的大旭在大水来时，不顾家里的东西，掂着镰刀从村东头蹚着洪水来到饲养室大院，冒着生命危险割断牛缰绳。十镇牛跑出来了十九头，救最后一头牛时饲养室房子倒塌，大旭差一点被砸死，所以银杏庄生产队只死了一头牛。救出一群牛后，他从紧挨着的代销点经过时，趴在倒塌的地方往里望了一眼。家庭是地主成分的马大旭为这一眼付出了沉重的代价。几个人被送到公社的第二天和其他村的二十多个人脖子上挂着纸牌子，在民兵荷枪实弹的押解下，顶着炎炎烈日，嘴里不住地喊着"我是哄抢犯某某某"，整整在全公社游了五天街。

第五十七章

一牙上弦月挂在夜空,在洪水过后的大浪河两岸洒下一地凄凉与哀伤。暗淡的月光下,张援朝一家人躺在几根棍子支起的塑料窝棚里辗转难眠。白雪筠叹了一口气问:"遭遇了这么大一场洪水,房子也塌了,咱该咋办?你们有啥打算?""妈,郊委抗洪救灾工作组已进驻咱牌坊张,乡亲们都希望咱叶落归根呢。"援朝说罢,治淮、珺莹附和着说:"虽然村里人待咱不薄,但毕竟出了五服,咱们还是搬回老家吧。""那恁姥爷姥姥咋办?"援朝动情地说:"姥爷姥姥待咱们恩重如山,无论在任何情况下我们都不会丢下他们不管。明天我去二姨家问问,如果他们有半点不同意,搬家的事就永远不提了。"

第二天早饭后,援朝脚下生风向二姨家走去。进了村,远远看见姥爷在大门口张望。姥爷一见援朝走过来,快步上前拉住他,迫不及待地问:"咱村咋样?你小姨家和八里庄有信儿没有?"援朝说了村上的房子全倒了、几家亲戚无大碍的情况后,几个人长长舒了一口气。援朝试探着说了带上姥爷、姥姥一同搬回牌坊张的想法后便哽咽起来。"援朝,你别担心我和恁姥姥故土难离。你虽然在这里长大,但贫穷和屈辱给你带来的创伤太深重了,尤其是这几年接二连三对你的打击迫害,我们不知偷偷哭了多少回。像吕信良这样干事的好干部反而被闹事的吴克兰、孙甫成迫害成了走资派,这坏人当道好人受气的世道,咱眼不见也少生这窝囊气。另外,南山正热火朝天搞开发建设,往后肯定会比这边有盼头。"援朝听罢来到里间,正要开口,躺在床上的姥姥麻利地坐起来,笑得很深沉地说:"搬回去吧,我耳朵虽然有些聋,可心不聋。"援朝听了,两行热泪顿时从眼眶中滚落下来。

张援朝要带着姥爷、姥姥搬回牌坊张的消息不胫而走,不到半天就传遍了银杏庄。人们纷纷来到老拴家，叹息着说："树挪死，人挪活。走了也好，省得再跟着这些抱粗腿耍嘴皮子的干部受这不该受的勾头罪。""他吴克兰就像苍蝇趴在玻璃上——自认为前途光明，出不了三五年，还得成为人人喊打的过街老鼠。"众人走后，生产队长玉秋匆忙走进院子说："雪筠姑，全村没人说恁家的不是，就连发祥爷都知道土改划成分那档子事错怪了俺五爷，让我劝劝不让你们走。"雪筠苦笑着说："玉秋，我们一家永远忘不了银杏庄的深情。但终究得盖房子，还是搬回去吧。"玉秋叹息着走了。

当天上午，援朝找到支书吴克兰。吴克兰假装惋惜地说："援朝，你是我看着长大的孩子，论才华、人品还有庄稼活，全大队青年中你都是出类拔萃的，只是秉性太直，你要是低低头，咱爷们的过节不就一笔勾销了吗？"援朝听罢心想："这就好比愣把鹦鹉拴到牲口棚里充驴叫一般，是无论如何都不可能撮合的事。"笑着嗯嗯了几声，接过吴克兰签了字的迁移证明信，找到大队会计盖了章，大步流星地向牌坊张走去。

走近村头，只见历尽沧桑的石牌坊上贴着红红绿绿的抗洪救灾标语。乡亲们正忙着搭建窝棚，一见援朝纷纷围上来说："今儿早上，被洪水冲走几天的一头老牛自己跑回来了，连牛都恋着家，你们赶快搬回来吧。""我今天回来就是开准迁证的。"听到这话，众人湿润的眼睛里掩饰不住浓浓亲情。声远叔激动地说："我们终于盼来了团聚这一天。"说着从援朝手里接过迁移证明，一阵风似的去了公社。下午援朝从城郊公社开了迁移证回到家，匆忙把三只羊赶到八里庄，委托怀远卖掉。晚饭后，院子里又陆陆续续聚了很多乡亲。吕信良流着泪说："援朝，你们不走不行吗？"援朝哽咽道："谢谢乡亲们对俺一家的挽留！我是喝大浪河的水长大的，永远不会忘了银杏庄的亲情。瞎胡怼的弹冠相庆，信良哥你这一心为群众干事的反倒成了坏人，这颠倒黑白的世道压得我实在喘不过气来，但历史不会容忍这些坏东西横行长久的。"直到远处传来了吃杯茶鸟的叫声，人们才逐渐散去。

第二天吃过早饭，家里齐刷刷站满了一院子送行的人。十多辆架子车装着梁、檩、箔、房草和砸坏了的破家具、锅碗瓢勺，后边跟着银坡姥爷、书敬舅等几个泥水匠，一行人离开银杏庄。白雪筠一步一回头，望着频频招手的乡亲，泪水又禁不住模糊了眼睛。张援朝扭头看了看银杏庄满眼的废墟，望了望愁云笼罩的大浪河，心里一下子涌起了无限依恋。尽管他渴望离开这里，到故乡更广阔的天地去生活，但对这里的一草一木，内心仍然是深深热爱的。

一个小时后来到牌坊张西边的公路上，送行的人们望着田野里一拃多厚的淤泥说："援朝，明年凭这里的地不上粪也能长出好庄稼。""听村里人说俺这里淤了一尺多深，可上游一带连老犁底都给冲走了。"

说着来到石牌坊前，一群人端详了一阵子。吕信良打量着轩昂气派的石牌坊，动情地说："雪筠姑，我是头一次来你们村。这遒劲有力的'节孝流芳'四个字不正是你人生的真实写照吗？"雪筠听罢，泪水湿润了眼睛说："我带着两个孩子回到咱银杏庄已经二十一年了，要不是乡亲们的百般照顾，哪会有俺母子的今天啊！"

说着话，村里人纷纷围上来帮着卸东西，搭窝棚，大娘杏儿几个妇女做饭。日头偏西搭好了三间窝棚，本村的几个人留不住都走了。吃着饭，银坡说："雪筠，将来盖房子我还领着乡亲们来帮忙。"得田大说："嫁出去一个闺女，三辈子受不完的祸害。""这不叫受害，这叫千刀割不断的亲情。将来俺外甥出息了，我们还指望着帮光哩。"献舅插了一句。吃罢饭，雪筠母子把银杏庄的乡亲送到村西边的公路上。

转回身，一家五口齐刷刷地跪在了石牌坊前。白雪筠哽咽着说："老祖奶奶，俺白雪筠向您兑现诺言来了。走时母子三个，回来时一家七口。俺爹娘为抚养我们母子耗尽了心血，现在背井离乡来到了咱们村。请您见证，俺会好好服侍他们安度晚年。"援朝知道，是石牌坊的信念支撑着母亲这样一个弱女子走过了风雨坎坷的二十多年，流着泪说："妈，孝顺俺姥爷姥姥，是咱一家的本分，你放心好了。回到了老家，咱们应该笑着迎接新的生活。"白雪筠站起来用袖子抹去眼泪，满怀期待地说："这些年我的泪也快流干了。回到咱牌坊张，你们要争气，干出个样子来，让我的后半生笑着过。""妈，我们一定让你的后半生在梦里笑出声来。"珺莹动情的话语里透着一股子坚毅。

刚吃罢晚饭，三间窝棚里就挤满了父老乡亲。援朝端出碎烟和一沓子旧发票纸，人们吸着烟打开了话匣子。

声远叔说："三嫂，你们回来了，有啥过不去的坎只管说，大伙儿都听着，援朝他姥爷姥姥为抚养咱张家的后代，吃尽了苦头，现在来到了咱牌坊张，就是咱村的人。我们要拿出热情来，让他们处处感到温暖。"

众人异口同声地说："行孝是咱老祖宗留下的规矩，更何况他们是咱牌坊张的大功臣。"

正说着话，记恩领着一个三十多岁、中等身材、浓眉大眼的汉子走了进来。声远站起来介绍："三嫂，这是咱牌坊张大队的新书记。"中年人一把握住白雪筠的双手说："嫂子，可把你们盼回来了。你带着两个侄子走时，我才十来多岁，怎不认识我，我是绍峰的近门兄弟连峰。"原来大水过后，难以承受打击的声远踉踉跄跄来到公社，哭诉了辞职的请求。考虑到实际情况，公社征求声远的意见，把任大队会计的连峰提拔为支部书记，声远成了副书记。温连峰动情地接着说："这次特大洪灾，虽然咱全大队死了不少人，东西也被冲走了，但大水过后的第二天，郊委李书记就带着救灾工作队来到了咱牌坊张，并把咱村作为全郊区抗洪救灾的试点。现在援朝一家也搬回来了，我坚信，只要咱们拧成一股绳，将来一定会有好日子。"一席话驱散了人们心头的愁云，笑声从窝棚里飞出来，回荡在牌坊张大灾后的夜空中。一边抽烟，一边拉话，这几个收不住话茬睡意全无的庄稼汉，竟然谈论到洪滚河那边亮起了白色。

人们走后，躺在床上的援朝难以入睡。从投亲银杏庄到搬回牌坊张的一幕幕，像放电影一样在他脑海里翻腾。生活似乎走了一个令人难以置信的圆圈，但又不会以圆圈的形式结束。生活犹如一条永不回头的河流，自己曾是河滩上一条搁浅的小船，现在这条刚刚修复的小船又汇入大河向前航行，不能对那块搁浅的地方频频回首，也没时间去看那走过的足迹。现在回到了故乡，必须付出更艰辛的努力，才能报答亲人们的一腔深情。

第二天刚起床，记恩进屋笑着说："援朝哥，昨晚人多，我没咋插话。你看看这灾后惨景，咱村的救灾工作该从哪里着手啊？"记恩是老贵叔家的儿子，比援朝小一岁，骨碌碌的一双大眼里透着智慧，是新支部临时任命的牌坊张生产队负责人。援朝说："昨天下午我到东边河坡里转了转，拉过去的人畜尸体高度腐烂，岸边的鬼柳树上趴的苍蝇把树枝都压弯了，村子里到处臭气冲天，大灾之后必有大疫。我们得赶紧把尸体深埋，不知公社有没有消毒的东西？""上面派来的防疫队带的消毒器械和药品一应俱全，前天还巡回着在各村井里撒了漂白粉。吃罢饭，我派人到公社去领。"

上午，男人们扛着铁锨掩埋河坡、田间的尸体，清理废墟。二娘领着妇女们背着喷雾器，喷洒新洁尔灭、敌敌畏等杀菌灭蚊蝇的药物。几天后，牌坊张的异味才逐渐消失。从公路上运送救灾物资的车辆源源不断地向灾区驶来。生产队会计天天带着人，拉着架子车从公社领救灾物资，除面粉、被子、衣物、生产工具外，食盐、煤油甚至火柴都安排得周周到到。领到救灾物资后，人们纷纷说："这么大的洪灾，要是在旧社会，哭都不知道咋哭哩。"

数罢伏，正是种秋菜的季节，政府及时发放了全国各地支援的蔬菜种子。没有牲口犁地，人们用三齿把划开淤泥地，种了三十多亩白菜、萝卜、四季青。郊委抗洪救灾工作队把帐篷扎在了四个村的接合部。为减轻群众负担，工作队自己做饭，每个队员包一个生产队，没有休息日，和群众奋战在抗洪救灾第一线。工作队员中不但有解放前参加工作的老干部，还有担任局级要职的一把手和农业专家。

种罢菜，援朝建议说："咱们村一色乎是几十年的土坯房。俗话说，土闲三年自肥。银杏庄离县城近，农闲时专门铲些坯，拉到城里替人家翻修旧房子，然后把扒下来的糊圪垃运回来上地，上过糊圪垃的庄稼肯定长得又肥又壮。""哥，你出了个金点子，我正发愁这么多废墟没法处理呢。"牌坊张的经验很快推广到其他生产队。一个月后，千疮百孔的牌坊张大队有了新气象。

中秋节，牌坊张劫后余生的一百多亩稻子成熟了。大水冲过的稻田严重减产，不过仍然收了三万多斤稻谷。打完稻子的那天傍晚，援朝头重脚轻地走进院子，扑通一声栽倒在地失去了知觉。治淮抱着哥哥哭了起来，人们纷纷从窝棚里跑出来，春雨哥抱起援朝放上架子车连声催着："快上医院！"前后院几个小伙儿拉着车子飞快地来到公社卫生院。醒过来的援朝看到医院走廊的病床上躺满了病号，穿着白大褂的医生、护士在紧张地忙碌着。大水过后，多种疾病大流行，尤其是红眼病、霍乱、痢疾最多也最厉害。一个从北京来的专家看了援朝的血液化验单后说："这是恶性疟疾，别担心。"随后打了一支奎宁针。不一会儿援朝感到身上轻松了许多。回到家，一屋子人看看没事就逐渐散去。

　　众人刚走，记恩失急慌忙地走进来抱怨道："刚才听说你去了医院。这几天我看你气色不正，催着你找医生，你说不碍事。这都是干活不惜力累的，明天我到医院再给你取些药。"珺莹笑着说："医生打了针，交代歇两天就没事了。虽说灾民吃药不要钱，咱也不想沾那光。"几个人哈哈笑了起来。不一会儿，珺莹做好饭。援朝喝着清汤面叶问："没想到咱队还收了三万多斤稻谷，记恩你打算怎样处理这些粮食？""哥，我正想听听你的意见哩。"治淮插话："分给群众呗。""现在政府按人头每天发放一斤二两面粉，吃饱肚子绰绰有余。遭这么大洪水，最要紧的是让人们从悲痛中走出来，这几万斤稻谷留下五六千斤，年关前换上十来头猪，让乡亲们过一个比往年还要肥的春节。""三婶，俺哥到底肚里装的墨水多，遇事站得高看得远。这凝聚人心的好点子，做上三天梦我也想不出来。"珺莹接过话茬："哈巴狗啃脚后跟，舔的不是地方。恁是一笔难写二字的兄弟，说这些客套话不显得见外了吗？"记恩红着脸说："早听说你不但长得漂亮，嘴碴子也厉害。你要是有个妹子就好啦，我和俺哥做连襟。""孬孙，槽后站村有个一对牙的小闺女，明天我给你牵回来。"阵阵爽朗的笑声中透出浓浓的亲情。

　　援朝在家休息两天后，种麦开始了。正当人们发愁没牲口犁地时，上级除给牌坊张生产队配发了一台连车斗带犁子的手扶拖拉机外，又给了一匹军马。郊委李书记跑了几个县给全大队弄回来几十吨碳氨。经过农机部门的培训，治淮和春雨哥的大儿子大明成了拖拉机手。两个人早出晚归一天居然能犁二十多亩地。社员们笑逐颜开地说："乖乖，没想到一堆铁疙瘩比七八犋畜力还厉害。"犁出来的地一犋牲口耙不及，工作队和社员们起早贪黑边拉耙边打畦，一同在田间挥汗如雨。十来天后，整地接近尾声，牌坊张三百多亩地整齐划一，散发着泥土的芳香。

　　休息时，老贵叔问郊委办公室主任聂怀群："老聂，往年俺八月十五就开耧，今天都九月初四了，咋还不让耩麦？"聂主任笑着说："在温家寨包队的姚裕民是农业专家。听他讲，今年区种子公司专门为咱牌坊张大队从省农科院调回来的'百农3217'是弱冬性品种，种早了年前旺长，达不到高产。别慌，存住气不少打粮食。"

10月9日下午，种子公司送来了三万多斤麦种，还捎来了拌种的农药和二十多张木楼。接着全大队的楼把儿集中在温家寨的麦田里现场办了培训班。负责植保的赵农艺师讲解了拌种的好处和应注意的事项后，姚裕民抓起像牛鳖子一样饱满的麦粒说："'3217'是百泉农专培育出来的新品种，亩产能超过千斤。这是咱河南解放后第三次小麦品种的更新换代，明年打下来的麦子区种子公司全部回收。"他话没说完，人群响起了一片唏嘘声。"今年我们要改变往年大播量的老传统，按要求一亩地播量掌握在20斤，最多不能超过22斤。"话音刚落地，几个楼把儿抢着说："稠谷子稀麦，哄死老伯，往年下30多斤麦种，一亩地才收300多斤。这么小的播量，能丰产？"老姚笑着说："一般情况下，一斤麦种能出一万棵苗。播20斤就是20万棵基本苗，一棵苗再发两个头，群体就是60万。年前分蘖四个头能成三个穗，不包括年后发头就能形成45万穗。别说45万穗，只要一亩地37万穗，每穗37粒，千粒重37克，达到了这三个37，亩产轻轻松松就过了千斤。如果大播量，形成假旺苗，反而对分蘖不利。"姚专家深入浅出的一番讲解，博得了乡亲们的阵阵掌声。

第二天上午一开楼，老贵叔急得一拍大腿说："昨天忘了让老姚给咱说说咋定楼眼了。"援朝笑着说："我听过小麦专家的报告，过去定楼眼不稀不稠塞进指头，这是不科学的。如果6.5寸的行距，单行一尺下20粒麦，一亩地就是20斤的播量。"楼把儿按着援朝说的方法，在地头上定好楼眼。六张楼一字排开，人们拉着楼，说笑声和着晃啷晃啷的楼铃声，大灾后的田野上呈现出勃勃生机。

一天晚饭后，记恩进屋问："哥，咱队四百多亩地，茬口咋安排？""除种足300亩小麦外，留80亩烟地，20亩瓜地，再开20亩菜园。洪水过后社员们穷得连根针都买不起，抓经济是迫在眉睫的大事。种罢麦后，无关紧要的农活先放一放，今冬明春要充分调动群众生产自救的积极性。""好主意！"随着说话声，支部书记走进屋子。援朝拧了一根烟递过去问："连峰叔，你比国务院总理都忙，有啥事？""我动员你当生产队长哩。""俺回来才两个多月，村上很多情况不熟悉，姥姥常年卧病在床，孩子又小，另外，珺莹又快生了。时不时给记恩出些主意还行，生产队长的重担我真的挑不动。"援朝头摇得像拨浪鼓。"大侄子，你是不是看咱这里灾情重,怕作难呀?"记恩插话:"哥,有我给你搂后手,怕啥?""我要是怕困难就不回来了。""雪筠嫂子,援朝孝顺,你就说句定乾坤的话吧。"温连峰换了策略。白雪筠语重心长地说:"援朝,咱家的事往后放一放,你就跟着恁连峰叔、记恩他们干吧!不过我话说在前头,干就干出个名堂来,不但要让乡亲们吃饱饭,而且还要让他们有衣穿、有钱花。"援朝听罢叹了一口气说:"本想着咱工区政策宽松些,回来抽出空挣些钱,好补贴家用,谁知这牛梭头硬往我脖子上套哩。不过必须答应我三件事。""哪三件?"温连峰催着问。"第一,记恩还没对象,年轻人需要一个好名声,由他挂帅我搂后手;第二,我不掺和政治上的事;第三,牌坊张生产队不提'割资本主义尾巴'。"温连峰听罢笑着说:"你说的不但是真心话,而且句句有分量。我私下答复你。这样吧,你当生产队长,记恩当政治队长,恁弟兄俩合起手来,迅速带领群众搞好生产自救。"连峰走后,记恩说:"麦很快就种完了,明天让治淮和报恩去收旧酒瓶。城里酒厂我已经联系好了,生产自救咱先带个头。"

报恩是记恩的弟弟。第二天一早,两个人拉着架子车出了村。晚上治淮拉着三四百旧酒瓶进院,咧着嘴说:"哥,收一个旧酒瓶四五分钱,这一车旧瓶子能挣十多块呢。"两个人用温水洗着瓶子,躺在被窝里的小泮明奶声奶气地说:"大,可别把瓶子弄破了,一个能卖一毛钱哩。"听了儿子的话,援朝的眼睛酸了,心想:"唉!穷人的孩子懂事早啊!"

种罢麦,援朝从二姨家接回姥姥、姥爷。牌坊张掀起了生产自救的高潮,裸露的龙泉湖和洪滚河的河床里,堆满了黄沙和石子。外地在临河县东关小火车站设立了收购点,援朝领着乡亲们带着干粮起早贪黑地在河坡里扒石子。兄弟俩拉着满满一车石子能卖十三四块,心里比吃了蜜还甜。

一天,援朝他们在田岗上游冰冷的河水里正捞着石子,十几辆轿车停在岸边,一群人围着一个戴眼镜的女干部,介绍垮了坝的龙泉湖水库。女干部看着援朝问:"小伙子,泡在水里冷吗?""不冷,钱上有火。"援朝哆嗦着嘴唇答道,看见女干部摘下眼镜用手绢擦了擦湿润的眼睛。过后人们才知道她是大名鼎鼎的水利专家、国家水电部部长钱正英。

过了几天,在牌坊张包队的聂主任找到援朝,兴奋地说:"我在钢铁公司给你们联系了拉沙的活儿。沙场就在龙头山下边的河滩里。"援朝领着一帮壮劳力,白天拉沙,晚上住在郊委办公楼前边的车库里。腊月初九吃罢早饭,拉着车子走到寺坡二马路,几十辆卡车上的工人哭得撕心裂肺,满大街的人都在抹眼泪,原来敬爱的周总理昨天上午去世了。援朝鼻子一酸,两行热泪顺着面颊无声地流下来。

腊月二十,援朝回到家,暖烘烘的窝棚里火炉蹿着蓝莹莹的火苗。屋子里除垛着几麻袋从东北调过来的玉米外,过年的白面和调味品也领了回来。腊月二十二,牌坊张生产队杀了十头猪,每人平均分了四斤肉,乡亲们脸上洋溢着过年的欢乐。刚分罢肉,在县城机械厂当翻砂工的正业舅走进屋子,问了问姥姥的身体,然后说:"我来看看俺五婶。另外怕你们没钱过年,厂里需要两车耐火土,禹县有卖的,一分二一斤。回来厂里每斤按三分五结算,跑一趟能挣个三四十块钱。"

援朝随着正业舅当天下午回到银杏庄,和表弟昕然第二天起了个大早,拉着车子上了路。走到襄县城南五里堡,援朝说:"去年拉煤晚上住到这儿,听说西边山里有耐火土,咱去看看。"二人拉着车走了十几里,来到尖山看到山坡下堆着数丈高的一大堆耐火土。问了问每辆车三块钱随便装,二人大喜过望,抻开粪苦子装了满满两大车。刚好附近生产队有牲口拉脚,三块钱各雇了一头牛走出山口。二人一步一挪,走到五里堡已是掌灯时分。吃过加工饭,拧下水的天上飘起了雪花,二人把车子并在路边,摊开铺和衣钻进了被窝。

鸡叫头遍,昕然说:"援朝哥,我到县城棉纺厂咱姨家去一趟。"昕然走后,援朝又打起了呼噜。八点多,昕然从城里回来叫了几声,援朝一骨碌坐起来,被子上已蒙着半尺厚的积雪。吃过饭,他们又匆匆上了路。四野一片洁白,来来往往的汽车碾轧着落雪,公路上像抹了一层油泛着黑光。走了不上二里地,由于载重量大,浑身冒汗,他们就脱掉了棉衣。又走了一段路,汗水湿透了衬衣,二人干脆脱光上衣,弓着身吃力地挪动着车子。雪花落在光背上哧哧地冒着热气,豆粒大的汗珠如雨水般不停地滴落,每一步都记载着一辈子也难忘的艰辛。

第四天上午,小雪转成了冻雨。走到昆阳东坟台镇,正业舅和治淮接住了梢。下午四点多来到县机械厂,棉衣早已冻成了明晃晃的铠甲,援朝在炉子旁烤着棉衣，其他人招呼着过好了磅，居然拉了一吨挂零。除去一路花销，一车耐火土净挣了六十五块钱。

圈里有粮食，腰里有钱，大灾之后的这个年是自打援朝记事以来家里最红火的。年三十晚上，白老拴端着一碗饺子朝北遥祭了银杏庄的祖宗，回到屋里流着泪说："遭这么大的灾，老百姓安安稳稳，没出现一户讨荒要饭的，没有一个冻饿致死的，这不能不说是个奇迹。"话音刚落，从柳河湾传来了一阵噼噼啪啪的鞭炮声。

第五十八章

援朝听到鞭炮声冲出窝棚, 正好和进来的连峰、记恩打了个照面, 吃惊地问: "上午开会, 工作队一再交代劝阻群众尽量不要放鞭炮, 以免勾起死了亲人家庭的悲伤。这是……?"

进了屋, 记恩说: "这是柳河湾刘老根家还愿哩。他四十多岁才有了一儿一女, 涨大水那晚, 八月十五就要结婚的女儿被洪水冲走了。天明后, 老两口儿哭得死去活来, 老根媳妇哭着许下冲天大愿: '老天爷, 俺闺女要是能活着回来, 年三十晚上俺许您全猪全羊。' 十天后, 周口民政局把电话打到枣园公社, 说老根女儿住在周口医院里。原来洪峰中老根女儿死死抱住了一领秫秸箔, 第二天中午冲到周口被人捞上岸, 昏迷了七天后才醒了过来。"

雪筠听罢含着泪问: "你们还没吃饭吧? 我给恁盛饺子。" "嫂子, 俺俩一早就吃了饭, 先来恁家, 给表叔、表姐拜个年! 然后和援朝、记恩到各户走走。在这容易思亲伤感的时候给群众送上温暖, 凝聚人心战胜这场特大的洪灾。" 温连峰几句贴心话说出口, 白老拴红了眼睛, 哆嗦着嘴唇, 激动得说不出一句话来。

正月初四晚上十点, 大灾后第一个新年中的牌坊张, 传出一声嘹亮的婴啼。白雪筠忙不迭地喊道: "爹、娘, 珺莹……珺莹又生了个胖小子。"

"快抱过来我瞅瞅。" 杨淑娴说着就从被窝里坐起来。

"雪筠, 恁娘老糊涂了, 这大冷的天, 一个月子孩儿能抱来抱去。" 白老拴笑着说。

"可不是, 上午你还说才交六九呢。" 杨淑娴咯咯地笑了起来。

一个新生命的到来, 给大水后的牌坊张增添了不少喜庆。天明后, 一拨接一拨的婶子、大娘、妯娌兜着红糖、白面来看望珺莹。二娘说: "一场大水, 把鸡鸭冲了个精光，委屈俺媳妇了。"珺莹接过话茬说："二娘，上边发的有过年的东西，援朝又换了满满一口袋白面。这一抓净的面粉吃着，保证把恁孙子养得白白胖胖。"银铃般的笑声充满着喜庆，回响在简陋的窝棚中。

正月初六，天还未亮，生产自救的乡亲们就早早吵醒了牌坊张。

援朝睁开眼说："妈，村里人趁着过年没事，又拉沙扒石子去了。珺莹刚生了宝宝，姥姥需要伺候，你晚上又搂着小泮明，一个人顾不过来，停几天我和治淮再出去吧？"

"等过罢正月开了冻，队里要垛烟炕，盖保管屋、饲养室。听说大队还要建学校、大队部、修机灌站，咱家开销大，趁现在不忙，多备些沙石等开了春能多换些钱，家里头我能应付。"雪筠坚定地说。援朝答应着披衣起来，捅开了煤火。

吃罢早饭兄弟俩拉着车子走后，一夜没消停的白雪筠又拖着疲倦的身子下了床。她先做了一轮饭打发了娘和珺莹，又做好一锅饭，给小泮明穿好衣服，喊醒爹爹。吃罢饭，她涮了碗，解下围裙，对着镜子拿起了木梳。菱花镜中四十七岁的她，由于长年劳累，脸上的皱纹渐多渐深，白发挂满了双鬓。看了看长时间做饭洗尿布的双手裂着的条条口子不时沁出血来，不禁有些酸楚。不过一想到珺莹怀里搂着的胖孙子，心里顿时又甜蜜起来。

这时大嫂、二嫂进屋后，心疼地说："老三家，自从恁搬回来之后，援朝、治淮忙完了农活，又忙着生产自救。你一个人不仅要做饭，伺候咱娘和珺莹，夜里还要搂孙子，就是铁打的也吃不消啊！""大嫂二嫂，人活在世上不就是图个人头旺吗？珺莹又生了个白胖小子，梦里我都笑出了声。有这口气顶着，就不知道啥是累啦。"雪筠说罢，把小泮明交给爹爹，端起一盆子尿布又下河洗涮去了。

正月十五，兄弟俩又起了个大早，带着干粮和村里人到玉皇庙河扒了满满一车石子，天黑才回到家。吃罢饺子，累得散了架的援朝钻进了被窝。珺莹听着丈夫对着墙发出的呼噜声，眼泪忍不住淌了下来。

后半夜，珺莹给儿子喂奶，把奶头塞进儿子嘴里，感觉不到吸吮，用手一摸，儿子已没了气，哭着喊："妈……妈，宝宝没气了！"白雪筠慌忙披上衣服端着灯过来，听了珺莹的哭诉，看了看满脸乌青的婴儿，明白了一切，流着泪说："屋子里八下透气，密封不严，这是得了急症七天风了。短命的孩子你来得不是时候。援朝，你把他送出去吧。"援朝抱着儿子，治淮扛着铁锹，家里响起一阵凄惨的哭声。

二人在张家老坟埋了儿子，抬头看见一颗耀眼的彗星宛如一只白孔雀张开了翅膀挂在东方夜空中。走进屋，治淮低声问："姥爷，东边天上出了一颗刺眼的彗星，好不好？""古书上说，彗星出现预示着国家进入多事之秋。唉……"白老拴嗫嚅的话语里带着颤抖。

援朝和乡亲们起五更打黄昏拉着架子车进行生产自救。出了正月，牌坊张重建家园正式开始了。学校和大队部是上边拨的救灾专款，二十四间校舍、六间大队部用的是机砖机瓦，不到一个月就在规划的新村址上建好了。牌坊张生产队规划了五间保管室、三间饲养室、四座炕房。援朝领着男劳力从老村拉来石头摆着根脚，记恩领着女劳力拉土。

垛了两节墙进入谷雨，援朝跟记恩商量："烟畦里的烟苗长成了。农谚说：'只栽谷雨土，不栽立夏泥。'其他农活先放一放，咱集中精力把这八十亩烟叶栽上，打好今年的经济基础。""哥，你上了十几年学，没想到还是个庄稼筋。"

栽上了烟，在河坡里铲了坯，继续盖房子。烟田锄过头遍后，鹅娃似的烟苗一天一个样。过了两天，老贵叔失急慌忙地来到正在建炕的地方说："公社来了一群干部，正在丈量咱的烟田哩。"

援朝和记恩一溜烟跑到烟田。公社书记说："恁俩是队长吧？刚才量过了，你们队的烟田超过公社规定的一倍。中央的政策是以粮为纲，况且牌坊张还是郊委直接抓的点，赶紧犁掉四十亩！不然追究恁俩的责任！"

公社干部走后，援朝泄气地说："看起来支书答应我生产队有经营自主权是张空头支票。""哥，胳膊拧不过大腿，犁就犁吧。"援朝一拍大腿："犁了烟栽红薯，秋后分给社员磨粉子做粉条，照样能富群众。"

大灾过后的第二年初夏，这片曾经被洪水带走无数生灵的土地赢得了一个罕见的丰收年。放眼望去，沉默的大地上，庄稼凹凸有致，最令人心颤的是黄灿灿的田野中那一块块格外厚实茂密的麦子。粗壮的秸秆挑着一拃多长的麦穗，南风吹过，送来阵阵布谷鸟的欢唱，麦浪滚滚的田野上，散发着扑鼻的麦香。

姚裕民领着全大队的干部，召开开镰前最后一次麦田现场会。他喜笑颜开地讲："农谚说，谷三千，麦露食（六十）。今年小麦丰收已成定局。"

没等他讲完，有人插话问："姚农艺师，谷子每穗三千粒，麦子每穗六十粒，预示大丰收。可我揉了几穗只有四十多粒呀！"

"露食是六十的谐音，是指麦粒饱满露在颖壳外，不一定都是六十粒。你们看看今年的麦粒像牛鳖子，这不正应了麦露食的农谚吗？"接着他又详细讲了麦子蜡黄收割能增产的科学道理。

支书温连峰接过话茬："过去说庄稼活，不用学，人家咋着咱咋着。现在是农业活，讲科学，叫你咋着你咋着。今天是5月29号，明天咱全大队开镰！"爽朗开心的笑声弥漫在田野里，仿佛满天满地都充满了丰收的喜悦。

吃杯茶叫过三遍，牌坊张生产队便响起了清脆的钟声，紧接着全大队钟声响起一片。早上收工时，担任妇女队长的二娘说："活了四十多，没见过这么好的麦子。地上麦扑子连着麦扑子，没有下脚的地方。起了个五更，咱全队七八十张镰割的麦子还不到二十亩，照这样的速度，咱割到猴年马月哩？"正当人们发愁时，当天上午公社通知，有小拖的生产队上边无偿配备了一部收割机。领回来后，经过一番调试，拖拉机带着收割机，突突地跑了起来，一百多米的地畛不到二十分钟就跑了个来回。

围观的人们笑着说："怪不得毛主席说'农业的根本出路在于机械化'。这收割机跑一趟比两个棒劳力割上半天还多。"拖拉机的欢叫声，七八十张镰刀的嚓嚓声和人们吭哧吭哧的喘气声，勾勒出一幅牌坊张大灾后喜获丰收的画卷。

四天后收割结束，转入紧张的抢种抢打。五黄六月争回楼，天不明，人们和小拖、牲口都下了地。早起摊场，上午点种玉米，中午起场后再摊场。吃罢晚饭后，壮劳力歪在蚊子堆旁，等起了夜风把一天打的麦子再扬出来。人们风趣地说："这真应了瞎子背瞎子——忙上加忙。"连轴转一星期后，收、打、种全部结束。

晒干麦子一合计，总产突破了二十万斤，牌坊张到处洋溢着欢声笑语。老贵叔几个老把式说："去年收成不错，才打了八万多斤。今年增加了一倍还多，这么多麦子往哪儿放哩？""牛蹄坑里的泥鳅没见过大世面。种子公司马上就来了，怕啥？"二娘喷着唾沫星子笑着说。麦种的价格每斤要高出3分钱，牌坊张缴了农业税，又领回五千多块现金。除社员夏季口粮提高到一百五十斤外，生产队还获得全郊区夏粮单产、人均贡献两个一等奖。紧接着省电台的记者跑来采访抗洪救灾的先进典型，牌坊张的名声一下子扬了十万八千里。

三夏结束后，牌坊张又领回来一头救灾的泌阳大青驴和牛配成了犋，剩下一匹马没法干活，急需再买一匹母马。村委会上，援朝说："咱村二十多年来没养过大牲口。我问了几个人，他们都怕落抱怨，不愿意去买马。记恩，要不我和老贵叔到漯河跑一趟吧！"

二人揣了400块钱，来到漯河牛行街，在几个牲口行里转着看了看。熙熙攘攘的牲口市上，大部分是卖牛驴的，偶尔牵来一匹母马，没等交易员报价，就呼呼啦啦围上一大圈子人。援朝说："老贵叔，咱对马的年龄、旋毛、拉套好赖一窍不通，先踅摸着听听行家的买马经验再下手。"

两天后，二人知道了"七咬中龋（马牙中间的凹坑，凹坑越浅，说明马的年龄越大），八咬边（牙），咬断中龋十二三（年）。上下平，二十零"，根据口齿判断马的年龄，以及滴泪旋、扒墓旋、哀杖旋的部位（迷信说法这些旋妨主人，以后再倒腾不好出手）。第三天上午，牲口行牵来一匹枣红母马。老贵叔轻声说："援朝，长牛短马一鞍驴。看这马身材适中，体格健壮，四蹄有力，肯定不会是赖套，这就是咱要的马。"援朝上去抓住马笼头，二人又仔细地看了看，马身上没有恶旋。掰开口刚好是咬断中龋，知道年龄在十二三岁，二人就不松手了。交易员报价400块，人群中有人出价450块，援朝给老贵叔使了个眼色，喊了声："俺出500块。"交易员见其他人没有递声，就把马缰绳递给了援朝。援朝把马拴在牲口桩上，老贵叔低声问："咱总共带了400块钱，不说交易费，正价都500块，剩下的咋办？""你先等会儿，我找俺同学借钱去，最多一个小时就赶回来。"援朝说罢一溜小跑来到漯河师范，找到在这里当教师的同学杨连村。说明了情况，连村说："刚好学生在我这里放了一些钱，你先拿去救急吧！"援朝接过150块钱说："学生们不知啥时候就要用，下午我就把钱送过来。"说罢，他满头大汗跑回牲口行，付了马价和交易费，说道："老贵叔，你牵着马去搭小火车。我得坐汽车赶回家，下午返回来不耽误还人家的钱。"

下午四点多，援朝来到漯河师范还了钱。连村说："怕是赶不上小火车啦，在这儿住一晚吧！""兴许能赶得上，队里还有一摊子事，我走啦。"援朝大步流星赶到市南郊孤零零的小火车站，火车刚刚开走，返回去坐汽车，赶不到汽车站天就黑了，就索性躺在了候车室的长椅上。这时车站下班的工作人员说："这位同志，火车明天从临河返回来就九点以后了。附近又没饭店，连个喝水的地方都没有，你还是到市里边找个旅社住下吧！"援朝说："到牛行街还有十一二里，就在这儿将就一晚吧！"实际上他不是怕跑这一段路，而是心疼住旅社的那几块钱。作为大灾后牌坊张生产队的当家人，援朝把一分钱看得比碾盘还大。

跑累的张援朝，空着肚子一觉睡到鸡叫。初夏五更的寒气袭来，浑身哆嗦起来。此时他猛然想起课本上梁生宝买稻种的情节，憧憬着母马下了骡驹就是生产队一大笔财富，开心地笑了。

洪灾一年后，牌坊张生产队盖了五间仓库、三间牛屋和四座炕房。加上两犋牲口一部小拖，大灾后的牌坊张正在恢复元气。然而，接二连三的国家大事揪着老百姓的心。7月6日，亿万人民敬爱的朱德委员长逝世。7月28日凌晨，唐山发生了震惊世界的7.8级大地震。一个多月后的9月10日早晨，援朝出了院子正要去敲钟，迎面碰见声远叔神色凝重地走过来。没等援朝开口，他就哽咽着说："刚刚接到公社通知，伟大领袖毛主席昨天零时十分逝世了，你通知乡亲们上午都到大队部开追悼会。"听到噩耗，泪流满面的张援朝打罢钟，下了开追悼会的通知后，踉踉跄跄回到家。一家人正哭得泣不成声，姥爷跪在当院面朝北号啕大哭，躺在床上的姥姥全身抽动。全村哭声一片，这天早饭很多人没动筷子。

正当全国人民沉浸在无限悲痛和惶恐中的时候，中共中央一举粉碎了"四人帮"。一个时代结束了，翻过这一页，白雪筠一家像千千万万个家庭一样，怀揣着美梦，在新的岁月里满怀新的期待。

秋天又是一个好收成，家里分了两千多斤玉米，又分了三千多斤红薯，家家户户都磨了粉疙瘩。三秋生产一结束，建新村开始了。

记恩搓着手问："援朝哥，家家都争着要好地方，要不咱实行抓阄？另外，每户的间数咋确定？"

援朝说："按一至三口人三间，三至五口人四间，五口人以上五间的方案，让群众自报。我反复考虑过，抓阄的办法不可取。农村住房习惯一般都是近族相互挨着，我们还按老村的方位排列，特殊情况作个别调整。最重要的是干部不能沾光。"群众会上，公布了每间房生产队补助五百斤麦秸的方案，还有分房的方位、间数，社员们皆大欢喜。

生产队买了十几把瓦刀、十几把垛墙叉，援朝领着男劳力垒根脚、垛墙、盖房子上棚，记恩领着妇女拉土、运坯、挑水。规划的新村工地上人们起早贪黑，到处是一派繁忙景象。

家家户户都垛了一节墙后，声远叔关切地问："援朝，咋不见恁家行动哩？"

"叔，我正想和你商量哩，你看看治淮已到了说媒的年龄，没个招牌谁家的小妮愿意上咱家来？我想盖瓦房。"

"指望啥盖瓦房？"声远叔吃惊地问。

"俺五间房补助两千五百斤麦秸，城里纸厂五分钱一斤大量收购，两千五百斤麦秸能卖将近一百三十块钱，可买一万多斤煤。西边刘朝庄的窑上，一斤煤换一片瓦，可解决瓦的问题。分的半亩宅子地，过罢年种上青麻，盖瓦房的斜扒料也不用发愁了。从银杏庄拉回来的一堆小树解成椽子，凑合着就把瓦房建起来了。"

声远笑着说："叫花子打算盘，穷有穷打算，好主意！柳河湾刘祥家的窝棚挨着恁家的宅子，我说说不让他扒，恁家先借住着。"

腊月上冻后，牌坊张家家户户做起了粉条。腊月十三，援朝拉了三百斤晒干的粉条又去了天近湾。进入山口，除几座山头上用白石灰写着"农业学大寨"的标语外，低矮的草房、高低不平的卵石路，依旧显示着封闭和落后。进了天近湾张怀庆家，儿子、儿媳热情地慌着做饭。吃罢晚饭，村里人围着红通通的树疙瘩火，听援朝讲"文化大革命"和发大水惊心动魄的故事。在天近湾住了三个晚上，每天晚上喷着闲空儿，用一毛五分钱一盒的旭日牌香烟招待大伙儿，援朝带的两块钱花了个精光。

山里人厚道，走的那天早晨，怀庆儿媳妇给援朝烙了个大油馍当干粮。送出村，援朝吭吭哧哧拉着一千多斤红薯干走到馒头岭已是中午。仰脸看看通往山顶的路足足有一里半远。

正在发愁，从南边走过来一个二十六七岁的小伙，援朝上前抱歉地说：

"大哥,我在天近湾换红薯干带的钱花光了,连根烟也没有。帮我把车子推上去吧?"

那青年倒也爽快,随口说道:"出门在外,谁没个难处。"援朝撅着屁股绷紧襻绳在前边拉,那小伙儿用肩膀扛着车子往上推。歇了三歇,才到了山顶,二人累得通身大汗。

援朝感激地说:"大哥,这前不着村后不挨店,要不是遇见你,我作不清的死难哩。没法报答,这有一个油馍你吃了吧。"

那青年迟疑了一下,接过油馍吃着走了。援朝擦着汗歇了一会儿,拉着车子走到辛店镇已是下午三点多了。此时嘴里冒烟,肚子饿得咕咕乱叫,抓了几片红薯干啃了几口难以下咽,捧起路沟里的凉水喝了一肚子,继续赶路。沿着山下弯弯曲曲的土路走到老金山北边,一轮明月像银盘挂在夜空,皎洁的月光洒在霜地上,如同铺了一层白银。这时饥渴、劳累一齐袭来,只觉得头重脚轻迈不开步子。月光下寥天寡地的场里有一个麦秸垛,援朝把车子拉到垛跟前,拽了些麦秸,捆开被子,倒头进入了梦乡。

早上,一阵赶早集的说话声把他吵醒,他爬起来又上了路。吃早饭时走到八道梁,一天一夜没吃饭的援朝饿得前心贴后背,浑身冒着虚汗。歇了一会儿没碰见熟人,只得一步一挪往小姨家走来。到刘朝庄已近中午,援朝把车子停在街上,踉踉跄跄进院连声叫道:"小姨,快做饭,我从西山换红薯干回来已经四顿水米没打牙了。"小姨慌忙馇了半锅大米饭。援朝狼吞虎咽地吃了四大碗,又咕嘟嘟喝了一大碗米汤,给小姨家留下一麻袋红薯干,拉着车子回到了家。

第二天,生产队每人又分了二十斤麦子。由于夏秋两季好收成,各户做的粉条卖了钱或者换了粮食,从这一年开始,牌坊张的老百姓算是吃上了饱饭。

转眼到了1977年种麦季节,枣园公社在辛集村召开麦播现场会。援朝跟着先参观了该村的园田化,然后集中在村小学开会。校园的老榆树在漫天乌云的重压下变成了黑色。有人说:"看样子是要下雨了,麦收八、十、三场雨,这可是下粮食籽哩!"话音没落地,噼噼啪啪的雨滴砸了下来。雨一个劲地下着,院子里白花花的水很快淹没了脚踝。会议结束后,带着雨具的人们脱下鞋赤着脚一窝蜂似的散去。

援朝正在发愁，李老师打着伞又夹了一把伞走进院子。没等援朝开口，他笑着说："援朝，我知道今天你要来参加会议，恁婶饭已做好了，跟我回家吃饭去。我还有重要的喜讯告诉你哩。"李老师家是辛集村的，他正担任着枣园公社高中校长。

来到村西头他家，吃着饭，李老师语重心长地说："确切消息，国家马上要恢复高考了。我从教二十多年，你是我最得意的学生。你抓紧时间复习迎接高考，这是埋藏在我心里多少年的愿望啊！"恩师一席话像一把火，援朝激动地答应着，一串泪珠滴进了碗里。

压抑不住兴奋的心跳，回到家，援朝看着躺在床上的姥姥、白发苍苍的姥爷、挺着大肚子的妻子和没成家的弟弟，脸上霎时又罩上了愁云。

晚上躺在被窝里，珺莹低声问："你开会回来咧着嘴，一会儿脸上就像那十月天说变就变，心里有啥事？"

援朝说了即将恢复高考和李老师的一腔希望，叹了一口气说："失去这样的好机会，我会后悔一辈子；如果考上学走了，咱家就塌了天。人生在世咋就这么难哩？算了，我认命打一辈子牛腿吧。珺莹，只是委屈你了。"夫妻俩好一阵抱头痛哭。

过了几天，知青王梦扬说："哥，你帮我复习功课吧？"虽然援朝高中毕业已经五六年，但凭着扎实的功底，拿起书本仍然游刃有余，就一口答应下来。

这年冬王梦扬参加高考回来，援朝迫不及待地问："考得咋样？""感谢哥帮我复习功课，出的题我全都做了，尤其是数学发挥得好。作文不好估分，和其他考生交流后感觉考得还不错。"

1978年2月7日，敲响新年钟声的时刻，一个粉嘟嘟的女婴降生了。没有女儿的白雪筠抱着刚出生的孙女亲了又亲，连声喊道："援朝，快和你姥爷给妞妞起个名字。"祖孙二人引经据典商量了一阵子，白老拴笑着说："妞妞就叫泮瑶吧！寓意像学堂中的一块闪闪发光的白玉，不但学业有成，而且品格高洁。"姥爷话音落地，珺莹就"瑶瑶、瑶瑶"地叫了起来。

过罢三月，王梦扬被省内一所大学数学系录取了。他上学走后，姥爷说："过去家里那么艰辛都挺过来了，困难是暂时的，人生最大的失败是错过后不再去追求。援朝你还是复习功课迎接下次高考吧。"正当援朝借来了复习资料，铆足劲儿，准备跨越高考这道分水岭时，中央出台了已婚不准参加高考的规定。

过了元宵节，枣园公社掀起了春季农田水利建设的高潮。治淮被抽调到大队窑厂学习做瓦和烧窑技术。援朝领着牌坊张大队二十多人，来到马鞍山北边的薄冲沟开山撬石头，安下了营盘，在孤山寨半山腰选好石坑。放眼望去，一条弯弯曲曲的沙石公路，把兰桥店、招凤垭、卧龙坡、院家岭连在了一起。若不是马鞍山南坡隐隐约约传来轧机的轰鸣声，很难想象在这荒山野地里正在兴起一座新兴的工业城市。援朝下了坡，走了三四里，来到鹁鸪楼东边原郊委办公楼找聂怀群批炸药，除南边区委办公楼和十栋家属楼外，空旷的招凤垭再也找不到一所像样的建筑。

上年11月4日，中共河南省委决定撤销中共临河工区委员会，建立中共应城市龙湖区委员会。援朝上了三楼，时任龙湖区委办公室主任的聂怀群问清来意，笑着说："援朝，先批给你们三箱炸药，用完了再来找我。"援朝领回炸药，孤山寨响起了开山炸石的隆隆炮声。三个月后，在半山腰留下两亩多大、三四米深的一个大石坑。

1979年初春，沉睡的华夏大地伸了一个懒腰，打了一个哈欠，开始苏醒过来。坚冰融化，广袤的国土上到处都能听到冰层的断裂声。过节的硝烟未散，龙湖区召开两千人大会传达贯彻十一届三中全会的精神，宣布了一个让人激动流泪的消息：中央决定停止使用"以阶级斗争为纲"的口号，把工作重心转移到经济建设上来。会议结束后，援朝回到家，在乡亲们的帮助下，摆好四间根脚，垛了两节墙，在河坡里铲了两千多块坯子，带着二十多辆架子车到应城市拉炕烟煤。

四天后回来，珺莹已把坯拉回来码在了房子周围。援朝心疼地问："不是再三交代你，等我回来再拉坯吗？"

"那天你们走后，天就阴了，我怕下雨淋坏了坯，就一块一块地往河岸上搬。在窑厂做饭的运祥哥看我一个妇女从五六丈深的河坡里搬着坯累得衣服都湿透了，也来帮忙。那天晚上，我和治淮、运祥哥三个人干到半夜，第二天又一车一车拉了回来。"

"身体是本钱，你又奶着孩子，累出病可是一辈子的事。往后干活可得悠着点。"抱着泮瑶的雪筠心疼地埋怨着。

"妈，不碍事，一想到住新瓦房，累就跑得无踪无影了。"

第二天一早丢下饭碗，珺莹去了八里庄叫来会做木匠活的怀山兄弟解椽子、做梁檩、锯花砖。十多天后，银杏庄来了一群老泥水匠。进了屋，白银坡按捺不住激动的心情打开了话匣子："老拴哥，前几年来过咱银杏庄的县委书记刘纪文，靠造反发了迹，我当时就说了他是老鼠尾巴上绑鸡毛——一看就不是个正经鸟。这不，去年3月就被免了职。后台倒了，吴克兰像蹦上岸的大虾，慌了手脚。刚过罢年，县里召开四级扩干会，传达贯彻十一届三中全会精神，吴克兰、孙甫成都被撸了个精光。当了几年'走资派'的吕信良，被任命为咱银杏庄大队的党支部书记。这真应了一朝天子一朝臣哪！"

白书敬拉上话茬："前几天吴克兰找到白致中，痛哭流涕地说：'致中哥，那年因为一句玩笑话，我把你打成了坏分子，我当年干的日麻欸事坏良心哪！'"

援朝问："致中表哥咋表态？""恁致中哥说，现在右派都平反了，地主富农也摘了帽子，过去的事就让它过去吧。但愿那折腾人的日子一去不复返了。"

白老拴听罢老泪纵横，不断重复着这句从普通老百姓嘴里吐出的朴实话语："七十多年了，总算盼到了这一天，但愿这折腾人的日子不复返……永远不复返……"

几天后，砖包墙、拐子沿、大花脊的四间瓦房落成了。这是牌坊张大队乃至周边村庄最上档次的房子。一时间，来观看的群众络绎不绝。

掂镰割麦前，一家人告别住了四年的窝棚搬进新房。杨淑娴拄着拐杖绕着房子走了几圈，老泪纵横地说："他爹，自从那年日本宪兵队讹咱，整整三十五年了，没想到今生今世咱能住上这么宽敞漂亮的新瓦房，俺下半辈子值了。"一句话打开了白老拴心头尘封的往事，一串伤心的老泪扑簌簌地落下来。

收罢麦，种上秋的一天晚上，援朝放下碗，来到东院声远叔家说："叔，自从涨罢大水俺挪回来，支书动员我当生产队长，俺妈再三交代：不但要让乡亲们吃饱肚子，而且要让他们有衣穿、有钱花。从那时起，我和记恩合着拍带领全队社员没少出力流汗，老少爷们也没一个拉偏套的。眼看这都四五年啦，咱牌坊张除落了个'高产穷队'的名声，乡亲们吃饭比过去稠些外，依然没衣穿、缺钱花。听说安徽凤阳小岗村分田到户后，群众积极性空前高涨，一亩地打的粮食比往年二亩地还多，这经验很快推广开了。咱这里落后了，不知道啥时候咱这高产穷队也能分田到户？"声远叔慢吞吞地说："落后了好，摸着石头过河，不怕侧歪到水里。"

第五十九章

三春的暖风从五峰山飘下来,吹拂在广袤无垠的黄淮大平原上。牌坊张东边的河坡里,一天到晚都是喧闹声。十一届三中全会后,翻修房子的多了起来,砖瓦成了抢手货。

紧挨着大队窑厂的南边,牌坊张生产队也建了一座新窑。烧窑的葛师傅是城东葛花庄的。烧着窑,葛师傅问帮火的得田:"大哥,大队窑场那个浓眉大眼、见人就笑、站轮盘做瓦的小师傅叫啥?订婚了没有?"

"那是俺侄儿治淮,是队长援朝的亲兄弟。去年新盖的瓦房,刚满二十五岁,盖房子耽误了婚事。犁地的甩响鞭,不是我吹(催)牛,俺侄儿不但一表人才,而且勤快,脾气好又有手艺。有好媒头只管提吧,保证女孩掉进福窝里。"

"俺小孩儿姨家的二闺女叫玉敏,今年二十二啦。咱从中撮合撮合?""中!中!中!"张得田拧了一支烟递了过去。

第二天上午,葛师傅领着一个中年妇女和一个身材匀称、瓜子脸、睫长眼亮、皮肤白嫩、容貌秀丽的女子来了。雪筠婆媳迎上去拉住手,笑得眼睛眯成了一条缝。

进屋,葛师傅介绍说:"这是俺孩他妈,这是俺外甥女玉敏。"

劝客人喝了鸡蛋茶,婆媳俩脚下生风下了厨房,治淮涨红着脸回答着客人的问话。吃罢午饭,玉敏她姨使了个眼色,堂屋里只剩下治淮和玉敏。一开始低言细语,不一会儿传出了嘎嘎的笑声。

相亲的走后,珺莹迫不及待地问:"治淮,听着恁俩说得锣鼓喧天,咋样?是不是绣花针碰上了吸铁石?"

"俺俩都愿意!玉敏说过几天让她爹和二哥再来看看,没意见就换东西。"

治淮红着脸兴奋地说。

一群妇女涌进屋子。二娘说:"啧啧,这闺女不但人长得漂亮,听说在家里、地里都是一把好手,治淮咋恁有福哩?"

晚上,正当援朝为弟弟没钱换表记发愁时,在学校当校长的大山哥进屋问:"三婶,俺兄弟换东西钱不凑手吧?这是昨天卖猪的一百二十块钱。不够,我再想办法。""够了!够了!女方没提啥条件,说扯几块布捂捂外人嘴就中了。大山,事上见真情,下午援朝跑了一圈也没借来钱,你可帮了大忙了。"雪筠说着感谢的话又揉起了眼睛。

过了三四天,玉敏爹和二儿子来相了治淮。吃罢饭,玉敏爹从布兜里掏出一双解放鞋,对白雪筠说:"妹子,俺给治淮买了一双鞋,做个见证。另外我磨着豆腐,老大不在家,一天几十担水我忙不过来,玉敏需要再帮我二年。听说有些地方分田到户了,咱选个日子,让他们先登记,以后好把地分到恁家。"

"哥,俺也不知道哪辈子修来的福,攀上了恁这样的好亲家!扯了几块布,给玉敏做两身衣裳。兜里放了五十块钱,缺啥再买些。随年吃饭随年穿衣,我没闺女,两个媳妇就是俺的亲闺女!"白雪筠咽下涌上喉咙的一股热流,把准备好的一个红包裹递给了玉敏爹。

治淮订了婚,搬掉了雪筠心上的一块坯,脸上像鲜花开在了三春里,舒开的条条皱纹明晰地透着亮光。虽然两鬓染霜,但骨子里的坚强仍不减当年,女人的温柔味似乎在她身上更浓了。除了做饭、看孩子、一日三餐给母亲端吃端喝,每天还要接送小泮明上学。

1980年的冬天来得早些,几场寒霜后,光秃秃的树木不停地在寒风中摇曳。姥姥的慢性支气管炎比往年厉害得多。过了寒露后,昼夜咳嗽得喘不过气来,吃了十几服中药没有一点起色,改用西药打针仍不见效,病情一天比一天加重。

农历九月二十九早饭后,看着母亲瘦削的脸上,颧骨凸起,深陷的两眼没了光彩。雪筠把她扶起来,揽在怀里哭着说:"娘,好生活刚刚开始,你可要挺住啊!"

杨淑娴吃力地睁开眼,断断续续地说:"床前没有……百日孝,我躺在……床上……十年啦,一家人……没嫌弃过,俺养活恁……值了。"说完大口大口地喘着气。

援朝赶紧拿出针管吸上一支氨茶碱，扎在姥姥干瘦的手臂上，推了不到一半，姥姥就咽了气。援朝拔出针头，扑到姥姥身上号啕大哭起来。

哭声引来一屋子的乡亲。声远叔说："援朝，别乱了方寸，商量后事要紧。"

"叔，没俺姥姥就没俺这一家。活着没能好好尽孝，我想把她葬在咱牌坊张。"

"姥爷、三婶你们啥意见？"春雨哽咽着问。白老拴老泪纵横地说："就按援朝说的办吧。"雪筠也点了点头。

第二天，富民舅领着银杏庄的一群近族来了。雪梅、霜菊前一天就来了。城东庙后陈来了几个表舅。客人到齐后，墓地选在老村离石牌坊不远的空地上。富民舅说："援朝，恁姥姥没归故土，就让她头枕着石牌坊，眼望着咱银杏庄吧！"临近中午，一百多人的送葬队伍在一片哀声中送杨淑娴在牌坊张入土为安了。

时间就像一把杀猪刀，一眨眼到了1981年的农历九月，生产责任制的浪潮席卷了整个中国。面对这种形势，社会上尽管仍有"复辟""倒退"的叹息声，但没人再能阻挡这个大趋势了。这年的秋收比任何一年的速度都快了许多，龙湖区乃至全国各地都处在分田到户的热潮中。毫无疑问，这是继土改和合作化以后，中国现代史上农村经历的又一次巨大变革。富有戏剧性的是，二十多年前，中国的合作化运动是将分散的一家一户变成了大集体；现在是将大集体的土地再分给一家一户。如此规模的社会大集散，也许只有中国才办得到。

村委会上，记恩传达了公社联产到户的精神后，二娘说："一部小拖，两犋牲口，除非捏蛋儿。谁捏住蛋儿，东西成了个人的，剩下的户咋种地？这不应了社会上流传的'辛辛苦苦三十年，一下倒退到解放前'吗？"

"二娘，上边的精神是统分结合，相互协作。咱们牌坊张不能抓阄儿。我建议分成三个组。小拖为一组，顶四犋畜力，两犋牲口各顾一个组。咱相互支援，先凑合着，等以后大伙儿有了积蓄再说。总之，不能让任何一户种不上庄稼。"

大家一致同意援朝的意见。记恩补充道："地分一、二、三等，为便于以后机械化，一到两口人分一整块地。"

牌坊张生产队的分田还算顺利，没有出现像其他村吵吵闹闹打烂头的现象。声远叔领着二百来口人分了小拖；记恩几家分了一头牝牛和一匹马；援朝一组分了一头牝牛犊和那头泌阳母驴；春雨牵走了母驴，剩下牝牛犊没人要。得田大说："援朝你喂过牲口，队里作啥价还按啥价，你牵回去吧。"

由于牝牛犊骨态小，拉不动半张犁，援朝卖掉后买回一头一对牙的畜白牝牛。没犁两遭地，牛屁股上冒出一个蒜槌大、血淋淋的气兜。

老贵叔说："援朝，你买住掉兜牛了（牛子宫下垂）。这样的牲口不能干重活，而且不容易怀上犊。"

"叔，这咋办哩？"

"牛买的不贵，等种罢麦倒腾掉，赔不了钱。"

连朝在一旁搓着手说："哥，咱咋种麦哩？"

"你和咱大准备好化肥，过两天我到城西小杨庄俺同学苏海家找机器。"

过了两天，苏海的弟弟开着小拖来了，只用了一天时间，二三十亩地犁耙得像弹过的棉花。

相互帮衬着种完麦后，牌坊张各家各户可真是八仙过海不用船，各自显起了神通。甜有爷在当街办起了代销店，开业那天他扬眉吐气地说："援朝，盼了多少年，现在好政策来了。你一肚子学问，我专门订了《河南科技报》，看准的事就大胆地干吧。""爷，你把报上登的新鲜事都给我留着。""中！我记着哩。"甜有老汉一边给别人拿东西，一边答应着。

过了几天，记恩夹着一个人造革黑包从城里回来，援朝问："这两天没见你的影儿，发啥财去了？"

"哥，俺三个人合伙在城西街办了个大华经贸公司，我当总经理呢。"

二人正说着话，一辆掉了牙的嘎斯卡车喘着气开进村里。朝君哥从车上跳下来，没等援朝开口就眉飞色舞地说："兄弟，我买了一辆旧卡车跑运输哩，有活儿言一声。"援朝接过烟点了点头。

村上头脑活泛的人都动了起来，找不着门路的像小寡妇看花轿——着了急。

"哥，咱干啥？"治淮催着问。

"心急吃不了热豆腐。要娶玉敏，还要盖一座新房子，咱可经不起折腾。现在家家户户要翻修房子，砖瓦需求量很大，这几年你熟练掌握了做瓦、烧窑的技术，恁嫂咱们三个刚好合手，就下憨力烧砖瓦吧。另外分了地后，牛的行情肯定见涨，俗话说牝牛渤牝牛，三年两犋牛。咱买一头牝牛，不但能种地还可踩瓦泥。"

弟兄俩商量好的当天夜里，三个人趁着月色从洪滚河的河坡里拉上来十八车做瓦用的上等红胶土。上冻前瓦场里堆满了胶土，治淮估算着够做二十万片瓦，说："嫂，这瓦土差不多够咱用一年。咱俩翻晒着瓦土，让俺哥倒腾牲口去吧。"

援朝把掉兜牛卖了四百六十块钱后，掂着腿赶了三十多道会，也没买到合适的牛。过罢年，麦苗返青时，港河杨村起了会。援朝来到会上，一眼相中一头三尺七八高的黄牝牛。掰开口刚掉了牙，年龄不超过两岁半。经过多年的历练，像"长牛短马一鞍驴，通脊牝牛对脐犍，妨哩主人不得安"这些牛马经，他记得一字不差。

援朝围着牛转了一圈，发现拖条匀称的身材像披着黄缎子，屁股和头不但浑圆，而且牛旋长得挑不出一点毛病。牵着走了几步，后蹄印跨过了前蹄印。心中暗暗中意，知道这牛一定好套。他低声问卖牛人："想多少钱？"

"一千块钱整数。"

"一千块钱能买一犋膘肥体壮的大马，你不是掂刀截路吧？实意卖去掉虚头。"援朝开着玩笑说。

"九百块一分也不能再少了。"

"我出八百五也是个买家。"

穿戴整齐的中年人听罢牵着牛就要走，援朝递上一根烟说："这样的天价，不知以后套咋样？除非我认这个黑籽瓜，再添二十块。"那人停下来叹了一口气说："我是个教师，没伺候过牲口，偏偏分队抓阄儿捏住了这牛。媳妇领着几个小孩儿，没人照顾这张嘴货，就卖给你吧。"

"钱没带够，俺是牌坊张的，五六里路。跟我回家拿钱怎样？""行！"中年人答应着把牛缰绳递给了援朝。

回到家，援朝给春雨哥说了情况。春雨说："刚好收贷收了五百块钱，够不?""够了。只差四百一十块钱,接下来烧窑要买煤,你就给俺办五百块的契约吧。"春雨自那年在南山工程会战中炸伤了左手后,被安排到公社农信所当了信贷员,成为国家正式职工。

卖牛的走后,八百七十块的天价牛成了村里议论的中心:"援朝真够胆大,这牛怕是一辈子也卖不了这么一大堆钱。"一家人心里有底,把冷言冷语只当是耳旁风。

春天正是做砖瓦的好季节。冻了一冬的胶土浇上水,赶上牛蹚几遍,再用铁棍抡过几遍后,比面团还柔软细腻。五间窑屋,三间堆泥两间垛瓦坯。治淮站轮盘做瓦,珺莹掂瓦闸分针,援朝打好泥垛收拾外场。为确保质量,上一层泥,穿上布鞋,再蹚上三四遍。珺莹除勤洗瓦衬布外,发现瓦上有针尖大的洞都用瓦泥补上。

为多赶活儿,天不亮雪筠就做好了饭。三个人出门后,她把泮明送到学校,再回来刷碗喂猪。中午扯着泮瑶挑着担到二里外的窑上送饭。忙到天黑三个人回到家饭菜已是现成的。做瓦是细活儿,拉坯、分针、圆瓦筒、磕瓦坯都急不得。所以一天两头不见日头只能做两千瓦。做瓦最怕阴天下雨,白雪筠夜里搂着泮瑶每晚要起来看几次天,看到天阴赶紧喊醒三个人到窑上往屋里掂瓦筒。

一个月后,摔了一万砖坯,做了五万多瓦坯。治淮说:"瓦的利润大,把砖坯摆个拦火筒,都装上瓦吧?"

"你是师傅,我和恁哥都听你的。"珺莹笑着说。

烧砖瓦卖钱不好意思央人,除装窑叫了几个亲戚外,其他活都是自己干。

烧窑夜里最难熬,火燎着容易瞌睡,如果睡着掉了火便前功尽弃。弟兄俩轮换着,到了后半夜人最困乏的时候,为防止睡过晌,填上一灶煤,点着烟夹在指缝里。有几次烟从指缝里掉下来还是掉了火,后来填上煤后就围着窑转圈。有几回转着圈睡着了,扑通一声栽倒地上醒了过来。虽然跌了一跤,但总算没掉火。

七天后,治淮说:"哥,灶后膛清晰透亮,窑烧成了。"

"你去柳河湾把福娃哥找来,再让他过过眼,毕竟你跟着他学的技术。"

不一会儿,福娃来了,仔细看了一阵子,说:"窑确实烧成了。我再填些煤轰轰窑,这样烧出来的砖瓦脸净好卖。"说罢麻利地把一大筐煤撂进炉膛里,一阵浓烟从窑顶冒出来直冲云霄。

半个小时烟散后把大小窑门封死，抹上泥又粘上些麦秸，然后封顶上水。为防止窑崩，提前拉来四个大水缸，挑满水用塑料管子把水从缸里引出来，开始洇窑。

从河底到窑上有五六丈高，兄弟俩每天要挑一百多担水。五天后，大小窑门的麦秸上都挂着水珠。治淮兴奋地说："哥，窑洇好了，泥墙上结了这么多黄霜，肯定窑烧得不错。"闷了两天后，打开窑门，蓝青色的砖瓦敲着清脆悦耳，三个人笑出了眼泪。由于质量好且价格公道，一窑货很快销售一空。兄弟俩算了算，净挣了五百多块。

政策一变，援朝兄弟眼疾手快，立马见机行事，抢先开始发家致富了，黑烟滚滚的砖瓦窑让多少人眼红啊！天不明忙到黑灯瞎火，一家人既要种庄稼又要烧窑，已经把力气用到了极致。可以毫不夸张地说，每一分钱都是汗水摔八瓣换来的。

春上怀上犊的黄牝牛油光发亮，像气吹着一般，一天一个样。此时牛行情几乎翻了一倍。老贵叔说："过罢年恁都笑话援朝哩，关公放屁——不知道脸红。现在他家的牛至少能卖一千五。老话说：一分胆量一分福，这孩儿不但有胆量，而且有远见，不发才怪哩！"随后牌坊张掀起了喂牛热。

烧罢两窑后，迎来了联产责任制的第一个夏收。人们把憋了二十多年的劲儿都用在了田地里，加上老天帮忙，家家户户的麦田平案板似的撒土不漏，粗壮的麦秆上挑着半尺长饱盈盈的穗头。开镰后，学校放了麦假，职工、干部、经商跑运输的都回了村，有几户城里的亲戚也下乡帮忙。声远叔笑着说："喊了几十年的各行各业支援农业，不知影儿就变成了现实。这真应了人叫人动人不动，政策调动积极性。"

起了个大早，援朝三个人来到地里，四周已是一片镰刀的嚓嚓声。得田大说："援朝，习惯了你敲钟的声音，睡了一蒙眬，听不见钟响，披着衣服看了看，就睡不着了。下了地，恁老贵叔已割了半畛子地了。怪不得分地时你说，地分给大伙儿，想找个懒人都难。"

"别打牙撂嘴了，有人快割到地那头儿了。"二娘不停地割着麦催促着。

茬子浅好种秋，很多户没用收割机。三天时间收割结束，进度比往年快了一倍。大场分成了小场。麦子运回来后，援朝家的黄牝牛和柳河湾福娃家的菊花青骡子配成了犋。黄牝牛真是好套，拉起碌和骡子不相上下。短短几个月时间，牌坊张的牲口发展到十多头，小拖欢快的突突声，甩着响鞭吆喝牲口的"嘚儿……喔"声，赤膊的庄稼汉把蚊子堆（碾轧后未扬的麦堆）一锨接一锨地抛向空中，碎玉似的麦子落下来，落在粮堆旁打滚嬉闹的孩子身上。远处布谷鸟悠扬的叫声和着大姑娘小媳妇银铃般的笑声，牌坊张溢满了丰收的喜悦。

村子里没什么人闲着，生活和劳动是平凡的，但又充满了紧张的节奏。土地和人，一切积极性都调动了起来，这真是让人不可思议，有谁能想到我们的农村一下子从"大呼隆"的生产方式变成了眼前的红火状况呢？

会扬场的趁风扬出了麦子，振霖、八斤几家在外工作的不会扬场，蚊子堆堆成了小山。夜里，他们睡在蚊子堆旁，来了大风扬得满场都是麦籽。两天后，振霖往家运着粮食，逢人就说："俺四口人的地打了四千多斤麦子。除去缴公粮卖余粮，还剩三千多斤，比生产队五年分的麦子都多。"

秋天又是大丰收，市场上茔子供不应求。中国出现了有史以来的粮食过剩。

种上麦，已烧出了五窑货。援朝家的砖瓦名声响到几十里外的吴城东。把最后一窑一万五千块砖、一万两千片瓦拉到新划的宅子上后，治淮说："哥，我和俺嫂套着牛拉瓦土，你去买木料、开石头去吧。"

援朝来到蜘蛛山下边的棠溪源买了十多车枫杨树后，又到鹁鸪楼山坡上撬了三小拖石头，上冻前盖起了三间浑砖瓦房和一间麦草房牛屋。春雨的大儿子大明也挨着盖了三间瓦房。

两家房子的后边是他们这一组分的荒园，有一亩半地。援朝说："大明，咱用大田的好地把这荒园换过来吧？"

"要这鸡叨地干啥？"

"一亩园顶十亩田，换过来咱可以开菜园，也省得大伙对咱养鸡有意见。"

援朝说罢，大明掂着腿跑了一圈，十多家巴不得换地。八分地给了援朝，余下的给了大明。随后各自又打了压井。

过罢二月二，又在老宅盖了两间浑砖瓦的东屋。声远叔问："援朝，看样子你和治淮要分家啦。""叔,我和俺姥爷、俺妈说了,治淮的事办不完不提分家的事。"

过了些日子,珺莹逮了一群鸡娃,雪筠笑着说:"这院养的鸡供你姥爷吃。你天天做砖瓦烧窑,没工夫做针线,你养的鸡算体己,好给泮明、泮瑶添些衣服、鞋袜。"

"妈,现在这粮食稀巴烂贱,养鸡可增加些收入,我可不是想攒体己哩。"

"妈知道,你来咱家将近十年了,就像那唱戏的从小扮老旦,没舒展过一天,妈心里有愧呀!"

"妈,咱家虽然日子紧巴巴的,但您待俺像亲闺女,我知足了。"

"瞅瞅,俺珺莹不光家里地里都能干,还长了一张八哥嘴,说出来的话就像给我挠痒痒哩,这么舒坦。"婆媳间的亲情超越了血缘,架起了人间一道美丽的彩虹。

分地第三年的春天,又烧了两窑砖瓦后,五一节这天,治淮开着一辆小拖把玉敏娶了回来。下了车,声远婶端详了一阵子说:"啧啧,粉白透红的瓜子脸灵秀动人,就像一朵初开的桃花。三嫂恁交的哪门子好运,又娶了个这么漂亮的媳妇。"白雪筠被搽了个大花脸,咧着嘴像掉进了云彩眼里。

全村人都参加了治淮的婚礼。酒宴上记恩说:"哥,我在城里跑了一年多,呼胀了一肚子虚气,也没挣着钱,也打算烧窑哩。"

记恩话音刚落地,喜庆哥几个纷纷说:"麦秸房住了六七年,早该翻修了。恁弟兄俩有烧窑的手艺,可要帮着我们住上新瓦房呀!"

"喜庆哥,搬回来那年,记恩和支书动员我当生产队长,咱三婶交代我要让全村吃饱饭、有衣穿、有钱花。这几年虽说吃饱了饭,但仍未摆脱贫穷,我有愧于乡亲们,帮助烧窑的事俺答应大家啦。"

喜庆哥又补充道:"恁弟兄帮俺烧窑,往后恁装窑出窑的活儿大家包了。"笑声荡漾在村子上空,一场喜宴成了改变牌坊张面貌的鼓劲会。接下来,洪滚河岸边热闹起来。走罢亲戚回来后,当了一星期新媳妇的玉敏也投入摔坯子做砖瓦烧窑的繁忙劳动中。

杀芝麻时,一群鸡咯咯地下了蛋。珺莹端着一瓢鸡蛋卖了五块钱,刚好春雨哥下班掂着信贷兜路过，就存了这五块钱。

援朝卸了牲口走进屋，珺莹举着存折，眼里闪着泪花，憨笑着说："咱有存折啦！咱有存折啦！"那激动样儿不亚于戏台上的范老爷中举。援朝知道掂在珺莹手中的存折虽没多少分量，却宣告了一个家庭摆脱贫穷的开始。

两年间共烧了四十多万片瓦、十来万块砖。除盖了五间瓦房，给治淮办了婚事外，援朝还清了所有的外债，又帮着刘朝庄小姨家盖了四间瓦房。村上人纷纷称赞道："他们二年烧的砖瓦够建一个新村。现在家里风生水起，这真是三人一条心，黄土能变金啊！"

农历二月十二后半夜，珺莹推开门忙不迭声地说："玉敏生了……生了……""生了个啥？""生了个粉嘟嘟的漂亮女孩。妞妞一落地，骨碌碌的大眼就眨个不停，这孩子将来上学一定聪明。"

第二天，援朝一早起来后笑着对姥爷说："妞妞的名字我想好了，就叫泮琪吧。""泮琪好！你的用意是她姊妹俩像仙境中的琪花瑶草，将来上学出类拔萃，事业有成。"一家人沉浸在幸福中。

吃完喜酒过了几天，雪筠笑着对援朝说："昨天，我到银杏庄上坟，恁银坡姥爷、富民舅几个人要我给你捎话：'事情也办完了，牙和舌头这么近也会有咬着的时候，两院又隔了这么远，刮风下雨吃饭不方便，叫他弟兄们分开吧。'"援朝哽咽着说："俺爹死得早，我当哥的应当挑起全家的重担。牲口我喂着，犁耙地、摇耧撒种的活儿都是我的。""中，下的牛犊归你。"过了半年后，村上还没人知道兄弟俩已经分了家。

第 六 十 章

春风撩得人心醉。为鼓励广大人民群众勤劳致富，1984年春，龙湖区隆重召开了夸富表先大会，四名万元户十字披红、满面春风地坐在高头大马上，由区里几个主要领导牵马坠镫，游街夸富。万人空巷的城区里，人们带着新奇的眼光目睹了盛况。

支部书记温连峰回村的当晚，在动员会上激动地说："'四人帮'倒台了，国家百废待兴，要实现四个现代化，三农工作必须走在前头。全国六七亿农民都盼着过上好日子。十一届三中全会给我们带来了福音，现在政策允许一部分人先富起来。援朝，你有知识，会想事，带个头，给全大队树个榜样。"

"甜有爷定的《河南科技报》每期一字不落地我都看了。先选准项目，有机会到外边开开眼界再说。"援朝有分寸地回答。

转眼入了冬。牛是全家的命根子，援朝用破架子车棚在草窝上边搭了个床铺，每天鸡叫三遍给牛拌上草，钻进被窝听收音机。

一天早晨，河南人民广播电台报道省委书记视察太康县城郊乡的新闻，杨书记钻进大棚，菜农任宗振胸有成竹地说："杨书记，请你放心，俺要在这半亩地上奔小康！"

听到这儿，援朝惊呆了。区里定的小康标准是每人年收入一千块钱，而万元户更是凤毛麟角。心想："现在麦子每斤一毛八，玉米最好的八分钱一斤，夏秋两季除去化肥、种子、农药，一亩地纯收入不到八十块钱。他任宗振夸口说，半亩地能顶十多亩地，乖乖，这是真的吗？"

吃着饭对珺莹讲了这天大的奇闻，他有些怀疑说："这是不是上边又刮起了五八年的浮夸风？""现在报纸上、广播里每天都强调实事求是，省委书记的视察会敢吹牛？这二年咱虽然烧窑站住了步，但每一分钱都是汗珠摔八瓣凭力气换来的。你一个高中生，下这憨力太屈才了。前天卖牛犊的三百五十块钱，把三百块存到银行里，剩下这五十块你揣着出外取经吧！"

丢下碗，援朝走进代销点，笑着说："甜有爷，我想去太康看看人家的塑料大棚，顺路到项城学学种植品种西瓜，再到扶沟参观一下人工养鳖。"

"恁甜顺爷大半辈子搞农业技术，现在是项城城关乡的农技站长，家住县一小，你去找他吧。这天阴得能拧下来水，恐怕要下雪，我有件破雨衣你带上。"

援朝接过雨衣正要出门，村主任运来一步跨进屋问："刚才听见你说要到豫东参观学习，我陪你一起去吧？""庙院失火——光落个中（钟）了。明天一早我喊你。"

下午，援朝借了一辆旧自行车，第二天鸡叫头遍，援朝来到运来家的窗户下喊了几声。运来问：

"天咋样？"

"天上滴着星儿，夜黑哩对脸看不见人。"

"援朝哥，天不好我不去了。"

张援朝一听运来打了退堂鼓，想起回村的八九年为牌坊张付出的心血，也没能让乡亲们过上吃饱饭、有衣穿、有钱花的好日子，又想起乡亲们企盼致富的目光，便自言自语地说："过去想富不让富，如今让富没门路。就是下黑雪，我也要到豫东取回真经。"于是就毫不犹豫地推着车子来到村西的公路上。漆黑的夜色中，两道雪白的汽车灯光从南边射过来。援朝借着灯光骑上车，迈上了取经的路。

过了临河县城向东又走了四十多里，天才大亮。放眼四周的村庄，笼罩在浓浓的大雾中。穿过漯河、商水，一路小雪不停，好在雪糁不沾身子。晚上九点住进了周口城南一家干店里，问了问，离项城还有六十多里。第二天又起了个大早，天依然黑丧着脸，沙沙沙不停地落着雪糁。

早晨学生上学时，他来到项城第一小学。看门的老头领着援朝来到后边的家属院，喊道："张农艺师，恁老家来人啦。"

援朝在门外扎好车，一位四十多岁的人从屋里走出来，愣怔了一会儿问：

"你是……?""俺父亲叫得良,我是他大儿子援朝。您是甜顺爷吧?""我是恁爷。你父亲比我大一轮,他可是咱牌坊张没人说个不字的大好人哪!听说恁一家从银杏庄搬回来了。恁爹死时我正在县城上中学,这一晃都三十年了。"

进了屋,甜顺指了指一个漂亮、利索的中年妇女说:"这是恁奶奶。"援朝叫了一声:"奶!"过了一会儿,甜顺媳妇从里屋掂出一双军用大头靴,疼爱地说:"孩子,这大冬天的你穿着这薄薄的解放鞋会中?快换上。"

"奶,我骑着车一大早赶了六十多里,刚才还浑身冒汗哩。"

"快去做饭。"甜顺吩咐着妻子,又问,"孩子,大冷的天还下着雪,跑这么远有啥事?"

"俺取经来啦。一是到这里学习咋种品种西瓜,顺便带回些种子;二是从收音机里听到省委书记到太康视察,那里的菜农提出了半亩地上奔小康,我想去看看是真是假;三是到扶沟学学人工养鳖。"

"品种西瓜安排在县城南的坡地里,今年雨多,被大水冲了。不过这里示范的也有塑料大棚,一会儿我领你去看看。"吃罢饭,甜顺拿出一本杂志说:"这是省科协办的《科普田园》,第五期上边登的科普文章很实用。"援朝接过来,装进车把上挂的人造革黑提兜里。

二人来到城南关的菜地,此时雪糁变成了雪花,纷纷扬扬从天空飘落下来。几座半亩大的塑料大棚屹立在漫天雪舞的寒冬里,显得格外抢眼。

钻进大棚,援朝像走进了大观园一下子震惊了,满满一棚秋延后番茄有绿有红地坠在枝头。一会儿,随着自行车铃声响过,一个四十多岁的男子钻了进来。

"老袁,今早的番茄卖多少钱一斤?"

"八毛钱一斤我全部兑出去了,两篓子卖了将近百十块。"

"我不是交代你,咱的晚番茄是蝎子屎独(毒)份,少一块钱一斤不卖吗?"甜顺抱怨着。

"今儿天不好,我急着回来再增加一些保温措施。"

"两篓番茄超过一亩地粮食的收入,这一棚能产多少斤?"援朝吃惊地问。

"三四千斤在手心里攒着呢。"菜农喜形于色地回答。

二人又钻进另一个大棚,又肥又壮的芹菜泛着绿油油的亮光。甜顺介绍:

"这一棚芹菜春节前上市,到元宵节结束,正逢过年的好时候,又是抢手货,必定能卖上大价钱。"

又看了一棚正在卖的秋延后莴笋,援朝激动地说:"爷,今天我真开了眼界,看到了从黄土里也能刨出金子。回去后,我带着乡亲也要建大棚,做好土地这篇大文章。"

甜顺一把抓住援朝的手说:"我知道,这几年虽然乡亲们吃饱了肚子,但称盐、买煤油、针头线脑的零花钱依然靠鸡下蛋。我有心回村里传授农业新技术,几百里地远不说,工作也忙得脱不开身。恰好你来了,我把希望寄托在你身上,你大胆地干吧,我在后边支持你。我有个大学同学叫李欣堂,在开封市蔬菜科研所当所长,你有啥困难,需要啥种子,可直接写信向他求助。"

说罢掏出日记本写下李欣堂的住址,撕下来递给援朝说:"跟我回去,今儿不走了,中午爷陪你喝两杯。"

"家里很忙,往后找您的时候多着呢。趁现在雪下得小了,我到太康再看看。"

告别甜顺爷,穿过淮阳城,到了安岭镇已是掌灯时分。一路上不时有雪花落在冒汗的脖子里,感到阵阵舒心的凉意。

第三天上午,来到太康西郊,只见田野里整齐排列着二三十座塑料大棚,进进出出的人们忙碌着,料峭的寒风送过来一阵阵笑声。

援朝走进一个大棚,来到一个中年汉子跟前,笑着递上一根烟问:"如果没猜错,你就是给省委书记提出要在半亩地上奔小康的任大哥吧?"

那汉子点了点头,问道:"你是……?"

"俺是应城市龙湖区的,跑了几百里向你取经来了。"

"这大冷的天,跑这么远,凭着你的精神一定能成功。上茬俺这个棚种的黄瓜,除去成本净落了两千多块。这茬芹菜卖个一千四五不成问题。兄弟,现在政策这么好,甩开膀子干吧!"援朝听罢,心里像三伏天烧开的滚锅,周身热血沸腾。

辞别了任宗振,援朝迈腿上了车子。在通往扶沟县城大道两旁村庄的黄泥墙上,到处写着"麦棉牛树,勤劳致富"一类的大标语。过了扶沟县城五六里,来到韭园乡雁周村，这是他取经的最后一站。

进了一个大院，看到并排建了三个大水泥池子，四周垒着一米多高的防逃墙。一个二十来岁的小伙子从屋里走出来，笑着问："你是来看养鳖的吧？俺叫周水民，养甲鱼是从去年春开始的，这东西食性广，病害又少，好养！明年我准备从中国水产研究所再买回来几对美国牛蛙。"

援朝看着、听着这闻所未闻的新鲜事，激动得身上每一根汗毛都在跳动，说道："俺这一趟大开了眼界，取到了真经。水民兄弟，往后多帮帮俺！""咱们相互学习，有用得着我的地方尽管开口。"

辞别了周水民，一路上按捺不住满心的喜悦。寒风夹带着雪花，如同甘霖洒在他那滚烫的心窝里，张援朝不由得唱起来："我这走过了一洼那个又一洼呀，洼洼地里头好庄稼。俺社里要把那个电线架，架了高压架低压……"天黑时来到鄢陵县的马栏镇，吃罢晚饭住进一家干店。半夜醒后，听见雪糁打着窗棂纸沙沙地响个不停。

第二天推开门，只见下了一夜的雪，因地温高融化后，街上到处都是积水。上了路，从马栏到陶城是新修的土路。推着车子走了几十米，车轮子里塞满了黏黏糊糊的黑胶泥。清理了泥巴，越往南走泥水越深。走不了四五步就要停下来往下剜泥巴，援朝干脆扛上车子，踮着没底深的胶泥，大汗淋漓走了十来里才上了颍河大堤。

来到逍遥镇，援朝一气喝了两碗胡辣汤，又匆匆上路了。通往漯河的公路正在大修，路面上的泥浆有半尺深。到了漯河已是下午四点，在牛行街两毛钱买了一大碗粉浆面条，打发了咕咕叫的肚子。援朝此时累得像散了架，只好把车子扎在街南头，摆着手拦西去的汽车。等了一个多小时，几辆卡车呼啸而过没人理睬他。

没办法又抬腿上了车，疲惫不堪地强蹬了三十里后住到大刘镇，夜里听着呼呼的狂风吹得树枝咯吱咯吱作响。

天明一看，下了一夜的雨夹雪，光秃秃的树上裹着一层厚冰，雾蒙蒙的四野一派银白，公路上一尺多厚的积雪留下几道汽车印。

顺着车印，援朝披着破雨衣，吃力地蹬着车子。雨夹雪一个劲儿地下着，吼叫的北风吹着后背，雪深路滑，摔了多少跤已经无法计算了。此时韩昌黎"云横秦岭家何在？雪拥蓝关马不前"的诗句掠过心头。张援朝眼里噙着泪花，揉了揉摔得生疼的腰和屁股，取了真经的喜悦很快把眼泪融化了，随即骑上车继续赶路。来到吴城街，援朝买了二斤硬面锅盔，啃着锅盔馍，一手推着车又上了路。

天黑时走进家门。等了一天的白雪焦心疼地问过儿子，急忙下厨房热饭去了。珺莹掸掉丈夫身上的雪，看到雨衣和棉袄冻在了一起，脱下来像一副盔甲直撅撅地立在地上，突然哇的一声哭了起来。

"哭啥？这一趟不亏，到豫东跑了八县二市，行程上千里，取到了真经。以后咱奔小康就有指望了。"那晚夫妻俩憧憬着未来，兴致勃勃地说到后半夜。

第二天早饭后，雪停了。援朝踏着雪来到村西公路旁，放眼望去，连续两天的暴风雪把田野里的沟壑填成一马平川。等了半小时，一辆公交车哼哼着驶了过来。一个多小时下了车，上坡路全是冰凌，援朝艰难地上了招凤垭，这里是龙湖区政府各机关所在地。

找到了政府蔬菜办公室，一进门，一个戴着眼镜的中年人热情地问："下这么大的雪，你来有啥事？"

"俺是来求教塑料大棚生产技术的，能不能帮我找些这方面的资料？"

"不光是咱龙湖区，就是应城市塑料大棚还是空白，所以没人懂得这方面的技术，更没有这方面的资料。"一句话使豪气冲天的援朝一下子泄了气。

白跑了一趟，回到家已是过午了。下午看了半天的《科普田园》，晚饭后，匆匆去代销店买了十几张信纸和两个信封，这是张援朝高中毕业十三年来第一次掂起笔写信。

先是向甜顺爷报了平安，说了一些感谢的话语后，接着写道："爷，这次豫东取经，是我圆梦的开始。除明年建大棚外，准备试种一些冬韭，哪里有种子，请来信告诉我。"

写好第一封信，他又给开封的李欣堂写信。开头写道："尊敬的李所长，允许我冒昧地喊您一声老师。我和恁农大的同学张甜顺是一个村的，我叫他爷……"接着写了前几天骑单车到豫东跑了八县二市来回行程上千里地取经的过程，又详细介绍了家史。当写到父亲病故，二十六岁的母亲扯着五岁的自己，抱着三个月大的弟弟回到姥姥家投亲,以及姥爷、妈妈矢志抚孤的往事,泪水已经模糊了双眼,扑簌簌地落了一信纸。又写了自己当了七八年生产队长也没能让群众富起来,这次取经回来要为村里找到一条致富路的信心和决心。最后写道:"随信寄去50元钱,敬请邮来一亩地的番茄种子、一亩地的黄瓜种子和四亩地的品种西瓜种子。"这封言辞恳切的信密密麻麻写了足足八页。

七八天后,援朝收到了两封回信和50克汴红二号番茄、150克长春密刺黄瓜、500克汴梁一号西瓜种子,另有一本《塑料大棚生产技术》。援朝拆开信读罢,两行热泪夺眶而出。李欣堂在信中写道:"援朝,读了你的长信,无法用语言表达内心的感动。我愿意结交您这样有文化、有志气的热血青年。随信寄上一本书,好好钻研,不懂的地方给我来信。随着人民生活水平的不断提高,反季节蔬菜生产前景十分广阔。望你率先垂范,为乡亲们闯出一条致富路,让梦想在实践中展翅高飞。李欣堂亲笔。"

甜顺爷除在回信中写了恳切鼓励的话语外,又写道:"援朝,从你单车取经的举动中,我看到了咱牌坊张的希望和未来……打听到三门峡种子公司有冬韭种子,你可直接写信求购。"

当天夜里,援朝给三门峡种子公司写了一封信。几天后对方复信说:"陕西汉中种子公司有冬韭。"追了三个地方,援朝终于如获至宝般收到了一公斤冬韭种子。种子备齐后,援朝和大明跑到城里,各自花了二百五十块钱买回建大棚的塑料薄膜。

腊月二十晚上,一个胖乎乎、双眼炯炯有神的男孩儿降生了,取名泮辉。此时计划生育已进入扒房子、牵牲口、挖粮食,"只叫家破不叫国亡"的高潮。玉敏抢着生下一个男孩,和上边的泮琪不隔属相。兄弟俩都是儿女双全,一群老妯娌来送喜面,七嘴八舌地说:"她三婶,恁咋真有福气哩,俩儿子争气,俩媳妇不但手巧、嘴巧,添孩子也一递一地巧生。男孩虎态态的,女孩像一朵花。"雪筠听罢,嘴咧得像山里熟透的八月炸。

泮辉出生后的第二天,援朝、大明在屋后铲去积雪,清出一块冻地。两家厨房的大锅烧着开水,化开冻土,和好泥,各垛好了一座育苗温室。

扣上薄膜,垒好加温的火龙后,大明问:"叔,冰天雪地往哪弄营养土哩?"

"咱垫牛铺的末子堆上有用不完的肥土。"

按照书上要求配好营养土的当天中午，援朝用两开一凉六十多度的水浸泡上了黄瓜和番茄种子。晚饭后，把浸泡过的种子用白布包好放进干净的瓦罐里，再把瓦罐放进填着麦秸的小缸里，瓦罐的四周围着高温水瓶，上面用破被子包严。第二天上午，援朝兴奋地喊道："大明，黄瓜芽出齐了。"匀了一半给大明。治淮也过来帮忙。

为提高地温，先用滚开水洇在了苗床上。没等水渗好，就用砖实打实地拍了一遍。划好营养方，用食指均匀地摁成一个个小坑，摆上种子，覆上土，上边盖了一层地膜，开始烧火加温。烧窑余下二万多斤烟煤，为提高室温和地温，大火昼夜不减。从垛温室开始，时大时小的雪片刻没歇。每天夜里冒着呼呼的寒风他要添十几次火。添罢火，披着棉袄坐在被窝里如痴如醉地看《塑料大棚生产技术》。张援朝如饥似渴地钻进科技书里，如同鱼儿游进了大海。

四天后，一小部分黄瓜苗露出地面。大明问："叔，书上说四天齐苗，这稀稀拉拉还不到一半，啥原因？""可能是地温低吧。"当天上午把催好的番茄芽，播在了温室后边的空闲处。又烧了两天，黄瓜子叶没露头根却翘了出来。援朝对照着书查找出了原因，原来是苗床砸得太结实，又用指头使劲摁了一下，根扎不进硬土里，于是就把蜷在土里的黄瓜芽小心用竹签剜出来，一棵一棵重新栽好。

苗补齐又过了两天，昨天还挺着头的黄瓜苗一夜倒了好几片。"叔，这是啥病？"

"咱现垛的温室湿度太大，种上后不是下雪就是阴天，黄瓜苗没见过日头，八成是猝倒病。走，咱到乡农技站问问。"

二人来到了乡农技站。援朝问："汪站长，有没有瑞毒霉、代森锰锌或杀毒矾？"

"这几样农药我听都没听说过。治啥病？"

"俺育的黄瓜苗得了猝倒病。"

"我只懂庄稼技术，对蔬菜是门外汉。给你们些多菌灵回去用用看。"

喷了多菌灵后，第二天一早钻进去一看，反而比昨天死得更厉害。给外地写信时间来不及，援朝就像曹阿瞒走进了华容道——没了招，心想："种不了一棚种半棚吧。"

温室火龙是用瓦扣的, 加上坡度不够, 烟灰不时会堵住火道。一堵塞, 温室里就呛满了浓烟, 育的番茄苗因一氧化碳中毒, 子叶全部脱落。因此隔几天就要扒开火道清除烟灰。

一天早饭后, 大明清着烟灰, 援朝听见扑通一声, 大明媳妇大声哭喊着: "叔……叔……快……快过来, 大明不中了……"

援朝几个箭步过去, 抱出口吐白沫、重度昏迷的大明, 连声催促着: "快! 快找医生!"

几个人拉着车子飞快地来到卫生室, 推了一支葡萄糖大明才苏醒过来。回到家, 大明媳妇哭着说: "叔, 这一卷薄膜让给你吧? 俺不发这大棚财了。"援朝如鲠在喉, 说不出话来。

一月零三天后, 温室里育的两千多棵黄瓜苗只剩下了三棵。援朝看着一月多来顶风冒雪付出的心血化成了泡影, 心里犹如酸辣汤里撒了一把白糖——说不出是啥滋味, 热泪滑过脸颊留下两道泪痕。

正在此时, 柳河湾的刘大嘴穿着泥屐, 踏着泥泞, 咯吱咯吱地走过来, 高声叫道: "援朝, 摘根黄瓜尝尝鲜?"

听着这刀尖剜心的调侃话, 援朝回敬道: "大嘴叔, 你一开口肠胃就看得清清楚楚。甭笑话人, 出水才看两腿泥哩。"说罢转身进了屋。

晚上, 富娃哥进屋说: "别冒这险了, 涨大水那年春, 孙庄来了个种大棚的外地师傅, 黄瓜番茄栽到棚里后, 光开花不结果。最后趁黑夜偷偷地瓦(跑的意思)了。"

挖苦和善意劝说都丝毫动摇不了张援朝摸住天的决心。一天往大棚跑几趟的白雪筠语重心长地说: "援朝, 凄风苦雨三十多年咱母子都熬过来了。别灰心, 看准的事就干出个样子来。咱家、咱村都眼巴巴地看着你呢!"第二天吃罢饭, 援朝踏着泥泞来到区农科所。柴所长听了经过, 笑着鼓励道: "不算啥, 走前人没走过的路, 就要有百折不挠的精神。这儿有50克中农1101黄瓜新品种, 拿回去试种吧。"第二天, 援朝又播上了新一茬黄瓜苗。

断断续续一个多月的大雪天终于过去了。老天仿佛和援朝开了个玩笑, 接下来艳阳高照，温室不必再烧火加温。四天后，一千多棵黄瓜苗齐刷刷地钻出地面。原来那些光秃秃的番茄苗上又长出了嫩黄的真叶。援朝和大明各分了两千多棵番茄苗。十多天后，苗壮的黄瓜苗已是两叶一心，番茄也长出了花蕾。

三月上旬，天气转暖，大地解冻，洪滚河岸边的杨柳已经萌生出招惹人的绿意。这天，汪站长钻进温室里赞不绝口："没见过这么好的菜苗。援朝赶紧建棚吧。如果钱不宽绰，乡里每个棚无偿借给五百块钱。"

二人跟着老汪去了乡财政所，各借了五百块钱。接着到九头崖山里买了毛竹和木杆。回来后大明说："叔，春上有些晚了，到秋季再建棚吧？"知道他有顾虑，援朝没多劝，就自己建起了一座长34米、宽10米净面积四分九厘的塑料大棚。因怕扎烂棚膜影响冬季保温，援朝就省了把压杆固定在棚里拉杆上这道工序。

建着棚，援朝从《河南科技报》上看到一篇名叫《番茄灵保花保果效果好》的文章，立即给新乡蔬菜办公室去了一封信。七天后，他收到了10克番茄灵。3月中旬，栽上番茄苗蒙好地膜。过了一星期，番茄普遍开花。番茄灵真神奇，喷了药后，几乎没一个落花落果的。但不知道疏花疏果，连同畸形果全都留了下来。

一天吃罢晚饭，治淮跑过来说："哥，今晚预报有九级大风。"兄弟俩找来几十根长绳刚刚加固好，狂风就像一头发了疯的狮子怒吼起来。雪筠、珺莹也进了棚。四个人从里边抓住压棚的纲绳，几乎双脚悬空。援朝说："这风十级也不止。关门风，开门住，开门不住刮倒树。这风非把棚膜卷上天不可，快落下来吧。""哥，这黄澄澄的一地花，落下棚膜可就全毁了。"四个人坠着棚，到四更后风才慢慢地停下来。

过罢清明，兄弟俩在麦田的预留行里种了一亩多品种西瓜，剩下四两瓜种给了运来。紧接着，在屋后又栽了六百多棵露天黄瓜，种了一分多地的冬韭，八分荒园安排得满满的。

过了农历三月十八，牌坊张起了麦会，方圆几十里的农民听说后特意过来看稀奇。几个老菜把儿钻进棚，嘴张得像个小庙，纷纷说："种了半辈子菜，没见过这么好的番茄。如果全摘下来，这棚里都没下脚的地方啦。"

援朝找到在城关供销社当主任的英宏同学，买了一辆飞鹰牌自行车。几天后，援朝带着两篓子水灵灵像红宝石的番茄，上了西边的公路。抬眼远望，山明水净，杨柳婀娜，白得晃眼的云彩像一团团新棉絮，悠悠地飘浮在湛蓝如洗的天空中。

援朝来到兰桥店文化宫东边的集市上。一街两行的菜农，一见惊呼道："集上还在卖菜苗，看看人家这么好的番茄就上市了，咋种出来的？"

刚摆好摊，一个年轻漂亮的妇女急迫地问："多少钱一斤？"

知足的援朝没有漫天要价，笑着说："八毛钱一斤。"话音落地，一群人呼啦围了上来。

"请大家排好队，一个一个来。"援朝掂着秤和气地说。

那个妇女挑了五个中等的番茄，一称刚好三斤。付了两块四毛钱后，她问："大哥，明天还来不？"

"我的番茄刚开园，往后天天来。"不到一个小时，两篓一百多斤卖得只剩下二三十斤畸形果。后来五毛一斤最后四毛，不到半天卖了个精光。

援朝把一提兜零钱倒进菜篓，除了一张十块、两张五块的，其余都是一块票、毛票和分币。数了数，总共是六十七块五角八分。援朝咧着嘴蹬起车子像驾起了云头。

回到家，提着钱兜钻进大棚，正在干活的珺莹瞪着眼问："这天还没到小晌午，咋就回来了，卖了多少钱？"

援朝嘿嘿地笑着说："想都不敢想，卖了六十七块。"

"真的？"珺莹接过一兜子钱的瞬间，脸上仿佛春天洪滚河开冻的河面哗啦一下笑出了泪花。这泪花饱含着一家人付出的辛劳，更饱含着分地后找准挣钱门路的喜悦。

第二天刚拐过兰桥店集口，昨天的那个妇女正在张望，一见援朝，羞涩地低声说："大哥，我是西边火车站的会计，刚怀孕，以后俺天天买你的番茄，能不能给便宜点？""行，三斤收你两块钱，不过可要替我保密。"援朝从这件事上悟出了啥叫把握商机。

过了半个月，大明的露地番茄也成熟了，二人去卧龙坡院家岭赶集。吸袋烟工夫，两篓子番茄就卖完了。割了几斤猪肉，回来时叔侄上了招凤垭，放开闸一溜下坡哼着路戏回家。

接着黄瓜上市，援朝早上赶集走后，珺莹吃罢饭拉着车子到周围村用刚摘下来顶花带刺的嫩黄瓜换玉米，一斤黄瓜换三斤玉米。结果不出一个村黄瓜就被抢完了。

家里地里活催着，援朝忙得钱都顾不上数。一天后半夜援朝醒来，看到珺莹还在眉开眼笑地数钱。

"睡吧，明天还要干活。"

"这半床钱查不完能睡着觉？"

钱数天天在增多，每笔钱都让珺莹在睡觉前高兴得发呆。九年后盖楼扒房子，在墙洞里还扒出了几卷她遗忘的票子。

"做梦也没想到，这日子好得天天像过年。"生活是伤痛最好的清洗剂，看到生活的巨变，白老拴喜得胡子眉毛一齐笑，每天在瓜地看着瓜，逢人都要把这句话重复一遍。接着便是舒展一下筋骨或从喉咙里发出像丝绸一样的吱溜声。

种瓜时，老贵叔说："援朝，过去一亩地种二百四十棵西瓜，你这一亩种了七八百棵，以后瓜秧非放缨不可。"援朝听罢笑了笑。

锄罢二遍地，西瓜成熟，一地圆溜溜的西瓜不但个大、匀称而且比蜜还甜。兄弟俩每天拉着一大架子车西瓜，一个进城，一个去兰桥店。这甘甜可口、色味诱人的品种西瓜拉到集市上不放秤就卖完了。

每天老贵叔都会问一遍："援朝，今儿卖了多少钱？"

"一毛二一斤，卖了七十多块。"

"这一车瓜超出一亩玉米的收入，怪不得你走路都挺着腰杆儿。明年也帮叔买些种子。"

"中，要是咱村都种西瓜才好哩，成了规模，明年卖瓜就不用再进城啦。"张援朝眼下的腰杆子确实硬了起来，只要这政策不变，他有信心、有决心，要在这几年带领乡亲们把日子变个样子。

最开心的是雪筠，儿子找到了致富的门路，让乡亲们有衣穿、有钱花的承诺即将变成现实。她每天扯着泮琪、抱着泮辉挨家挨户地动员："她大娘、他二叔，恁家也建大棚、种西瓜吧！援朝一集卖的钱比乡干部一个月挣的工资还多。"

望着她那风风火火离去的身影，大眼感慨地说："听三嫂说话就像往耳朵眼里灌蜜，真是大好人哪！别人发了财恐怕人多趁薄席，掖还掖不严哩，她倒是苦口婆心地挨家挨户去动员。""何止是好人！温柔、善良、坚强，有主见，包括节孝淑贤女人所有的优点都让她占全了。三哥走后，看着她扯着援朝、抱着治淮到银杏庄投亲，吹股风就要倒的样子，都断定她寒冬腊月打雷——成不了气候，即使把两个孩子拉扯大也不一定能娶上儿媳妇。谁想到她一个弱女子竟把一家日子过得红红火火。不要说在咱牌坊张，就是方圆十里八村谁能胜过她？"地留噙着烟颤动着嘴唇说。"要我说她最大的功劳是抚育后代，全家和和睦睦，心往一处想，劲往一处使，儿子、媳妇个个勤快争气，纯朴厚道，村里不管谁家有事他们都跑在前头。尤其是孙子、孙女，不但懂事有礼貌，而且读书像喝凉水。咱们睁着眼看吧！她家的好日子还在后头哩！"接话的是老贵。几个大老爷儿们坐在坑边大柳树下一边抽着烟，一边一递一句地夸着白雪筠。

　　雪筠本来就是个热心肠，平常只要谁家有矛盾就去调解，谁家有困难尽力帮忙，牌坊张没有她不去管的事，大到谁家儿子说不上媳妇，小到婆媳拌嘴，现在又磨破嘴皮子动员乡亲们勤劳致富，于是声远送她一个"白县长"的绰号。

第六十一章

"丁零零……"每当援朝骑着车从村中街上经过，便招来一片羡慕的眼光。声远叔瞟了一眼低着头的老蔫说："援朝，有人笑话你在土地上做文章哩，说说一共卖了多少钱？"

"一棚番茄，除去投资净落了一千七百多块；几百棵黄瓜换了一大囤玉米；一亩西瓜又卖了七百多。"

话音落地，老贵叔接上话茬："算上开春下的牛犊，恁家这半年的收入比过去咱队一年发的工资都多。这么多钱咋花呀？"

"叔，钱再多也有出路。我打算在咱乡开个先例，建一所漂漂亮亮的楼房哩。"援朝发了财不掖不藏，燃起了全村致富的热情，秋后牌坊张的大棚一下子发展到十六座。

国庆节前，秋延后番茄和反季节莴笋一上市就成了抢手货。下集路过代销点，甜有爷问："援朝，听说上边出了新政策，凡是一亩地收入一千元区政府再奖励五百元。这光就是叫有能耐的人沾哩，明天你去乡里问问。"

第二天，援朝下了集，走进田乡长的办公室，红着脸试探着问："乡长，听说区政府一亩地收入一千元再奖五百元，这话真不真？"

"咋会不真！"

"那我四分九厘的大棚春上一季净落了一千七百元，秋季种的莴笋和番茄再卖一千四五有把握，不说冬季的芹菜，两茬就收入三千多元。咋奖励我哩？"

"你说的是真的？"田乡长嘴张得像柳斗，吃惊地问。

"涨罢水，你就到俺大队包了三年队，我是那王屠户杀猪，靠吹大气吃饭的人吗？"

田乡长听罢，脸膛由白变红，写满了吃惊。过后，援朝早把这事忘到了九霄云外。

过了大雪，棚里的芹菜已有半尺高，翠玉般的茎、油绿的叶子茁壮地生长着，格外喜人。没卖完的番茄棵带土移栽在一间棚里，为保温上边又罩了一个拱棚。

一天上午，飘着雪花，一辆银白色轿车嘎吱一声停在棚西头的路上。乡党委书记和乡长陪着姚裕民下了车。

援朝迎上去问："老姚，你咋有空回来了？"

田乡长连忙纠正说："这是咱区委的副书记。"随后趴在援朝的耳朵上悄悄说："姚农艺师从咱村驻队回去后当了三年农委主任，今春升任咱区抓农业的副书记了，今天是专门来看大棚的。"

援朝红着脸尴尬地领着一群人钻进大棚。姚书记看着绿油油的芹菜，眉开眼笑地说："外面雪花飞舞，这棚里却是碧绿如春。不瞒大家，我也是第一次进大棚。在这里，我看到了咱区农业的新希望。"

援朝揭开罩着的拱棚，一群人对小红灯笼一样的番茄赞不绝口。

"这秋延后番茄好卖不？"姚书记摘下一个西红柿，爱不释手地问。

"好卖，饭店一称就是十多斤。"

"援朝，你有啥打算？"姚书记接着问。

"分了地后，虽然家家户户粮食多得没处放，但群众仍然缺钱花。乡亲们看我建大棚挣到了钱，热情很高，现在牌坊张大棚已发展到十六户。他们摽着劲儿准备开春大干一场呢。"

"这条路选得好！改革开放以来，随着人民群众生活水平的逐步提高，对反季节蔬菜的需求量越来越大。另外，实行责任制后，农业突出的问题是种植结构的调整。要盯着市场，把牌坊张发展成大棚专业村。援朝，有啥困难你尽管说。"

春节的年味未散，晚饭后，运来进屋笑着说："哥，我在区里参加三级扩干会，田乡长专门让我回来，通知你明天在大会上作典型发言哩。"运来走后，援朝坐下来写了满满五页纸的发言稿。

第二天八点走进会场，田乡长递给援朝一份材料，说："这是区农委给你准备的发言，先熟悉熟悉。"援朝看了看，除了一大堆套话没有多少实质性的内容，说道："我写的有发言材料。""我看看。"田乡长接过发言稿看了一遍，把形容大好形势引用的那句诗"春风又绿江南岸"，改成了"春风又绿江两岸"。援朝知道他对过去抓辫子、打棍子的往事还心有余悸，笑了笑。

姚副书记作了开场白后，援朝第一个上台发言。他先作了自我介绍，接着讲了联产承包责任制后看到乡亲们致富无门，自己骑着自行车跑了上千里到豫东取经，回来途中被大雪阻隔，以及到家时棉袄和雨衣冻在了一起的情节。

主持会议的杜副区长和姚副书记此时激动地站起来，含着泪带头鼓掌，与会的全体人员也都站了起来，热烈的掌声一直持续了几分钟。

接下来讲了扫雪垛温室和育苗时遭受的种种挫折，以及四分九厘地大棚纯收入三千多元的奇迹，下边一片唏嘘赞叹声。

最后讲到今春全村大棚要发展到六十多座，自己有信心有决心带领群众走上致富路时，全场沸腾了。

不到四十分钟的发言，响起了十多次掌声。援朝走下主席台，一群人立即围了上来。应城日报驻龙湖区记者站李站长把援朝叫到办公室，要走发言稿，又问了一些情况，动情地说："你朴实无华不掺水分的发言，是我听到的最好发言。我们将以最快的速度整理，报送到省里的有关媒体。"

3月16日，河南人民广播电台播出了特约通讯员董瑞章撰写的长篇通讯。他以《鸡叫地变成聚宝盆》为题报道了张援朝带领群众发展大棚生产的先进事迹。刚吃过早饭，白雪筠脚下生风，没进院子就高声喊道："珺莹，广播里……报道……咱了。""妈，看把你激动得话都说不囫囵了。""妈不是高脚车，听不得表扬。我是为咱当初承诺了乡亲们吃饱饭、有衣穿、有钱花的话即将实现才激动的。"

张援朝的事迹通过无线电波传遍了千家万户。十多天里，他收到全国各地八十多封来信。除一一写了回信外，援朝还接待了一拨又一拨的来访者。光山县泼河乡的一名小伙子在他家吃住了三天，认真向援朝取经，后来成为该县的致富状元。

在上级的引导和支持下，龙湖区成立了蔬菜大棚协会。担任会长的援朝感到了沉甸甸的责任。他自费订了八份科普杂志，省农学院、农科院所及各地的一些专家学者也成了援朝的良师益友。龙湖区农业新技术的推广开展得如火如荼，牌坊张大队有一半农户从事大棚生产和品种西瓜种植。每天当启明星从东边大堤上升起时，牌坊张就被清脆的自行车铃声吵醒了。

五一节前，援朝从扶沟买回一对牛蛙。消息不胫而走，成为轰动全乡的特大新闻。人们纷纷议论说："五百块钱能买一头大犍牛，他五百块钱买了一对蛤蟆，真是吃了豹子胆。"援朝把听不完的闲言碎语当作耳旁风，心想："一只牛蛙可产卵一万至五万粒。即使孵化出一千对幼蛙，每对按二十元，明年可收入两万元。"人算不如天算，从扶沟回来的汽车一路颠簸得厉害，三天后被压得奄奄一息的雄蛙死了。珺莹埋了一斤七两重的死牛蛙，心疼得哭了一场。

援朝立即给扶沟的周水民写了信。水民复信说："哥，别泄气，过几天等我的牛蛙交配后，你把雄蛙逮回去不耽误事。"援朝夜里就睡在池子边趁着一米高的防逃墙搭的铺上。

过了两天，一觉醒来，那只母牛蛙不见了，一家人在周围找了个遍还是无影无踪。田乡长听说后，立即指示乡派出所立案侦查。陈所长带着人跑来拍了照说："据我所知，这是全中国为丢蛤蟆立的第一宗案件。援朝，听说牛蛙叫起来像牛一样，我们夜里逐村排查，你也打听着，一有线索赶快告诉我们。"

派出所民警熬了几个晚上仍无消息。雪筠说："兴许叫黄鼠狼拉走了，别折腾人家啦。贪多嚼不烂，还是一心一意种咱的大棚吧。"援朝这才放下发展水产养殖的念头。春茬菜结束后，买了两万块机砖，预备以后盖楼房。

村上建大棚的劲头越来越高，白天夜里不断有人来问："村周围就这二十多亩地，俺也想建棚没地咋办？"

援朝给运来建议："大伙都想建大棚，庄后大块地往南山送自来水的管道上留的排气孔，每天哗哗的清水白白地淌到了河里。咱们只要在地头修一条渠，路两边有几百亩好地，可着劲请乡亲们建棚啦。"

"那修渠，买砖、水泥、沙子的钱从哪里来？"运来问。

"我计算过了，我和大明买的三万块砖足够用，沙和水泥也便宜。谁建棚谁出工不用开工资，我再拿出一千块钱绰绰有余。"

运来哈哈笑着说："咱牌坊张的男人，嘴角的唾沫星子都能砸出口深井来。哥，就这样定了，等村里收了提留款再还你。"

一条长六百八十米的硬渠三天就完工了。很快渠两边建满了大棚。紧接着柳河湾、温家寨、槐树庄几个村的大棚，把牌坊张大队围成了白色的海洋。大棚和西瓜成为主导产业，家家户户有了挣钱门路，村子里再也找不着闲人。援朝、治淮除每家建了两个棚外，还有一亩多地的小拱棚。

儿子、媳妇每天忙着赶集，白雪筠心里像抹了蜜。打发两个大的上学走后，扯着、抱着两个小的来到地头，让泮琪看着泮辉，自己钻进棚里风风火火地忙碌着。牌坊张到处都是忙碌的身影。几个老妯娌逗笑着："白县长，看把咱忙的，牛角砸了当老驴使哩。""忙了好，忙了有钱花。"……大棚内外响起一串串甜蜜喜悦的笑声。

临近1987年的春节，援朝抱回村里第一台黑白电视机。挤了一屋子的乡亲看着每天连续播出的《西游记》，感慨地说："做梦也没想到，如今这日子好得像掉进了福窝里。"

"不出门端着碗就能看大戏，过去几顷地的大财主，也没有过上这样的好日子。"老贵吃着大肉饺子没忘了插话。从正月初一到十六，中断了二十多年的四个自然村的花社又恢复起来，把牌坊张和周围十多个村闹了个天翻地覆。

过罢年，援朝在区政协三届一次会议上当选为政协常委。从区长位置上退下来的聂怀群担任了政协主席。人代会上，姚副书记当选为区长。二人找援朝谈话时语重心长地说："援朝，你是农业战线上的一面旗帜，区领导对你寄予厚望，你就甩开膀子干吧。"

秋后统计，全区大棚发展到两千三百多座。加上大面积的地膜覆盖和上万个拱棚，龙湖区的农业上了一个新台阶。两年内，援朝又带动外县市发展了十二个大棚专业村。

中秋节前，援朝被评为龙湖区特级劳模，区里无偿奖励商品粮户口一个，全区引起轰动。人们纷纷说："多少钱也买不回来一个商品粮户口，看起来区政府为鼓励群众勤劳致富真是下了血本了。"援朝把商品粮户口给了儿子泮明。白雪筠拿着孙子滚烫的商品粮本，含着泪说："援朝，人家敬咱一尺，咱可得回敬人家一丈啊！"

入了冬，镇远姨父三十八年没音信的二哥从台湾回乡探亲。援朝领着他去了区政协。中午的盛宴上，三个驻会主席热情作陪。援朝趁机说了姨父想恢复工作的愿望，聂主席当即给应城市委统战部写了一封信。刘镇远拿着信到应城市委统战部顺利地签了字，很快区政府为他恢复了工作。小姨说："外甥，要不是你当政协常委，恁姨父能这么快恢复工作？"

"这是统战的需要，可不是我的功劳。你没看看从台湾回来的人，各级政府包括老百姓都把他们当成了财神爷。"正如后来一位经济学家总结的那样，台胞探亲潮过后，掀起的台资办厂热，对大陆的改革开放起了重要的推动作用。

春节过后，援朝参加了乡党委举办的党员积极分子培训班。过了一段日子，申书记把援朝喊到办公室，说："乡里对你的社会关系已经调查过了，你们村的二十一名党员全都举了手。这是一份入党志愿书，回去填写一下，乡里准备让你担任恁村的党支部书记哩。"

"我担任着区大棚协会的会长，每天睁开眼，询问种子农药、求教农业新技术的人络绎不绝，忙得连做梦都没空，哪有时间管村里集资、收提留、抓计划生育、落实烟田面积、调解群众纠纷这些事。就让我一心扑在农业新技术的推广上，带领群众共同致富吧。"申书记只好无奈地点了点头。

过了几天，援朝下集回来，汪站长说："乡农技站青黄不接，你来这里上班吧。考虑到你忙，除星期一参加乡政府的例会，新技术新品种引进和科技培训你负责外，其余时间可以在家搞大棚。每月工资五十元，跟一般的乡干部待遇一样。"

援朝知道乡党委书记的工资也不过百十块钱，就婉言推辞说："现在都看重学历，我一个农民能胜任？"

"你高中毕业，又搞了五年大棚，既有理论又有实践，况且结交了那么多的农业专家，比本科生还本科哩。"接着又开玩笑地说："是不是你赶一个集比我们一个月的工资都多？"看援朝脸都红了，又语重心长地说："现在赶上好时候了，有多大能耐就应当走多远，不能只安心当个农民。你是一家之主，应当为儿女们做个榜样。"

一句话敲到了援朝的麻骨上。回家说了情况，母亲、妻子说："人家汪站长是真心实意对咱好，家里有我们顶着，你只管去吧。"姥爷再三嘱咐说："援朝，你赶上了这个伟大的时代。国正天心顺，官清民自安。到了乡里，大小是个官。官肯着意一分,民受十分之惠。要好好工作!"村里人无不羡慕地说:"援朝到了乡里,总算脱了种地这层皮了。"

援朝到乡里后,除适时举办农业科技培训班外,还组织全乡更新了玉米、小麦、棉花、西瓜、蔬菜等农作物品种。农技站创办的经济实体大大方便了老百姓。每当出差回来,看着一头白发的母亲佝偻着身子,和一脸汗道道的妻子在大棚里忙得疲惫不堪的样子,援朝都心疼得要命。

1989年春天,乡镇换届,枣园乡来了新书记、新乡长。主抓农业的丁副乡长让人通知援朝写全乡的农业总结。捎信的有急事隔了一天,第三天援朝拿着总结回到乡里,丁副乡长不容分辩,吐着唾沫星子把援朝熊了个狗血喷头。援朝含着泪从屋里走出来,忍不住骂了一句:"不吃恁这眼角食,老子不干了!"

当天晚上乡里开会汇报情况,汪站长泄气地说:"援朝生气回家了,农技站垮了。"那时候因中断了十年的高考,乡政府人才奇缺,农技站除老汪已到了退休年龄外,还有一个不懂农业技术、上岗不久的小青年。

第二天下午,援朝用自行车驮着两篓菜刚到家,一阵自行车铃声响过,书记、乡长进了屋。张乡长笑着问:"听说昨天上午丁乡长熊了你一顿,一生气你就不辞而别了?"

"一句话能搁心里?主要是家里太忙。除种了二亩大棚、喂着牲口外,整天要种子、问技术的群众围破了门子,俺真是一天到晚忙哩脚不着地。"

鲁书记接着说:"你当劳模的材料还是我执笔写的。丁乡长是个急脾气,这中间也有误会,我已经批评过他了。刚到咱乡就出了这档子事,不知内情的还说我和张乡长容不下一个大劳模哩。"两个人说破了嘴皮子,援朝也没答应回乡里。

当时乡干部每星期只回一次家,第二天这个时辰二人又来说了一箩筐好话,援朝依然没吐口。

第三天,二人进了屋。还没等他们开口,雪筠说:"古时候,刘备曾经三顾茅庐,况且你也不是诸葛亮,人家大书记、大乡长两位领导一连来了三次,为着这份真情,也得给他们捧好台。钱挣多少才知足?顾不过来,咱就少种些菜。"

二人异口同声地说:"咱婶真是明白人!舍小家为大家,哥你就给我们这个面子吧。"

"咱先说好，三年头上换届，不管你们走不走我都回来。""行！"二人爽快地答应着。

三天后，乡党委突然宣布老汪退休，任命援朝接任乡农技站站长。

"牛梭头搁到羊脖子里，咱一个农业大乡的重担我能挑得动？"毫无思想准备的援朝说。

"你能把全区的蔬菜都搞得红红火火，一个乡农技站算啥？有党委、政府做后盾，甩开膀子干吧，有啥要求尽管提！"

"今年毕业生分配，你向区里要两名农业院校毕业的学生，另外每个行政村配一名科技副主任。"援朝思考了一阵子提出了要求。

"这两条都答应你，选拔科技副主任出题、考试你全程负责。筛选出人才后，由乡党委考核任命。"鲁书记嘎嘣脆的答复打消了援朝的一切顾虑。

四十个行政村配齐了科技副主任后，已到了小麦"一喷三防"的关键时期。鲁书记在全乡的紧急动员会上讲："去年小麦病虫害大发生，很多农户都减了产。我在全区的会上夸了海口，咱乡的一喷三防工作在全区十个乡镇中要拿第一。要人给人，要钱给钱，农技站要拿出切实可行的方案。"

援朝发言说："全乡五万亩小麦，年轻人都出去打工了，有很多农户家里缺少劳动力，若用手动喷雾器到猴年马月也完不成任务。我想组成一个机防大队统一防治，现在全乡有六十部机动喷雾器，若要三天顺利结束，还须再买六十部。"

"行，就按张站长说的办。一喷三防是压倒一切的中心工作，乡干部包村、村组干部包到户，每天晚上听汇报，行动不力的打屁股！"

当天援朝带人从临河县农机公司购回六十部机动喷雾器，每台机器配了两名机手，全乡的一喷三防紧张有序地展开了。

姚区长带着一帮干部下乡督导，看着这壮观的场面，兴奋地说："枣园乡的统一防治病虫害，探索出联产责任制后农业如何发展的一条新思路。"

一喷三防结束后，张乡长问："咱是农业大乡，如何调整种植结构，加快农民致富的步伐，是迫在眉睫的大事，农技站有啥打算？"

"除抓好大棚、西瓜种植、麦棉套种外，咱们区包括周边县市大葱生产都是空档，东北片四个村土地、人口均占全乡的三分之一，我打算在那里搞个大葱基地。"

　　援朝来到长坑庄，老支书袁旺财一听说要种大葱，头摇得像拨浪鼓一样，说："乡里为了增加税收，逼着群众犁掉麦田种烟，你看看很多户的烟叶卖不掉都在屋里垛着。现在你又叫俺种大葱哩，这葱可不比烟叶，要是卖不掉，扔都没地方扔啊！"援朝清楚，支书的顾虑反映了老百姓的心声，笑着说："袁书记，你通知人，明天咱到外地开开眼界。"

　　第二天雇了一辆大巴车，拉着满满一车干部、群众代表来到安徽的临泉县。该县除种植十五万亩生姜外，另有七八万亩的大葱。看着连片成方的葱田，人们不约而同地发出了赞叹声。从临泉回来过了两天，援朝又带着长坑庄、城南坡、七姓庄、陡湾李九名村干部坐上了开往山东青岛方向的火车。出了济南，援朝喊道："旺财哥，都醒醒，马上到章丘了。"透过车窗，地里一望无际种的全是大葱，几乎看不到麦田。下了车来到市场，看到装着大葱的卡车进进出出，交易十分火爆。问了问，章丘一个县大葱的面积有三十多万亩，每亩纯收入都在三千元以上。几个人彻底信服了。第二天上午，每人买了八十斤大葱种子挤上了火车。

　　回来后，援朝边讲解边示范育苗技术。有人问："咱这里都是头年种麦时育葱苗，这立夏育苗大葱能长好？""现在育苗，农历五月底定植，8月下旬缓过苗，炎热已过，温度正适宜大葱生长，到11月下旬三个月生长时间足够用。利用麦茬地种植大葱，既保证我们圈里有粮食，又保证我们手里有钱花。"

　　育罢葱苗，援朝又跑到漯河种子公司调回六千多斤掖单13、掖单4号玉米新品种，谁知回来当天就被区种子公司没收了。援朝找到姚区长说："掖单系列代表玉米育种的新成就，尤其是掖单13，试验田每亩产量已突破了一吨。咱区的玉米产量这几年总在六七百斤徘徊，种子公司不及时引进新品种，我买回来六千斤搞高产示范方反而被他们没收了。"姚区长听罢生气地说："你先回去吧，我让种子公司一粒不少地给你们送回去。"

　　麦收前，援朝利用乡有线广播，连续宣讲玉米"四改两及时"的先进种植技术，全乡玉米规范种植的密度有了大幅度提高。秋季测产，全区突破千斤的玉米示范方有七个，枣园乡就占了六个。种麦前，农技站集中各村科技副主任培训了"三坚持八改革"的小麦种植新方案。这一年不但粮食大丰收，全乡的大棚蔬菜、西瓜种植、麦棉套种面积成倍增加。尤其是八百亩大葱喜获丰收，几个村被区蔬菜办划成了蔬菜专业村。冬储结束后，老百姓笑逐颜开。七合村的杨老汉二亩地大葱，除政府补助一千多斤麦子外，用卖大葱的六千多块钱买了一辆配套齐全的四轮小拖。

长坑庄外号叫"翻套驴"的单身汉，卖罢大葱后，提着礼物走到村西头，迎面碰上老支书，旺财问："叔，日头快落了，上哪儿走亲戚去？"

"去看张站长哩。"

"平时你看见干部就像屙你眼里一样，这回日头咋从西边出来了？"

"张站长手把手教咱种大葱，没吃过俺一口饭，这样的干部就是咱老百姓的财神爷，不敬他敬谁？"

又是一年中秋，援朝被评为应城市劳动模范。晚上回到家，珺莹瞟了一眼奖章和证书，流着泪说："自从你当了农技站长，在乡里干得风生水起，名声哗啦啦抖起来之后，家就成了旅店，你比那联合国秘书长还忙哩。春上咱撤了一个大棚，秋后又卖了牛，你看看咱村，除了那几户没劳力的，哪一家不比咱收入多？"

雪筠开导说："人生在世有挣不完的钱，钱多了多花，少了少花，人这一辈子名声比啥都重要。"

"妈，听着恁儿子经常哇哩哇啦地开广播会，又当劳模又当政协委员，是不是觉得特有面子？"珺莹话音没落地，白雪筠嘎嘎地笑了起来。是啊，白雪筠应该放声大笑，儿子进了乡里，孙子吃上人人羡慕的商品粮，更重要的是乡亲们在儿子的带领下风风火火地用勤劳的双手创造着美好的生活，作为一个普普通通的农村妇女，这辈子也算是功成名就了。

春节放假前，援朝下班回到家，珺莹笑着说："下午书记、乡长送来了五百块钱，说你一心扑在了工作上，风里来雨里去，一天到晚骑着个破车子走村入户，磨破了嘴皮子，帮助群众勤劳致富，开创了咱乡三农工作的新局面，年底给你浮动了四级工资。"

"最多的才浮动两级，咋给咱浮动了这么多？"

"他们把钱送到了家里，明摆着是宽我的心哩。现在我忙得顾不上做针线活了，明天你去城里买双皮鞋吧。"

"我穿不出去。"援朝摇着头说。

"村上年龄比你大的都穿着皮鞋,你四十岁不到,咋穿不出去?你呀,钻研个技术怪赶潮流,穿衣打扮咋比老农民还土气哩。"珺莹笑着嗔怪道。

第二天,援朝约了农技站会计,在城里几家商场上上下下转了七八个来回也找不到三节头式样的皮鞋。一名营业员指着一个时髦女孩笑着说:"不要用老眼光看新事物了。你瞅那个年轻女郎穿着多大胆,这三九天,狐皮大翻领的红毛呢上衣,短得快要露出了肚脐眼。紧绷绷的裤子把屁股勒成了两瓣,那细溜溜的高跟鞋,怕是一拃也拃不完哩。你说的老式皮鞋早就过时了,现在男子时兴的是油光锃亮的尖头皮鞋。"援朝只得买了一双老年休闲皮鞋。

过了大年初一,援朝趁上高中的儿子没开学,带着儿子进城拉起了大粪。来到中心街粮食局家属院,父子二人舀好一担粪,正好一个鲜红嘴唇、穿着时髦的年轻女人从一旁路过,捏着鼻子连声叫道:"真是乡巴佬,大过年的还来城里搅扰,臭死人啦,赶快拉走……"那女人嘴巴像刀子一样啰唆个没完。

泮明剑眉倒竖,牙齿咬得格格作响,正要发火,援朝给儿子使了个眼色,低声说:"和这数典忘祖的人犯不着生气。"又转过身,满脸微笑对那女人说:"这位同志,如果我没记错的话,你不是学毛著那年被树为全县积极分子的苗心红吗?我在城郊高中听过你作的报告,恁家可是八辈子贫农啊!乡巴佬咋啦?没有这些人推翻三座大山,新中国能实现吗?尤其是解放后三十多年来,不是农民勒紧裤腰带国家能有现在这么多的积累吗?农民一年辛辛苦苦,把火鏊子从东边背到西边,打下麦子晒干簸净,自己不舍得吃,种下瓜果蔬菜,挑了又挑,拣最好的送到城里,让城里人享受。他们吃了,屁股一撅就屙就尿,又是乡下人来帮他们拾掇打扫卫生,不是农民哪来的五谷香?"又对泮明说:"儿子,不管你以后干什么,都不要忘了农业是咱们的命,农村是咱们的根。"那女人听罢,张着嘴说不出话来,脸上像涂了猪血,扭过身子,高脚杯一样的鞋跟咯噔咯噔在地上凿出了两行羊蹄印,脖脸通红地走了。

回来拉着粪车经过城南几个村,群众纷纷打着招呼:"张站长,大过年的,也不歇歇?""平常上班没空儿,趁着这几天放假,把肥料备足,争取今年有更多的收入。"身后传来一片啧啧的称赞声。

第六十二章

刚过谷雨,枣园乡农技站三间种子门市部前已是熙熙攘攘。买玉米种的群众把裹着铁皮的大门都挤坏了。

"张站长,今年买玉米种的群众咋这么多?"鲁书记下了吉普车问。

"去年咱示范的优良新品种喜获丰收,在全区引起轰动,甚至邻县的群众也来抢购玉米种哩。"

"能不能保证供应?"

"供应没问题,只是门市部地方太小,一台磅顾不过来。"

"把乡里临街的九间房子都给农技站,但必须帮乡里安排五个人。"

"带工资不?"

"带工资还用找你说好话?"

援朝已经做好了创办经济实体的打算,就一口应承下来。从原有的三人一下子发展到十五人的农技站,除抽调三人包村外,又扩充了良种供应门市部,成立了庄稼医院。虽然乡里只拨了七个人的工资,但科技服务创收的资金,既保证了八个人的工资,又解决了没有科研经费的难题。鸟枪换炮的农技站彻底改变了过去有钱养兵、无钱打仗的被动局面。7月,枣园乡农技站被区政府树为全区的先进改革典型。

1990年春,区委换届,姚区长升任区委书记。9月4日,经中央批准,龙湖区撤区成立龙湖市。这年冬,枣园乡在应城市一百多个乡镇中脱颖而出,成为科技示范乡。

春风撩开了1991年的序幕,牌坊张村被应城市树为农业战线上的十面红旗之一。接二连三的光环罩在张援朝的头上。有人说:"这小子交了狗屎运了。"4月他又被评为龙湖市科技兴市"十大有功人员";下半年连续受到省农牧厅、省科协的表彰,又被评为省劳模。珺莹也被省政府评选为三八红旗手。乡亲们说:"援朝就像飞机上挂喇叭,名声响到了云彩眼儿里,这是咱全村的荣耀啊。"

冬季征兵开始后,珺莹说:"明年泮明就高中毕业了,咱平常没少耽误他学习,考大学没多大把握,让他当兵去吧?"援朝到乡里说了想法。鲁书记说:"泮明转了商品粮户口,三年当兵回来政府优先安排工作,如果考大学没把握,这倒是一条捷径。儿子当兵的事你放心好啦!"泮明一米七四的个头,眉清目秀,加上市里都知道是劳模的儿子,政审、体检都很顺利地过了关。

换上军装临走的那天晚上,白老拴含着泪拉住泮明的手说:"俺重外孙可会当兵了,现在的好日子总嫌过得太快,唉……人这一辈子日升日落,像做了一场梦,不知太爷能不能……"没等老拴说完,治淮插话:"姥爷,你身体硬硬朗朗,红光鹤颜,咱家一定能五世同堂。"白老拴咧了咧嘴没笑出声。雪筠叮嘱着:"泮明,到了部队听首长的话,好好学习,保家卫国。三年的时间不算短,把恁爹妈耽误你的时间给补回来。"

"奶奶,你和太爷的话我都记着哩。等转业分配了工作,你们就跟着我进城享清福吧!"孙子一句话把白雪筠感动得稀里哗啦。

在"无农不稳,无工不富"口号的鼓动下,龙湖区掀起了市、乡、村三个轮子一齐转,大办乡镇企业的高潮。市领导包乡,各局委包村,赶着鸭子上架。过罢年,长坑庄的旺财书记说:"张站长,包咱村的司法局邓局长选了一个蔬菜脱水的项目,不但可以出口换外汇,而且能富群众。你在种植方面是专家,咱一起到安徽临泉去考察吧?"援朝从资料中知道,国外劳动力昂贵,加上生活节奏快,蔬菜价格比中国高出好多倍,脱水蔬菜不失为一个朝阳产业。另外儿子到安徽滁州当兵三个多月了,新兵训练已经结束,可以顺便去看看儿子,就爽快地答应了。

来到临泉的第二天,几个人坐上了到谢家集的班车。从临泉到阜阳的公路两旁小工厂一个连着一个,厂院内的平房四角矗立着一丈多高的烟囱。旺财问:"邓局长,这是啥工厂?""这就是蔬菜脱水厂。"

在谢家集下了车,一个五十来岁的壮汉迎了上来,邓局长介绍说:"这就是全国劳动模范、著名的农民企业家谢昌运厂长。"一阵寒暄过后,一行人来到街东一个大院前，气派的不锈钢大门旁挂着"安徽省昌运脱水蔬菜有限公司"的大牌子。传达室的老头开了大门，走进院子，靠北边一排十多间新盖的三层办公楼豪华大方，前边的烘烤车间、筛选车间、包装车间排列有序，厂后边是垒着大水泥池子的花园，偌大的厂区充满了勃勃生机。

进了办公室，谢厂长详细介绍了工厂的情况。原来三年前，他从江苏引进蔬菜脱水项目，土法上马建了一个烘烤房，采用滚雪球的办法发展成现在拥有上千万固定资产的民营企业，同时带动全县发展脱水蔬菜厂一百五十多个。"你们都生产哪些产品？""主要有姜片、蒜片、南瓜片、干辣椒、辣根片，有时给方便面厂生产香葱、红萝卜粒、洋葱丝等。""啥叫辣根？""辣根是一种调味品，吃生鱼片离不开这东西，尤其日本、韩国、澳大利亚这些海岸线长的国家，需要量很大。它易种好管理，产量一般每亩稳定在三千斤左右，每斤价格最低不低于一块二。除了食用外，还有很高的药用价值，所以这几年成为出口创汇的抢手货。""能不能给我们提供一些辣根种？"援朝期待着问。"去年辣根俏销，估计今年辣根种很紧张。既然是朋友，我想办法给你们弄一亩地的种，3月中旬你来吧。"谢厂长热情地答复。

夜晚三个人住在旅社，旺财书记眉飞色舞地说："五万多元建一个小厂，四五天生产一吨蒜片，净利润五千多，按两个月的生产期，建厂投资就收回来了。秋季再生产一些辣根、南瓜片，就不用再听二话收提留了，明年说不定还能给群众发福利哩。"几个人说到后半夜。最令援朝高兴的是全乡五万亩土地种植业结构调整有了新思路。然而，关键时候他们忽略了一个致命的因素。

援朝去部队看罢儿子，坐车返回路过沈丘南关，一个倒闭的方便面厂映入眼帘。几天后枣园乡要举行方便面厂奠基仪式，援朝走进书记办公室，直言不讳地说："据我得到的信息，河南一窝蜂上的方便面厂不下五十家，前天我路过沈丘一家投资二百多万元的方便面厂，不到半年就倒闭了。咱投资一百五十万没有后续资金做保障，一准打水漂。"

"班子会上可是一个个举手表了态的。"

"他们都是抱的不哭的孩子，如果厂搞砸了担责任的可是你书记一个人。"

鲁书记听罢思忖了一阵子，改口说道："奠基的事先放一放，派人再到外地看看,你去临泉考察的情况怎样?"援朝汇报了临泉蔬菜脱水的情况。鲁书记说:"脱水蔬菜是国家扶持的出口创汇项目,四五万块钱建一个厂,探索出路子咱再扩大规模。那种植和办厂的事你一抓到底吧。"书记一句话把两腿泥巴的张援朝推到了办乡镇企业的前台。

第二天,援朝来到省农牧厅,项目办薛主任听后鼓励说:"蔬菜脱水填补了河南省的一项空白。以你们龙湖市为龙头,带动中原地区形成规模化生产,这很好嘛!回去叫对口单位写个报告,国家下来专项资金向你们重点倾斜。"

清明节前,援朝和旺财书记再到临泉考察,城南店、七合村、陡湾李、王家寨几个村支书听说后也追了上来。到了临泉看到各厂都做好了生产准备,几个村毫不犹豫地签了七个厂的设备合同。建厂有了着落,保证原料供应是关键,尤其是辣根种,问了几次也没套出真话。在集上问了一个老农,老农说是前年不知从哪个省的南阳镇运回来的。回来后援朝摊开全国地图,一个省一个省地排查,终于在江苏的大丰县找到了南阳镇。援朝坐了火车换汽车来到南阳镇,这里果真是辣根种植基地。在县农业局经作科帮助下,援朝买了十几吨辣根种。他押着车回到家,不到半天辣根种就被抢了个精光。

有了基地,很快建好了七个蔬菜脱水厂。生产前几个厂达成协议,成立豫南龙湖市蔬菜脱水总公司,实行统一报关、统一销售的策略。公司成立那天,姚书记前来祝贺。看了几个厂和生长旺盛的辣根基地,他激动地说:"张援朝一个农民,胜过一群农艺师。"他对枣园乡种植、加工、销售为一体的经营模式给予了高度评价,在大会上号召全市向枣园乡学习。解除了办厂压力的鲁书记大会小会表扬东北片山河一片红,几个村的干部群众憧憬着美好前景,笑得合不拢嘴。

麦收前,援朝带人到福建莆田口岸预订了蒜片合同,每吨收购价是五千三百元。回来后几个厂商量说,虽然和去年的八千多相差了不少,但每吨的成本只有两千七百元,仍有差不多一半的利润。

开工后又去了一趟莆田口岸,每吨价格下降到三千五百元。援朝问:"不到一个月,价格咋浮动这么大?"

他们说:"还不是因为西方资本主义国家找借口联合起来对我们实行经济制裁。你们还蒙在鼓里,不知道出口的情况,这个价格保不准还得下滑。"

从莆田回来后，援朝说了情况，几个厂长不了解国际市场瞬息万变的规律，纷纷说这个价格卖了，等于坐了个空月子，还不如堆在仓库里。

　　过了几天，宿州市外贸公司带着现款来，也没谈成生意，初涉市场经济的一群农民还抱着价格复苏的期望，秋季又加工了一百多吨辣根片。整个出口行业跌入最低谷。

　　1993年换届，张乡长升任党委书记。出口行业持续低迷，几个厂拖欠着工人的工资和群众的辣根款，没有冒烟。新来的洪乡长说："张站长，想尽办法把货卖了吧，这可是政治压力。"

　　援朝来到省农牧厅汇报了情况，说："能支持俺二十万元，渡过这个难关，前面就是艳阳天。"

　　薛主任吃惊地问："给龙湖市的蔬菜脱水项目拨了六十五万，你们不知道？"

　　援朝暗想：怪不得田局长换了辆新桑塔纳轿车，几个厂没明没夜地忙活，算是给人家做了一顿好饭，自己许了身子还挨嘴巴，不禁长长叹了一口气。

　　各厂积压了几十吨货，几个厂长像吃了砒霜的老母鸡一样无精打采。看着儿子愁眉不展，雪筠心疼得像被刀割一样，夜里召集全村的老婆婆跪在十字架前痛哭流涕地说："圣明的主啊！帮援朝把脱水蔬菜卖出去吧……"援朝听着这虔诚的哭诉，流着泪咬住了被子角。雪筠自母亲卧病在床时就信起了耶稣，自前年泮琪、泮辉上了学后，轻松了许多，夜里和一群老妯娌论着家常祷告一阵子。

　　立冬前几天，白老拴躺在床上起不来了。医生诊断后说是肾衰竭，援朝有一种不祥的感觉。此时南京口岸来电话让带着脱水蔬菜样品去商谈价格。援朝左右为难，雪筠知道情况后说："别耽误了公家的大事，赶快去吧，恁姥爷万一有个三长两短，妈不怪你。"援朝提着心去了五天。回来的当天晚上见姥爷言语清晰，比平时还矍铄，援朝就和姥爷说了一阵子话，没考虑到他是回光返照。第二天一早，他又骑着车子下了村。

　　上午十点多，援朝正在七合村指导菜农冬季蔬菜育苗，一个群众跑过来上气不接下气地说："张站长，乡广播里……一遍一遍呼叫你，说……恁家有急事。"

　　急忙蹬起车子回到家，白老拴已撒手人寰了。援朝扑在姥爷身上号啕大哭："姥爷你咋趁我不在跟前……说走就走了啊……俺再也听不到你的教诲了……”

雪筠哽咽着说："你上班走后，恁姥爷让我扶他坐起来，说他来咱牌坊张的十八年很知足。又让我再次嘱咐你，钱是身外之物。一口痰涌上来，就……"

声远含着泪说："三嫂，别乱了分寸，商量后事要紧。"

"他叔，我心里乱得很，老头儿的后事你牵头铺排吧。"

"表叔含辛茹苦抚养咱张家的后代，又背井离乡来到咱村，活了八十八岁是喜丧，咱牌坊张要为他办一场最隆重的葬礼。"

雪筠母子沉浸在极度悲伤中，一切事都由声远、春雨、记恩他们跑前跑后。第二天九点亲戚到齐后，乡亲们自发出钱请的三班响器鼓着腮帮子嘀嘀嗒嗒吹起了入殓的哀乐。

援朝和银杏庄的近族把老拴放进棺内。随着一阵叮叮咣咣的钉扣声，雪筠三姊妹拍打着黑漆棺木只哭得撕心裂肺。援朝想起姥爷为这个家付出的一生，愈发号啕不止，声音嘶哑地哭着："没有俺姥爷就没俺一家呀……"富民舅劝道："外甥，银杏庄都知道你们孝顺，节哀吧，你姥爷会含笑九泉的。"

灵柩停在大街口，咚咚咚三眼铳响过之后，高亢激越的唢呐声引来了方圆几个村的人们。两班响器拿出看家的本领，吹得如泣如诉；一班响器引领着白老拴的后代依次轮流着转灵。围得水泄不通的人们纷纷说："怪不得计划生育宣传说，生儿生女都一样。看看人家养活外孙，这丧事办得比有几个儿子的还排场哩。"

隆重的丧礼持续了两个多小时。临近中午，人们簇拥着灵车来到墓地，随着"下葬……"的高喊声，白老拴这个辛苦忙碌了一生、饱经了苦辣酸甜的中国农民，带着知足的安详，找他老伴去了。时间定格在1993年11月7日，日历上赫然印着四个字：今日立冬。

第六十三章

　　生活的车轮依然在铿锵地前行，时间在无声中流逝。一转眼到了第二年的春天，珺莹说："砖都买下二年了，天天催着你盖楼房，你总说乡里工作忙。要是去年盖起来，也让咱姥爷享享住楼的喜悦。如今他走了，这成了咱心中永远也抹不去的亏欠。"

　　一提起姥爷，援朝眼里又有了泪花。他揉了揉眼说："姥爷平时硬硬朗朗，谁知他说走就走了。这样吧，我把钢筋、水泥、楼板买回来，再找个建筑队，到西边公路上拦几小拖沙和石子，你和妈招呼着，咱动工盖楼。"

　　"自从姥爷走后，妈还没从悲痛中走出来。房子包出去不用管饭，只要烧些茶水、找些灰盆、绳子，不是太忙，让她到咱姨家住些日子散散心去吧。"珺莹与援朝商量着。

　　援朝画好三大间主楼连两间东屋厨房的图纸后，以四千元工钱的价格谈妥了一个建筑队。枣园乡农村第一座楼房开了工。从援朝内心来说，建楼不只是为了点燃乡亲们的致富热情，也是为妈妈含辛茹苦的大半生立一座丰碑。此时泮瑶已是市一高二年级的学生，泮辉、泮琪也在读小学四、五年级。白雪筠在儿媳的劝说下去了三妹家。

　　一层放上楼板，二层又垒平檐后，雪筠回来了。"妈，你咋不在俺小姨家多住些日子哩？"儿媳递上一杯热茶笑着问。

　　"家里盖着楼，我会有闲心在外边住？要不是恁姨父给我治喉咙我早就回来了。"

　　"喉咙咋啦？"珺莹着急地问。

　　"送恁姥爷走的那天可能是悲伤过度，哭得嗓子眼隐隐作痛，吃饭咽着有些不顺当。不碍事，老毛病，怕是又上火啦。"雪筠若无其事地说。

"妈，援朝在乡里忙得脱不开身，明天我陪你去临河县医院检查一下吧？"

"这么多人盖房子，你忙得像陀螺，刚好恁表弟在医院实习，我们说好了空腹到城里医院检查一下。"

珺莹没多想，掏出钱说："你去吧，天快热了，顺便扯上两块布，等房子盖好了，我用缝纫机给你做做。"

当天晚上援朝下班回到家问："妈，都做了啥检查？"

"医生让做了钡餐透视。明天你抽个空去县城人民医院把检查结果拿回来。"援朝听罢咯噔一下，心头掠过不祥的预感。

第二天起床后，援朝蹬上自行车去了县医院。从一个神色凝重的女医生手里接过化验单，他看到了食管癌晚期的诊断结果，顿时像被人打了一闷棍，茫然不知所措地哆嗦着问："食管癌晚期能不能做手术？"女医生叹了一口气说："根据现在的医疗水平，早期发现动手术能活上三五年。她已到了后期，手术反而会加速癌细胞的扩散。上边的大领导得了癌症也没办法，何况咱平民百姓，回去多买些好吃好喝的尽尽孝心吧。"

援朝不知道自己是怎么到家的。珺莹看着面如死灰的丈夫问："咱妈检查的啥结果？"

"食……食管癌……晚期。"援朝吃力地蹦出几个字。

珺莹哇的一声哭着说道："咱的楼不盖了，停下来给咱妈治病。"援朝把医生的话说了一遍，接着说："这种病紧七慢八，咱又不缺钱，如果把房子停下来，势必引起咱妈的怀疑，反而会加速病情恶化。人都是一口气顶着，先稳住她的情绪，然后用中草药治疗。咱是老大，要立住乾坤，此事除告诉治淮、玉敏外，任何人都不让知道。"

二人去了西边老院，雪筠问："化验单拿回来了？我得的啥病？"

"妈，化验单拿回来了，还是喉咙上火的老毛病。不过这次厉害些，医生的结论是食管炎，吃些中药消消火就没事了。"珺莹用装出来的笑温柔地撒着谎。

援朝接着说："我打听到漯河市人民医院有一个专治喉咙病的老中医，经验丰富，名气很大，明天我去抓些药。"

"想着也没多大事儿。我找俺那一群老妯娌祷告去了，顺便给她们报个平安。"

雪筠出了门，治淮、玉敏争着问："咱妈真的没事？是不是……"话音没落地，珺莹就憋不住哽咽起来。四个人抱头哭了一阵子，援朝说："可不能让妈知道她得了食管癌，咱只有期待着吃了中药能出现奇迹了。恁妯娌俩以后勤问着些，咱妈想吃啥就给她做啥。不要让她吃生冷不好消化的饭食。想法不让她再做饭，夜里祷告你们跟着，掐着时间不能让她累着。"从那天起，两个儿媳就也信起了耶稣。

第二天，援朝从漯河市人民医院提着一疗程的中药回到家，洗罢脸对着镜子拢了拢乱发，猛然发现一缕缕白发不知啥时候已经爬上了双鬓，四十四岁的张援朝不得不相信"一夜愁白了头"的旧戏文。

白雪筠一连吃了一百多服中药。由于药中配了大量消食健胃的山楂、麦芽、厚朴、神曲和治疗吞咽困难的茯苓、砂仁、生牛黄等，白雪筠食量没减，依然谈笑风生。每晚睡觉前总要把地里的收成、援朝的工作、部队的大孙子，以及几个上学的孙子孙女的学业挨个祷告一番。援朝看着妈妈被癌细胞折磨得越来越发暗的印堂和乌青的眼圈，心里比尖刀剜着还难受。

进入8月上旬，又到了"七五·八"发大水的忌日，接连下了几场大雨。不知从哪里传来谣言说又要发洪水，白雪筠挨家挨户动员全村的老妯娌上了自家的新楼，为"七五·八"死去的乡亲们祷告了半夜。过了半个月，病情加重，白雪筠清瘦的脸庞上颧骨高耸，双眼深陷。

一天夜里，援朝正在乡里开会，治淮跑来哭着说："哥，咱妈一口稀汤堵在喉咙里，捶着胸咳嗽得两眼泪花，过了好大一会儿才缓过气来。"援朝急忙回到家，雪筠用清水漱着口，用装出来的轻松说："一口汤呛在了气管里，碍啥事？正开着会把你叫回来。"援朝看着坚强的母亲，咬着嘴唇背过双手捂着脸，眼泪从指缝间流下来。

第二天老蔫婶来看望，说："三嫂，大妮女婿在省肿瘤医院当大夫哩，你这病能治。"老蔫媳妇走后，雪筠说："治淮，吃了四个多月的中药没啥起色，要不你和恁哥商量一下，咱到郑州去一趟？"没等治淮开口，玉敏插了一句："一圈人都瞒着俺老蔫婶哩,她大门婿两年前就得癌症去世了。"雪筠听罢,霎时脸上没了一丝血色,瘫坐在椅子上无力地闭上了眼睛。治淮狠狠地瞪了玉敏一眼,背过脸低声抱怨道:"说话过过脑子。"

中午雪筠强着喝了半碗稀面叶,找出自己换下的衣服说:"玉敏,妈觉得少气无力,你把这些衣服洗了吧,我找恁二娘坐会儿去。"雪筠出了门,越过村西的公路,径直去了张家老坟。看看周围没人,一屁股坐在丈夫的坟前,自言自语哽咽起来:"他爹,你走这四十一年,如今咱儿孙一大家子,俺雪筠也算兑现了当初的承诺。咱爹咱娘为了这个家耗尽了心血,我不忍心他们当孤魂野鬼,我要和他们葬在一起。不能和你……"白雪筠颤抖着,早已泣不成声。哭罢了丈夫,拐回来又跪在了石牌坊前……凄惨的哭声里倾诉着一个平凡女人忙完儿子忙孙子,最后把自己忙进坟墓里,像一盏灯耗尽了最后一滴油,却不能看到自己倾注了全部心血这个家的美好前景的无奈,以及对亲人亲情的无法割舍与留恋。

踉踉跄跄从丈夫坟上回来后,白雪筠就再也起不来了。喝进的面汤没有吐出来的多,只得靠输球蛋白、葡萄糖维持生命。每天问守候在一旁的儿媳:"泮明回来信没有?""回来啦,每封信都先问候你哩。"雪筠听了无力地咧了咧嘴。

援朝知道她思念孙子,给部队领导打了个长途电话。两天后泮明走进院子,白雪筠听见脚步声,忽地坐了起来说,"俺孙子回来了!"随着一声"奶——",雪筠伸出干柴般的双手拉住泮明说:"叫奶奶看看,俺泮明越来越英俊了。部队里有纪律,你咋回来了?""俺营长叫我到漯河调查一个战友的入党材料哩,顺便回来看看您。"泮明圆着谎说。

泮明在家待了两天。他走后,白雪筠紧紧抓住身下的被单,手背青筋暴起,汗如雨下,咬着嘴唇始终没发出一句呻吟声。援朝问:"妈,要不给你打一支止疼针?"雪筠摇了摇头吃力地说:"妈肚里烧得难受,拨拉些淋墙土和成稀泥敷在我胸口上吧。"敷上凉泥,雪筠闭着眼翕动着嘴唇又祷告起来。稀泥上刺刺冒着热气,不到一个时辰就被烤干了。儿媳们看着被病魔折磨得奄奄一息的妈妈始终没喊叫一声,泪如雨下。

过了几天,医生说:"血管找不到了,就慢慢饮些葡萄糖水吧。"

农历八月十二日上午九时,白雪筠又一次从昏迷中醒过来。看着哭成泪人的儿子、儿媳，不甘心地说："从恁爹撇下咱母子仨整整四十一年了，能有今天，妈知足了。妈不是怕死的人，只是俺的孙子、孙女个个争气有出息，我多想看到他们成才的那一天啊！"说罢从深陷的眼窝里滚出一串浑浊的泪滴。珺莹用湿棉球擦了擦婆婆干裂的嘴唇，白雪筠断断续续留下她六十七岁生命中的最后一句话："援朝……治淮……恁要是……孝顺我，把我埋在……恁姥爷……姥姥的脚头吧！"说罢喉咙里咕噜一声，极不情愿地合上了眼睛。

一阵呼天抢地的哭声，打破了牌坊张的平静。不一会儿，屋里、院里站满了乡亲们。大娘、二娘一群老妯娌哭着喊着："老三家，你送走了老的，伺候大了小的，有吃有穿有钱花的舒坦日子刚开了个头，恁咋说走就走了啊！"

给雪筠穿好衣服，一屋子的女人抹泪守着灵，男人们叹息着商量后事。援朝哽咽着说了妈妈最后交代的话，春雨、连朝哭着说："那咱爹不就成了孤魂野鬼了。""百事孝为先。别看恁三婶是个女的，男子汉也未必有这么高的境界，咱们就让她安心地上路吧。"老一辈三兄弟中唯一健在的张得田抹着眼泪说。

第二天上午，周围村庄的人们潮水般地向牌坊张涌来。惊天动地的哭声，四班响器催人泪下的哀乐，和着洪滚河鸣咽的涛声，把万人涌动的牌坊张笼罩在悲戚的氛围中。浩浩荡荡的送丧队伍来到石牌坊下，随着一声高喊："拜老祖宗啦！"张家的子孙齐刷刷地跪了一地。

接替爷爷成为族长的张声远用悲壮的声音念道："公元1994年农历八月十三日，张家后人致祭于石牌坊前。吊之以文曰：生死永诀，最是伤神。哀哉白氏，早辞红尘。劳苦一生，未享福荫。忠贞爱情，誓无二心。矢志抚孤，四十一春。奉养二老，不厌晨昏。婆媳互敬，胜过骨亲。倾情后辈，书香满门。关爱亲邻，懿德流芬。乐善好施，克己恭人。家国情怀，日月长存。号天泣血，祭拜雪筠。天堂路上，永留香魂。哀哉！尚飨！牌坊张全村老少泣祭。"

白雪筠走了，声振四野的哭声向苍天述说着一个弱女子无愧于家国、无愧于乡亲的短暂一生。她是善良的，善良得不愿意伤害任何人；她是多情的，多情得总爱替别人着想；她是坚强的，坚强得无论遇上任何打击都能挺得住。

两个月后，出口市场复苏，脱水蔬菜销售一空。又四个月后，脱水蔬菜暴涨，蒜片、辣根片由每吨的1700元、3000元飙升到12000元和16000元。老支书旺财说："咱天生是小舅命，厂早办一年火了，产品晚销几个月咱发了。"生活有时候把现实变成了梦想，有时候又把梦想变成了现实。

1995年3月，援朝调市里工作，儿子转业后也上了班。一年后女儿上了大学，治淮也盖起了瓷砖贴面的两层小楼。1997年春，泮明娶了个漂亮的本科生媳妇。2000年泮瑶参加工作后，全家都离开了牌坊张，开始了崭新的城市生活，故乡的黄土地成了难忘的记忆。珺莹除接送孙女上幼儿园外，一日三餐为正在上高中的泮琪、泮辉做饭。一边做着饭，一边嘴里不住地唠叨着："一想起现在的幸福生活就叫人甜蜜得鼻子发酸。妈呀，你要是活着多好，看看这暖衣饱食的好日子，看看您那有出息的儿孙们，看一看祖国日新月异的巨大变化……"珺莹说着眼睛顿时又被泪水模糊了。

援朝调市里后，不改农民本色，牢记着母亲的嘱咐，为让农民的钱袋子鼓起来，一辆自行车伴随他跑遍了龙湖市的山山水水、田间地头，千家万户留下他朴实无华的身影。应城市电视台播放了《张援朝梦萦绿野，情系万家》的专题片，《河南日报》以《骑自行车下乡的政协副主席》为题详细报道了张援朝心系三农的先进事迹。一个普普通通的农民被提拔为县级干部，不但是牌坊张全村人的骄傲，更是龙湖市干部史上的一个奇迹。这样的奇迹，完全可以看作中国四十年沧桑巨变的缩影。四十年！中国改革开放的四十年！叫世人瞠目结舌，也叫十三亿人民眼花缭乱。

每当援朝回到牌坊张，乡亲们热情地打着招呼还不忘打趣地说："大官回来了？"一群婶子大娘一见就纷纷围了上来，可说不了几句话，就开始扯衣襟拭眼角："一提起恁妈，俺心里都不是滋味。她要是活着该多好，看看现在，不愁吃不愁穿，机器种、机器收，过去麦秋二季起早贪黑要忙上三四个月，现在十天八天就完了。"

援朝走进长满杂草的院子，空旷的楼房窗帘紧闭着，一想起母亲勤劳朴实的身影，心里的失落比丢了魂还难受，大把大把的泪珠从肌肉松弛的眼袋上滚落下来。"妈，每当夜深人静的时候，耳边常常响起您的话语。无论是问候、关心、训斥还是开导，都是那么亲切、那么温暖。您知道吗，儿子有多少心里话要对您说呀！"张援朝泪流满面地自言自语。

光阴似箭，日月如梭。沐浴着改革开放的春风，历史的车轮穿越古老的华夏大地驶进崭新的21世纪。

2016年农历八月十二日，到了白雪筠去世二十二周年的忌日。春雨、杏儿、老奎婶几个老人笑容若虹，他们正坐在声远家大门口说着闲话，四辆轿车带着一阵嘎吱声，援朝、治淮领着两家大小十八口从车上下来。村子里贴着白瓷片的楼房一座比一座气派，有两层的、三层的还有四层的，也仍有几所旧式老屋散乱着，像是有些羞涩地躲在楼房的后边。

和乡亲们打着招呼，穿着军装、俊朗帅气的泮辉散着烟，文雅秀气的泮琪说："伯，这宽敞的水泥路，规整的下水道、路灯、绿化带，林立的楼房、学校、幼儿园、超市、健身器材，基础设施一应俱全，看着咱焕然一新的牌坊张我都不敢认了。"

春雨笑着说："你上了大学读硕又读博，一晃离家都十几年了，咱村可是发生了翻天覆地的变化。不光是俺这些老年人用上了手机，电脑、小轿车也开始走进农村。很多家都在城里买了房，现在村里一多半的房子都空着。"

"哈哈哈……"一阵笑声，把街边杨树上唱歌的鸟儿震得乱飞。

来到雪筠坟前，摆上供品，一家人齐刷刷地跪下来。援朝稳定了一下情绪说："妈，全家人来看您来了。您四个孙子三个上了大学，加上一个孙媳、两个孙女婿，咱家出了六个大学生。泮琪浙大博士毕业成了省农科院的专家，泮辉从山东大学毕业后在部队当了军官。现在他们都已成家。为了帮他们看孩子，治淮、玉敏都去了郑州。另外您的重孙女今年也考上了武汉大学。我们把这些您一生期盼的喜讯告诉您。您为这个家付出了全部，收获喜悦的时候您却走了。您在世时总想着还有明天，可明天永远没有了。子欲养而亲不待，留下的都是在梦里看到的音容笑貌和我们一生也抹不去的愧疚。似水流年淡去多少回忆，却始终不改儿孙对您的绵绵思念……"张援朝说着又哽咽起来。

人生如梦，生活就是圆梦。你听，文明之风唰啦啦地向城市、乡村吹来。白雪筠若在天有知，该是何等的欣慰啊！

不远处，被省政府列为重点保护文物的石牌坊，在蓝天白云下，傲然屹立，绚烂着永不褪色的光辉。一群游客看罢石牌坊简介，凝思着"节孝流芳"和"松筠高节傲风雨，雪蕊琼姿耐岁寒"熠熠生辉的楹联，发出阵阵赞叹声。

2016年10月12日

完稿于龙泉湖畔